O REINO DOS
DEUSES

N. K. JEMISIN

O REINO DOS DEUSES

Livro três da trilogia Legado

Tradução
Karine Ribeiro

1ª edição

— **Galera** —
RIO DE JANEIRO
2022

PREPARAÇÃO
Gabriela Araujo

REVISÃO
Jorge Luiz Luz de Carvalho

CAPA E ILUSTRAÇÃO DE CAPA
Douglas Lopes

TÍTULO ORIGINAL
The Kingdom of Gods

CIP-BRASIL. CATALOGAÇÃO NA PUBLICAÇÃO
SINDICATO NACIONAL DOS EDITORES DE LIVROS, RJ

J49r

Jemisin, N. K.
 O reino dos deuses / N. K. Jemisin ; tradução Karine Ribeiro. – 1. ed. –
Rio de Janeiro: Galera Record, 2022.
(Legado ; 3)

Tradução de: The kingdom of gods
Sequência de: os reinos partidos
ISBN 978-65-5981-156-4

Ficção americana. I. Ribeiro, Karine. II. Título. III. Série.

22-77062

CDD: 813
CDU: 82-3(73)

Meri Gleice Rodrigues de Souza - Bibliotecária - CRB-7/6439

Copyright
THE KINGDOM OF GODS © 2011 by N. K. Jemisin

Todos os direitos reservados.
Proibida a reprodução, no todo ou em parte, através de quaisquer meios.
Os direitos morais do autor foram assegurados.

Texto revisado segundo o novo Acordo Ortográfico da Língua Portuguesa.

Direitos exclusivos de publicação em língua portuguesa somente para o Brasil adquiridos pela
EDITORA GALERA RECORD LTDA.
Rua Argentina, 120 - Rio de Janeiro, RJ - 20921-380 - Tel.: (21) 2585-2000,
que se reserva a propriedade literária desta tradução.

Impresso no Brasil

ISBN 978-65-5981-156-4

Seja um leitor preferencial Record.
Cadastre-se e receba informações sobre nossos
lançamentos e nossas promoções.

Atendimento e venda direta ao leitor:
sac@record.com.br

Livro um

Quatro pernas na manhã

ELA SE PARECE TANTO COM Enefa, é o que penso quando a vejo pela primeira vez.

Não agora, enquanto ela está de pé, trêmula, na alcova elevada, as batidas de seu coração tão altas que martelam em meus ouvidos. Na verdade, esta não é a primeira vez que a vejo. Estive checando o nosso investimento vez ou outra ao longo dos anos, me esgueirando para fora do palácio em noites sem lua. (Nahadoth é quem nossos mestres mais temem durante essas horas, não eu.) Quando a vi pela primeira vez, ela era uma criancinha. Esgueirei-me pela janela do berçário e me empoleirei na grade protetora do berço para observá-la. Ela me olhara de volta, estranhamente quieta e solene já naquela época. Enquanto as outras crianças estavam fascinadas pelo mundo ao redor, ela estava sempre apreensiva graças à segunda alma aninhada à dela. Esperei que ela perdesse a sanidade mental e senti pena, e nada mais.

Minha próxima visita aconteceu quando ela tinha dois anos, dando passinhos determinados atrás da mãe. Ainda estava sã. Depois, quando completou cinco anos; eu a observei sentada no colo do pai, ouvindo atenta enquanto ele contava histórias sobre os deuses. Ainda estava sã. Aos nove anos, eu a vi de luto pela morte do pai. Àquela altura, ficou óbvio que ela não perdera nem nunca perderia a sanidade. Ainda assim, não havia dúvidas de que a alma de Enefa a afetava. Além da aparência, havia o modo como ela matava. Eu a observei sair de baixo do cadáver de seu primeiro homem, arfando e coberta de sujeira, com uma faca de pedra ensanguentada na mão. Embora ela tivesse apenas treze anos, não senti horror emanando dela... e eu devia ter sentido, a flutuação de seu coração amplificada por sua alma dupla. Havia apenas satisfação no rosto dela e uma frieza bastante familiar em seu ser. O conselho de mulheres guerreiras, que esperara vê-la sofrer, se entreolhou em desconforto. Nas sombras, distante do círculo de mulheres anciãs, a mãe dela sorria ao observar.

Apaixonei-me por ela ali, só um pouco.

Então agora a arrasto pelos meus espaços mortos, que nunca mostrei a nenhum outro mortal, e é ao âmago corpóreo da minha alma que a levo. (Se eu pudesse, a levaria ao meu reino, mostraria a ela minha verdadeira alma.) Amo o espanto dela enquanto caminha entre meus mundinhos de brinquedo. Ela me diz que são lindos. Chorarei quando ela morrer por nós.

Então Naha a encontra. Patético, não é? Nós, dois deuses, os seres mais velhos e mais poderosos no reino mortal, ambos apaixonados por uma garotinha mortal suada e raivosa. É mais que a aparência dela. Mais que a ferocidade, que a devoção maternal instantânea, que a velocidade com a qual ela avança para atacar. Ela é mais que Enefa, pois Enefa nunca me amou tanto, nem foi tão intensa em vida e morte. De algum modo, a velha alma foi aperfeiçoada pela nova.

Ela escolhe Nahadoth. Não me importo muito. Da maneira dela, ela me ama. Sou grato.

E quando tudo termina, o milagre acontece e ela se torna uma deusa (de novo), choro. Estou feliz. Mas ainda muito solitário.

Trapaceiro, trapaceiro
Roubou o sol por diversão
Irá mesmo cavalgá-lo?
Onde irá escondê-lo?
Lá na margem do rio!

* * *

Não haverá travessuras nesta história. Digo isso para que você possa relaxar. Você ouvirá com mais atenção se não estiver tenso, esperando pela queda cômica. Não chegará ao final e descobrirá, de repente, que estive falando com a minha outra alma ou fazendo da minha vida uma canção de ninar para o pirralho de alguém que ainda vai nascer. Acho tais coisas desonestas, então apenas contarei a história do jeito que a vivi.

Mas espere, esse não é o começo de verdade. O tempo é irritante, mas fornece estrutura. Devo contar da maneira mortal? Tudo bem, então, linear. Devagaaaaar. Você precisa de contexto.

Começos. Nem sempre são o que parecem. A natureza é feita de ciclos, padrões, repetições, mas considerando o que acreditamos, o começo que compreendo, houve uma época em que existia apenas o Turbilhão, o desconhecido. Durante incontáveis eras, uma vez que nem um de nós estava aqui para contar, Ele misturou inúmeras substâncias, conceitos e criaturas. Alguns devem ter sido gloriosos, pois até hoje o Turbilhão cria vidas aleatoriamente vez ou outra, e muitas dessas criaturas são de fato lindas e maravilhosas. Mas a maioria delas dura apenas um ou dois piscares de olhos antes que o Turbilhão as parta no meio, ou morrem por conta da idade, ou entram em colapso sozinhas e, por sua vez, se tornam pequenos turbilhões. Essas são absorvidas outra vez na grande cacofonia.

Porém, um dia, o Turbilhão fez algo que não morreu. De fato, essa coisa era notavelmente como Ele: selvagem, agitada, eterna, sempre se transformando. Assim mesmo, essa coisa nova era organizada o suficiente para pensar, sentir e se dedicar à própria sobrevivência. Por sinal, seu primeiro ato foi correr para longe do Turbilhão.

Mas essa nova criatura encarou um terrível dilema, porque longe do Turbilhão nada existia. Não havia pessoas, lugares, escuridão, dimensão, não havia EXISTÊNCIA.

Um pouco demais para aguentar, até mesmo sendo um deus. Então esse ser (que chamaremos de *Nahadoth*, porque este é um nome bonito e que devemos rotular como masculino por conveniência, senão por completude) imediatamente se prontificou a criar uma existência, o que fez ao perder a sanidade e destroçar a si mesmo.

Isso foi incrivelmente efetivo. E assim Nahadoth se viu acompanhado por uma imensidão disforme de substância segregada. Propósito e estrutura começaram a se unificar ao redor dela apenas como um efeito colateral da presença da massa, mas apenas parte disso podia acontecer de maneira espontânea. Muito parecido com o Turbilhão, ela se revirava, uivava e trovejava; diferentemente do Turbilhão, ela não estava *viva* de modo algum.

No entanto, era a mais primitiva forma do universo e do reino dos deuses que o circunda. Aquilo era maravilhoso, mas é provável que Nahadoth não tenha percebido, porque ele era um desequilibrado que não dizia coisa com coisa. Então voltemos ao Turbilhão.

Gosto de acreditar que Ele é consciente. Em algum momento, Ele deve ter percebido a solidão e a instabilidade de Seu filho. Então logo cuspiu outra entidade, que era consciente e que também conseguiu escapar da destruição do nascimento. Esta nova entidade (que sempre foi apenas masculina) se nomeou como Iluminado Itempas, porque era um filho de demônio arrogante e egoísta mesmo naquela época. E porque Itempas é

O Reino dos Deuses

também um enorme e gritante otário, ele atacou Nahadoth, que... bem. Naha provavelmente não foi bom de conversa na hora. Não que eles conversassem, naqueles dias antes de a fala ser inventada.

Então lutaram, lutaram e lutaram alguns milhões, trilhões, zilhões de vezes, até que um deles se cansou da coisa toda e propôs uma trégua. Ambos dizem ter feito isso, então não posso dizer qual está brincando. E assim, como tinham que fazer *algo* se não estivessem brigando e porque eram, no fim das contas, os únicos seres vivos no universo, eles se tornaram amantes. Em algum ponto de tudo isso (a briga e o sexo, duas coisas não tão diferentes para eles), eles tiveram um efeito poderoso sobre a massa disforme de substância à qual Nahadoth dera à luz. A massa ganhou mais função, mais estrutura. E ficou tudo bem por mais um Tempo Muito Longo.

Então veio a Terceira, uma criatura feminina chamada Enefa, que devia ter acalmado as coisas, porque geralmente três é melhor e mais estável que dois. Por um tempo, foi assim. Na verdade, a EXISTÊNCIA se tornou o universo e os seres logo se tornaram uma família, porque era da natureza de Enefa dar sentido a tudo o que tocava. Eu fui o primeiro de seus muitos, muitos filhos.

Então aqui estamos: um universo, um pai, uma mãe, um Naha e algumas centenas de filhos. E o nosso avô, acho — o Turbilhão, se é que se pode chamá-Lo assim, uma vez que Ele destruiria todos nós se não nos cuidássemos. E os mortais, quando Enefa por fim os criou. Suponho que eles fossem como bichos de estimação (parte da família, mas não de verdade) a serem mimados, disciplinados, amados e mantidos seguros nas mais sofisticadas gaiolas, nas mais gentis coleiras. Só os matávamos quando era preciso.

As coisas deram errado por um tempo, mas, na época em que tudo isso começou, certa melhora acontecera. Minha mãe estava morta, mas se aperfeiçoou. Meu pai e eu estivemos presos, mas tínhamos conquistado nossa liberdade. Mas meu outro pai ainda era um filho da mãe assassino e traidor, e nesse aspecto nada mudaria, não importando o tamanhão da penitência que ele passasse; o que significava que os Três jamais seriam completos outra vez, ainda que todos eles estivessem vivos e sãos, na maior parte do tempo. Isso deixou um vazio doloroso e bruto em nossa família, que era tolerável apenas porque já havíamos suportado situações muito piores.

Foi então que a minha mãe decidiu assumir o controle das coisas.

* * *

Segui Yeine um dia, quando ela foi ao reino mortal e se manifestou sob a forma carnal, aparecendo no quarto bolorento da estalagem que Itempas alugara. Eles conversaram lá, falando bobagens e trocando avisos enquanto eu, sem forma, me esgueirava em um bolsão de silêncio, espiando. Yeine pode ter me percebido; era raro que meus truques funcionassem com ela. Se percebeu, ela não se importou que eu observasse. Desejei saber o que isso significava.

Porque chegou o temido momento no qual ela olhou para Itempas, olhou para ele *de verdade*, e disse:

— Você mudou.

E ele respondeu:

— Não o bastante.

E Yeine perguntou:

— O que você teme?

E Itempas não respondeu, óbvio, porque não é da natureza dele admitir tais coisas.

Então ela adicionou:

— Você está mais forte agora. Ela deve ter te feito bem.

O quarto se encheu com a raiva dele, embora sua expressão não tenha mudado.

— Sim. Ela fez.

Houve um momento de tensão entre eles, no qual tive esperança. Yeine é a melhor de nós, cheia do benevolente e sólido bom senso mortal e de sua própria dose generosa de orgulho. Decerto ela não sucumbiria! Mas então o momento passou, ela suspirou, pareceu envergonhada, e afirmou:

— Foi... errado da nossa parte. Tirá-la de você.

O Reino dos Deuses

Bastou isso, esse reconhecimento. Na eternidade do silêncio que se seguiu, ele a perdoou. Eu soube disso como uma criatura mortal sabe que o sol nasceu. E então ele se perdoou... do quê, não posso ter certeza e não me atrevo a adivinhar. Mesmo assim, isso também foi uma mudança palpável. De repente, Itempas endireitou a postura, ficou um pouco mais calmo, baixou a guarda da arrogância que mantivera desde que Yeine chegara. Ela viu as paredes desmoronando em volta dele, e atrás delas, quem ele costumava ser. Itempas, que um dia ganhara a predecessora ressentida dela, domara o selvagem Nahadoth, disciplinara uma rebelde ninhada de crianças-deuses e que, de simples tecido, criara o tempo, a gravidade e todas as outras coisas incríveis que tornam a vida possível e tão interessante. Não é difícil amar esta versão dele. Eu sei.

Então não a culpo, não de verdade. Não a culpo por me trair.

Mas doeu tanto observar enquanto ela se aproximava e tocava os lábios dele. Havia uma expressão de encantamento no rosto dela enquanto contemplava o esplendor do verdadeiro eu dele. (Ela sucumbiu tão facilmente. Quando ela se tornara tão fraca? Maldita seja ela. Maldita seja até seus próprios infernos enevoados.)

Yeine franziu um pouco a testa e confessou:

— Não sei por que vim aqui.

— Um amante nunca foi o suficiente para nem um de nós — afirmou Itempas, dando um sorrisinho triste, como se soubesse como era indigno do desejo dela.

Apesar disso, ele a tomou pelos ombros, puxou-a para perto, os lábios deles se tocaram, suas essências se misturaram e eu os odiei, eu os odiei, desprezei os dois, como ele ousava tirá-la de mim, como ela ousava amá--lo quando eu não o havia perdoado, como eles ousavam deixar Naha sozinho quando ele havia sofrido tanto, como eles ousavam? Eu os odiei, os amei e, deuses, como eu queria estar com eles, por que eu não podia ser um deles, não era justo...

Não. Não. Choramingar era inútil. Sequer fazia eu me sentir melhor. Porque os Três nunca poderiam ser Quatro, e mesmo quando os Três foram reduzidos a dois, uma deidade nunca poderia substituir um deus, e

13

qualquer mágoa que eu sentia naquele momento era puramente minha própria culpa por querer o que não podia ter.

Quando não pude mais suportar a felicidade deles, fugi. Para um lugar que, no meu coração, era equivalente ao Turbilhão. Para o único lugar dentro do reino mortal que um dia chamei de casa. Para o meu próprio inferno pessoal... chamado Céu.

* * *

Eu estava sentado materialmente no topo da Escada para Lugar Nenhum, emburrado, quando as crianças me encontraram. Totalmente ao acaso. Os mortais acham que planejamos tudo.

Estavam combinando. Uns seis anos de idade (sou bom em classificar os mortais por idade, pelo menos os pequenos), olhos brilhantes, espertos, como crianças que tiveram uma boa refeição, espaço para correr e prazeres para estimular a alma. O menino tinha cabelo, olhos e pele escuros, era alto para a idade, solene. A menina era loira, de olhos verdes e pálida, intencionada. Os dois eram bonitos. Usavam trajes finos. E eram pequenos tiranos, como os Arameri tendiam a ser, mesmo naquela idade.

— Você vai nos ajudar — disse a menina em um tom arrogante.

Sem querer, olhei para a testa deles, tensionando o abdômen graças ao puxão ilusório das correntes, o doloroso golpe da magia que um dia usaram para nos controlar. Então me lembrei de que não existiam mais correntes, embora o hábito de lutar contra elas aparentemente tenha permanecido. Que irritante. As marcas na testa deles eram circulares, indicando que eram sangue-cheios, mas os círculos em si eram apenas contornos, não estavam preenchidos. Apenas alguns anéis circulares de comando que se sobrepunham, direcionados não para nós, mas para a realidade em geral. Proteção, rastreamento, os feitiços comuns de segurança. Nada feito para forçar uma obediência, nem a deles, nem a de ninguém.

Eu a encarei, em parte surpreso e em parte achando graça. Ela não fazia ideia de quem (ou o que) eu era; isso era bem óbvio. O menino, que parecia menos confiante, olhou dela para mim e ficou em silêncio.

— Pestinhas Arameri à solta — resmunguei. Meu sorriso pareceu reconfortar o menino e enfurecer a menina. — Alguém vai se encrencar por deixar vocês me encontrarem aqui embaixo.

Com isso, os dois pareceram apreensivos e percebi o problema: eles estavam perdidos. Estávamos no sobpalácio, naqueles níveis abaixo da estrutura do Céu que estavam quase sempre na sombra e que antes foram domínio dos serventes pouco-sangues do palácio, embora obviamente aquele não fosse mais o caso. Uma camada de poeira cobria o chão ao nosso redor, e, tirando os dois à minha frente, não havia cheiro de mortais por perto. Por quanto tempo eles estiveram perambulando lá embaixo? Pareciam cansados, esfarrapados e tomados pelo desespero.

Que disfarçavam com hostilidade.

— Você vai nos instruir em como chegar ao sobrepalácio — ordenou a menina — ou vai nos guiar até lá. — Ela pensou por um momento, então ergueu o queixo e completou: — Agora, ou haverá problemas para você!

Não consegui evitar. Ri. Era perfeito demais: a tentativa atrapalhada dela de ser superior, a pouca sorte deles de me encontrar, tudo. Certa vez, menininhas como ela tinham feito da minha vida um inferno, mandando em mim e rindo enquanto eu me forçava a obedecer. Eu vivia temendo os chiliques dos Arameri. Agora, estava livre para vê-la como era de verdade: não passava de uma criatura assustada imitando os maneirismos dos pais, sem qualquer noção de como *pedir* pelo que queria.

E com certeza, quando ri, ela fez um som de deboche, colocou as mãos nos quadris e fez um biquinho com o lábio inferior, uma coisa que eu sempre adorara — em crianças. (Nos adultos, é enfurecedor, e eu os mato em punição.) O irmão dela, que parecia ter uma natureza mais doce, estava começando a se mostrar também. Encantador. Sempre tive afeição por pestinhas mimados.

— Tem que fazer o que estamos mandando! — insistiu a menina, batendo o pé no chão. — Você vai nos ajudar!

Enxuguei uma lágrima e me reclinei na parede da escadaria, exalando quando o riso passou.

— Vocês vão encontrar a droga do caminho de volta sozinhos — falei, ainda sorrindo —, e se considerem sortudos por serem fofinhos demais para serem mortos.

Isso os calou, embora eles me observassem com mais curiosidade que medo. Então o menino, que eu já começara a suspeitar ser o mais esperto, ainda que não o mais forte, dos dois, estreitou os olhos para mim.

— Você não tem marca alguma — disse ele, apontando para a minha testa.

A menina me encarou, surpresa.

— Ora, não, não tenho — confirmei. — Imagina só.

— Então você não é... Arameri? — O rosto dele se contorceu, como se estivesse surpreso por estar falando uma bobagem. *Então você cortina maçã pula?*

— Não, não sou.

— Você é um novo servente? — perguntou a menina, esquecendo-se da raiva em nome da curiosidade. — Veio ao Céu de lá de fora?

Coloquei os braços atrás da cabeça, esticando as pernas.

— Na verdade, não sou servente nenhum.

— Você está vestido como um — persistiu o menino, apontando.

Olhei para mim mesmo, surpreso, e percebi que tinha manifestado as mesmas roupas que geralmente usava enquanto estava preso: calça solta (boas para correr), sapatos com um furo em um dos dedos, uma camisa simples, tudo branco. Ah, sim... no Céu, só os serventes usavam branco todos os dias. Os sangue-cheios só o trajavam em ocasiões especiais; do contrário, preferindo cores mais vivas. Os dois à minha frente estavam vestidos em um verde-esmeralda intenso, que combinava com os olhos da menina e complementava agradavelmente os do menino.

— Ah — falei, irritado por ter caído em antigos hábitos sem querer. — Bem, não sou um servente. Podem acreditar.

— Você não está com a delegação temana — continuou o menino, falando devagar enquanto os pensamentos passavam rápido pelos seus olhos. — O Datennay era a única criança entre eles, e, de qualquer modo,

O Reino dos Deuses

foram embora faz três dias. E eles se vestiam como temanos. Usavam acessórios de metal e tranças *twists*.

— Também não sou temano. — Sorri de novo, esperando para ver como eles lidariam com esta informação.

— Você *parece* temano — disse a menina, obviamente sem acreditar em mim. Ela apontou para a minha cabeça. — Seu cabelo quase não tem cachos e seus olhos são afiados e achatados nas beiradas, e sua pele é mais escura que a dos dekanos.

Encarei o menino, que pareceu desconfortável com a comparação. Eu conseguia entender o motivo. Embora ele tivesse o círculo de um sangue--cheio na testa, era dolorosamente óbvio que alguém trouxera delícias não amnies para o banquete da recente ancestralidade dele. Se eu não soubesse que era impossível, teria pensado que ele era alguma variante de alto-nortista. Ele tinha traços amnies, com as características linhas faciais longas, mas seu cabelo era mais escuro que o vazio de Nahadoth e liso como a grama soprada pelo vento, e sua pele era de um marrom intenso que evidentemente não era resultado de um bronzeado. Eu havia visto crianças como ele serem afogadas, decapitadas ou jogadas do Píer, ou ainda deserdadas como pouco-sangues e dadas para os serventes criarem. Nunca um deles recebera a marca de um sangue-cheio.

A menina não tinha nenhum traço diferente... não, espere. Estava lá, muito sutil. Lábios ligeiramente grossos, o ângulo das maçãs do rosto e o cabelo mais acobreado que dourado como o sol. Aos olhos amnies, estas seriam apenas peculiaridades interessantes, um toque de singularidade sem toda a desagradável bagagem política. Se não fosse pela existência do irmão, ninguém teria dito que ela não era sangue-cheio.

Olhei para o menino outra vez e reconheci os sinais de desconfiança em seu olhar. Sim, era óbvio. Eles já teriam começado a infernizar a vida dele.

Enquanto eu pensava nisso, as crianças começaram a sussurrar, de-batendo se eu parecia mais essa ou aquela etnia mortal. Eu conseguia ouvir cada palavra, mas, por educação, fingi que não. Por fim, o menino sussurrou: "Não acho que ele seja temano *de jeito nenhum*", em um tom que me fez ter a certeza de que ele suspeitava o que eu realmente era.

Movendo-se de maneira idêntica e misteriosa, eles me encararam de novo.

— Não importa se você é ou não um servente, se é ou não temano — disse a menina. — *Nós* somos sangue-cheios e isto significa que você tem que fazer o que estamos mandando.

— Não, não significa — retruquei.

— Significa sim!

Bocejei e fechei os olhos.

— Me obriguem.

Eles ficaram em silêncio novamente, senti que estavam consternados. Eu podia ter sentido dó deles, mas estava me divertindo demais. Por fim, senti um movimento no ar e um calor por perto, abri os olhos e vi que o menino se sentara ao meu lado.

— Por que você não nos ajuda? — perguntou ele com a voz suave e desconsolada, e quase vacilei diante do impacto violento de seus grandes olhos pretos. — Estamos aqui embaixo o dia todo, já comemos nossos sanduíches e não sabemos como voltar.

Infernos. Também tenho afeição por fofura.

— Tudo bem — falei, cedendo. — Aonde vocês estão tentando ir?

O menino se animou.

— Ao coração da Árvore do Mundo! — Então a animação dele diminuiu. — Ou pelo menos era para onde *estávamos* tentando ir. Agora só queremos voltar para os nossos quartos.

— Um triste fim para uma grande aventura — falei assentindo —, mas de qualquer modo vocês não teriam encontrado o que estão procurando. A Árvore do Mundo foi criada pela Yeine, a Mãe da Vida; seu coração é o coração dela. Mesmo se encontrassem o pedaço de madeira que existe no coração da Árvore, não significaria nada.

— Ah — murmurou o menino, ficando mais tristinho. — Não sabemos como encontrá-la.

O Reino dos Deuses

— Eu sei — afirmei, e foi minha vez de ficar triste ao me lembrar do que me levara ao Céu.

Eles ainda estariam juntos, ela e Itempas? Ele era mortal, com uma mera estamina mortal, mas ela poderia renovar a força dele por várias vezes, pelo tempo que quisesse. Como eu a odiava. (Não de verdade. Sim, de verdade. Não de verdade.)

— Eu sei — repeti —, mas isto não ajudaria vocês. Ela está ocupada com outros assuntos hoje em dia. Não tem muito tempo para mim ou qualquer um dos filhos.

— Ah, ela é a sua mãe? — O menino pareceu surpreso. — Parece a nossa mãe. Ela nunca tem tempo para nós. A sua mãe é a líder da família também?

— Sim, de certo modo. Embora ela também seja nova na família, o que deixa as coisas meio esquisitas. — Suspirei de novo e o som ecoou dentro da Escadaria para Lugar Nenhum, que descia dos nossos pés até ser tomada pelas sombras. Lá atrás, quando os outros Enefadeh e eu construímos esta versão do Céu, criamos esta escadaria espiralada que levava ao nada, seis metros abaixo, até uma parede sem saída. Tinha sido um longo dia ouvindo arquitetos brigando. Ficamos entediados. — É meio parecido com ter madrasta — falei. — Sabem o que é isso?

O menino pareceu pensativo. A menina se sentou ao lado dele.

— Como a Lady Meull, de Agru — disse ela para o garoto. — Lembra das aulas de genealogia? Ela é casada com o duque agora, mas os filhos do duque vieram da primeira esposa. A primeira esposa dele é a mãe. Lady Meull é a madrasta. — Ela olhou para mim, buscando confirmação. — Assim, certo?

— Sim, sim, assim — confirmei, embora não soubesse nem ligasse para quem fosse Lady Meull. — Só que a Yeine é a nossa rainha, mais ou menos, assim como a nossa mãe.

— E você não gosta dela? — Havia muita percepção nos olhos das crianças quando fizeram essa pergunta. Então era o mesmo padrão Arameri de sempre, pais criando crianças que cresceriam para conspirar a morte dolorosa deles. Os sinais estavam todos lá.

— Não — falei suavemente. — Eu a amo. — Porque amava, mesmo quando a odiava. — Mais que a luz, a escuridão e a vida. Ela é a mãe da minha alma.

— Então... — A menina estava franzindo a testa. — Por que está triste?

— Porque o amor não é suficiente. — Fiquei em silêncio por um momento, chocado enquanto a compreensão me atingia. Sim, ali estava a verdade e eles me ajudaram a encontrá-la. Crianças mortais são muito sábias, embora só um bom ouvinte ou um deus entendesse isso. — Minha mãe me ama, pelo menos um dos meus pais me ama, e os amo, mas isto não é *suficiente*, não mais. Preciso de algo mais. — Grunhi e trouxe os joelhos para perto do corpo, pressionando a testa neles. Carne e ossos reconfortantes, familiares como um cobertor velho. — Mas o quê? O quê? Não entendo por que tudo parece tão errado. Algo está mudando em mim.

Devo ter parecido descompensado para eles, e talvez eu estivesse. Todas as crianças são um pouco descompensadas. Senti que eles se entreolhavam.

— Hum... — murmurou a menina. — Você disse *um* dos seus pais?

Suspirei.

— Sim. Tenho dois. Sempre pude contar com um deles. Chorei por ele e matei por ele.

Onde estava ele agora, enquanto seus irmãos buscavam conforto um no outro? Ele não era como Itempas (ele aceitava mudanças), mas isto não o tornava imune à dor. Ele estava infeliz? Se eu fosse até lá, ele confiaria em mim? Precisaria de mim?

O fato de que eu ponderava isso me perturbava.

— O outro pai... — Inspirei fundo e ergui a cabeça, apoiando os braços dobrados nos joelhos. — Bem, ele e eu nunca tivemos uma boa relação. Somos diferentes demais, sabe. Ele é do tipo disciplinador firme, e eu sou mimado. — Olhei para eles e sorri. — Parecido com vocês, na verdade.

Eles sorriram de volta, aceitando o título com honra.

— Não temos nenhum pai — comentou a menina.

Ergui as sobrancelhas, surpreso.

— *Alguém* teve que fazer vocês.

Mortais não haviam ainda dominado a arte de fazer pequenos mortais por conta própria.

— Ninguém importante — explicou o menino, acenando a mão com desdém. Imaginei que ele tivesse visto a mãe fazer um gesto similar. — A nossa mãe precisava de herdeiros e não queria se casar, então escolheu alguém que achou adequado e nos teve.

— Hum. — Não exatamente surpreendente; nunca faltou pragmatismo para os Arameri. — Bem, vocês podem ficar com o meu, o segundo. Não o quero.

A menina deu uma risadinha.

— Ele é o seu pai! Não pode ser o nosso.

Ela provavelmente rezava para o Pai de Tudo toda noite.

— Óbvio que ele pode ser. Embora não tenho certeza de que vocês iriam gostar dele mais que eu. Ele é meio babaca. Tivemos uma briga um tempo atrás e ele me renegou, mesmo estando errado. Foi um livramento.

A garota franziu o cenho.

— Mas você não sente falta dele?

Abri a boca para dizer *é óbvio que não*, e então percebi que sentia.

— Merda — murmurei.

Eles arfaram e, como era de esperar, riram com o palavrão.

— Talvez você deva ir vê-lo — sugeriu o menino.

— Discordo.

O rostinho dele se retorceu enquanto franzia o cenho, afrontado.

— Que bobagem. É óbvio que você deve ir. Ele deve sentir sua falta.

Foi minha vez de franzir o cenho, chocado demais com essa ideia para rejeitá-la de cara.

— Quê?

— Bem, não é isso o que os pais fazem? — Ele não tinha ideia do que os pais faziam. — Amam você, mesmo que você não os ame? Sentem sua falta quando você vai embora?

Fiquei sentado ali em silêncio, mais incomodado do que deveria. Vendo isso, o menino estendeu o braço, hesitando, e tocou a minha mão. Olhei para ele, surpreso.

— Talvez você devesse ficar feliz — comentou ele. — Quando as coisas estão ruins, a mudança é uma coisa boa, não é? A mudança significa que as coisas vão melhorar.

Eu o encarei, aquela criança Arameri que não parecia nada Arameri e que provavelmente iria morrer antes da maturidade por causa disso, e senti a frustração em mim diminuir.

— Um Arameri otimista — falei. — De onde você veio?

Para a minha surpresa, ambos ficaram sérios. Percebi imediatamente que tinha tocado em um assunto sensível e percebi qual fora quando a menina ergueu o queixo.

— Ele veio daqui mesmo, de Céu. Assim como eu.

O menino baixou o olhar e ouvi o sussurro de insultos ao redor dele, alguns com cadência infantil e outros intensificados pela malícia adulta: *de onde você veio um bárbaro te deixou aqui por engano talvez um demônio te largou a caminho dos infernos porque os deuses sabem que seu lugar não é aqui.*

Vi como as palavras marcaram sua alma. Ele me fizera sentir melhor; merecia alguma recompensa. Toquei o seu ombro e enviei minha bênção para ele, tornando as palavras apenas palavras e fazendo-o mais forte contra elas, e colocando algumas réplicas na ponta de sua língua para a próxima vez. Ele piscou, surpreso, olhando para mim, e sorriu timidamente. Devolvi o sorriso.

A menina observou e relaxou, visto que ficou óbvio que eu não queria fazer mal ao irmão dela. Enviei uma bênção para ela também, embora ela dificilmente precisasse.

— Sou Shahar — falou a garota, então suspirou e ativou sua última e mais poderosa arma: educação. — Você pode, *por favor*, nos dizer como voltar para casa?

Eca, que nome terrível! Pobrezinha. Mas eu tinha que admitir: combinava com ela.

— Está bem, está bem. Aqui. — Olhei nos olhos dela e a fiz conhecer a planta do castelo tão bem quanto eu aprendera durante as gerações que eu havia vivido entre suas paredes. (Mas não os espaços vazios. Aqueles eram meus.)

A menina se sobressaltou, estreitando os olhos para mim de repente. Era provável que eu tivesse assumido a forma do gato um pouquinho. Os mortais tendiam a perceber os olhos, embora essa nunca tenha sido a única coisa a mudar em mim. Fiz meus olhos voltarem a ser agradavelmente redondos, como as pupilas dos mortais, e ela relaxou, antes de arfar ao perceber que sabia o caminho de casa.

— Que truque legal — elogiou ela. — Mas o que os escribas fazem é mais bonito.

Um escriba teria partido sua cabeça se tentasse fazer o que fiz, quase respondi, mas fiquei calado porque ela era mortal, mortais sempre prefeririam exibição à essência, e porque não fazia diferença. Então a menina me surpreendeu mais, se levantando e fazendo uma reverência.

— Agradeço, senhor — proferiu Shahar. E enquanto eu a encarava, me maravilhando com a novidade que era um agradecimento Arameri, ela adotou o tom arrogante que tentara usar antes. Não combinava com ela; com sorte, Shahar descobriria isso em breve. — Posso ter o prazer de saber seu nome?

— Sou Sieh.

Nenhuma faísca de reconhecimento deles. Reprimi um suspiro.

A menina assentiu e gesticulou para o irmão.

— Este é Dekarta.

Tão ruim quanto. Balancei a cabeça e me levantei.

— Bem, já desperdicei tempo demais — falei — e vocês dois devem voltar.

Fora do palácio, eu conseguia sentir o sol se pondo. Por um momento, fechei os olhos, esperando pela vibração familiar e deliciosa da volta do meu pai ao mundo, mas é óbvio que não houve nada. Senti uma decepção passageira.

As crianças ficaram de pé juntas.

— Você vem aqui brincar sempre? — perguntou o menino, um pouco ávido demais.

— Criancinhas solitárias — falei e ri. — Ninguém ensinou vocês a não falarem com estranhos?

É óbvio que ninguém havia ensinado. Eles se olhavam com aquele hábito esquisito de falar sem palavras nem magia que os gêmeos têm. O menino engoliu em seco e me disse:

— Você deveria voltar. Se voltar, brincaremos com você.

— Vão mesmo? — Fazia *muito* tempo desde que eu brincara. Tempo demais. Eu estava me esquecendo de quem era em meio a toda aquela preocupação. Melhor deixar a preocupação para trás, parar de ligar para o que importava e fazer o que fazia eu me sentir bem. Como todas as crianças, eu era fácil de seduzir. — Tudo bem, então. Isto é, se a mãe de vocês não proibir — o que garantiria que eles nunca contariam a ela —, voltarei para este lugar no mesmo dia, na mesma hora, ano que vem.

Eles pareceram horrorizados e exclamaram em uníssono:

— *Ano* que vem?

— Esse tempo passará mais rápido do que pensam — falei, me espreguiçando. — Como uma brisa em um prado em um dia leve de primavera.

Seria interessante vê-los de novo, pensei, porque eles ainda eram jovens e não se estragariam como o restante dos Arameri por um tempo. E, porque eu já começara a amá-los um pouco, fiquei triste, pois o dia em que se tornariam verdadeiros Arameri de verdade seria possivelmente o dia que eu os mataria. Mas até lá eu aproveitaria a inocência deles enquanto ela durasse.

Dei um passo para o entre mundos e fui embora.

* * *

No ano seguinte, me espreguicei, saí do meu ninho e atravessei o espaço outra vez, aparecendo no topo da Escada para Lugar Nenhum. Ainda era cedo, então me diverti conjurando pequenas luas e as perseguindo ao subir e descer a escada. Estava cansado e suado quando as crianças chegaram e me espiaram.

O Reino dos Deuses

— Sabemos o que você é — acusou Deka, que crescera mais de dois centímetros.

— Sabe mesmo? Ooopa...

A lua com a qual eu estivera brincando tentou escapar, disparando em direção às crianças porque estavam entre ela e o corredor. Eu a enviei para casa antes que pudesse fazer um buraco em uma delas. Então sorri e me sentei no chão, minhas pernas espalhadas para ocupar tanto espaço quanto possível, e retomei o fôlego.

Deka se agachou ao meu lado.

— Por que está sem fôlego?

— Reino mortal, regras mortais — expliquei, gesticulando com a mão, fazendo um ligeiro círculo. — Tenho pulmões, respiro, o universo fica satisfeito, uhul.

— Mas você não dorme, dorme? Li que deidades não dormem. Nem comem.

— Posso dormir se eu quiser. Dormir e comer não são coisas tão interessantes, então não costumo fazer. Mas é um tanto estranho não respirar — faz os mortais ficarem muito ansiosos. Então ao menos respirar eu faço.

Ele cutucou meu ombro. Eu o encarei.

— Eu estava vendo se você é real — disse ele. — O livro disse que você podia ter qualquer aparência.

— Bem, sim, mas todas aquelas coisas são *reais* — respondi.

— O livro disse que você poderia ser fogo.

Eu ri.

— O que também seria real.

Ele voltou a me cutucar, um sorriso tímido se espalhando pelo rosto. Gostei do sorriso dele.

— Mas eu não poderia fazer *isto* com o fogo. — Ele me cutucou uma terceira vez.

— Cuidado — falei, direcionando a ele Aquele Olhar. Mas não era sério e ele percebeu, me cutucando outra vez. Com isso, pulei sobre ele, fazendo cócegas, porque não consigo resistir a um convite para brincar. Lutamos, ele deu gritinhos e tentou se livrar, reclamando que ia fazer xixi

25

se eu não parasse, até que conseguiu soltar uma das mãos e começou a me fazer cócegas também. As cócegas foram fortes, então me encolhi para me livrar dele. Era como estar bêbado, como estar em um dos paraísos de recém-nascidos da Yeine, tão doce e perfeito, uma diversão tão deliciosa. Eu *amo* ser um deus!

Mas senti um amargor na língua. Quando ergui a cabeça, vi que a irmã de Deka estava onde ele a deixara, passando o peso do corpo de um pé a outro e tentando não parecer que queria se juntar a nós. Ah, sim, alguém já contara a ela que garotas tinham que parecer honrosas, enquanto os garotos podiam ser bagunceiros, e ela tolamente ouvira esse conselho. (Um dos muitos motivos para eu ter escolhido me fixar em uma forma masculina. Os mortais dizem menos coisas estúpidas aos meninos.)

— Acho que sua irmã está se sentindo excluída, Dekarta — falei; ela corou e se inquietou mais. — O que faremos sobre isso?

— Enchê-la de cócegas também! — exclamou Dekarta.

Shahar lançou um olhar a ele, mas ele apenas riu, tonto demais com o prazer da brincadeira para ser repreendido tão facilmente. Tive um desejo súbito de lamber o cabelo dele, mas passou.

— Não estou me sentindo excluída — garantiu ela.

Fiz carinho em Dekarta para acalmá-lo e satisfazer meu desejo de arrumá-lo, e pensei sobre o que fazer a respeito de Shahar.

— Não acho que cócegas sejam o ideal para ela — falei por fim. — Vamos encontrar um jogo que sirva para todos nós. Que tal, hum… pular nas nuvens?

Shahar arregalou os olhos.

— O quê?

— Pular nas nuvens. Tipo pular na cama, só que melhor. Posso te ensinar. É divertido, desde que você não caia em um buraco. Vou te pegar se você cair, não se preocupe.

Deka se sentou.

— Você não pode fazer isso. Estou lendo livros sobre magia e deuses. Você é o deus da infância. Pode fazer apenas o que as crianças fazem.

O Reino dos Deuses

Eu ri, dando um mata-leão nele e fazendo-o dar gritinhos e lutar para se libertar, embora ele não estivesse relutando tanto.

— Quase tudo pode ser transformado em brincadeira — falei. — Se é brincadeira, consigo controlar.

Ele pareceu surpreso, ficando quieto nos meus braços. Eu soube então que ele lera os registros da família, porque durante minha prisão, nem uma vez expliquei aos Arameri as consequências totais da minha natureza. Eles pensavam que eu era o mais fraco dos Enefadeh. Na verdade, com Naha engolido pela carne mortal toda manhã, eu era o mais forte. Evitar que os Arameri se dessem conta disso foi um dos meus melhores truques.

— Então vamos pular nas nuvens! — exclamou Deka.

Shahar também parecia ansiosa enquanto eu oferecia a mão. Mas ao estender a dela, ela hesitou. Uma prudência habitual apareceu em seus olhos.

— L-Lorde Sieh — disse ela, fazendo uma careta. Eu também fiz. Eu odiava títulos, tão pretenciosos. — O livro sobre você…

— Eles escreveram um livro sobre mim?

Eu estava encantado.

— Sim. O livro diz… — Ela baixou o olhar, então se lembrou de que era Arameri e o ergueu, visivelmente se preparando. — Diz que você gostava de matar pessoas, na época em que morava aqui. Você pregava peças nelas, às vezes peças engraçadas… mas às vezes as pessoas morriam.

Ainda era engraçado, pensei, mas talvez não fosse a hora de dizer isso em voz alta.

— É verdade — falei, adivinhando a pergunta dela. — Eu devo ter matado, ah, algumas dúzias de Arameri ao longo dos anos.

Ah, mas acontecera também aquele incidente com os filhotes. Algumas centenas, então.

Ela ficou tensa e Deka também, tanto que o soltei. Mata-leão não é divertido quando é pra valer.

— Por quê? — questionou Shahar.

Dei de ombros.

— Às vezes, porque estavam no caminho. Em outras, para provar alguma coisa. Em outras, só porque eu estava a fim.

Shahar fez uma careta debochada. Eu tinha visto aquela expressão em milhares de rostos dos ancestrais dela e sempre me irritava.

— Esses são motivos muito ruins para matar pessoas.

Eu ri, mas precisei forçar.

— É óbvio que são motivos ruins — concordei. — Mas que maneira seria melhor para lembrar aos mortais de que escravizar um deus é uma ideia ruim?

A expressão no rosto dela cedeu um pouquinho, então retornou com força.

— O livro diz que você matou *bebês*. Bebês não fizeram nada de ruim!

Havia esquecido dos bebês. E agora meu bom humor se fora; me sentei e a encarei. Deka se afastou, revezando olhares entre a menina e eu com ansiedade.

— Não — explodi com Shahar —, mas sou o deus de *todas* as crianças, garotinha, e se eu achar adequado tirar a vida de algumas, quem infernos é você para questionar?

— Sou uma criança também — respondeu ela, tornando a erguer o queixo. — Mas *você* não é o meu deus; o Iluminado Itempas é.

Revirei os olhos.

— O Iluminado Itempas é um covarde.

Shahar inspirou, o rosto ficando vermelho.

— Ele não é! Isso é...

— Ele é! Ele assassinou minha mãe e abusou do meu pai; e fique sabendo que ele matou muito mais que apenas alguns dos próprios filhos! Acha que tem mais sangue nas minhas mãos do que nas dele? Ou, aliás, nas suas?

Ela se encolheu, buscando com o olhar o apoio do irmão.

— Nunca matei ninguém.

— *Ainda*. Mas não importa, porque tudo o que você faz está manchado de sangue. — Agachei-me, inclinando o corpo à frente, até que meu

O Reino dos Deuses

rosto estivesse a centímetros do dela. Dando à garota os devidos créditos, Shahar não se afastou, me encarando de volta, mas franzindo a testa. Ouvindo. Então contei a ela: — Todo o poder da sua família, toda a sua riqueza, você acha que vêm do nada? Você acha que os *merece*, porque é mais esperta, sagrada ou seja lá o que esta família ensina à prole hoje em dia? Sim, matei bebês. Porque as mães e os pais deles não tinham problemas em matar os bebês de outros mortais, que eram hereges ou ousavam protestar contra leis estúpidas ou que apenas não respiravam do jeito que vocês, Arameri, gostavam!

Naquele ponto, perdi o fôlego e precisei parar, arfando. Pulmões eram úteis para acalmar os mortais, mas ainda assim inconvenientes. Muito bem, então. As crianças ficaram em silêncio, me encarando em um tipo de fascínio horrorizado, e percebi tarde demais que eu estivera esbravejando. Emburrado, me sentei em um degrau e dei as costas a elas, esperando que minha raiva passasse logo. Eu gostava delas... até de Shahar, mesmo que ela fosse irritante. Eu não queria matá-los ainda.

— Você... você acha que somos ruins — disse ela depois de um longo momento. A voz demonstrava que estava segurando as lágrimas. — Você acha que *eu* sou ruim.

Suspirei.

— Acho que sua família é ruim e acho que ela vai criar você para ser igualzinha.

Ou a matariam ou a expulsariam da família. Eu vira acontecer várias vezes.

— Não serei ruim. — Atrás de mim, ela fungou.

Deka, que ainda estava dentro do meu campo de visão, ergueu a cabeça e inspirou, então imaginei que ela estivesse chorando pra valer agora.

— Você não conseguirá evitar — falei, colocando o queixo sobre os joelhos encolhidos. — É a sua natureza.

— Não é! — Shahar bateu o pé no chão. — Meus tutores dizem que mortais não são como deuses! Nós não temos *natureza*. Podemos ser o que *quisermos* ser.

— Certo, certo. — E eu podia ser um dos Três.

Uma agonia repentina tomou conta de mim, disparando a partir da minha lombar, e gritei, pulei e rolei por metade dos degraus, antes de conseguir me controlar. Sentando-me, pressionei as costas, ordenando que a dor parasse e me surpreendendo quando ela relutou em fazê-lo.

— Você me chutou — falei, admirado, olhando para ela escada acima.

Deka cobrira a boca com ambas as mãos, de olhos arregalados; dos dois, só ele pareceu perceber que estavam prestes a morrer. Shahar, de punhos cerrados, pernas posicionadas, cabelo bagunçado e olhos faiscando, não se importava. Ela parecia pronta para marchar degraus abaixo e me chutar de novo.

— *Serei* o que eu quiser — declarou ela. — Serei a chefe da minha família um dia! O que digo que vou fazer, farei. *Serei* boa!

Fiquei de pé. Na verdade, eu não estava com raiva. É da natureza das crianças serem brigonas. De fato, eu estava feliz de ver que Shahar ainda era ela mesma por baixo de toda a postura e as sedas; ela era linda assim, furiosa e meio desatinada, e por um breve instante compreendi o que Itempas vira na antepassada dela.

Mas não acreditei em suas palavras. E isso me colocou em um humor mais sombrio enquanto subia os degraus, tensionando a mandíbula.

— Vamos jogar um jogo então — propus sorrindo.

Deka se levantou, parecendo dividido entre o medo e o desejo de defender a irmã; ele empacou onde estava, incerto. Não havia medo nos olhos de Shahar, embora parte da raiva dela tenha se dissolvido em desconfiança. Ela não era estúpida. Os mortais sempre sabiam que precisavam tomar cuidado quando eu sorria de uma certa maneira.

Parei diante dela e estendi a mão. Na palma, uma faca apareceu. Como eu era filho de Yeine, fiz dela uma faca darre, do tipo que elas dão às filhas quando elas aprendem a tomar vidas na caçada. Tinha quinze centímetros, era reta e prateada, com um cabo de osso ornamentado.

— O que é isso? — perguntou ela, franzindo a testa.

— O que parece ser? Pegue.

O Reino dos Deuses

Depois de um momento, Shahar a pegou, segurando-a desajeitadamente e com um visível desgosto. Algo muito bárbaro para a sensibilidade amnie dela. Assenti, aprovando, e então acenei para Dekarta, que me observava com aqueles adoráveis olhos escuros. Certamente se lembrando de um dos meus outros nomes: *Trapaceiro*. Ele não veio com o meu gesto.

— Não tenha medo — falei para ele, fazendo meu sorriso se tornar mais inocente, menos assustador. — Foi sua irmã que me chutou, não você, certo?

A racionalidade surtia efeito onde o charme falhava. Ele se aproximou e eu o segurei pelos ombros. Dekarta não era tão alto quanto eu, então me inclinei para espiar seu rosto.

— Você é mesmo muito bonito — falei, e ele piscou em surpresa, a tensão se dissipando. Totalmente desarmado por um elogio. Ele não devia receber muitos, tadinho. — Sabe, no norte você seria o ideal. Mães darre já estariam negociando uma chance de casar você com as filhas delas. É só aqui entre os amnies que sua aparência causa vergonha. Queria que eles te vissem crescido; você teria partido corações.

— Como assim "teria"? — perguntou Shahar, mas a ignorei.

Deka estava me encarando, fascinado como qualquer presa de um caçador. Eu poderia tê-lo devorado.

Aninhei seu rosto entre as mãos e o beijei. Ele tremeu, embora tenha sido um breve pressionar de lábios. Contive a minha força, porque, afinal de contas, ele era apenas uma criança. Mesmo assim, quando me afastei, vi que os olhos dele agora estavam vidrados; as bochechas quentes. Ele nem sequer se moveu, mesmo quando coloquei as mãos ao redor de sua garganta.

Shahar ficou bem quieta, de olhos arregalados, e, por fim, assustada. Eu a olhei e voltei a sorrir.

— Acho que você é como qualquer outro Arameri — falei suavemente. — Acho que você vai querer me matar, em vez de me deixar matar seu irmão, porque esta é a coisa boa e decente a se fazer. Mas sou um deus e você sabe que uma faca não pode me parar. Só vai me irritar. Então eu matarei você e ele. — Ela tremeu, os olhos desviando dos meus, observando as mãos na garganta de Deka e voltando a focar nos meus. Sorri e percebi que meus dentes estavam afiados. Eu nunca fazia isso deliberadamente. — Então acho que você vai deixá-lo morrer, em vez de se arriscar. O que você acha?

Quase senti pena de Shahar enquanto ela ficava ali, respirando com dificuldade, o rosto ainda úmido pelas antigas lágrimas. A garganta de Deka se movimentava sob meus dedos; ele enfim percebera o perigo. No entanto, sabiamente, ficou parado. Alguns predadores são incitados pelo movimento.

— Não o machuque — pediu ela num impulso. — Por favor. Por favor, eu não...

Sibilei para ela e Shahar se calou, empalidecendo.

— Não implore — falei com rispidez. — Você é melhor que isso. Você é uma Arameri ou não?

Ela ficou em silêncio, soluçando uma vez, e então, devagar, vi a mudança chegar. O endurecimento do olhar e a determinação. Ela baixou a faca até a lateral do corpo, mas vi a mão se firmar ao redor do cabo.

— O que vai me dar? — perguntou ela. — Se eu escolher?

Eu a encarei, incrédulo. Então explodi em uma risada.

— Esta é a minha garota! Barganhando pela vida do irmão! Perfeito. Mas você parece ter se esquecido, Shahar, de que esta não é uma das suas opções. A escolha é muito simples: sua vida ou a dele...

— Não — corrigiu ela. — Não é isso o que você está me fazendo escolher. Está me fazendo escolher entre ser ruim e... e entre ser eu mesma. Você está tentando me *fazer* ser ruim. Isso não é justo!

Congelei, meus dedos se afrouxando na garganta de Dekarta. Pelo nome desconhecido do Turbilhão. Agora eu conseguia sentir, o súbito enfraquecimento do meu poder, a náusea ensebada no meio do estômago. Em todas as facetas da existência que abarquei, diminuí. Era pior agora que Shahar mencionara, porque o mero fato de que ela entendia o que eu fizera tornava o dano ainda maior. Conhecimento era poder.

— Merda — murmurei e fiz uma careta pesarosa. — Você está certa. Forçar uma criança a escolher entre morte e assassinato; de jeito nenhum a inocência pode sair ilesa de algo assim. — Pensei por um momento, então fiz uma carranca e balancei a cabeça. — Mas a inocência nunca dura muito, principalmente para as crianças Arameri. Talvez eu esteja fazendo um favor ao te obrigar a encarar a escolha cedo.

Shahar balançou a cabeça, decidida.

— Você não está me fazendo um favor; você está trapaceando. Ou eu deixo o Deka morrer, ou tento salvá-lo e morro também? Não é justo. Não posso ganhar, não importa o que eu faça. É melhor você me compensar de algum modo. — Ela não olhava para o irmão. Ele era o prêmio no jogo e Shahar sabia. Eu teria que repensar minha opinião sobre a inteligência dela. — Então... quero que você me dê uma coisa.

Deka deixou escapar:

— Só deixe que ele me mate, Shar, pelo menos assim você vai viver...

— Cala a boca! — falou ela abruptamente antes que eu pudesse dizer. Mas fechou os olhos no processo. Não conseguia olhar para ele e se manter fria. Quando tornou a olhar para mim, o rosto dela estava duro outra vez. — E você não tem que matar o Deka, se eu... se eu pegar essa faca e a usar em você. Só me mate. Assim será justo. Ele ou eu, como você disse. Ou ele vive ou eu vivo.

Pensei no assunto, me perguntando se havia algum tipo de truque ali. Não consegui ver nada desfavorável, então por fim assenti.

— Muito bem. Mas você *deve escolher*, Shahar. Fique parada enquanto eu o mato, ou me ataque, salve-o e morra. E o que você quer de mim, como compensação pela sua inocência?

Aqui ela hesitou, incerta.

— Um desejo — respondeu Dekarta.

Pisquei para ele, surpreso demais para reprimi-lo por falar.

— O quê?

Ele engoliu em seco, a garganta se contraindo em minhas mãos.

— Você concede um desejo, algo em seu poder, pra... pra seja lá qual de nós sobreviver. — Ele inspirou fundo, trêmulo. — Em compensação por tirar *nossa* inocência.

Inclinei-me para mais perto e olhei nos olhos dele. Dekarta engoliu em seco outra vez.

— Se você ousar desejar que eu seja escravizado pela sua família de novo...

— Não, ele não faria isso — garantiu Shahar. — Você ainda pode me matar... ou... ou o Deka... se não gostar do pedido. Tudo bem?

Fazia sentido.

— Muito bem — falei. — Barganha feita. Agora *escolha*, maldição. Não estou com humor para...

Shahar disparou à frente e enfiou a faca nas minhas costas tão rapidamente que quase virou um borrão. Doeu, como todo dano ao corpo dói, pois Enefa, em sua sabedoria, estabelecera havia muito que a carne e a dor andariam de mãos dadas. Enquanto eu congelava, arfando, Shahar soltou a faca e agarrou Dekarta, arrancando-o das minhas mãos.

— Corre! — gritou ela, empurrando-o para longe da Escada para Lugar Nenhum e em direção aos corredores.

Ele cambaleou um passo, então, estupidamente, se virou para ela, o rosto paralisado de choque.

— Pensei que você fosse escolher... você deveria...

Ela emitiu um som de frustração enquanto eu me colocava de joelhos e lutava para respirar com o buraco no meu pulmão.

— Eu *disse* que eu seria boa — bradou a garota furiosamente, e eu teria rido de pura admiração se pudesse. — Você é meu irmão! Agora vá! Rápido, antes que ele...

— Espere — coaxei. Havia sangue na minha boca e garganta. Tossi e tateei atrás de mim com uma das mãos, tentando alcançar a faca. Shahar a enfiara alto nas minhas costas, parcialmente através do meu coração. Garota incrível.

— Shahar, venha comigo! — Deka agarrou as mãos dela. — Iremos aos escribas...

— Não seja estúpido. Eles não podem lutar contra um deus! Você tem que...

O Reino dos Deuses

— *Espere* — repeti, tendo enfim cuspido sangue o bastante para desobstruir a garganta. Cuspi mais na poça entre minhas mãos e ainda não consegui alcançar a faca. Mas eu conseguia falar, suavemente e com esforço. — Não machucarei nenhum de vocês.

— Você está mentindo — disse Shahar. — Você é um trapaceiro.

— Nada de trapaças. — Com cuidado, inspirei. Precisava do ar para falar. — Mudei de ideia. Não vou matar... nenhum de vocês.

Silêncio. Meu pulmão estava tentando se curar, mas a faca estava no caminho. Sairia sozinha em alguns minutos se eu não conseguisse alcançá-la, mas os minutos seriam difíceis e desconfortáveis.

— Por quê? — perguntou Dekarta, enfim. — Por que mudou de ideia?

— Arranca essa... droga de faca e eu te conto.

— É um truque... — começou Shahar, mas Dekarta se aproximou. Colocando a mão no meu ombro, ele agarrou o cabo da faca e a puxou para fora. Expirei de alívio, embora isso quase tenha me feito recomeçar a tossir.

— Obrigado — falei enfaticamente para Dekarta.

Quando encarei Shahar, ela ficou tensa e deu um passo para trás, então parou e inspirou, os lábios pressionados. Pronta para ser assassinada por mim.

— Ah, chega desse martírio — falei, cansado. — É adorável, muito adorável, que vocês dois estejam prontos para morrer um pelo outro, mas também é bem enjoativo, e prefiro não vomitar nada além de sangue agora.

Dekarta não tirara a mão do meu ombro e percebi o motivo quando ele se inclinou para o lado para espiar meu rosto. Os olhos dele se arregalaram.

— Você se enfraqueceu — disse ele. — Fazer Shahar escolher... te machucou também.

Bem mais que a faca machucara, mas eu não tinha intenção de contar isso a eles. Eu podia ter ordenado que a faca saísse da minha carne ou me transportado para longe dela, se eu estivesse na minha melhor condição. Livrando-me da mão dele, levantei-me, mas precisei tossir uma ou duas vezes antes de me sentir de volta ao normal. Depois de pensar melhor, dispersei o sangue das minhas roupas e do chão.

— Destruí parte da infância dela — falei, suspirando enquanto me voltava para Shahar. — Estupidez minha, na verdade. Nunca é sábio jogar jogos de adultos com crianças. Mas, bem, vocês me irritaram.

Shahar ficou em silêncio, o rosto pálido de alívio, e meu estômago deu uma revirada a mais diante desta prova do dano que eu causara a ela. Mas me senti melhor quando Dekarta ficou ao lado da irmã, a mão estendida para pegar a dela. Shahar olhou para ele e Deka devolveu o olhar. Amor incondicional: a maior magia da infância.

Com isso para fortalecê-la, Shahar me encarou outra vez.

— Por que mudou de ideia?

Não houve motivo. Sou uma criatura impulsiva.

— Acho que porque você estava disposta a morrer por ele — falei. — Já vi os Arameri se sacrificarem várias vezes, mas raramente por escolha própria. Fiquei intrigado.

Eles franziram a testa, sem entender de verdade, e dei de ombros. Também não entendia.

— Então eu te devo um desejo — falei.

Eles se entreolharam de novo, com expressões confusas, e grunhi.

— Você não faz ideia do que deseja, não é?

— Não — disse Shahar, desviando o olhar.

— Volte daqui a um ano — disse Dekarta rapidamente. — Isso é tempo mais que suficiente para decidirmos. Você pode fazer isso, não é? Nós vamos… — Ele hesitou. — Até vamos brincar com você de novo. Mas chega de jogos como este.

Eu ri, balançando a cabeça.

— Não, eles não são tão divertidos, não é? Tudo bem, então. Voltarei em um ano. É melhor vocês estarem prontos.

Enquanto eles assentiam, me retirei para lamber minhas feridas e recuperar minha força. E para me perguntar, com cada vez mais surpresa, em que eu havia me metido.

Corra, corra
Ou te alcançarei antes que o dia transcorra
Te faço gritar e fazer zorra
Até que meu pai corra
(Qual? Qual?
Aquele! Aquele!)
Apenas corra, apenas corra, apenas corra.

* * *

COMO SEMPRE ACONTECIA QUANDO EU estava aflito, busquei o meu pai, Nahadoth.

Não era difícil encontrá-lo. No meio da vastidão do reino dos deuses, ele era como uma gigantesca tempestade à deriva, aterrorizante para aqueles em seu caminho e catártica em seu despertar. De qualquer direção, alguém poderia olhar ao longe e lá estava ele, desafiando a lógica como uma coisa natural. Quase tão perceptíveis quanto ele eram as presenças inferiores que flutuavam por perto, atraídas em direção a toda aquela glória densa e escura, embora pudesse destruí-las. Contemplei meus irmãos em toda a sua variedade e beleza brilhantes: elontid, mnasat e até alguns dos meus companheiros niwwah. Vários ficavam prostrados diante do nosso pai das sombras ou deslocados em direção à escuridão desalumiada que era o núcleo dele, as almas receptivas às gotículas mais efêmeras de sua aprovação. No entanto, ele tinha seus favoritos e muitos deles haviam servido Itempas. Esses esperariam por muito tempo.

N. K. Jemisin

Mas para mim o vento dava boas-vindas enquanto eu viajava através das correntes mais distantes da tempestade. As paredes com camadas da presença dele moveram-se para fora do caminho, cada uma em uma direção diferente, para me deixar passar. Captei os olhares de inveja dos meus irmãos menos estimados e os olhei de volta com ódio, encarando os mais fortes até que eles se virassem. Criaturas covardes e inúteis. Onde eles estiveram quando Naha precisou deles? Deixe que eles implorem pelo perdão dele por mais dois mil anos.

Enquanto eu passava pela última fresta, me vi tomando forma corpórea. Um bom sinal; quando ele estava de mau humor, abandonava a forma corpórea e forçava quaisquer visitantes a fazerem o mesmo. Melhor ainda, havia luz: um céu noturno acima, dominado por uma dúzia de luas pálidas, todas flutuando em diferentes órbitas, crescendo, minguando e mudando de vermelho para o dourado, então para o azul. Abaixo, uma paisagem austera, enganosamente plana e imóvel, cortada aqui e ali por árvores desenhadas por linhas e formatos curvos muito atenuados para se classificarem como colinas. Meus pés tocaram o chão feito de pequeninas pedrinhas espelhadas que pulavam, chacoalhavam e vibravam como coisas vivas e frenéticas. Elas causaram um zumbido delicioso nas solas dos meus pés. As árvores e colinas eram feitas de pedrinhas brilhantes também, assim como o céu e as luas, até onde eu sabia. Nahadoth gostava de brincar com as expectativas.

E abaixo do caleidoscópio frio do céu, moldando-se em uma figura sem propósito, meu pai. Fui até ele e me ajoelhei, o observando e adorando, enquanto sua forma ficava borrada através de inúmeras formas e seus membros se retorciam de maneiras nada graciosas, embora ocasionalmente se tornasse gracioso por acidente. Ele não fez alusão a minha presença, embora fosse óbvio que soubesse que eu estava lá. Enfim ele terminou e caiu, intencionalmente, em um trono similar a um sofá que se formou sozinho enquanto eu observava. Com isso, me levantei e fui ficar de pé ao lado dele. Ele não me olhou, o rosto virado em direção às luas e se movendo um pouco agora, apenas reagindo às cores do céu. Os olhos dele estavam fechados, só os longos cílios escuros permanecendo iguais enquanto a carne ao redor deles mudava.

— Meu filho leal — disse ele. As pedrinhas cantarolaram com as baixas reverberações de sua voz. — Você veio me confortar?

Abri a boca para dizer sim... e então pausei, chocado, ao perceber que não era verdade. Nahadoth olhou para mim, riu suavemente, não com menos crueldade, e alongou seu sofá. Ele me conhecia bem demais. Envergonhado, me sentei ao lado dele, me aconchegando na curva trêmula de seu corpo. Ele acariciou meu cabelo e costas, embora eu não estivesse na forma de um gato. Aproveitei o carinho mesmo assim.

— Odeio eles — falei. — E ao mesmo tempo não odeio.

— Porque você sabe, como também sei, que algumas coisas são inevitáveis.

Grunhi e coloquei um braço sobre os olhos, dramaticamente, embora isso tenha servido apenas para intensificar a imagem nos meus pensamentos: Yeine e Itempas pressionados um contra o outro, se encarando em surpresa e prazer mútuo. O que aconteceria a seguir? Naha e Itempas? Todos os três juntos, o que a existência não vira desde os tempos dos demônios? Abaixei o braço e olhei para Nahadoth, vendo a mesma séria contemplação no rosto dele. Inevitável. Expus os dentes e os deixei crescer tão afiados quanto os de um gato, me erguendo para encará-lo.

— Você *quer* aquele babaca egoísta e cabeça-dura! Não quer?

— Eu sempre o quis, Sieh. O ódio não elimina o desejo.

Ele estava falando do tempo anterior ao nascimento de Enefa, quando ele e Itempas deixaram de ser inimigos para se tornarem amantes. Mas escolhi interpretar as palavras no agora, manifestando garras e as cravando na expansão trêmula dele.

— Pense no que ele te fez — falei, flexionando e cortando-o. Eu não poderia machucá-lo; não o faria nem se eu pudesse; mas havia muitas maneiras de transmitir frustração. — No que fez para nós! Naha, sei que você vai mudar, que deve mudar, mas não precisa mudar *deste* modo! Por que voltar ao que era antes?

— Que antes?

Confuso, parei, e ele suspirou e se deitou de costas, fazendo uma expressão que enviava sua própria mensagem silenciosa: pele branca, olhos pretos e sem emoção, como uma máscara. A máscara que ele usara para os Arameri durante a nossa prisão.

— O passado se foi — afirmou ele. — A mortalidade fez com que eu me agarrasse a ele, embora esta não seja a minha natureza, e isto me feriu. Para voltar a mim mesmo, devo rejeitá-lo. Considerei Itempas como um inimigo; isto não me atrai mais. E há uma verdade inegável aqui, Sieh: não temos ninguém além de uns aos outros, ele, eu e Yeine.

Infeliz, caí sobre ele. Naha estava certo, óbvio; eu não tinha direito de pedir a ele que aguentasse outra vez o inferno da solidão que ele sofrera no tempo anterior a Itempas. E isso não aconteceria, pois ele tinha Yeine e o amor deles era uma coisa poderosa e especial, mas o amor dele por Itempas também fora assim um dia. E quando os Três estiveram juntos... como eu poderia, nunca tendo conhecido tal satisfação, me ressentir dele?

Ele não ficaria sozinho, sussurrou uma vozinha furiosa no meu íntimo mais secreto. *Ele teria a mim!*

Mas eu sabia bem quão pouco uma deidade tinha a oferecer a um deus.

Dedos frios e brancos tocaram minha bochecha, meu queixo, meu peito.

— Você está mais aflito com isso do que devia estar — comentou Nahadoth. — O que aconteceu?

Explodi em lágrimas frustradas.

— Não sei.

— Shhh. Shhh.

Ela (Nahadoth já havia mudado, se adaptando a mim, porque sabia que eu preferia mulheres para certas coisas) se endireitou, me puxando para o colo, e me abraçou enquanto eu alternava entre chorar e soluçar. Isto me fortaleceu, como ela sabia que faria, e quando o choro passou e a natureza fora atendida, inspirei fundo.

O Reino dos Deuses

— Não sei — repeti, mais calmo agora. — Nada está certo mais. Não entendo o sentimento, mas faz um tempo que me incomoda. Não faz sentido.

Ela franziu a testa.

— Isto não é sobre Itempas.

— Não. — Relutantemente, afastei a cabeça dos seus seios suaves e ergui a mão para tocar seu rosto, mais redondo. — Algo está mudando em mim, Naha. Sinto como se um torno prendesse minha alma, apertando devagar, mas não sei quem o segura ou o gira, nem como me libertar. Pode ser que eu me despedace em breve.

Naha franziu a testa, começando a se transformar de novo em homem. Era um aviso; *ela* não se enraivecia tão rápido quanto *ele*. Hoje em dia, na maior parte do tempo, ele era homem.

— Algo causou isso. — Os olhos dele brilharam com súbita suspeita. — Você voltou ao reino mortal. A Céu.

Infernos. Nós, Enefadeh, ainda éramos todos sensíveis ao fedor daquele lugar. Sem dúvidas eu teria Zhakkarn na minha porta em breve, exigindo saber se eu havia perdido a sanidade.

— *Isso* não tem nada a ver também — falei, fazendo uma careta para o jeito superprotetor dele. — Só brinquei com umas crianças mortais.

— Crianças Arameri.

Ah, deuses, as luas estavam escurecendo, uma a uma, e as pedrinhas espelhadas começaram a chacoalhar, como um mau agouro. O ar cheirava a gelo e à picada pungente da matéria escura. Onde estava Yeine quando eu precisava dela? Ela sempre conseguia acalmar os nervos dele.

— Sim, Naha, e eles não tinham o poder de me machucar ou sequer me comandar, como fizeram um dia. E senti o erro *antes* de ir lá. — Fora o motivo de eu seguir Yeine, me sentindo inquieto, raivoso e em busca de uma justificativa para ambas as coisas. — Eram só crianças!

Os olhos dele se tornaram poços escuros e de repente fiquei com medo de verdade.

— Você as ama.

Fiquei imóvel, me perguntando qual era a blasfêmia maior: Yeine amando Itempas ou eu amando aqueles que nos escravizaram?

Ele nunca me machucara em todas as eras da minha vida, lembrei a mim mesmo. Não intencionalmente.

— Só crianças, Naha — repeti, falando baixinho. Mas não podia negar as palavras dele. Eu *as amava*. Era esse o motivo de eu ter decidido não matar Shahar, infringindo as regras do meu próprio jogo? Envergonhado, deixei a cabeça pender para baixo. — Me desculpe.

Depois de um momento longo e assustador, ele suspirou:

— Algumas coisas são inevitáveis.

Ele soava tão decepcionado que partiu meu coração.

— Eu... — Travei outra vez e por um momento me odiei por ser a criança que era.

— Shhh. Chega de lágrimas. — Com um suspiro, Naha se levantou, me segurando contra o ombro sem qualquer esforço. — Quero saber uma coisa.

O sofá se dissolveu outra vez em pedacinhos trêmulos de espelho e a paisagem desapareceu com ele. A escuridão nos rodeou, fria e em movimento, e quando se dissolveu, arfei e me agarrei a Naha, pois havíamos viajado, por sua vontade, até o intenso abismo no fim do reino dos deuses, que continha (na medida em que o incognoscível podia ser contido) o Turbilhão. O próprio monstro estava deitado abaixo, bem abaixo, uma podridão serpenteante de luz, som, matéria, ideia, emoção e momento. Eu conseguia ouvir Seu rugido entorpecente ecoando pelas paredes de estrelas partidas que mantinham o restante da realidade relativamente segura de Sua fome. Senti a minha forma se partir também, incapaz de se manter coerente sob o ataque violento de imagem-pensamento-música. Eu a abandonei de imediato. A forma corpórea era uma desvantagem ali.

— Naha... — Ele ainda me mantinha contra si, mas precisei gritar para ser ouvido: — O que estamos fazendo aqui?

Nahadoth se transformara em algo semelhante ao Turbilhão, revolto, bruto e disforme, cantando um eco mais simples das canções inexpressivas Dele. A princípio, não houve resposta, mas ele não tinha senso de tempo naquele estado. Obriguei-me a ter paciência; cedo ou tarde ele se lembraria de mim.

Depois de um tempo, ele falou:

— Também senti algo diferente aqui.

Confuso, franzi a testa.

— O quê? No Turbilhão?

Estava além de mim saber como ele conseguira compreender alguma coisa daquela confusão — bem literalmente. Quando eu era mais jovem e mais estúpido, ousei brincar naquele abismo, arriscando tudo para ver quão profundamente eu podia mergulhar, quão perto eu podia chegar da origem de todas as coisas. Eu podia chegar mais perto que todos os meus irmãos, mas os Três conseguiam ir além.

— Sim — respondeu Nahadoth por fim. — Me pergunto...

Ele começou a se mover para baixo, em direção ao abismo. Chocado demais para reclamar de início, enfim percebi que ele estava mesmo me levando para dentro.

— Naha! — Debati-me contra ele, mas o seu toque era como aço e gravidade. — Naha, infernos, quer que eu morra? Se sim, só me mate de uma vez!

Ele parou e continuei gritando com ele, esperando que o bom senso de algum modo alcançasse seus estranhos pensamentos. Por fim, alcançou, e, para o meu imenso alívio, ele começou a subir.

— Eu poderia ter lhe mantido seguro — explicou ele, com uma pitada de reprovação.

Sim, até você se perder no desatino e se esquecer de que eu estava lá. Mas eu não era um tolo completo. Em vez disso, falei:

— E para que você estava me levando para lá?

— Há uma ressonância.

— O quê?

O abismo e o rugido desapareceram. Pisquei. Estávamos no reino mortal, em um galho da Árvore do Mundo, encarando o brilho esbranquiçado e sobrenatural do Céu. Era noite, óbvio, com lua cheia, e as estrelas haviam se movido um pouco de lugar. Um ano havia se passado. Era a noite anterior ao meu terceiro encontro com os gêmeos.

— Há uma ressonância — repetiu Nahadoth. Ele era certa mancha mais escura em contraste com a casca da árvore. — Você e o Turbilhão. O futuro ou o passado, não sei dizer qual.

Franzi a testa.

— O que isso quer dizer?

— Não sei.

— Já aconteceu antes?

— Não.

— Naha... — Engoli minha frustração. Ele não pensava como seres inferiores. Era necessário se mover em espirais e pulos para acompanhá-lo. — Vai me machucar? Acho que isto é tudo o que importa.

Ele deu de ombros como se não se importasse, embora suas sobrancelhas estivessem franzidas. Estava usando sua expressão do Céu outra vez. Estando tão perto do palácio onde nós dois aguentamos tanto tormento, eu não gostava dela tanto assim.

— Falarei com Yeine — assegurou ele.

Enfiei as mãos nos bolsos e encurvei os ombros, chutando um ponto de limo na casca sob meus pés.

— E Itempas?

Para o meu alívio, Nahadoth deixou escapar uma risada seca e maliciosa.

— *Inevitável* não é o mesmo que *imediato*, Sieh. E amor não exige perdão. — Ele se virou, suas sombras já se misturando com aquelas da Árvore e da noite no horizonte. — Lembre-se disso com os seus Arameri de estimação.

E assim ele partiu. As nuvens sobre o mundo se moveram por um instante com a passagem dele, antes de ficarem imóveis.

Aflito demais, me transformei em um gato e escalei o galho até um nó do tamanho de um prédio, rodeado por vários galhos menores, que eram pontilhados por folhas em formato de triângulo e flores prateadas da Árvore. Ali me aninhei, rodeado pelo cheiro reconfortante de Yeine, para esperar pelo dia seguinte. E me perguntei (sem cessar, visto que eu não precisava mais dormir) por que minhas entranhas pareciam ocas e trêmulas de terror.

* * *

Com tempo sobrando antes do encontro, me diverti (se é que dá para chamar de diversão) vagando pelo palácio nas horas antes do amanhecer. Comecei no sobpalácio, que por vezes servia de refúgio para mim nos velhos tempos, e descobri que de fato fora abandonado por completo. Não apenas os níveis mais baixos, que sempre foram vazios (exceto pelos aposentos que eu e os outros Enefadeh habitáramos), mas tudo: a cozinha e os salões de jantar dos serventes, os berçários e as escolas, os ateliês de costura e cabeleireiros. Todas as partes do Céu dedicadas aos pouco- -sangues que constituíam a maior parte da população. Ao que parecia, ninguém visitava o sobpalácio havia anos, exceto para varrer. Não era uma surpresa o medo de Shahar e Dekarta naquele primeiro dia.

Pelo menos havia serventes nos níveis do sobrepalácio. Nem um deles me viu enquanto trabalhavam, e sequer me dei ao trabalho de me moldar na forma amnie ou me esconder em um bolsão de silêncio. Apesar de haver serventes, não eram *tantos*... nem perto da quantidade que havia nos meus dias de escravizado. Era apenas questão de virar em um cor- redor quando ouvia passos ou pular e me agarrar ao teto se ficasse preso entre pessoas se aproximando. (Utilidade pública: mortais raramente olham para cima.) Só fui obrigado a usar magia uma vez, e sequer foi a minha própria; diante de uma inescapável convergência de serventes que certamente me veriam, entrei em uma das alcovas superiores, onde a ativação de um escriba morto havia tempos me jogou em outro nível. Criminalmente fácil.

Não era para ser tão fácil eu vagar por aí, pensei enquanto vagava. A essa altura, havia alcançado os níveis dos sangue-altos, onde precisava ser um pouco mais cuidadoso. Havia menos serventes ali, porém mais guardas, usando a farda branca mais feia que eu já tinha visto, além de espadas, balestras e adagas escondidas, se meus olhos carnais não estavam me enganando. Sempre houvera guardas no Céu, um pequeno exército deles, mas haviam se esforçado para permanecerem discretos nos dias em que morei ali. Eles se vestiam do mesmo jeito que os serventes e nunca usavam armas visíveis. Os Arameri preferiam acreditar que guardas eram desnecessários, o que era verdade naquela época. Qualquer ameaça significativa aos sangue-altos do palácio teria forçado a nós, Enefadeh, a nos transportarmos até o local do perigo, e isso teria dado fim a qualquer perigo.

Então, pensei enquanto atravessava uma parede para evitar um guarda excepcionalmente atento, parecia que os Arameri tinham sido forçados a se protegerem de maneira mais convencional. Compreensível, mas o que explicava o número reduzido de serventes?

Um mistério. Estava determinado a descobrir, se possível.

Atravessando outra parede, cheguei a um quarto que tinha um cheiro familiar. Seguindo-o (e andando nas pontas dos pés para passar pela babá adormecida no sofá), encontrei Shahar, adormecida em uma cama de dossel de tamanho considerável. Os cachos loiros perfeitos dela se espalhavam, bonitos, em cima de meia dúzia de travesseiros, embora eu tenha tido que abafar o riso ao ver o rosto dela: boca aberta, bochecha amassada contra um braço dobrado e um filete de baba descendo por aquele braço para formar uma poça no travesseiro. Ela estava roncando bem alto e não se mexeu quando me aproximei para analisar a sua prateleira de brinquedos.

Dava para aprender muito sobre uma criança a partir de seus brinquedos. Naturalmente, ignorei aqueles nas prateleiras mais altas; ela preferiria manter os favoritos a fácil alcance. Nas prateleiras mais baixas, alguém estivera limpando as coisas e mantendo-as em ordem, então era difícil identificar os itens mais desgastados. No entanto, o cheiro revelava muito, e três coisas específicas me atraíram para mais perto. O primeiro era um tipo de pássaro de pelúcia grande. Encostei a língua nele e senti o gosto de amor infantil, desaparecendo agora. O segundo era uma luneta, leve, mas bem-feita o suficiente para aguentar ser derrubada por mãos descuidadas. Talvez fosse usada para ver a cidade lá embaixo ou as estrelas acima. Tinha um ar de curiosidade que me fez sorrir.

O terceiro item, que me fez parar de pronto, era um cetro.

Era lindo, intricado, um bastão gracioso e sinuoso marmorizado com brilhantes tons de joia em seu comprimento. Uma obra de arte. Não era feito de vidro, embora parecesse; vidro seria frágil demais para dar a uma criança. Não, aquilo era pedra-do-dia tingida, a mesma substância das paredes do palácio e muito difícil de quebrar, entre suas outras características únicas. (Eu sabia muito bem disso, visto que eu e meus irmãos a criamos.) Foi por isso que, séculos antes, um chefe de família encomendara aquele e outros cetros similares de seu Primeiro Escriba, para dá-lo ao herdeiro Arameri como brinquedo. *Para aprender a sensação do poder*, dissera ele. E desde então, muitos outros meninos e meninas Arameri receberam um cetro no terceiro aniversário, o que a maioria deles prontamente usava para golpear animais de estimação, outras crianças e serventes até se submeterem a uma obediência dolorosa.

Da última vez que eu vira um daqueles cetros, fora uma versão adulta e modificada da coisa na estante de Shahar. Com a lâmina de uma faca, perfeita para retalhar a minha pele. A perversão de um brinquedo de criança fizera cada ferimento queimar como ácido.

Olhei para Shahar; formosa Shahar, *herdeira* Shahar, algum dia Lady Shahar Arameri. Poucas crianças Arameri teriam abdicado do uso do cetro, mas Shahar, eu tinha certeza, não era tão gentil. Ela o teria empunhado com alegria ao menos uma vez. Era provável que Deka fora sua primeira vítima. O grito de dor do irmão curara o gosto dela por sadismo? Tantos Arameri aprenderam a valorizar o sofrimento de seus entes queridos.

Pensei em matá-la.

Pensei por um longo tempo.

Então me virei e atravessei a parede até o cômodo ao lado.

Uma suíte; isto também era tradição para gêmeos Arameri. Cômodos lado a lado, conectados por uma porta no quarto, de modo que as crianças podiam dormir juntas ou separadas se quisessem. Mais de uma vez, gêmeos Arameri foram reduzidos a um único irmão graças àquelas portas. Tão fácil para o gêmeo mais forte se esgueirar para dentro do quarto do mais fraco sem ser percebido, no meio da noite, enquanto as babás dormiam.

O quarto de Deka era mais escuro que o de Shahar, visto que era posicionado no lado do palácio que não era banhado pelo luar. Recebia menos luz do sol também, percebi, pois através da parede-janela era possível ver um dos enormes e retorcidos membros da Árvore do Mundo se estendendo ao longe contra o horizonte noturno. Suas vergas, galhos e as milhões e milhões de folhas não obscureciam a vista por completo, mas qualquer raio de luz que passasse seria salpicado, instável. Manchado, pelos padrões itempanes.

Havia outros indicadores da posição menos favorável de Deka: menos brinquedos nas prateleiras, uma quantidade menor de travesseiros na cama. Fui até lá e olhei para ele, pensativo. Deka estava deitado de lado, encolhido, composto e quieto mesmo em seu descanso. A babá dele prendera seu longo cabelo escuro em várias tranças, talvez em uma tentativa estranha de formar cachos. Inclinei-me e corri meu dedo pelo comprimento macio e ondulado de uma trança.

— Devo te fazer herdeiro? — sussurrei.

Ele não acordou e não tive resposta.

Afastando-me, fiquei surpreso ao perceber que nenhum dos brinquedos na prateleira dele tinha gosto de amor. Então entendi quando me aproximei da pequena estante de livros, que praticamente fedia com o sentimento. Mais de uma dúzia de livros e pergaminhos tinham a marca de prazer infantil. Corri os dedos pelas lombadas, absorvendo a magia mortal. Mapas de terras distantes, contos de aventura e descoberta. Mistérios do mundo natural, do qual Deka provavelmente experimentou pouco, preso ali no Céu. Mitos e fantasias.

Fechei os olhos e levei os dedos aos lábios, inspirando o aroma e suspirando. Eu não poderia fazer uma criança com tal alma de herdeira. Seria como eu mesmo destruí-lo.

Segui em frente.

Através das paredes, por baixo de um armário, sobre uma protuberante verga da Árvore do Mundo que quase preenchera um dos espaços mortos, cheguei aos aposentos da líder dos Arameri.

O quarto era do tamanho de ambos os aposentos das crianças juntos. Uma cama grande e quadrada no meio, posicionada acima de um amplo tapete circular feito da pele de algum animal de pelo branco que eu não conseguia me lembrar de ter caçado um dia. Austero, pelos padrões dos líderes que conheci: sem pérolas costuradas na manta, sem madeira escura darren, entalhe kenti manual ou tecido leve shuti-narekh. A pouca mobília restante fora posicionada nas laterais do vasto cômodo, fora do caminho. Uma mulher que não gostava de impedimentos em qualquer parte de sua vida.

A própria Lady Arameri era austera. Ela estava deitada e encolhida de lado, bem similar ao filho, embora as similaridades terminassem aí. Cabelo loiro, surpreendentemente curto. O estilo emoldurava bem o seu rosto anguloso, percebi, mas de jeito nenhum era o costume amnie. Rosto bonito e pálido como gelo, embora sério mesmo no sono. Mais jovem do que eu esperava: perto dos quarenta, imaginei. Jovem o bastante para que Shahar atingisse a maioridade antes de ela se tornar idosa. A intenção era que os filhos de Shahar fossem os verdadeiros herdeiros então? Talvez a competição não fosse tão inevitável quanto parecia.

Olhei ao redor, pensativo. Sem pai, disseram as crianças, o que significava que a lady não tinha marido, no sentido formal. Então ela também se recusava a ter amantes? Inclinei-me e inspirei o aroma dela, abrindo a boca um pouquinho para sentir o gosto melhor, e lá estava, ah, sim. O cheiro de outra pessoa estava incrustado profundamente no cabelo e na pele dela, e até mesmo no colchão. Um único amante havia algum tempo... meses, talvez anos. Amor, então? Não era raro. Eu caçaria entre os residentes do palácio para ver se encontrava o dono daquele aroma remanescente.

Os aposentos da lady não me disseram nada sobre ela enquanto eu visitava os outros cômodos: uma biblioteca substancial (não contendo nada de interessante), uma capela particular completa, com altar itempane, um jardim privado (perfeito demais para ter sido cuidado por qualquer um que não um jardineiro profissional), uma sala pública e uma particular. O banheiro mostrava sinais de extravagância: nada de uma mera banheira ali, mas sim uma piscina ampla e profunda o suficiente para nadar, com cômodos separados e adjacentes para se lavar e se vestir. Encontrei o vaso sanitário em outra câmara, por trás de um painel de cristal, e ri. O assento fora inscrito com feitiços para calor e suavidade. Não pude resistir; mudei para dureza fria como gelo. Com sorte eu conseguiria estar por perto para ouvi-la gritar quando descobrisse a mudança.

Quando terminei de explorar, o céu a leste estava clareando com o amanhecer. Com um suspiro, deixei os aposentos da Lady Arameri e retornei à Escada para Lugar Nenhum, me deitando na base para esperar.

Pareceu passar uma eternidade antes de as crianças chegarem, seus pés pequeninos com uma cadência determinada enquanto passavam pelos corredores silenciosos. Eles não me viram logo de cara e exclamaram em desgosto; então, é óbvio, elas desceram a escada e me encontraram.

— Você estava se escondendo — acusou Shahar.

Eu havia me endireitado no chão, com as pernas apoiadas na parede. Sorrindo para ela de cabeça para baixo, falei:

— Falando com estranhos de novo. Nunca vão aprender?

Dekarta se aproximou para se agachar perto de mim.

— Você é um estranho para nós, Sieh? Até agora?

Ele estendeu a mão e cutucou meu ombro outra vez, como quando fizera ao descobrir que eu era perigoso. Ele sorriu timidamente e ficou envergonhado. Tinha me perdoado então? Mortais eram tão voláteis. Cutuquei-o também, e ele deu uma risadinha.

— *Eu* acho que não, mas são vocês que veneram o decoro — respondi. — Na minha opinião, um estranho parece um estranho; um amigo parece um amigo. Simples.

Para a minha surpresa, Shahar também se agachou, seu pequeno rosto solene.

— Você se importaria então? — perguntou com um tipo peculiar de intenção que me fez franzir a testa. — De ser nosso amigo?

Entendi tudo de imediato. O desejo que ganharam de mim. Esperei que eles escolhessem algo muito simples, como brinquedos que nunca quebravam, bugigangas de outros reinos ou asas para voar. Mas eles eram espertos, meus Arameri de estimação. Eles não seriam subornados por reles tesouros materiais ou frivolidades passageiras. Eles queriam algo de verdadeiro valor.

Pirralhos gananciosos, presunçosos, insolentes e *arrogantes*.

Afastei-me da parede com um movimento feio e desajeitado que nenhum mortal poderia reproduzir facilmente. Assustou as crianças, e elas caíram de bunda no chão com os olhos arregalados, sentindo a minha raiva. Com as mãos e os dedos dos pés apoiados no chão, eu os encarei.

— Vocês querem *o quê*?

— Sua amizade — respondeu Deka. A voz dele estava firme, mas os olhos pareciam incertos; ele ficava olhando para a irmã. — Queremos que você seja nosso amigo. E seremos seus amigos.

— Por quanto tempo?

Eles pareceram surpresos.

— Pelo tempo que a amizade durar — afirmou Shahar. — Toda a vida, acho, ou até que um de nós faça algo para estragá-la. Podemos fazer um juramento de sangue para oficializar.

— Fazer um... — As palavras saíram como um rugido animalesco. Eu podia sentir meu cabelo ficando preto, meus dedos dos pés encurvando. — Como vocês se atrevem?

Shahar, que ela e todos os seus ancestrais se danassem, parecia inocentemente confusa. Eu queria dilacerar a garganta dela por não ter entendido.

— O quê? É só amizade.

— *A amizade de um deus.* — Se eu tivesse uma cauda, ela teria estalado no ar como um chicote. — Se eu fizer isso, serei obrigado a brincar com vocês e apreciar sua companhia. Depois que crescerem, eu teria que vir conferir de vez em quando como vocês estão. Eu teria que me *importar* com as futilidades das suas vidas. Pelo menos *tentar* ajudá-los quando estiverem com problemas. Pelos deuses, vocês percebem que não ofereço isto nem aos meus adoradores? Eu deveria matar vocês dois!

Mas, para a minha surpresa, antes que eu pudesse, Deka se inclinou e colocou a mão sobre a minha. Ele se encolheu, porque minha mão não era mais totalmente humana; os dedos estavam curtos e as unhas estavam no processo de se tornarem retráteis. Com esforço, consegui evitar que os pelos crescessem. Mas Deka manteve a mão ali e olhou para mim com mais compaixão do que jamais sonhei ver em um rosto Arameri. Toda a magia inquieta dentro de mim ficou imóvel.

— Desculpe — disse ele. — Sentimos muito.

Agora dois Arameri haviam pedido desculpa para mim. Aquilo alguma vez acontecera quando eu era um escravizado? Nem Yeine dissera aquelas palavras e ela havia me machucado terrivelmente durante seus anos mortais. Mas Deka continuou, agravando o milagre:

— Eu não pensei. Você foi um prisioneiro aqui um dia... nós lemos a respeito. Eles fizeram você agir como um amigo, não foi? — Ele olhou para Shahar, cuja expressão demonstrava a mesma gradual compreensão. — Alguns dos antigos Arameri o puniam se ele não fosse gentil o suficiente. Não podemos ser como eles.

Meu desejo de matá-los passou, como uma vela apagada.

— Vocês... não sabiam — falei devagar, relutantemente, forçando a voz de volta aos registros agudos de menino aos quais pertencia. — É óbvio que vocês não quiseram dizer... o que acho que quiseram.

Uma rota indireta para a servidão. Bênçãos não merecidas. Voltei minhas unhas ao lugar e me sentei, passando a mão no cabelo.

O Reino dos Deuses

— Pensamos que você fosse gostar — comentou Deka, parecendo tão triste que de repente me senti culpado pela minha raiva. — Pensei... nós pensamos...

Sim, óbvio, era ideia dele. Dos dois, ele era o sonhador.

— Pensamos que éramos quase amigos, de qualquer modo, certo? E você não parecia se importar em vir nos ver. Então pensamos que se pedíssemos para sermos amigos, você veria que não somos os Arameri maus que você pensa que somos. Você veria que não somos egoístas ou maldosos, e talvez... — Ele hesitou, baixando o olhar — ... talvez você continuasse voltando aqui.

Crianças não podiam mentir para mim. Era um aspecto da minha natureza; elas podiam mentir, mas eu saberia. Nem Deka nem sua irmã estavam mentindo. Mesmo assim, não acreditei neles; não queria acreditar neles, não confiava na parte da minha alma que tentou acreditar. Nunca era seguro confiar em um Arameri, nem nos pequeninos.

Mesmo assim, eles falavam sério. Queriam minha amizade, não por ganância, mas por solidão. Eles me queriam por quem eu era. Fazia quanto tempo desde que alguém me quisera? Mesmo meus próprios pais?

No fim das contas, sou tão facilmente seduzido quanto qualquer criança.

Abaixei a cabeça, estremecendo um pouco, cruzando os braços no peito para que eles não percebessem.

— Hum. Bem. Se vocês querem mesmo que sejamos... amigos, então... acho que posso fazer isso.

De imediato eles se animaram, arrastando os joelhos no chão para se aproximarem mais.

— Sério? — perguntou Deka.

Dei de ombros, fingindo indiferença, e mostrei meu famoso sorrisão.

— Mal não faz, não é? Vocês são apenas mortais. — Irmão de sangue de mortais. Balancei a cabeça e ri, me perguntando por que estivera tão assustado por algo tão trivial. — Vocês trouxeram uma faca?

Shahar revirou os olhos com a irritação de uma rainha.

— Você pode fazer uma, não pode?

— Eu só estava perguntando, nossa.

Ergui a mão e fiz uma faca, igual àquela que ela usara para me esfaquear no ano anterior. O sorriso de Shahar desapareceu, ela se encolheu um pouco ao vê-la e percebi que aquela não era a melhor escolha. Fechando a mão sobre a faca, mudei-a. Quando tornei a abri-la, a faca estava curvada e graciosa, com um punho de aço. Shahar não saberia, mas era uma réplica da faca que Zhakkarn fizera para Yeine durante o período em que ela esteve no Céu.

Ela relaxou ao ver a mudança e me senti melhor pela expressão de gratidão dela. Eu não havia sido justo com Shahar; me esforçaria para ser no futuro.

— Amizades podem transcender a infância — falei baixinho quando Shahar pegou a faca. Ela parou, me olhando com surpresa. — Elas podem. Se os amigos continuarem a confiar uns nos outros conforme envelhecem e mudam.

— Isso é fácil — afirmou Deka, dando uma risadinha.

— Não — retruquei. — Não é.

O sorriso dele sumiu. Mas Shahar... sim, ali estava algo que ela entendia inerentemente. Ela já começara a compreender o que significava ser Arameri. Eu não a teria por muito mais tempo.

Ergui a mão, toquei a bochecha dela por um momento e ela piscou. Mas então sorri e ela sorriu de volta, por um instante tão tímida quanto Deka.

Suspirando, ergui as mãos com as palmas para cima.

— Vamos lá.

Shahar pegou minha mão mais próxima, erguendo a faca, então franziu a testa.

— Corto o dedo ou a palma?

— O dedo — sugeriu Deka. — Foi assim que o Datennay disse que os juramentos de sangue devem ser feitos.

O Reino dos Deuses

— O Datennay é um tolo — complementou Shahar com a reação típica de uma velha discussão.

— A palma — falei, mais para calar suas bocas do que para expor uma opinião de fato.

— Não vai sangrar muito? E doer?

— A ideia é essa. De que serve um juramento se não te custa nada?

Ela fez uma careta, mas então assentiu e posicionou a lâmina contra a minha pele. O corte que fez foi tão superficial que fez cócegas e não me fez sangrar nem um pouco. Eu ri.

— Mais forte. Não sou mortal, lembra.

Ela me lançou um olhar irritado, então cortou de uma vez a palma, rapidamente e com força. Ignorei a dor. Revigorante. A ferida tentou fechar imediatamente, mas um pouquinho de concentração manteve o sangue se acumulando ali.

— Você faz em mim, eu faço em você — disse Shahar, entregando a faca para Dekarta.

Ele pegou a faca e a mão dela e não hesitou, nem foi tímido ao cortar a irmã. Ela retesou a mandíbula, mas não gritou. Nem Deka, quando Shahar o cortou.

Inspirei o aroma do sangue deles, familiar, apesar de haver três gerações entre eles e o último Arameri que conheci.

— Amigos — falei.

Shahar olhou para o irmão e ele olhou de volta para ela, então os dois olharam para mim.

— Amigos — disseram em uníssono.

Eles deram as mãos primeiro, antes de pegar a minha.

E então...

*   *   *

Espere. O quê?

*   *   *

Eles seguraram minhas mãos com força. Doeu. E por que as crianças estavam gritando, os cabelos chicoteando ao vento? Onde o vento...

* * *

Não te ouvi. Fale mais alto.

* * *

Aquilo não fazia sentido, nossas mãos estavam *seladas, seladas juntas*, e eu não conseguia soltá-las...

* * *

Sim, sou o Trapaceiro. Quem está chamando...?

* * *

Elas gritavam, as crianças gritavam, ambas erguidas do chão, só eu as segurava para baixo, e por que havia um sorriso no meu rosto? Por que...

* * *

Silêncio.

Dormi e, enquanto o fazia, sonhei. Não me lembrava desses sonhos por um longo tempo. Na verdade, eu estava consciente de muito pouco, exceto de
   algo
   estando
   errado
   e talvez um pouquinho de
   espere
   eu
   pensei
   o quê.

Em outras palavras, vaga consciência. Um estado desconfortável para qualquer deus. Nem um de nós sabe tudo, vê tudo (isso é uma bobagem mortal), mas sabemos *muito* e vemos *bastante*. Estamos acostumados a uma infusão quase constante de informações por meio de sentidos que nenhum mortal possui, mas por um tempo não houve nada. Em vez disso, dormi.

De repente, porém, nas profundezas do silêncio e da incerteza, ouvi uma voz. Chamava meu nome, minha *alma*, com uma completude e força que eu não ouvira em várias vidas mortais. Uma sensação familiar de ser puxado. Desagradável. Eu estava confortável, então me virei e de início tentei ignorar, mas me cutucou até me acordar, me estapeou nas costas para me mover à frente, então empurrou. Escorreguei através de uma abertura em uma parede de matéria, como se estivesse nascendo, ou entrando no mundo mortal, o que era basicamente a mesma coisa. Emergi nu e escorregadio com a magia, como um reflexo a minha forma se solidificou por proteção contra os éteres devoradores de almas que um dia foram os fluidos digestivos de Nahadoth, no tempo antes do tempo. Minha mente enfim se arrastou para fora do estupor.

Alguém chamara meu nome.

— O que você quer? — perguntei; ou pelo menos tentei, embora as palavras tenham emergido dos meus lábios em um rosnado ininteligível. Muito antes de os mortais alcançarem uma forma digna de imitação, eu assumira a aparência de uma criatura que amava travessuras e crueldade na mesma medida, um encapsulamento por excelência da minha natureza como a minha forma de criança. Eu ainda tendia a usar essa forma como padrão, embora preferisse minha forma infantil hoje em dia. Maior controle e nuance. Mas eu não estivera totalmente consciente quando tomei forma no reino mortal e assim me tornei o gato.

Mesmo assim, a forma era desajeitada quando tentei me levantar, e algo... parecia errado. Não perdi tempo tentando entender, apenas me tornei um garoto... ou tentei. A mudança não aconteceu como devia. Foi necessário um esforço real e minha carne se remodelou com uma lenta relutância. Quando terminei de me vestir em pele humana, estava exausto. Caí onde me materializei, arfando, tremendo e me perguntando o que nos infernos infinitos havia de errado comigo.

— *Sieh*?

A voz que havia me invocado do lugar indefinido. Feminina. Familiar, mas ao mesmo tempo não. Confuso, tentei erguer a cabeça e me virar para olhar a dona da voz e, surpreso, percebi que não conseguia. Eu não tinha forças.

— *É você*. Pelos deuses, nunca pensei...

Mãos macias tocaram meus ombros, me puxaram. Grunhi baixo enquanto ela me colocava de lado. Algo repuxou na minha cabeça, causando dor. Por que infernos eu estava com frio? Eu nunca sentia frio.

— Pelo infinito Iluminado! Isto é...

Ela tocou meu rosto. Por instinto, me virei na direção de sua mão, me aconchegando, e ela arfou, puxando a mão de volta. Em seguida, me tocou de novo e não retirou a mão quando tornei a me pressionar contra ela.

— Sh-Shahar — falei. Minha voz estava alta demais e soava errada. Arregalei os olhos ao máximo que consegui e a encarei, perplexo. — Shahar?

Ela era Shahar. Eu tinha certeza. Mas algo acontecera com ela. O rosto estava mais longo, os traços mais finos, o dorso do nariz mais elevado. O cabelo dela, que alcançava a altura dos ombros quando eu a vira pela última vez (um momento antes? No dia anterior?) agora emoldurava o corpo, despenteado, como se ela tivesse acabado de acordar. Na altura da cintura pelo menos, talvez mais longo.

O cabelo mortal não cresce tão rapidamente e nem mesmo os Arameri desperdiçariam magia em algo tão trivial. Não nesta época, pelo menos. Mesmo assim, quando tentei encontrar as estrelas ali perto para saber quanto tempo se passara, o que retornou para mim foi apenas um ressoar vazio e ininteligível, como o tagarelar de minhocas de memória.

— Frio — murmurei.

Shahar se levantou e saiu. Um instante depois, algo me cobriu, quente e grosso com os aromas do corpo dela e penas de pássaros. Não devia ter me aquecido, assim como meu corpo não devia estar com frio, para início de conversa, mas me senti melhor. A essa altura, eu conseguia me mexer um pouco, então me aconcheguei sob ele, agradecido.

— Sieh... — Ela soava como se estivesse retomando a compostura depois de um choque profundo. Sua mão tocou meu ombro de novo, reconfortante. — Não é que eu não esteja feliz em vê-lo — ela não soava nem um pouco feliz —, mas se você ia voltar, por que agora? Por que aqui, assim? Isto... deuses. Inacreditável.

Por que agora? Eu não fazia ideia, uma vez que não sabia o que *agora* significava. *Daquela* época, eu não me lembrava muito de pensamentos, sim de impressões: segurar a mão dela, segurar a mão de Deka. Luz, vento, algo fora de controle. O rosto de Shahar, seus olhos arregalados de pânico, boca escancarada e...

Gritos. Ela estivera gritando.

Parte da minha força retornara. Usei-a para tocar o joelho dela, que estava a alguns centímetros do meu rosto. Meus dedos correram pela pele macia e quente e alcançaram um tecido fino: uma camisola. Ela arfou e se afastou.

— Você está gelado!

— Estou com *frio*. — Com tanto frio que conseguia sentir a umidade do quarto começando a grudar na minha pele, na parte em que o cobertor não cobria. Escondi minha cabeça sob o cobertor, ou tentei. Aquela sensação de ser puxado outra vez. Esta segurou minha cabeça no lugar, embora eu pudesse movê-la um pouco contra a tensão. — Merda! O que é isso?

— Seu cabelo — explicou Shahar.

Congelei, olhando para ela.

Ela empurrou meu braço, e então pegou um cacho de cabelo para que eu visse. De ondas abertas, castanho-escuro, grosso e mais longo que o braço dela. Com *metros* de comprimento. Eu não conseguia me mexer porque estava meio enrolado nele.

— Eu não mandei o meu cabelo crescer tanto assim — falei. Foi um sussurro.

— Bem, diga a ele para ficar curto outra vez. Ou pare de se mexer para que eu consiga te soltar.

Shahar retirou o cobertor e começou a juntar meu cabelo, puxando e penteando com os dedos. Quando ela me virou de lado, minha cabeça estava livre. Eu estivera deitado sobre grande parte dele.

Meu cabelo não devia ter crescido. O cabelo *dela* não devia ter crescido.

— Conte o que aconteceu — falei enquanto ela me virava para lá e para cá como uma boneca grande demais. — Quanto tempo se passou desde que fizemos o juramento?

— Que fizemos o juramento? — Shahar me encarou, incrédula. — É só disso que você se lembra? Pelos deuses, Sieh, você quebrou o juramento praticamente no mesmo instante em que o fez...

O Reino dos Deuses

Praguejei em três idiomas mortais, alto, para interrompê-la:

— Só me diga quanto tempo se passou!

A fúria corou as bochechas dela, apesar de a luz pálida ao nosso redor (as paredes brilhantes do Céu) tornar difícil de ver.

— Oito anos.

Impossível.

— Eu teria me lembrado de oito anos.

Eu devia ter entendido a raiva na voz de Shahar quando ela explodiu:

— Bem, faz todo esse tempo. Não é culpa minha se você não se lembra. Suponho que vocês, deuses, têm tantas coisas importantes para fazer que os anos mortais passam em um piscar de olhos para vocês.

Eles passavam, mas nós éramos *conscientes* dos piscares de olhos. Eu queria saber mais, como o motivo de ela soar tão brava e magoada. Essas coisas me afetavam como a dor da inocência interrompida e pareciam importantes. Mas também pareciam os tipos de coisas que precisavam ser amenizadas com o silêncio antes de serem expostas, então as deixei de lado e perguntei:

— Por que estou tão fraco?

— Como é que eu vou saber?

— Onde eu estive? Enquanto estive fora?

— Sieh — ela deixou escapar um suspiro intenso —, não sei. Não te vejo desde aquele dia, há oito anos, quando você, eu e Deka concordamos em ser amigos. Você tentou nos matar e desapareceu.

— Tentei... não tentei matar vocês. — O rosto dela ficou ainda mais duro, cheio de ódio. Aquilo significava que eu *tinha* tentado matá-la ou pelo menos ela acreditava que sim. — Eu não tive a *intenção*. Shahar...

— Tentei tocá-la de novo, instintivamente agora. Eu podia pegar a força de crianças mortais se fosse preciso, mas quando toquei o joelho dela de novo, havia apenas um pinguinho do que eu precisava. É óbvio; oito anos. Ela estava com dezesseis agora; não era uma mulher ainda, mas quase. Choraminguei de frustração, retirando a mão. — Não me lembro de nada daquele momento até agora — falei para afastar o medo da minha mente. — Peguei suas mãos e então apareci aqui. Algo está errado.

61

— Obviamente. — Ela apertou o dorso do nariz entre os dedos e deixou escapar um suspiro pesado. — Tomara que sua chegada não tenha avariado os feitiços de limite nas paredes ou uma dúzia de guardas vai derrubar a porta em um minuto. Terei que pensar em um modo de explicar sua presença. — Ela fez uma pausa, franzindo a testa para mim, esperançosa. — Ou você pode ir embora? Essa seria a solução mais fácil.

Sim, boa para mim e para ela. Era óbvio que Shahar não me queria ali. Eu também não queria estar ali, fraco, pesado e me sentindo estranho daquele jeito. Eu queria estar com, com, espere, aquilo era... ah, não.

— Não — sussurrei, e então Shahar suspirou, irritada, e percebi que ela pensara que eu estivesse respondendo à pergunta dela. Fiz um esforço heroico e agarrei a mão dela com o máximo de força que consegui, assustando-a. — *Não*. Shahar, como me trouxe aqui? Você usou escrita, ou... ou ordenou que eu viesse de algum modo?

— Eu não te trouxe aqui. Você só apareceu.

— Não, você me fez vir, eu senti, você me puxou para fora dele... — Ah, demônios, ah, inferno, eu conseguia senti-lo chegando. A fúria dele fazia o reino mortal inteiro estremecer como uma ferida aberta. Como ela não sentia? Chacoalhei a mão dela, em vez de gritar. — Você me puxou para fora dele e *ele vai te matar se você não me disser agora o que fez!*

— Quem... — começou Shahar. Então congelou, os olhos se arregalando, porque até ela conseguia sentir agora. Óbvio que conseguia, porque ele estava no quarto conosco, tomando forma enquanto as paredes brilhantes de repente escureciam e o ar tremia e se calava em reverência.

— Sieh — disse o Senhor da Noite.

Fechei os olhos e rezei para que Shahar ficasse em silêncio.

— Aqui — falei.

Um instante depois ele estava ao meu lado, a escuridão flutuante de sua capa rodeando-o enquanto ele se ajoelhava. Dedos gélidos tocaram meu rosto e lutei contra o impulso de rir da minha própria ignorância. Eu devia ter percebido de cara por que estava com tanto frio.

Ele virou meu rosto de um lado a outro, me analisando não só com o olhar. Permiti, porque ele era meu pai e era seu direito estar preocupado, mas então agarrei sua mão. Ela se solidificou sob o meu toque e a força fluiu para dentro de mim da fornalha infinita da alma dele. Aliviado, expirei.

— Naha. Me conte.

— Encontramos você à deriva, como uma alma sem lar. Danificado. Yeine tentou te curar e não conseguiu. Coloquei-o em mim para fazer o mesmo.

E o ventre de Nahadoth era um lugar frio e escuro.

— Não me sinto curado.

— Você não está. Não consegui encontrar uma cura para a sua condição, nem consegui preservá-lo. — A voz dele, em geral sem emoção, ficou amarga. Era o dom de Itempas parar a progressão de processos que dependiam do tempo; Nahadoth não tinha nem um pouco desse poder. — O melhor que consegui fazer foi mantê-lo seguro enquanto Yeine buscava uma cura. Mas você foi tirado de mim. Eu não tinha ideia de para onde você tinha ido... a princípio.

Então seus olhos escuros se ergueram para observar Shahar. Ela se encolheu, o que era compreensível.

Eu não tinha motivo para querer salvá-la, exceto pelo meu próprio senso de honra infantil. Eu tirara a inocência dela; estava em dívida com ela. E por mais errado que parecesse ter acontecido, eu jurara ser amigo dela. Então me sentei com cuidado, não bloqueando a linha de visão dele, pois nunca era seguro, mas o suficiente para atrair sua atenção.

— Naha, seja lá o que ela fez, não foi intencional.

— As intenções dela não importam — disse ele com cuidado. Não tirou os olhos dela. — Quando você foi tirado de mim, foi muito similar aos nossos dias de encarceramento. Uma intimação que não podia ser ignorada, nem negada.

Shahar fez um som suave, não exatamente um choramingo, e a expressão de Nahadoth ficou afiada e faminta. Eu não o culpava pela raiva, mas Shahar não era como os antigos Arameri; ela não fora criada para conhecer a natureza dos deuses. Ela não percebia que seu medo podia incitá-lo a atacar, porque a noite era a hora dos predadores e ela estava agindo como presa.

Antes que eu pudesse pensar em um jeito de distraí-lo, o pior aconteceu: ela falou:

— L-Lorde Nahadoth. — A voz dela tremeu e Naha se inclinou para mais perto da adolescente, a respiração dele acelerando e o quarto ficando mais escuro. Merda. Mas então, para a minha surpresa, Shahar inspirou fundo e seu medo retrocedeu. — Lorde Nahadoth, eu te garanto, não fiz nada para... para *invocar* o Lorde Sieh aqui. Sim, eu estava pensando nele... — Ela me olhou, a expressão de repente sombria, o que me confundiu. — Falei o nome dele, mas não porque eu o queria aqui; pelo contrário. Eu estava com raiva. Estava praguejando.

Eu a encarei. *Praguejando?* Mas a mudança de humor dela fizera o que eu não conseguira; Naha expirou e se recostou.

— Uma praga é similar a uma oração — disse ele, pensativo. — Se você conhecesse a natureza dele bem o bastante...

— Uma oração não teria me tirado do seu vazio — falei, olhando para o meu corpo. A extensão dos meus membros era obscena. Minhas palmas tinham o dobro do tamanho de antes! Eu devia ter dedos pequenos e espertos de criança, não aquelas patas monstruosas. — E não poderia ter feito *isto* comigo. Nada devia ter feito isto.

Agora que Naha renovara minhas forças, eu podia consertar o erro. Usei a força de vontade para me comandar de volta ao normal.

— Pare. — A vontade de Nahadoth reprimiu a minha como um torno antes que eu pudesse começar a tomar forma. Assustado, congelei. — Não é mais seguro você alterar sua forma.

— Não é mais *seguro*?

Ele suspirou.

— Você não entende.

Então ele olhou dentro dos meus olhos e me fez compreender o que ele e Yeine descobriram nos oito anos desde que tudo dera errado.

Há uma linha entre o divino e o mortal que não tem nada a ver com a imortalidade. É *material*: uma questão de substância, composição, flexibilidade. Isso foi o que acabou tornando os demônios mais fracos que nós, embora alguns deles tivessem todo o nosso poder: eles conseguiam cruzar essa linha, se tornar como os deuses, mas era necessário um grande esforço e não conseguiam fazer por muito tempo. Não era a condição natural deles. Outros mortais não conseguiam cruzar a linha de jeito nenhum. Estavam confinados na própria carne, envelhecendo conforme ela envelhecia, extraindo força da força dela e ficando fracos quando ela se enfraquecia. Eles não conseguiam moldá-la, nem o mundo ao redor, exceto com o poder bruto de suas mãos e mentes.

O problema, Nahadoth comandou que eu soubesse, era que eu não era mais exatamente um deus. A substância que me formava estava em algum lugar entre a divina e a mortal, mas eu estava me tornando mais mortal com o passar do tempo. Ainda podia me moldar se quisesse, como fizera quando chegara em forma de gato. Mas não seria fácil. Poderia haver dor, danos à minha carne, distorção permanente. E chegaria um dia, talvez aquele dia, talvez outro, em que eu não mais conseguiria me transformar. E se eu tentasse, morreria.

Encarei Naha e senti verdadeiro medo.

— O que está falando? — sussurrei, embora ele não tivesse dito nada. Figura de linguagem mortal. — Naha, o que está falando?

— Você está se tornando mortal.

Eu estava respirando pesado. Eu não havia me comandado a respirar mais rapidamente. Nem estremecer, nem suar, nem ficar maior, nem mais maduro, na idade adulta. Meu corpo estava fazendo tudo sozinho. Meu corpo: alienígena, manchado, fora de controle.

— Vou morrer — falei. A minha boca estava seca. — Naha, envelhecer desafia a minha natureza. Se eu ficar assim, se continuar envelhecendo, se eu *tropeçar e cair* com força suficiente, vou morrer como qualquer outro mortal.

— Encontraremos um jeito de te curar...

Fechei as mãos em punhos.

— *Não minta para mim!*

A máscara de Nahadoth rachou, substituída pela tristeza. Lembrei-me de dez milhões de noites no colo dele, implorando por histórias. Lindas mentiras, como eu as chamava. Ele me segurara e me contara maravilhas reais e imaginadas, e eu estivera tão feliz de nunca crescer. Para que ele continuasse mentindo para mim para sempre.

— Você vai envelhecer — disse ele. — Enquanto deixa a infância para trás, ficará mais fraco. Você começará a precisar de subsistência e descanso, como os mortais, e sua consciência de coisas além dos sentidos mortais vai desaparecer. Você se tornará... frágil. E sim, se nada for feito, você morrerá.

Eu não conseguia aguentar a suavidade da voz dele, não importava quão duras fossem as palavras. Ele era sempre tão suave, sempre complacente, sempre tolerando a mudança. Eu não queria que ele tolerasse aquilo.

Afastei o cobertor e me pus de pé (desajeitadamente, visto que os meus membros estavam mais longos do que eu estava acostumado e eu tinha cabelo demais), tropeçando até a janela de Shahar. Coloquei as mãos no vidro e me apoiei nele com todo o peso. Os mortais raramente faziam aquilo, observara durante meus séculos no Céu, embora soubessem que o vidro do Céu fosse reforçado pela magia e por uma engenharia inumanamente precisa, eles não conseguiam se livrar do medo perante a possibilidade de o vidro quebrar ou de o painel se soltar. Preparei os pés e empurrei. Eu precisava de que *algo* na minha presença fosse imutável e forte.

Algo tocou meu ombro e me virei de pronto, irracionalmente desejando olhos duros de pôr do sol, braços negros ainda mais duros e a flexibilidade dura como uma parede. Mas era apenas a mortal, Shahar. Eu a encarei, furioso por ela não ser quem eu queria, e pensei em empurrá-la para o lado. De algum jeito era culpa dela aquilo ter acontecido. Talvez matá-la me libertasse.

Se ela tivesse me olhado com compaixão ou dó, eu a teria matado. Mas não havia nada daquilo no rosto dela, apenas ressentimento e relutância, nem um pouco reconfortante. Ela era Arameri. Aquilo não era algo que eles faziam.

Itempas falhara comigo, mas o escolhido de Itempas fora magnificamente previsível por dois mil anos. Eu a puxei para mais perto e pus os braços ao redor dela, com tanta força que não podia ser confortável. Shahar virou o rosto e a bochecha dela pressionou meu ombro. Mas ela não cedeu, não falou, não devolveu meu abraço. Então a segurei, tremi e rangi os dentes para não começar a gritar. Encarei Nahadoth por meio dos cachos dela.

Ele me encarou de volta, quieto e pesaroso. Naha sabia bem por que eu me afastara dele e me perdoara. Eu o odiava por isso, assim como odiara Yeine por amar Itempas e assim como odiava Itempas por perder a sanidade e não estar lá quando precisei dele. E odiava todos os três por desperdiçarem o amor um pelo outro quando eu daria tudo, *tudo* para ter aquilo para mim.

— Vá embora — sussurrei através do cabelo de Shahar. — Por favor.

— Não é seguro para você ficar aqui.

Ri amargamente, adivinhando a intenção dele.

— Se só terei mais algumas décadas de vida, Naha, não as passarei dormindo dentro de você. Obrigado.

A expressão dele endureceu. Nahadoth não era imune à dor e supus que eu estivesse esfregando mais sal na ferida do que geralmente fazia.

— Você tem inimigos.

Suspirei.

— Posso me cuidar sozinho.

— Não vou te perder, Sieh. Nem para a morte, nem para o desespero.

— Saia! — Agarrei Shahar como um ursinho de pelúcia e fechei os olhos, gritando: — Saia, que os demônios o carreguem, vá embora e me deixe em paz, inferno!

Houve um instante de silêncio. Então o senti partir. As paredes voltaram a brilhar; de repente o quarto pareceu mais livre, arejado. Shahar relaxou no mesmo instante contra mim. Mas não de todo.

Mantive-a contra mim de qualquer jeito, porque estava me sentindo egoísta e não estava a fim de me importar com o que ela quisesse. Mas eu era mais velho agora, mais maduro, quer eu quisesse ser ou não; então, depois de um momento, parei de pensar apenas em mim. Ela deu um passo para trás quando a soltei e havia um olhar característico de cautela em seus olhos.

— O que vai fazer? — perguntou ela.

Eu ri, tornando a me recostar contra o vidro.

— Não sei.

— Quer ficar aqui?

Grunhi e coloquei as mãos na cabeça, passando os dedos por todo o meu cabelo indesejado.

— Não sei, Shahar. Não consigo pensar agora. Isso é um pouco demais, está bem?

Ela suspirou. Senti quando ela veio ficar ao meu lado na janela, irradiando pensamentos.

— Você pode dormir no quarto do Deka esta noite. De manhã, falarei com a minha mãe.

Minha alma estava tão dormente que isso não me incomodou tanto quanto deveria.

— Está bem — falei. — Tanto faz. Tentarei não acordá-lo enquanto caminho de um lado a outro e choro.

Houve um momento de silêncio. Isso não atraiu minha atenção tanto quanto a onda de mágoa que cavalgava no rastro do silêncio.

— Deka não está aqui. Você terá o quarto todo para si.

Eu a encarei, franzindo a testa.

— Onde ele está? — E então me ocorreu: Arameri. — Morto?

— Não. — Shahar não olhou para mim e a expressão dela não mudou, mas a voz ficou afiada e odiosa pelo que eu presumira. — Ele está na Litaria. A universidade dos escribas. Em treinamento.

Ergui as sobrancelhas.

— Eu não sabia que ele queria ser escriba.

— Ele não queria.

Então entendi. Arameri, sim. Quando havia mais que um potencial herdeiro, a líder da família não *precisaria* colocá-los em uma batalha até a morte. Ela podia manter os dois vivos se colocasse um deles em uma óbvia posição subalterna.

O Reino dos Deuses

— Então ele será seu Primeiro Escriba.

Ela deu de ombros.

— Se ele for bom o suficiente. Não há garantias. Ele se provará se puder, quando voltar. *Se* voltar.

Havia algo mais, percebi. Fiquei intrigado o suficiente para esquecer dos meus próprios problemas por um momento, então me virei para ela, franzindo a testa.

— O treinamento de escribas dura anos — falei. — Geralmente dez ou quinze.

Shahar se virou para me encarar e recuei com a expressão nos olhos dela.

— Sim. Deka esteve treinando pelos últimos oito anos.

Ah, não.

— Há oito anos...

— Há oito anos — disse ela no mesmo tom cortante — você, o Deka e eu fizemos um juramento de amizade. Imediatamente, você liberou uma onda de magia tão poderosa que destruiu a Escada para Lugar Nenhum e grande parte do sobpalácio; então você desapareceu, deixando o Deka e eu enterrados em destroços e com mais ossos quebrados que inteiros.

Eu a encarei, horrorizado. Shahar estreitou os olhos, vasculhando a minha expressão, e uma breve consternação diluiu a raiva dela.

— Você não sabia.

— Não.

— Como pode não saber?

Balancei a cabeça.

— Não me lembro de nada depois que demos as mãos, Shahar. Mas... você e o Deka foram espertos em pedir pela minha amizade; devia ter protegido vocês de mim o tempo todo. Não entendo o que aconteceu.

Ela assentiu devagar.

— Eles nos tiraram dos escombros e nos curaram, nos deixando como novos. Mas precisei contar à minha mãe sobre você. Ela ficou furiosa por termos escondido algo tão importante. E a vida da herdeira fora ameaçada,

69

o que significava que alguém precisava ser responsabilizado. — Shahar cruzou os braços, mantendo os ombros ligeiramente tensos. — Deka tinha menos ferimentos que eu. Os nossos parentes sangue-cheios começaram a insinuar que o Deka, apenas o Deka, nunca eu, pudesse ter feito algo para te afrontar. Eles não chegaram a acusá-lo descaradamente de conspirar para usar uma deidade como arma de um assassinato, mas...

Fechei os olhos, entendendo por fim por que ela praguejara o meu nome. Eu roubara primeiro a inocência dela, e então o seu irmão. Shahar nunca confiaria em mim outra vez.

— Sinto muito — falei, sabendo que era totalmente inadequado.

Ela tornou a dar de ombros.

— Não foi sua culpa. Agora vejo que foi um acidente.

Ela se virou então, cruzando o quarto até a porta que ligava sua suíte à de Dekarta. Abrindo-a, ela se virou para olhar para mim, esperando.

Fiquei perto da janela, vendo os sinais agora. O rosto de Shahar estava impassível, frio, mas ela ainda não tinha controle completo de si. A fúria exalava dela, contida por enquanto, mas queimando devagar. Ela estava paciente. Focada. Eu pensaria ser uma coisa boa, se não tivesse visto antes.

— Você não me culpa — falei —, embora aposto que culpava até esta noite. Mas você ainda culpa *alguém*. Quem?

Esperei que ela respondesse.

— Minha mãe. — Foi a resposta.

— Você disse que ela foi pressionada a mandar o Deka embora.

Shahar balançou a cabeça.

— Não importa. — Ela não disse nada por mais um momento, e então baixou o olhar. — Deka... não ouço falar dele desde que partiu. Ele devolve minhas cartas sem abrir.

Mesmo com os sentidos confusos como estavam, eu podia sentir a ferida crua na alma dela, onde um irmão gêmeo estivera. Uma ferida que precisava de reparação.

Ela suspirou.

— Venha.

O Reino dos Deuses

Dei um passo na direção dela e parei, assustado ao perceber algo. Os líderes e herdeiros Arameri se odiavam desde o nascimento do Iluminado. Inevitável, dadas as circunstâncias: duas almas com a força de governar o mundo raramente eram boas em compartilhar ou sequer coabitar. Era por isso que os líderes da família eram tão implacáveis em controlar seus herdeiros quanto eram em controlar o mundo.

Meus olhos focaram no selo de sangue incompleto e estranho de Shahar. Nem uma das palavras de controle estava ali. Ela estava livre para agir contra a mãe, até planejar o assassinato da matriarca, se quisesse.

Shahar viu a minha expressão e sorriu.

— Velho amigo — declarou ela. — Você estava certo sobre mim, sabe, todos aqueles anos atrás. Algumas coisas são da minha natureza. Inescapáveis.

Cruzei o quarto para ficar ao lado dela na soleira. Fiquei surpreso a me ver incerto enquanto a observava. Eu devia ter me sentido vingado pelos seus planos de retaliação. Eu devia ter dito e acreditado nas palavras: antes de chegar ao final, *você fará pior que isso*.

Mas eu sentira o gosto de sua alma infantil e havia algo nela que não se encaixava na vingadora fria que parecia ter se tornado. Shahar amara o irmão, o suficiente para se sacrificar por ele. Ela havia desejado de coração se tornar uma pessoa boa.

— Não — corrigi. Shahar piscou. — Você é diferente do restante deles. Não sei por quê. Você não deveria ser. Mas é.

Ela flexionou a mandíbula.

— Pela sua influência, talvez. Para um deus, você teve mais impacto na minha vida do que o Iluminado Itempas jamais poderia ter.

— Na verdade, isso deveria ter feito você ficar pior. — Sorri um pouco, embora sem vontade. — Sou egoísta, cruel e inconstante, Shahar. Nunca fui um bom menino.

Ela ergueu a sobrancelha e baixou os olhos. Eu não usava nada além do meu cabelo ridiculamente longo, que caía até os tornozelos agora que eu estava de pé. (Minhas unhas, no entanto, haviam se mantido em meu

71

tamanho preferido. Mortalidade parcial, crescimento parcial? Eu viveria com medo da minha primeira manicure.) Pensei que Shahar estivesse olhando para o meu peito, mas meu corpo estava maior agora, mais alto. Tarde demais, percebi que o olhar dela se fixara em uma parte mais baixa.

— Você não é mais um *garoto* — afirmou ela.

Meu rosto ficou quente e não entendi o motivo. Corpos eram apenas corpos, pênis eram apenas pênis, mas de algum modo ela havia feito com que eu me sentisse muito desconfortável com o meu. Não consegui pensar em nada como resposta.

Depois de um momento, Shahar suspirou:

— Você quer comer?

— Não... — comecei, mas então meu estômago revirou daquela maneira estranha e apertada que eu não sentia havia várias gerações mortais. Eu não havia me esquecido o que significava. Suspirei. — Mas vou querer pela manhã.

— Pedirei que tragam uma bandeja dupla. Vai dormir?

Balancei a cabeça.

— Estou com a cabeça cheia, nem se estivesse exausto. O que não estou. — Ainda.

Ela suspirou:

— Entendo.

De repente, percebi que *ela* estava exausta, o rosto com mais linhas e mais pálido do que o normal. Meu senso de tempo estava retornando (turvo, vagaroso, mas funcional), então entendi que era bem depois da meia-noite quando Shahar me invocara. Praguejara meu nome. Ela estivera andando de um lado a outro, a mente cheia de preocupações? O que a fizera se lembrar de mim, embora com ódio, depois de todo aquele tempo? Eu queria saber?

— Seu juramento permanece, Shahar? — perguntei baixinho. — Não quis machucá-la.

Shahar franziu o cenho.

— Você quer que permaneça? Lembro de você pouco animado com a ideia de dois amigos mortais.

O Reino dos Deuses

Umedeci os lábios, ponderando por que eu estava tão incomodado. *Nervoso.* Ela me deixava nervoso.

— Acho que talvez... amigos possam ser úteis, considerando as circunstâncias.

Ela piscou, então deu um sorriso torto. Diferente dos outros sorrisos, aquele era genuíno e livre de amargura. Fez com que eu visse como ela estava solitária sem o irmão... e como era jovem. No fim das contas, não tão distante da criança que fora um dia.

Shahar deu um passo à frente, colocando as mãos no meu peito, e me beijou. Foi leve, amigável, só um pressionar cálido dos lábios dela por um instante, mas passou por mim como a vibração sonora de um sino de cristal. Ela se afastou e eu a encarei. Não pude evitar.

— Amigos, então — confirmou ela. — Boa-noite.

Assenti em silêncio, entrando no quarto de Deka. Shahar fechou a porta atrás de mim e me apoiei nela, sentindo-me sozinho e muito estranho.

Durma, pequenino
Aqui está um mundo
Com ódio em cada continente
E tristeza no meio.
Deseje uma vida melhor
Longe, longe daqui.
Não ouça enquanto falo de lá
Apenas vá.

* * *

Não dormi naquela noite, embora pudesse ter dormido. A necessidade estava lá, uma coceira. Imaginei a vontade de dormir como um parasita se alimentando das minhas forças, apenas esperando que eu ficasse tão fraco para que pudesse assumir o controle do meu corpo. Eu gostara do sono, certa vez, antes de se tornar uma ameaça.

Mas eu também não gostava do tédio e havia muito dele nas horas que se seguiram depois que deixei Shahar. Eu não poderia ponderar sobre a minha difícil situação por muito tempo. A única maneira de dispersar a minha frustração era fazendo alguma coisa, então me levantei da cadeira e vaguei dentro do quarto de Deka, espiando dentro de gavetas e debaixo da cama. Os livros dele eram simples demais para me interessarem, exceto um de charadas que continha algumas que eu não havia ouvido antes. Mas o li em meia hora e fiquei entediado de novo.

O Reino dos Deuses

Não há nada mais perigoso que uma criança entediada, e embora eu tenha me tornado um adolescente entediado, aquele velho ditado mortal continuava sendo verdadeiro. Então, enquanto as curtas horas se estendiam em horas mais longas, enfim me levantei e abri uma parede. Ao menos isso eu podia fazer sem gastar a minha força remanescente; tudo do que precisei foi uma palavra. Quando a pedra-do-dia terminou de deslizar para o lado, para abrir espaço para mim, passei pela abertura resultante, entrando nos espaços vagos além.

Perambular pelo meu antigo território melhorou o meu humor. Nem tudo estava como antes, é óbvio. A Árvore do Mundo crescera ao redor e através do Céu, preenchendo parte dos velhos corredores e espaços mortos com galhos e me forçando a fazer desvios frequentes. Eu sabia que isso havia sido determinação de Yeine, pois sem os Enefadeh e, ainda mais importante, sem a constante e poderosa presença da Pedra da Terra, o Céu precisava do apoio da Árvore. A arquitetura do lugar infringia muitas leis itempanes aplicadas no reino mortal; apenas a magia a mantinha no céu, evitando que caísse no chão.

Então, descendo dezessete níveis, em torno de um redemoinho de globos conectados que apenas em sonho se assemelhavam a um túnel, e debaixo de um esporão de galho arqueado, encontrei o que buscava: meu planetário. Passei com cuidado entre as armadilhas de proteção que havia colocado, pisando, por costume, ao redor dos retalhos de pedra-da-lua que ladeavam o piso. Parecia pedra-do-dia (os mortais nunca conseguiram identificar a diferença), mas em dias nublados de lua nova, os pedaços de pedra-da-lua se transformavam, abrindo-se em um dos infernos favoritos de Nahadoth. Eu os criara como um agradinho para os nossos senhores, para lembrá-los do preço a ser pago por escravizar seus deuses, e todos nós os espalhamos pelo palácio. Eles culparam (e puniram) Nahadoth por isso, mas ele me agradeceu depois, garantindo que a dor valera a pena.

Mas quando falei *atadie* e o planetário se abriu, fiquei estático na soleira, minha boca escancarada.

Onde deveria haver mais de quarenta globos flutuando no ar, todos girando ao redor da brilhante esfera amarela no centro do planetário, havia apenas quatro. *Quatro*, contando com a esfera do sol. O restante estava espalhado pelo chão e contra as paredes, corpos no resultado de uma carnificina sistêmica. As Sete Irmãs, pequenos mundos dourados idênticos que eu coletara depois de procurar em bilhões de estrelas, estavam espalhadas nos cantos da sala. E o restante: Zispe, Lakruam, Amanaiasenre, as Balanças, a Roleta-Mãe com suas seis filhas luas conectadas por uma teia de anéis, e, ah, Vaz, meu lindo gigante. Esse, que um dia fora uma gigantesca esfera totalmente branca, que eu mal conseguia circundar com os braços, atingira o chão com força, partindo-se ao meio. Aproximei-me da metade mais próxima e a peguei, gemendo enquanto me ajoelhava. Seu centro estava exposto, frio, inerte. Planetas eram coisas resilientes, bem mais que a maioria das criaturas mortais, mas de jeito nenhum eu conseguiria consertar aquilo. Mesmo se eu tivesse a magia necessária.

— Não — sussurrei, mantendo o hemisfério contra mim e o ninando.

Eu não conseguia nem chorar. Sentia-me tão morto por dentro quanto Vaz. As palavras de Nahadoth não haviam me feito compreender por completo o horror da minha condição, mas aquilo? Aquilo eu não poderia negar.

Alguém tocou o meu ombro e tamanha era a minha infelicidade que nem me importei com quem era.

— Sinto muito, Sieh.

Yeine. A voz dela, um contralto suave, havia ficado mais intensa com o luto. Eu a senti se ajoelhar ao meu lado, o seu calor irradiando contra a minha pele. Pela primeira vez, a sua presença não me trouxe conforto.

— Culpa minha — sussurrei.

Eu sempre tive a intenção de dispersar o planetário, devolvendo os mundos aos seus lares quando me cansasse deles. Só que nunca o fizera, porque eu era um pirralho egoísta. E quando estive encarcerado na forma mortal, desesperado para me sentir como um deus, porque os meus senhores Arameri me tratavam como uma coisa, eu levara o planetário

O Reino dos Deuses

até ali, apesar do perigo de ele ser descoberto. Eu gastara uma força que não tinha, matando meu corpo mortal mais de uma vez, para manter o planetário vivo. E agora, depois de tudo aquilo, eu sequer percebera que falhara com ele.

Yeine suspirou e envolveu meus ombros com os braços, pressionando o rosto contra o meu cabelo por um momento.

— Cedo ou tarde a morte vem para todos.

Mas aquilo fora cedo demais. Meu planetário devia ter durado o ciclo de vida de um sol. Inspirei fundo e soltei o hemisfério, virando-me para olhar Yeine. O rosto dela não mostrava o choque que eu sabia que ela sentia ao ver a minha figura mais velha. Fiquei grato por isso, porque ela poderia ter hesitado diante da minha beleza esmorecida, mas era óbvio que Yeine não era assim. Ela ainda me amava, sempre me amaria, mesmo se eu não pudesse mais ser o garotinho dela. Baixei o olhar, envergonhado por ter invejado Itempas pela afeição dela.

— Há alguns sobreviventes — falei baixinho. — Eles... — Inspirei fundo. O que eu faria sem eles? Agora eu ficaria sozinho de verdade... mas faria a coisa certa. Eles mereciam isso, estes meus verdadeiros amigos. — Vai ajudá-los, Yeine? Por favor?

— Com certeza.

Ela fechou os olhos. Um a um, os planetas que ainda flutuavam ao redor da esfera do sol, e dois daqueles no chão, desapareceram. Acompanhei Yeine como pude, observando-a depositar com cuidado cada um onde eu os encontrara: um girando ao redor de um brilhante sol amarelo, que ficou satisfeito por tê-lo de volta; outro perto de sóis gêmeos, que cantavam em harmonia; mais um no centro de um berçário estelar, cercado por planetas recém-nascidos que uivavam e magnetares sibilantes e mal-humorados, onde suspirou e se resignou diante do barulho.

Mas quando Yeine tentou alcançá-la, a esfera solar, En, relutou. Surpresos, nós dois abrimos os olhos no planetário para descobrir que En se livrara de seu disfarce comum de bola amarela. Começara a girar e queimar, exaurindo-se de maneira perigosa, uma vez que eu não poderia reabastecê-lo. Naquele ritmo, fraquejaria e morreria como os outros em minutos.

— Que infernos está fazendo? — perguntei de maneira brusca. — Pare. Você está sendo grosseiro.

Ele respondeu saindo do lugar e disparando para me atingir no estômago. Surpreso, arfei, envolvendo-o entre os braços sem perceber, e senti sua indignação. Como eu ousava mandá-lo embora? Ele era mais velho que vários dos meus irmãos. Ele não estivera lá quando eu precisara dele? Não seria mandado embora como um servente caído em desgraça.

Toquei sua superfície quente, amarela-pálida, tentando não chorar.

— Não posso mais cuidar de você — falei. — Você não entende? Se você ficar comigo, vai morrer.

Iria morrer então. Não se importava se iria morrer, não se importava.

— Bola de ar quente mimada! — gritei, mas então Yeine tocou a minha mão onde ela repousava na curva de En. Nisso, En brilhou mais forte; ela o alimentava, visto que eu não podia.

— Um verdadeiro amigo — disse ela com gentileza e apenas um pouquinho de censura — é algo a ser valorizado.

— Não até a morte — falei, buscando apoio no olhar dela. — Yeine, por favor; é absurdo. Mande-o embora.

— Devo negar a vontade dele, Sieh? Forçá-lo a fazer o que você quer? Eu sou Itempas agora?

E com isso, hesitei, silencioso, porque é óbvio que ela sabia da minha raiva anterior. Talvez até soubesse que eu havia estado lá, espiando-a e a Itempas até dar no pé. Encolhi-me, envergonhado, então envergonhado por me sentir envergonhado.

— Você usa a força quando é conveniente — murmurei, tentando encobrir a vergonha com mau-humor.

— E quando devo, sim. Mas não é conveniente agora.

— Não quero mais mortes na minha consciência — falei, tanto para ela quanto para En. — Por favor, En. Eu não suportaria te perder. Por favor!

O Reino dos Deuses

En (aquela merda de saco de gás peidador de luz) respondeu ficando vermelho e inchando a cada segundo. Agrupando-se para explodir, como se isso de algum modo fosse melhor do que morrer de fome! Grunhi.

Yeine revirou os olhos.

— Um chilique. Suponho que, considerando sua influência, fosse de esperar, mas sério...

Ela balançou a cabeça e se reclinou sobre os joelhos, olhando ao redor, pensativa. Por um momento, os olhos dela escureceram, de seu verde pálido de sempre para algo profundo e sombreado, como uma floresta densa e úmida, e de repente a câmara do planetário estava vazia. Todos os meus brinquedos mortos desapareceram. En também, o que me fez sentir um súbito arrependimento.

— Vou manter o restante seguro para você — garantiu Yeine, erguendo a mão para acariciar meu cabelo, como de costume. Fechei os olhos e relaxei no conforto da familiaridade, fingindo, por um momento, que eu ainda era pequeno e tudo estava bem. — Até o dia em que puder recuperá-los e mandá-los para casa por conta própria.

Expirei, grato, apesar do amargor que as palavras dela provocaram em mim. Era doloroso para ela reviver coisas mortas; ia contra a natureza dela, uma perversão do ciclo que Enefa definira no começo da vida. Ela não costumava fazer isso e nunca pedíamos que fizesse. Mas... umedeci os lábios.

— Yeine... esta coisa acontecendo comigo...

Ela suspirou, parecendo preocupada, e só depois percebi que não havia a necessidade de pedir. Se ela tivesse o poder de reverter a minha transformação em mortal, o teria usado, não importando o dano que causasse a ela. Mas, então, o que significava o fato de a deusa que tinha o poder supremo sobre a mortalidade não conseguir extinguir a minha?

— Se eu fosse mais velha — adicionou Yeine, e me senti culpado por fazê-la duvidar de si mesma. Ela baixou o olhar, parecendo pequena e vulnerável, como a garota mortal com quem se assemelhava. — Se eu me conhecesse melhor, talvez conseguisse encontrar uma solução.

Suspirei e me virei para me deitar de lado, apoiando a cabeça no colo dela, sem jeito, depois de tirar o meu cabelo do caminho.

— Pode ser que esteja além das habilidades de todos nós. Nada assim aconteceu antes. É inútil lutar contra o que não pode ser parado. — Fiz uma carranca. — *Isso* faria você ser o Itempas.

— Nahadoth está infeliz — afirmou ela.

Suspeitei de que ela quisesse mudar de assunto. Suspirei:

— Nahadoth é superprotetor.

Yeine acariciou o meu cabelo outra vez, então ergueu a massa embolada e começou a penteá-la com os dedos. Fechei os olhos, reconfortado pelos movimentos rítmicos.

— Nahadoth te ama — corrigiu ela. — Quando te encontramos nesta... condição... ele tentou te restaurar com tanto empenho que causou danos a si mesmo. E mesmo assim... — Yeine pausou, a sua tensão de repente fazendo o ar entre nós ficar elétrico.

Franzi a testa, tanto pela descrição do comportamento de Nahadoth quanto para a hesitação.

— O quê?

Ela suspirou:

— Não tenho certeza se você pode ser mais razoável sobre isso do que Naha.

— O *quê*, Yeine? — Mas então entendi e, como ela previra, fiquei com raiva sem motivo. — Ah, deuses e demônios, não, não, você não vai. Você quer falar com Itempas.

— Resistir à mudança é a natureza dele, Sieh. Ele pode conseguir fazer o que o Nahadoth não conseguiu: estabilizar você até que eu encontre uma cura. Ou se nos juntássemos de novo, como Três...

— Não! Você teria que libertá-lo para isso!

— Sim. Para o seu bem.

Sentei-me, fazendo cara feia.

— Eu. Não. Ligo.

— Eu sei. Nem Nahadoth, para a minha surpresa.

— Naha... — Pestanejei. — O quê?

— Ele está disposto a fazer qualquer coisa para salvá-lo. Isto é, qualquer coisa, exceto a que pode mesmo funcionar. — De repente, ela também ficou com raiva. — Quando perguntei, ele disse que preferiria deixar que morresse.

— Ótimo! Ele sabe que *eu* preferiria morrer a pedir ajuda àquele desgraçado! Yeine — Balancei a cabeça, mas forcei as palavras a saírem —, entendo por que você é atraída por ele, embora eu odeie isso. Ame-o se precisar, mas não peça isso de mim!

Yeine me encarou de volta, mas não recuei. Depois de um momento, ela suspirou e desviou o olhar. Porque eu estava certo e ela sabia. Ela ainda era tão jovem, tão mortal. Sabia da história, mas não *estivera lá* para ver o que Itempas fizera a Nahadoth, ou ao restante de nós, Enefadeh. Ela vivera com o resultado (assim como todos nós, assim como cada coisa viva no universo, para sempre e sempre), mas era totalmente diferente de ter visto em primeira mão.

— Você é tão ruim quanto o Nahadoth — falou ela por fim, mais apreensiva do que irritada. — Não estou te pedindo para perdoar. Todos sabemos que não há perdão para o que ele fez, o passado não pode ser reescrito, mas algum dia você terá que *seguir em frente*. Fazer o que for necessário para o mundo e para vocês.

— Continuar com raiva é necessário para mim — falei, petulante, embora tenha me forçado a respirar fundo. Eu não queria ficar com raiva dela. — Um dia, talvez, eu siga em frente. Agora não.

Yeine balançou a cabeça, mas segurou meus ombros e me guiou para baixo, para que minha cabeça se recostasse em seu colo outra vez. Não tive escolha a não ser relaxar, o que eu queria fazer de qualquer forma, então suspirei e fechei os olhos.

— De todo jeito, é irrelevante — respondeu ela, ainda soando um pouco irritadiça. — Não conseguimos encontrá-lo.

Eu também não queria falar sobre ele, mas fiquei interessado.

— Por que não?

— Não sei. Faz vários anos que ele está desaparecido. Quando buscamos a presença dele no reino mortal, não sentimos nada, não encontramos nada. Não estamos preocupados... ainda.

Pensei nisso, mas não consegui dar um palpite. Mesmo juntos, os Três não eram oniscientes, e Yeine e Nahadoth sozinhos não eram os Três. Se Itempas encontrara algum escriba para fazer um obscurecimento para ele... mas por que faria isso?

Pela mesma razão que faz qualquer outra coisa, concluí. *Porque é um babaca.*

— Não é verdade — garantiu Yeine suavemente depois de um momento. Franzi a testa, confuso. Ela suspirou e acariciou o meu cabelo de novo. — Digo, eu não o amo.

Tantas coisas não ditas nas palavras dela. *Ainda não* era a mais óbvia entre elas e talvez um pouquinho de *nunca, porque não sou Enefa*, embora eu não acreditasse nisso. Ela já estava atraída demais por ele. A mais relevante era *não até que você o ame também*, o que eu podia suportar.

— Certo. — Suspirei, cansado de novo. — Certo. Eu também não o amo.

Nós dois ficamos em silêncio por um longo tempo. Por fim, Yeine começou a tocar o meu cabelo aqui e ali, fazendo o excesso de comprimento cair. Fechei os olhos, grato pela atenção dela, e me perguntei quantas vezes mais eu teria o privilégio de aproveitar este zelo antes de morrer.

— Você se lembra? — perguntei. — Do último dia da sua vida mortal. Você me perguntou o que aconteceria quando você morresse.

As mãos dela ficaram quietas por um momento.

— Você disse que não sabia. Você não havia pensado muito sobre a morte.

Fechei os olhos, a garganta apertando sem que eu conseguisse entender o motivo.

— Eu menti.

A voz dela estava gentil demais.

— Eu sei.

O Reino dos Deuses

Yeine terminou com o meu cabelo e juntou em uma das mãos os fios que caíram. Senti o movimento de sua vontade, então ela colocou a mão diante do meu rosto para mostrar o que fizera. O meu cabelo tinha se tornado um cordão fino e trançado, curto o suficiente para enrolar em volta do pescoço, e nesse cordão havia uma pequena bola de gude amarelo-esbranquiçada. De tamanho e substância diferentes, mas eu reconheceria aquela alma em qualquer lugar: En.

Sentei-me, surpreso e satisfeito, erguendo o colar para sorrir para o meu velho amigo. (Ele não gostava de estar menor. Sentia falta de ser uma bola, saltitante e gorda. Tinha que ser essa forma rígida e fraca só porque eu não era mais uma criança? Certamente adultos mortais gostavam de jogar bola de vez em quando. Eu o acariciei para acalmar a reclamação.) Então toquei o meu cabelo curto e descobri que Yeine me dera um novo corte, um estilo que combinava com as linhas mais maduras do meu rosto.

Ergui a cabeça para olhar para ela.

— Você me fez ficar bem bonito, obrigado. Você brincava com bonecas quando era uma menina mortal?

— Eu era darre. Bonecas eram para meninos. — Yeine se levantou, desnecessariamente sacudindo o pó das roupas, e olhou ao redor da câmara vazia. — Não gosto de você aqui, Sieh. No Céu.

Dei de ombros.

— Aqui é tão bom quanto qualquer outro lugar.

Nahadoth estivera certo sobre isso. Eu não poderia deixar o reino mortal na minha condição; muito do reino dos deuses era nocivo para a carne. Naha poderia me manter seguro me colocando dentro de si, mas eu não toleraria aquilo de novo.

— Este lugar tem Arameri.

Resistindo à vontade de bater na bola de gude no cordão, eu a deslizei sobre a cabeça e a deixei ficar sob a minha camisa. (En gostou de estar perto do meu coração.)

— Não sou mais um escravizado, Yeine. Eles não são ameaças para mim agora. — Ela me lançou um olhar de tal nojo que me encolhi. — O quê?

— Arameri são *sempre* uma ameaça.

Ergui uma sobrancelha.

— Sério, filha de Kinneth?

Ela pareceu ficar irritada de verdade, os olhos se tornando um peridoto amarelado e ácido.

— Eles se apegam ao poder por um fio, Sieh. Apenas os escribas e exércitos permitem que eles mantenham o controle; magia mortal, força mortal, ambas podem ser subvertidas. O que você acha que eles farão, agora que possuem um deus sob o poder deles de novo?

— Não consigo ver como um deus fraco e moribundo vai favorecê-los. Não consigo nem tomar outra forma com segurança. Sou patético. — Yeine abriu a boca para protestar, mas suspirei para interrompê-la: — Tomarei cuidado. Prometo. Mas sério, Yeine, tenho preocupações maiores agora.

Ela ficou séria.

— Sim. — Depois de outro momento de silêncio, ela deixou escapar um suspiro pesado e se virou. — Procure ser cuidadoso, Sieh. Uma vida mortal pode parecer nada para você... — Ela hesitou, pestanejando e sorrindo para si. — Para mim também, acho. Mas não a desperdice. Tenho a intenção de usar cada momento seu para tentar encontrar a cura.

Assenti. Eu era muito sortudo por ter pais tão devotados e determinados. Dois entre três deles, ao menos.

— Verei você novamente quando souber mais — afirmou Yeine.

Ela se inclinou para me abraçar. Eu ainda estava sentado sobre os joelhos; não me levantei enquanto ela me abraçava. Se tivesse me levantado, estaria mais alto que ela, e isso não parecia nem um pouco certo.

Então Yeine desapareceu, e fiquei sentado sozinho no planetário vazio por muito tempo.

*   *   *

Julgando pelo ângulo do sol, já era o meio da tarde quando voltei ao quarto de Dekarta. Mas não me importei com isso por muito tempo, porque enquanto passava pelo buraco na parede, descobri que tinha visitantes. Eles se levantaram para me receber enquanto eu parava, surpreso.

Shahar, mais modesta do que eu já a havia visto, estava de pé perto da porta de seu quarto. Estava usando vestes cotidianas de sangue-cheios: um longo vestido de treliça cor de mel, chinelos de cetim azul brilhante e uma capa, com o cabelo preso e enrolado em um coque elaborado. Ao lado dela estava uma mulher cuja pose imediatamente gritou *governanta* para mim. Ela era a mais alta das três mulheres no quarto, de ombros largos, bonita e maravilhosamente direta em seu olhar, com uma avalanche agitada de cabelo preto, grosso e cacheado caindo sobre os ombros e as costas. Mesmo assim, apesar de sua presença de liderança, ela não estava tão bem-vestida quanto as outras duas, e sua marca era apenas a de uma quarto-de-sangue. Ela se manteve em silêncio e olhou através de mim com as mãos nas costas, na postura de atenção distante que todos os predecessores de sucesso dela dominaram.

Entre essas duas estava uma terceira mulher: a própria Lady Arameri, líder da família e comandante dos Cem Mil Reinos, resplandecente em um vestido vermelho intenso com gola xale. Para o meu espanto ainda maior, as três mulheres se apoiaram em um joelho: a governanta suavemente, a lady e sua herdeira nem tanto. Não consegui segurar o riso ao ver suas cabeças baixas.

— Bem! — falei, colocando as mãos nos quadris. — *Isso* sim são boas--vindas. Não fazia ideia de que eu fosse tão importante. Vocês estiveram aqui o dia todo, me esperando voltar?

— São as boas-vindas que ofereceríamos a qualquer deus — disse a lady.

A voz dela estava baixa, surpreendentemente parecida com a de Yeine. Acordada, ela parecia mais velha, com as preocupações de uma governante e sua própria personalidade influenciando as linhas do rosto, mas ainda era linda de maneira despreocupada e poderosa. E não tinha nem um pouco de medo de mim.

— Sim, sim, eu sei — falei, indo ficar diante dela. Eu não tinha me dado ao trabalho de conjurar ou roubar vestimentas, o que colocava certas partes de mim na altura do olhar da lady, se ela escolhesse olhar para cima. Eu poderia alfinetá-la para fazê-lo? — Muito diplomático, Lady Arameri, dado que metade da minha família quer te matar e a outra metade não daria a mínima se isso acontecesse. Suponho que Shahar tenha contado tudo.

Ela não mordeu a isca, maldita, mantendo o olhar baixo.

— Sim. Meus pêsames pela perda de sua imortalidade, Lorde Sieh.

Vadia. Fiz cara feia, cruzando os braços.

— Não está *perdida*; só desaparecida por um tempo, e ainda sou um deus, eu vivendo para sempre ou morrendo amanhã. — Mas agora eu soava petulante. Ela estava me manipulando e eu era um tolo por deixar que obtivesse sucesso. Fui até as janelas, dando as costas a elas para esconder a minha irritação. — Ah, levantem-se. Odeio formalidade inútil, ou falsa humildade, seja lá o que for. Qual é o seu nome e o que você quer?

Houve um farfalhar de tecido enquanto elas se levantavam.

— Sou Remath Arameri — disse a lady —, e quero apenas dar-lhe as boas-vindas em sua volta ao Céu; como um convidado de honra, é evidente. Nós lhe estenderemos todas as cortesias e já dei ao corpo de escribas a tarefa de pesquisar sua... condição. Pode haver pouco que nós mortais possamos fazer que os deuses ainda não tenham tentado, mas se descobrirmos alguma coisa, compartilharemos com você, naturalmente.

— Naturalmente — falei —, visto que se conseguir descobrir como aconteceu comigo, poderá conseguir fazer com qualquer deus que te ameace.

Fiquei satisfeito por ela não tentar negar.

— Eu seria negligente em meus deveres se não tentasse, Lorde Sieh.

— Sim, sim. — Franzi a testa enquanto algo que ela mencionara atraía a minha atenção. — *Corpo* de escribas? Você está falando do Primeiro Escriba e seus assistentes?

— O mundo mortal mudou desde a última vez que passou um tempo conosco, Lorde Sieh — respondeu a lady. Um toque interessante aquele, fazer meus séculos de escravidão soarem como férias. — Como você pode

O Reino dos Deuses

imaginar, a perda dos Enefadeh, de sua magia, foi um enorme golpe aos nossos esforços de manter ordem e prosperidade no mundo. Tornou-se necessário que assumíssemos grande controle sobre todos os escribas que a Litaria produz.

— Em outras palavras, você tem um exército de escribas. Para se juntar ao seu exército mais convencional?

Eu não havia prestado atenção ao reino mortal desde a morte de T'vril, mas sabia que ele estivera trabalhando naquilo.

— As Cem Mil Legiões. — Ela não sorriu; tive a impressão de que ela não sorria com frequência; mas havia uma pitada de ironia amarga em sua voz. — Não há cem mil de verdade, é óbvio. Só soa mais impressionante assim.

— É óbvio. — Eu havia me esquecido da chatice que era lidar com os líderes Arameri. — Então o que quer *de verdade*? Porque duvido que esteja mesmo feliz em me ter aqui.

A lady também não disfarçou e gostei disso.

— Não estou feliz nem insatisfeita, Lorde Sieh. Embora, sim, sua presença sirva a inúmeros propósitos úteis para a família. — Houve uma pausa, talvez enquanto ela esperava para ver a minha reação. Eu, de fato, me perguntei para que os Arameri poderiam me querer por perto, mas imaginei que teria a resposta em breve. — Para isso, informei a Morad, a governanta do palácio, que todas as suas necessidades materiais sejam atendidas enquanto você está aqui.

— Será meu prazer e honra, Lorde Sieh. — Isto veio da mulher de cabelo preto. — Poderíamos começar com vestimentas.

Bufei, achando graça e já gostando dela.

— Certamente.

Remath prosseguiu:

— Também informei minha filha Shahar de que você agora é a principal responsabilidade dela. Pelo tempo em que você estiver aqui no Céu, ela lhe obedecerá como se obedecesse a mim e garantirá seu conforto a qualquer custo.

Espere. Franzi a testa, enfim me virando para Remath. A expressão no rosto dela (ou melhor, a proposital falta de expressão) deixou óbvio que ela sabia bem o que acabara de fazer. O olhar de choque que Shahar lançou a ela apenas confirmou.

— Deixa eu ver se entendi — falei devagar. — Está me oferecendo *sua filha* para fazer o que eu quiser. — Tornei a olhar para Shahar, que estava começando a parecer homicida. — E se eu quiser matá-la?

— Eu preferiria que não a matasse, naturalmente — respondeu Remath, com esculpida calma. — Uma boa herdeira representa um investimento substancial de tempo e energia. Mas ela é uma Arameri, Lorde Sieh, e nossa missão fundamental não mudou desde os tempos de nossa Matriarca fundadora. Governamos pela graça dos deuses; portanto, servimos os deuses em todas as coisas.

Shahar me lançou um olhar mais bruto que qualquer coisa que eu vira desde sua infância, cheio de traição, amargura e fúria impotente. Ah, agora sim, aquela era a Shahar de que eu me lembrava. Não que aquilo fosse tão terrível quanto ela parecia achar; nosso juramento significava que ela não precisava me temer. Ela contara aquilo a Remath? Remath estava contando com uma promessa de infância para manter sua herdeira segura?

Não. Eu vivera entre os Arameri por cem gerações. Eu os havia visto criarem crianças com negligência cuidadosa e calculada; era por isso que Shahar e Dekarta foram deixados para vagar pelo palácio quando pequenos. Eles acreditavam que qualquer Arameri estúpido o bastante para morrer em um acidente na infância era estúpido demais para governar. Eu também havia visto, incontáveis vezes, como líderes Arameri encontravam maneiras de testar a força de seus herdeiros, mesmo à custa da alma de tais herdeiros.

Aquilo, no entanto... senti as mãos fecharem em punhos e precisei lutar para não me tornar o gato. Perigoso demais e um desperdício de magia.

— Como se atreve? — Mas saiu em um rosnado. — Acha que sou um mortal petulante de mente pequena, deliciado com a chance de virar o

O Reino dos Deuses

jogo? Acha que preciso da humilhação de outra pessoa para conhecer meu próprio valor? *Acha que sou como você?*

Remath ergueu uma sobrancelha.

— Dado que os mortais são feitos à semelhança dos deuses, não, acho que *nós* somos como *você*. — Isso me fez ficar furioso e em silêncio. — Mas muito bem; se não te agrada usar Shahar, não use. Diga a ela o que *vai* lhe agradar. Ela fará acontecer.

— E isso deve ser priorizado em relação a minhas outras obrigações, mãe? — A voz de Shahar era tão impassível quanto a de Remath, embora mais aguda; as vozes delas eram muito parecidas. Mas a fúria no olhar da adolescente poderia ter derretido vidro.

Remath olhou por cima do ombro e pareceu satisfeita com a raiva da filha. Ela assentiu uma vez, como se para si mesma.

— Sim, até que eu informe do contrário. Morad, por favor, garanta que a secretária de Shahar seja informada. — Morad murmurou uma afirmativa educada, enquanto Remath continuava observando Shahar. — Você tem alguma dúvida, filha?

— Não, mãe — respondeu Shahar baixinho. — Você deixou seus desejos bem nítidos.

— Excelente. — No que considerei um gesto de bravura, Remath deu as costas à filha e me encarou de novo. — Mais uma coisa, Lorde Sieh. Rumores são inevitáveis, mas te aconselho a impedir que sua presença; ou melhor, sua natureza, seja descoberta no tempo em que estiver aqui. Tenho certeza de que pode imaginar que tipo de atenção isso atrairia.

Sim, cada escriba e deusófilo no palácio me distrairia com perguntas, adorações e pedidos de bênçãos. E visto que aquilo era o Céu, também haveria inevitáveis sangue-altos que desejariam um pouquinho de ajuda divina com fosse lá que esquemas eles estivessem tramando, e alguns outros que poderiam tentar me ferir ou me explorar de novo para ganhar prestígio e... rangi os dentes.

— Obviamente para mim faria sentido não chamar atenção.

— Sim, é verdade. — Ela inclinou a cabeça, não para fazer a reverência de um mortal a um deus, mas um gesto respeitoso entre iguais. Eu não tinha certeza do que ela quisera dizer com aquilo. Estava me insultando ao não se dar ao trabalho de mostrar reverência ou estava me oferecendo o elogio da honestidade? Droga, eu não conseguia entender aquela mulher nem um pouquinho. — Vou me retirar agora, Lorde Sieh.

— Espere — pedi, me aproximando para poder olhá-la nos olhos. Ela era mais alta que eu, o que gostei; me fazia sentir mais como meu antigo eu. E ela estava pelo menos cautelosa em relação a mim, vi quando cheguei mais perto. Gostei disso também. — Tem a intenção de me ferir, Remath? Diga que não. *Prometa.*

Ela pareceu surpresa.

— É óbvio que não tenho. Farei qualquer juramento que quiser.

Sorri, mostrando todos os meus dentes, e por um brevíssimo instante senti o cheiro do medo nela. Não muito, mas mesmo um Arameri ainda é humano, e os humanos ainda são animais, e animais reconhecem um predador quando ele se aproxima.

— Jure pelos deuses, Remath — falei. — E pela sua vida. Diga que enfiará uma agulha no olho se não for verdade.

Ela ergueu uma sobrancelha para a minha bobagem. Mas as palavras de um deus têm poder, independentemente da linguagem que falamos, e eu não era exatamente mortal ainda. Remath sentiu a minha intenção, apesar do ditado bobo.

— Juro pelos deuses — repetiu ela, séria, inclinando a cabeça.

Então se virou e saiu, talvez antes que pudesse demonstrar mais medo, e certamente antes que eu pudesse dizer mais alguma coisa. Mostrei a língua enquanto ela saía.

— Bem. — Morad inspirou fundo, virando-se para mim. — Acredito que posso encontrar vestes adequadas para o seu tamanho, embora uma medição com um alfaiate torne as coisas mais fáceis. Estaria disposto a isso, Lorde Sieh?

O Reino dos Deuses

Cruzei os braços e conjurei vestes para mim. Um gesto pequeno e presunçoso, um desperdício de magia. O breve arregalar dos olhos dela foi gratificante, embora eu tenha fingido indiferença ao dizer:

— Suponho que não faça mal visitar um alfaiate também. Nunca fui bom em acompanhar a moda.

Assim, eu não precisaria desperdiçar mais magia.

Morad fez uma reverência, baixa e respeitosa, gostei de ver.

— Quanto aos seus aposentos, meu lorde, eu...

— Deixe-nos — interrompeu Shahar, surpreendendo-me.

Depois da mais breve pausa, assustada, Morad fechou a boca.

— Sim, lady.

Com uma passada contida, mas rápida, ela também se retirou. Shahar e eu nos observamos em silêncio, até que ouvimos a porta do quarto de Dekarta ser fechada. Shahar fechou os olhos, inspirando fundo, como se estivesse reunindo forças.

— Sinto muito — falei.

Eu esperava que ela estivesse triste. Quando Shahar abriu os olhos, a fúria ainda queimava. Friamente.

— Vai me ajudar a matá-la?

Equilibrei o peso do corpo nos calcanhares e enfiei as mãos nos bolsos, surpreso. (Eu sempre fazia roupas com bolsos.) Pensando por um momento, respondi:

— Eu poderia matá-la para você agora, se quiser. Melhor fazer enquanto eu ainda tenho magia para gastar. — Fiz uma pausa, lendo os sinais reveladores na postura dela. — Mas você tem certeza?

Shahar quase disse sim. Consegui ver isso também. E eu estava disposto a fazê-lo, se ela pedisse. Eu não costumava matar mortais antes da Guerra dos Deuses, mas a minha escravidão mudara tudo. De qualquer modo, Arameri não eram mortais comuns. Matá-los era um presente.

— Não — respondeu Shahar por fim. Não relutantemente. Não havia nem um pouquinho de reticência nela, mas também havia sido eu quem a ensinara a matar, tanto tempo antes. Frustrada, ela suspirou. — Não sou forte o suficiente para tomar o lugar dela, não ainda. Tenho apenas alguns poucos aliados entre os nobres e alguns dos meus parentes sangue-cheios... — Ela fez uma careta. — Não. Não estou pronta.

Assenti devagar.

— Acha que ela sabe disso?

— Até mais do que eu. — Shahar suspirou e se sentou em uma cadeira próxima, colocando a cabeça nas mãos. — É sempre assim com ela, não importa o que eu faça. Não importa o quanto eu prove ser boa. Ela pensa que não sou forte o bastante para ser herdeira dela.

Sentei-me na quina de uma mesa de madeira lindamente trabalhada. O meu traseiro se assentou com mais força do que o pretendido, em parte porque estava maior agora e em parte porque eu estava me sentindo um pouco ofegante. Por quê? Então me lembrei: as vestes que eu conjurara.

— Isso é o normal para os Arameri — falei para me distrair. — Não consigo me lembrar de quantas vezes vi líderes de família fazerem os filhos enfrentarem todos os tipos de inferno para garantir que fossem dignos. — Brevemente, me perguntei o que os Arameri faziam para a cerimônia de sucessão agora, uma vez que a Pedra da Terra não mais existia e não havia necessidade de uma vida ser gasta em sua herança. Eu percebera que o selo-mestre de Remath era do tipo padrão, completo, com a antiga linguagem de comando, embora fosse inútil agora. Era óbvio que eles mantinham pelo menos algumas das antigas tradições, ainda que fosse desnecessário. — Bem, deve ser fácil provar que você não é fraca. Só ordene a aniquilação de um país ou algo assim.

Shahar me lançou um olhar fulminante.

— Acha que o massacre de mortais inocentes é engraçado?

— Não, é terrível, e ouvirei os gritos deles na alma pelo resto da minha existência — respondi no meu tom mais frio. Ela se encolheu. — Mas se você teme ser vista como fraca, então tem opções limitadas. Faça algo para provar sua força (e nos termos Arameri, *força* significa *crueldade*) ou desista agora e diga à sua mãe para fazer outra pessoa de herdeira. O que ela deveria fazer, na minha opinião, se estiver certa e você não for forte o bastante. O mundo inteiro ficará melhor se você nunca herdar o posto.

Shahar me encarou por um momento. Estava magoada, percebi, porque eu tinha sido deliberadamente cruel. Mas eu também dissera a verdade, por mais desagradável que fosse. Eu vira o massacre que era o resultado de um Arameri fraco ou tolo no controle da família. Melhor para o mundo e para Shahar, porque do contrário os parentes dela a devorariam viva.

Ela se levantou da cadeira e começou a andar de um lado a outro, de braços cruzados e mordiscando o lábio inferior de um modo que eu poderia ter achado encantador em outro dia, sob melhores circunstâncias.

— O que não entendo é por que sua mãe me quer aqui — falei. Estiquei as pernas ofensivamente longas e as encarei. — Nem sequer sou uma boa figura representativa, se é isso o que ela está pensando. Minha magia está morrendo; qualquer um que olhar para mim pode ver que há algo de errado. E ela quer que eu mantenha a minha divindade em segredo de qualquer jeito. Isso não faz sentido.

Shahar suspirou, parando e esfregando os olhos.

— Ela quer melhorar as relações entre os Arameri e os deuses. É um projeto que o pai dela iniciou, principalmente porque *você* parou de visitar o Céu quando o avô dela, T'vril Arameri, morreu. Ela tem enviado presentes para as deidades da cidade, convidando-as para eventos e coisas assim. Às vezes elas vêm. — Shahar deu de ombros. — Ouvi falar que ela até cortejou uma como possível marido. Mas ele não aceitou. Eles dizem que é por isso que ela nunca se casou; depois de ser recusada por um deus, ela não podia aceitar nada menos sem ser vista como fraca.

— Sério?

Abri um sorriso para a ideia de Remath tentando ganhar o amor de um de meus irmãos. Alguns deles podiam ter achado graça o bastante para permitir a sedução. Para qual deles ela fizera a proposta? Dima, talvez; ele montaria em qualquer coisa que ficasse parada por tempo suficiente. Ou Ellere, que era tão arrogante quanto qualquer Arameri e preferia tipos severos, como Remath...

— Sim. E suspeito de que seja por isso que ela tentou me oferecer a você. — Pestanejei, surpreso, e Shahar deu um sorrisinho. — Bem, você é jovem demais para o gosto dela, mas não para o meu.

Coloquei-me de pé, dando vários passos rápidos para longe dela.

— Isso é muita bizarrice!

Shahar me encarou, surpresa pela minha veemência.

— Bizarrice? — Ela tensionou a mandíbula. — Entendi. Eu não fazia ideia de que você me achava tão repulsiva.

Grunhi.

— Shahar, sou o deus da *infância*. Por favor, pense nisso por um momento.

Ela franziu a testa.

— As crianças são perfeitamente capazes de se casarem.

— Sim. E algumas delas até têm os próprios filhos. Mas a infância não dura muito sob essas condições.

Estremeci antes que pudesse evitar, cruzando os braços sobre o peito para imitar a postura dela. Proteção irrisória e inadequada. Impossível não pensar em mãos apalpantes, gemidos. Muitos dos antepassados de Shahar adoraram ter por perto um menino bonito, indestrutível e que nunca envelhecia...

Deuses, estava prestes a vomitar. Recostei-me na mesa, tremendo e arfando.

— Sieh? — Shahar se aproximou e agora estava me tocando, a mão quente nas minhas costas. — Sieh, o que foi?

— O que você faz para se divertir? — Respirei fundo.

— Quê?

— Para se divertir, maldição! Você faz algo no seu tempo livre, além de tramar, ou tem uma vida de verdade?

Ela me lançou um olhar furioso e a petulância dela me fez sentir um pouco melhor. Virei-me e agarrei a mão dela, arrastando-a pelo quarto até a cama de tamanho modesto de Deka. Ela arfou e tentou se livrar de mim.

O Reino dos Deuses

— Que infernos está fazendo?

— Pulando na cama.

Não tirei os sapatos. Funcionava melhor com eles. Desajeitado, fiquei de pé no meio macio do colchão e a puxei para cima comigo.

— *Quê?*

— É para você tentar me manter feliz, certo? — Eu a segurei pelos ombros. — Vamos lá, Shahar. Só faz oito anos. Você amava tentar coisas novas, lembra? Eu sugeri levá-la para pular nas nuvens uma vez e você se empolgou, até se lembrar de que eu era um monstro assassino de bebês. — Dei um sorrisão e ela pestanejou, a indignação cedendo enquanto recordava aquele dia. — Você me chutou escada abaixo com tanta força que me machuquei de verdade!

Shahar deu uma risada fraca e incerta.

— Eu tinha me esquecido disso. De ter chutado você.

Assenti.

— Foi bom, não foi? Você não se importou de eu ser um deus, de que talvez eu me irritasse e a machucasse. Você fez o que quis, que se danassem as consequências.

Sim, enfim aquela velha luz estava nos olhos dela. Shahar estava mais velha, mais sábia, nunca faria algo tão tolo agora, mas isso não significava que ela não *quisesse* fazê-lo. O impulso estava lá, enterrado, mas não morto. Era o suficiente.

— Tente de novo — falei. — Fazer algo divertido. — Pulei um pouco na superfície macia e flexível da cama. Ela gritou e tropeçou, tentando ficar de pé, mas riu. Sorri, não mais sentindo a náusea anterior. — Não pense! Só faça o que é bom!

Pulei, pulei pra valer desta vez, e a força da minha queda quase a jogou para fora da cama. Shahar gritou de terror, animação e pura liberação vertiginosa, enfim pulando em autodefesa, cambaleando muito porque meu salto a desequilibrou. Eu ri, a agarrei e a fiz pular comigo, tão alto quanto pude, sem usar magia. Shahar gritou de novo quando ficamos a centímetros do teto arqueado do quarto. Em seguida, caímos rápido e com força, e algo na cama de Deka gemeu em reclamação, e eu nos lancei para cima outra vez, e ela estava rindo, rindo, o rosto aceso, e por impulso eu a trouxe para mais perto, perdemos o equilíbrio, fomos para o lado e eu precisei usar magia para garantir que caíssemos de costas em segurança, mas estava tudo bem, porque de repente a magia era fácil de novo e me senti tão bem que ri e a beijei.

De verdade, eu não tinha grandes intenções com aquilo. Pular foi bom, rir foi bom, Shahar foi boa e a beijar foi bom. Sua boca era macia e cálida, a respiração dela fazendo cócegas no meu lábio superior. Sorri enquanto deixava acabar e me sentei.

Mas antes que eu pudesse, as mãos dela agarraram o tecido nas costas da minha camisa, me puxando para baixo outra vez. Assustei-me quando a sua boca encontrou a minha de novo, mais doçura deliciosa, como o néctar de uma flor; então a língua dela deslizou entre os meus lábios. A doçura virou mel, grosso e dourado, escorrendo pela minha garganta em uma carícia vagarosa, se derretendo pelo meu corpo. Shahar se moveu um pouco para pressionar seus seios pequenos contra o meu peito. (Espere, garotinhas não tinham seios, tinham?) Ah, deuses, a sensação das mãos dela nas minhas costas era tão boa, eu não gostara tanto assim de um mortal havia eras, será que Remath estaria tramando o amor? Não, eu já amava Shahar, a amava desde a infância, ah sim ah sim ah sim. *Bela mortal, aqui está a minha alma; quero que você a conheça.*

Separamo-nos, ela arfando e se afastando; eu deixando escapar um suspiro trêmulo e vagaroso.

— O-o que... — Shahar pôs a mão na boca, os olhos verdes arregalados e tão claros na luz do sol da tarde que eu podia contar cada raio em suas íris. — Sieh, o que...

Envolvi as bochechas dela entre as minhas mãos, suspirando fracamente.

— Isso fui eu. — Fechei os olhos, relaxando no momento. — Obrigado.

— Pelo quê?

O Reino dos Deuses

Eu não estava com vontade de explicar, então não expliquei. Só me deitei de costas e me permiti relaxar. Por sorte, ela não disse nada por um longo tempo, deitada quietinha ao meu lado.

Tais momentos de paz nunca duravam, então não me importei quando Shahar enfim falou:

— É a sua antítese, não é? Casamento, coisas assim. Qualquer coisa relacionada à fase adulta.

Bocejei.

— Dã.

— Só falar no assunto te enjoa.

— Não. Descobrir que estou morrendo *e* me preocupar com o meu planetário *e* falar sobre casamento me deixam enjoado. Se já sou forte, uma coisinha assim não pode me machucar.

— Seu planetário?

Senti a cama mexer quando ela se apoiou nos cotovelos, a respiração provocando cócegas no meu rosto.

— Nada importante. Não existe mais.

— Ah. — Shahar ficou em silêncio por mais um momento. — Mas como você faz para não pensar em coisas, tipo morrer?

Abri os olhos. Ela estava de lado agora, a cabeça apoiada na mão. O cabelo se soltara parcialmente do coque e os olhos estavam mais suaves do que eu já os tinha visto. Ela parecia completamente amarrotada e um pouco travessa, nem um pouco a herdeira equilibrada e controlada da família.

— Como *você* faz para não pensar em morrer? — Toquei o nariz dela com a ponta do dedo. — Vocês mortais têm que viver com esse medo o tempo todo, não é? Se você consegue, eu também consigo.

Eu teria que conseguir ou morreria ainda mais cedo. Mas não falei isso em voz alta; teria estragado o humor dela.

— Entendi. — Shahar ergueu a mão, hesitou, então cedeu ao impulso, colocando-a no meu peito. Eu não conseguia ronronar nessa forma, mas podia suspirar de prazer e me arquear um pouco sob a mão dela, o que fiz. — Então... o que foi isso que aconteceu agora a pouco?

— Ora, Lady Shahar, acredito que é chamado de *beijo* em senmata. Em temano é *umishday*, e em oubi é...

Ela golpeou o meu peito com força suficiente para doer, então empalideceu quando percebeu o que havia feito, em seguida deixou pra lá. As bochechas tinham ficado daquele tom de rosa manchado que significava doença ou emoção intensa em amnie; imaginei que ela estivesse tímida.

— O que quero dizer é: *por que* você me beijou?

— Por que você me beijou a noite passada?

Ela franziu o cenho.

— Não sei. Pareceu certo.

— Digo o mesmo. — Bocejei de novo. — Droga. Acho que preciso dormir.

Shahar se sentou, embora não tenha saído da cama imediatamente. As costas dela estavam viradas para mim, então consegui ver a tensão em seus ombros. Pensei que ela fosse fazer outra pergunta, e talvez ela quisesse fazer. Mas o que disse em vez disso, foi:

— Estou feliz que voltou, Sieh. Sério. E estou feliz que... o que aconteceu naquele dia não foi... — Ela inspirou fundo. — Eu te odiei por um longo tempo.

Coloquei as mãos atrás da cabeça, suspirando.

— Você ainda deve me odiar um pouco, Shahar. Tirei seu irmão de você.

— Não. Minha mãe fez isso.

Mas ela não soava totalmente certa e eu sabia que o coração mortal nem sempre era lógico.

— Feridas precisam de tempo para sarar — falei, pensando nas minhas.

— Talvez. — Depois de outro momento, ela se levantou, com um suspiro. — Vou estar no meu quarto.

Shahar saiu. Fiquei tentado a ficar deitado ali por mais um tempo e lutar contra a vontade de dormir, mas há momentos para ser infantil e momentos em que a sabedoria toma a frente. Suspirando, rolei na cama e me encolhi, cedendo.

5

Acima dos mortais estão os deuses, e acima de nós, o incognoscível, que chamamos de Turbilhão. Por algum motivo, Ele gosta do número três. São Três os Seus filhos, os grandes deuses que fizeram o restante de nós, que se nomearam e abrangem a existência. São também Três as categorias de nós, deuses inferiores... apenas porque matamos a quarta.

Primeiro vieram os niwwah, os Equilibradores, entre cujas patentes tenho a honra de estar. Nascemos das primeiras tentativas de relações sexuais dos Três, pois eles tinham outras maneiras de fazer amor bem antes de a reprodução ter a ver com isso. Na época, eles não sabiam como ser pais, então fizeram várias coisas erradas, mas faz muito tempo e a maioria de nós já os perdoou.

Veja bem, somos chamados de Equilibradores não porque equilibramos alguma coisa, mas sim porque cada um de nós tem dois dos Três como pais no que percebemos ser uma combinação equilibrada: Nahadoth e Enefa no meu caso, Itempas e Enefa no dos outros. Não gostamos muito uns dos outros, os filhos de Nahadoth e nossos meios-irmãos que pertencem a Itempas, mas nos amamos. A família é assim.

Em seguida, os elontid, os Desequilibradores. De novo, o nome não é porque eles tenham qualquer papel ativo na manutenção ou destruição da existência, mas porque nasceram do *desequilíbrio*. A princípio, não sabíamos que certas misturas entre nós seriam perigosas. Nahadoth e

Itempas, principalmente; Enefa os tornou capazes de gerar juntos, mas eles são similares e diferentes demais para fazer isso com facilidade. (Saiba que gênero não tem nada a ver com essa dificuldade; isso é apenas um jogo para nós, uma artificialidade, como nomes e carne. Usamos tais coisas porque vocês precisam delas, não nós.) Nas raras ocasiões em que Naha e Itempas tiveram filhos juntos, os resultados foram sempre poderosos e sempre assustadores. Apenas alguns viveram até a idade adulta: Ral, o Dragão; Ia, a Negação; e Lil, a Fome. Também contam entre os elontid aqueles nascidos de uniões entre deuses e deidades, refletindo a injustiça da combinação que os criou. Eles são deuses de coisas que decaem e esvanecem, como as marés, moda, luxúria e gostos.

Não há nada de errado com eles, devo enfatizar, embora alguns dos meus companheiros niwwah os tratem como criaturas dignas de pena. Isso é um erro; eles são apenas diferentes.

Os mnasat são os terceiros: crianças que nós, deidades, produzimos entre nós mesmos. Aqui há fraqueza, no senso relativo das coisas, pois mesmo os mnasat podem destruir um mundo, se pressionados. Inúmeros nasceram durante as eras, mas a maioria surgiu nos primeiros séculos, presos no fogo-cruzado da eterna batalha e cópula dos Três, ou arrastados para o Turbilhão por acidente, ou perdidos em qualquer uma das outras legiões de perigos que podem acontecer a um jovem deus. A Guerra, em específico, dizimou os escalões deles... e admito que tirei algumas dessas vidas. Por que não, se eles eram tolos a ponto de interferir nos assuntos de seus superiores? Mesmo assim, houve alguns que eu não pude matar e que se provaram valiosos naquele julgamento-por-apocalipse. Os mnasat nos mostraram, pelo duro exemplo de suas mortes, que não é a mera força, mas sim *viver a verdade* o que dita as coisas entre nós. Aqueles que se submeteram às suas naturezas ganharam poder para se igualarem até os mais fortes de nós, niwwah, e aqueles que se esqueceram do que eram, não importando quanto poder nato possuíssem, caíram.

Há outra lição nisso: a vida não pode existir sem a morte. Mesmo entre os deuses há vencedores e perdedores, caçadores e presas. Nunca hesitei em matar os meus companheiros imortais, mas às vezes lamento precisar fazê-lo.

Se você está se perguntando, a nossa quarta categoria, era a dos demônios. Mas não há sentido em falar deles.

* * *

Acordei grunhindo e fungando grosseiramente. Sonhos. Eu havia me esquecido deles, uma praga da carne mortal. Já era ruim o bastante que os mortais desperdiçassem tanto de suas vidas inconscientes, mas Enefa também lhes deu sonhos, para ensiná-los sobre si mesmos e o seu universo. Poucos deles aprendiam com tais lições (um total desperdício de criação a meu ver), mas graças a isso eu teria que suportar esses peidos mentais toda vez que dormisse. Que maravilha.

Era tarde da noite, ainda longe de amanhecer. Embora eu tenha dormido por apenas três ou quatro horas, não senti mais nenhuma necessidade de descansar, talvez porque eu ainda não fosse completamente mortal. Então o que fazer com as horas até que Shahar acordasse para me entreter?

Levantei-me e fui vagar outra vez pelo palácio, desta vez sem me dar ao trabalho de me esconder. Os serventes e guardas nada disseram quando passei por eles, apesar de usar vestes sem identificação e não ter a testa marcada, mas senti os olhos deles em mim. O que Morad, ou a pessoa que era o capitão da guarda agora, contara a eles a meu respeito? Não havia gosto de adoração ou repugnância nos olhares deles. Só curiosidade... e cautela.

Fui ao sobpalácio primeiro, até a Escada para Lugar Nenhum. Que, para o meu choque, não existia mais.

No lugar dela, havia um átrio aberto. Três níveis de sacadas amplas e circulares rodeavam o espaço que havia sido remodelado com esculturas e plantas em vasos do tipo que requeriam pouca atenção. (Pelo menos não havia mais poeira. Os Arameri não mais negligenciavam aquela área, tendo percebido que podia guardar segredos.) O átrio não passava a sensação de despreocupação intencional, como a maioria da arquitetura do

Céu, e eu podia ver que as extremidades de cada sacada foram moldadas às pressas pelos escribas, deixando-as irregulares e não tão lisas quanto deveriam ser. Serventes haviam limpado o entulho, mas sinais do desastre ainda estavam lá, para quem sabia o que estava procurando.

Agachei-me na extremidade de uma das sacadas, envolvendo o corrimão fino com a mão, e toquei a pedra-do-dia rígida do piso. Ecos ainda reverberavam na pedra; não ecos de som, visto que esses haviam partido fazia muito tempo, mas ecos de *acontecimentos*. Fechei os olhos e vi de novo o que a pedra testemunhara.

A Escada para Lugar Nenhum. Aos pés dela, três crianças de mãos dadas. (Impressionei-me com quão pequena Shahar era; eu já estava acostumado à forma crescida dela.) Vi os sorrisos nos rostos mortais se transformarem em espanto, senti a intensidade crescente do vento, vi os cabelos e vestes deles começarem a chicotear como se estivessem no meio de um tornado. Eles gritaram quando os pés se ergueram do chão; então viraram por completo, de cabeça para baixo. Só eu não me mexi, meus pés parecendo enraizados no chão. Apenas as mãos entrelaçadas deles e eu os mantinha para baixo.

E a expressão no meu rosto! Na lembrança, eu estava de boca aberta, olhar distante e confuso, testa ligeiramente franzida e cabeça inclinada, como se eu ouvisse algo que ninguém mais conseguia, e fosse lá o que ouvira tinha minado a minha sanidade.

Então meu corpo ficou borrado, carne intercalada com linhas brancas. Abri a boca e a pedra sob meus dedos deu um último arrepio microscópico quando uma concussão de força se soltou da minha garganta. A Escada para Lugar Nenhum se estilhaçou como vidro, assim como todas as pedras diurnas ao redor, abaixo e acima. As crianças se salvaram porque a energia explodiu em uma onda esférica; elas caíram entre os escombros, sangrando e imóveis, mas não muito dos escombros caiu sobre elas.

E quando a poeira abaixou, eu tinha desaparecido.

Tirando os dedos da pedra, franzi a testa. Então falei para o mortal que pairava atrás de mim, me observando pelos últimos dez minutos:

O Reino dos Deuses

— O que você quer?

Ele se aproximou, precedido pelo familiar aroma de livros, frascos químicos e incenso; assim eu soube o que ele era antes que falasse.

— Peço desculpas, Lorde Sieh. Não quis perturbá-lo.

Levantei-me, batendo a poeira das mãos, e me virei para avaliá-lo. Um homem ilhéu perto dos sessenta anos, tinha cabelo ruivo com pontos grisalhos e um rosto melancólico e enrugado que mostrava uma sombra de barba por fazer. Havia a marca de sangue-cheio em sua testa, mas ele não parecia Arameri ou mesmo amnie. E sangue-cheios raramente tinham cheiro de trabalho duro. Um adotado, então.

— Você é o Primeiro Escriba? — perguntei.

Ele assentiu, obviamente dividido entre fascinação e desconforto. Por fim ele me ofereceu uma reverência estranha, não baixa o suficiente para ser adequadamente respeitosa, mas profunda demais para o tipo de desdém que um itempane deveria mostrar. Ri, me lembrando da postura tranquila e sutil de Viraine, então fiquei sério ao me lembrar de por que Viraine tinha sido tão bom em coisas assim.

— Perdoe-me — o homem repetiu. — Serventes disseram que você estava no palácio, e... eu pensei... bem, parece natural que viria à cena do crime, por assim dizer.

— Hum. — Enfiei as mãos nos bolsos, tentando muito não me sentir desconfortável na presença dele. Aqueles não eram os velhos tempos. Ele não tinha poder sobre mim. — É tarde, Primeiro Escriba, ou cedo. Vocês itempanes não acreditam em uma noite inteira de descanso antes das orações do amanhecer?

Ele pestanejou. Em seguida, a surpresa se tornou divertimento.

— Eles acreditam, mas não sou itempane, Lorde Sieh. E queria encontrá-lo, o que exigia ficar acordado até tarde, ou assim sugeria minha pesquisa. Você ficou conhecido por ser decididamente noturno durante seu — a confiança dele tornou a falhar — tempo aqui.

Eu o encarei.

— Como você pode não ser itempane?

103

Todos os escribas eram padres itempanes. A Ordem dava a qualquer um que tivesse jeito com a magia uma única escolha: junte-se a nós ou morra.

— Uns... hum... cinquenta anos atrás? A Litaria solicitou ao Consórcio dos Nobres a independência da Ordem Itempane. A Litaria é um corpo secular agora. Escribas podem se devotar a qualquer deus, ou deuses, que quiserem. — Ele fez uma pausa, sorrindo de novo. — Contanto que sirvamos aos Arameri mesmo assim.

Olhei-o de cima a baixo, abri a boca um pouco para sentir melhor o aroma dele, e fui bloqueado.

— Então qual deus você honra?

Ele certamente não era um dos meus.

— Eu *honro* todos os deuses. Mas em termos de espiritualidade, prefiro adorar nos altares do conhecimento e talento artístico. — Ele fez um pequeno movimento de desculpas com a mão, como se temesse ferir os meus sentimentos, mas eu começara a sorrir.

— Um ateu! — Coloquei as mãos na cintura, maravilhado. — Não vejo um desde antes da Guerra. Pensei que os Arameri haviam aniquilado todos vocês.

— Assim como fizeram com os adoradores de todos os outros deuses, Lorde Sieh, sim. — Eu ri, o que pareceu animá-lo. — Na verdade, a heresia está bastante na moda entre o povo, embora aqui no Céu eu seja mais discreto, é óbvio. E o, ah, termo *educado* para pessoas como eu é *primortalista*.

— Argh, que palavra enorme.

— Infelizmente sim. Significa "mortais primeiro", não é uma representação nem certeira nem completa da nossa filosofia, mas como eu disse, há termos piores. Acreditamos nos deuses, naturalmente. — Ele assentiu para mim. — Mas como a Interdição nos mostrou, os deuses funcionam muito bem, quer acreditemos neles ou não, então por que devotar toda a nossa energia a um propósito inútil? Por que não acreditar com mais fervor nos mortais e em seu potencial? Nós com certeza poderíamos nos beneficiar de um pouco de dedicação e disciplina.

O Reino dos Deuses

— Concordo plenamente! — E se eu não estivesse errado, havia provavelmente alguns dos meus irmãos envolvidos nesse movimento de adoração aos mortais. Mas me abstive de apontar isso, para não o incomodar. — Como se chama?

Ele tornou a se curvar, com mais facilidade agora.

— Shevir, Lorde Sieh.

Fiz um gesto de negação.

— Faço os Arameri me chamarem de "lorde". É apenas Sieh.

Ele pareceu desconfortável.

— É, bem...

— Arameri é um estado de espírito. Conheço alguns adotados que se encaixam bem, na família. Você, senhor, não é farinha do saco deles. — Sorri para que ele soubesse que era um elogio e Shevir relaxou. — Então Remath lhe contou sobre mim.

— A Lady Arameri me informou sobre sua... condição, sim. Eu e meu time, incluindo aqueles da cidade abaixo, já estamos trabalhando duro para determinar o que pode ter causado a mudança. Informaremos a Lady Remath imediatamente quando soubermos de algo.

— Obrigado. — Contive-me para não responder que contar a Remath não me faria nenhum bem a não ser que ela decidisse passar a informação adiante. Ele provavelmente sabia disso e só estava me comunicando a quem era leal. Mortais primeiro. — Você estava aqui no Céu oito anos atrás?

— Sim. — Ele veio ficar ao meu lado, encarando avidamente o meu perfil, minha postura, tudo. Analisando-me. Conhecendo as crenças dele, ao menos uma vez não me importei. — Eu era o líder do esquadrão na época; fui eu e meus colegas que tratamos o Lorde Dekarta e a Lady Shahar depois do acidente. Fui promovido a Primeiro Escriba por salvar a vida deles. — Shevir hesitou. — O Primeiro Escriba anterior foi retirado do cargo por falhar em perceber que um deus havia visitado o Céu.

Revirei os olhos.

— Não há magia escriba que possa detectar a presença de um deus se não quisermos ser detectados.

Eu nunca quis ser detectado.

— A Lady foi informada disso. — Ele estava sorrindo, nem um pouco amargo. Supus que não fazia sentido culpar alguém.

— Se estava aqui naquela época, você, ou seu predecessor, deve ter conduzido uma investigação.

— Sim. — Shevir endireitou a postura como se estivesse apresentando um relatório. — O incidente aconteceu no início da tarde. Houve um tremor ao redor e todos os feitiços de limite soaram um alarme, indicando atividade mágica não autorizada dentro do palácio. Guardas e funcionários chegaram e encontraram isto. — Ele gesticulou para o átrio. Os entulhos haviam sido removidos, mas aquilo não mudava nada; era dolorosamente óbvio para qualquer um que o tivesse visto antes que o átrio era apenas um enorme fosso em ruínas. — Ninguém soube o que aconteceu aqui até três dias depois, quando Dekarta acordou, e então Shahar.

Mais que tempo suficiente para os rumores ganharem força e arruinarem a vida de Deka. Pobre garoto e pobre de sua irmã também.

— Que tipo de magia era? — perguntei.

Escribas amavam classificar e categorizar magia, o que de algum modo os ajudava a compreendê-la em suas mentes mortais sem magia. Poderia haver algo na lógica intrincada deles que me ajudasse a entender.

— Desconhecida, Lorde... — Ele pausou. — Desconhecida.

— *Desconhecida?*

— Nada assim fora observado no reino mortal, pelo menos não dentro da história registrada. Os melhores estudiosos da Litaria confirmaram isso. Até consultamos várias das deidades mais amistosas da cidade; elas também não conseguiram explicar. Se *você* não sabe... — Shevir calou a boca com um estalar audível, em frustração palpável. Ele esperara que eu tivesse mais respostas.

Entendi completamente. Suspirando, eu que endireitei a postura agora.

— Não quis machucá-los. Nada do que aconteceu faz sentido.

— As mãos das crianças estavam ensanguentadas — disse Shevir, soando neutro. — Ambas as mãos, cortadas do mesmo jeito. Um fez no

O Reino dos Deuses

outro, a julgar pelos ângulos e profundidade. Alguns dos meus colegas acreditavam que talvez eles tivessem tentado fazer algum tipo de ritual...

Fiz cara feia.

— O único ritual envolvido foi aquele que crianças de todo o mundo encenam para selar promessas. — Ergui a mão, observando a própria palma, macia e intacta. — Se *aquilo* conseguiu causar o que aconteceu, haveria muitas crianças mortas por aí.

Ele abriu os braços naquele gesto de desculpas outra vez.

— Você precisa entender, estávamos desesperados por respostas.

Pensei nisso e me ergui para cima do parapeito, me divertindo com a habilidade de enfim balançar os pés. Isso pareceu deixar Shevir muito desconfortável, provavelmente porque a queda do átrio era longa o suficiente para matar um mortal. Então me lembrei de que estava me tornando mortal e, com um suspiro pesado, voltei para o chão.

— Então vocês decidiram que uma das crianças, Deka, tinha me invocado, me irritado e eu os explodi em retaliação.

— *Eu* não acreditei nisso. — Shevir ficou sério. — Mas certas pessoas não foram convencidas, e por fim Dekarta foi enviado à Litaria. Para aprender a controlar melhor seus talentos inatos, a mãe dele anunciou.

— Exílio — falei baixinho. — Uma punição por ter deixado a Shahar se machucar.

— Sim.

— Como o Deka está agora?

Shevir balançou a cabeça.

— Ninguém aqui o vê desde que ele foi embora, Lorde Sieh. Ele não vem para casa nos feriados ou nas férias. Disseram-me que ele está indo bem na Litaria; ironicamente, ele tem talento genuíno para a arte. Mas... bem... os rumores dizem que ele e Lady Shahar se odeiam agora. — Franzi a testa, e Shevir deu de ombros. — Não posso culpá-lo. As crianças não veem as coisas como nós.

Observei Shevir; ele estava perdido em pensamentos e não havia notado a ironia de falar sobre infância comigo. Mas ele estava certo.

O gentil Deka que eu conhecera não teria entendido que estava sendo mandado embora por motivos que tinham pouco a ver com Shahar se ferir. Ele teria tirado suas próprias conclusões sobre o motivo do juramento de amizade ter dado errado e o porquê de ter sido separado de sua amada irmã. A culpa teria sido apenas o começo.

Mas por que Remath sequer se dera ao trabalho de exilá-lo? Nos velhos tempos, a família tinha sido rápida em matar qualquer membro que transgredisse, de uma forma ou de outra. Eles deveriam ter sido ainda mais rápidos com Deka, que rompera o padrão Arameri de tantas maneiras.

Suspirando pesado, estiquei a coluna e me afastei do corrimão do átrio.

— Nada no Céu jamais fez sentido. Não sei por que continuo vindo aqui, de verdade. É de imaginar que ficar preso neste inferno por séculos teria sido suficiente para mim.

Shevir deu de ombros.

— Não posso falar pelos deuses, mas qualquer mortal que passa tempo neste lugar fica... acostumado. A ideia que alguém tem do que é normal muda, mesmo se o lugar for cheio de coisas desagradáveis, até que ficar longe dele pareça errado.

Franzi a testa. Shevir viu o meu olhar e sorriu.

— Casado há dezessete anos. Casamento feliz, devo adicionar.

— Ah. — Isso me fez lembrar, perversamente, da conversa da noite anterior com Shahar. — Conte-me mais sobre ela.

Eu não especificara o "ela", mas é óbvio que Shevir era tão bom em analisar a linguagem quanto qualquer outro escriba.

— A Lady Shahar é muito inteligente, muito madura para a idade que tem, e muito dedicada aos seus deveres. Ouvi dizer que a maioria dos outros sangue-cheios expressa confiança na habilidade dela de governar depois que a mãe...

— Não, não — falei, fazendo cara feia. — Nada disso. Eu quero saber... — De repente, não tive certeza. Por que eu estava perguntando a ele sobre aquilo? Mas eu precisava saber. — Sobre *ela*. Quem são os amigos dela? Como ela lidou com o exílio do Deka? O que acha dela?

O Reino dos Deuses

Diante desse monte de perguntas, Shevir ergueu as sobrancelhas. De repente, percebi duas coisas horríveis: primeiro, eu estava desenvolvendo uma perigosa atração por Shahar; e segundo, eu acabara de revelá-la.

— Ah... bem... ela é muito reservada — começou Shevir, de modo desconfortável.

Era tarde demais, mas balancei a mão e tentei reparar o dano que causara.

— Deixa pra lá — falei, fazendo uma careta. — Estas são questões mortais, irrelevantes. Eu deveria me concentrar agora em encontrar a cura para seja lá o que esteja acontecendo comigo.

— Sim. — Shevir pareceu aliviado com a mudança de assunto. — Hã, sobre isto... o motivo de eu ter lhe procurado é para perguntar se estaria disposto a nos dar algumas amostras. Meus colegas escribas, isto é, do contingente do palácio, acham que podemos compartilhar esta informação com os previtos em Sombra e na Litaria.

Franzi a testa, desconfortavelmente me lembrando de outros Primeiros Escribas, outros exames e outras amostras durante os séculos.

— Para tentar entender o que mudou em mim?

— Sim. Temos informação sobre sua, hã, permanência anterior... — Shevir balançou a cabeça e enfim parou de tentar agir com tato. — Quando você era um escravizado aqui, imortal, mas preso em carne mortal. Seu estado atual parece ser bem diferente. Eu gostaria de comparar os dois.

Fiz cara feia.

— Para quê? Para me dizer que vou morrer? Já sei disso.

— Determinar *como* você está se tornando mortal pode nos dar uma ideia sobre o que causou isso — disse ele, falando com rapidez agora que se tratava de sua especialidade. — E talvez como revertê-lo. Eu nunca presumiria que as artes mortais possam exceder o poder divino, mas cada mínimo conhecimento que pudermos reunir pode ser útil.

Suspirei:

— Muito bem. Você vai querer meu sangue, eu presumo?

Os mortais estavam sempre atrás de nosso sangue.

— E qualquer outra coisa que esteja disposto a dar. Cabelo, unhas, um pouco de carne, saliva. Quero registrar suas medidas atuais também. Altura, peso e afins.

Não pude evitar ficar curioso:

— Por que isso importaria?

— Bem, para início de conversa, a meu ver, você não parece ter mais de dezesseis anos. A mesma idade de Lady Shahar e Lorde Dekarta agora, mas no início, pelo que eu soube, você parecia bem mais velho que os dois. Aproximadamente dez anos, enquanto eles tinham oito. Se você tivesse apenas envelhecido oito anos nesse meio-tempo...

Arfei, enfim entendendo. Eu havia crescido antes, centenas de vezes. Conhecia o padrão que meu corpo costumava seguir. Eu devia estar mais pesado, mais alto, mais maduro, com uma voz mais profunda. Dezoito anos, não dezesseis.

— Shahar e Dekarta. — Respirei fundo. — Meu processo de envelhecimento ficou mais lento para combinar com o deles.

Shevir assentiu, parecendo satisfeito com a minha reação.

— Você parece muito magro, então talvez tenha te faltado nutrição enquanto esteve... fora... e isso atrapalhou seu crescimento. É mais provável, no entanto...

Assenti sem perceber, rapidamente, porque Shevir estava certo. Como um detalhe tão crucial passara despercebido?

Porque é o tipo de coisa que apenas um mortal perceberia.

Eu suspeitava de que a minha condição estivesse de algum modo ligada ao juramento de amizade que eu fizera com Shahar e Dekarta. Agora eu sabia: a mortalidade deles me infectara, como uma doença. Mas que tipo de doença desacelerava seu progresso para combinar com o das outras vítimas? Havia um *propósito* neste tipo de mudança. Algo intencional.

Mas a intenção de quem e com que propósito?

— Vamos ao seu laboratório, Escriba Shevir — falei suavemente enquanto a minha mente girava com deduções e implicações. — Acho que posso te dar as amostras agora.

O Reino dos Deuses

*   *   *

Quando saí do laboratório de Shevir, logo depois de amanhecer, eu estava começando a ficar com fome. Ainda não era muita fome (não o tipo de dor crua e precária que eu conhecera nos primeiros anos como escravizado, quando os meus senhores me faziam passar fome), mas me fez ficar irritado, porque era outra prova da minha mortalidade em andamento. Eu morreria de fome se a ignorasse? Eu ainda conseguiria me manter com jogos e desobediência, como fazia normalmente? Fiquei tentado a descobrir. Mas, pensei enquanto esfregava o braço, onde uma bandagem e um feitiço de cura escondiam a lasca de carne que Shevir retirara de mim, não havia motivo para me fazer sofrer sem necessidade. Como um mortal, haveria dor o bastante em minha vida, quer eu a buscasse, quer não.

O barulho e a comoção me distraíram da tristeza. Pulei para o lado do corredor quando seis guardas passaram correndo, com as mãos nas armas. Um deles carregava uma esfera mensageira e por meio dela ouvi o interlocutor (o capitão deles, presumi) emitindo rápidos comandos em voz baixa. Algo sobre "evacuar os corredores sete no sentido norte" e "pátio" e, mais nitidamente, "Diga ao povo de Morad para trazer algo para amenizar o cheiro".

Eu não podia resistir a tais tentações mais do que podia resistir às invocações de Shahar... talvez ainda menos. Então cantarolei uma cantigazinha e enfiei as mãos nos bolsos, pulando enquanto descia por um corredor diferente. Quando os guardas estavam fora de vista, abri uma parede e disparei correndo.

Quase fui frustrado pela Árvore, que crescera através de uma das junções mais úteis nos espaços mortos, e pelo meu corpo estúpido e irritantemente alto e magrelo, que não conseguia mais se espremer pelas passagens mais apertadas. Eu conhecia muitas rotas alternativas, mas ainda assim cheguei ao pátio atrasado e ofegante. (Isso também me incomodou. Eu teria que deixar o meu corpo mortal mais forte ou seria completamente inútil nesse ritmo.)

Mas valeu a pena pelo que vi.

O pátio do Céu fora projetado pela minha falecida irmã, Kurue, que havia compreendido dois elementos-chave da psique mortal: eles odeiam ser lembrados da própria insignificância, mas de maneira simultânea e instintiva, esperam que seus líderes sejam esmagadoramente dominantes. Era esse o motivo de os visitantes serem confrontados com a magnificência nos quatro pontos cardinais ao chegarem ao Portão Vertical. Ao norte, ficava a entrada abobadada e cavernosa do Céu, mais alta que muitos prédios na cidade abaixo. A leste e a oeste, ficavam os lóbulos gêmeos do Jardim dos Cem Mil, um mosaico de ordenados canteiros de flores, cada um coroado por uma árvore peculiar. Passando por eles, era possível ver um galho da Árvore do Mundo, selvagem e com quilômetros de extensão, espalhando um milhão de folhas contra o céu azul. A Árvore não estivera no planejamento de Kurue, mas fazer parecer que era uma prova de sua habilidade. Para aqueles que ousavam olhar para o sul, não havia nada. Apenas o píer solitário e uma visão livre da paisagem e do horizonte muito, muito distante.

Agora o pátio havia sido contaminado por algo horrível. Quando saí do jardim pela entrada do térreo dos serventes, ninguém me notou. Os soldados estavam por toda parte, desorganizados, em pânico. Vi o capitão da guarda de um lado do mosaico do portão, gritando para o cocheiro levar a carruagem embora, embora, embora, pelo amor do Pai, leve-a para a estação terrestre no portão de carga e não deixe que ninguém toque nela.

Ignorei tudo isso enquanto caminhava em meio à confusão, meus olhos observando caroços iguais no chão. Alguém tivera o bom senso de colocá-los em um pano em formato quadrado, mas mal continha a bagunça. Pedaços dos caroços respingaram e se espalharam por todos os lados, ficando pior graças aos soldados, que tropeçavam, vomitando, enquanto tentavam raspar tudo de volta ao pano. Quando cheguei perto o suficiente para dar uma boa olhada na bagunça (a carne estava gelatinosa, tão podre que a única coisa sólida nela era osso esponjoso), o capitão se virou e me viu. Ele era guerreiro o bastante para colocar a mão na espada ao seu lado, mas também sensato o bastante para evitar empunhá-la quando constatou quem eu deveria ser. Ele praguejou depressa, então se conteve e lançou um rápido olhar para ter certeza de que seus homens não estavam olhando antes de se curvar. Não era um homem sutil.

— Senhor — disse ele com cuidado, embora eu pudesse ver que ele preferiria ter usado *meu lorde*. Ele não era itempane também, embora a testa tivesse a marca Arameri. Ele ergueu a mão e parei a alguns metros das bordas da sujeira. — Por favor, é perigoso.

— Não acho que os vermes vão atacar, e você?

A minha piada não teve graça, porque não havia vermes. Era fácil ver que o que estava nos cobertores eram os restos de dois mortais muito, muito mortos, mas a peculiaridade me intrigava. E o cheiro estava errado. Cheguei mais perto, abrindo a boca um pouquinho, embora a última coisa que eu quisesse era sentir melhor o gosto. Nunca gostei de carniça. Mas o gosto não me ofereceu nada além de amônia, enxofre e todos os sabores comuns da morte.

— Arameri, imagino? — Agachei-me para ver melhor. Eu não conseguia distinguir as marcas nas testas, nem nada do rosto deles, que estavam estranhamente escurecidos e sem feições. Quase planos. — Quem são? Parecem estar mortos há tempo suficiente para que talvez eu os tenha conhecido.

Duramente, o capitão respondeu:

— Eles são, acreditamos, Lorde Nevra e Lady Criscina, primos de segundo grau da Lady Remath. Sangue-cheios. E morreram, acreditamos, na noite passada.

— *Quê?*

Ele não repetiu, embora tenha saído de sua pose para chutar um glóbulo de Nevra. Ou Criscina. Os soldados já tinham conseguido colocar todos os pedaços espalhados no pano e os embrulhavam com cuidado para o transporte. Vi manchas no chão entre o Portão Vertical e o pano. Eles haviam levado os corpos para o Céu na carruagem, mas não se deram ao trabalho de embrulhá-los primeiro? Não fazia sentido... a menos que eles não tivessem percebido que o casal lá dentro estava morto antes de abrirem a porta.

Fui até o capitão, que ficou tenso de novo com a minha aproximação, mas permaneceu firme. Fiquei surpreso ao ver o simples símbolo de sangue-baixo em sua testa, embora também estivesse oco no centro, igual a todos os selos de sangue que eu vira, exceto o de Remath. Era raro que um sangue-baixo alcançasse um posto tão alto dentro do Céu. Significava que ou aquele homem tinha um patrono poderoso (não um dos pais ou ele não seria um sangue-baixo) ou era muito competente. Esperava que fosse o último.

— Devo admitir que presto pouca atenção aos mortais quando morrem — falei em voz baixa. — Cadáveres não são divertidos. Mas tinha a impressão de que normalmente levaria alguns meses, se não anos, para chegarem a este estado.

— Normalmente sim — disse ele, curto.

— Então o que causou isso?

Ele tensionou a mandíbula.

— Por favor, me perdoe, senhor, mas tenho ordens de manter esta questão sob sigilo. É uma questão *familiar*.

O que significava que Remath ordenara o silêncio dele, e a menos que eu o pendurasse no píer, ele não falaria nada. Talvez nem assim; ele parecia o tipo teimoso.

Revirei os olhos.

— Você sabe tão bem quanto eu que apenas magia pode causar tal horror. A ativação de um escriba deu errado ou talvez eles tenham provocado um de meus irmãos.

Embora eu duvidasse. Qualquer deidade era capaz de tal coisa, mesmo aquelas de natureza mais gentil, mas eu não conseguia pensar em nem uma que *fosse fazê-lo*. Nós matávamos; não profanávamos. Respeitávamos a morte. Fazer diferente seria uma ofensa a Enefa e provavelmente a Yeine também.

— Não sei dizer, senhor.

Teimoso, de fato.

— Por que você disse que era perigoso?

O Reino dos Deuses

Ele me lançou um olhar severo, me surpreendendo. Não com raiva, embora eu estivesse perturbando e eu soubesse disso. Ele tinha os mais notáveis olhos cinzentos. Raros no Céu e quase desconhecidos entre os maroneses, embora ele tivesse a pele marrom o suficiente para ser daquela etnia. Provavelmente parte amnie, se fosse Arameri.

— Como você disse, meu lorde. — Ele falava suave, mas enfaticamente. — Apenas a magia poderia ter feito algo assim. Esta magia funciona por contato.

Ele moveu o queixo em direção aos rostos dos corpos, que ainda estavam visíveis enquanto os soldados trabalhavam em embrulhar os membros soltos. Espiei mais perto e percebi que o que eu pensara ser apenas deterioração era algo diferente. A cor escura no rosto deles não era porque estavam podres, mas sim carbonizados. Na verdade, não eram rostos: os mortais usavam algum tipo de máscara sobre as feições. As máscaras queimaram tanto que se fundiram à carne, deixando apenas olhos e o contorno da mandíbula das faces originais.

Os soldados terminaram de embrulhar. Seis deles partiram, carregando os corpos devagar. Quando chegaram à entrada do palácio, uma falange de serventes emergiu, carregando utensílios de limpeza e incensários. Eles limpariam o pátio de sua mácula tão rápido que nenhum sangue-alto saberia o horror que estivera ali.

— Devo ir apresentar o relatório para a Lady Arameri — informou o capitão, virando-se.

— Como se chama? — perguntei.

O capitão fez uma pausa, parecendo cauteloso, e assim adivinhei que ele ouvira algo da minha reputação. Dei um sorriso.

— Sem cantinela, prometo — falei. — Sem jogos ou truques. Você não fez nada para me ofender, então não tem nada a temer.

Ele relaxou na hora.

— Wrath Arameri.

Definitivamente maronês, com um nome assim.

— Bem, capitão Wrath, visto que vai dizer à lady que apareci aqui, também pode dizer que ficarei feliz em ajudá-la a determinar a causa... disto.

Gesticulei vagamente para o local onde os corpos estiveram.

Ele tornou a franzir a testa.

— Por quê?

— Tédio. — Dei de ombros. — A curiosidade matou o gato. Estou velho demais para me distrair com brinquedos agora.

Uma pontinha de incompreensão cruzou o rosto dele, mas Wrath assentiu:

— Entregarei sua mensagem, senhor.

Ele se virou e foi embora, indo em direção ao palácio, mas parou nos degraus e fez uma reverência quando uma figura magra e vestida de branco apareceu na entrada. Shahar.

Eu o segui mais devagar, assentindo, por hábito, para os serventes (o que pareceu assustá-los) e parando aos pés dos amplos degraus. Shahar exibia um simples robe matutino de pelagem branca e macia e uma expressão ameaçadora que fez com que eu me encolhesse inocentemente, por conta de um velho hábito.

— Acordei e descobri que você desaparecera — disse ela —, e visto que agora sou julgada com base em quão bem sirvo suas necessidades — ah, ótimo, apenas o mais leve toque de veneno nas palavras; ela era muito boa —, se tornou imperativo que eu o encontrasse antes de completar qualquer uma das minhas muitas outras tarefas. Não fazia ideia de onde procurar, até que fui informada deste incidente. Eu sabia que você estaria onde houvesse problema.

Mostrei a ela o meu mais galante sorriso, o que fez os seus olhos ficarem ainda mais hostis. Talvez eu estivesse velho demais para que aquilo ainda funcionasse.

— Você podia ter simplesmente me chamado — falei. — Como fez há duas noites.

Shahar pestanejou, distraída da própria raiva tão facilmente que eu soube que ela não estava muito chateada.

— Acha que funcionaria?

Dei de ombros, embora não estivesse tão desinteressado quanto demonstrei.

O Reino dos Deuses

— Acho que vamos ter que tentar para descobrir.

— Sim. — Shahar deu um longo suspiro, mas então o olhar dela focou nos serventes que agora atacavam a área de terra ao redor do Portão Vertical. Um deles estava até limpando o próprio portão, embora com cuidado, usando uma solução clara e fazendo grande esforço para não pisar nos ladrilhos pretos.

— Você os conhecia? — perguntei. Com delicadeza, caso ela tivesse gostado deles.

— É óbvio — disse ela. — Nem um deles era ameaça para mim. — Naquela família, isso era o mais próximo de uma declaração de amizade. — Eles lidavam com nossos trâmites de transporte no Alto Norte e nas ilhas. Eram competentes. Sensatos. Irmãos, como... — *Deka e eu*, suspeitei que ela teria dito. — Uma grande perda para a família. De novo.

Pela frieza na expressão dela, percebi de repente que Shahar não estava surpresa com a maneira como eles morreram. E a escolha de palavras dela fora outra pista, assim como o aviso de Wrath.

— Estou com fome — falei. — Leve-me a algum lugar com comida e coma comigo.

Ela me encarou.

— É uma ordem?

Revirei os olhos.

— Não estou te forçando a obedecer, então não.

— Existem muitos tipos de força — disse Shahar, o olhar tão duro quanto pedra. — Se você contar à minha mãe...

Grunhi, irritado.

— Não sou fofoqueiro! Só estou com fome! — Aproximei-me dela. — E quero falar sobre isso em algum lugar reservado.

Shahar pestanejou e então corou, como deveria ser, porque ela devia ter entendido as minhas deixas. Teria, se o orgulho dela não tivesse interferido.

— Ah. — Ela hesitou, então olhou para o pátio como se estivesse cheio de olhares curiosos. Geralmente estava, de um jeito ou de outro.

117

— Encontre-me na cúpula da biblioteca em meia hora. Vou mandar levarem comida.

Assim, ela se virou em um giro de pelos e brancura, os sapatos estalando rapidamente contra a pedra-do-dia enquanto caminhava.

Eu a observei se afastar, achando graça, até perceber que os meus olhos estavam se demorando nas leves curvas de seus quadris e no balanço ainda mais leve deles, graças ao andar rígido e altivo de Shahar. Fiquei tão nervoso que tropecei enquanto descia os degraus. Embora houvesse apenas serventes para me verem (e eles estavam tendo cuidado em não olhar, provavelmente por ordem de Morad), logo me endireitei e entrei no jardim para disfarçar, fingindo olhar para as árvores e flores entediantes com grande fascínio. Na verdade, eu estava tremendo.

Eu não podia fazer nada. Shevir calculara a minha idade como dezesseis anos e eu sabia muito bem o que essa idade significava para os meninos mortais. Quanto tempo eu tinha até acabar coberto de suor, me tocando furiosamente? E agora sabia o nome de quem eu iria gemer quando chegasse o momento.

Deuses. Como eu *odiava* a adolescência.

Não posso fazer nada, repeti mentalmente, e abri um buraco no chão.

Não demorou para que eu chegasse à biblioteca. Emergi entre duas das gigantescas estantes velhas sem uso no canto, depois segui ao longo das pilhas até chegar à escada em espiral parcialmente escondida. Kurue construíra a cúpula da biblioteca como recompensa para os habitantes do palácio que amavam a palavra escrita. Eles geralmente apenas a encontravam depois de folhear as pilhas e se sentar em silêncio por um tempo, perdendo-se em algum livro, pergaminho ou papiro. Fiquei secretamente orgulhoso por Shahar tê-la encontrado... então fiquei irritado com esse orgulho e mais impaciente com minha irritação.

Mas quando cheguei ao topo da escadaria, parei, surpreso. A cúpula já estava ocupada, e não por Shahar.

Um homem estava sentado em um dos longos bancos acolchoados. Grande, loiro, vestindo um paletó que parecia militar e que teria parecido mais ainda se não fosse feito de seda perolada. O teto da cúpula era de vidro, de paredes abertas (embora tão magicamente protegido dos ventos e do ar rarefeito quanto o resto do palácio). Um raio de sol fez o cabelo encaracolado do homem se parecer com um rio agitado; os botões de seu paletó, com joias; e o seu rosto, com uma escultura. Eu o reconheci de imediato como parte da Família Central Arameri, mesmo sem olhar para a marca em sua testa, porque ele era muito bonito e estava muito confortável.

Mas quando ele se virou para mim, vi a marca e a encarei, porque era *completa*. Todos os selos dos quais me lembrava: o contrato que ligava os Enefadeh à proteção e serviço dos descendentes diretos de Shahar, a compulsão que forçava os Arameri a permanecerem leais ao líder da família... tudo. Mas por que apenas este homem, de toda a Família Central, usava a marca em sua forma original?

— Ora, ora — murmurou ele, os olhos me avaliaram tão rapidamente quanto eu o analisara.

— Desculpe — falei, incomodado. — Não sabia que tinha alguém aqui. Vou a outro lugar.

— Você é a deidade — disse ele e parei, surpreso. Ele sorriu um pouco. — Acho que você deve se lembrar de como é difícil manter um segredo neste lugar.

— Eu consegui, na minha época.

— Conseguiu mesmo. E ainda bem, do contrário nunca teria sido capaz de se livrar de nós.

Ergui o queixo, sentindo a irritação e a hostilidade.

— Isto é mesmo uma coisa boa na visão dos sangue-cheios?

— Sim. — O homem se mexeu, deixando de lado um livro grande e lindamente encadernado que estivera em seu colo. — Na verdade, eu estava lendo sobre você e seus companheiros Enefadeh, em honra à sua chegada. Meus ancestrais tinham mesmo subjugado um monstro, não tinham? Sinto-me extremamente abençoado por você ter sido liberado antes que eu tivesse que lidar com você.

Estreitei os olhos para ele, tentando entender minha própria cautela.

— Por que eu não gosto de você?

O homem pestanejou, surpreso, então sorriu de novo, com uma sombra de ironia.

— Talvez porque, se você ainda fosse escravizado e eu seu senhor, seria em *você* que eu colocaria as rédeas mais curtas.

Eu não tinha certeza se aquele era o motivo, mas não ajudou. Eu nunca confiava em mortais que adivinhavam como eu era perigoso. Aquilo geralmente significava que eles eram tão perigosos quanto.

— Quem é você?

— Meu nome é Ramina Arameri.

Assenti, lendo as rugas do rosto dele e a estrutura de seus ossos.

— Irmão da Remath?

Não, não exatamente.

— Meio-irmão. O pai dela foi o último líder da família. O meu não. — Ele deu de ombros. — Como é que percebeu?

— Você parece ser da Família Central. Tem o cheiro dela. E você emana — olhei para a testa dele — uma sensação de poder que foi contido.

— Ah. — Ramina tocou a testa com um sorrisinho autodepreciativo. — Isto torna óbvio, não é? Entendo que selos verdadeiros eram a norma na sua época.

— Selos *verdadeiros*? — Franzi a testa. — Então como os reduzidos são chamados?

— Os deles são chamados de semisselos. Tirando Remath, sou o único membro da família que usa um selo verdadeiro nos dias atuais. — Ramina desviou o olhar, focando-o em uma revoada de pássaros ao redor de um galho da Árvore ao longe. Eles decolaram, indo embora, e Ramina observou o voo lento e constante deles. — Foi dado a mim quando a minha irmã tomou seu lugar como líder da família.

Então entendi. O selo verdadeiro reforçava lealdade ao líder da família, sobrepondo a vontade do usuário. Ramina não poderia agir contra os interesses da irmã, assim como não tinha poder para mandar o sol se pôr.

— Demônios — falei, sentindo uma pena inesperada dele. — Por que ela apenas não te matou?

— Porque ela me odeia, acho. — Ramina ainda observava os pássaros; eu não conseguia ler a expressão dele. — Ou me ama. De qualquer jeito, é o mesmo efeito.

Antes que eu pudesse responder, ouvi passos na escadaria em espiral. Ficamos em silêncio enquanto dois serventes subiam, fazendo uma reverência rápida a Ramina e me lançando olhares incômodos enquanto preparavam uma bandeja de madeira e colocavam um prato grande de petiscos nela. Eles se retiraram rapidamente, então fui até a bandeja e enfiei vários petiscos na boca. Ramina ergueu uma sobrancelha; expus os dentes para ele. Ele fungou um pouco e desviou o olhar. Ótimo. Desgraçado.

Fiquei cheio com apenas um pouco, o que me deixou feliz, porque provava que eu não era totalmente mortal ainda. Arrotei e comecei a lamber os dedos, esperando que Ramina sentisse nojo. Mas ele não se virou para mim. Depois de um momento, ele olhou em direção aos degraus outra vez, enquanto Shahar emergia da entrada do andar. Ela assentiu para mim, então viu Ramina e sorriu.

— Tio! O que está fazendo aqui?

— Conspirando para dominar o mundo, é óbvio — respondeu ele, dando um sorriso largo para ela. Shahar se aproximou e o abraçou com afeição real, o que Ramina devolveu com igual sinceridade. — E tendo uma agradável conversa com meu novo jovem amigo aqui. Veio encontrá-lo?

Shahar se sentou ao lado dele, revezando olhares entre nós dois.

— Sim, embora seja bom você estar aqui. Sabe o que aconteceu?

— O que aconteceu?

Ela ficou séria.

— Nevra e Criscina. Eles... soldados trouxeram os corpos esta manhã.

Ramina fez uma careta, fechando os olhos.

— Como?

Shahar balançou a cabeça.

— As máscaras, de novo. Desta vez... — Ela torceu a cara. — Não vi o resultado, mas senti o cheiro.

Sentei-me no banco oposto a eles, sob as sombras da cúpula, e os observei. A luz fazendo uma aura nos cachos deles. Os olhares idênticos de tristeza. Sim, era tão óbvio que me perguntei por que Remath se dava ao trabalho de tentar manter segredo.

Ramina se levantou e começou a andar de um lado a outro, a expressão feroz.

— Demônios e escuridão! Todos os sangue-altos ficarão lívidos e com razão. Culparão a Remath por não encontrar esses malditos. — Ele parou de repente e se voltou para Shahar, estreitando os olhos. — E você estará em mais perigo do que nunca, sobrinha, se esses agressores estão tão ousados. Não aconselho viagens por um tempo.

Ela franziu a testa um pouco, mas não de maneira surpresa. Sem dúvida ela estivera pensando a mesma coisa desde que fora ao pátio.

— Eu tenho um compromisso no Cinzento esta noite, para me encontrar com a Lady Hynno.

O Cinzento?, ponderei.

— Remarque.

— Não posso! Fui eu quem pediu pela reunião. Se eu remarcar, ela saberá que há algo de errado e minha mãe decretou que quaisquer notícias desses assassinatos permaneçam em segredo.

Ramina parou e olhou direto para mim. Mostrei um sorriso galante. Shahar fez um som de irritação.

— Ela também decretou que eu devo dar a ele qualquer coisa que queira. — Ela fez uma carranca para mim. — De qualquer modo, ele viu os corpos.

— Sim — confirmei —, mas gostaria de uma explicação. Suponho que este tipo de coisa já aconteceu antes?

Ramina franziu a testa para a minha petulância, mas Shahar apenas afundou no assento, sem se dar ao trabalho de esconder o desespero.

— Nunca um sangue-cheio antes. Mas outros, sim.

O Reino dos Deuses

— Outros *Arameri?*

— E às vezes aqueles que apoiam nossos interesses, sim. Sempre com as máscaras e sempre letais. Nem sequer sabemos como fazem as vítimas colocarem as máscaras. Os efeitos são diferentes toda vez e as máscaras queimam depois, como você viu.

Incrível. Nos velhos tempos, ninguém ousaria matar um Arameri, por medo de os Enefadeh serem enviados para descobrir e punir os assassinos. O mundo havia superado tanto o medo dos Arameri em apenas algumas poucas gerações? A resiliência (e o desejo de vingança) dos mortais nunca deixaria de me impressionar.

— Então quem vocês acham que está fazendo isso? — perguntei. Os dois me lançaram olhares irritados e ergui as sobrancelhas. — Obviamente vocês não *sabem* ou já o teriam matado. Mas vocês devem *suspeitar* de alguém.

— Não — retrucou Ramina. Ele se sentou, cruzando as pernas e jogando o longo cabelo por cima das costas do assento. O homem me observou com ódio. — Se suspeitássemos de alguém, teríamos matado também.

Fiquei irritado.

— Vocês têm as máscaras, ainda que danificadas. Os escribas se esqueceram de como fazer feitiços de rastreamento?

— Não é a mesma coisa — explicou Shahar. Ela se inclinou à frente, os olhos determinados. — Isto não é escrita. Os escribas não fazem ideia de como esta, esta… magia falsa funciona, e… — Ela hesitou, olhando para Ramina, e suspirou: — Eles não conseguem detê-la. Estamos de mãos atadas contra esses ataques.

Bocejei. Não planejei que fosse assim, não o fiz deliberadamente para sugerir que eu não me importava com a situação, mas vi os dois fazerem cara feia. Quando fechei a boca, fiz uma carranca de volta.

— O que querem que eu diga? "Sinto muito"? Não sinto e vocês sabem disto. O resto do mundo precisou viver com esse tipo de terror (assassinatos sem motivo, magias que atacam sem aviso) por séculos. Graças a vocês, Arameri. — Dei de ombros. — Se algum mortal descobriu uma maneira de fazer vocês sentirem o mesmo medo, não vou condená-lo por isso. Demônios, vocês deveriam estar felizes por eu não estar torcendo por ele.

O rosto de Ramina estava inexpressivo, da maneira que os Arameri acham ser tão impenetrável quando na verdade só significa que eles estão irritados e tentam não demonstrar. Pelo menos Shahar era honesta o suficiente para me lançar a força total de sua raiva.

— Se você nos odeia tanto, sabe o que fazer — bradou ela. — Seria simples você matar todos nós. Ou — os lábios dela se curvaram, o tom ficando desagradável — peça a Nahadoth ou Yeine para nos matar, se você não for forte o bastante.

— Repita isso! — Coloquei-me de pé, me sentindo forte o bastante para assassinar toda a família Arameri porque ela estava sendo uma peste. Se ela fosse um menino, eu teria dado um soco nela. Os meninos podiam bater uns nos outros e continuar amigos; contudo, entre meninos e meninas a questão era mais complicada.

— Crianças — advertiu Ramina. Ele falou em um tom brando, mas estava olhando para mim, palpavelmente tenso, apesar do rosto tão calmo. Apreciei o seu conhecimento da minha natureza. Isso ajudou a me acalmar, o que provavelmente fosse o que ele queria.

Shahar parecia emburrada, mas cedeu, e depois de um momento eu também me sentei, embora ainda estivesse furioso.

— Para a sua informação — comecei de maneira ríspida, cruzando as pernas *sem* ficar emburrado, ainda bem —, o que está descrevendo não é uma magia falsa. Só é uma magia *melhor*.

— Apenas a magia dos deuses é melhor que a magia dos escribas — declarou Shahar. Eu podia ouvi-la tentando demonstrar um decoro calmo, o que imediatamente me fez querer atormentá-la de algum jeito.

— Não — discordei. Para aliviar a vontade de irritá-la, me mexi para me deitar no banco, colocando os pés em uma das colunas de aparência delicada que sustentavam o telhado. Desejei que os meus pés estivessem sujos, embora supusesse que isso seria uma inconveniência apenas para os serventes. — A escrita é apenas a melhor coisa que vocês, mortais,

O Reino dos Deuses

desculpe, vocês, *amnies*, inventaram até agora. Mas só porque *vocês* não pensaram em algo melhor não significa que não pode *haver* algo melhor.

— Sim — concordou Ramina com um suspiro pesado —, Shevir já explicou isso. A escrita apenas se aproxima do poder dos deuses, e bem pouco. Pode apenas capturar conceitos que são transmitidos por meio de palavras escritas e simples. A magia falada funciona melhor, quando funciona.

— O único motivo de não funcionar é porque mortais não falam da maneira certa. — O banco era surpreendentemente confortável. Eu tentaria dormir ali alguma noite, ao ar livre, sob a lua minguante. Seria como descansar nos braços de Nahadoth. — Vocês acertam a pronúncia e a sintaxe, mas nunca dominam o *contexto*. Dizem as palavras à noite, quando deviam fazê-lo de dia. Falam quando estão deste lado do sol, não do outro, tudo o que precisam fazer é considerar as estações, pelo amor dos deuses! Mas não fazem isso. Vocês dizem *gevvirh* quando querem dizer *das-ankalae* e tiram o *breviranaenoket* de... — Olhei para eles e percebei que não estavam entendendo nada. — Vocês dizem errado.

— Não há como dizer melhor — insistiu Shahar. — Não há como um mortal entender todo esse... contexto. Você sabe que não há como.

— Não há mesmo como vocês falarem como nós falamos. Mas há outras maneiras de transmitir informação além da fala e da escrita. Sinais, linguagem corporal... — Eles se entreolharam e apontei para eles. — Olhares significativos! O que acham que a magia é? *Comunicação.* Nós, deuses, chamamos a realidade e a realidade responde. Parte disso é porque nós a fizemos, e ela é como membros, o fluxo de nossas almas, nós e a existência somos uma coisa só, mas o resto...

Eu já não estava fazendo sentido para eles de novo. Criaturas estúpidas de cérebro limitado. Eles eram espertos o suficiente para entender; Enefa garantira isso. Só estavam sendo teimosos. Desisti e suspirei, cansado de tentar falar com eles. Ah, se um dos meus irmãos viesse me visitar... mas eu não arriscaria que a informação sobre a minha condição se espalhasse. Como Nahadoth dissera, eu tinha inimigos.

125

— Você consentiria trabalhar com Shevir, Lorde Sieh? — perguntou Ramina. — Para ajudá-lo a entender esta nova magia?

— Não.

Shahar soltou um som áspero e irritado.

— Ah, é óbvio que não. Só estamos lhe dando um teto sobre sua cabeça e comida e...

— Vocês não me *deram* nada! — bradei, virando a cabeça para encará-la. — Caso tenha se esquecido, *eu construí o teto*. Se vamos ser específicos sobre nossas obrigações, Lady Shahar, que tal se você disser à sua mãe que ela me deve dois mil anos de remunerações? Ou oferendas, se ela preferir; qualquer um vai me manter alimentado pelo resto da minha vida mortal. — Sua boca se escancarou de pura afronta. — Não? Então cale a maldita boca!

Shahar ficou de pé com tanta rapidez que em outro mundo ela teria disparado para o céu.

— Não preciso aturar isso.

Em uma onda de pelos e raiva, ela desceu os degraus. Ouvi o clique de seus sapatos no chão da biblioteca, e então ela se foi.

Sentindo-me bastante satisfeito, cruzei os braços atrás da cabeça.

— Você se divertiu com isso — disse Ramina.

— O que te faz pensar tal coisa? — Eu ri.

Ele suspirou, soando entediado, em vez de frustrado.

— Pode lhe divertir perturbar a Shahar. Na verdade, tenho certeza de que diverte você, mas não faz ideia da pressão que ela está enfrentando, Lorde Sieh. A minha irmã não tem sido gentil com ela desde que você quase a matou e fez o irmão dela ser mandado embora.

Encolhi-me, tendo sido lembrado da dívida que tinha com Shahar; um lembrete que Ramina sem dúvida quisera entregar. Desconfortável agora, desencostei os pés da coluna e me deitei sobre a barriga, apoiando o peso do corpo nos cotovelos para encará-lo.

— Entendo o motivo de Remath ter mandado o garoto embora — falei —, embora ainda esteja surpreso por ela ter feito isso. Geralmente, quando há mais de um possível herdeiro, os líderes da família os colocam um contra o outro.

— Isso não era possível neste caso — explicou Ramina. Ele desviara o olhar de novo, agora em direção à vasta e aberta paisagem do outro lado do palácio. Segui os olhos dele, embora eu já tivesse visto aquilo milhões de vezes: uma fazenda em formato de mosaico e a mancha cintilante do Monóculo, um lago local. — Dekarta não tem chance de herdar. Ele está mais seguro longe do Céu, para ser sincero.

— Porque ele não é totalmente amnie? — Lancei a ele um olhar severo. — E como exatamente isso aconteceu, *tio* Ramina?

Ele me deu as costas, estreitando os olhos antes de suspirar:

— Merda.

Dei um sorriso.

— Você se deitou mesmo com sua própria irmã ou um escriba cuidou dos detalhes com frascos e enemas de bulbo?

Ramina me encarou.

— O tato não faz parte da sua natureza ou você é assim desagradável de propósito?

— De propósito. Mas lembre-se de que incesto não é exatamente desconhecido para os deuses.

Ele cruzou as pernas, o que pode ter sido em defesa ou indiferença.

— Foi a solução política. Ela precisava de alguém em quem pudesse confiar. E somos apenas meio-irmãos, afinal. — Ele deu de ombros e então me olhou. — Shahar e Dekarta não sabem.

— Você quer dizer Shahar. Quem é o pai do Deka?

— Sou eu. — Quando ri, ele retesou a mandíbula. — Os escribas foram muito cuidadosos nos testes, Lorde Sieh. Acredite em mim. Ele e Shahar são irmãos por completo, tão amnies quanto eu.

— Impossível. Ou você não é tão amnie quanto acha.

Ele se eriçou, elegantemente.

— Posso traçar a minha linhagem ininterrupta até a primeira Shahar, Lorde Sieh, sem mancha alguma de etnias inferiores em nenhum ponto.

O problema, entretanto, é Remath. O avô meio ken dela, por exemplo...
— Ele estremeceu dramaticamente. — Suponho que tivemos sorte de as crianças não serem ruivas, para completar. Mas esse não foi o único problema.

— A alma dele — falei baixinho, pensando no sorriso de Deka, ainda tímido, mesmo depois que ameacei matá-lo. — Ele é uma criança da terra e de sombras sutis, não da luz brilhante e dura do dia.

Ramina me olhou de maneira estranha, mas eu estava cansado de me adaptar ao conforto mortal.

— Se com isso você quer dizer que ele é gentil demais... bem, Shahar também é, na verdade. Mas ela pelo menos mantém as aparências.

— Quando permitirão que ele volte?

— Em teoria? Quando o treinamento dele estiver completo, daqui a dois anos. Na realidade? — Ramina deu de ombros. — Talvez nunca.

Franzi a testa, cruzando os braços e apoiando o queixo neles. Com um suspiro pesado, Ramina também se levantou. Pensei que ele iria embora e fiquei contente; eu estava cansado de lidar com mentes mortais lentas e relacionamentos mortais complexos. Mas ele parou no topo da escadaria, observando-me por um longo tempo.

— Se não vai ajudar os escribas a encontrarem a fonte desses ataques, você ao menos vai concordar em proteger a Shahar? — perguntou ele. — Tenho certeza de que ela será alvo dos nossos inimigos, ou de alguns dos nossos parentes que podem usar os ataques para encobrir seus próprios planos.

Suspirei e fechei os olhos.

— Ela é minha amiga, seu tolo.

Ramina pareceu irritado, provavelmente por causa do "seu tolo".

— O que isto... — Ele parou e suspirou. — Não, eu deveria estar grato. A única coisa que sempre faltou para nós, Arameri, é a amizade de um deus. Se Shahar conseguiu ganhar a sua... bem, talvez ela tenha mais chance de sobreviver e herdar o posto do que pensei.

Assim, Ramina foi embora. Eu ainda não gostava dele.

Enviei uma carta ao meu amor
E no caminho a deixei cair
Um cachorrinho a pegou
E no bolso a colocou.
Não é você,
Não é você,
Mas é você.

* * *

O Céu é tedioso. Isso era o que eu mais odiava, quando era escravizado. É um palácio enorme, cada pináculo dentro dele poderia abrigar um vilarejo; seus aposentos contêm dezenas de entretenimentos. Tudo isso se torna um tedioso tormento depois de dois mil anos. Infernos, depois de vinte.

Estava se tornando óbvio que eu não seria capaz de suportar o Céu por muito mais tempo. E tudo bem; de qualquer jeito, eu precisava estar no mundo, procurando os meios de me curar, se tal coisa existisse no reino mortal. Mas o Céu era uma plataforma necessária para os meus esforços na vida, permitindo que eu tivesse relativa segurança e conforto para considerar importantes questões logísticas. Onde eu moraria quando fosse embora? *Como* eu viveria, se a minha magia logo me abandonasse? Eu não tinha recursos, nenhuma habilidade particular, nenhuma conexão na sociedade mortal. O reino mortal poderia ser perigoso, principalmente devido à minha nova vulnerabilidade. Eu precisava de um plano para enfrentá-la.

(Percebi a ironia da situação; era a natureza de todo adolescente mortal experimentar tal ansiedade diante da perspectiva de deixar o lar da infância para o duro mundo adulto. Saber disso não fez com que eu me sentisse melhor.)

De tarde, eu não havia chegado a nenhuma conclusão, mas como imaginei que Shahar podia ter superado a fúria a essa altura, fui em busca dela.

Quando entrei nos aposentos de Shahar, a encontrei rodeada por três serventes que pareciam vesti-la. Quando apareci na soleira do salão, ela se virou tão rápido que parte de seu cabelo, em meio ao processo de ser arrumado, se soltou; vi um lampejo de desgosto no rosto de uma das serventes antes que ela disfarçasse.

— Onde nos infernos infinitos você esteve? — Shahar exigiu saber enquanto eu me apoiava contra a porta. — Os serventes disseram que faz horas que você deixou a cúpula.

— Bom te ver também — falei arrastadamente. — Para que você está se emperiquitando toda?

Shahar suspirou, se submetendo outra vez às atenções das serventes.

— Jantar. Vou me encontrar com a Lady Hynno do Protetorado Temano, que lidera a Tríade e o *pymexe* dela.

Ela pronunciou a palavra perfeitamente, o que era de esperar, uma vez que provavelmente fora ensinada a falar temano desde a infância. A palavra significava algo como "herdeiro", mas com um sufixo masculino. "Príncipe" então, no idioma amnie, a não ser que os temanos tenham reescrito seus estatutos nos séculos desde que eu estivera prestando atenção, não era um cargo hereditário. Eles escolhiam os líderes entre os jovens mais brilhantes e os treinavam por mais ou menos uma década, antes de deixá-los cuidar de algo pra valer. Esse tipo de pensamento sensato foi o motivo pelo qual eu escolhera os temanos como meu modelo, quando criara pela primeira vez uma aparência mortal para mim.

Então notei o vestido com o qual elas estavam envolvendo Shahar. Literalmente: o vestido parecia consistir em faixas de tecido dourado suave, com a largura da palma da mão, sendo tecidas por cima e por baixo

O Reino dos Deuses

de outras faixas, até que um padrão em ziguezague fosse alcançado. O efeito geral era muito elegante e enfatizou habilmente as curvas ainda em desenvolvimento de Shahar. Assobiei e ela lançou um olhar cauteloso para mim.

— Se eu não fosse mais esperto — falei —, pensaria que você está cortejando esse príncipe. Mas você é muito jovem, e desde quando os Arameri *se casam* com pessoas de fora? Então isto deve ser outra coisa.

Ela deu de ombros, virando-se para se olhar no espelho do quarto; o vestido estava quase pronto. Elas precisavam envolver apenas as camadas inferiores em torno das pernas dela. Mas como ela iria sair daquela coisa? Talvez elas o cortassem depois.

— Os triádicos gostam de beleza — explicou Shahar — e a Lady controla as tarifas de transportes a partir do Alto Norte, então vale a pena impressioná-la. Ela é uma das poucas nobres que podem de fato nos causar problemas. — Ela se virou de lado, inspecionando seu perfil; agora que as serventes haviam consertado o seu cabelo, Shahar estava perfeita e sabia disso. — E o príncipe Canru é um velho amigo de infância, então gosto de parecer bonita para ele.

Surpreso, ergui as sobrancelhas. Normalmente os Arameri não permitiam que os filhos tivessem amigos. Mas suponho que amigos fossem necessários agora que eles não tinham deuses. Fui até o divã da sala e me joguei nele, sem me importar com os olhares das serventes.

— Então seu jantar será de negócios e prazer.

— Principalmente negócios. — As serventes murmuraram algo e houve uma pausa enquanto Shahar se analisava. Satisfeita, ela assentiu e logo as mulheres saíram. Shahar vestiu um par de longas luvas amarelo--pálido. — Na verdade, pretendo perguntar a ela sobre o que aconteceu com meus primos.

Rolei de lado para observá-la.

— Como ela saberia?

— Os temanos são parte de um grupo neutro no Consórcio dos Nobres. Eles nos apoiam, mas também apoiam esforços progressistas, como um sistema de dízimo reformulado e escolas seculares. A Ordem de Itempas não consegue mais bancar a educação de crianças acima de nove anos, sabe...

— Sim, sim — confirmei, esfregando os olhos. — Não me importo com os detalhes, Shahar. Só me conte a parte importante.

Ela suspirou, irritada, aproximando-se do divã para me encarar com arrogância.

— Acredito que a Hynno tenha aliança com aqueles nobres alto-nortistas que votam sempre contra os interesses dos Arameri no Consórcio — explicou ela. — E *eles*, acho, são a fonte dos ataques à minha família.

— Se acha isso, por que não os matou?

Não muitas gerações antes, aqueles antepassados dela já teriam matado.

— Porque não sabemos quais nações estão envolvidas. A essência está no Alto Norte, disso temos certeza, mas isso ainda envolve duas dúzias de nações. E suspeito de que haja envolvimento de algumas nações senmatas também e até de algumas ilhas. — Shahar suspirou, colocando as mãos na cintura e franzindo a testa, consternada. — Quero a cabeça dessa cobra, Sieh, não só as presas ou as escamas. Então estou seguindo o seu conselho e emitindo um desafio. Direi a eles para me matarem antes que eu assuma a liderança da família ou destruirei o Alto Norte inteiro para lidar com a ameaça.

Me inclinei para trás, devidamente impressionado, embora a raiva gélida também tomasse o meu ser.

— Entendi. Suponho que você esteja blefando para induzi-los a revelarem quem são.

— Óbvio que sim. Nem tenho certeza se ainda *podemos* destruir um continente e a tentativa com certeza exauriria o corpo dos escribas. Nos enfraquecer em um momento como este seria tolice. — Parecendo satisfeita consigo mesma, Shahar se sentou ao meu lado. O vestido fazia uma harmonia agradável de sons ao se mover junto ao corpo dela, um efeito cuidadosamente projetado em sua construção peculiar. Provavelmente custara todo o cofre público de uma pequena nação. — Mesmo assim,

O Reino dos Deuses

já falei com o capitão Wrath e coordenaremos uma operação que possa colocar uma ameaça adequada em evidência...

— Então você não usará os métodos de seus ancestrais — bradei — porque ainda quer ser uma boa Arameri. Mas não tem nada contra usar a *reputação* deles para promover seus objetivos. Entendi certo?

Ela me encarou, a surpresa fazendo com que ficasse em silêncio por um momento.

— O quê?

Sentei-me.

— Você ameaça pessoas com genocídio e então se pergunta por que eles tramam contra você. Sério, Shahar. Pensei que quisesse mudar as coisas.

O rosto dela ficou sombrio de imediato.

— Eu nunca faria isso de verdade, Sieh. Deuses, isso me tornaria um monstro!

— E o que ameaçar tudo o que eles conhecem e amam a torna? — Shahar ficou calada, parecendo estar confusa e sentindo uma raiva crescente, e me inclinei bem perto para que meu hálito tocasse a bochecha dela. — Um monstro covarde demais para aceitar sua própria atrocidade.

Shahar ficou pálida, embora dois pontos de cor flamejante aparecessem em suas bochechas enquanto a fúria guerreava com o choque em seus olhos. Porém, para crédito dela, ela não lançou um ataque imediato e não se afastou de mim. As narinas se inflaram. Uma de suas mãos se contraiu, então relaxou. Ela ergueu o queixo.

— Você não está sugerindo que eu infrinja mesmo uma calamidade a eles — disse ela, a voz baixinha. — O que você sugere então, Trapaceiro? Deixar que eles continuem com essas tentativas de assassinato até que todo sangue-cheio esteja morto? — A expressão dela se fechou ainda mais. — Deixa pra lá. Nem sei por que estou perguntando. Você não se importa se qualquer um de nós vai viver ou morrer.

— Por que eu deveria? — Gesticulei ao nosso redor, para o Céu. — Não é como se não houvesse vários Arameri...

133

— Não, não há! — A raiva dela irrompeu com uma força quase palpável. Shahar se apoiou sobre as mãos e os joelhos, fazendo uma carranca. — Você já viu este lugar, Sieh. Disseram-me que o sobpalácio era cheio na sua época. Disseram-me que certa vez havia tantos Arameri vivendo no exterior quanto aqui no Céu e que podíamos escolher entre os melhores da família para nos servir. Hoje adotamos pessoas na família que não têm um pingo do nosso sangue! Diga-me o que isto significa para você, ó deidade mais velha!

Franzi a testa. O que ela estava dizendo não fazia sentido. Os humanos se reproduziam como coelhos. Havia milhares de Arameri quando eu fora escravizado... mas ela estava certa. O sobpalácio nunca devia ter estado vazio. Nenhum sangue-baixo predominantemente maronês devia ter conseguido ascender a capitão da guarda. E Remath acasalara com o próprio irmão; isso nunca acontecera nos velhos tempos. Incesto, certamente, constantemente, mas nunca para gerar *crianças*. Mesmo assim, se Remath, ela mesma diluída de maneira oculta, buscava concentrar as forças da Família Central...

Os sinais tinham estado lá desde a primeira vez que eu retornara ao Céu, mas eu não os vira. Estava tão acostumado a pensar nos Arameri como poderosos e numerosos, mas na verdade eles estavam diminuindo. Morrendo.

— Explique — pedi, inexplicavelmente perturbado.

A raiva de Shahar esvaneceu. Ela tornou a se sentar, os ombros pendendo para baixo.

— Fazer sangue-altos de alvos é coisa recente, mas os ataques estavam acontecendo há muito tempo antes disso. Só não percebemos até que o problema se agravasse. — A expressão dela ficou azeda.

— Sangue-baixos — adivinhei.

Aqueles Arameri mais distantemente relacionados à Família Central, sem recursos nem posição social para ter grande valor para a líder da família. Os serventes, os guardas. Os descartáveis.

— Sim. — Ela suspirou. — Começou há muito tempo. Talvez apenas algumas décadas depois de você e os outros Enefadeh se libertarem. Todas

O Reino dos Deuses

as linhagens colaterais da família, aquelas que deixamos livres para gerirem negócios ou simplesmente trazerem sangue novo. Foi sutil no início. Crianças morrendo de doenças estranhas, jovens esposas e maridos se revelando inférteis, acidentes, desastres naturais. As linhagens morreram. Distribuíamos as propriedades deles para aliados ou nós mesmos retomávamos o controle.

Eu já estava balançando a cabeça.

— Não. Acidentes podem ser provocados, os deuses sabem que crianças são fáceis de matar, mas *desastres naturais*, Shahar? Isso significaria...

Um escriba conseguiria fazer aquilo? Eles conheciam os feitiços para vento, chuva e luz do sol, mas tempestades eram perversamente difíceis de controlar. Fácil demais provocar um tsunami ao tentar causar uma enchente rápida. Mas a alternativa... não. Não.

Shahar sorriu, seguindo o pior dos meus pensamentos.

— Sim. *Poderia* significar que um deus tem trabalhado para nos matar nos últimos cinquenta anos ou mais.

Fiquei de pé depressa, começando a andar de um lado a outro. A minha pele mortal de repente parecia apertada, sufocada; eu queria me livrar dela.

— Se eu quisesse matar os Arameri, eu *mataria* — declarei de modo ríspido. — Encheria este lugar com bolhas de sabão e enterraria vocês em brinquedos de banho. Eu colocaria buracos com lanças em todos os pisos e os cobriria com tapetes. Eu faria cada Arameri menor de doze anos simplesmente cair e morrer, e posso fazer isso mesmo!

Rodeei Shahar, provocando-a a me desafiar.

Mas ela estava assentindo, cansada, sem sorrir.

— Eu sei, Sieh.

A desistência dela me incomodou. Eu não estava acostumado a vê-la se desesperar. Eu não estava acostumado a considerar nenhum Arameri como indefeso ou vulnerável, muito menos todos eles.

— Yeine proibiu todos nós de retaliar contra os Arameri — falei baixinho. — Ela não se importa com vocês; ela odeia vocês tanto quanto o resto de nós odeia, mas não queria uma guerra explodindo em todo o mundo e...

Os Arameri, ruins como eram, tinham sido a melhor esperança para evitar que o caos causasse a ruína do mundo. Mesmo Nahadoth concordara com Yeine e nem um dos meus irmãos a desafiaria.

Ou será que sim?

Virei-me de costas, indo até a janela para que Shahar não visse o meu medo.

Ela suspirou e se pôs de pé.

— Preciso ir. Sairemos cedo para despistar qualquer potencial assassino... — Ela pausou, enfim percebendo a minha quietude. — Sieh?

— Vá — falei baixinho.

Além da janela, o sol começara a se pôr, espalhando um padrão avermelhado pelo céu. Será que Itempas sentia o fim do dia, onde quer que estivesse, do jeito que Nahadoth já havia morrido a cada amanhecer? Será que alguma parte dele estremecia e balbuciava em silêncio, ou ele desaparecia lentamente, como as faixas coloridas no céu, até que sua alma escurecesse?

Com o meu silêncio, Shahar foi até a porta, e me despertei o suficiente para pensar.

— Shahar. — Eu a ouvi parar. — Se algo acontecer, se estiver em perigo, me chame.

— Nunca testamos isso.

— Vai funcionar. — Eu senti isso por instinto. Não sabia como, mas sabia. — Não me importo se a maioria dos Arameri morrer, é verdade. Mas você é minha amiga.

Atrás de mim, Shahar ficou quieta. Surpresa? Tocada? Certa vez, eu teria sido capaz de sentir o gosto das emoções dela no ar.

— Descanse — respondeu ela por fim. — Vou mandar que tragam comida. Conversaremos de novo quando eu voltar.

Então ela partiu.

Recostei-me outra vez contra a janela, tremendo agora que ela se fora; tendo sido deixado sozinho para ponderar sobre as mais terríveis possibilidades.

O Reino dos Deuses

Uma deidade desafiando um deus. Parecia impossível. Éramos coisas tão insignificantes comparadas a eles; eles podiam nos matar tão facilmente. E mesmo assim não éramos impotentes. Alguns entre nós (eu, um dia) eram fortes o suficiente para desafiá-los diretamente, ao menos por alguns poucos momentos. E mesmo o mais inferior de nós poderia manter segredos e incitar problemas.

A travessura de uma deidade não me incomodava. Mas se *muitos* de nós estivessem envolvidos, conspirando ao longo de gerações mortais, implementando algum plano complexo, não seria somente mais uma travessura. Era uma revolta. Uma muito mais perigosa do que aquilo que os nortistas planejaram para os Arameri.

Porque se as deidades se revoltassem contra os deuses, os deuses reagiriam, como fizeram quando ameaçados pelos demônios havia tanto tempo. Mas as deidades não eram tão frágeis quanto os demônios e muitos de nós não tinham interesse em manter o reino mortal seguro. Significaria uma segunda Guerra dos Deuses, pior que a primeira.

Aquilo estivera fermentando bem debaixo do meu nariz por cinquenta anos e eu não havia tido a menor ideia.

Atrás de mim, em silenciosa repreensão, o céu sangrento escurecia gradualmente.

Quantos quilômetros até a Babilônia?
Três vintenas mais uma dezena.
Posso chegar antes de o dia acabar?
Sim, assim como voltar.
Se leve e ágil for seu caminhar,
Você chegará antes de o dia acabar.

* * *

Eu precisava de ajuda. Mas não de Nahadoth ou Yeine; eu não ousaria desafiar o temperamento deles. Não até saber mais detalhes.

Entre meus irmãos, em quem eu poderia confiar? Zhakkarn, é óbvio, mas ela nunca era sutil e não ajudaria a desvendar uma conspiração. O resto... infernos. Eu não falava com a maioria deles fazia dois mil anos. Antes disso, eu tentara matar alguns deles. Laços rompidos, pontos entregues, sal grosso despejado sobre o chão.

E havia o probleminha da minha incapacidade de voltar ao reino dos deuses na minha atual condição. Isso era menos um problema do que parecia, porque, por sorte, a cidade abaixo do Céu estava fervilhando com os meus irmãos mais novos, aqueles que ainda achavam o reino mortal uma novidade. Se eu pudesse convencer um deles a me ajudar... mas quem?

Frustrado, me afastei da janela para voltar a caminhar de um lado a outro. As paredes do Céu haviam começado a brilhar outra vez e as odiei, pois eram mais prova da minha impotência; antes, elas teriam escurecido, só um pouco, com a minha presença. Eu não era Nahadoth, mas havia

O Reino dos Deuses

mais do que só um pouco de escuridão no meu interior. Agora, como se para zombar de mim, as paredes permaneciam iluminadas, difundindo cada sombra...

... sombra.

Parei. Havia uma entre os meus irmãos que talvez fosse me ajudar. Não porque gostava de mim; pelo contrário. Mas segredos eram a natureza dela e isso era algo que compartilhávamos. Sempre foi mais fácil me relacionar com os irmãos com quem eu tinha algo em comum. Se eu me apoiasse neste fato, ela me ouviria? Ou me mataria?

— Não há recompensa sem risco — murmurei para mim mesmo e segui para a porta do aposento.

Peguei o ascensor até o penúltimo nível do sobpalácio. Os corredores ali estavam tão silenciosos quanto sempre... e mal iluminados, se comparados ao brilho intenso de todos os outros níveis. Sim, aquele era o lugar.

Por nostalgia, toquei cada porta pela qual passei, me recordando. Ali ficavam os aposentos das minhas irmãs: o de Zhakkarn, com tiros de canhão cravados no chão e as paredes cobertas de escudos; sua rede feita de estilingues e chicotes encharcados de sangue. (Muito confortável, embora um pouco áspera, eu sabia por experiência.) O da estimada traidora Kurue, com pérolas e moedas espalhadas por quase todas as superfícies, e livros roubados da biblioteca empilhados sobre o resto. As moedas estariam enferrujando agora.

Evitei os meus próprios aposentos, por medo de como fariam com que eu me sentisse. Quanto tempo até que eu acabasse vivendo ali de novo? Afastei esse pensamento com firmeza.

Faltava a quarta câmara, no centro do nível. A que pertencera a Nahadoth.

O interior era um breu, mas eu ainda podia ver um pouco no escuro, mesmo sem os olhos de gato. A câmara estava vazia. Nenhum móvel, nenhuma decoração, nenhum indício de que o aposento já havia sido usado. No entanto, cada centímetro de sua estrutura gritava a afronta de nossos carcereiros de outrora: as paredes permanentemente sem luz.

O teto, que descia em direção ao centro da sala; o chão que se erguia no mesmo ponto, como se alguma força terrível tivesse sugado a própria pedra para dentro de si mesma. Os cantos afiados, que não estavam presentes em nenhum outro aposento no Céu. Se eu focasse na escuridão o suficiente, quase poderia ver a silhueta de Nahadoth gravada nela e ouvir sua voz suave e profunda. *Você veio atrás de outra história? Criança gananciosa.*

Havia sido cruel da minha parte afastá-lo. Depois, eu rezaria um pedido de desculpas para ele.

Tocando a camisa, puxei o colar feito do meu cabelo trançado. Puxando En para fora do fio, ordenei que ele pairasse no espaço entre as extrusões do piso e do teto. Para o meu alívio, funcionou; En planou e começou a girar imediatamente, feliz. Isso o lembrou do planetário, embora fosse solitário sem os planetas.

— Desculpe — falei, acariciando a superfície lisa com um dedo. — Vou lhe dar mais planetas um dia. Enquanto isso, pode me fornecer luz?

Em resposta, En brilhou uma cor amarelo-esbranquiçada para mim, uma vela alegre. De repente, a câmara de Nahadoth ficou menor, acentuada com as sombras. A minha se assomava atrás de mim, uma aparição cabeçuda que parecia me provocar com a forma de criança que eu deveria ter. Ignorei-a e foquei na tarefa.

— Lady dos Segredos — falei, estendendo a mão; a minha sombra fez o mesmo. Usando os dedos, fiz o perfil de um rosto na parede e me dirigi a ele: — Sombra na escuridão. Nemmer Jru Im, minha irmã, você me escuta?

Houve uma pausa. Então, embora eu não tenha me mexido, a sombra da minha mão inclinou a cabeça.

— Bem, eu não estava esperando por isso — falou ela com voz feminina. — Irmão mais velho Sieh. Já faz um tempo.

Adicionei a outra mão, trabalhando a sombra para moldá-la como a cabeça de um jumento. *Tenho sido um babaca.*

— Ouvi coisas interessantes sobre você, Nemmer. Vai conversar comigo?

— Eu respondi, não foi? — A primeira sombra mudou, manifestando de modo impossível seus próprios braços e mãos, apoiados nos quadris. — Embora eu admita que seja porque ouvi coisas muito interessantes sobre você também. Estou *morta* de vontade de saber se é verdade.

Droga. Eu podia ter adivinhado.

— Contarei cada detalhe sórdido, mas quero algo em troca.

— Ah, quer, é? — Fiquei tenso com a prudência no tom dela. Ela não confiar em mim era irrelevante; ela não confiava em ninguém. No entanto, ela não gostava de mim, o que era totalmente diferente. — Não tenho certeza se estou interessada em fazer qualquer barganha com você, *Trapaceiro.*

Assenti. Eu já esperava.

— Não quero lhe machucar, Nemmer. Juro pelos deuses. — Senti a amargura na minha voz e angulei os dedos no formato da cabeça de um idoso. — Você não nos delatou na Guerra. Não guardo mágoas de você.

— Não acredito nisso — respondeu ela, cruzando os braços. — Todo mundo sabe que você odeia quem não fez nada tanto quanto odeia aqueles que lutaram pelo Itempas.

— *Ódio* é uma palavra forte...

A silhueta dela inclinou a cabeça no gesto universal de um revirar de olhos.

— Então se ressente de nós. *Deseja nos matar.* São estas as palavras certas?

Com um suspiro, deixei as mãos caírem. As sombras falantes permaneceram.

— Você conhece minha natureza, irmã. O que quer de mim? Maturidade? — Eu quis rir, mas a minha alma estava cansada demais. — Tudo bem, vou falar: te odeio e não teria entrado em contato com você se tivesse escolha, nós dois sabemos disso. Agora, vai falar comigo ou podemos só mandar um ao outro aos infernos infinitos e pronto?

Ela ficou em silêncio por um momento. Tive tempo suficiente para me preocupar: quem eu contataria se Nemmer se recusasse a me ajudar? As outras opções eram piores. E se...

— Tudo bem — concordou ela por fim e a tensão que estivera apertando meu estômago se dissipou. — Preciso de tempo para organizar as coisas. Venha até aqui, daqui a uma semana. Ao meio-dia. — A localização se mostrou na minha consciência, como se eu sempre tivesse a conhecido. Uma casa em algum lugar na cidade abaixo do Céu. Raiz Sul. — Venha sozinho.

Cruzei os braços.

— Você vai estar sozinha?

— Ah, óbvio.

Com as mãos, fiz o formato da cabeça de um gato: orelhas para trás, dentes expostos. Ela riu.

— Não me importo se acredita em mim ou não. Você pediu por esse encontro, não eu. Esteja aqui em uma semana ou pode esquecer.

Com isso, a sombra de Nemmer se inclinou para baixo e soprou com força. Com um clarão de surpresa, En escureceu e caiu no chão. Então Nemmer se foi.

Na escuridão, recuperei En, que estava bastante apagado. Murmurei palavras de conforto e o recoloquei para dentro da camisa, o tempo todo matutando.

Se Nemmer sabia o que acontecera comigo (e era a natureza dela saber de tais coisas; nem os Três podiam mantê-la longe de seus assuntos, embora ela não fosse tola o bastante para ostentar isso), então quando eu chegasse lá dali a uma semana, eu poderia encontrá-la junto a um grupo dos meus irmãos menos preferidos, alguns dos quais estiveram esperando uma chance de me dar o troco pela Guerra dos Deuses por dois mil anos.

Mas Nemmer nunca fora o tipo de jogar os jogos da nossa família. Eu não sabia por que ela ficara de fora da guerra. Estivera dividida, como tantos de nossos irmãos, entre qual dos nossos pais apoiar? Ela fora uma daquelas trabalhando para salvar o reino mortal, que quase fora destruído por nossas batalhas? Suspirei, frustrado, percebendo que *aquele* era o tipo de coisa com a qual eu deveria estar me ocupando enquanto filho mais velho, não os dramas sórdidos de nossos pais. Se eu tivesse me esforçado

O Reino dos Deuses

para me reconciliar com os meus irmãos, talvez tentado entender suas razões para trair Nahadoth...

— Se eu tivesse feito isso, não seria quem sou. — Suspirei na escuridão.

O que, no fim das contas, era o motivo de eu arriscar confiar em Nemmer. Ela também era apenas o que a natureza fizera dela. Ela mantinha seu próprio conselho, juntando segredos, distribuindo conhecimento onde achava melhor e fazendo alianças apenas quando eram do interesse dela... brevemente, se é que acontecia. Se nada mais, ao menos significava que ela não era a minha inimiga. Se iria se tornar uma amiga, dependeria de mim.

* * *

Ao retornar ao aposento de Deka, fiquei surpreso ao descobrir que tinha visitantes de novo: Morad, a governanta cabeluda do palácio, e outro servente, que estava ocupado arrumando a cama. Os dois fizeram uma reverência imediatamente, como fariam com qualquer Arameri sangue-alto. Então o servente voltou aos seus deveres, enquanto Morad me olhava de cima a baixo com uma expressão de desgosto explícita.

Franzindo a testa para a análise dela, olhei para mim mesmo... então, tarde demais, percebi por que os serventes tinham me encarado no caminho até o sobpalácio. Eu ainda usava as vestes que conjurara dois dias antes. Tinha sido comum antes, mas agora estava suja, depois de toda a minha jornada através dos corredores empoeirados e espaços mortos enforcados pela Árvore. E... cheirei uma das minhas axilas e torci o nariz, chocado por não ter percebido. Eu não tomara banho desde que retornara ao reino mortal e aparentemente meu corpo adolescente tinha mais capacidade de gerar fedor do que o de criança.

— Ah — falei, sorrindo inocentemente para Morad.

Ela suspirou, embora eu tenha visto um pouquinho de divertimento em seu rosto.

— Vou preparar um banho para você — anunciou ela e fez uma pausa, olhando para a minha cabeça. — E invocar um cabeleireiro. E um alfaiate. E um manicure.

Toquei o meu cabelo oleoso e áspero com uma risada fraca.

— Suponho que eu mereça isso.

— Como quiser, meu lorde.

Morad tocou o servente, que quase terminara de arrumar a cama, e murmurou algo. Ele assentiu e saiu do aposento imediatamente. Para a minha surpresa, Morad arregaçou as mangas e terminou de esticar os lençóis. Quando isso estava feito, ela foi ao banheiro; um momento depois, ouvi água corrente.

Curioso, eu a segui e observei enquanto ela se sentava na beirada da banheira, testando a temperatura da água com os dedos. Era ainda mais notável com as costas dela viradas e todo aquele cabelo visível completamente revolto. Era óbvio que ela não era totalmente amnie; o cabelo dela tinha os cachos pequenos e fechados que os amnies ricos dedicavam horas e fortunas para alcançar, e era escuro como a alma do meu pai. A pele dela era pálida o suficiente, mas as marcas de *outras* etnias estavam nos traços dela, expostas para que qualquer um visse. Também era óbvio que ela não estava envergonhada de seu sangue misto; ela se sentava com a postura reta e graciosa de uma rainha. Não podia ter sido criada no Céu ou em qualquer território amnie; eles já a teriam destruído com palavras cruéis.

— Maronesa? — adivinhei. — Você deve ter herdado o cabelo deles, pelo menos. O resto... temano, talvez? Uthre, um pouco de ken?

Morad se virou para mim, arqueando uma sobrancelha elegante.

— Dois dos meus avós eram em parte maroneses, sim. Um era temano, outro minnie e houve rumores de que meu pai era na verdade metade tok e fingia ser senmata para entrar nas Legiões Hunthou. Minha mãe era amnie.

Mais provas do desespero dos Arameri. Nos velhos tempos, eles mal teriam legitimado uma mulher com linhagem tão misturada, muito menos a tornariam governanta.

— Então como...

Ela sorriu ironicamente, como se ouvisse essa pergunta grosseira o tempo todo.

— Cresci no sul senmata. Quando atingi a maioridade, pedi para vir aqui pela força do meu quarto avô, um Arameri sangue-alto. — Diante da minha careta, ela assentiu. Era uma velha história. — A vovó Atri nunca soube o nome do meu avô. Ele estava de passagem pela cidade. A família dela não tinha amigos poderosos e ela era uma moça bonita.

Morad deu de ombros, embora não estivesse mais sorrindo.

— Então você decidiu vir encontrar o vovô estuprador e dizer oi?

— Ele morreu há anos. — Ela conferiu a temperatura da água mais uma vez e fechou as torneiras. — Foi ideia da vovó que eu viesse aqui, na verdade. Não há muito trabalho naquela parte de Senm e ao menos o sofrimento dela podia me fazer ter uma vida melhor.

Morad se levantou e foi ficar ao lado do banco da área de banho, pegando o frasco de xampu.

Levantei-me e me despi, satisfeito por minha nudez não parecer incomodá-la. Quando me sentei, antes que pudesse avisá-la, Morad ergueu o cordão de En do meu pescoço e o colocou na bancada. Fiquei aliviado por En tolerar aquilo sem reclamar. Ele devia estar cansado depois do esforço mais cedo. Além disso, o meu amigo sempre tivera uma estranha afeição por mortais.

— Você não precisava ter vindo *aqui* para ter uma vida melhor — opinei, bocejando enquanto ela molhava o meu cabelo e começava a lavá-lo. Enviar a mensagem a Nemmer me cansara, e os dedos de Morad eram habilidosos e tranquilizantes. — Deve haver milhares de outros lugares no mundo onde você podia ter conseguido um bom trabalho e onde não tivesse que lidar com o desatino desta família.

— Não havia outros lugares que pagassem tanto — respondeu ela.

Virei-me para encará-la.

— Eles te *pagam*?

Morad assentiu, achando graça da minha reação, e gentilmente endireitou a minha cabeça para continuar o que fazia.

— Sim. Coisa do velho Lorde T'vril, na verdade. Como uma quarto-de-sangue, posso me aposentar daqui a cinco anos, com dinheiro suficiente para cuidar da minha família toda pelo resto da vida. Eu diria que vale a pena se enfiar no desatino, você não acha?

Franzi a testa, tentando entender.

— Eles são sua família — falei. — Aqueles que você deixou para trás, no sul. Os Arameri são apenas empregadores para você?

As mãos dela pararam.

— Bem. Estou aqui faz quinze anos; é meu lar agora. Alguns aspectos da vida no Céu não são terríveis, Lorde Sieh. Suspeito de que você saiba disso. E... bem, também há pessoas aqui que eu amo.

Então eu soube. Morad voltou a trabalhar em silêncio, despejando água morna em mim e ensaboando outra vez, e quando ela se inclinou sobre mim para pegar o frasco de xampu, senti o aroma dela. Pedra-do-dia, papel e paciência, os cheiros de burocracia eficiente e mais uma coisa. Um cheiro complexo, em camadas, familiar, com cada elemento apoiando e enriquecendo o outro. Sonhos. Pragmatismo. Discrição. Amor.

Remath.

Era da minha natureza usar as chaves para a alma mortal quando elas caíam nas minhas mãos. Se eu ainda fosse eu mesmo, a criança ou o gato, teria encontrado um modo de atormentar Morad com a minha descoberta. Eu poderia até ter feito uma canção e a entoado por toda parte até que os amigos dela a cantarolassem. O refrão seria *uau, sua vaca lalau, como você ousa perder seu coração*.

Mas embora eu sempre fosse ser a criança, e a criança fosse uma valentona, eu não poderia fazer isso com ela. Acho que estava ficando mole ou amadurecendo. Então fiquei em silêncio.

Morad terminou com o meu cabelo, me entregou uma esponja ensaboada e deu um passo para trás, obviamente indisposta a lavar o resto do meu corpo. Ela enrolou o meu cabelo em uma toalha encharcada que estava amarrada como uma colmeia sobre minha cabeça, o que me fez rir quando terminei e me levantei, me vendo refletido no espelho. Então meus olhos vagaram para baixo. Vi o resto de mim e fiquei calado.

O Reino dos Deuses

Era o mesmo corpo que eu moldara inúmeras vezes, às vezes delibera-damente, às vezes em resposta inevitável a momentos de fraqueza. Baixo para a "minha idade"; eu cresceria mais uns cinco ou seis centímetros, mas nunca seria alto para os padrões amnie. Mais magro do que eu costumava me fazer, talvez por anos sem comer, enquanto gradualmente me tornava mortal dentro de Nahadoth. De membros longos. Sob a minha pele negra, havia ossos aparecendo em cada junção, como manchas. Os músculos que os revestiam eram atenuados e não muito fortes.

Inclinei-me para mais perto do espelho, olhando com minúcia para as linhas do meu rosto. Também não muito atraente, embora eu soubesse que isso melhoraria. Muito desproporcional por enquanto. Olhos cansados demais. Shahar era muito mais bonita. E ainda assim ela havia me beijado, não foi? Tracei o contorno dos meus lábios com um dedo, lembrando-me da sensação de sua boca. O que ela havia pensado dos meus enquanto tocavam os dela?

Morad pigarreou.

Será que Shahar pensava em...

— A água vai esfriar — alertou Morad, com gentileza.

Pestanejei, envergonhado, e fiquei feliz de não ter zombado dela. Entrei na banheira e Morad saiu do banheiro para falar com o alfaiate, que acabara de chegar e se anunciar.

Quando emergi em um roupão macio (eu estava ridículo), o alfaiate tirou as minhas medidas, murmurando consigo mesmo que eu precisaria de roupas largas para esconder a magreza. Em seguida, veio o manicure e o sapateiro, e mais um ou dois outros que Morad de algum modo invocara, embora eu não a tenha visto usar magia. Quando acabou, eu estava exausto... o que felizmente Morad percebeu. Ela dispensou todos os serventes e foi em direção à porta.

Tarde demais, percebi que ela fora muito útil. Vai saber quantos deveres ela detinha como governanta e quantos deixara de lado para cuidar de mim.

— Obrigado — falei enquanto ela abria a porta.

Morad parou e olhou para mim com surpresa, então sorriu de maneira tão genuína e generosa que de repente eu soube o que Remath vira nela.

Ela partiu. Sentei-me para comer a refeição que os serventes deixaram. Depois, me deitei nu na cama de Deka, ao menos uma vez ansioso para dormir para que talvez pudesse sonhar com amor e

esqueça

* * *

Fiquei de pé em uma planície que se assemelhava a um vasto espelho. Espelhos outra vez. Eu os vira no reino de Nahadoth também. Talvez tivessem algum significado? Eu pensaria no assunto depois.

Acima de mim formava-se a abóbada dos céus: um cilindro de nuvens e céu que girava sem parar, vasto e ilimitado e, no entanto, de algum modo, fechado. Nuvens passavam por ele da esquerda para a direita, embora a luz (de nenhuma fonte que eu pudesse verificar) mudasse na direção oposta, luz crescente e escuridão minguante em um gradiente constante e lento.

O reino dos deuses ou a manifestação dele em sonho. Era uma aproximação, é óbvio. Tudo o que a minha mente mortal conseguia compreender.

Diante de mim, erguendo-se da planície, um palácio estava caído de lado de maneira impossível. Era prateado e preto, sua arquitetura não remetia a nenhum estilo mortal e ainda assim sugeria todos eles, uma mistura de linhas e sombra sem dimensão ou definição. Uma impressão, não uma realidade. Abaixo, em vez de um reflexo, seu oposto brilhava no espelho: branco e dourado, mais realista, mas menos imaginativo, o mesmo e ainda assim diferente. Havia significado nisto também, mas era óbvio: o palácio preto em ascensão, o palácio branco nada além de uma imagem. A planície prateada refletindo, equilibrando e separando ambos. Suspirei, irritado. Eu já havia me tornado tão cansativamente literal quanto a maioria dos mortais? Que humilhante.

— Está com medo? — perguntou uma voz atrás de mim.

Assustei-me e comecei a me virar.

— Não — disse o outro de repente, e tal foi a força de seu comando (comandando a realidade, comandando a minha carne) que congelei. *Agora* eu estava com medo.

— Quem é você? — perguntei. Não reconheci a voz dele, mas isso não significava nada. Eu tinha dúzias de irmãos que podiam tomar a forma que escolhessem, principalmente naquele reino.

— Por que isso importa?

— Porque eu quero saber, dã.

— Por quê?

Franzi a testa.

— Que tipo de pergunta é essa! Somos família; quero saber qual dos meus irmãos está tentando me dar um susto.

E conseguindo, embora eu nunca fosse admitir.

— Não sou um dos seus irmãos.

Confuso, franzi a testa de novo. Apenas deuses conseguiam entrar no reino dos deuses. Ele estava mentindo? Ou eu era apenas mortal demais para entender o que ele realmente queria dizer?

— Eu deveria te matar? — perguntou o estranho.

Ele era jovem, concluí, embora tais julgamentos pouco significassem na grande escala das coisas. Ele também tinha uma voz estranhamente suave, contida mesmo enquanto dizia aquelas peculiares quase ameaças. Estava com raiva? Achei que sim, mas não dava para ter certeza. O tom dele era frio e sem emoção.

— Não sei. Você deveria? — devolvi.

— Estive pensando no assunto por grande parte da minha vida.

— Ah. Suponho que você e eu tenhamos começado com o pé esquerdo então.

Isso acontecia às vezes. Eu tentei ser um bom irmão mais velho por um longo tempo, visitando cada um dos meus irmãos mais novos quando nasciam e ajudando-os durante aqueles difíceis primeiros séculos. Ainda era amigo de alguns. Outros, eu odiei no momento em que os vi, e vice-versa.

— Começamos, sim.

Suspirei, colocando as mãos nos bolsos.

— Deve ser uma decisão difícil, então, ou você já teria feito. Seja lá o que fiz para te irritar, ou não foi tão ruim assim ou é imperdoável.

— Ah, é?

Dei de ombros.

— Se fosse ruim pra valer, você não estaria ponderando se deveria me matar ou não. Se fosse imperdoável, você estaria com raiva demais para a vingança fazer qualquer diferença. Não haveria *sentido* em me matar. Então qual dos dois é?

— Tem uma terceira opção — respondeu ele. — Foi imperdoável, mas *há* sentido em te matar.

— Interessante. — Apesar do meu desconforto, sorri com a charada. — E o sentido é?

— Eu não apenas *quero* vingança. Eu preciso dela, a incorporo e evoluo através dela.

Pestanejei, ficando sério, porque se vingança era a natureza dele, então a questão era outra. Mas não me lembrei de um irmão que fosse deus da vingança.

— O que fiz para merecer sua fúria? — perguntei, perturbado agora. — E por que é que está me fazendo esta pergunta? Você tem que servir à sua natureza.

— Está se oferecendo para morrer por mim?

— Não, que os demônios o carreguem! Se tentar me matar, tentarei te matar também. Suicídio não é *minha* natureza. Mas quero entender isso.

Ele suspirou e se mexeu, o movimento atraindo meu olhar em direção ao espelho abaixo dos nossos pés. Não ajudou muito. Pelo ângulo do reflexo eu podia ver pouco além dos nossos pés, pernas e um pedacinho de cotovelo. Ele também estava com as mãos nos bolsos.

— O que você fez é imperdoável — explicou ele —, e mesmo assim *devo* perdoar, porque você não sabia.

Mais confuso, tornei a franzir a testa.

O Reino dos Deuses

— O que eu saber ou não tem a ver? Dano cometido sem saber ainda é dano.

— Verdade. Mas se você soubesse, Sieh, não tenho certeza se teria feito.

Fiquei ainda mais confuso com o uso do meu nome, porque o tom dele mudara. Por um instante, a frieza se quebrara, e ouvi coisas estranhas por baixo. Tristeza. Nostalgia? Talvez um pouquinho de afeição. Mas eu não conhecia aquele deus; estava certo disso.

— Irrelevante — falei por fim, virando a cabeça o máximo que consegui. Além de certo ponto, meu pescoço simplesmente não se mexia; era como tentar me virar com dois travesseiros imobilizando os lados da cabeça. Travesseiros formados de nada além de vontade sólida e inflexível. Tentei relaxar. — Você não pode basear decisões em hipóteses. Não importa o que eu *teria* feito. Você só sabe o que *fiz*. — Fiz uma pausa significativa. — Talvez possa me contar.

Ao menos uma vez, eu não estava no clima para jogos.

Infelizmente, o outro homem sim.

— Você escolheu servir sua natureza — começou ele, ignorando a minha deixa. — Por quê?

Desejei poder olhar para ele. Às vezes, um olhar é mais eloquente do que quaisquer palavras.

— *Por quê?* Que infernos... está de brincadeira?

— Você é o mais velho de nós e deve fingir ser o mais novo.

— Não finjo nada. Sou o que devo ser e sou bom demais nisso, obrigado.

— Somos mais fracos que os mortais então. — A voz dele ficou suave, quase triste. — Escravizados pela fé, que nunca serão livres.

— Cale a maldita boca. — Perdi a paciência. — Você não conhece a escravidão se acha que *isto* é a mesma coisa.

— Não é? Não ter escolha...

— Você tem escolha. — Ergui o olhar para o firmamento em transformação acima de nós. O gradiente (noite para dia, dia para noite) não mudava com constância. Apenas mortais achavam que o céu era uma coisa confiável e previsível. Nós, deuses, tivemos que viver com Nahadoth e Itempas; sabíamos a verdade. — Você pode se aceitar, controlar sua natureza, fazer dela o que você *quer* que seja. Só porque é o deus da vingança, não significa que você tem que ser um clichê ambulante, sempre gargalhando para si mesmo e somando o que você deve a quem. Escolha como a sua natureza te molda. Aceite-a. Encontre forças nela. Ou lute contra si mesmo e permaneça incompleto para sempre.

O outro ficou em silêncio, talvez digerindo o meu conselho. Aquilo era bom, porque estava óbvio que eu fizera a ele um desserviço, além do tal erro que ele achava que eu tivesse cometido. Eu não me lembrava dele; isso significava que não me esforçara para encontrá-lo, em guiá-lo, depois do nascimento. E ele precisava dessa orientação, pois estava dolorosamente óbvio que ele não gostou da carta que o destino, ou o Turbilhão, lhe dera. Eu não o culpava; eu também não gostaria de ser o deus da vingança. Mas ele era e teria que encontrar um jeito de viver com isso.

No espelho, vi o homem atrás de mim se aproximar, erguendo a mão. Preparei-me para lutar, puramente por princípio, visto que eu já sabia que não havia nada que eu pudesse fazer. Ficou evidente que o poder dele era maior que a pouca magia divina que eu ainda tinha ou eu teria sido capaz de quebrar a coação dele e me virar.

Mas, para o meu choque total, a mão dele tocou o meu cabelo. Permaneceu ali por um momento, como se estivesse memorizando a textura. Então dedos tocaram a minha nuca e dei um pulo. Era algum tipo de ameaça? Mas ele não fez nenhuma tentativa de me machucar. Seu dedo traçou os nós da coluna ao longo da minha nuca, parando apenas quando a minha roupa interferiu. Então (com relutância, percebi) a mão se afastou.

— Obrigado — disse ele por fim. — Eu precisava ouvir isso.

— Desculpe por não ter dito mais cedo. — Fiz uma pausa. — Você vai me matar agora?

— Em breve.

— Ah. A boa vingança leva tempo?

— Sim. — A frieza voltara à voz dele e desta vez eu a reconheci pelo que era. Não raiva. Determinação.

O Reino dos Deuses

Suspirei.

— Sinto muito, também, por ouvir isso. Acho que eu teria gostado de você.

— Sim. E eu de você.

Pelo menos isso.

— Bem, não se demore muito. Só tenho mais algumas décadas de vida.

Pensei tê-lo visto sorrir, o que considerei uma vitória.

— Já comecei.

— Bom para você. — Esperei que ele não pensasse que eu estivesse zombando dele. Sempre me fazia bem ver os mais novos se dando bem, mesmo se significasse que invariavelmente me ameaçariam. Afinal de contas, as coisas eram assim. Crianças tinham que crescer. Nem sempre elas se tornavam o que os outros queriam que fossem. — Mas me faz um favor?

Ele ficou em silêncio, pensando em sua determinação recém-encontrada. Tudo bem. Eu podia ser inimigo dele, se era isso o que ele precisava de mim. Só não via motivos para ser um pé no saco a respeito.

— Não pertenço mais a este lugar. — Gesticulei ao nosso redor para a planície espelhada, para os palácios, para o céu. — Nem mesmo neste sonho diluído em realidade. Acorde-me, sim?

— Tudo bem.

E de repente a sua mão me atravessou por trás. Surpreso e em agonia, gritei, olhando para baixo e vendo o meu coração mortal sendo apertado pela mão de unhas afiadas...

* * *

Acordei dando um pulo com o som do meu próprio choro ecoando do teto abobadado.

Teto abobadado e *brilhante*. Era noite. Shahar assomava sobre mim, com a mão no meu peito e uma expressão preocupada no rosto. Eu ainda estava sonolento, desorientado. Uma rápida conferida no meu peito e garanti que o meu coração ainda estava ali. Involuntariamente, olhei

153

para o peito de Shahar, pensando, confuso, que o meu inimigo do sonho pudesse ter tentado machucá-la também. O vestido dela estava em tiras cortadas até a cintura, meio despida, e ela segurava uma camisola solta sobre os seios com o braço livre, que devia ter agarrado para se cobrir quando entrou nos meus aposentos. Isto não escondia as outras belas partes dela: a suave curva do pescoço no ombro, a ligeira curva da cintura. Dos seios, eu ainda podia ver uma sombra arredondada perto do cotovelo.

Estendi a mão para tirar o seu braço do caminho e parei com os dedos a centímetros de sua pele. Shahar levou um momento para perceber. Ela encarou a minha mão, sem entender; então arregalou os olhos e se afastou.

Abaixei a mão.

— Desculpe — murmurei.

Shahar me encarou.

— Você começou a gritar tanto que te ouvi do outro quarto. Pensei que houvesse algo *errado* com você.

— Um sonho.

— Não um agradável, obviamente.

— Na verdade, não foi ruim, até o final. — O medo estava passando com rapidez. O visitante do meu sonho não havia sido gentil, mas escolhera uma excelente maneira de me enviar de volta ao reino mortal. Eu não sentia nada da tristeza dolorosa que podia ter vivenciado ao perceber que o reino dos deuses era agora proibido para mim. Em vez disso, eu estava apenas irritado. — Esse desgraçado fodedor de mortais. Se eu conseguir a minha magia de volta, vou quebrar cada osso de seja lá qual corpo ele manifestar. Que ele se vingue *disso*.

Fiz uma pausa, porque Shahar estava me olhando de modo estranho.

— Do que, em nome dos deuses, você está falando?

— Nada. Estou resmungando. — Bocejei, a minha mandíbula estalando com o esforço. — Dormir me faz ficar estúpido. Nunca gostei.

— Fode... — começou ela, parecendo pensativa. — Isto é... — Ela parou, fazendo careta, refinada demais para dizer a palavra além de repetir

O Reino dos Deuses

o meu termo. — *Dormir com* um mortal. É um anátema tão grande entre deuses que você o usa como xingamento?

Fiquei envergonhado, embora a reação me incomodasse. Eu não tinha nada do que me envergonhar. Apoiando-me sobre os cotovelos, falei:

— Não, não é anátema nenhum. Longe disso.

— O que é então?

Tentei parecer desinteressado:

— É só que mortais são perigosos de amar. Eles quebram com facilidade. Com o tempo, morrem. Dói. — Dei de ombros. — É mais fácil, mais seguro, usá-los só para o prazer. Mas isto também é difícil, porque é impossível para nós ter prazer sem dar algo de nós em troca. Não somos... — Procurei pelas palavras em senmata. — Não fazemos... não somos assim. Não, não é *natural* fazer coisas assim, não ser nada além de corpo, contidos apenas dentro de nós mesmos. Assim, quando estamos com outra pessoa, nos abrimos e o mortal entra em nós, não conseguimos evitar, e então dói expulsá-lo também... — Não completei, porque Shahar estava me encarando. Eu estivera falando cada vez mais rápido, as palavras tropeçando umas nas outras em minha tentativa de explicar como era o sentimento. Suspirei e me forcei a voltar à velocidade humana:

— *Dormir com* um mortal não é um anátema, mas também não é bom. Nunca termina bem. Qualquer deus com juízo evita.

— Entendi. — Não tinha certeza se acreditava nisso, mas ela suspirou. — Bem, me dê um tempo.

Shahar voltou para seus aposentos, sem fechar a porta, e ouvi a luta com o tecido do vestido por alguns momentos. Então ela voltou, usando a camisola, em vez de segurá-la na frente do corpo desta vez. Eu já tinha me sentado a essa altura, esfregava o rosto para tentar me livrar do peso do sono e da lembrança do meu coração arrancado e sangrento. Quando Shahar se sentou na cama, o fez com cautela, na beirada, fora do alcance do meu braço. Não a culpei por isso ou pelo fato de que parecia mais relaxada depois do meu discurso sobre evitar sexo.

155

Mesmo assim, havia algo estranho no comportamento dela, algo que eu não conseguia identificar. Ela parecia nervosa, tensa. Perguntei-me por que ela não ficou no próprio quarto quando viu que eu não estava morrendo.

— Como foi seu encontro com, hã... — Gesticulei vagamente. — Algum nobre.

Shahar deu uma risadinha.

— Foi bem, embora isso dependa da sua definição de *bem*. — Ela ficou séria, os olhos escurecendo com uma sombra de sua raiva de mais cedo. — Você vai gostar de saber que não segui com o meu plano de desafiar a resistência, graças ao seu conselho. A mensagem que enviei em vez disso (espero, se eu estiver certa sobre a Lady Hynno) diz que eu gostaria de negociar. Saber mais sobre as exigências deles e determinar se há qualquer maneira de conseguirmos atendê-las. Isto é, sem instaurar o caos no mundo.

Ela olhou para mim, com cuidado.

— Estou impressionado — falei, sincero. — E surpreso. Negociação (acordos) geralmente é o anátema dos itempanes. E você mudou de ideia graças a mim?

Ri um pouco. Havia algumas coisas boas em ser mais velho. As pessoas me ouviam mais.

Suspirando, Shahar desviou o olhar.

— Veremos o que acontece quando a minha mãe souber. Ela já pensa que sou fraca; depois disso, talvez eu não seja herdeira por muito tempo.

Com um suspiro pesado, ela tornou a se deitar na cama, esticando os braços acima da cabeça. Não pude evitar; meus olhos se fixaram no contraste muito perceptível de seus mamilos sob a camisola. Eram surpreendentemente escuros, considerando a pele pálida dela. Círculos marrons perfeitos, com pequenos cilindros macios em seus centros...

Inútil, estúpido e animalesco corpo mortal. Meu pênis reagiu antes que eu pudesse detê-lo, me espetando na barriga e me forçando a sair da postura desleixada habitual e me sentar. Doeu e senti o corpo todo quente, como se estivesse doente. (Eu estava. Chamava-se *adolescência*, uma doença maligna, maligna.) Mas não era apenas a carne dela que me atraía. Eu mal podia ver com meus sentidos fracos, mas a alma dela brilhava e sussurrava como seda tocada. Sempre fomos vulneráveis à verdadeira beleza.

Desviei os olhos dos seios dela e vi que ela me observava... me observava a observando? Eu não sabia, mas a fome em mim se aguçou com o seu olhar despreocupado e contemplativo. Lutei contra a reação, mas foi difícil. Outro sintoma da doença.

— Não seja estúpida — falei, focando em coisas mundanas. — É necessária grande força para ceder, Shahar. Mais do que o necessário para ameaçar e destruir, visto que você deve lutar contra seu próprio orgulho, além de contra o inimigo. Vocês, Arameri, nunca entenderam isso... e não precisaram, quando nos tinham à disposição. Talvez agora vocês possam aprender a ser verdadeiros governantes, e não apenas valentões.

Ela virou de bruços, ficando entre as minhas pernas, apoiada nos cotovelos. Franzi a testa, desconfiado, e então ponderando sobre o meu próprio desconforto. Ela era apenas uma garota testando as águas da feminilidade. Uma versão mais velha de *eu te mostro o meu se você me mostrar o seu.* Ela queria saber se eu a achava desejável. Eu não devia a ela a cortesia de uma resposta honesta? Abaixei os joelhos e me apoiei nos cotovelos para que ela pudesse ver a prova da minha admiração elevando o lençol e no calor do meu olhar. Shahar corou imediatamente, desviando a mirada. Então olhou para mim e para longe de novo, e por fim para seus braços cruzados, que estavam remexendo as cobertas.

— Acho que minha mãe quer que eu me case com o Canru — anunciou ela. As palavras pareciam ter saído com esforço. — O herdeiro temano sobre quem falei. Acho que é por isso que ela me deixou ser amiga dele. Ela nunca deixou ninguém chegar perto de mim.

Dei de ombros.

— Então se case com ele.

Shahar me encarou, se esquecendo do puritanismo.

— Não quero.

— Então *não* se case. Shahar, pelo amor dos deuses. Você é a herdeira Arameri. Faça o que te der na telha.

— Não posso. Se a minha mãe quiser isso... — Ela mordiscou o lábio inferior e desviou o olhar. — Nunca vendemos os nossos filhos e filhas para o casamento até hoje, Sieh. Não precisávamos, porque não tínhamos nada a ganhar. Não precisávamos de alianças, dinheiro ou terras. Mas agora... acho... acho que a minha mãe entende que os temanos possam ser um ponto de virada, graças à agitação crescente do Alto Norte. Acho que é por isso que ela está me deixando lidar com as coisas com a Lady Hynno. Ela está me exibindo.

Shahar me olhou de imediato e havia uma ferocidade tão grande na expressão dela que me atingiu como um golpe. Por quê?

— Quero suceder a minha mãe, Sieh. Quero ser a líder depois dela. Não apenas porque quero poder; sei o mal que a minha família causou a você e ao mundo. Mas fizemos o bem também, muito bem, e quero que *este* seja o nosso legado. Farei o que for preciso para alcançar isso.

Eu a encarei, espantado. E lamentando. Porque o que ela queria era impossível. A promessa dela de infância, de ser uma boa pessoa e uma Arameri, de usar o poder da família para tornar o mundo melhor... era ingenuidade da mais alta ordem. Eu tinha visto outros como ela, alguns, um a cada cinco gerações, mais ou menos, dentro da família escolhida por Itempas. Eles sempre foram as luzes mais brilhantes, as almas mais gloriosas de todo o grupo imundo. Os que eu não podia odiar, porque eram especiais.

Mas nunca durava, quando eles ganhavam poder. Eles atravessavam a vida como estrelas cadentes pelos céus, brilhantes, mas efêmeros. O poder matava a glória, fazia o caráter especial se tornar desalento. Doía muito ver suas esperanças morrerem.

Eu poderia não dizer nada. Deixá-la ver minha tristeza iniciaria o processo mais cedo. Então suspirei e me virei de lado, fingindo tédio, quando na verdade estava fazendo grande esforço para não chorar.

A frustração dela se acendeu como um fósforo riscado. Ela se apoiou nas mãos e joelhos e se arrastou até mim, apoiando os braços em cada lado do meu corpo para que pudesse encarar o meu rosto.

— *Ajude-me*, caramba! Você deveria ser meu amigo!

Abafei um bocejo.

— O que quer que eu faça? Diga para se casar com um homem que você não ama? Diga para *não* se casar com ele? Isto não é uma história para dormir, Shahar. As pessoas se casam com quem não amam o tempo todo e nem sempre é horrível. Ele já é seu amigo; poderia ser pior. E se é o que sua mãe quer, você não tem escolha mesmo.

A mão dela, apoiada nas cobertas na minha frente, tremeu. Os meus sentidos pulsaram com a oscilação de seus anseios conflitantes. A criança dentro dela queria fazer o que quisesse, agarrar-se a esperanças impossíveis. A mulher dentro dela queria tomar decisões sensatas, ter sucesso, mesmo que significasse sacrifício. A mulher venceria; isso era inevitável. Mas a criança não sucumbiria sem lutar.

Com a mesma mão trêmula, ela tocou o meu ombro, empurrando até que me virasse para encará-la. Então Shahar se inclinou e me beijou.

Permiti, mais por curiosidade do que qualquer outra coisa. Foi desajeitado desta vez e não durou muito. Ela estava fora do centro da minha boca, cobrindo principalmente o lábio inferior. Não me compartilhei com ela e ela se sentou, franzindo a testa.

— Isto te faz sentir melhor? — perguntei. Eu queria mesmo saber.

A expressão de Shahar desabou. Ela se afastou para se deitar atrás de mim, as costas contra as minhas. Eu a senti lutar contra as lágrimas.

Perturbado e preocupado de tê-la magoado, me virei para ela, me sentando.

— O que você quer?

— Que a minha mãe me ame. Que o meu irmão volte. Que o mundo não nos odeie. Tudo.

Pensei no assunto.

— Devo buscá-lo para você? O Deka?

Shahar ficou tensa, virando-se.

— Você poderia fazer isso?

— Não sei.

Eu não podia mais mudar de forma. Viajar por distâncias não era tão diferente, exceto que envolvia mudar a forma da realidade para tornar o mundo menor. Se eu não conseguisse fazer um, talvez não conseguisse fazer o outro.

Enquanto eu observava, no entanto, a avidez desapareceu do rosto dela.

— Não. Talvez Deka não me ame mais.

Pestanejei, surpreso.

— É óbvio que ele a ama.

— Não seja condescendente, Sieh.

— Não estou sendo. — Irritei-me. — Consigo sentir o laço entre nós, Shahar, tão nítido quanto isto. — Peguei um dos cachos dela entre os dedos e o puxei, com gentileza e firmeza. Ela fez um som de surpresa e soltei o cacho; ele pulou de volta para o lugar lindamente. — Vocês dois atraem a mim e um ao outro. Nenhum de vocês gosta muito de mim agora, mas fora isso, nada mudou entre vocês dois desde aqueles dias no sobpalácio, anos atrás. Você ainda o ama e ele ainda a ama tanto quanto. Sou um deus, está bem? Eu sei.

Eu não estava dizendo a verdade por completo. Era verdade que os sentimentos de Shahar em relação a mim haviam diminuído, embora ficassem mais fortes a cada hora que eu passava em sua presença. Os de Deka ficaram mais fortes também, mesmo sem contato entre nós durante metade da vida dele. Eu não sabia muito bem como interpretar isso, então não mencionei.

Os olhos dela se arregalaram com as minhas palavras... e depois se encheram de lágrimas. Ela fez um som rápido e frustrado: *buh*. E levou a mão trêmula à boca.

Suspirei e a puxei contra mim, o rosto dela em meu peito. Foi só quando fiz isso (só quando ela se sentiu a salvo de olhos que pudessem ver a sua

O Reino dos Deuses

humanidade e julgá-la uma fraqueza) que ela deixou os soluços profundos e torturantes escaparem, tão altos que ecoaram nas paredes do aposento. As lágrimas eram quentes, embora esfriassem depressa na minha pele e enquanto caíam nos lençóis. Os ombros dela se agitaram contra os meus braços e, à medida que os soluços pioravam, os seus braços me envolveram com força, me apertando como se a vida dela dependesse da minha solidez e imobilidade. Então dei a ela ambos, acariciando o seu cabelo e murmurando coisas suaves na linguagem da criação, deixando-a saber que eu a amava também. Pois eu, tolo que era, a amava.

Quando as lágrimas enfim pararam, continuei a acariciá-la, gostando do jeito como os cachos ficavam lisos e voltavam a enrolar quando eu passava a mão, sem pensar em nada. Mal notei quando os braços dela afrouxaram, as mãos se moveram para acariciar as laterais do meu corpo, costas e quadris. Continuei não pensando em nada quando ela ergueu a minha camisa e deu o mais leve dos beijos na minha barriga. Fez cócegas; sorri. Então ela se sentou para olhar para mim, seus olhos avermelhados, mas secos, uma intenção peculiar neles.

Quando Shahar me beijou desta vez, foi totalmente diferente. Ela separou os meus lábios e tocou a minha língua com a dela, doce, úmida e ácida. Quando não reagi, ela deslizou as mãos sob a minha camisa, explorando a estranheza plana de um corpo que não era o dela. Gostei disso, até que uma das mãos dela foi mais para baixo, os dedos fazendo cócegas nos pelos e no tecido na borda da minha calça, então agarrei o pulso dela.

— Não — falei.

Shahar fechou os olhos e senti o vazio doloroso dela. Não era desejo. Sentir falta do irmão fez com que ela se sentisse solitária.

— Eu te amo — disse ela. Nem sequer uma confissão; era apenas a afirmação de um fato, como *a lua é bonita* ou *você vai morrer*. — Sempre amei, desde quando éramos crianças. Tentei não amar.

Assenti, acariciando a mão dela.

— Eu sei.

— Eu quero escolher. Se tiver que me vender por poder, quero me entregar primeiro. Por amor. Para um amigo.

Suspirei, fechando os olhos.

— Shahar, eu te disse, não é bom...

Ela fez uma carranca, se lançou para a frente e me beijou novamente. Fiquei atordoado, em silêncio, a objeção morrendo na minha garganta. Porque desta vez foi como beijar um deus. A quintessência dela veio através da abertura dos meus lábios e entrou na minha alma antes que eu pudesse detê-la. Arfei e inalei um sol branco trêmulo que pulsava forte e fraco, mas nunca se apagava e nunca explodia. Uma determinação instável, confusa, mas afiada, com potencial de se tornar tão sólida quanto rocha. Quando abri os olhos, estava deitado com Shahar em cima de mim, ainda me beijando, as mãos dela arrancando suspiros de mim, apesar da minha relutância. Não a impedi, porque eu deveria ser uma criança, mas na verdade não sou e meu corpo era velho demais para me fornecer as defesas de uma criança contra a realidade. As crianças não pensam em quão magnífico seria se tornar um com outra pessoa. Elas não anseiam por se perder em força, sensação e respiração ofegante. As crianças pensam nas consequências, mesmo que apenas para tentar evitá-las. É preciso um adulto para abandonar completamente tais pensamentos.

Então, quando a mão dela escorregou para dentro da minha calça desta vez, não a impedi. E não reclamei enquanto ela me explorava, primeiro com os dedos e depois, ah, deuses, ah, sim, a boca, o marido mortal de Shahar poderia ficar com o resto, mas eu me casaria com aquela boca e as pontas dos dedos. Murmurei sem pensar e as paredes ficaram escuras porque havia malícia no que estávamos fazendo, e isso me deu força. Apesar disso, fiquei ali, indefeso, no escuro, enquanto Shahar aprendia a me fazer gemer. Ela me atormentou, provando cada parte do meu corpo. Ela até lambeu En, ali repousando sobre o meu peito. Coisinha gananciosa, ele até rolou para que ela provasse o outro lado, mas Shahar não percebeu.

Eu a toquei também. Ela gostou muito.

O Reino dos Deuses

Então ela se sentou sobre mim com um joelho de cada lado. Houve um momento de lucidez em que agarrei seus quadris, olhei para ela e disse:

— Você tem certeza...

Mas Shahar pressionou os quadris para baixo, e eu gemi, porque era tão maravilhoso que doía, a carne não é de todo terrível, eu tinha me esquecido de que poderia ser bom, e não apenas grotesco, era tão bom não ser usado. Shahar era como uma deusa por dentro. Sussurrei isso e ela sorriu, subindo e descendo acima de mim, a boca aberta e os dentes refletindo a lua, o cabelo uma pálida sombra em movimento. Então mudamos de posição, e eu estava sobre ela, não por qualquer necessidade mortal insignificante de minha parte por dominar, mas simplesmente porque eu gostava do doce choramingo que ela dava enquanto eu me movia dentro dela e porque eu ainda era um deus, e até um deus fraco é perigoso para os mortais. A matéria é uma coisa tão tênue. Então me controlei, me concentrando no corpo de Shahar, nas mãos dela acariciando as minhas costas (sem querer, ronronei), em minha própria excitação se contraindo e acelerando, em carregá-la apenas para as partes boas da existência e para nenhuma das ruins.

E quando Shahar não podia mais aguentar, quando eu soube que era seguro trazê-la de volta para si mesma, quando tive certeza de que poderia permanecer corpóreo... só então a deixei ir e a mim também.

Ela desmaiou. Isto é normal quando um de nós acasala com um mortal. Somente alguém muito extraordinário pode tocar o divino sem ser dominado por ele. Peguei uma toalha no banheiro, a umedeci, sequei o suor, a saliva e assim por diante, então a coloquei contra mim debaixo das cobertas para que pudesse sentir o cheiro de seu cabelo.

Não me arrependi, mas fiquei triste. Shahar estava mais longe de mim agora e fui eu quem a mandara embora.

Conte-me uma história
O mais rápido que puder
Crie o mundo e o destrua
Segurando-o na mão

* * *

Dormi de novo. Mas desta vez, visto que Shahar renovara a minha força divina (experimentação e entrega são próximas o suficiente de impulsos infantis para me servir), consegui dormir como os deuses dormem, livre de sonhos.

Quando acordei, Shahar não estava ao meu lado, e era meio-dia. Sentei-me e a vi perto da janela, enrolada em um dos lençóis, seu corpo delgado formando uma silhueta contra o brilhante céu azul.

Levantei-me, consultei o meu corpo para saber se eu precisava mijar ou cagar (ainda não, embora fosse óbvio que eu precisasse escovar os dentes), então me aproximei dela. (Estava com frio de novo. Inferno.) Quando Shahar não se mexeu, perdida em pensamentos, sorri e me inclinei para lamber um ponto da sua nuca, onde o cabelo não se desfizera completamente durante a noite anterior.

Shahar deu um pulo, virou-se e franziu a testa para mim, e foi quando percebi que talvez ela não estivesse a fim de brincadeiras.

— Oi — falei, de repente me sentindo incomodado.

Shahar suspirou e relaxou.

— Oi.

Então baixou o olhar e se voltou para a janela.

Senti-me muito estúpido.

— Ah, demônios. Machuquei você? Foi a primeira vez... tentei tomar cuidado, mas...

Ela balançou a cabeça.

— Não houve dor. Eu... percebi que você estava tomando cuidado.

Se Shahar não havia se machucado, então por que irradiava uma mistura tão feia e azeda de emoções? Esforcei-me para recordar minhas experiências com mulheres mortais antes da Guerra. Esse tipo de comportamento era normal? Pensei que poderia ser. Então o que um amante deveria dizer em um momento assim? Deuses, tinha sido mais fácil quando eu era escravizado; meus estupradores nunca esperavam que eu desse a mínima para eles depois.

Suspirei e passei o peso do corpo de um pé ao outro, cruzando os braços para não sentir tanto frio.

— Então... suponho que não tenha gostado do que fizemos.

Ela suspirou, seu humor ficando mais obscuro.

— Amei o que fizemos, Sieh.

Eu estava começando a me sentir muito cansado e não tinha nada a ver com a minha mazela da mortalidade. Algo dera errado, era óbvio. Shahar teria gostado mais se eu tivesse me tornado mulher para ela? Eu não tinha certeza se ainda poderia fazer isso, mas era uma mudança tão pequena. Eu tentaria por ela, se fosse ajudar.

— O que foi então? Por que está com cara de quem perdeu o melhor amigo?

— Talvez eu tenha perdido — sussurrou ela.

Eu a encarei quando se virou para mim. O lençol havia escorregado de um de seus ombros e a maior parte de seu cabelo estava uma bagunça. Shahar parecia fora de controle, fora de seu elemento, perdida. Lembrei-me da ousadia dela na noite anterior. Ela descartara todo o decoro, posição ou honraria, e se lançara ao momento com total fervor. Havia sido glorioso, mas obviamente tal entrega lhe custara alguma coisa.

Então notei, abaixo da mão que segurava o lençol, a mão livre dela. Shahar a mantinha sobre a barriga, tocando a pele ali como se medisse sua força. Eu havia visto dez mil mulheres mortais fazerem o mesmo gesto e mesmo assim quase não entendi o significado. Essas coisas normalmente não estão dentro da minha alçada.

Satisfeito por enfim ter descoberto o problema, sorri e me aproximei, tirando a mão dela da barriga e persuadindo-a a abrir o lençol para que eu pudesse entrar nele. Shahar obedeceu, desajeitadamente, ajustando o lençol para que envolvesse a nós dois, e suspirei de prazer, agradecido pelo calor de sua proximidade. Então abordei a inquietação em seus olhos, que pensei entender. Porque eu era quem eu era e nem sempre sou sábio, fiz uma provocação.

— Está planejando me matar?

Shahar franziu a testa, confusa. Percebi, pela primeira vez, que ela era tão alta quanto eu, alta e magra como uma boa garota amnie. Enlacei a sua cintura e a trouxe mais para perto, percebendo que ela não relaxou totalmente.

— Uma criança — falei. Coloquei a mão na sua barriga, como ela fizera, traçando círculos para provocá-la. — Iria me matar, sabe? — Então me lembrei de minha condição atual e já não achei mais tanta graça. — Iria me matar mais rápido, digo.

Ela ficou tensa, encarando-me.

— Quê?

— Já te falei. — A pele dela era uma delícia sob as minhas mãos. Inclinei-me, beijei o ombro macio dela bem sobre o osso e pensei em mordê-la ali enquanto a montava como um gato. Ela uivaria para mim?

— A infância não pode sobreviver a certas coisas. Sexo entre amigos é aceitável. — Sorri contra a pele dela. — Feito sem consequências. Mas consequências, como fazer uma criança, mudam tudo.

— Ah, deuses. É a sua antítese.

Eu odiava aquela palavra. Escribas a inventaram. A palavra era como eles: fria, sem paixão, precisa e lógica demais, capturando nada do que realmente nos fazia ser o que éramos.

O Reino dos Deuses

— Corrompe a minha natureza, sim. Muitas coisas podem me ferir, afinal de contas sou uma deidade, não um deus, mas esta é a mais certa.

Lambi o pescoço dela de novo, tentando pra valer desta vez, embora não estivesse com tanta esperança de sucesso. Nahadoth nunca conseguira me ensinar a arte da sedução com maestria.

— Sieh! — Shahar me empurrou e, quando ergui a cabeça, vi o horror nos olhos dela. — Eu não usei nenhuma... proteção... quando estávamos juntos ontem à noite. Eu... — Ela desviou o olhar, trêmula. Arrependi-me da provocação ao ver que ela estava mesmo chateada, mas me deixou feliz saber que ela se importava tanto.

Eu ri gentilmente, cedendo.

— Está tudo bem. Minha mãe, Enefa, percebeu o perigo há muito tempo. Ela me mudou. Entendeu? Nada de crianças.

Shahar não parecia convencida... não se *sentia* convencida, a angústia dela tomando até o ar ao nosso redor. Tenho irmãos que não conseguem aguentar as emoções mortais. Eles são criaturas tristes que assombram o reino dos deuses, devorando contos de vida mortal e fingindo não ter ciúmes do resto de nós. Shahar teria matado metade deles a essa altura.

— Enefa está morta — respondeu ela.

Isso foi mais que o suficiente para me deixar sério.

— Sim. Mas nem todas as suas obras morreram com ela, Shahar, ou nem um de nós dois estaria aqui.

Ela ergueu o olhar para mim, tensa e assustada.

— Você é diferente agora, Sieh. Você não é mais exatamente um deus, e mortais... — O rosto dela se suavizou lindamente. Isto me fez sorrir, apesar da conversa. — *Mortais crescem*. Sieh, quero que você garanta que não haverá nenhuma criança. Pode conferir de algum modo? Porque... porque... — Shahar baixou o olhar e de repente era vergonha o que ela sentia, azeda e amarga na minha língua. Vergonha e medo.

— O que foi?

Ela inspirou fundo.

— Não tentei evitar um bebê. Na verdade — ela flexionou a mandíbula —, fui até os escribas. Eles usaram um feitiço. — Ela corou, mas

167

prosseguiu: — Para ficar mais fácil, mais provável, por três ou quatro dias. E quando eu fizesse, com você, deveria ir até eles. Eles têm outros feitiços que disseram... mesmo com um deus, a magia da fertilidade funciona.

O gaguejar constrangido dela me confundiu; não consegui entender logo de cara o que ela estava falando. E então, como a plumagem gelada de um cometa, a compreensão me atingiu.

— Você *queria* uma criança?

Shahar riu uma vez, amarga. Quando se virou para a janela, os olhos estavam duros, mais velhos do que deveriam e tão perfeitamente Arameri. Então eu soube.

— Sua mãe.

Ela assentiu, ainda sem me olhar nos olhos.

— "Se não podemos *ter* deuses, então talvez possamos nos *tornar* deuses", ela falou. Os demônios de antigamente tinham grande magia, apesar da mortalidade. Ou, pelo menos, podemos ganhar a maior magia dos demônios: o poder para *matar* deuses.

Eu a encarei, enjoado, porque devia ter sabido. Os Arameri vêm tentando pôr as mãos em um demônio há décadas. Eu devia ter identificado na busca de Remath por um amante divino; devia ter percebido por que ela estivera tão feliz de ter a mim no Céu. O porquê de ela ter tentado me dar a filha.

Livrei-me do lençol e me afastei de Shahar, manifestando vestes no meu corpo. Pretas desta vez, como meu pelo de quando eu era gato. Como a fúria de meu pai.

— Sieh? — Meu nome escapou de Shahar, que então praguejou, largou o lençol e pegou um robe. — Sieh, o que você...

Parei, me virei para ela e Shahar congelou com o meu olhar. Ou talvez com meus olhos em si, porque eu não poderia ficar tão furioso, mesmo em minha condição fraca e metade mortal, sem me mostrar um pouco felino.

No entanto, eu guardaria as garras para Remath.

— Por que me contou? — perguntei, e Shahar empalideceu. — Teve motivos para esperar até agora? — Parte da minha magia voltara para

O Reino dos Deuses

mim. Toquei o mundo e encontrei Remath nele. A câmara de audiências dela, cercada de cortesãos e requerentes. — Esperava que eu a matasse em frente a testemunhas para que os outros sangue-altos pensassem que você não estivesse envolvida? Foi o que disse a si mesma para não parecer matricídio?

Os lábios dela empalideceram enquanto ela os contraía.

— Como se atreve...

— Porque não era necessário. — Sobrepus as palavras dela com as minhas, com a minha mágoa, e isso eliminou a raiva do rosto dela em um instante. — Eu te disse que iria matá-la, se pedisse. Tudo o que quis foi ser capaz de confiar em você. Se tivesse me dado isso, eu teria feito qualquer coisa por você.

Shahar recuou como se eu tivesse batido nela. Os olhos marejaram, mas não era como na noite passada. Ela estava sob a luz oblíqua da tarde do sol de Itempas, orgulhosa, apesar de sua nudez, e as lágrimas não caíram, porque os Arameri não choram. Nem mesmo quando partem o coração de um deus.

— Deka — disse ela por fim.

Balancei a cabeça, calado, consumido demais pela minha própria natureza para seguir o insensato pensamento mortal dela.

Shahar tornou a inspirar fundo.

— Concordei com isso por causa do Deka. Fizemos um acordo, minha mãe e eu: uma noite com você, em troca dele. Os escribas tomariam conta do resto. Mas quando você disse que uma criança te mataria... — Ela perdeu as palavras.

Eu queria acreditar que ela havia traído a mãe por minha causa. Mas se isso fosse verdade, então significava que ela também concordara em sacrificar o meu amor em troca de seu irmão.

Lembrei-me do olhar nos olhos dela ao dizer que me amava. Lembrei--me da sensação de seu corpo, o som de seus suspiros. Eu havia provado a alma de Shahar e descobrira ser mais doce do que jamais podia ter imaginado. Nada do que ela havia feito comigo era falso. Mas ela teria

N. K. Jemisin

cumprido seu desejo agora, tão cedo, se não fosse pelo acordo com a mãe? Ela teria feito isso se não quisesse outra pessoa mais que me queria?

Virei as costas para ela.

— Remath corrompeu algo que devia ter sido puro — falei.

Pela primeira vez desde que juntei as mãos com duas crianças mortais de olhos brilhantes, algo da minha verdadeira natureza passou pelo espaço entre os mundos para me preencher. Minha voz ficou mais profunda, se tornando a masculina, de tenor, que eu ainda não alcançara fisicamente. Naquele momento, eu poderia ter tomado a forma que quisesse; não estava mais além de mim. Mas a minha parte que estava ferida era o homem, não a criança, nem o gato, e era a dor do homem que precisava ser aplacada. O homem era a parte mais fraca de mim, mas seria o bastante para cumprir aquele propósito.

— Sieh — sussurrou ela, e então se calou.

Melhor assim. Eu não estava com humor para ouvir.

— Não posso proteger as crianças de todo o mal do mundo — comecei. — Sofrer é parte da infância também. Mas isso... — Saiu mais como um sibilo do que deveria. Lutei contra a mudança com um rosnado baixo. — Isso, Shahar, é o *meu* pecado. Eu devia ter te protegido, ao menos de sua própria natureza. Eu me traí e alguém vai morrer por isso.

Com isso, fui embora. A porta do aposento dela se tornou pó diante de mim. Quando alcancei o corredor, a pedra-do-dia gemeu e rachou sob meus pés, enviando falhas ramificadas pelas paredes. Os guardas e criados que permaneciam discretamente no corredor ficaram tensos e assustados enquanto eu me aproximava deles. Quatro deles pararam, sentindo, com fosse lá qual consciência rudimentar os mortais tenham, que não deveriam mexer comigo. O quarto, um guarda, entrou no meu caminho. Não sei se ele pretendia me impedir ou se estava apenas avançando para o outro lado do corredor, onde havia mais espaço. Em momentos assim, não penso; faço o que me faz sentir bem. Então fiz a minha vontade passar por ele como garras e o guarda desabou no chão partido em seis ou sete partes sangrentas. Alguém gritou; outro escorregou no sangue. Eles não entraram no meu caminho outra vez. Prossegui.

O Reino dos Deuses

Os pisos se abriram e se curvaram ao meu redor, formando degraus, declives, um novo caminho. Entrei no brilho do meio-dia do corredor que levava à câmara de audiências de Remath. Caminhei em direção às portas duplas ornamentadas no final do corredor, diante das quais estavam duas mulheres darren. As guerreiras de Darr são famosas pela sua habilidade e inteligência, utilizadas para compensar a falta de força física. Desde a nossa fuga, elas tinham a tarefa de proteger o líder da família Arameri, mesmo de outros Arameri. Mas enquanto eu seguia pelo corredor, espalhando teias de aranha nas janelas a cada passo, elas se entreolharam. Havia orgulho a considerar, mas darres estúpidas não duravam muito na cultura delas e elas sabiam que não havia como lutar contra mim. No entanto, poderiam tentar me apaziguar, o que fizeram se ajoelhando diante da porta, de cabeça baixa, implorando pela minha misericórdia. Eu a mostrei quando as empurrei para os lados, provavelmente ferindo-as um pouco contra as paredes, mas sem matá-las. Então destruí as portas e entrei.

A sala estava cheia de cortesãos, mais guardas, serventes, assistentes, escribas. E Remath. Ela, em seu trono de pedra fria, juntou as mãos como se estivesse me esperando. O resto me encarou, atordoado e em silêncio.

Soltei En do cordão.

— Mate por mim, amado — murmurei e o deixei cair no chão.

Ele saltou, então disparou ao redor da sala, ricocheteando nas paredes, janelas e na pedra do trono de Remath. Não ricocheteava na carne mortal. Quando tinha perfurado o suficiente deles e os gritos pararam, En voltou para mim, queimando para cozinhar o sangue, então caindo frio e satisfeito em minha mão. Enfiei-o no bolso.

Remath não foi tocada; En conhecia bem o meu coração. Ela não se movera durante a matança e não mostrou nenhum sinal de preocupação por eu ter acabado de assassinar trinta ou mais de seus parentes.

— Suponho que você esteja infeliz com algo — declarou ela.

Sorri e vi os olhos dela tremerem por um momento ao ver meus dentes afiados.

— Sim — confirmei, erguendo a mão. Nela, conjuradas além da possibilidade, estavam dez agulhas grossas e prateadas de crochê, mais longas que a minha mão. — Mas vou me sentir melhor daqui a pouquinho. Pela sua vida, Remath. Aqui estão as agulhas para os seus olhos.

Para o crédito dela, Remath manteve a voz firme:

— Mantive a minha promessa. Não te causei nenhum mal.

Balancei a cabeça.

— Shahar era minha amiga e você a tirou de mim.

— Um mal mínimo — contestou ela, e então me surpreendeu com um sorrisinho. — Mas você é um trapaceiro, sei que não vale a pena discutir com você.

— Sim — concordei.

Dei um passo à frente, retirando a primeira das agulhas da palma e a rolando entre os dedos em expectativa, porque, no fim das contas, também sou um valentão.

Ouvi o grito de Shahar antes de ela entrar correndo, mas o ignorei. Ela arfou quando chegou à câmara, vendo sangue e corpos por toda a parte, mas seguiu em frente (escorregando uma vez nas vísceras de alguém) e agarrou o meu braço. Isso não impediu meu avanço, uma vez que, por ora, eu estava muito mais forte que qualquer mortal, e depois de ser arrastada por um passo ou dois, ela abandonou essa tentativa. Mas deu a volta e se pôs no meu caminho, bem quando subi o primeiro degrau na plataforma do trono de Remath.

— Sieh, não faça isso.

Suspirei e a empurrei para o lado o mais gentilmente que pude. Isso a fez tropeçar nos degraus e Shahar caiu no sangue de algum primo. Eu podia sentir o cheiro Arameri nele. Ou não *nele* em si, não mais. Ri da minha própria piada.

Quando parei diante de Remath (que permaneceu onde estava, calma, enquanto a morte se aproximava), Shahar apareceu novamente, desta vez se jogando na frente do trono da mãe. Seu robe de cetim dourado estava encharcado de sangue em um lado e de algum modo a lateral do rosto dela também. Metade do seu cabelo pendia mole, pingando vermelho. Tornei a rir e tentei pensar em uma rima que zombasse dela. Mas o que rimava com *horror*? Eu pensaria sobre isso mais tarde.

Entretanto, parei, porque Shahar estava no caminho.

— Saia — ordenei.

— Não.

— Você a quer morta mesmo.

— Não *assim*, maldição!

— Pobre Shahar. — Fiz uma cantiga. — *Pobre princesinha, como ela enxergará? Com os dedos das mãos e pés, porque seus olhos comigo hão de estar.* — Ergui a agulha para que ela pudesse ver. — Você me traiu, doce Shahar. Matar você será fácil para mim.

Ela retesou a mandíbula.

— Pensei que você me amava.

— Pensei que você *me* amava.

— Você jurou não me machucar!

Ela estava certa. A falha dela em manter a palavra não significava que eu deveria descer ao mesmo nível.

— Muito bem. Não vou matar você. Só ela.

— Ela é minha mãe! — gritou Shahar. — Quanto você acha que vai me ferir se matá-la bem na minha frente?

O mesmo tanto que ela me ferira ao trair a minha confiança. Talvez um pouco mais.

— Não estou interessado em acordos agora, Shahar. Saia da frente ou eu mesmo vou tirar você. Não serei gentil desta vez.

— Por favor — pediu ela, o que geralmente apenas me incitaria a prosseguir, como o valentão que eu era, mas não aconteceu desta vez. Agora, para a minha própria enorme surpresa, o turbilhão agitado da minha raiva diminuiu antes de parar. Na súbita calmaria, eu a encarei e percebi outra verdade que ela escondera de mim o tempo todo. E talvez não apenas de mim. Olhei de relance para Remath, que encarava Shahar, enfim surpresa, com uma expressão de assombro. Sim.

— Você a ama — afirmei.

E porque Shahar era Arameri, ela vacilou como se tivesse sido golpeada e, com vergonha, desviou o olhar. Mas não saiu do meu caminho.

Soltei um suspiro longo e pesado, e, com ele, meu poder começou a diminuir. De qualquer jeito, eu não poderia tê-lo mantido por muito mais tempo. Estava velho demais para chiliques.

Balançando a cabeça, deixei as agulhas caírem no chão. Elas se espalharam pelos degraus com sons metálicos e altos no silêncio da câmara. Escutando o mundo próximo, pude ouvir gritos e passos apressados; o capitão Wrath e seus homens se apressando para salvar Remath e morrerem na tentativa, pois eles não eram sensatos como os darre. Até os escribas estavam se organizando, trazendo seus feitiços mais poderosos, embora estivessem desorganizados, porque Shevir estava ali, o cadáver esfriando entre os outros que eu havia matado. Virei-me e olhei para ele, seu rosto congelado em um olhar de surpresa sob o buraco na testa, e me arrependi. Em se tratando de Primeiros Escribas, ele não fora um homem mau. E eu tinha sido um menino muito mau.

Com base nisso, afastei-me do Céu, sem me importar muito com a direção que seguiria, apenas querendo conforto, silêncio e um lugar para ficar infeliz em paz.

Eu não veria Shahar novamente por dois anos.

Livro dois
Duas pernas ao meio-dia

SOU UMA MOSCA NA PAREDE *ou uma aranha em um arbusto. Mesma coisa, exceto que a aranha é um predador e combina mais com a minha natureza.*

Estou sentado em uma teia que me denunciaria em um instante se ele a visse, porque teci um rosto sorridente nos minúsculos fios de contas de orvalho. No entanto, nunca foi da natureza dele notar as minúcias do entorno e, de qualquer jeito, a teia está em parte escondida por folhas. Com meus muitos olhos, observo Itempas, o Céu Brilhante, o Portador do Amanhecer, sentado em um telhado de barro desbotado, esperando o sol nascer. Surpreende-me que ele se sente para ver isso, mas muitas coisas já me surpreenderam hoje. Como o fato de que o telhado é parte de uma morada mortal e dentro dela estão a mulher mortal que ele ama e a criança mortal (mas meio deus) que ela lhe dera.

Eu sabia que algo estava errado. Não muito antes, houve um dia de mudança no reino dos deuses. O furacão que era Nahadoth encontrou o terremoto que era Enefa e eles encontraram quietude um no outro. Uma coisa linda e sagrada; eu sei, eu assisti. Mas ao longe, a imóvel montanha coberta de branco que era Itempas cintilou e foi embora. Ele não retornara desde então.

Dez anos, na matemática mortal. Um piscar de olhos para nós, mas ainda incomum para ele. Ele não fica emburrado. Em geral, confronta a fonte de incômodo, a ataca, a destrói se puder, ou estabelece algum equilíbrio com ela caso não possa... mas não fez nada disso desta vez. Em vez disso, ele fugiu para este reino com suas criaturas frágeis e tentou se esconder entre eles, como se um sol pudesse caber entre as chamas de um fósforo. Só que ele não está se escondendo, não exatamente. Ele está apenas... vivendo. Sendo comum. E sem voltar para casa.

A porta do telhado se abre e a criança sai. Criatura estranha, desproporcional com sua cabeça grande e pernas longas. (É assim que pareço na forma mortal? Resolvo diminuir a minha cabeça.) Ele é negro, sardento e tem cabelo loiro. Daqui, posso ver seus olhos, verdes como as folhas que me escondem. Ele tem oito ou nove anos agora; uma boa idade, a minha idade favorita, velho o suficiente para conhecer o mundo, mas jovem o bastante para ainda se deliciar com ele. Ouvi seu nome, Shinda, sussurrado pelas outras crianças desta pequena vila empoeirada; eles têm medo dele. Eles sabem, como eu sei com apenas um olhar, que ele pode ser mortal, mas nunca será um deles.

Ele fica atrás de Itempas e envolve os braços ao redor de seus ombros, descansando a bochecha no cabelo crespo do pai. Itempas não se vira para ele, mas eu o vejo estender a mão para tocar os braços do menino. Eles observam o sol nascer juntos, sem dizer uma palavra.

Quando o dia já começou faz tempos, há outro movimento na porta do telhado; uma mulher para ali. Ela tem a idade de Remath, igualmente loira, igualmente bonita. Em dois mil anos, darei as mãos à sua descendente e homônima e me tornarei mortal. Elas se parecem muito, esta Shahar e aquela Shahar, exceto pelos olhos. Esta Shahar observa Itempas com uma firmeza que eu acharia assustadora se não tivesse visto isso nos olhos de meus próprios adoradores. Quando seu filho se endireita e vai cumprimentá-la, ela não o olha, embora distraidamente toque o ombro dele e diga alguma coisa. Ele entra e ela fica lá, observando seu amante com o fanatismo de uma alta sacerdotisa. Mas ele não se volta para ela.

Saio e relato a Nahadoth e Enefa, como me foi ordenado. Os pais costumam enviar os filhos como espiões e pacificadores quando há problemas entre eles. Digo a eles que Itempas não está com raiva, mas que parece triste e um pouco solitário, e, sim, eles deveriam trazê-lo para casa porque ele esteve fora por muito tempo. E daí se eu não contar a eles sobre a mulher mortal, sobre o filho mortal? Por que importa que a mulher o ame, precise dele, provavelmente perca a sanidade sem ele? Por que deveríamos nos importar que o retorno dele signifique a destruição aaquela família e a paz que ele parece ter encontrado com eles? Nós somos deuses, e eles não são nada. Eu sou um filho muito melhor que um garoto-demônio de linhagem mista. Vou mostrar isso a Itempas, assim que ele chegar em casa.

Caí.

Às vezes acontece assim, quando alguém viaja pela vida sem um plano. Neste caso, eu estava viajando pelo espaço, movimento, conceitualização... mesma coisa, exceto que os mortais não podem sobreviver a isso. Como eu era meio mortal, não devia ter sobrevivido. Mas sobrevivi, provavelmente porque para mim não fazia diferença.

Assim, flutuei pelas camadas brancas do Céu, passando por partes do corpo de madeira da Árvore no processo, descendo, descendo, descendo. Descendo além da camada mais baixa de nuvens, úmida e fria. Como incorpóreo, eu via a cidade com olhos mortais e divinos: silhuetas curvadas de prédios e ruas iluminadas por lampejos de luz mortal, de vez em quando intercaladas pelas plumas mais brilhantes e coloridas de meus irmãos e irmãs. Eles não podiam me ver porque eu não tinha perdido todo o senso de autopreservação e porque mesmo quando não estou de mau humor, as cores da minha alma são sombrias. Esse é o legado do meu pai e um pouco do de minha mãe também. Por causa disso, sou bom em me mover de maneira sorrateira. Ou em me esconder, quando não quero ser encontrado.

Para baixo. Passando por um anel de mansões anexadas ao tronco da Árvore do Mundo, caríssimas casas na árvore, dessas que nem possuem escadas ou placas de "GAROTAS CAIAM FORA" para torná-las interessantes.

O Reino dos Deuses

Abaixo havia outra camada da cidade, esta era nova: casas, oficinas e negócios construídos sobre as próprias raízes da Árvore, empoleirados de modo precário em ruas inclinadas e plataformas escoradas. Ah, óbvio; os estimados personagens das mansões acima não poderiam ficar sem serventes e cozinheiros, babás e alfaiates, poderiam? Testemunhei engenhocas bizarras, soltando vapor e fumaça e gemidos metálicos, conectando esta cidade no meio do caminho às elegantes plataformas acima. As pessoas subiam e desciam nelas, confiando em coisas de aparência perigosa para transportá-las com segurança. Por um momento, a admiração pela engenhosidade mortal quase me distraiu de minha infelicidade. Mas continuei, porque aquele lugar não me agradava. Eu ouvira Shahar se referir a ele e agora entendia seu nome: o Cinzento. A meio caminho entre o brilho do Céu e a escuridão abaixo.

Para baixo. E agora eu me misturava às sombras, porque havia tantas ali entre as raízes da Árvore e sob seu vasto dossel verde. Sim, aquilo me servia melhor: Sombra, a cidade que já fora chamada de Céu, antes que a Árvore crescesse e tornasse o nome uma piada. Foi ali, enfim, que senti algum sentimento de pertencimento... embora apenas um pouco. A verdade era que eu não pertencia a nenhum lugar no reino mortal.

Eu devia ter me lembrado disso, pensei com amargura enquanto descansava e me tornava corpóreo novamente. *Eu nunca devia ter tentado viver no Céu.*

Bom. A adolescência é feita de erros.

Aterrissei em um beco fedorento e cheio de escombros, no que mais tarde descobriria ser Sombra Sul, considerada a parte mais violenta e depravada da cidade. Por ser tão violenta e depravada, ninguém me incomodou por quase três dias, enquanto eu me sentava em meio ao lixo. Ainda bem, porque eu não teria tido forças para me defender. A minha crise de raiva no Céu e o trânsito mágico subsequente me deixaram fraco demais para fazer muito além de ficar ali deitado. Como eu estivera com fome antes de sair do Céu, comi: havia algumas cascas de frutas mofadas na lixeira perto de mim e um rato se aproximou para me oferecer sua carne. Era uma criatura velha e moribunda, que não enxergava, e sua carne era rançosa, mas nunca fui tão grosseiro a ponto de desrespeitar um ato sagrado.

Choveu e eu bebi, inclinando a cabeça para trás por horas para conseguir alguns goles. E então, como se não bastasse, meu intestino se mexeu pela primeira vez em um século. Tive força o suficiente para abaixar a minha calça, mas não o bastante para me afastar da bagunça resultante, então fiquei sentado ao lado dela e chorei por um tempo, odiando tudo no geral.

Então, no terceiro dia, porque três é um número de poder, as coisas enfim mudaram.

* * *

— Levanta — disse a garota que entrara no beco. Ela me chutou para chamar a minha atenção. — Você *tá* no caminho.

Pisquei para ela e vi uma figura pequena, envolta em vestes volumosas e feias, usando um chapéu realmente estúpido e me encarando. O chapéu era uma beleza. Parecia um cone bêbado sobre a cabeça dela e tinha longas abas para cobrir as orelhas. As abas podiam ser abotoadas sob o queixo, embora ela não tivesse feito isso, talvez porque fosse o fim da primavera e estivesse tão quente quanto o humor do Pai do Dia, mesmo nesta cidade de sombras ao meio-dia.

Com um suspiro, ergui-me com dificuldade e saí do caminho. A garota assentiu rapidamente para agradecer, então passou por mim e começou a revirar a pilha de lixo. Comecei a avisá-la sobre minha pequena contribuição aos detritos, mas ela a evitou sem olhar. Habilmente tirando duas metades de um prato quebrado do lixo, ela emitiu um som satisfeito e os enfiou na bolsa pendurada no ombro, seguindo em frente. Enquanto ela se afastava, vi um de seus pés se arrastar no chão, embora ela o tivesse levantado; era maior do que o outro e disforme, e ela o tornou ainda maior amarrando trapos ao redor do tornozelo.

Segui a garota pelo beco enquanto ela vasculhava as pilhas, pegando as coisas mais estranhas: um pote de barro sem alça, uma lata enferrujada, um pedaço de vidraça quebrada. Este último pareceu agradá-la mais, pela expressão de satisfação em seu rosto.

Inclinei-me para espiar por cima do ombro dela.

— O que vai fazer com isso?

Ela se virou de imediato e congelei, pois pressionara a ponta de uma adaga, longa e perversamente afiada como um caco de vidro, na minha garganta.

— Isto — disse ela. — Dá o fora.

Eu me afastei rapidamente, erguendo as mãos para mostrar que não queria feri-la, e ela guardou a adaga, voltando ao trabalho.

— Vidro — explicou ela. — Triturar para fazer facas, usar o resto para moer outras coisas. Entendeu?

Fiquei fascinado com a maneira dela de falar. O senmata dos habitantes de Sombra era mais rústico do que o das pessoas no Céu e falado mais rápido. Eles tinham menos paciência para construções verbais longas e floreadas, e as construções novas e mais breves deles continham camadas extras de atitude. Comecei a ajustar a minha própria fala para me adequar.

— Entendi — falei. — E?

Ela deu de ombros.

— Eu vendo no Mercado do Sol. Ou distribuo pra quem não pode pagar. — Ela me olhou de cima a baixo, então bufou: — Você pode pagar.

Olhei para mim mesmo. As vestes pretas que eu manifestara no Céu estavam sujas e fedidas, mas eram feitas de tecido da melhor qualidade, e a camisa, a calça e os sapatos combinavam, diferentemente das roupas dela. Supus que eu parecesse rico.

— Mas não tenho dinheiro.

— Então arruma um trabalho — respondeu ela, e voltou ao que fazia.

Suspirei e fui me sentar em uma lixeira fechada, que gemeu ao suportar o meu peso.

— Acho que vou ter que fazer isso. Conhece alguém que pode precisar... — Pensei nas habilidades que eu tinha e que poderiam ser valiosas para os mortais. — Hum. Um ladrão, um charlatão ou um assassino?

A garota parou outra vez, me lançando um olhar duro, antes de cruzar os braços.

— Você é uma deidade?

Pisquei, surpreso.

— Na verdade, sim. Como você sabe?

— Só elas fazem essas perguntas sem cabimento.

— Ah. Conheceu muitas deidades?

Ela deu de ombros.

— Algumas. Você vai me comer?

Franzi a testa, pestanejando.

— Óbvio que não.

— Lutar contra mim? Roubar alguma coisa? Vai me transformar em outra coisa? Ou me torturar até a morte?

— Deuses, por que eu... — Mas então me ocorreu que alguns dos meus irmãos eram capazes de tudo aquilo e mais. Não éramos uma família das mais gentis. — Nem uma dessas coisas é da minha natureza, não se preocupe.

— Está bem. — Ela se virou para analisar algo que encontrara, que pensei ser uma telha velha. Com um suspiro, irritada, ela a descartou. — Mas você não vai conseguir muitos adoradores sentado aí desse jeito. Deveria fazer algo mais interessante.

Suspirei e dobrei os joelhos, abraçando as pernas.

— Não sobrou muita coisa interessante em mim.

— Hum. — Endireitando-se, a garota tirou o chapéu bobo e secou a testa. Sem ele, vi que ela era amnie, seus cachos loiro-platinados bem curtos e presos com presilhas baratas. Ela parecia ter dez ou onze anos, embora seus olhos demonstrassem mais idade. Catorze, talvez. Ela não comera o suficiente naqueles anos e dava para ver, mas eu ainda conseguia sentir a infância nela.

— Hymn — disse ela. Um nome. Meu ceticismo deve ter se mostrado, porque ela revirou os olhos. — Apelido de Hymnesamina.

— Na verdade, gosto do nome mais longo.

O Reino dos Deuses

— Eu não gosto. — Rapidamente, ela me olhou de cima a baixo. — Você não é feio, sabe. Magrelo, mas dá pra consertar isso.

Pisquei de novo, me perguntando se era algum tipo de flerte.

— Sim, eu sei.

— Então você tem outra habilidade além de roubar, enganar e matar.

Suspirei, sentindo-me cansado.

— Não vou me prostituir.

— Tem certeza? Você ia fazer mais dinheiro assim que com as outras coisas, a não ser que mate, mas você não parece muito durão.

— A aparência não significa nada para um deus.

— Mas significa algo pros mortais. Se quer fazer dinheiro como assassino, precisa parecer um. — Hymn cruzou os braços de novo. — Sei de um lugar onde eles deixariam você escolher os clientes, sendo o que é. Se conseguir se fazer parecer amnie, vai fazer ainda mais dinheiro. — Ela inclinou a cabeça, pensando no assunto. — Ou talvez a aparência de estrangeiro seja melhor. Não sei. Não é a minha praia.

— Só preciso do suficiente para comprar comida.

Mas eu precisaria de mais coisas mortais conforme crescesse, não? Chegaria um momento (em breve, provavelmente) em que eu não conseguiria mais conjurar roupas ou outras necessidades, e algum dia um abrigo seria mais que um bônus agradável. Os invernos no Senm central podiam matar mortais. Suspirei mais uma vez, apoiando a bochecha no joelho.

Hymn também suspirou:

— Que seja. Bem... vejo você por aí.

Ela se virou e foi em direção à entrada do beco... então parou, o olhar afiado e assustado. Quando deu um passo para trás, para fora do beco e dentro das sombras, a cautela dela engrossou o ar já denso.

Foi o suficiente para mudar o meu humor. Esticando-me, a observei.

— Assaltantes, valentões ou pais?

— Reviradores — disse ela tão baixinho que mortal nenhum deveria ter ouvido, mas Hymn sabia que eu ouviria.

Do modo como disse, percebi que ela esperava que eu soubesse quem os reviradores eram. Mas eu podia adivinhar. Havia como fazer dinheiro com qualquer lixo da cidade, desde cobrar para se livrar dele quanto vender as partes úteis. Curioso, me pus de pé e fui até onde Hymn estava, longe da luz dos postes. Quando espiei a extensão da rua, vi um grupo de homens perto de uma velha carroça, do outro lado da rua esburacada. Dois deles estavam rindo e pegando latas de lixo, jogando o conteúdo delas dentro da carroça; mais dois estavam parados, conversando, enquanto um quinto estava dentro da carroça com um forcado e uma máscara cobrindo o rosto, remexendo algo que soltava vapor.

Espiei o lixo dentro da bolsa de Hymn.

— Eles achariam ruim você pegar só algumas coisas?

Ela me encarou.

— Os reviradores não ligam se é só um pouquinho; é *deles*. Eles pagam à Ordem pelos direitos e não gostam que ninguém mexa com o que é deles. Já me ameaçaram uma vez.

Apesar da raiva dela, eu conseguia sentir o cheiro do medo por baixo. Hymn olhou para atrás de mim, para o beco, mas não havia saída. O beco ficava na interseção de três prédios e a janela mais próxima estava a seis metros de altura. Ela poderia tentar se esgueirar para sair e havia uma chance de não ser vista. Os homens estavam atentos ao próprio trabalho e conversa. Mas se a vissem, ela não conseguiria ir muito longe com a limitação do seu pé.

Os homens eram uma equipe fedida, mesmo sem o fedor do lixo, e tinham a aparência inconfundível de pessoas que não veem problema algum em machucar uma criança. Expus os dentes para eles, pois eu odiava este tipo de mortais.

Com essa provação do meu antigo eu, comecei a sorrir.

— Ei! — gritei.

Ao meu lado, Hymn deu um pulo e arfou, dando meia-volta para tentar escapar. Agarrei o braço dela e a mantive no lugar para que eles a vissem. Quando olharam ao redor, os reviradores me perceberam... mas foi a visão de Hymn que os fez fecharem a cara.

— Que demônios está fazendo? — gritou ela, tentando se soltar.

O Reino dos Deuses

— Está tudo bem — murmurei. — Não vou deixar que a machuquem.

Os homens perto da carroça estavam se virando agora, vindo em nossa direção com passadas determinadas. Mas apenas três deles; os dois que estavam trabalhando pararam para observar. Sorri para eles e tornei a erguer a voz:

— Ei, vocês gostam de merda, não é? Toma aqui um pouco!

Virei-me e arranquei a calça para mostrar meu traseiro. Hymn gemeu.

Os reviradores gritaram, e mesmo os dois que estiveram observando correram ao redor da carroça, o grupo inteiro correndo em direção ao nosso pequeno beco. Rindo, puxei a calça para cima e tornei a agarrar o braço de Hymn.

— Vem! — falei, puxando-a em direção aos fundos do beco.

— Onde...

Ela não conseguiu dizer mais nada, tropeçando em uma pilha de madeira coberta de fungos que alguém jogara entre as latas de lixo. Ajudei-a a ficar de pé, então a puxei para trás, até que estivéssemos pressionados contra a parede dos fundos do beco. Um momento depois, o beco, já mal iluminado, ficou mais escuro quando as silhuetas dos homens bloquearam as luzes.

— Que inferno é isso? — um dos homens perguntou a Hymn. — Avisamos para você não roubar nossas coisas e você não apenas volta, como traz um amigo? Hein?

Ele pisou na madeira com fungos, cerrando os punhos; os outros o seguiram.

— Eu não tive a intenção... — A voz de Hymn tremeu quando ela começou a falar com os homens.

— Esta garota está sob minha proteção — falei, me colocando diante dela. Estava sorrindo como se não tivesse juízo; sentia o poder ao meu redor como um manto flutuante. A travessura é inebriante, mais doce do que qualquer vinho. — Nunca mais toquem nela.

O líder parou, me encarando, descrente.

— E quem infernos é você, pirralho?

Fechei os olhos e inspirei com prazer. Fazia quanto tempo desde que alguém me chamara de pirralho? Ri, soltei Hymn e abri os braços, e com o toque do meu comando, as tampas dispararam de cada lixeira e caixa no beco. Os homens gritaram, mas era tarde demais. Eram meus brinquedos agora.

— Sou o filho do caos e da morte — falei. Todos eles me ouviram, tão intimamente quanto se eu tivesse sussurrado em seus ouvidos, apesar dos sons de seus gritos assustados e das tampas caindo. Um vento forte começara a soprar no beco, agitando o lixo solto e soprando poeira em nossos olhos. Semicerrei os meus e sorri. — Conheço todas as regras nos jogos da dor. Mas serei misericordioso agora, porque me agrada. Considerem isto um aviso.

Curvei os dedos em garras. As lixeiras explodiram, o lixo contido em cada uma se erguendo no ar e girando em círculos, um vulcão de destroços e fedor que cercou os cinco homens e os encurralou. Quando bati palmas, tudo foi sugado para dentro, cobrindo-os da cabeça aos pés com todas as substâncias repugnantes que a humanidade já produzira. Garanti que um pouco do meu próprio excremento estivesse lá também.

Eu podia ter sido cruel de verdade. Afinal de contas, eles tiveram a intenção de machucar Hymn. Eu podia ter explodido as madeiras com fungos e os espetado com lascas cobertas de esporos. Podia ter quebrado o corpo deles em pedacinhos e enfiado toda a bagunça de volta nas lixeiras, com o lixo e tudo. Mas eu estava me divertindo. Eu os deixei viver.

Eles gritaram (embora alguns deles tenham sido inteligentes a ponto de deixar a boca fechada, por medo do que poderia entrar) e se debateram com notável vigor, considerando o que tinham que fazer no trabalho. Mas suponho que uma coisa era catar bosta, outra era se banhar nela. Garanti que a coisa entrasse nas roupas deles e em vários orifícios do corpo. Um bom truque mora nos detalhes.

— Lembrem-se — falei, dando um passo à frente. Aqueles que conseguiam me ver, porque tinham conseguido tirar a merda dos olhos, gritaram e agarraram seus companheiros que ainda não enxergavam, cambaleando

O Reino dos Deuses

para trás. Eu os deixei ir e sorri, fazendo um tronco de madeira girar na ponta de um dos meus dedos. Um desperdício de magia, sim, mas eu queria aproveitar a minha força pelo tempo que durasse. — Nunca mais toquem nela de novo ou vou encontrar vocês. Agora deem o fora!

Bati os pés no chão, ameaçando de brincadeira, mas eles estavam horrorizados e eram espertos o bastante para gritar e sair correndo do beco, alguns deles tropeçando e escorregando no lodo. Eles fugiram rua abaixo, deixando para trás a carroça e a mula. Eu os ouvi gritar ao longe.

Caí no chão (ainda estávamos nos fundos do beco, onde o chão estava relativamente limpo) e gargalhei até que a minha barriga doesse. Hymn, por outro lado, começou a tropeçar pelo entulho, tentando encontrar um jeito de sair que não exigisse que ela passasse pela camada de sujeira.

Surpreso por ser abandonado, parei de rir e me apoiei em um cotovelo para observá-la.

— Aonde você vai?

— Para longe de você — respondeu Hymn. Só então me dei conta de que ela estava furiosa.

Piscando, me pus de pé e fui atrás dela. Como eu estava me sentindo forte depois da brincadeira, pegá-la pela cintura e pular com ela até a frente do beco foi fácil, alcançando o ar fresco e bem iluminado da rua. Havia algumas pessoas por perto, murmurando sobre o espetáculo da fuga dos reviradores, mas houve um arfar coletivo quando pousei nos ladrilhos. Rapidamente (às pressas para alguns), todas foram embora, algumas olhavam para trás, com medo de que eu as seguisse.

Confuso, coloquei Hymn no chão, e ela imediatamente começou a fugir também.

— Ei!

Ela parou e se virou para mim com um olhar tão cauteloso que me encolhi.

— Que foi?

Coloquei as mãos nos quadris.

— Eu salvei você. Não vai nem me agradecer?

— Obrigada — disse ela entredentes —, mas eu nem estaria em perigo se você não tivesse chamado eles.

Isso era verdade. Mas...

— Eles não vão te perturbar de novo — falei. — Não era isso o que queria?

— O que eu *queria* — começou Hymn, o rosto vermelho agora — era trabalhar em paz. Devia ter dado o fora quando percebi que você é uma deidade! E de algum modo você é pior. Você pareceu tão triste que por um momento pensei que fosse mais — ela gaguejou, enfurecida demais para falar por um momento — *humano*. Mas você é como o restante, ferrando vidas mortais e pensando que tá nos fazendo um favor.

Ela me deu as costas, andando rápido o bastante para que o pé disforme fizesse com que engatasse em um passo feio, um meio-pulo. Eu estivera errado; o pé não a atrapalhava nem um pouco.

Fiquei olhando, até que ficou óbvio que Hymn não pararia, então suspirei e fui atrás dela.

Quase tinha a alcançado quando Hymn ouviu os meus passos e parou, virando-se.

— *Quê?*

Parei também, colocando as mãos nos bolsos e tentando evitar que meus ombros pendessem para baixo.

— Preciso te compensar. — Suspirei, desejando apenas poder ir embora. — Tem alguma coisa que você queira? Não posso consertar seu pé, mas... não sei. Tanto faz.

Eu quase podia ouvi-la rangendo os dentes, embora Hymn não tenha dito nada por um momento. Talvez ela precisasse dominar a raiva antes de começar a gritar com um deus.

— Não quero que conserte o meu pé — respondeu ela, incrivelmente calma. — Não quero nada de você. Mas se está tentando servir à sua natureza, e não vai me deixar em paz até conseguir, então preciso de dinheiro.

Pisquei.

— Dinheiro? Mas...

O Reino dos Deuses

— Você é um deus. Deve conseguir fazer dinheiro.

Tentei pensar em um jogo ou brinquedo que me permitisse fazer dinheiro. Aposta era um jogo adulto; não tinha nada a ver com a minha natureza. Talvez eu pudesse usar uma história ou canção de ninar, aquela sobre cordas douradas e luminárias de pérolas...

— Você aceitaria joias?

Hymn fez um som de nojo absoluto e se virou para ir embora. Grunhi e a segui.

— Escuta, falei que posso fazer coisas valiosas, e você pode vendê-las! O que tem de errado nisso?

— Eu *nao posso* vender elas! — bradou ela, ainda andando. Apressei-me para acompanhar o passo. — Vou acabar morta se tentar vender algo valioso. Se eu levasse até uma loja de penhores, todo mundo na Raiz Sul ia saber que tenho dinheiro antes que eu saísse da loja. Minha casa ia ser roubada, meus parentes iam ser sequestrados ou algo assim. Não conheço ninguém nos cartéis mercantes que pudesse receptar pra mim, e mesmo se conhecesse, eles pegariam mais da metade em "taxas". E não tenho o status pra impressionar a Ordem de Itempas, então eles iam pegar o restante como dízimo. Talvez eu pudesse ir até uma das deidades da cidade, mas então ia ter que lidar com outros *iguais* a você. — Ela me lançou um olhar crítico. — Meus pais são velhos e sou filha única. O que preciso é de dinheiro pra comida, aluguel, pra consertar o telhado e talvez comprar uma garrafa de vinho pro meu pai de vez em quando, pra ele parar de se preocupar tanto com a nossa sobrevivência. Pode me dar isso?

Depois dessa ladainha, dei um passo para trás, um tanto atordoado.

— Eu... não.

Hymn me encarou por um longo momento, antes de suspirar e parar, esfregando a testa como se eu tivesse lhe dado uma dor de cabeça.

— Olha, qual deles é você?

— Sieh.

Ela aparentou surpresa, em vez de ódio e irritação, o que foi uma grata mudança.

— Não reconheço seu nome.

— Não. Eu costumava viver aqui — hesitei — há muito tempo. Mas faz poucos dias que voltei ao reino mortal.

— Deuses, não é de admirar que você seja esse horror. É novo aqui. — Isso pareceu atenuar parte da raiva dela e Hymn me olhou de cima a baixo, de novo. — Tudo bem, qual é a sua natureza?

— Truques. Trapaça. — Esse era o modo mais simples de explicar aos mortais. Eles achavam "infância" difícil de entender como um conceito específico. Mas Hymn assentiu, então continuei: — Inocência.

Ela ficou pensativa.

— Você deve ser um dos mais velhos. Os mais jovens são mais simples.

— Eles não são mais simples. A natureza deles é mais sintonizada à vida mortal, visto que eles nasceram depois que os mortais foram criados...

— Sei disso — respondeu Hymn, parecendo irritada de novo. — Olha, as pessoas desta cidade vivem com seu tipo de gente faz bastante tempo. Sabemos como vocês funcionam; não preciso de aula. — Ela suspirou e balançou a cabeça. — Sei que você precisa servir sua natureza, tá bom? Mas não preciso de truques; preciso de dinheiro. Se quer conjurar alguma coisa, venda você mesmo e me traga depois, não tem problema. Só tenta ser discreto, tá? E me deixa em paz até lá. *Por favor.*

Com isso, Hymn se virou e se afastou, mais devagar agora que havia se acalmado um pouco. Eu a observei ir, sentindo muitas coisas e me perguntando como nos infernos infinitos eu conseguiria dinheiro para ela. Porque ela estava certa; *jogar limpo* era tão fundamental para a minha natureza quanto ser criança, e se eu permitisse que o mal que fiz a ela prosseguisse, acabaria com o pouco de infância que ela ainda tinha. Fazer isso antes da transformação me adoeceria. Fazer agora? Eu não tinha ideia do que aconteceria, mas não seria agradável.

Eu teria que conseguir dinheiro por meios mortais, então. Mas se houvesse trabalhos disponíveis, Hymn estaria revirando latas de lixo e fazendo facas de vidro quebrado? Pior, eu não tinha qualquer conhecimento da cidade em sua versão atual, e nem ideia de onde começar a minha busca por emprego.

O Reino dos Deuses

Então recomecei a seguir Hymn.

As ruas estavam silenciosas e vazias enquanto eu caminhava, observando o aspecto mal iluminado e crepuscular enquanto a manhã progredia. O amanhecer chegara e partira enquanto eu atormentava os reviradores e ao meu redor eu conseguia sentir a cidade despertando, seu pulso acelerando com o começo do dia. Prédios brancos fantasmagóricos, sem serem pintados havia muito, mas feitos de modo robusto e ainda bonitos de maneira decadente, assomavam da escuridão nas laterais da rua. Vi rostos espiando pelas janelas, meio escondidos pelas cortinas. Através de rachaduras nos prédios, eu podia ver as montanhosas silhuetas pretas da raiz da Árvore. As raízes eram abundantes nesta parte da cidade, enquanto a Árvore em si assomava sobre todo o norte. Não haveria luz do sol ali, não importava a luminosidade que o dia tivesse.

Então virei outra esquina e parei, pois Hymn estava lá me encarando. Suspirei.

— Sinto muito. Sinto mesmo! Mas preciso da sua ajuda.

* * *

Sentamo-nos na pequena sala da casa da família dela. Uma estalagem velha, Hymn explicara, embora eles mal recebessem viajantes e sobrevivessem abrigando pensionistas permanentes quando podiam. Naquele momento, não havia nenhum.

— É o único jeito — falei, chegando a essa conclusão na minha segunda xícara de chá.

A mãe de Hymn me servira com as mãos tremendo, embora eu tenha tentado o meu melhor para tranquilizá-la. Quando Hymn murmurou algo para ela, a mãe se retirara para outro cômodo, mas eu ainda podia ouvi-la se esgueirando perto da porta, ouvindo. As batidas do coração dela eram muito altas.

Hymn deu de ombros, brincando com o prato de queijo e pão seco que a mãe insistira em servir. Ela comeu apenas um pouquinho e eu não comi, pois era fácil ver que a família tinha quase nada. Por sorte, esse comportamento era considerado educado para uma deidade, visto que a maioria de nós não precisava comer.

— Escolha sua, óbvio — disse ela.

Eu não gostava das escolhas disponíveis. Hymn confirmara o meu palpite de que havia poucos empregos, uma vez que a economia da cidade decaíra nos últimos anos graças às inovações vindas do norte. (Nos velhos tempos, os Arameri teriam liberado uma praga ou duas para matar pessoas e aumentar a demanda por trabalho. Desemprego, frustrante como era, representava progresso.) Ainda era possível fazer dinheiro servindo os mortais que vinham à cidade peregrinar, para rezar por qualquer uma das muitas bênçãos dos deuses, mas poucos empregadores gostariam de empregar uma deidade.

— Ruim para os negócios — explicou Hymn. — Fácil demais ofender alguém com sua existência.

— É óbvio. — Suspirei.

Uma vez que os negócios lícitos da cidade estavam fora de alcance para mim, a minha única esperança era o lado ilícito. Para isso, pelo menos, eu tinha certa maneira de entrar: Nemmer. Eu a encontraria dali a três dias, como havíamos combinado. Eu não mais me importava de os Arameri serem alvos dos nossos irmãos. Que todos morressem, exceto talvez Deka, quem eu castraria e colocaria numa coleira para manter dócil. Mas a conspiração contra nossos pais significava que eu ainda a encontraria. Eu podia pedir a ajuda dela para encontrar trabalho.

Se eu aguentasse a vergonha. O que poderia não acontecer. Então tive que decidir tentar outra maneira de entrar no lado obscuro da cidade. A maneira de Hymn: o Armas da Noite. O bordel em que ela já tentara me convencer a entrar.

— Uma amiga minha foi trabalhar lá uns anos atrás — contou ela. — Não se prostituindo! Ela não faz o tipo deles. Mas eles precisam de serventes e tal, e pagam um bom salário. — Hymn deu de ombros. — Se não quer fazer uma coisa, pode fazer outra. Principalmente se sabe cozinhar e limpar.

O Reino dos Deuses

Eu também não gostava dessa ideia. Muitos dos meus anos mortais no Céu foram gastos servindo de um jeito ou de outro.

— Talvez alguns clientes gostem de brincar de pega-pega? — Hymn só olhou para mim. Suspirei. — Certo.

— A gente tem que ir agora, se quiser falar com eles — explicou ela. — Eles ficam ocupados de noite.

Hymn falava com impressionante compaixão, considerando como estava cansada de mim. Acho que a tristeza na minha expressão conseguiu penetrar a armadura cínica dela. O que pode ter sido o motivo de ela tentar me dissuadir outra vez.

— Não me importo, sabe. Se você me compensar por quase me matar. Te falei isso.

Assenti com esforço:

— Eu sei. Na verdade, isto não é sobre você.

Hymn suspirou:

— Eu sei, eu sei. Você tem que ser o que é. — Ergui o olhar, surpreso, e ela sorriu. — Já falei. Todo mundo aqui entende os deuses.

Então deixamos a estalagem e seguimos para a rua, que estava cheia agora que eu estivera fora de vista por um tempo. Carroceiros passavam com suas instáveis velhas carroças enquanto vendedores empurravam estandes com rodas para vender frutas e carne frita. Um velho estava sentado em um cobertor na esquina, anunciando que podia consertar sapatos. Um homem de meia-idade em roupas manchadas, típicas de um trabalhador braçal, foi até ele, agachando-se para cochichar.

Hymn mancava com facilidade por esse caos, acenando alegremente para uma ou outra pessoa enquanto passávamos, muito mais confortável entre seus companheiros mortais do que estivera comigo. Eu a observei enquanto caminhávamos, fascinado. Podia sentir o gosto do interior sólido da inocência dela por baixo do pragmatismo cínico e apenas a mais fraca pitada de deslumbre, porque nem o mais habituado mortal poderia passar tempo na presença de um deus sem sentir *algo*. E ela estava se divertindo comigo, apesar de sua aparência irritada. Isso me fez sorrir... o que Hymn viu quando olhou ao redor e vislumbrou o meu rosto.

— O que foi? — perguntou ela.

— Você — falei, sorrindo.

— O que tem eu?

— Você é uma das minhas, ou poderia ser se quisesse. — Esse pensamento me fez inclinar a cabeça, pensando. — A não ser que você tenha jurado fidelidade a outra deidade.

Hymn balançou a cabeça, mas não disse nada. Senti tensão nela. Nada de medo. Outra coisa. Constrangimento?

Lembrei-me do termo de Shevir.

— Você é primortalista?

Ela revirou os olhos.

— Você não consegue parar de falar?

— É muito difícil para mim ficar quieto e bem-comportado — falei com honestidade, e ela bufou.

A estrada em que estávamos continuava subindo. Imaginei que pudesse haver uma raiz da Árvore em algum ponto subterrâneo, perto da superfície. Conforme subíamos, passamos para uma zona relativamente iluminada que, era provável, recebia luz solar direta pelo menos uma vez por dia, sempre que o sol se punha abaixo da copa da Árvore. Os prédios passaram a ser mais altos e mais bem conservados; as ruas também ficaram mais movimentadas, possivelmente porque estávamos viajando em direção ao centro da cidade. Hymn e eu agora tínhamos que ficar na calçada para evitar carruagens e a ocasional liteira bem-feita, carregada por homens suados.

Enfim chegamos a uma casa grande que ocupava a maior parte de um estranho quarteirão triangular, perto do cruzamento de duas ruas movimentadas. A casa também era triangular, um imponente bloco de seis andares, mas não era isto que a tornava tão impressionante. O que me fez parar no meio na rua e olhar foi o fato de alguém ter tido a audácia de pintá-la de *preto*. Além das vigas de madeira e detalhes em branco, toda a estrutura, da borda do telhado à base, era de uma escuridão total, implacável e descarada.

O Reino dos Deuses

Hymn sorriu para a minha expressão boquiaberta e me puxou para a frente para que eu não fosse atropelado por uma carruagem puxada por humanos.

— Incrível, né? Não sei como eles se safam infringindo a Lei Branca. Meu pai diz que os Guardiões da Ordem costumavam matar os proprietários sob o crime de heresia se eles se recusassem a pintar as casas de branco. Ainda dão multas às vezes, mas ninguém incomoda o Armas da Noite. — Ela cutucou o meu ombro, me fazendo olhá-la com surpresa. — Seja educado, se realmente quer me compensar. Essas pessoas não estão só em bordéis. Ninguém mexe com elas.

Sorri um pouco, embora meu estômago tenha se contraído em desconforto. Eu havia fugido do Céu apenas para me colocar nas mãos de outros mortais poderosos? Mas eu devia uma a Hymn, então suspirei e disse:

— Vou me comportar.

Ela assentiu, então me conduziu pelo portão da casa até suas amplas e planas portas duplas.

Uma servente (vestida de maneira conservadora) abriu a porta quando Hymn bateu.

— Oi — cumprimentou a menina, inclinando a cabeça em uma reverência, educada. (Ela me encarou e, apressadamente, fiz o mesmo.) — Meu amigo aqui tem assuntos a tratar com o proprietário.

A servente, uma corpulenta mulher amnie, me lançou um rápido olhar analítico e aparentemente concluiu que eu era digno de mais atenção. Considerando que eu acumulara três dias de sujeira, isto me fez sentir muito orgulhoso da minha aparência.

— Seu nome?

Pensei em meia dúzia de nomes diferentes, até perceber que não havia motivo para esconder.

— Sieh.

Ela assentiu e olhou para Hymn, que também se apresentou.

— Vou avisar que estão aqui — anunciou a mulher. — Por favor, esperem no saguão.

Ela nos conduziu para uma salinha abafada, com paredes cobertas de painéis de madeira e um elaborado carpete estampado mencheyev no chão. Não havia cadeiras, então ficamos de pé enquanto a mulher fechava a porta e saía.

— Este lugar não parece muito um prostíbulo — falei, indo até a janela para espiar a rua agitada. Senti o gosto do ar e não encontrei nada do que estava esperando, nenhum desejo sexual, embora pudesse ser porque não havia clientes no momento. Mas nenhuma infelicidade também, nem amargura, nem dor. Eu conseguia sentir o cheiro de mulheres, homens e sexo, mas também incenso, papel, tinta e comida boa. Bem mais profissional que sórdido.

— Eles não gostam dessa palavra — murmurou Hymn, se aproximando para podermos conversar. — E já disse, as pessoas que trabalham aqui não são prostitutas, não são pessoas que fazem, qualquer coisa por dinheiro, digo. Algumas das pessoas aqui nem sequer trabalham por dinheiro.

— Quê?

— Foi o que ouvi dizer. E mais, as pessoas que comandam este lugar tão assumindo todos os bordéis da cidade e os fazendo funcionarem do mesmo jeito. Ouvi dizer que é por isso que os Guardiões da Ordem dão a eles tanta liberdade. No fim das contas, o dinheiro de dízimo dos Andarilhos Sombrios é tão brilhante quanto o de qualquer outra pessoa.

— Andarilhos Sombrios? — Escancarei a boca. — Não acredito. Essas pessoas, os proprietários ou sei lá quem, são adoradores de *Nahadoth*?

Não consegui evitar pensar nos adoradores de antes, nos tempos anteriores à Guerra dos Deuses. Tinham sido foliões, sonhadores e rebeldes, tão resistentes à ideia de organização quanto gatos à obediência. Mas os tempos mudaram e dois mil anos de influência de Itempas deixaram certa marca. Agora os seguidores de Nahadoth abriam negócios e pagavam impostos.

— Sim, eles adoram o Nahadoth — confirmou Hymn, me lançando um olhar de tal desafio que entendi no mesmo instante. — Isso te incomoda?

O Reino dos Deuses

Coloquei a mão no ombro ossudo dela. Se pudesse, eu a teria abençoado agora que sabia a quem ela pertencia.

— Por que me incomodaria? Ele é o meu pai.

Hymn pestanejou, mas permaneceu cautelosa, a tensão dela passando de um ombro ao outro.

— Ele é pai da maioria das deidades, não é? Mas nem todas elas parecem gostar dele.

Dei de ombros.

— É alguém difícil de gostar às vezes, puxei isso dele. — Sorri, o que fez Hymn sorrir também. — Mas qualquer um que o honre é meu amigo.

— Bom saber — disse uma voz atrás de mim e fiquei tenso de novo, porque era uma voz que eu nunca mais esperava ouvir. Masculina, de um barítono profundo, despreocupada, cruel. A crueldade estava mais óbvia agora, misturada ao divertimento, porque lá estava eu nos domínios dele, indefeso, mortal, e isso o tornava a aranha e eu, a mosca.

Virei-me devagar, minhas mãos fechando em punhos. Ele sorriu com lábios quase perfeitos e me encarou com olhos que não eram escuros o bastante.

— *Você* — arfei.

O cárcere vivo do meu pai. Meu atormentador. Minha vítima.

— Olá, Sieh — cumprimentou ele. — Bom ver você de novo.

Nunca devia ter acontecido.

A perda de sanidade de Itempas, a morte de Enefa, a derrota de Nahadoth. A Guerra. A separação da nossa família.

Mas aconteceu e eu fui acorrentado dentro de um saco de carne que sorvia, vazava e se debatia, desajeitado como um pedaço de pau, mais indefeso do que quando eu era um recém-nascido. Porque os deuses recém-nascidos eram livres, e eu? Eu não era nada. Menos do que nada. Um escravizado.

Juramos desde o início cuidar uns dos outros, como os escravizados devem fazer. As primeiras semanas foram as piores. Forçados pelos nossos novos senhores, nos matávamos de trabalhar para reparar o mundo mortal destruído... o qual, sendo sincero, tínhamos ajudado a destroçar. Zhakkarn saiu e resgatou todos os sobreviventes, mesmo aqueles enterrados sob escombros ou em parte torrados por lava ou relâmpagos. Eu, que limpava bagunça melhor que qualquer um, reconstruí uma vila em cada terra para abrigar os sobreviventes. Enquanto isso, Kurue fez os mares reviverem e as terras frutificarem outra vez.

(Eles arrancaram as asas dela para forçá-la a fazer isso. Era uma tarefa muito complexa para ser comandada e ela era muito sábia; poderia facilmente encontrar brechas para fugir. As asas tornaram a crescer e eles as rasgaram de novo, mas Kurue suportou a dor em um silêncio frio. Somente

O Reino dos Deuses

quando enfiaram pregos quentes no crânio dela, ameaçando danificar seu cérebro agora vulnerável, ela se rendeu. Kurue não podia suportar ficar sem seus pensamentos, pois era tudo o que ainda tinha.)

Nahadoth, naquele terrível primeiro ano, foi deixado em paz. Isso foi em parte uma necessidade, pois a traição de Itempas o deixara em silêncio e abalado. Nada o fazia reagir; nem palavras, nem chicotadas. Quando os Arameri lhe davam ordens, ele se movia e fazia o que mandavam... nem mais, nem menos. Então se sentava outra vez. Essa quietude não era da natureza dele, sabe. Havia algo tão obviamente errado com a situação que até os Arameri o deixaram em paz.

Mas o outro problema era a imprevisibilidade de Naha. À noite, ele tinha poder, mas bastava enviá-lo para o outro lado do mundo, além da aurora do sol, e ele se transformava em uma carne babona e sem sentido. Ele não tinha nenhum poder naquela forma, não podia nem mesmo manifestar sua própria personalidade. A mente da carne estava tão vazia quanto a de um bebê recém-nascido. No entanto, ainda era perigosa, principalmente quando chegava o pôr do sol.

Porque, à sua maneira, era uma criança, e fiquei encarregado dela.

Odiei desde o começo. Ela se cagava todos os dias, em certas ocasiões mais de uma vez. (Uma das mulheres mortais tentou me mostrar como usar uma fralda; nunca me dei ao trabalho. Apenas deixava a criatura no chão para fazer suas necessidades.) Ela gemia, grunhia e gritava sem parar. Mordia-me até sangrar quando eu tentava alimentá-la; recém-nascida ou não, tinha a carne de um homem, e aquele homem tinha um conjunto completo de dentes fortes e afiados. Da primeira vez que ela fez isso, eu quebrei vários desses dentes com um soco. Eles cresceram de volta na noite seguinte. Ela não me mordeu outra vez.

Aos poucos, porém, passei a aceitar melhor meu dever e, à medida que me afeiçoava pela carne, ela me olhava com seu próprio tipo simples de carinho. Quando começou a andar, me seguia por toda parte. Assim que Zhakka, Rue e eu construímos o primeiro Salão Branco (os Arameri ainda fingiam ser sacerdotes naquela época), a criatura encheu os corredores brilhantes com tagarelice enquanto aprendia a falar. Sua primeira palavra foi o meu nome. Quando fiquei fraco e caí no estado horrível que os mortais chamavam de *sono*, a criatura de carne se aconchegou a mim. Eu tolerava isso porque às vezes, quando anoitecia e ela se tornava meu pai novamente, eu podia me aconchegar, fechar os olhos e imaginar que a Guerra nunca tinha acontecido. Que tudo era como deveria ser.

Mas esses sonhos nunca duraram. A aurora tênue e sem vida sempre retornava e com ela também a minha incumbência irracional.

Se ao menos tivesse ficado irracional... mas não; começou a pensar. Quando os outros e eu investigamos o interior, descobrimos que ela havia começado, como qualquer ser pensante e com sentimentos, a desenvolver uma alma. Pior de tudo, ela (ele) começou a me amar.

E eu, como nunca devia ter feito, comecei a amá-lo de volta.

* * *

Hymn e eu estávamos agora no enorme e ricamente mobiliado escritório da criatura, envolvidos em fumaça nojenta.

— Eu te ofereceria um assento — começou ele, fazendo uma pausa para tragar longamente a coisa queimando entre os lábios, exalando fumaça de maneira branda —, mas duvido que você se sentaria.

Ele gesticulou para as poltronas de couro igualmente lindas diante da mesa. Estava sentado em uma cadeira sofisticada do outro lado.

Hymn, que estivera me lançando olhares preocupados desde que subimos do salão, se sentou. Eu não.

— Meu lorde... — começou ela.

— *Lorde?* — interrompi com escárnio, cruzando os braços.

Ele me olhou, achando graça.

— Hoje em dia a nobreza tem menos a ver com linhagens e amizade com os Arameri e mais a ver com dinheiro. Tenho muito, então sim, isto me torna um lorde. — Ele fez uma pausa. — E meu nome é "Ahad" agora. Você gosta?

Fiz uma careta de deboche.

— Você nem se dá ao trabalho de ser original.

O Reino dos Deuses

— Tenho apenas o nome que você me deu, gentil Sieh. — Ele não mudara. As palavras dele ainda eram como o veludo sobre lâminas. Cerrei os dentes, me preparando para os cortes. — Mas falando em gentileza, está te faltando no momento. Você irritou Zhakkarn de novo? A propósito, como ela está? Sempre gostei dela.

— Como em cinquenta milhões de infernos você está vivo? — bradei. Isso fez Hymn arfar baixinho, mas a ignorei.

O sorriso de Ahad nem vacilou.

— Você sabe exatamente por que estou vivo, Sieh. Você estava lá, lembra? No momento do meu nascimento. — Fiquei tenso. Havia percepção demais nos olhos dele. Ele viu meu medo. — "Vivo", ela disse. Ela mesma era recém-nascida, talvez nem soubesse que a palavra de uma deusa é lei. Mas suspeito de que soubesse.

Relaxei, percebendo que ele se referia ao seu renascimento como um ser completo e independente. Mas quantos anos haviam se passado desde então? Ahad devia ter envelhecido e morrido anos antes, mas ali estava ele, tão são e sadio quanto naquele dia. Melhor, na verdade. Ele estava convencido e bem-vestido agora, os dedos pesados com anéis de prata, o cabelo longo e liso e parcialmente trançado, como o de um bárbaro. Pestanejei. Não, como o de um darre, que era com quem se parecia agora: um homem darre mortal. Yeine o refizera para atender aos gostos dela da época.

Refizera-o.

— O que é você? — perguntei, desconfiado.

Ahad deu de ombros, jogando aquele cabelo preto brilhante por cima do ombro. (Algo nesse movimento me perturbou pela familiaridade.) Então ele ergueu a mão, casualmente, e a fez virar uma névoa preta. Fiquei boquiaberto; o sorriso dele aumentou só um pouquinho. A mão dele retornou, ainda segurando o charuto fedorento, que foi erguido para outra longa tragada.

Lancei-me à frente tão rapidamente e com tanto propósito que Ahad se ergueu para me encarar. Um instante depois, parei diante da almofada radiante do poder dele. Não era um escudo; nada tão específico assim.

203

Apenas a *vontade dele* sendo injetada de força. Ahad não me queria perto dele, nem de sua nova realidade. Junto ao cheiro que extraí perto dele para tentar detectar, confirmei as minhas suspeitas. Para o meu horror.

— Você é uma deidade — sussurrei. — Ela te fez uma *deidade*.

Ahad, agora sem sorrir, ficou em silêncio, e percebi que eu ainda estava mais perto do que ele gostaria. O desagrado dele passou por mim como ondinhas azedas. Dei um passo para trás e ele relaxou.

* * *

Sabe, eu não entendia. O que significava ser mortal: sem descanso, constantemente, sem recursos para os éteres calmantes e dimensões rarefeitas que são o abrigo adequado para o meu tipo. Anos se passaram antes que eu percebesse que estar preso à carne mortal é mais que fraqueza mágica ou física; é uma degradação da mente e da alma. E não lidei bem com isso naqueles primeiros séculos.

Tão fácil tolerar a dor, e por sua vez repassá-la para aqueles mais fracos. Tão fácil olhar nos olhos de alguém que confiou em mim para protegê--lo... e odiá-lo, porque eu não podia.

O que ele se tornou é culpa minha. Pequei contra mim mesmo e não há redenção para isso.

* * *

— Parece que tenho habilidades peculiares agora. E como percebeu, não envelheço. — Ahad fez uma pausa, me olhando de cima a baixo. — O que é mais do que posso dizer a seu respeito. Você cheira a Céu, Sieh, e parece que tem sido torturado por um Arameri de novo. Contudo — ele estreitou os olhos —, é mais que isso, não é? Você exala algo... errado.

Mesmo que Ahad não tivesse se tornado um deus, ele era a última pessoa para quem eu revelaria voluntariamente a minha condição. Mas não havia como esconder agora que ele me vira. Ele me conhecia melhor que qualquer um naquele reino e seria muito mais perigoso se eu tentasse esconder.

O Reino dos Deuses

Suspirei e abanei a mão no ar para dispersar a fumaça. Ela voltou imediatamente.

— Aconteceu uma coisa — falei. — Sim, eu estive no Céu por alguns dias. A herdeira dos Arameri... — Não, eu não queria falar daquilo. Era melhor falar da pior parte. — Parece que estou... — Enfiei as mãos nos bolsos e tentei parecer tranquilo — ... morrendo.

Hymn arregalou os olhos. Ahad (eu já odiava este nome estúpido) pareceu cético.

— Nada pode matar uma deidade, além de demônios e deuses — contestou ele —, e o mundo não tem mais demônios, pelo que ouvi falar. Naha enfim se cansou de seu favoritinho?

Fechei as mãos em punhos.

— Ele vai me amar até o fim dos tempos.

— Yeine então. — Para a minha surpresa, o ceticismo de Ahad desapareceu. — Sim, ela é sábia e de bom coração, mas não te conhecia na época; você fingiu tão bem ser um bom garoto. Ela tem o poder de te fazer mortal, não tem? Se sim, eu a cumprimento por te dar uma morte tão lenta e cruel.

Eu teria ficado mais irritado, se minha própria veia cruel não tivesse vindo à tona.

— O que é isso? Você tem uma paixonite pela Yeine? É inútil, sabe. Ela ama o Nahadoth; você é apenas as sobras dele.

Ahad continuou sorrindo, mas seus olhos ficaram escuros e frios. Era óbvio que ele tinha mais do que apenas um pouco do meu pai nele.

— Você só está com raiva porque nem um deles *te* quer — disse ele.

A sala ficou cinza e vermelha. Com um grito de ódio, fui para cima dele, querendo, acho, parti-lo ao meio com as minhas garras, e me esquecendo por um instante de que eu não as tinha. E me esquecendo, ainda mais estupidamente, de que Ahad era um deus e eu não.

Ele podia ter me matado. Podia ter feito isto por acidente; deidades recém-nascidas não conhecem a própria força. Em vez disso, ele apenas me agarrou pela garganta, me ergueu e me jogou sobre a mesa com tanta força que a madeira rachou.

Enquanto eu grunhia, atordoado pelo golpe e pela agonia de cair em cima de dois pesos de papel, Ahad suspirou e tragou outra vez o charuto com a mão livre. Com a outra, me mantinha preso com facilidade.

— O que ele quer? — Ahad perguntou a Hymn.

Enquanto a minha visão desanuviava, vi que ela havia se levantado e meio que se escondido atrás da cadeira. Com a pergunta dele, Hymn se levantou com cuidado.

— Dinheiro — respondeu. — Ele me enfiou em confusão mais cedo. Disse que precisava me compensar, mas não preciso de nem um dos truques dele.

Ahad riu daquela maneira sem humor como fazia havia uma dúzia de séculos. Eu não conseguia me lembrar da última vez que o vira rir pra valer.

— Não é a cara dele fazer isso? — Ahad sorriu me olhando de cima, e então ergueu a mão. Uma bolsa apareceu nela; ouvi moedas pesadas balançando lá dentro. Sem olhar para Hymn, ele a jogou. Sem pestanejar, ela agarrou a bolsa no ar. — É suficiente? — perguntou quando Hymn desfez o laço para ver o conteúdo. De olhos arregalados, ela assentiu. — Ótimo. Você pode ir agora.

Ela engoliu em seco.

— Estou em apuros por isso? — Hymn me lançou um rápido olhar enquanto eu lutava para respirar sob a mão pesada de Ahad.

— Não, óbvio que não. Como é que você saberia que eu o conheço? — Ele lançou a ela um olhar significativo. — Embora você ainda não saiba de nada, entendeu? A respeito de ele ser quem é e eu ser quem sou. Você nunca o conheceu e nunca veio aqui. Gaste seu dinheiro aos poucos, se quiser mantê-lo.

— Sei disso. — De cara feia, Hymn fez a bolsinha desaparecer. Então, para a minha surpresa, tornou a olhar para mim. — O que vai fazer com ele?

Eu mesmo tinha começado a me perguntar isso. A mão dele estava apertada o bastante para sentir a minha pulsação. Agarrei o pulso dele, tentando soltá-lo, mas era como tentar afrouxar as raízes da Árvore.

Ahad observou os meus esforços com uma crueldade preguiçosa.

— Não decidi ainda — respondeu. — O que importa?

O Reino dos Deuses

Hymn umedeceu os lábios.

— Não quero dinheiro sujo.

Ahad a olhou e deixou o silêncio se arrastar antes de enfim falar. As palavras dele foram mais gentis que seus olhos.

— Não se preocupe — disse ele. — Este aqui é um dos favoritos dos Três. Não sou tolo o bastante para matá-lo.

Hymn inspirou rápido e profundamente... imaginei que fosse para ganhar forças.

— Olha, não sei o que aconteceu entre vocês dois, e não me importo. Eu nunca teria... eu não queria... — Ela parou, respirando fundo. — Vou te devolver o dinheiro. Só deixe que ele venha comigo.

A mão de Ahad me apertou até que eu visse estrelas.

— *Nunca* — disse ele, soando muito como meu pai naquele instante — tente me dar ordens.

Hymn pareceu confusa, mas é óbvio que mortais não percebem a frequência com que falam de modo imperativo; isto é, mortais comuns não percebem. Os Arameri aprenderam isso havia muito tempo, quando os matamos por se esquecerem.

Lutei contra o medo para poder me concentrar. *Deixe-a em paz, maldição! Faça seus joguinhos comigo, não com ela!*

Ahad levou um susto, me lançando um olhar afiado. Eu não fazia ideia do motivo... até que me lembrei de quão jovem ele era, em nossos parâmetros. E isso me lembrou da minha única vantagem contra ele.

Fechando os olhos, fixei os pensamentos em Hymn. Ela era um ponto quente e brilhante no mapa escurecido da minha consciência. Encontrei o poder para protegê-la quando os reviradores vieram. Será que agora eu conseguiria protegê-la de um dos meus emehantes?

O vento soprou pelos buracos da minha alma, frio e elétrico. Não muito; nem perto de ser a quantidade que deveria. Mas era o suficiente. Sorri.

E ergui a mão para agarrar a de Ahad.

— Irmão — murmurei em nossa língua, e ele pestanejou, surpreso por eu conseguir falar. — Compartilhe-se comigo.

Então o absorvi. Incendiamo-nos, branco, verde e dourado, através de um firmamento do mais puro ébano, para baixo, para baixo, para baixo. Aquele não era o meu centro, pois eu nunca confiaria a ele aquele local doce e agudo, mas era perto o bastante. Eu o senti relutar, assustado, enquanto tudo o que eu era (uma torrente, uma corrente) ameaçava devorá-lo. Mas aquela não era a minha intenção. Enquanto girávamos para baixo, eu o agarrei e o mantive perto de mim. Ali sem a carne, eu era o mais velho e o mais forte. Ahad não se conhecia, por isso o dominei com facilidade. Agarrando a frente de sua camisa, sorri para seus olhos arregalados e em pânico.

— Deixe-me ver *você* agora — falei e enfiei a mão em sua boca.

Ahad gritou; uma coisa burra a se fazer naquela circunstância. Só tornou tudo ainda mais fácil. Compactei-me em uma única garra curvada e penetrei o centro dele. Houve um momento de resistência e dor para ambos, porque ele não era eu e todos os deuses são antagônicos uns aos outros em algum nível. Então houve a mais breve pluma de estranhamento quando provei a natureza dele, escura, mas ao mesmo tempo não, densa em memória e ao mesmo tempo crua em sua novidade, desejando, desesperada por algo que ele não queria e não sabia de que precisava, mas se fincou em mim com uma ferocidade que eu não esperava. Jovens deuses não costumam ser tão ferozes. Então era eu quem estava sendo devorado…

Saí dele com um grito e me afastei, me encolhendo de agonia enquanto Ahad tropeçava e caía sobre a cadeira vazia. Eu o ouvi emitir um som como o de um soluço, uma vez. Então ele inspirou fundo, controlando-se.

Sim, eu esquecera. Ele não era novo de verdade. Sequer era novo, como Yeine. Como um mortal, ele vira milhares de anos antes de seu renascimento efetivo. E, naquela época, suportara infernos que teriam destruído a maioria dos mortais. Tinham *o destruído*, mas Ahad se consertara, se tornando mais forte. Ri comigo mesmo enquanto a dor de quase me tornar outra coisa enfim começou a passar.

— Você nunca muda, não é? — Minha voz estava rouca. Ele deixara marcas de dedos em volta do meu pescoço. — Sempre tão difícil.

O Reino dos Deuses

A resposta de Ahad foi um xingamento em um idioma extinto, embora eu tenha ficado satisfeito em perceber o cansaço na voz dele também.

Levantei-me devagar. Cada músculo do meu corpo doía, junto com o local onde eu batera a cabeça. Houve movimento na minha visão periférica: Hymn. Voltando à sala, depois de, sabiamente, ter saído dela enquanto duas deidades lutavam. Fiquei surpreso, dado o conhecimento dela a nosso respeito, que ela não tivesse saído da casa e da vizinhança também.

— Vocês acabaram? — questionou ela.

— Acabamos — respondi, me sentando na beirada da mesa. Em breve eu precisaria dormir, mas primeiro precisava fazer as pazes com Ahad, se ele permitisse.

Ele estava me encarando agora, da cadeira. Quase recuperado, embora o cabelo estivesse bagunçado e ele tivesse perdido o charuto. Eu o odiei ainda mais por um momento, então suspirei e deixei pra lá. Deixei tudo pra lá. A vida mortal era curta demais.

— Não somos mais escravizados — falei suavemente. — Não precisamos mais ser inimigos.

— Não éramos inimigos por causa dos Arameri — bradou ele.

— Éramos sim. — Sorri, o que o fez pestanejar. — Você sequer teria existido se não fosse por eles. E eu... — Se eu permitisse, a vergonha viria. Eu nunca permitira antes, mas tanta coisa havia mudado desde aquele tempo. Nossas posições estavam invertidas: ele era um deus, eu não. Eu precisava dele, ele não precisava de mim. — Eu teria pelo menos... teria tentado ser melhor...

Mas então Ahad me surpreendeu. Ele sempre foi bom nisso.

— Cale-se, seu tolo — disse ele, se levantando com um suspiro. — Não seja mais um pé no saco do que já é.

Pestanejei.

— Como é?

Ahad se aproximou, me surpreendendo ainda mais. Por séculos, ele não gostara de ficar perto de mim. Colocando as mãos na mesa em ambos os lados dos meus quadris, ele se inclinou para me encarar.

— Você acha mesmo que sou tão mesquinho a ponto de ainda estar com raiva de você depois de todo esse tempo? Ah, não... na verdade, não é isso. — O sorriso dele vacilou e talvez fosse a minha imaginação que os dentes dele tenham ficado mais afiados por um momento. *Esperei* que fosse, porque a última coisa de que ele precisava era uma natureza animal. — Não, acho que você está tão convencido da sua própria importância que não descobriu ainda. Então me deixe explicar: *não me importo com você*. Você é irrelevante. Odiar você seria um desperdício da minha energia!

Eu o encarei, chocado com a sua veemência e, devo admitir, magoado. E mesmo assim...

— Não acredito em você — murmurei.

Ahad piscou.

Então se afastou da mesa com tanta força que ela cambaleou um pouco, quase me derrubando. Observei enquanto ele ia até Hymn, a agarrava pela gola da camisa e a arrastava até a porta, abrindo-a.

— Não vou matá-lo — garantiu ele, empurrando Hymn com tanta força que ela tropeçou ao ser solta. — Não vou fazer nada além de me deliciar com a morte prolongada e humilhante dele, a qual não tenho motivo algum de apressar. Então seu dinheiro é limpo e você pode tirar este peso da sua consciência. Fique satisfeita de ter escapado antes que ele arruinasse a sua vida. Agora dê o fora! — E Ahad bateu a porta na cara dela.

Eu o encarei enquanto ele se virava para mim, inspirando fundo e devagar para se recompor. Como eu conhecia a alma dele, soube o momento em que ele tomou uma decisão. Talvez já tivesse adivinhado a minha.

— Quer tomar algo? — perguntou enfim, forçando uma educação.

— Crianças não devem beber — respondi automaticamente.

— Que bom que você não é mais criança, então.

Recuei.

— Eu, hã, não tomo álcool há alguns séculos — falei com cuidado, testando essa nova e frágil paz entre nós. Era tão fina quanto a tensão na superfície de uma poça de água, mas se avançássemos com cuidado, talvez conseguíssemos. — Você tem alguma coisa, hã...

O Reino dos Deuses

— Para os patéticos? — Ele bufou, indo até um bonito armário de madeira, que tinha mais ou menos umas doze garrafas. Todas elas estavam cheias de líquidos fortes com cores intensas. Coisas para homens, não garotos. — Não. Receio que seja matar ou morrer.

Provavelmente eu morreria. Olhei para as garrafas e me comprometi com o caminho da trégua com um suspiro pesado.

— Sirva-me então — falei, e ele serviu.

* * *

Depois de um tempo, depois de me lembrar, infelizmente tarde demais, que vomitar é muito, muito pior que defecar, me sentei no chão onde Ahad me deixara e lancei a ele um olhar longo e duro.

— Você quer algo de mim — falei. Acreditei ter falado com nitidez, embora os meus pensamentos estivessem embaralhados.

Ahad ergueu uma sobrancelha de maneira requintada, nem um pouco tonto. Um servente já havia levado embora a lixeira com o meu vômito. Embora as janelas estivessem abertas, o fedor do charuto de Ahad era melhor que a alternativa, então não me importei desta vez.

— Você também quer — respondeu ele.

— Sim, mas meus desejos são sempre coisas simples. Nesse caso, quero dinheiro, mas como eu na verdade o queria para Hymn e você já deu a ela, isso essencialmente resolve o problema. *Seus* desejos nunca são simples.

— Hum. — Não acho que o agradei com o que disse. — E ainda assim você está aqui, o que implica que você quer algo mais.

— Cuidado durante minha frágil senescência. Vou levar mais cinquenta ou sessenta anos para morrer, durante os quais vou precisar de cada vez mais quantidade de comida, abrigo e... — Olhei para a garrafa na mesa entre nós, pensando — ... outras coisas. Mortais usam dinheiro para obter essas coisas. Estou me tornando mortal, portanto precisarei de uma fonte constante de dinheiro.

— Um emprego. — Ahad riu. — Minha governanta pensou que poderia ser um bom cortesão, se você se limpasse um pouco.

A ofensa me atingiu através da nuvem do álcool.

211

— Sou um deus!

— Quase um terço de nossos cortesãos são deidades, Sieh. Você não sentiu a presença da família quando entrou? — Ele gesticulou para o prédio, a mão parando em si mesmo, e fiquei envergonhado porque, na verdade, eu não sentira nem ele nem ninguém. Mais provas da minha fraqueza. — Um bom número dos nossos clientes também são deidades, que têm curiosidade sobre os mortais, mas são medrosas ou orgulhosas demais para admitir. Ou que apenas querem a libertação do sexo sem sentido nem demandas. Sabe, não somos tão diferentes deles quando se trata deste tipo de coisa.

Estendi a mão para tocar o mundo ao meu redor o melhor que pude, mesmo com os meus sentidos dormentes e instáveis. Pude então sentir alguns dos meus irmãos. A maioria era os mais jovens. Lembrei-me da época em que estive fascinado pelos mortais, especialmente crianças, com quem eu amava brincar. Mas alguns dos meus semelhantes eram atraídos por adultos e com isso vinham os desejos adultos.

Como o gosto da pele de Shahar.

Balancei a cabeça; um erro, visto que a náusea ainda não tinha passado. Falei alguma coisa para me distrair:

— Nós nunca precisamos dessas coisas, Ahad. Quando queremos um mortal, aparecemos em algum lugar, escolhemos um e o mortal nos dá o que queremos.

— Sabe, Sieh, tudo bem você não ter prestado atenção no mundo. Mas você não deveria *falar* como se tivesse.

— Quê?

— Os tempos mudaram. — Ahad parou para tomar um gole de um líquido vermelho incandescente num copo quadrado. Eu parara de beber aquele depois do primeiro gole porque mortais podiam morrer de coma alcoólico. Ahad manteve o líquido na boca por um momento, saboreando a ardência, antes de continuar: — Os mortais, com exceção dos hereges, passaram séculos acreditando em Itempas e nada mais. Eles não sabem o que aconteceu com ele, os Arameri esconderam muito bem essa informação, assim como nós, deidades, mas eles sabem que *algo* mudou. Eles

O Reino dos Deuses

não são deuses, mas ainda conseguem ver as novas cores da existência. E agora entendem que nosso tipo é poderoso, admirável, mas falho. — Ele deu de ombros. — Uma deidade que quer ser adorada ainda consegue encontrar seguidores, óbvio. Mas não muitos. E a verdade, Sieh, é que a maioria de nós não *quer* ser adorada. Você quer?

Pestanejei, surpreso, pensando no assunto.

— Não sei.

— Você pode querer, sabe. As crianças de rua juram por você quando dizem o nome de algum deus. Algumas delas até rezam para você.

Sim, eu as ouvia, embora nunca tivesse feito nada para encorajar o interesse delas. Já tive milhares de seguidores, mas atualmente me surpreendia por eles se lembrarem. Dobrei os joelhos e abracei as pernas, enfim entendendo o que Ahad queria dizer.

Assentindo como se eu tivesse exposto os pensamentos em voz alta, Ahad continuou:

— O restante dos nossos clientes são nobres, mercadores ricos, plebeus muito sortudos; qualquer um que sempre quisera visitar o paraíso antes da morte. Até nossos cortesãos mortais já estiveram com deuses o bastante para terem adquirido certa técnica etérea.

Ahad sorriu um sorriso de comerciante, embora o humor não tenha tocado seus olhos sequer uma vez.

— É isso o que você vende. Não sexo, mas divindade. — Franzi a testa. — Deuses, Ahad, pelo menos a adoração é *de graça.*

— Nunca foi de graça. — O sorriso dele desapareceu. Não tinha sido real mesmo. — Cada mortal que ofereceu uma devoção a um deus queria *algo* em troca... bênçãos, um lugar garantido no paraíso, prestígio. E todo deus que demandava adoração esperava lealdade e mais, em troca. Então por que não podemos ser honestos sobre o que estamos fazendo? Pelo menos aqui, os deuses não mentem.

Recuei, como ele quisera que acontecesse. Lâminas. Ahad prosseguiu:

— Quanto aos nossos residentes, como os chamamos, não há estupro nem coerção aqui. Nenhuma dor, a não ser que seja mutuamente concordado entre o cliente e o residente. Também não há julgamentos. — Ele parou, me olhando de cima a baixo. — A governanta geralmente tem um bom olho para novos talentos. Será uma pena dizer a ela que estava errada no seu caso.

Não foi totalmente por conta do álcool que me endireitei, com o orgulho ferido.

— Eu poderia ser um prostituto *maravilhoso*.

Os deuses sabiam que eu tinha prática suficiente.

— Ah, mas acho que você seria incapaz de evitar contemplar o assassinato violento de qualquer cliente que o reivindicasse. O que, dada a sua natureza e a imprevisibilidade da magia, poderia realmente causar tal morte. Isso não é bom para os negócios. — Ele fez uma pausa e a frieza do sorriso dele não foi só fruto da minha imaginação. — Tenho o mesmo problema, o que descobri por acidente.

Houve um longo silêncio entre nós. Não foi uma recriminação. Era apenas que tal afirmação agitava os sedimentos do passado e era natural esperar que se assentassem antes de continuarmos.

Mudar o assunto também ajudava.

— Podemos discutir a questão do emprego mais tarde. — Porque eu tinha quase certeza de que ele me contrataria. O otimismo irracional é um elemento fundamental da infantilidade. — Então o que é que você quer?

Ahad juntou os dedos, apoiando os cotovelos nos braços da bela cadeira de couro. Ponderei se isso era um sinal de nervosismo.

— Achei que você adivinharia. Considerando quão facilmente você me derrotou em... — Ele pausou, franzindo a testa, então enfim entendi.

— Nenhum idioma mortal tem as palavras para isso — expliquei com cuidado. Eu teria que falar de maneira diplomática e isso nunca foi fácil para mim. — No nosso reino, não há necessidade de palavras. Naturalmente você aprendeu alguma coisa do nosso idioma com o passar dos séculos...

Deixei a pergunta se apresentar sozinha e Ahad fez uma careta.

— Não muito. Eu não conseguia ouvir... sentir... — Ele teve dificuldade de dizer em senmata, provavelmente por teimosia. — Eu era como

O Reino dos Deuses

qualquer outro mortal antes que Yeine fizesse isso comigo. Tentei falar suas palavras algumas vezes, morri algumas vezes, até que parei de tentar.

— *Suas* palavras agora. — Observei Ahad absorver isso e a expressão dele ficou absolutamente impassível. — Posso ensinar o idioma, se quiser.

— Há várias dúzias de deidades vivendo em Sombra — respondeu ele, rápido. — Se e quando eu julgar este conhecimento valioso, posso aprender com elas.

Estúpido, pensei, mas não falei, assentindo como se eu pensasse que a ignorância deliberada fosse uma boa ideia.

— Você tem um problema maior, de qualquer jeito.

Ahad não disse nada, me observando. Ele poderia fazer isso por horas, eu sabia; algo que ele aprendera em seus anos no Céu. Eu não fazia ideia se ele sabia ou não o que eu estava prestes a dizer.

— Você não conhece a sua natureza.

Foi assim que eu soubera como podia subjugá-lo ou pelo menos como tirá-lo de cima de mim, na disputa de nossas vantagens. A reação dele ao toque dos meus pensamentos denunciara: eu vira recém-nascidos mortais fazerem o mesmo com o toque de um dedo. Uma sacudida rápida e repentina, um olhar agitado para determinar *o que e como e por que* e *vai me machucar?* Apenas conhecer a si mesmo melhor e entender seu lugar no mundo tornava o toque do outro mundano.

Depois de um momento, Ahad assentiu. Isso também foi um gesto de confiança entre nós. Nos velhos tempos, ele nunca teria revelado tamanha fraqueza para mim.

Suspirei e me levantei, cambaleando apenas um pouco enquanto me colocava de pé, e fui até a cadeira dele. Desta vez, Ahad não se levantou, mas ficou notavelmente menos relaxado conforme eu me aproximava, até que parei.

— Não vou machucá-lo — falei, debochando do nervosismo dele. Por que ele não podia ser um babaca sem coração o tempo todo? Por pena, eu nunca poderia odiá-lo. — Os Arameri o feriram mais do que eu.

Muito, muito baixinho, Ahad respondeu:

— *Você deixou que eles fizessem isso.*

Eu não podia dizer nada, porque era verdade. Então só fiquei parado lá. Aquilo nunca funcionaria se começássemos a desenterrar velhas mágoas. Ele também sabia disso. Por fim, relaxou, e dei um passo para me aproximar mais.

— Todos os deuses devem aprender quem e o que são por si mesmos — falei. Tão gentilmente quanto pude – minhas mãos estavam calejadas e sujas pelos meus dias no beco – segurei o rosto dele. — Só você pode definir o significado e o limite da sua existência. Mas, às vezes, nós que já nos encontramos podemos dar aos novos uma pista.

Eu já tinha conseguido a pista durante a nossa breve luta metafísica. Aquela necessidade feroz e devoradora dele. Pelo quê? Olhei em seus olhos estranhamente mortais (estranho porque ele nunca foi de fato mortal, mas mortalidade era tudo o que ele conhecia) e tentei entendê-lo. O que eu deveria ter sido capaz de fazer, porque eu estava lá quando ele nasceu. Eu tinha visto seus primeiros passos e ouvido suas primeiras palavras. Eu o tinha amado, ainda que...

A náusea me atingiu mais rápido que nunca, porque o álcool já havia me enjoado. Mal consegui me virar e cair no chão antes que eu estivesse vomitando, gritando, tremendo, porque as minhas pernas estavam tentando se sacudir e a minha coluna estava tentando se curvar para trás enquanto meu estômago tentava expulsar o veneno que eu ingerira. Mas aquele veneno não era físico.

— No fim das contas, ainda uma criança. — Ahad suspirou no meu ouvido, a voz era um murmúrio baixo que passou pelo meu grito estrangulado com facilidade. — Devo te chamar de irmão mais velho ou mais novo? Suponho que não importe. Você nunca vai crescer por completo, não importa quão velho se pareça. Irmão.

Irmão. Irmão. Não uma criança, não

esqueça

Ahad não era meu filho, nem mesmo no sentido figurado, porque

esqueça

O Reino dos Deuses

Porque um deus da infância não podia ser pai, nem se quisesse *ser*, e *esqueçaesqueçaesqueça*

Irmão. Ahad era meu irmão. Meu novo irmãozinho, o primeiro filho de Yeine. Nahadoth estaria... bem, não orgulhoso, provavelmente. Mas achando graça.

Meu corpo relaxou. A agonia passou o suficiente para que eu parasse de gritar, para que os espasmos cessassem. Não havia nada no meu estômago mesmo. Fiquei deitado ali, aos poucos voltando a mim conforme o horror passava, então inspirei uma vez, cauteloso. E mais uma.

— Obrigado — sussurrei.

Ahad, se agachando sobre mim, suspirou. Ele não disse *disponha*, porque não estava à disposição e ambos sabíamos. Mas ele fora gentil comigo quando não precisava ser e eu tinha que reconhecer isso.

— Você está sujo, fedido e parece esterco — disse ele. — Visto que é inútil demais para se mandar daqui como deveria, não tenho escolha a não ser te aguentar durante esta noite. Mas não se acostume; quero você vivendo em outro lugar depois disso. — Ele se levantou e se afastou, provavelmente para encontrar um servente e fazer os preparativos para a minha estada.

Quando voltou, eu tinha conseguido (mais ou menos) me apoiar nos joelhos. Ainda estava trêmulo. De maneira estranha, a minha barriga agora insistia que precisava ser preenchida outra vez. *Para dentro ou para fora*, falei com ela, que não me ouviu.

Ahad se agachou diante de mim outra vez.

— Interessante.

Consegui erguer o olhar para ele. A expressão dele não entregava nada, mas ele levantou a mão e conjurou um pequeno espelho. Eu estava cansado demais até para invejar o gesto. Ele ergueu o espelho para me mostrar o meu rosto.

Eu envelhecera. O rosto que me olhava era mais longo, mais magro, com a mandíbula mais forte. Os pelos no meu queixo não eram mais fofos e quase invisíveis; tinham ficado mais escuros, mais longos, os precursores ralos de uma barba. No final da adolescência, em vez de no estágio mediano onde eu estivera. Dois anos da minha vida se passaram? Três? De qualquer jeito, tinham se passado.

— Talvez eu devesse ficar lisonjeado — disse Ahad —, que você se lembra dos velhos tempos com tanto carinho.

As palavras dele patinavam nos limites do perigo, mas eu estava cansado demais para temer de verdade. Ele poderia me matar, se quisesse, e já o teria feito a essa altura, se fosse sua intenção. Ahad apenas gostava de exibir seu poder.

De repente, isso pareceu injusto demais.

— Odeio isso — falei, sem me importar se ele ouviria. — Odeio que não sou nada agora.

Ahad balançou a cabeça, não tão irritado, e sim um pouco surpreso. A mão dele buscou a parte de trás da minha camisa e me puxou para ficar de pé.

— Você não é "nada". Você é mortal, o que é bem mais que nada. Quanto mais cedo aceitar isso, melhor você ficará. — Ele pegou um dos meus braços, segurando-o para cima, e fez um som de nojo. — Você precisa *comer*. Comece a cuidar do seu corpo se quer que ele dure pelos poucos anos que restam. Ou você prefere morrer agora?

Fechei os olhos, deixando o corpo pender com seu toque.

— Não quero ser mortal. — Eu estava choramingando. Foi bom perceber que eu ainda conseguia, não importando o quanto tinha crescido.

— Os mortais mentem quando dizem te amar. Eles esperam até que você confie neles, então te esfaqueiam, e torcem a faca lá dentro para garantir que te mate.

Houve um momento de silêncio, durante o qual fechei os olhos e de verdade considerei chorar. Acabou quando a porta do escritório se abriu e dois serventes entraram, e quando Ahad me deu um bom tapa na bochecha que não foi uma repreensão *muito* gentil.

— Deuses fazem isso também — irritou-se ele —, então você está ferrado, não importa a direção que tome. Cale a boca e lide com isto.

Então Ahad me jogou nos braços dos serventes e eles me levaram embora.

Eu A-M-O você, amo você
Vou B-E-I-J-A-R você, beijar você
Então o empurrei na lagoa
E ele engoliu uma cobra
E acabou com dor de barriga

* * *

Os serventes me levaram para uma grande e suntuosa sala de banho com bancos encantadores que cheiravam a sexo, apesar das almofadas recém-lavadas. Eles me despiram, jogando minhas roupas velhas em uma pilha para serem queimadas, e me esfregaram com eficiência descuidada, me enxaguando com água perfumada. Então me vestiram com um roupão, me levaram para um quarto e me deixaram dormir o dia inteiro e até tarde da noite. Não sonhei.

Acordei pensando que a minha irmã Zhakkarn estava usando a minha cabeça como alvo, embora ela jamais fosse fazer uma coisa dessa. Quando consegui me sentar, o que foi difícil, pensei na náusea outra vez. Uma refeição que já esfriara havia muito e uma jarra de água em temperatura ambiente estavam em um aparador do quarto, então decidi por ingerir, em vez de ejetar, e me esforcei severamente. A comida estava boa, o que ajudou. Ao lado, havia um pequeno prato com um pouco de pasta branca grossa e um cartão de papel, no qual elegantes letras em blocos diziam: "coma". A caligrafia era familiar, então suspirei e provei a pasta. O rato do beco estava mais rançoso, mas não muito. Ainda assim, como eu era um hóspede na casa de Ahad, prendi a respiração e engoli o restante, em seguida comi mais comida na tentativa de amenizar o gosto amargo. Não funcionou. No entanto, comecei a me sentir melhor, então tive o prazer de confirmar que era remédio, não veneno.

Roupas limpas também haviam sido preparadas para mim. Por sorte, eram triviais: calça cinza larga, camisa bege, jaqueta marrom, botas marrons. Trajes de servente, talvez, visto que eu suspeitava de que isto apeteceria o senso de crueldade de Ahad. Vestido, abri a porta do quarto.

E logo parei, ouvindo os sons de riso e música lá embaixo. Noite. Por um momento, o desejo de pregar uma dúzia de peças indecentes e cruéis foi quase insuportável e senti um pouco do poder com o pensamento. Seria tão fácil trocar todos os óleos sensuais da casa por óleo de pimenta picante e fazer as camas cheirarem a mofo, em vez de desejo e perfume. Mas eu estava mais velho agora, mais maduro, e a vontade passou. Senti uma breve tristeza.

Antes que eu pudesse fechar a porta, duas pessoas subiram as escadas, rindo juntas em meio à intimidade despreocupada de velhos amigos ou novos amantes. Uma delas virou a cabeça e congelei quando nossos olhares se encontraram. Egan, uma das minhas irmãs, com o braço ao redor da cintura de um mortal. Eu o analisei e o dispensei com um olhar: roupas sofisticadas, de meia-idade, bêbado. Voltei a focar em Egan, que franzia o cenho.

— Sieh. — Ela me olhou de cima a baixo e deu um sorrisinho. — Então os boatos são verdadeiros, você voltou. Dois mil anos de carne mortal não foram suficientes para te satisfazer?

Houve uma época em que Egan tinha sido adorada por um grupo étnico do deserto de Senm leste. Ela os ensinara a tocar música que podia trazer chuva e em troca eles esculpiram a face de uma montanha para fazer uma estátua dela. Aquelas pessoas estavam mortas agora, absorvidas para dentro do clã amnie durante uma das suas muitas campanhas de conquista antes da Guerra. Depois da Guerra, eu mesmo destruíra a estátua de Egan, sob ordens dos Arameri para eliminar qualquer coisa que blasfemasse contra Itempas, não importando a beleza. E lá estava a original em carne e osso, com a mão de um homem amnie no seio dela.

— Estou aqui por acidente — falei. — Qual é a sua desculpa?

Ela ergueu uma sobrancelha graciosa, em um bonito rosto amnie. Era um rosto novo, é óbvio. Antes da Guerra, ela parecera mais como o povo do grupo do deserto. Nós dois ignoramos o mortal, que agora começara a tentar mordiscar o pescoço dela.

— Tédio — respondeu ela. — Experiência. O de sempre. Durante a Guerra, foram aqueles que passaram mais tempo entre os mortais, definindo suas naturezas, que melhor sobreviveram. — Ela estreitou os olhos. — Não que você tenha ajudado.

— Eu lutei contra o desequilibrado que destruiu a nossa família — falei, cansado. — E sim, lutei contra qualquer um que o ajudou. Não entendo por que todo mundo age como se eu tivesse feito algo terrível.

— Porque você, todos vocês que lutaram pelo Naha, se perderam no processo — respondeu Egan com escárnio, o corpo ficando tenso com tanta fúria que o companheiro dela ergueu a cabeça e pestanejou, surpreso. — Ele te infestou com a fúria dele. Você não apenas matou aqueles com quem lutou; você matou todos que tentaram te deter. Qualquer um que implorou por calma, se você achava que eles deveriam estar lutando. Mortais, se eles tivessem a audácia de te pedir ajuda. Em nome do Turbilhão, você age como se Tempa fosse o único que tivesse perdido a sanidade naquele dia!

Eu a encarei, a fúria tomando conta de mim, e então, de repente, cessou. Eu não consegui mantê-la. Não enquanto eu ainda estava ali com a cabeça doendo pelo álcool e por ter apanhado de Ahad no dia anterior, e minha pele pinicando enquanto salpicos infinitesimais dela morriam; alguns se renovavam, outros se perdiam para sempre, todos se tornando aos poucos mais secos e menos elásticos, até que um dia não seriam nada além de rugas e manchas. O amante de Egan tocou o ombro dela para tentar acalmá-la, um gesto patético, mas pareceu surtir algum efeito, porque ela relaxou só um pouquinho e sorriu com tristeza para ele, como se para se desculpar por acabar com o clima. Isto me fez pensar em Shahar, e como eu estava solitário, e como eu estaria solitário pelo resto da minha impiedosamente breve vida.

É muito, muito difícil manter um ressentimento de dois mil anos no meio de tudo aquilo.

Balancei a cabeça e me virei para voltar ao meu quarto. Mas pouco antes de eu fechar a porta, ouvi a voz de Egan:

— Sieh. Espere.

Com cautela, tornei a abrir a porta. Ela estava franzindo a testa de novo.

— Tem algo diferente em você. O que é?

Balancei a cabeça de novo.

— Nada com o que deva se preocupar. Olha... — Pensei de repente que eu nunca teria chance de dizer isso para ela ou para qualquer um dos meus irmãos. Eu morreria com tanta coisa pendente. Não era justo.

— Desculpe, Egan. Sei que isso não significa nada depois de tudo o que aconteceu. Eu queria... — Queria tantas coisas. Ri um pouquinho. — Deixa pra lá.

— Você vai trabalhar aqui? — Ela acariciou as costas do mortal; ele suspirou e se inclinou contra ela, feliz de novo.

— Não. — Então me lembrei dos planos de Ahad. — Não... assim. — Gesticulei para ela com o queixo. — Sem ofensa, mas não gosto muito de mortais no momento.

— Compreensível, depois de tudo o que passou. — Pisquei, surpreso, e ela sorriu um pouquinho. — Nem um de nós gostou do que Itempas fez, Sieh. Mas na época, prender você parecia ser a única decisão coerente que ele tomou depois de tanto desatino. — Ela suspirou. — Todos tivemos um longo tempo para refletir como a decisão foi errada. E então... bem, você sabe como ele é no que diz respeito a mudar de ideia.

Ela queria dizer que ele *não mudava* de ideia.

— Eu sei.

Egan deu uma olhada no mortal, pensativa, então em mim. Depois, para o mortal de novo.

O Reino dos Deuses

— O que você acha?

O homem pareceu surpreso, mas satisfeito. Ele me olhou e de repente me dei conta do que eles estavam considerando. Não consegui deixar de ficar envergonhado, o que fez o homem sorrir.

— Acho que seria bom — respondeu ele.

— Não — falei rapidamente. — Eu... hã... obrigado. Posso ver que vocês têm boas intenções... mas não.

Egan sorriu, me surpreendendo, porque no sorriso havia mais compaixão do que eu esperava ver.

— Quanto tempo faz que está sozinho? — perguntou ela.

Não consegui responder, porque não conseguia me lembrar da última vez que eu fizera amor com outro deus. Nahadoth, mas aquilo não tinha sido a mesma coisa. Ele tinha estado diminuído, enfiado na carne mortal, desesperado em sua solidão. Aquilo não fora fazer amor; fora pena. Antes disso, pensei que pudesse ter sido...

esqueça

Zhakka, talvez? Selforine? Elishad... não, isso acontecera muito antes, quando ele ainda gostava de mim. Gwn?

Talvez seja bom me perder em outro por um tempo. Deixar um semelhante pegar a minha alma e me dar conforto. Não seria?

Como eu fizera por Shahar.

— Não — repeti, mais baixinho. — Não agora... não ainda. Obrigado.

Egan me olhou por um longo tempo, talvez vendo mais do que eu queria que ela visse. Ela conseguia perceber que eu estava me tornando mortal? Outro motivo para não aceitar a oferta... ela saberia. Mas pensei que talvez aquele não fosse o real motivo para o olhar dela. Ponderei se talvez, apenas talvez, ela ainda se importava.

— A oferta permanece para quando você mudar de ideia — disse ela, sorrindo. — Mas pode ser que você tenha que compartilhar. — Virando-se para sorrir para o mortal, eles prosseguiram, indo em direção ao próximo andar.

Meus movimentos tinham sido notados. Quando me virei, o servente que subira em silêncio fazia uma reverência para mim.

— Lorde Sieh? O Lorde Ahad pediu que o senhor vá ao escritório dele quando estiver pronto.

Apoiei a mão no quadril.

— Sei muito bem que ele não *pediu*.

O servente fez uma pausa e então pareceu achar graça.

— O senhor também não deve querer saber a palavra que ele usou no lugar do seu nome.

Eu o segui escada abaixo. Durante estas horas da noite, ele explicou baixinho, apenas os cortesãos ficavam visíveis; isso era necessário para manter a ilusão de que a casa continha nada além de lindas criaturas oferecendo prazer livre de culpa. A visão de serventes lembrava à clientela de que o Armas da Noite era um negócio. A visão de pessoas como eu (um tipo diferente de servente, ele não disse, mas eu podia adivinhar) os lembrava de que o negócio era um de muitos, cujos donos tinham muitos interesses.

Então ele me levou para o que parecia ser um armário, que levava a uma escadaria larga e pouco iluminada. Outros serventes e ocasionais cortesãos mortais passavam para lá e para cá, todos sorrindo e se cumprimentando amavelmente ao passarem. (Tão diferentes dos serventes do Céu.) Quando chegamos ao térreo, o servente me levou por uma curta passagem intricada que me lembrou dos meus espaços mortos, então abriu uma porta que parecia ter sido recortada da parede crua de madeira.

— Aqui, Lorde Sieh.

Previsivelmente, estávamos de volta ao escritório de Ahad. Imprevisivelmente, ele não estava sozinho.

A jovem que estava sentada na cadeira em frente a Ahad teria sido impressionante mesmo se não fosse bonita. Isso era em parte porque ela era maronesa e em parte porque era muito alta para uma mulher, mesmo sentada. A nuvem de cabelo preto em volta de sua cabeça só aumentava os centímetros com os quais ela superava o encosto alto da cadeira. Mas também era elegante em forma e porte, a presença acentuada pela tênue fragrância de perfume de flor de hiras. Ela se vestia como uma ninguém,

O Reino dos Deuses

com uma saia longa indescritível e jaqueta, usando botas velhas e gastas, mas se portava como uma rainha.

Quando entrei, ela estivera sorrindo para algo que Ahad dissera. Os olhos dela se fixaram em mim de maneira desconcertantemente atenta e seu sorriso cedeu para algo mais frio e cauteloso. Tive a súbita sensação aguda de estar sendo avaliado e considerado insuficiente.

O servente fez uma reverência e saiu, fechando a porta atrás de mim. Cruzei os braços e a observei, esperando. Eu não estava tão mudado a ponto de não reconhecer o poder quando sentia o cheiro dele.

— O que é você? — perguntei. — Arameri ilegítima? Escriba? Mulher nobre disfarçada para poder visitar o bordel em paz?

Ela não respondeu. Ahad suspirou e apertou o dorso do nariz entre dois dedos.

— Glee é parte do grupo que é proprietário e apoia o Armas da Noite, Sieh — explicou ele. — Ela veio te ver, na verdade, para garantir que você não vai atrapalhar o investimento que ela e os parceiros já fizeram. Se ela não gostar de você, seu ridículo, você não fica.

Isso me fez franzir o cenho, confuso.

— Desde quando uma deidade obedece a um mortal? Isto é, de maneira voluntária.

— Desde que deidades e mortais começaram a ter objetivos mútuos — respondeu a mulher. A voz dela era baixa e constante, como as ondas mornas do oceano, e mesmo assim as palavras dela foram enunciadas com tanta precisão que eu poderia ter me cortado com ela. O sorriso dela foi tão afiado quanto quando me virei para ela. — Imagino que tais arranjos fossem bastante comuns antes da Guerra dos Deuses. Neste caso, o relacionamento é menos supervisório e mais... de parceria. — Ela olhou para Ahad. — Parceiros devem concordar em decisões importantes.

Ele assentiu de volta, com apenas uma sombra de seu habitual sorriso sarcástico. Ela sabia que ele a esfaquearia sem hesitar se isso o beneficiasse mais do que a cooperação deles? Esperava que sim e abri os braços para deixá-la me analisar.

— Bem? Você *gosta* de mim?

— Se fosse uma questão de aparência, a resposta seria não. — Irritado, abaixei os braços e ela sorriu, embora eu não achasse que ela estivesse brincando. — Você não me agrada nem um pouco. Por sorte, a aparência não é minha única maneira de determinar valor.

— Ela tem um trabalho para você — informou Ahad. Ele fez a cadeira girar para me encarar, reclinando-se e colocando um pé sobre a mesa. — Um tipo de teste. Para ver se seus talentos únicos podem ser utilizados.

— Que demônios de teste? — Eu estava afrontado pela ideia.

A mulher (Glee? Um nome estranhamente alegre para uma mulher maronesa) ergueu uma sobrancelha perfeitamente arqueada de maneira que pareceu inexplicavelmente familiar.

— Eu gostaria de enviar você para se encontrar com Usein Darr, descendente do barão atual. Você está familiarizado com os atuais eventos políticos no Norte?

Tentei me lembrar das coisas que ouvi quando estivera no Céu. Então, pensei na imagem dos corpos de Nevra e Criscina Arameri.

— Você quer que eu descubra mais sobre esta nova magia — falei. — Estas máscaras.

— Não. Sabemos o que são.

— Sabem?

Glee juntou as mãos e o senso de familiaridade cresceu. Eu nunca a encontrara antes; tinha certeza. Muito estranho.

— As máscaras são arte — explicou ela. — Especificamente derivadas de um método de oração mencheyev-darren que antecede o Iluminado, que eles mantiveram em segredo para evitar perseguição. Certa vez, eles dançaram suas exortações e louvores aos deuses, com cada dançarino usando uma máscara para atuar em papéis específicos e contextualizados. Cada dança requeria desses papéis certas interações e um entendimento comum dos arquétipos que representavam. A Mãe, por exemplo, simbolizava amor, mas também justiça; era na verdade uma representação da morte. A Pesarosa era usada por uma pessoa raivosa e orgulhosa, que cedo ou tarde cometeria grandes males e se arrependeria do que fizera. Entendeu?

O Reino dos Deuses

Abafei um bocejo.

— É, captei a ideia. Alguém pega um arquétipo, mistura-o com simbologia comum, o esculpe na madeira da Árvore do Mundo usando o sangue de uma criança assassinada ou algo assim...

— O sangue de uma deidade, na verdade.

Fiquei em silêncio, surpreso. Glee sorriu.

— Não sabemos de qual. Talvez só sangue divino comprado na rua; a origem específica do sangue pode não importar, apenas seu poder inerente. Também estamos conferindo isso. E não sei sobre a madeira da Árvore, mas não me surpreenderia. — Ela ficou séria. — Descobrir como as máscaras funcionam não é o que quero que você faça em Darr. Estamos menos preocupados com a ferramenta e mais com quem a usa. Gostaria que você abordasse Usein Darr com uma oferta do nosso grupo.

Não pude evitar me animar. Havia grande potencial para trapaças em qualquer negociação.

— Você quer a magia deles?

— Não. Queremos paz.

Levei um susto.

— *Paz?*

— A paz serve aos interesses mortais e divinos — disse Ahad quando olhei para ele para descobrir se esta tal de Glee era descompensada.

— Tenho que concordar. — Franzi a testa. — Mas não achei que *você* concordasse.

— Sempre fiz o que torna minha vida mais fácil, Sieh. — Ele juntou as mãos calmamente. — Não sou Nahadoth, como você gosta tanto de ressaltar. Gosto bastante da previsibilidade e da rotina.

— Sim. Bem. — Balancei a cabeça, suspirando. — Mas *mortais* são parte de Nahadoth e parece que aqueles no Norte prefeririam viver no caos do que aguentar a ordem do mundo dos Arameri por mais tempo. Não cabe a nós dizer a essa mulher que ela está errada, se ela é a líder da coisa.

— Usein Darr não é a única força por trás da rebelião nortista — disse Glee. — E a esta altura, tem que ser chamada de rebelião. Darr é agora uma das cinco nações nortistas que pararam de pagar dízimo aos Salões Brancos dentro de suas fronteiras, embora, em vez disso, eles ofereçam educação, cuidados para os mais velhos e assim por diante para os cidadãos diretamente. Isso evita que o Consórcio dos Nobres os censure por falhar com o governo, embora pouco importe, visto que faz mais de um ano que nenhum nobre alto-nortista vai a uma sessão do Consórcio. O Alto Norte inteiro tem, efetivamente, se recusado a reconhecer a autoridade do Consórcio. — Ela suspirou. — A única coisa que não fizeram foi reunir um exército, provavelmente porque isso atrairia a fúria dos Arameri. Qualquer coisa, exceto uma provocação aberta, mas ainda assim uma provocação. E Darr é, se não a cabeça da rebelião, certamente o coração.

— Então o que devo oferecer a *essa* darre, se o coração dela está decidido a livrar o mundo da tirania Arameri? Um objetivo com o qual concordo, saiba. — Parei para pensar. — Acho que eu poderia matá-la.

— Não, não poderia. — Glee não elevou a voz, mas não precisava. Aquelas palavras cortantes de repente se tornaram facas, afiadas o bastante para esfolar. — Como eu disse, Usein Darr não é a única mobilizadora desses rebeldes. Matá-la apenas faria dela uma mártir e encorajaria o resto.

— Além disso — complementou Ahad —, aquelas deidades que residem no reino mortal fazem isso por tolerância da Lady Yeine. Ela deixou explícito que valoriza a independência mortal e está observando para ver se nossa presença se mostra danosa. E, por favor, se lembre de que um dia *ela* foi darre. Pelo que sabemos, a Usein é parente dela.

Balancei a cabeça.

— Ela não é mais mortal. Tais considerações pouco importam para ela agora.

— Tem certeza?

Fiz uma pausa, de repente incerto.

— Bem, então. — Ahad uniu os dedos. — Vamos matar a Usein e ver o que acontece. Vai ser uma delícia, irritar uma pessoa que tinha um temperamento infame *antes* de se tornar a deusa da morte.

Revirei os olhos para ele, mas não reclamei.

— Está bem, então — falei. — Qual *é* o meu objetivo em Darr?

Glee deu de ombros, o que me surpreendeu porque ela não parecia do tipo casual.

— Descubra o que Usein quer. Se estiver dentro do nosso alcance, ofereça.

— Como demônios saberei o que está dentro do alcance de vocês?

Ahad emitiu um som irritado.

— Só presuma qualquer coisa e não prometa nada. E minta, se preciso for. Você é bom nisso, não é?

Mortal filho de um demônio.

— Certo — falei, enfiando as mãos nos bolsos. — Quando vou?

Eu devia ter pensado melhor antes de dizer isso, porque Ahad se endireitou um pouquinho, os olhos ficando completamente pretos. Então sorriu, demonstrando muito de sua velha crueldade, e respondeu:

— Você entende que nunca fiz isso antes.

Tentei não mostrar a minha inquietação.

— Não é muito diferente de outros tipos de magia. Uma questão de vontade.

Mas se a vontade dele falhasse...

— Ah, mas, Sieh, eu desejaria com alegria que você não existisse.

Melhor deixar que ele visse o meu medo. Ele sempre cultivara isso nos velhos tempos; gostava de se sentir poderoso. Então umedeci os lábios e olhei para ele.

— Pensei que você não se importasse comigo. Não me odiasse, não me amasse.

— O que é parte do problema. Talvez eu não me importe o suficiente para fazer isto da maneira certa.

Inspirei fundo, dando uma olhada em Glee. *Viu com o que está lidando?* Mas ela não esboçou reação, o rosto bonito tão sereno quanto antes. Ela teria sido uma boa Arameri.

— Talvez não — falei —, mas se você se importa ao menos um pouco com... destreza, ou seja lá o que for, então você poderia, por favor, garantir que eu seja eliminado por completo? E não, em vez disso, espalhar minhas entranhas na face da realidade? Já vi isso acontecer, parece doloroso.

Ahad riu, mas um sentimento que estivera no ar (uma dose extra de densidade e perigo engrossando a atmosfera ao redor) ficou mais fraco.

— Vou tomar cuidado, então. Gosto de ser organizado.

Houve um lampejo. Senti meu corpo ser desmembrado e empurrado para fora do mundo. Apesar das ameaças de Ahad, ele foi bastante gentil. Então um novo cenário se fundiu até se formar ao meu redor.

Arrebaia, a maior cidade entre o grupo de povos briguentos que cresceram juntos e decidiram lutar contra quem era de fora, em vez de um contra o outro. Eu conseguia me lembrar de quando eles não eram darre, apenas somem, lapri e ztoric, e até de tempos mais antigos, quando tinham sido famílias, e antes disso, quando eram grupos nômades que não tinham sequer nome. Mas não mais. Fiquei de pé sobre um muro perto do coração da cidade e no meu íntimo me maravilhei com o crescimento deles. A selva imensa e enrolada que dominava aquela parte do Alto Norte brilhava no horizonte distante, tão verde quanto os dragões que voavam através dos outros reinos e da cor dos olhos da minha mãe quando ela estava com raiva. Eu podia sentir no vento sua vida úmida, violenta e frágil. Ao meu redor, um labirinto de ruas, templos, estátuas e jardins, todos se erguendo em camadas pedregosas em direção ao centro da cidade, todos cobertos com o verde mais pálido da grama ornamental que os darre cultivavam. Isto fazia a cidade brilhar como uma esmeralda sob a luz oblíqua da tarde.

Não muito longe à frente, via-se a enorme e quadrada pirâmide de Sar-enna-nem. Imaginei que fosse o meu destino, visto que Ahad não me parecia do tipo sutil.

No entanto, a minha chegada não passara despercebida. Em pé sobre um muro, olhei para baixo, vendo que uma idosa e um menino de quatro ou cinco anos olhavam para mim. Em meio à rua movimentada, só eles pararam; entre eles havia uma carroça de aparência raquítica carregando alguns legumes e frutas com uma cara nada boa. Ah, sim, o fim do dia de feira. Sentei-me no muro, balançando os pés e me perguntando como

O Reino dos Deuses

demônios eu conseguiria descer, visto que havia uns três metros de altura até o chão e agora eu tinha que me preocupar com ossos quebrados. Maldito Ahad.

— Olá — falei em senmata. — Vocês sabem se este muro vai até Sar-enna-nem?

O garoto franziu a testa, mas a idosa apenas pareceu pensativa.

— Todas as coisas em Arrebaia levam a Sar-enna-nem — respondeu ela. — Mas pode ser que tenha problemas para entrar. Estrangeiros são mais bem-vindos na cidade do que antes, mas são barrados de entrar no templo por ordens de nosso *ennu*.

— Templo?

— Sar-enna-nem — disse o garoto, a expressão de repente debochada. — Você não sabe de nada, não é?

Ele falou com o sotaque mais pesado que eu tinha ouvido em séculos, seu senmata flexionado pela fluidez do idioma darren. O senmata da mulher tinha apenas um vestígio disto. Ela aprendera o idioma cedo, provavelmente antes de aprender darre. O garoto fizera o contrário. Olhei para cima quando um bando de crianças da idade do garoto passou correndo, gritando como as crianças sempre fazem. Elas estavam gritando em darre.

— Sei de muitas coisas — falei para o menino —, mas não tudo. Sei que Sar-enna-nem *costumava* ser um templo, há muito tempo, antes de os Arameri refazerem o mundo. Então é um templo outra vez? — Sorri, deliciado. — De quem?

— De todos os deuses, é óbvio! — O menino pôs as mãos nos quadris, obviamente tendo concluído que eu era estúpido. — Se não gosta disso, pode ir embora!

A idosa suspirou.

— Cale-se, menino. Não te criei para ser grosseiro com visitantes.

— Ele é temano, Beba! O Wigyi da escola diz que não podemos confiar nos olhos deles.

Antes que eu pudesse responder, a idosa agarrou o menino pelo colarinho. Encolhi-me em compaixão pelo grito dele, mas na verdade uma criança esperta não teria feito aquilo.

— Falaremos sobre o comportamento adequado para um jovenzinho quando chegarmos em casa — completou ela, e o garoto enfim pareceu comportado. Então ela tornou a focar em mim. — Se não sabe que o templo voltou a ser templo, duvido que tenha vindo aqui para rezar. O que quer aqui de verdade, estranho?

— Bem, eu estava procurando pelo seu *ennu*... ou pela filha dele, Usein, na verdade. — Eu tinha uma vaga lembrança de alguém mencionando um barão Darr. — Onde ela pode ser encontrada?

A idosa estreitou os olhos para mim por um bom tempo antes de responder. Havia uma prudência em sua postura e percebi a maneira como ela se inclinou para trás, só um pouco. Também moveu a mão direita para o quadril, para facilitar o acesso à adaga que tinha quase certeza estar embainhada na altura da lombar. Nem todas as mulheres de Darr eram guerreiras, mas esta havia sido, sem dúvida.

Dei a ela o meu sorriso mais amplo e inocente, esperando que me considerasse inofensivo. Ela não relaxou (meu sorriso não funcionava tão bem quanto quando eu era menino), mas seus lábios se contraíram em um quase sorriso.

— O lugar que você procura é o Raringa — informou ela, gesticulando com a cabeça para o oeste. A palavra queria dizer algo como "lugar dos guerreiros" em um dos idiomas mais antigos de comércio do Alto Norte. Onde o conselho dos guerreiros se encontrava, sem dúvida, para aconselhar a jovem futura *ennu* sobre o seu perigoso curso de ação. Olhei ao redor e vi um prédio baixo em formato de domo, não longe de Sar-enna-nem. Longe de ser tão majestoso, mas os darre não eram muito diferentes dos amnies. Eles julgavam seus líderes com base em normas, não aparência.

— Mais alguma coisa? — perguntou a idosa. — O tamanho e armamento do contingente dos guardas, talvez?

Revirei os olhos, mas então um novo pensamento me ocorreu.

— Sim — falei. — Diga algo em darre para mim.

Ela ergueu bem as sobrancelhas, mas disse no idioma:

— É uma pena que você esteja bravo, bonito garoto estrangeiro, porque do contrário poderia gerar filhas interessantes. Embora talvez você seja

O Reino dos Deuses

apenas um assassino muito estúpido, e no caso seria melhor que alguém o matasse antes que você se reproduza.

Dei um sorriso, me pus de pé e bati a grama da minha calça.

— Obrigado, tia — falei em darre, o que fez ela e o menino ficarem boquiabertos.

O idioma tinha mudado um pouco desde que eu o falara; soava mais como mencheyev agora, e eles alongaram as vogais e fricativas. Eu provavelmente ainda soava um tanto estranho para eles e com certeza teria que me preocupar em não falar gírias, mas conseguiria imitar um falante nativo de maneira razoável. Ofereci a eles uma reverência floreada que provavelmente estava fora de moda havia muito tempo, então dei uma piscadela e parti em direção ao Raringa.

Quando cheguei à ampla praça pavimentada que levava ao prédio, vi que não era o único estrangeiro. Grupos de pessoas circulavam pela área: alguns moradores, outros vestindo trajes chiques de suas próprias terras. Diplomatas, talvez... ah, sim, vindos para cortejar o novo poder na região, checando a mulher que logo assumiria as rédeas. Talvez eles estivessem até mesmo tentando sondar a possibilidade de uma aliança... discretamente, é óbvio. Darr ainda era muito pequeno e os Arameri ainda eram os Arameri. Mas todos perceberam que o mundo estava mudando e aquele era um dos epicentros da transformação.

A sorte estava ao meu lado quando me aproximei dos portões, pois os guardas eram homens. Sem dúvida porque muitos dos estrangeiros vinham de terras governadas por homens; um pouco de diplomacia discreta para deixá-los mais à vontade. Mas em Darr os homens se tornavam guardas se não fossem bonitos o suficiente para se casarem bem ou inteligentes o suficiente para servirem em alguma profissão mais respeitada, como caça ou silvicultura. Desta forma, a dupla que vigiava os portões do Raringa não percebeu o que homens mais inteligentes podiam ter percebido, como o meu rosto temano, mas o cabelo não temano, ou o fato de eu usar roupas simples. Eles apenas me analisaram para ter certeza de que eu não tinha armas, então acenaram para que eu seguisse em frente.

Os mortais notam o que se destaca, então não me notaram. Era simples combinar meu andar e postura com a de outros estrangeiros indo para esta ou aquela reunião, ou auxiliares entrando e saindo das portas principais abobadadas do Raringa. O lugar não era grande e havia sido projetado nos dias em que a sociedade era mais simples e seu povo podia apenas entrar e conversar com seus líderes. Então encontrei a câmara principal do conselho após o maior conjunto de portas. E descobri qual das mulheres sentadas na plataforma do conselho era Usein Darr pelo simples fato de que sua presença praticamente enchia o local.

Não que ela fosse uma mulher grande, mesmo para os padrões darre. Estava sentada de pernas cruzadas em um divã baixo e sem adornos na extremidade mais distante do círculo do conselho, com a cabeça acima das deles enquanto todos relaxavam ou se reclinavam em pilhas de almofadas. Se não fosse por isso, de maneira alguma ela teria estado visível, escondida pela estatura mais alta dos outros. Vários metros de cabelo comprido e desafiadoramente liso cobriam seus ombros, escuro como a noite, parte dele arrumado no topo da cabeça em uma elaborada série de tranças enroladas e atadas; o resto estava solto. O rosto dela era composto por planícies altas marrons e declives glaciais simples: lindo para qualquer padrão, embora nenhum amnie jamais fosse admitir isso. E forte, o que significava que ela também era bonita para os padrões darren.

A plataforma do conselho tinha uma galeria de bancos curvos ao redor, para o conforto de qualquer espectador que escolhesse se sentar durante os procedimentos. Um punhado de outros, a maioria darre, estava sentado ali. Escolhi um banco desocupado e me acomodei nele, observando por um tempo. Usein falou pouco, mas assentiu vez ou outra enquanto os membros do conselho se revezavam para falar. Ela apoiara as mãos nos joelhos de tal maneira que seus cotovelos se projetavam, o que achei uma postura muito agressiva, até que percebi tardiamente o inchaço da barriga acima das pernas dobradas: a gravidez dela estava avançada.

Logo fiquei entediado, quando percebi que a questão que Usein e o conselho discutiam com tanto fervor era a respeito de separar uma parte da floresta para o plantio de café. Emocionante. Supus que tivesse sido esperançoso demais ao esperar que eles discutissem os planos de guerra em público. Como eu ainda estava cansado e com um pouco de ressaca, adormeci.

Depois de certo tempo, alguém me chacoalhou, arrancando-me de um sonho enevoado dominado pela barriga proeminente de uma mulher. Naturalmente pensei que ainda estivesse sonhando quando abri os olhos e encontrei outra barriga pairando sobre mim, e naturalmente estendi a mão para tocá-la. Sempre achei a gravidez fascinante. Quando mulheres mortais permitem, eu me aproximo delas, esperando pelo momento em que a alma da criança se acende do completo nada e começa a ressoar com a minha. A criação das almas é um mistério que nós, deuses, debatemos infinitamente. Quando Nahadoth nasceu, a alma dele estava formada por completo, embora mãe alguma o tivesse carregado dentro do corpo. Será que o Turbilhão a dera a ele? Mas apenas coisas com alma podem conceder almas ou pelo menos assim passamos a acreditar ao longo das eras. Isso significava que Ele tinha alma? Se sim, de onde vinha a alma Dele?

Perguntas irrelevantes, porque um instante depois de minha mão tocar a barriga de Usein Darr, a adaga dela tocou a pele sob meu olho. Acordei bem depressa.

— Minhas desculpas, Usein-*ennu* — falei, erguendo a mão com cuidado. Ergui os olhos também, para focar nela, mas a adaga dominava a minha atenção. Ela tinha sido muito mais rápida que Hymn, o que supus não ser surpreendente. Eu parecia atrair mulheres boas com lâminas.

— Só Usein — respondeu ela em darre. Uma coisa grosseira a se fazer com um estrangeiro, e desnecessária, visto que a adaga falava por si só. — Meu pai está doente, mas pode viver mais alguns anos, apesar de os outros desejarem mal a ele. — Ela semicerrou os olhos. — Imagino que as mulheres em Tema também não fiquem felizes ao terem estranhos tocando nelas, então não vejo motivos para desculpar seu comportamento.

Engolindo em seco, enfim forcei o meu olhar para cima, para o rosto dela.

— Minhas desculpas — repeti, também em darre. Ela ergueu uma sobrancelha. — Você me desculparia se eu dissesse que estive sonhando com uma mulher como você?

N. K. Jemisin

Os lábios dela tremeram, considerando um sorriso.

— Você já é pai, garotinho? Se sim, você deveria estar em casa, tricotando cobertores para aquecer seus bebês.

— Não sou pai e nunca serei, na verdade, não que qualquer mulher fosse querer ter filhos comigo. — O meu sorriso vacilou quando me lembrei de Shahar; então a expulsei da minha mente. — Parabéns pela sua fecundação. Que seu parto seja rápido e sua filha nasça forte.

Ela deu de ombros, depois de um momento tirando a adaga da minha pele. Mas não a guardou; um aviso.

— Este bebê será o que é. Provavelmente outro filho, visto que meu marido parece não produzir outra coisa. — Com um suspiro, ela colocou a mão livre no quadril. — Percebi a sua presença durante a sessão do conselho, garoto bonito, e vim saber mais sobre você. Principalmente porque temanos não se dão mais ao trabalho de virem até aqui; eles declararam a lealdade deles aos Arameri. Então, você é um espião?

Lançando um olhar inquieto para a sua lâmina ainda visível, pensei em várias mentiras... então concluí que a verdade era tão ultrajante que talvez ela acreditasse mais nela.

— Sou uma deidade, enviada por uma organização de deidades com sede em Sombra. Achamos que você pode estar tentando destruir o mundo. Será que você poderia parar?

Ela não reagiu exatamente como eu esperava. Em vez de ficar boquiaberta ou rir, ela me encarou em um silêncio solene por um longo tempo. Sequer consegui ler o rosto dela.

Então Usein guardou a adaga.

— Venha comigo.

* * *

Fomos para Sar-enna-nem.

A noite caíra enquanto eu cochilava, a lua alta e cheia sobre as ruas de pedra ramificadas. Eu tive apenas alguns poucos instantes para observar isso, antes que Usein Darr e eu (acompanhados por duas mulheres de olhar afiado e um jovem bonito que a cumprimentara com um beijo

O Reino dos Deuses

e a mim com um olhar ameaçador) entrássemos no templo. Uma das guardas estava grávida também, embora isto não fosse tão óbvio, porque era baixinha e gorda. Mas a alma da criança dela surgira, então eu soube.

Assim que passamos pela soleira, eu soube por que Usein me levara até ali. A magia e a fé dançavam pela minha pele como gotas de chuva em uma lagoa. Fechei os olhos e me deliciei com aquilo, absorvendo-as enquanto caminhava sobre as brilhantes pedras de mosaico, deixando o meu despertado senso de mundo guiar os meus pés. Fazia meses desde que eu sentira o mundo tão completamente. Ouvindo agora, escutei canções que haviam sido entoadas pela última vez antes da Guerra dos Deuses, ecoando dos arcos do teto de Sar-enna-nem. Umedeci os lábios e senti o gosto do vinho temperado que um dia fora usado para oferendas, tingido por ocasionais gotas de sangue. Estendi as mãos, tocando o ar do lugar, e tremi quando ele devolveu o toque.

Ilusões e lembranças; tudo o que sobrara para mim. Eu as saboreei como pude.

Havia poucas pessoas no templo quando entramos: um homem em vestes de padre, uma mulher gorda carregando dois bebês inquietos, alguns poucos adoradores ajoelhados na área de oração e alguns guardas discretos. Transitei ao redor deles e por entre as pequenas estátuas de mármore que ficavam em pedestais por toda a câmara, deixando a ressonância me guiar. Quando abri os olhos, a estátua diante da qual parei me olhou de volta com uma solenidade pouco característica em suas feições finamente talhadas. Estendi a mão para tocar seu rosto pequeno e bochechudo, e suspirei pela minha beleza perdida.

Não havia surpresa na voz de Usein Darr:

— Foi o que pensei. Bem-vindo a Darr, Lorde Sieh. Embora eu tenha ouvido dizer que você havia parado de se envolver em questões mortais depois da morte de T'vril Arameri.

— Eu tinha parado, sim. — Dei as costas à minha própria estátua e coloquei a mão no quadril, adotando a mesma pose. — Mas as circunstâncias me obrigaram a voltar atrás.

N. K. Jemisin

— E agora você ajuda os Arameri que um dia lhe escravizaram?

Para o crédito de Usein, ela não riu.

— Não. Não estou fazendo isto por eles.

— Para o Lorde Sombrio, então? Ou minha exaltada predecessora, Yeine-*ennu*?

Balancei a cabeça, suspirando.

— Não, só por mim. E algumas poucas deidades e mortais que prefeririam não ver a volta do caos do tempo anterior à Guerra dos Deuses.

— Alguns chamariam esse tempo de "liberdade". Dado o que aconteceu antes, eu pensaria que *você* chamaria assim.

Assenti devagar e tornei a suspirar. Isso foi um erro. Glee nunca devia ter me enviado em uma missão como esta. Eu não conseguiria fazer um bom trabalho negociando com Usein, porque não discordava de verdade dos objetivos dela. Eu não me importava se o reino mortal fosse mais uma vez tomado por brigas e sofrimento. Eu só me importava com...

Shahar, os olhos dela suaves e cheios de uma ternura que eu nunca esperara ver enquanto ensinava a ela tudo o que eu sabia sobre prazer. Deka, ainda uma criança, o rosto quente com timidez e se aproximando de mim sempre que possível...

Distração. Um lembrete. Eu fizera um juramento.

— Lembro de como o seu mundo era na época — falei com delicadeza. — Lembro de crianças darre morrendo de fome no berço porque os inimigos queimaram suas florestas. Lembro de rios com águas tingidas de vermelho, campos que floriam mais verdes e mais ricos porque o solo absorvera muito sangue. É para isso que quer voltar?

Usein se aproximou, olhando para o rosto da estátua, em vez de para o meu.

— Foi você quem criou a Morte Andarilha?

Virei-me, surpreso e de repente irrequieto.

— Parece o tipo de doença que você criaria — disse ela com suavidade brutal. — Travessa. Não há um surto desde os dias de Yeine-*ennu*, mas li os registros. Ela se esgueira por semanas, antes que os sintomas apareçam,

O Reino dos Deuses

se espalhando muito enquanto isso. Em seu pico, as vítimas da doença parecem mais vivas que nunca, mas a mente está morta, queimada pela febre. Elas andam, mas apenas para levar a morte a outras vítimas.

Envergonhado, eu não conseguia olhar para ela. Mas quando Usein tornou a falar, me surpreendi ao sentir a compaixão na voz dela:

— Nenhum mortal deveria ter tanto poder quanto os Arameri tinham quando eram seus senhores. Nenhum mortal deveria ter tanto poder quanto eles têm *agora*: as leis, os escribas, o exército, os nobres de estimação, a fortuna que reivindicaram de pessoas destruídas ou exploradas. Mesmo a história ensinada a nossas crianças nas escolas dos Salões Brancos os glorifica e diminui todas as outras pessoas. *Toda a civilização*, cada parte dela, foi feita para manter os Arameri fortalecidos. Foi assim que sobreviveram depois de perderem vocês. É por isso que a única solução é destruir tudo o que eles construíram. Bom ou mau, tudo está contaminado. Apenas recomeçando podemos ser livres de verdade de novo.

Para isso, só pude sorrir.

— Recomeçar? — perguntei.

Olhei para a minha estátua. Para seus olhos vazios. Eu os imaginei verdes, como os meus. Como os de Shinda, o falecido filho demônio de Itempas.

— Para isso — falei — você teria que voltar para antes do Iluminado. Lembrar-se do que no fim das contas foi a causa, a Guerra dos Deuses, que foi o que colocou a mim e aos outros Enefadeh sob o controle dos Arameri, para começo de conversa. E lembrar-se do que causou isto: nossa rixa. Nossos casos amorosos que deram errado, terrivelmente errado.

— Surpresa, Usein ficou em silêncio atrás de mim. — Para recomeçar pra valer, você precisa se livrar dos deuses, não só dos Arameri. E então queimar cada livro que nos menciona. Quebrar cada estátua, incluindo esta bonita aqui. Criar seus filhos para serem ignorantes a respeito da criação do mundo e de nossa existência; deixar que eles inventem as próprias histórias para explicar tudo. Na verdade, matar qualquer criança que sequer *pense* em magia, porque este é o tanto que contaminamos os mortais, Usein Darr. — Virei-me para ela, estendendo a mão. Desta vez, quando toquei sua barriga inchada, ela não sacou a adaga; ela se encolheu. Sorri. — Estamos no seu sangue. Por nossa causa, vocês conhecem todas as maravilhas e horrores da possibilidade. E algum dia, se vocês não se matarem, e se nós não matarmos vocês, vocês podem se *transformar* em nós. Então que recomeço é esse que você realmente quer?

A mandíbula dela tremeu, os músculos flexionando uma vez. Senti a luta dela por algo... coragem, talvez. Determinação. Sob meus dedos, a criança dela se mexeu, brevemente pressionando contra a minha mão. Senti a sua nova alma brilhante tamborilar em harmonia com a minha por um instante. A alma *dele*, ai do pobre marido dela.

Depois de um momento, Usein inspirou fundo.

— Você quer saber nossos planos.

— Entre outras coisas, sim.

Ela assentiu:

— Então venha. Vou mostrar.

*   *   *

Sar-enna-nem é uma pirâmide; apenas o salão mais elevado tem um espaço para orações e estátuas. Os andares abaixo tinham coisas bem mais interessantes.

Como máscaras.

Estávamos em um tipo de galeria. Após um sinal imperceptível de Usein, nossos acompanhantes nos deixaram, embora o marido carrancudo dela tenha trazido um banquinho de formato estranho para que a mulher pudesse se sentar. Ela observou enquanto eu andava de um lado a outro, olhando para cada uma das máscaras. As máscaras enfileiravam cada prateleira; elas estavam nas paredes, entre as prateleiras; estavam posicionadas artisticamente em mesas de exibição diante das prateleiras. Até vi algumas presas ao teto. Dezenas delas, talvez centenas, de cor, tamanho e configuração diferentes, embora algumas tivessem características em comum. Todas eram ovais, como uma base. Todas tinham as cavidades

O Reino dos Deuses

dos olhos abertas e bocas seladas. Todas eram lindas e poderosas de uma maneira que nada tinha a ver com a magia.

Parei em uma das mesas, olhando para a máscara que fez algo dentro de mim cantar em resposta. Lá, na mesa, estava a Infância: lisa, de bochechas gordas; uma boca sorridente e travessa; grandes olhos arregalados; testa ampla esperando para ser preenchida com conhecimento. Incrustações sutis e pintura tinham sido aplicadas ao redor da boca, algumas realistas e outras abstratas. Padrões geométricos e rugas de riso. De algum jeito, tudo demonstrava que o sorriso da máscara podia representar pura alegria ou crueldade sádica, ou alegria na crueldade. Os olhos podiam estar incendiados de prazer por aprender ou perplexos com todos os males mortais infligidos nos jovens. Toquei os lábios duros. Só madeira e tinta. E mesmo assim...

— Seu artista é um mestre — falei.

— Artistas. A arte de fazer estas máscaras não é puramente uma coisa darre. Os mencheyev também as fazem e os tok... e todas as nossas terras ganharam a semente delas de um povo chamado de ginij. Você deve se lembrar deles.

Eu me lembrava. Tinha sido um extermínio-padrão dos Arameri. Zhakkarn, por meio de seus muitos "eus", caçara cada mortal do povo. Kurue apagou todas as menções a respeito deles de livros, pergaminhos, histórias e canções, atribuindo as conquistas deles a outros. E eu? Eu colocara a coisa toda em ação ao enganar o rei ginij para que ofendesse os Arameri e assim eles tivessem um pretexto para atacar.

Ela assentiu.

— Chamam esta arte de *dimyi*. Não sei o que a palavra significa no idioma deles. Chamamos de *diminuição*. — Usein mudou para senmata, para fazer o trocadilho. A palavra em si não tinha sentido, embora a raiz sugerisse o propósito da máscara: diminuir o usuário, reduzindo-o a nada mais que o arquétipo que a máscara representava.

E se aquele arquétipo fosse *Morte*... pensei em Nevra e Criscina Arameri, e entendi.

— Começou como uma piada — continuou ela —, mas com o tempo a palavra pegou. Perdemos muitas das técnicas ginij quando eles foram destruídos, mas acho que nossos diminuidores (os artistas que fazem as máscaras) têm feito um bom trabalho compensando a diferença.

Assenti, ainda encarando a Infância.

— Há muitos desses artistas?

— O suficiente. — Ela deu de ombros. Não totalmente disposta a compartilhar, então.

— Talvez você deva chamar estes artistas de *assassinos*, em vez disso.

Virei-me para olhar para Usein enquanto falava.

Ela me olhou com seriedade.

— Se eu quisesse matar os Arameri — disse ela, devagar e com precisão —, não mataria apenas um ou uns poucos. E não iria me demorar com isso.

Usein não mentia. Abaixei as mãos e franzi a testa, tentando entender. Como ela podia não estar mentindo?

— Mas você *pode* fazer magia com estas coisas. — Assenti em direção à Infância. — De algum jeito.

Ela ergueu uma sobrancelha.

— Não conheço essas pessoas para quem você trabalha, Lorde Sieh Não sei seus objetivos. Por que eu compartilharia meus segredos com você?

— Podemos fazer valer a pena.

O olhar que Usein me lançou foi debochado. Eu precisava admitir, tinha sido um pouco clichê.

— Não há nada que você possa me oferecer — respondeu ela, levantando-se daquela maneira estranha que as mulheres grávidas se levantam. — Nada que eu queira ou precise de ninguém, deus ou mortal...

— Usein.

A voz de um homem. Virei-me, sobressaltado. A porta aberta da galeria emoldurava um homem, de pé entre as arandelas das tochas. Ele estava ali havia quanto tempo? Meu sentido a respeito do mundo já estava falhando. A princípio pensei que fosse um truque da luz que o fazia

O Reino dos Deuses

parecer tremeluzir; então percebi o que eu estava vendo: uma deidade, nos últimos estágios da configuração de sua forma no reino mortal. Mas quando o rosto dele tomou sua forma final...

Pisquei. Franzi o cenho.

Ele entrou mais na luz. As características que escolhera certamente não foram feitas para ajudá-lo a passar despercebido. Ele era baixo, mais ou menos da minha altura. Pele negra, olhos castanhos, lábios de um marrom escuro... estas eram as únicas coisas que se encaixavam em qualquer molde mortal. O resto era uma confusão. Feições afiadas de um temano com o cabelo ilhéu vermelho-alaranjado e as maçãs do rosto altas e angulosas de um alto-nortista. Ele era um estúpido? Nem uma destas coisas combina uma com a outra. Só porque podíamos parecer com qualquer coisa não significava que *deveríamos* fazê-lo.

Mas aquele não era o maior problema.

— Saudações, irmão — falei, incerto.

— Você me conhece? — Ele parou, colocando as mãos nos bolsos.

— Não... — Umedeci os lábios, confuso pela sensação de que *de fato* o conhecia, de algum jeito. O rosto dele não era familiar, mas isto não significava nada; nem um de nós assumia a forma real no reino mortal. Mas a postura dele e a voz...

Então me lembrei. O sonho que eu tivera havia algumas noites. Eu esquecera dele graças à traição de Shahar. *Você está com medo?*, ele me perguntara.

— Sim — retomei, e ele inclinou a cabeça

Usein cruzou os braços.

— Por que está aqui, Kahl?

Kahl. O nome também não era familiar.

— Não vou ficar por muito tempo, Usein. Só vim sugerir que você mostre a Sieh a mais interessante de suas máscaras, já que ele está tão curioso. — Os olhos dele não deixaram os meus.

De esguelha, vi Usein tensionar a mandíbula.

— A máscara não está completa

— Ele perguntou quão longe você está disposta a ir. Deixe que ele veja. Ela balançou a cabeça duramente.

— Quão longe *você* está disposto a ir, Kahl. Não temos nada a ver com seus esquemas.

— Ah, eu não chamaria de nada, Usein. Seu povo estava ávido o bastante pela minha ajuda quando a ofereci, e acho que alguns de vocês adivinharam o que essa ajuda custaria. Nunca os enganei. *Você* foi quem escolheu voltar atrás no nosso acordo.

Houve um arrepio curioso no ar e algo em Kahl tremulou de novo, não tão visivelmente desta vez. Algum aspecto da natureza dele? Ah, mas é óbvio; se Usein tivesse de fato voltado atrás em algum tipo de acordo com ele, Kahl a consideraria um alvo para a vingança também. Olhei para ela, me perguntando se ela sabia como era perigoso ter um inimigo divino. Os lábios dela estavam comprimidos e o rosto brilhava levemente com suor enquanto o observava, a adaga tremendo na mão. Sim. Ela sabia.

— Você nos usou — disse ela.

— E você me usou. — Ele ergueu o queixo, ainda me observando. — Mas isto não importa. Você não quer que seus deuses vejam como se tornou poderosa, Usein? Mostre a ele.

Usein emitiu um som de frustração, parte medo e parte irritação. Mas foi até uma das prateleiras na parede e tirou do caminho um livro, expondo um buraco antes escondido. Ela pôs a mão ali e pegou algo. Houve um estalo baixo de algum ponto atrás das prateleiras, como se um trinco invisível se abrisse, e então toda a parede se moveu para fora.

O poder que jorrou dali me surpreendeu. Engoli em seco e tentei me afastar, mas tinha me esquecido do novo tamanho dos meus pés. Tropecei e caí sobre uma mesa próxima, que foi a única coisa que me manteve de pé. As ondas radiantes pareciam... como Nahadoth em seu pior. Não, pior ainda. Como todo o peso de cada reino comprimindo, não o meu corpo, mas a minha mente.

Enquanto eu ofegava, o suor pingando em meus antebraços onde tremiam na mesa, percebi: eu já havia sentido aquele horror antes.

O Reino dos Deuses

Há uma ressonância, Nahadoth dissera.

Consegui forçar a cabeça para cima. A minha carne queria se soltar. Lutei para permanecer corpóreo, visto que não tinha certeza de que seria capaz de me recompor se não o fizesse. Do outro lado da sala, vi que Kahl havia recuado também, apoiando a mão no batente da porta; a expressão dele não era surpresa, sombriamente resistindo. Mas exultante também.

— O quê...? — Tentei focar em Usein, mas a minha visão estava borrada. — O que é...

Ela entrou na alcova escondida que fora revelada pela parede aberta. Lá, em um pedestal de madeira escura, havia outra máscara... uma que não tinha nada a ver com as outras. Parecia ser feita de vidro congelado. Sua forma era mais elaborada que um formato oval, as bordas caneladas e geométricas. Imaginei que poderia machucar o rosto de quem a usasse. Era maior que uma máscara padrão também, com rebordos e extensões na linha da mandíbula e na testa que me lembravam, de algum jeito, de asas. De voo. De cair, cair, cair, através de um vórtice cujas paredes se agitavam com um rugido que poderia destruir o reino mortal...

Usein a pegou, parecendo inconsciente do seu poder. Ela não conseguia sentir? Como ela podia aproximar seu filho de algo tão terrível? Não havia tochas na alcova; a coisa brilhava com sua própria luz, suave e instável. Onde os dedos de Usein a tocaram, tive um vislumbre de movimento, apenas por um instante. O vidro se transformou em uma carne marrom lisa como a mão que o segurava, então voltou a ser vidro.

— Esta máscara tem um poder especial, ou pelo menos foi o que o Kahl me disse — explicou ela, olhando para mim. Então semicerrou os olhos para Kahl, que assentiu em troca, embora com certeza aparentasse estar desconfortável também. Era difícil ler algo, olhando para aquele rosto estoico dele. — Quando completa, funcionando como o esperado, ela confere divindade ao usuário.

Fiquei tenso. Olhei para Kahl, que apenas sorriu para mim.

— Isso não é possível.

— É óbvio que é — disse ele. — Yeine é prova disso.

Balancei a cabeça.

— Ela era especial. Única. A alma dela...

— Sim, eu sei. — O olhar dele ficou glacialmente frio e me lembrei do momento em que se comprometera em ser meu inimigo. Na época, aquela mesma expressão estivera no rosto dele? Se sim, teria tentado ganhar o perdão dele com mais afinco. — A conjunção de muitos elementos, todos na proporção e força ideais, tudo no momento certo. De tal receita a divindade é feita. — Ele gesticulou em direção à máscara; a mão tremeu e ficou embaçada antes que ele a abaixasse. — Sangue divino e vida mortal, magia e arte e os caprichos do destino. E mais, tudo incorporado à máscara, tudo para incutir naqueles que a veem uma *ideia*.

Usein abaixou a coisa na superfície esculpida de madeira que servia como apoio.

— Sim. E a primeira mortal que a vestiu queimou de dentro para fora até morrer. Levou três dias; ela gritou o tempo todo. O fogo era tão forte que não podíamos chegar perto o bastante para acabar com o sofrimento dela. — Usein lançou um olhar duro para Kahl. — Aquela coisa é maligna.

— Meramente incompleta. A energia bruta da criação não é nem boa nem má. Mas quando a máscara estiver pronta, vai trazer algo novo... e maravilhoso. — Kahl fez uma pausa, a expressão ficando pensativa por um momento; ele falou mais baixinho, como se para si mesmo, mas percebi que as palavras na verdade eram direcionadas a mim. — Não serei escravizado pelo destino. Vou aceitá-lo, controlá-lo. Serei o que *quero* ser.

— Você perdeu a sanidade. — Usein balançou a cabeça. — Espera que nós coloquemos este tipo de poder em suas mãos, com um propósito que só os demônios sabem? Não. Saia daqui, Kahl. Já tivemos o bastante desse seu tipo de ajuda.

Senti dor. A máscara incompleta. Era como o Turbilhão: algo em potencial perdendo a sanidade, a criação se alimentando de si mesma. Eu não era mortal o suficiente para ser imune a ela. Ainda assim, aquela não era a única fonte do meu desconforto; outra coisa me atingia como

O Reino dos Deuses

uma onda, tentando me fazer ficar de joelhos. A máscara aguçara todos os meus sentidos divinos, me permitindo sentir, mas meu corpo era apenas mortal, fraco demais para aguentar tanto poder reunido.

— O que é você? — perguntei a Kahl em nossas palavras, entre arfados. — Elontid? Desequilíbrio...

Aquela era a única explicação para o fluxo oscilante que eu sentia dele. Determinação e tristeza, ódio e desejo, ambição e solidão. Mas como é que podia existir outro elontid no mundo? Ele não podia ter nascido durante o período em que estive preso, não com Enefa morta e todos os deuses estéreis na época. E quem eram os pais dele? Itempas era o único dos Três que poderia tê-lo feito, mas Itempas não se deitava com deidades.

Kahl sorriu. Para a minha surpresa, não havia nem um pouco de crueldade ali... apenas aquela tristeza curiosa e resoluta que eu ouvira no sonho.

— Enefa está morta, Sieh. — A voz dele estava suave agora. — Nem todas as suas obras desapareceram com ela, mas algumas sim. *Eu* me lembrei. Você vai também, cedo ou tarde.

Lembrar-me do quê?

esqueça

Esquecer do quê?

Kahl cambaleou de repente, apoiando-se na porta e suspirando.

— Chega. Terminaremos isto depois. Enquanto isso, um conselho, Sieh: encontre Itempas. Apenas o poder dele pode salvá-lo; você sabe disso. Encontre-o e viva pelo tempo que puder. — Quando ele se esforçou para ficar ereto, seus dentes eram como de carnívoros, afiados como agulhas. — Então, se tiver que morrer, morra como um deus. Pelas minhas mãos, em batalha.

Então ele desapareceu. E eu estava sozinho, indefeso, sendo despedaçado pelo poder da máscara. Mais uma vez, a minha carne tentou se fragmentar; *doía*, do jeito que a desintegração deveria doer. Gritei, estendendo a mão para alguém, qualquer um, me salvar. Nahadoth... não, não queria nem ele nem Yeine perto da máscara, não dava para saber o que faria com eles. Mas eu estava com tanto medo. Também não queria morrer, ainda não.

O mundo se retorceu ao meu redor. Passei por ele, arfando...

Mãos ásperas me agarraram, viraram-me de costas. Sobre mim, o rosto de Ahad. Não era Nahadoth, mas quase. Ele estava franzindo a testa, analisando-me com as mãos e outros sentidos, parecendo preocupado de verdade.

— Você se importa — falei, tonto, e parei de pensar por um tempo.

Quando acordei, contei a Ahad o que eu vira em Darr, e ele fez uma expressão muito estranha.

— De jeito nenhum suspeitávamos disso — murmurou consigo.

Ele olhou para Glee, que estava perto da janela, as mãos unidas nas costas, enquanto olhava para as ruas silenciosas. O sol estava quase nascendo naquela parte do mundo. O fim de um dia de trabalho para o Armas da Noite.

— Chame os outros — disse ela. — Vamos nos encontrar amanhã à noite.

Então Ahad me dispensou, ordenando que serventes me dessem comida, dinheiro e roupas novas, porque o conjunto antigo já não me servia mais. Eu tinha envelhecido de novo, entende... talvez cinco anos desta vez, passando pelo meu salto de crescimento final no processo. Eu estava cinco centímetros mais alto e mais magro que antes, desagradavelmente perto de estar esquelético. O meu corpo reconfigurara sua substância existente para desenvolver a minha nova forma e eu não tivera muita substância para usar. Eu estava por completo na casa dos vinte anos agora, sem qualquer resquício de infância. Nada além de humanidade.

Voltei para a casa de Hymn. Afinal de contas, a família dela possuía uma estalagem e eu tinha dinheiro agora, então fazia sentido. Hymn ficou aliviada em me ver, embora tenha franzido a testa para a minha aparência mudada e fingiu estar irritada. Os pais dela não ficaram nem um pouco satisfeitos, mas prometi não fazer nada impossível na propriedade deles, o que era fácil, porque eu não conseguiria. Eles me colocaram no sótão.

Lá, comi uma cesta inteira de comida que os serventes de Ahad prepararam para mim. Ainda estava com fome quando a comida acabou (embora a cesta estivesse generosamente abastecida), mas havia me saciado o bastante para poder lidar com outras necessidades. Então me encolhi na cama, que era dura, mas limpa, e observei o sol nascer pela única janela do local. Por fim, considerei o assunto da morte.

Era provável que agora eu conseguisse me matar. Geralmente não era uma coisa fácil para qualquer deus fazer, visto que éramos seres muito resilientes. Mesmo comandar a não existência a nós mesmos não funcionava por muito tempo; cedo ou tarde nos esqueceríamos de que devíamos estar mortos e começávamos a pensar outra vez. Yeine poderia me matar, mas eu nunca pediria isso dela. Alguns dos meus irmãos, e Naha, podiam e fariam, porque entendiam que às vezes a vida é demais para suportar. Mas eu não precisava mais deles. As últimas duas noites tinham confirmado o que eu já suspeitava: as coisas que antes apenas me enfraqueciam podiam me matar agora. Então, se eu conseguisse me blindar para a dor, poderia morrer quando quisesse, apenas ao continuar a contemplar pensamentos antitéticos até me tornar um velho, e então um cadáver.

E talvez fosse ainda mais simples que isso. Eu precisava comer, beber e fazer as minhas necessidades. Isso significava que eu poderia morrer de fome e sede, e que meus intestinos e outros órgãos eram mesmo necessários. Se eu os danificasse, talvez eles não crescessem outra vez.

Qual seria o jeito mais animador de cometer suicídio?

Porque eu não queria morrer velho. Kahl havia acertado nisso. Se eu tivesse que morrer, morreria como eu mesmo: Sieh, o Trapaceiro, senão a criança. Eu havia brilhado na vida. O que havia de errado em brilhar na morte também?

Antes de chegar à meia-idade, concluí. Certamente eu poderia pensar em algo interessante até lá.

Com esta perspectiva animadora, finalmente dormi.

O Reino dos Deuses

* * *

Eu estava em um penhasco do lado de fora da cidade, olhando a maravilha de Céu-em-Sombra e o verde da Árvore do Mundo assomando e se espalhando.

— Olá, Irmão.

Virei-me, piscando, embora eu não estivesse surpreso. Quando as primeiras criaturas mortais desenvolveram os primeiros cérebros que faziam mais que receber sangue dos corações e pensar em carne, meu irmão Nsana tinha encontrado a realização nos interstícios aleatórios e cuspidos de seus pensamentos adormecidos. Ele estivera vagando antes disso, meu amigo de infância mais próximo, selvagem e livre como eu. Mas de algum jeito, triste. Vazio. Até que os sonhos mortais preencheram a sua alma.

Sorri para ele, entendendo por fim a tristeza que ele deve ter sentido naqueles anos longos e vazios, antes de se estabilizar em sua natureza.

— Então esta é a prova — falei. Uma vez que tinha bolsos, enfiei as mãos neles. A minha voz soava aguda; eu era um garoto outra vez. Ao menos nos sonhos, eu ainda era eu mesmo.

Nsana sorriu, vindo em minha direção ao longo de um caminho de flores que se agitavam sem vento. Por um momento, a forma verdadeira dele apareceu em um vislumbre diante de mim: sem rosto, da cor do vidro, refletindo nossos arredores através de lentes distorcidas de membros, barriga e a curva gentil e sem características de sua face. Em seguida, ele se preencheu de detalhes e cores, embora não aqueles de um mortal. Ele não fazia nada como os mortais se pudesse evitar. Então escolhera uma pele como tecido fino, damasco cru em redemoinhos de padrões elevados, com cabelo de tom semelhante ao mais escuro dos vinhos tintos, congelado no meio do respingo. Suas íris eram o âmbar em faixas de madeira polida e petrificada: lindas, mas enervantes, como os olhos de uma serpente.

— Prova de quê? — perguntou ele, parando diante de mim. A voz dele era leve, provocadora, como se tivesse se passado apenas um dia desde que nos vimos, em vez de uma era.

— Minha mortalidade — respondeu. — De outro modo, eu não deveria ter te visto.

Sorri, mas eu sabia que ele sentiria a verdade na minha voz. Ele tinha me abandonado pela humanidade, afinal de contas. Eu superara; era um garoto crescido. Mas não fingiria que não havia acontecido.

Nsana deixou escapar um suspiro fraco e passou por mim, parando na beirada do penhasco.

— Deuses também podem sonhar, Sieh. Você podia ter me encontrado aqui em qualquer momento.

— Odeio sonhar. — Chutei o chão.

— Eu sei. — Ele enfiou as mãos nos bolsos, sua expressão admirava a paisagem de sonho que eu criara. Aquela não era meramente uma lembrança, como meus sonhos no reino dos deuses tinham sido. — Uma pena também. Você faz isso tão bem.

— Eu não *faço* nada. É um sonho.

— É óbvio que faz. Afinal de contas, vem de você. Tudo isto — ele gesticulou bem abertamente ao nosso redor e a paisagem tremulou com a passagem das mãos dele — é você. Até o fato de me deixar vir aqui é coisa que você faz, porque certamente nunca permitiu isso antes. — Nsana abaixou os braços e me olhou. — Nem durante os anos que passou como escravizado dos Arameri.

Cansado, mesmo enquanto dormia, suspirei:

— Não quero pensar agora, Nsa. Por favor.

— Você nunca quer pensar, garoto bobo.

Nsana se aproximou, passando um braço pelos meus ombros e me puxando para perto. Fingi resistir, mas ele sabia que era fingimento, e depois de um instante suspirei e deixei a cabeça descansar no peito dele. Então não era mais o peito dele, era o ombro, porque de repente eu estava mais alto que ele e não era mais uma criança. Quando ergui a cabeça, surpreso, Nsana suspirou e envolveu o meu rosto com suas mãos para poder me beijar. Ele não se compartilhou comigo daquela forma porque não havia sentido; eu já estava abarcado dentro dele e ele dentro de mim. Mas me

O Reino dos Deuses

lembrei de outros beijos e outras existências, quando a inocência e os sonhos haviam sido dois lados da mesma moeda. Na época, eu pensara que passaríamos o resto da eternidade juntos.

O cenário do sonho mudou ao nosso redor. Quando nos separamos, Nsana suspirou, os padrões de seu rosto se transformando em linhas novas. Indicavam palavras, mas não queriam dizer nada.

— Você não é mais criança, Sieh — disse ele. — Agora é hora de crescer.

Estávamos nas ruas da Primeira Cidade. Tudo o que os mortais irão ou poderão se tornar é previsto no reino dos deuses, onde o tempo é um acessório, e não um dado, e as essências dos Três se misturam em um equilíbrio diferente, dependendo de seus caprichos e humores. Porque Itempas fora banido e diminuído, apenas o mais ínfimo resquício de sua ordem dominava agora. A cidade, que era reconhecível apenas alguns anos antes, mal era agora, e mudava com frequência em um círculo que não podíamos compreender. Ou talvez fosse porque aquilo era um sonho? Com Nsana, não havia como saber.

Então ele e eu caminhamos pelas ruas de pedra que se tornaram calçadas bem pavimentadas, pisando em caminhos de metal em movimento de vez em quando à medida que cresciam dos paralelepípedos e depois derretiam, como se estivessem cansados. Caminhos de cogumelos cresciam e murchavam enquanto passávamos. Cada quarteirão, um ou outro circular, abrigava prédios atarracados de madeira pintada, cúpulas imponentes de mármore talhado e uma ocasional cabana de palha. Curioso, espiei dentro de um destes prédios por sua janela inclinada. Era escuro, cheio de formas volumosas muito distorcidas e aparentemente desconfortáveis para serem mobília, suas paredes decoradas com pinturas em branco. Algo dentro se moveu em direção à janela e recuei rapidamente. Eu não era mais um deus. Tinha que tomar cuidado.

Agora, estávamos outra vez nas sombras de grandes torres de vidro e aço que flutuavam, como nuvens, a alguns metros do chão. Uma delas nos seguiu por dois quarteirões, como um filhote solitário, até enfim se virar com um grunhido enevoado e deslizar para outra avenida. Ninguém caminhava conosco, embora sentíssemos a presença de alguns de nossos

253

irmãos, uns observando, outros não ligando. A Cidade os atraía porque era linda, mas eu não podia entender como eles a aguentavam. O que era uma cidade sem os seus habitantes? Era como a vida sem respirar ou a amizade sem o amor; qual era o sentido?

Mas havia algo ao longe que atraiu a minha atenção e a de Nsana também. Profundo dentro do coração da Cidade, mais alto e mais estático que os arranha-céus flutuantes: uma torre branca, lisa e brilhante, sem janelas ou portas. Mesmo em meio à arquitetura confusa e conflitante daquele ambiente, estava óbvio: o lugar daquela torre não era ali.

Parei e franzi a testa, enquanto um cogumelo mais alto que Nsa espalhava sua copa estriada sobre as nossas cabeças.

— O que é aquilo?

Nsana nos fez chegar mais perto, dobrando a cidade até que estivéssemos aos pés da torre. Isso confirmou que não tinha portas e franzi os lábios ao perceber que era feita de pedra do dia. Um pedacinho do Céu entre os sonhos dos deuses: uma abominação.

— Você trouxe isto para cá — informou Nsana.

— Trouxe coisa nenhuma.

— Quem mais teria trazido, Sieh? Só toco o reino mortal por meio dos sonhos e ele não me toca. Nunca me marcou.

Lancei a ele um olhar severo.

— Marcar? É isso o que você pensa de mim?

— É óbvio, Sieh. Você *é*. — Eu o encarei, me perguntando se deveria me sentir magoado, com raiva ou com outra coisa, e Nsana suspirou: — Assim como estou marcado pelo seu abandono. Assim como todos estamos marcados pela Guerra. Você pensou que os horrores que aguentou simplesmente iriam embora quando se tornasse um deus livre? Eles se tornaram parte de você. — Mas antes que eu pudesse dar uma resposta furiosa, Nsana franziu a testa para a torre outra vez. — Mas há mais nisto do que só experiências ruins.

— O quê?

Nsana tocou a superfície da torre branca com a mão. Brilhou como o Céu de noite sob o toque dele, tornando-se translúcida, e dentro da torre,

O Reino dos Deuses

de repente, eu podia ver a sombra de algum modo vasto e serpenteante. Preenchia a torre, marrom e indistinta, como estrume. Ou um câncer.

— Tem um segredo aqui — disse Nsana.

— O quê? Nos meus sonhos?

— Na sua alma. — Ele me olhou, pensativo. — Para ser tão poderoso assim, deve ser antigo. Importante.

Balancei a cabeça, mas mesmo enquanto o fazia, duvidei.

— Meus segredos são coisas pequenas e bobas — falei, tentando ignorar aquela minhoca de dúvida. — Mantive os ossos dos Arameri que matei em uma pilha sob a cama do chefe da família. Em casamentos, mijo no ponche. Mudo direções dos mapas para que não façam sentido. Roubei parte do cabelo do Nahadoth uma vez, só para ver se eu conseguia, e quase fui comido vivo...

Ele me olhou com seriedade.

— Você tem segredos infantis e adultos, Sieh, porque nunca foi tão simples quanto alega ou quer ser. E este... — Nsana bateu na torre, fazendo um som que ecoou nas ruas vazias ao nosso redor. — ... este é um que você tem escondido até de si mesmo.

Ri, mas estava desconfortável.

— Não posso esconder um segredo de mim mesmo. Isto não faz sentido.

— Quando foi que você fez sentido? Você se esqueceu disso.

— Mas eu...

esqueça

Fiquei em silêncio. De repente, estava frio. Comecei a tremer, embora Nsana (que vestia apenas o cabelo) estivesse bem. Mas os olhos dele se estreitaram de repente e percebi que ele ouvira aquele arrotozinho dos meus pensamentos.

— Foi a voz de Enefa — disse ele.

— Eu não...

Mas fora sim. Sempre fora minha Mãe sussurrando na minha alma, empurrando meus pensamentos para longe deste lugar quando chegavam perto demais. A voz dela: *esqueça*.

— Algo de que você se esqueceu — disse Nsana suavemente —, mas talvez não por vontade própria.

Franzi a testa, dividido entre incerteza, inquietação e medo. E sobre nós, na torre branca, a coisa escura se mexeu com um grunhido baixo e retumbante. Houve um som fraco de pedra se mexendo e, quando olhei para a torre, vi uma série de rachaduras finas e quase invisíveis na superfície da pedra-do-dia.

Algo de que eu esquecera. Algo de que Enefa *me fizera* esquecer. Mas Enefa se fora agora e, fosse lá o que tivesse feito comigo, estava começando a passar.

— Deuses, mortais e demônios no meio. — Esfreguei o rosto. — Não quero lidar com isso, Nsa. Minha vida já está difícil o bastante agora.

Nsana suspirou e seu suspiro transformou a Cidade em um parquinho de prazeres e horrores. Um escorregador alto e íngreme terminava em um poço incorpóreo de dentes mastigando e esfolando. As correntes em um balanço ali perto estavam molhadas de óleo e sangue. Eu não conseguia ver a armadilha na gangorra, mas com certeza havia uma. Parecia inocente demais... como eu, quando estou aprontando alguma coisa.

— Hora de crescer — repetiu ele. — Você fugiu de mim antes, em vez de fazer isso. Agora não tem escolha.

— Antes eu não tinha escolha! — falei em modo de ataque. — Envelhecer vai me matar!

— Eu não disse envelhecer, seu tolo. Eu disse *crescer*. — Nsana se inclinou para perto de mim, seu hálito com o aroma de mel e flores venenosas. — Só porque você é uma criança, não significa que precise ser imaturo, pelo amor do Turbilhão! Conheço você muito bem e há muito tempo, meu irmão, e há outro segredo que esconde de si mesmo, só que faz isto muito mal, então todos sabem: você é solitário. Está sempre solitário, embora tenha tido mais amantes do que possa contar. Você nunca quer o que tem, apenas o que não pode ter!

— Isto não é...

Ele me interrompeu de maneira brusca:

O Reino dos Deuses

— Você me amou antes que eu aprendesse a minha natureza. Enquanto eu precisava de você. Então, quando encontrei a minha força e me tornei completo, quando eu não mais *precisava* de você, mas ainda te *queria*... — Nsana fez uma pausa de repente, sua mandíbula tensionando enquanto ele engolia as palavras que eram dolorosas demais para falar. Eu o encarei, sem palavras. Ele sempre se sentira assim, todo esse tempo? Era assim que ele via? Eu sempre achei que *ele me* deixara. Balancei a cabeça em espanto, em negação.

— Você não pode ser um dos Três — sussurrou Nsana. Recuei. — Está mais do que na hora de você aceitar isso. Você quer alguém que nunca possa deixar para trás. Mas *pense*, Sich. Nem os Três são assim. Itempas traiu a todos nós e a si mesmo. Enefa se tornou egoísta, e Nahadoth sempre foi instável. Esta nova, Yeine, ela também vai partir o seu coração. Porque você quer algo que ela nunca poderá te dar. Você quer a perfeição.

— Não quero perfeição — deixei escapar, então me senti mal quando percebi que confirmara tudo o que ele dissera. — Não... perfeição. Só... — Umedeci os lábios, passei as mãos pelo cabelo. — Quero alguém que seja *meu*. Eu... eu nem sei... — Suspirei. — Os Três, Nsana, eles são *os Três*. Três facetas do mesmo diamante, inteiros mesmo quando separados. Não importa o quanto se afastem um do outro, eles sempre, sempre voltam a ficar juntos cedo ou tarde. Esta proximidade...

Era o que Shahar tinha com Deka, percebi: uma proximidade que poucos de fora compreenderiam ou penetrariam. Mais do que de sangue... de alma. Ela não o vira por metade da vida e ainda me traíra por ele.

Como seria ter aquele tipo de amor?

Eu o queria, sim. Deuses, sim. E na verdade não o queria de Yeine, Nahadoth ou Itempas, porque eles tinham uns aos outros e teria sido errado interferir nisso. Mas eu queria algo assim.

Nsana suspirou. Ali no meu sonho, ele era supremo; poderia saber de todos os meus pensamentos e desejos se quisesse, sem sequer tentar. Então é óbvio que sabia que ele nunca fora suficiente para mim.

— Sinto muito — falei, bem baixinho.

257

— Você com certeza sente. — Parecendo amargo, Nsana me deu as costas por um momento, contemplando os próprios pensamentos. Então suspirou e tornou a se virar para mim. — Está bem. Você precisa de ajuda e não sou tão mesquinho a ponto de ignorar sua necessidade. Então tentarei descobrir mais sobre esse seu segredo. No ritmo que está indo, você vai morrer antes de descobrir.

Baixei o olhar.

— Obrigado.

— Não me agradeça, Sieh.

Ele gesticulou e segui seu gesto, vendo as flores de um lado do parquinho. Entre dezenas de margaridas pretas que se erguiam e balançavam com a brisa fresca, uma única flor de pétalas brancas estava completamente parada. Não era uma margarida. Eu já vira uma flor assim antes: uma rosa-saia-de-altar, pertencente a uma variedade muito rara cultivada no Alto Norte. A torre branca do meu segredo, repetindo-se por tema e forma.

— Este segredo vai machucar quando enfim for revelado — disse ele.

Assenti devagar, meus olhos focados na única flor assustadora.

— Sim. Percebo isto.

A mão no meu ombro me surpreendeu e me virei para ver que o humor de Nsana mudara de novo: ele não estava mais irritado comigo, mas sentia algo próximo a pena.

— Tantos problemas — disse ele. — Morte iminente, a perda de sanidade de nossos pais e vejo que alguém partiu seu coração recentemente também.

Desviei o olhar.

— Não foi ninguém. Só uma mortal.

— O amor nos nivela com eles. Quando partem nossos corações, dói do mesmo jeito que doeria se fosse um de nós. — Nsana pôs a mão na minha nuca, acariciando meu cabelo com compaixão, e dei um sorriso fraco para não mostrar como na verdade o que eu queria muito era um beijo. — Ah, meu irmão. Pare de ser estúpido, sim?

— Nsana, eu...

Ele colocou um dedo sobre os meus lábios e fiquei em silêncio.

O Reino dos Deuses

— Shhh — murmurou ele, inclinando-se para mais perto.

Fechei os olhos, esperando o toque de seus lábios, mas ele veio onde eu não esperava: na testa. Quando pisquei, ele sorriu, cheio de tristeza.

— Sou um deus, não uma pedra — disse ele. Envergonhado, meu rosto ficou quente. Nsana acariciou a minha bochecha. — Mas sempre vou te amar, Sieh.

* * *

Acordei no escuro e chorei até adormecer outra vez. Se sonhei de novo antes de amanhecer, não lembro. Nsa era assim.

* * *

Meu cabelo estava longo de novo, mas não tanto quanto antes. Menos de um metro. As unhas também, desta vez; a mais longa tinha dez centímetros, irregular e começando a se curvar. Implorei uma tesoura para Hymn e as cortei como pude. Tive que fazer o pai de Hymn me ensinar a me barbear. Isso o divertiu tanto que o fez se esquecer de ter medo de mim por alguns minutos, compartilhamos uma risada quando me cortei e gritei um palavrão cabeludo. Então ele começou a se preocupar com que eu me cortasse de novo e explodisse a casa algum dia. Não lemos mentes, mas algumas coisas são fáceis para qualquer um adivinhar. Pedi licença e fui ao trabalho.

Ofendi a governanta do Armas da Noite assim que entrei pela porta principal. Ela me levou para fora de novo e me mostrou a porta dos serventes, uma entrada discreta ao lado da casa, levando ao nível do porão. Era uma porta melhor, para ser sincero; sempre preferi entrar pelos fundos. Era bom para me esgueirar. Mas o meu orgulho estava ferido o bastante para eu reclamar mesmo assim.

— O que foi? Não sou bom o bastante para entrar pela frente?

— Não se não estiver pagando — retrucou ela.

Lá dentro, outro servo me cumprimentou e me informou de que Ahad deixara instruções caso eu chegasse. Então o segui pelo porão até o que parecia uma sala de reuniões bastante mundana. Havia cadeiras de costas duras que pareciam ter absorvido anos de tédio e uma mesa larga e quadrada sobre a qual havia um prato intocado de carnes e frutas. Mas mal notei isso, pois tinha parado, meu sangue gelando quando me dei conta de quem estava na mesa com Ahad. Nemmer.

E Kitr. E Eyem-sutah. E Glee, a única mortal. E, de todos os disparates, Lil.

Cinco dos meus irmãos, sentados a uma mesa de reunião como se nunca tivessem girado pelos vórtices mais distantes do Cosmo como fagulhas que riam. Três dos cinco me odiavam. O quarto talvez me odiasse; não dava para saber com Eyem-sutah. A quinta havia tentado me devorar mais de uma vez. Era provável que tentasse de novo, agora que eu era mortal.

Isto é, se sobrar algo comestível quando os outros acabarem comigo. Retesei a mandíbula para esconder o medo, o que provavelmente o demonstrou ainda mais.

— Já era hora — comentou Ahad. Ele assentiu para o servente, que saiu, fechando a porta para nos deixar a sós. — Por favor, sente-se, Sieh.

Não me mexi, odiando-o mais do que nunca. Eu devia ter imaginado que não dava para confiar nele.

Com um suspiro de leve irritação, Ahad continuou:

— Nenhum de nós é estúpido, Sieh. Machucar você resultaria no desagrado de Nahadoth e Yeine. Acha mesmo que faríamos isso?

— Não sei, Ahad — respondeu Kitr, que sorria maleficamente para mim. — Talvez eu machuque.

Ahad revirou os olhos.

— Você não vai, então fique quieta. Sieh, *sente-se*. Temos coisas a debater.

Fiquei tão impressionado pelo corte que Ahad deu em Kitr que esqueci o medo. Kitr também parecia mais chocada que afrontada. Qualquer tolo poderia perceber que Ahad era o mais jovem do grupo e a inexperiência significava fraqueza entre nós. Ele *era* fraco, desprovido dos meios cruciais para se tornar mais forte. Mas não havia nem um pouco de medo nos olhos dele quando me olhou, e para a minha surpresa (e para a de todos os outros, julgando pelas expressões), Kitr não respondeu.

O Reino dos Deuses

Sentindo-me vagamente sem importância depois disso, fui até a mesa e me sentei.

— Então que demônios é isto? — perguntei, escolhendo uma cadeira longe dos outros. — A reunião semanal do Auxiliar das Deidades, Capítulo da Sombra Mais Baixa?

Todos me olharam com raiva. Menos Lil, que riu. Boa e velha Lil. Sempre gostei dela, a não ser nos momentos em que pedia meus membros como lanche. Ela se inclinou à frente.

— Estamos *conspirando* — explicou ela. A voz rouca estava cheia de alegria infantil, o que me fez devolver o sorriso.

— É a respeito de Darr, então. — Olhei para Ahad, ponderando se ele já havia contado a eles sobre a máscara.

— É a respeito de muitas coisas — respondeu ele. Só ele tinha uma cadeira confortável; alguém havia trazido a grande cadeira de couro de seu escritório. — Que podem se encaixar em um contexto maior.

— Não apenas as peças que você descobriu. — Nemmer sorriu docemente. — Não foi por isso que me contatou, Irmão? Você está se tornando mortal e isto está te fazendo prestar atenção em mais que seu próprio rabo, para variar. Mas pensei que ficaria no Céu. Os Arameri colocaram você para fora?

Kitr riu alto o bastante para fazer os pelinhos da minha nuca se arrepiarem.

— Deuses, Ahad, você disse que ele não tinha poder, mas nunca sonhei que seria tão ruim assim. Você é *mortal*, Sieh. Como é que pode ajudar em qualquer coisa? Nada a fazer além de correr para o papai e a mamãe, que não estão aqui para lhe proteger.

Ela fixou os olhos em mim, o sorriso sumindo, e eu soube que ela estava se lembrando da guerra. Eu também estava me lembrando. Sob a mesa, fechei as mãos em punhos e desejei ter as minhas garras.

Eyem-sutah, que não lutou porque estava apaixonado por uma mortal e quase morreu tentando protegê-la, deixou escapar um suspiro longo e cansado.

— Por favor — disse ele. — Por favor. Isso não ajuda em nada.

— De fato, não ajuda — concordou Ahad, olhando para todos nós com desprezo. — Então se formos concordar que ninguém aqui é criança, nem mesmo quem deveria ser, podemos, por favor, focar nos eventos *deste* milênio?

— Não gosto do seu tom... — começou Kitr, mas então, para a minha grande surpresa, Gleè a interrompeu:

— Tenho pouco tempo — disse ela. Parecia tão completamente em paz em uma sala cheia de deidades que me perguntei de novo se ela seria Arameri. Se era, estava longe na linhagem dela; Glee parecia ser inteiramente maronesa.

Para a minha surpresa, todos os meus irmãos ficaram em silêncio com as palavras dela, observando-a com uma combinação de consternação e incômodo. Isto me fez ficar ainda mais curioso (então não fora Ahad o único que se submetera a ela?), mas esta curiosidade teria que permanecer insatisfeita por enquanto.

— Tudo bem, então — falei, me dirigindo a Ahad porque ele parecia ser quem estava ao menos tentando ficar focado. — Quem vai pegar a máscara e destruí-la?

— Ninguém. — Ahad juntou os dedos.

— Como é? — falou Kitr antes que eu pudesse. — Baseado no que nos contou, Ahad, nada tão poderoso deveria ser deixado em mãos mortais.

— E há mãos melhores? — Ele olhou ao redor da mesa e me encolhi ao perceber o que ele queria dizer. Nemmer também suspirou e se recostou. — Um de nós? Nahadoth? Yeine?

— Faria mais sentido... — começou Kitr.

— Não — interrompeu Nemmer. — Não. Lembre-se do que aconteceu da última vez que um deus conseguiu uma poderosa arma mortal.

Com isso, Eyem-sutah, que escolhera se parecer com um amnie, ficou pálido.

Kitr franziu a testa.

— Você nem sabe se essa máscara é perigosa para nós. Machucou a *ele*. — Ela apontou um dedo para mim, franzindo os lábios. — Mas até palavras duras poderiam machucá-lo agora.

O Reino dos Deuses

— Machucou o Kahl também — falei, fazendo cara feia. — A coisa está quebrada, incompleta. Seja lá o que é para fazer, está fazendo errado. Mas poderoso como já está agora, não vejo motivo para esperarmos os mortais a *completarem* antes de agirmos. — Encarei Ahad e Glee também. — Vocês sabem do que os mortais são capazes.

— Sim, das mesmas coisas que os deuses, mas em escala menor — respondeu Ahad, com a voz neutra.

Glee olhou para ele, mas não consegui ler a expressão dela antes que se virasse para mim.

— Há mais nisso do que você sabe.

— Então me conte!

Com Ahad, eu estava acostumado. Ele mantinha segredos como eu mantinha brinquedos e fazia isso por rancor. Mas Glee não parecia ser deste tipo.

— Você não é mais criança, Sieh. Deve aprender a ser paciente — disse Ahad, devagar. O sorrisinho sumiu. — Mas você está certo; uma explicação pode ser necessária, visto que você é novo, tanto na nossa organização quanto em Sombra. O propósito original deste grupo era apenas policiar o nosso próprio comportamento e prevenir outra Interdição. Em certa medida, ainda é o nosso objetivo. Mas as coisas mudaram quando uns poucos mortais usaram sangue de demônio para expressar insatisfação com a nossa chegada. — Ele suspirou, cruzando as pernas e se reclinando na cadeira. — Isso foi há alguns anos. Talvez você se lembre.

É óbvio que eu me lembrava. Alguns dos meus irmãos foram mortos e Nahadoth chegara perto de tornar Céu-em-Sombra uma enorme cratera fumegante.

— Difícil esquecer.

Ele assentiu.

— Este grupo já tinha se organizado para proteger a *eles* de *nós*. Depois do incidente, ficou óbvio que deveríamos trabalhar para *nos* proteger *deles* também.

— Que estupidez — respondi, franzindo a testa para a mesa. Glee ergueu uma sobrancelha e fiz uma careta, mas a ignorei. — Lidamos com o demônio; a ameaça terminou. O que há para temer? Qualquer um de vocês poderia acabar com toda esta cidade, derreter as montanhas, fazer a água da Lente ferver...

— Não — interrompeu Eyem-sutah. — Não podemos. Se fizermos isso, Yeine vai revogar nosso direito de viver aqui. Você não entende, Sieh; você não *queria* voltar depois que sua pena na prisão terminou. Dadas as circunstâncias, não te culpo. Mas você preferiria mesmo nunca mais visitar o reino mortal?

— Isto não impor...

Eyem-sutah balançou a cabeça e se inclinou à frente, me interrompendo:

— Diga-me que você nunca se aninhou no peito de uma mulher mortal para ser abraçado, Sieh, e amado incondicionalmente. Ou sentiu adoração quando algum homem mortal despenteou seu cabelo. Diga-me que não significam nada para você. Olhe nos meus olhos e diga, e vou acreditar em você.

Eu poderia ter feito. Sou um trapaceiro. Posso olhar nos olhos de qualquer um e dizer qualquer coisa e fazê-los acreditar. Apenas Nahadoth, que me conhece melhor que qualquer um, e Itempas, que sempre vê falsidade, foram capazes de me pegar quando eu realmente queria mentir.

Mas mesmo trapaceiros têm honra, como Eyem-sutah sabia bem. Ele tinha razão e teria sido errado da minha parte não reconhecer isto. Então baixei os olhos e ele se recostou.

— Foi de um debate assim que esta organização nasceu — disse Ahad, só um pouco seco. — Nem todas as deidades escolheram participar, mas a maioria adere às regras que definimos, com base em nosso interesse próprio. — Ele deu de ombros. — Lidamos com aqueles que não aderem.

Apoiei o queixo no punho, fingindo tédio para esconder o incômodo que as perguntas de Eyem-sutah causaram em mim.

— Está bem. Mas como você terminou no comando? Você é uma criança.

Ahad sorriu, movendo apenas o lábio superior.

— Ninguém mais queria a tarefa depois que Madding morreu. Recentemente, no entanto, a nossa estrutura mudou. Agora sou apenas

O Reino dos Deuses

o organizador, pelo menos até a hora em que o nosso verdadeiro líder escolher ter um papel mais ativo.

— E seu líder é…?

Não que eu achasse que ele fosse me contar.

— Isso importa?

Pensei no assunto.

— Acho que não. Mas isto tudo é terrivelmente… *mortal*, não acha? — Gesticulei para a sala de reunião, para as mesas e cadeiras, a bandeja de petiscos. (Por orgulho, contive a vontade de pegar um pedaço de queijo.) — Por que não inventar um nome que soe sinistro também, visto que estão fazendo tudo isso? "A Organização" ou algo original assim. Tanto faz, uma vez que vocês vão agir como um bando de mortais.

— Não precisamos de nome. — Ahad deu de ombros, e então olhou para Glee de modo significativo. — E nosso grupo consiste em mais que apenas deuses, o que requer alguma concessão à convenção mortal. — Glee inclinou a cabeça em um agradecimento silencioso. — De qualquer jeito, moramos no reino mortal. Não deveríamos pelo menos tentar pensar como os mortais de vez em quando, para antecipar os nossos adversários com mais facilidade?

— E então não fazer nada quando descobrirmos uma ameaça? — Kitr socou a mesa.

A expressão de Ahad ficou neutra como a de um Arameri.

— O que, exatamente, você quer que façamos, Kitr? Capturemos a máscara? Não sabemos quem a criou, nem como; eles poderiam simplesmente fazer outra. Não sabemos o que ela faz. Sieh disse que esse Kahl parecia estar usando os darre para criá-la. Isto não implica ser algo que os mortais podem tocar, mas que pode matar um deus?

Franzi a testa, recusando-me a dar razão a ele.

— Precisamos fazer *alguma coisa*. Isto é perigoso.

— Muito bem. Devemos capturar Usein Darr e torturá-la para descobrir seus segredos? Talvez possamos ameaçar dar a criança dela para Lil. — Lil, que estivera encarando a bandeja de comida, sorriu e disse "Hummmm" sem desviar o olhar. — Ou devemos dispensar a sutileza e golpear Darr com fogo, pragas e aniquilação, até que as cidades estejam em ruínas e as pessoas sejam esquecidas? Isto soa familiar para vocês, *Enefadeh*?

Cada músculo voluntário do meu corpo se retesou de fúria. En pulsou uma vez, questionando, contra o meu peito; eu queria matar alguém de novo? Ainda estava cansado da minha fúria com Remath, mas valeria tentar.

Isso, e apenas isso, me acalmou. Coloquei a mão em En, acariciando-o por cima da camisa. Nada de mortes por enquanto, mas era uma boa estrelinha por querer ajudar. Com outro pulso de prazer, En voltou a esfriar e dormir.

— Não somos os Arameri — continuou Ahad, falando com calma, embora mantivesse o olhar em mim. Exigindo a minha confirmação. — Não somos Itempas. Não podemos repetir os erros do passado. De novo e de novo nossa gente tentou dominar os mortais e nos machucamos ao tentar. Desta vez, se escolhermos viver entre eles, devemos compartilhar os riscos da mortalidade. Devemos *viver* neste mundo, não apenas visitá-lo. Entenderam?

É óbvio que eu entendia. *Mortais são tanto criação de Enefa quanto nós mesmos.* Eu havia discutido isso com meus companheiros de prisão um século antes, quando pensamos em usar a vida de uma garota mortal para conquistar a nossa liberdade. Fizemos e o plano foi bem-sucedido (mesmo que os nossos esforços tenham mais atrapalhado que ajudado), mas eu me sentira culpado na época. E o medo: porque se fazíamos o que Itempas e seus Arameri de estimação tinham feito, não corríamos o risco de nos tornarmos como eles?

— Entendo — falei bem suavemente.

Ahad me observou por mais um momento, então assentiu.

Glee suspirou.

— Estou mais preocupada com esse Kahl do que com qualquer magia mortal. Nenhuma deidade com esse nome está em qualquer registro da cidade. O que o resto de vocês sabe sobre ele?

Ela olhou ao redor da mesa.

O Reino dos Deuses

Ninguém respondeu. Kitr e Nemmer se entreolharam, então observaram Eyem-sutah, que deu de ombros. Todos olharam para mim. Fiquei boquiaberto.

— *Nem um* de vocês o conhece?

— Imaginamos que você conhecesse — comentou Eyem-sutah. — Você é o único que já estava aqui quando todos nós nascemos.

— Não. — Consternado, mordi o lábio. — Posso jurar que já ouvi esse nome antes, mas...

A lembrança pairava à margem da minha consciência, mais perto do que já estivera antes.

Esqueça, sussurrou a voz de Enefa. Frustrado, suspirei.

— Ele é elontid — falei, encarando o meu próprio punho fechado. — Tenho certeza. E é jovem, acho. Talvez um pouco mais velho que a Guerra.

Mas Madding havia sido a última deidade a nascer antes da Guerra. Mesmo antes dele, Enefa fizera poucos filhos na última era... e nenhum elontid. Ela perdera a vontade de gerar filhos depois de ver tantos dos seus serem assassinados nas batalhas contra os demônios.

Se você fosse uma criança de verdade, ela me dizia às vezes enquanto acariciava o meu cabelo. Eu vivia por esses momentos. Ela não era muito dada a carinho. *Se você pudesse ficar comigo para sempre.*

Mas posso, eu sempre dizia, e a expressão nos olhos dela ficava introspectiva e triste de uma maneira que eu não entendia. *Nunca ficarei velho, nunca crescerei. Posso ser seu garotinho para sempre.*

Ah, se isso fosse verdade, ela dizia.

Pisquei, franzindo a testa. Tinha me esquecido daquela conversa. O que ela quisera dizer com...

— Elontid — murmurou Ahad, quase para si mesmo. — Aqueles nascidos de deuses e deidades, ou Nahadoth e Itempas. — Ele lançou um olhar especulativo para Lil. Ela começara a acariciar um dos morangos na bandeja, seu dedo ossudo e com unha irregular percorrendo a curva de um jeito que teria sido sensual em qualquer outra pessoa. Ela enfim desviou o olhar da bandeja, mas continuou tocando o morango.

267

— Não conheço nenhum Kahl — afirmou ela, sorrindo. — Mas nem sempre queremos ser conhecidos.

Glee franziu a testa.

— Como é?

Lil deu de ombros.

— Nós, elontid, somos temidos por mortais e deuses. Não sem motivo. — Ela me lançou um olhar que era pura lascívia. — Você tem um cheiro delicioso agora, Sieh.

Meu rosto ficou quente e deliberadamente peguei algo da bandeja. Pepino coberto com pasta de *maash* e ovos *comry*. Fiz um espetáculo ao enfiá-lo na boca e engolir quase sem mastigar. Ela fez um biquinho; a ignorei e me virei para Glee.

— O que a Lil quer dizer — falei — é que os elontid são diferentes. Não são exatamente deidades, nem exatamente deuses. São — pensei por um momento — mais como o Turbilhão do que o resto de nós. Eles fluem e diminuem, criam e devoram, cada um à sua maneira. Isto os torna... difíceis de entender. — Olhei para Lil e, quando o fiz, ela pegou uma fatia de pepino e a enfiou na boca de uma vez, em seguida me mostrando a língua. Sem querer, ri. — Se algum deus pudesse esconder sua presença no mundo, seria um elontid.

Glee tamborilou um dedo na mesa, pensativa.

— Poderia se esconder até dos Três?

— Não. Não se eles estiverem unidos. Mas os Três têm seus próprios problemas agora. Eles estão incompletos. — Pisquei, algo novo me ocorrendo. — E os Três podem ser o *motivo* de nem um de nós se lembrar desse Kahl. Enefa, quero dizer. Ela pode ter feito todos nós...

esqueça

Cale-se, mãe, pensei irritado.

— ... nos esquecermos.

— Por que ela faria isso? — De olhos arregalados, Eyem-sutah olhou ao redor. — Não faz sentido.

— Não — disse Nemmer baixinho. Os olhos dela encontraram os meus e eu assenti. Ela era uma das mais velhas entre nós, nem próxima da minha idade, mas estivera por perto para ver a guerra contra os demônios. Ela sabia as muitas configurações que podiam resultar entre os filhos dos Três. — Faz muito sentido. Enefa... — Ela fez uma careta. — Ela não se importava em nos matar. E ela o faria, se algum de seus filhos fosse uma ameaça para os outros. Depois dos demônios, ela não estava mais disposta a arriscar. Mas se uma criança *pudesse* sobreviver sem machucar os outros e se a sobrevivência dela, por algum motivo, dependesse de as outras não conhecerem sua existência... — Ela balançou a cabeça. — É possível. Ela pode até ter criado algum novo reino para abrigá-lo, longe do resto de nós. E quando morreu, levou o conhecimento sobre essa criança consigo.

Pensei na intimação de Kahl. *Enefa está morta agora. Eu me lembrei.* A teoria de Nemmer cabia, exceto por uma coisa.

— Quem é o outro pai do elontid? A maioria de nós não deixaria uma criança apodrecer em algum paraíso ou inferno para sempre. Para a nossa gente, uma nova vida é sempre preciosa demais.

— Tem que ser uma deidade — sugeriu Ahad. — Se fosse Itempas ou Nahadoth, esse Kahl seria só... — sua boca começou a formar a palavra *normal*, mas então Lil se virou para encará-lo e fazer Itempas orgulhoso, e ele se corrigiu: — ... niwwah, como o resto de vocês.

— Eu sou mnasat — corrigiu Kitr, encarando também.

— Tanto faz — respondeu Ahad, e de repente fiquei feliz porque a faca de frutas da bandeja estava longe de Kitr. Com sorte, Ahad encontraria a sua natureza em breve; de outra maneira, ele não duraria muito entre nós.

— Muitas deidades morreram na Guerra — disse Glee, e todos ficamos sérios ao perceber o que ela queria dizer.

— Deuses — murmurou Kitr, parecendo horrorizada. — Crescer em exílio, esquecido, órfão... esse Kahl nem sequer sabia como nos encontrar? Por quanto tempo ele esteve sozinho? Não consigo imaginar.

Eu conseguia. O universo estivera bem mais vazio antes. Na época, na minha verdadeira infância, não havia palavra para *solidão*, mas todos os meus três pais (Nahadoth, principalmente) tinham se esforçado para me proteger dela. Se Kahl não tivera o mesmo... não pude evitar sentir pena dele.

— Isto complica demais as coisas — afirmou Ahad, suspirando e esfregando os olhos. Senti a mesma coisa. — Pelo que você contou, Sieh, parece que os alto-nortistas e o Kahl estão trabalhando em objetivos opostos. Ele está usando os diminuidores para criar uma máscara que transforma mortais em deuses, por algum motivo que não consigo entender. E eles estão usando da mesma arte para criar máscaras que de algum modo matam os Arameri.

— Ou então o *Kahl* tem matado os Arameri, usando as máscaras e fazendo isso para atribuir culpa aos nortistas — sugeri, me lembrando da conversa que tive com ele em sonho. *Eu já comecei*, ele dissera. Era o mais antigo dos truques, semear discórdia entre grupos com interesses em comum. Bom para desviar atenção de um truque maior também. Pensei mais e fiz uma carranca. — Tem outra coisa. Os Arameri destroem qualquer terra que os fere... o que garante que os inimigos deles ataquem mais decisivamente, se e quando fizerem isso. — Pensei em Usein Darr, orgulhosamente dizendo que nunca mataria apenas *alguns* Arameri. — Os alto-nortistas não se importariam com assassinos e um sangue-baixo aqui, um sangue-alto lá. Eles trariam um exército e tentariam destruir a família inteira de uma vez.

— Não há prova nenhuma de que estejam construindo um exército — contestou Nemmer.

Havia, mas era sutil. Pensei na gravidez de Usein Darr e da outra guarda, e na mulher em Sar-enna-nem que carregava dois bebês, ambos pequenos demais para estarem comendo comida sólida. Pensei nas crianças que eu vira lá: briguentas, xenofóbicas, quase não conheciam outro idioma e cada uma tinha, no máximo, quatro ou cinco anos. Darr era famoso por sua arte contraceptiva. Mesmo antes dos escribas, as mulheres lá tinham aprendido havia tempos como programar a gravidez para se adequar às constantes invasões e guerras entre povos. Sua safra de guerra, assim chamavam, fazendo uma piada sobre a dependência de outras terras na agricultura. Nos anos anteriores a uma guerra, todas as mulheres com menos de trinta anos faziam o possível para ter um filho ou dois. As guerreiras amamentavam os bebês por alguns dias, depois os entregavam às não guerreiras da família, que, também tendo acabado de parir, apenas cuidavam de dois ou três, até que todos os filhos pudessem ser desmamados e entregues às avós ou aos homens. Assim, as guerreiras podiam partir para a luta sabendo que seus substitutos estavam crescendo seguros, caso morressem em batalha.

Era um mau sinal ver tantas darre se reproduzindo. Era um sinal ainda pior que as crianças odiassem estrangeiros e sequer tentassem imitar os costumes senmatas. Elas certamente não estavam preparando aquelas crianças para a *paz*.

— Mesmo que estivessem construindo um exército — disse Ahad —, não haveria motivos para interferirmos. O que os mortais fazem uns com os outros é assunto deles. Nossa preocupação é apenas com essa deidade Kahl e a estranha máscara que Sieh viu.

Com isso, o olhar já sombrio de Glee ficou ainda mais ameaçador.

— Então não vão fazer nada se a guerra acontecer?

— Os mortais guerrilham uns com os outros desde a criação — respondeu Eyem-sutah com um suspiro suave. — O melhor que podemos fazer é tentar evitar... e proteger quem amamos, se falharmos. É a natureza deles.

— Porque é a *nossa* natureza — bradou Nemmer. — E por nossa causa, eles agora têm magia como arma para a guerra. Eles usarão soldados e espadas como antes da Guerra dos Deuses, mas também escribas e essas máscaras, e demônios sabem lá mais o quê. Faz ideia de quantos podem morrer?

Eu sabia que seria pior do que isso. A maioria dos mortais não tinha mais ideia do que a guerra de fato significava. Eles não podiam imaginar a fome, a pilhagem e a doença, não em tal escala. Ah, eles temiam a de antigamente e a lembrança da guerra final (*nossa* Guerra) havia se cravado em brasas na alma de todas as etnias. Mas isso não os impediria de liberar toda a sua fúria novamente e descobrir tarde demais o que haviam feito.

— Isso fará mais do que matar — murmurei. — Essas pessoas se esqueceram de como a humanidade pode ser em seu pior. Redescobrir vai chocá-las; vai ferir a alma delas. Já vi acontecer, aqui e em outros mundos. — Olhei para Ahad e ele franziu a testa, só um pouco, diante da minha expressão. — Eles queimarão a história e assassinarão artistas. Vão escravizar mulheres e devorar crianças, e farão tudo isso em nome dos deuses. Shahar estava certa; o fim dos Arameri significa o fim do Iluminado.

Ahad falou com suavidade brutal:

— Será pior se nos envolvermos.

Ele estava certo. Eu o odiei ainda mais por isso.

No silêncio que se seguiu, Glee suspirou:

— Fiquei por tempo demais. — Ela se levantou para ir embora. — Mantenham-me informada do que mais decidirem ou descobrirem.

Esperei que um dos deuses na mesa a castigasse por dar ordens. Então percebi que nem um deles planejava fazer isso. Lil começara a se inclinar em direção ao prato, os olhos brilhando. Kitr pegara a faca de frutas e a girava na ponta do dedo, um velho hábito que significava que ela estava pensando. Nemmer se levantou para sair também, acenando casualmente para Ahad, e de repente não aguentei mais. Empurrei a cadeira para trás, dei a volta na mesa e cheguei à porta assim que Glee começou a abri-la. Eu a bati com força.

— Quem em nome dos infernos pútridos é você? — bradei.

Ahad grunhiu:

— Sieh, pelos deuses...

— Não, eu preciso saber. Jurei nunca mais aceitar ordens de um mortal outra vez. — Eu encarei Glee, que não parecia nem um pouco afetada pelo meu chilique, como eu queria que estivesse. Que ignomínia; eu sequer conseguia fazer os mortais me temerem mais. — Isto não faz sentido! Por que todos vocês a estão *ouvindo*?

A mulher ergueu uma sobrancelha, então deixou escapar um suspiro longo e pesado.

— Meu nome é Glee Shoth. Eu falo por, e auxilio, Itempas.

As palavras me atingiram como um tapa; assim como o nome, a estranha familiaridade da postura dela, sua herança maronesa e o modo como

O Reino dos Deuses

todos os meus irmãos pareciam inquietos em sua presença. Eu devia ter visto logo de cara. Kitr estava certa; eu estava mesmo perdendo o jeito.

— Você é filha dele — sussurrei. Eu mal conseguia fazer a boca formar as palavras. Glee Shoth, filha de Oree Shoth, a primeira e, até onde eu sabia, única amiga mortal que Itempas teve um dia. Era óbvio que eles foram além da amizade. — A... pelos deuses, filha *demônio* dele.

Glee não sorriu, mas os olhos dela se aqueceram de divertimento; e agora que eu sabia, todas aquelas pequeninas familiaridades eram óbvias como tapas na cara. Ela não parecia com ele; nas feições, herdara mais da mãe. Mas os maneirismos, o ar de calma que usava como uma capa... estava tudo lá, óbvio, como o sol nascente.

Então compreendi as implicações da existência dela. Um demônio. Um demônio *feito por Itempas*; ele quem declarara os demônios proibidos, para início de conversa, e liderara a caçada, para exterminá-los. Uma filha, aliada a ele, *ajudando-o.*

Pensei no que isso significava, que ele a amava.

Pensei na reconciliação dele com Yeine.

Considerei os termos da prisão dele.

— É ele — sussurrei. Quase cambaleei, e teria cambaleado se não tivesse me inclinado à porta, buscando suporte. Olhei para Ahad, para acalmar os meus pensamentos agitados. — *Ele* é o líder deste grupo de-sequilibrado de vocês. *Itempas.*

Ahad abriu a boca, e então tornou a fechá-la.

— "Você vai consertar todos os males infligidos em seu nome" — disse ele por fim, e tremi ao me lembrar das palavras. Eu estivera lá da primeira vez que elas foram pronunciadas e a voz de Ahad era profunda o suficien-te, tinha o timbre correto, para imitar o falante original com perfeição. Ele deu de ombros e enfim mostrou seu sorriso sem humor. — Eu diria que os Arameri, e tudo o que eles fizeram ao mundo, contam como um grande erro, não é?

— E é a natureza dele. — Glee lançou a Ahad um olhar malicioso antes de voltar a atenção a mim. — Mesmo sem magia, ele lutará contra a transgressão da magia do jeito que puder. É tão surpreendente assim?

Resisti por teimosia.

— Yeine disse que não estava conseguindo encontrá-lo.

O sorriso de Glee foi fino como um papel.

— Arrependo-me de escondê-lo da Lady Yeine, mas é necessário. Para a proteção dele.

Balancei a cabeça.

— Proteção? De... deuses, isto não faz sentido. Um mortal não pode se esconder de um deus.

— Um demônio pode — respondeu ela. Pisquei surpreso, mas não deveria. Eu já sabia que alguns demônios sobreviveram ao genocídio deles. Agora eu sabia como. — E por sorte — continuou Glee —, alguns de nós podem esconder outros quando necessário. Agora, se me der licença...

Ela olhou direto para a minha mão na porta e me afastei.

Ahad pegara um charuto e estava mexendo distraidamente nos bolsos. Ele lançou um olhar preguiçoso a Glee e lá estava uma pontada do velho mal nos olhos dele.

— Diga ao velho que eu disse oi.

— Não direi — respondeu ela de imediato. — Ele te odeia.

Ahad riu, então se lembrou de que era um deus e acendeu o charuto em um momento de concentração. Recostando-se na cadeira, ele observou Glee com lascívia contínua enquanto ela abria a porta.

— Mas pelo menos você não odeia, certo?

Glee parou na soleira, o olhar de repente tão familiar quanto seu quase sorriso tinha sido um momento antes. Óbvio que sim. Eu tinha visto essa mesma arrogância leve e possessiva toda a minha vida. A garantia absoluta de que tudo estava como deveria estar no universo, porque tudo era dela... se não agora, então cedo ou tarde.

— Ainda não — retrucou ela, e não sorriu outra vez antes de deixar o cômodo.

Ahad se inclinou para a frente assim que a porta foi fechada, os olhos fixos na porta em tão óbvio interesse que Lil começou a encará-lo, enfim distraída da comida. Kitr fez um som de irritação e tentou alcançar a bandeja, provavelmente mais por irritação que fome.

O Reino dos Deuses

— Verei se consigo fazer um dos meus entrar em Darr — anunciou Nemmer, levantando-se. — Mas eles suspeitam de estranhos... terei que fazer eu mesma. Ocupada, ocupada, ocupada.

— Vou ouvir com mais atenção a conversa dos marinheiros e comerciantes — afirmou Eyem-sutah. Ele era o deus do comércio, para quem os ken certa vez dedicaram seus magníficos navios. — Guerra significa carregamentos de aço, couro e marzipã, para lá e para cá, para lá e para cá... — Ele fechou os olhos; suspirou. — Tais coisas têm sua própria música.

Ahad assentiu.

— Vejo vocês semana que vem, então.

Com isso, Nemmer, Kitr e Eyem-sutah desapareceram. Lil se levantou e se apoiou na mesa por um momento; a comida desapareceu. A bandeja também, embora a mesa de Ahad tenha permanecido intocada. Ahad suspirou.

— Você se tornou interessante, Sieh — disse Lil para mim, sorrindo sob seus olhos inquietos e sarapintados. — Você quer tanto tantas coisas. Geralmente você só tem gosto de um desejo interminável e insatisfeito.

Suspirei e desejei que ela fosse embora, por mais que fosse em vão. Lil ia e vinha quando queria, e nada menos que a guerra poderia deslocá-la quando ela se interessava por algo.

— O que está fazendo aqui? — perguntei. — Não achei que ligasse para nada além de comida, Lil.

Ela balançou um ombro dolorosamente ossudo, o cabelo quebrado imitando o som de folha seca ao roçar no tecido do vestido.

— Este reino mudou enquanto estávamos fora. O gosto ficou mais intenso, os sabores mais complexos. Mudo para me encaixar. — Para a minha surpresa, ela deu a volta na mesa e pôs a mão sobre a minha. — Você sempre foi gentil comigo, Sieh. Fique bem, se puder.

Lil também desapareceu, me deixando ainda mais perplexo que antes. Balancei a cabeça para mim mesmo, sem perceber que estava sozinho com Ahad, até que ele falou:

— Perguntas? — O charuto estava pendurado entre os dedos dele, prestes a derrubar uma quantidade de cinzas no carpete.

Pensei nos ventos que sopravam ao meu redor e balancei a cabeça.

— Ótimo — disse ele, e acenou com a mão. (Isso fez cinzas se espalharem por toda a parte.) Outra bolsinha apareceu na mesa. Franzindo a testa, eu a peguei e a encontrei pesada, com moedas.

— Você me deu dinheiro ontem.

Ahad deu de ombros.

— Coisa engraçada, o emprego. Você trabalha e vai sendo pago.

Fiz uma carranca.

— Suponho que eu tenha passado no teste da Glee, então.

— Sim. Então pague àquela família mortal pela cama e pela acolhida, compre algumas roupas decentes e, pelo amor dos demônios, coma, durma e pare de parecer um lixo. Você precisa conseguir passar despercebido ou pelo menos não assustar as pessoas. — Ele fez uma pausa, recostando-se na cadeira e dando uma longa tragada no charuto. — Dada a qualidade do seu trabalho hoje, posso ver que farei bom uso de você no futuro. Este é, a propósito, o salário padrão que oferecemos aos trabalhadores que mais se destacam no Armas da Noite.

Ele me lançou um sorrisinho malicioso.

Se o dia já não tivesse sido tão estranho, eu teria me maravilhado com o elogio dele, ainda que estivesse entrelaçado com o insulto. Em vez disso, apenas assenti e enfiei a bolsinha na minha camisa, onde ladrõezinhos não a alcançariam com tanta facilidade.

— Bem, dê o fora então — disse Ahad, e fui.

Eu estava cinco anos mais velho, castigado havia vários séculos, e mais odiado que nunca por meus irmãos, incluindo um do qual aparentemente eu me esquecera. Quanto ao primeiro dia no trabalho... bem. Eu ainda estava vivo. Restava saber se isto era bom ou não.

Livro três
Três pernas na tarde

FLUTUO PELO SONHO. VISTO QUE não sou mortal, não há pesadelos. Nunca me encontro nu no meio de uma multidão, porque isso nunca me incomodaria. (Eu balançaria a minha genitália para eles só para ver o choque em seus rostos.) Grande parte do que sonho são lembranças, provavelmente porque tenho muitas delas.

Imagens de pais e filhos. Nahadoth, com a forma de algum tipo de grande fera salpicada de estrelas, está encolhido em um ninho de faíscas de ébano. Estamos nos dias que precederam os mortais. Sou uma coisinha meio escondida nos brilhos do ninho. Um bebê. Eu me aconchego contra ela em busca de conforto e proteção, miando como um gatinho recém-nascido, e ela me acaricia e sussurra o meu nome possessivamente...

Shahar de novo. A Matriarca, não a garota que conheço. Ela é mais jovem do que no meu último sonho, talvez na casa dos vinte anos, e está sentada a uma janela, amamentando um bebê. O queixo está apoiado sobre o punho; presta pouca atenção ao bebê enquanto ele mama. Mortal esta criança. Completamente humana. Outra criança humana está sentada em uma cesta atrás dela (gêmeas), sendo cuidada por uma garota vestida como uma sacerdotisa. Shahar também usa vestes, embora as dela sejam mais sofisticadas. Ela é de alto escalão. Deu à luz filhas, como exige sua fé, mas logo as abandonará, quando seu senhor precisar dela. Seus olhos estão sempre no horizonte, esperando o amanhecer..

Enefa, em toda a glória de seu poder. Todos os seus experimentos, todos os testes e fracassos, enfim alcançaram o ápice do sucesso. Combinando vida e morte, luz e escuridão, ordem e caos, ela traz vida mortal ao universo, transformando-o para sempre. Nos últimos bilhões de anos, ela tem dado à luz. Seu ventre é uma terra de vastidão e fecundidade infinitas, agitando-se enquanto produz vida após vida após vida. Nós, que já nascemos, contemplamos e adoramos essa maravilha em forma de gêiser. Vou até ela, levando uma oferenda de amor, porque a vida precisa disto para prosperar. Ela o devora avidamente e se arqueia, gritando em agonia e triunfo quando outra espécie irrompe. Magnífico. Ela busca a minha mão porque seus irmãos foram para algum lugar, provavelmente juntos, mas tudo bem. Sou o mais velho de seus filhos-deuses, um homem crescido. Estou por perto quando ela precisa de mim. Mesmo que não precise de mim com muita frequência...

Eu mesmo. Que estranho. Estou sentado em uma cama no primeiro Céu, em carne mortal, confinado a ela por Itempas, que perdera a sanidade e pelo poder da minha mãe morta. Sei que isto são os primeiros anos, quando eu relutava contra as minhas correntes o tempo todo. Minha carne ainda tem as marcas vermelhas do chicote e estou mais velho do que gostaria, enfraquecido pelas lesões. Um jovem. Mesmo assim, estou sentado ao lado de uma forma longa e maior, cujas costas estão voltadas para mim. Homem, adulto, nu. Mortal: o cabelo preto uma confusão. Pele doentiamente branca. Ahad, que não tinha nome na época. Ele chora, sei pelo modo que os ombros balançam com os soluços, e eu... não me lembro do que fiz com ele, mas há culpa, assim como desespero, em meus olhos...

Yeine. Que nunca dera à luz uma criança nem enquanto mortal, nem deusa, mas que se tornara a minha mãe no instante em que me conhecera. Ela tem o instinto materno de uma predadora: escolha os parceiros mais brutais, destrua qualquer coisa que ameace os jovens, crie-os para serem bons assassinos. Mesmo assim, comparada a Enefa, ela é uma fonte de candura e bebo do amor dela com tanta sede que me preocupo que acabe. (Nunca acabou.) Em carne mortal, nos encolhemos no chão da câmara da Harpa do Vento,

O Reino dos Deuses

rindo, aterrorizados pelo amanhecer e pela ruína que parece inevitável, mas que, na verdade, é apenas o começo...

Enefa outra vez. A grande aceleração está feita há muito tempo. Agora ela faz poucos filhos novos, preferindo observar, podar e transplantar os que já tem, nos milhões de mundos onde crescem. Ela se vira para mim, estremeço e me torno homem pela sua vontade, embora a essa altura eu tenha percebido que a criança é a manifestação mais fundamental de minha natureza.

— Não tema — diz ela quando me atrevo a reclamar.

Ela vem até mim, me toca suavemente; meu corpo cede e meu coração se eleva. Ansiei por isso por tanto tempo, mas...

Estou morrendo, este amor vai me matar, afaste-o, ah, deuses, nunca tive tanto medo...

Esqueça.

*Um para desânimo
Dois para alegria
Três para menina
Quatro para menino
Cinco para prata
Seis para ouro
Sete para um segredo
Eternamente ser duradouro*

* * *

A VIDA MORTAL É COMPOSTA DE ciclos. Dia e noite. Estações. Acordar e dormir. Essa natureza cíclica foi incutida por Enefa em todas as criaturas mortais e os humanos a aprimoraram ao desenvolver suas culturas para que se encaixassem. Trabalho, casa. Meses se tornam anos, anos convertem o passado ao futuro. Elas contam infinitamente, essas criaturas. É o que marca a diferença entre eles e nós, acho, bem mais que a magia e a morte.

Por dois anos, três meses e seis dias, vivi a vida mais comum que pude. Comi. Dormi. Fiquei mais saudável, esforçando-me para ficar mais forte e polido, e passei a me vestir melhor. Pensei em pedir a Glee Shoth para marcar um encontro entre mim e Itempas. Escolhi não pedir, porque eu odiava e preferiria morrer. Totalmente normal.

O trabalho era normal também, à sua própria maneira. A cada semana, eu viajava para onde Ahad escolhia me mandar, observando o que eu podia, interferindo onde era solicitado. Comparado à vida de um deus...

O Reino dos Deuses

bem. Pelo menos não era entediante. Mantinha-me ocupado. Quanto mais eu trabalhava, menos pensava. Essa era uma coisa boa e necessária.

O mundo também não era normal. Seis meses depois de conhecê-la e três meses depois do nascimento do mais recente filho digno de lamentos, o pai de Usein Darr morreu da doença prolongada que o incapacitara por um tempo. Imediatamente depois, Usein Darr se elegeu como uma das representantes do Alto Norte. Ela viajou para Sombra a tempo da sessão de votação do Consórcio. "E todo mundo sabe o porquê", declarou Usein, então de maneira dramática (de acordo com os novos pergaminhos), virou-se para olhar nos olhos de Remath Arameri, que se sentava na ala da família, acima do andar do Consórcio. Remath não respondeu... provavelmente porque todo mundo *sabia* o porquê e não havia razão para que ela confirmasse o óbvio. O representante de Sombra era na verdade o representante do Céu, pouco mais do que outra porta-voz por meio da qual os Arameri podiam comunicar seus desejos. Nenhuma novidade.

A novidade foi a reclamação não ter sido derrubada pelo Superintendente do Consórcio; e o fato de que vários outros nobres (*nem* todos nortistas) ergueram a voz para concordar com ela; e que no subsequente voto secreto, quase um terço do Consórcio concordou que o representante de Sombra deveria ser abolido. Uma perda e assim mesmo uma vitória. Tempos antes, tal proposta sequer chegaria à votação.

Era menos uma vitória e mais um aviso. E mesmo assim os Arameri não responderam de jeito nenhum, como os sussurros previram no salão do Armas da Noite, nos fundos da padaria e até na mesa de jantar da família de Hymn a cada noite. Ninguém tentou matar Usein Darr. Nenhuma praga misteriosa varreu as ruas labirínticas de pedra de Arrebaia. A madeira escura darre e as raridades de ervas continuaram a obter preços altos nos mercados legítimos e nos de contrabandistas.

Eu sabia o que isso significava, é óbvio. Remath definira um limite em algum lugar e Usein ainda precisava cruzá-lo. Quando o fizesse, Remath traria a Darr horrores que a terra nunca vira. A não ser que o plano misterioso de Usein acontecesse primeiro.

283

A política nunca seria interessante o suficiente para ocupar toda a minha intenção; no entanto, enquanto os dias se tornavam meses e anos, senti ainda mais o peso da questão não terminada e infantilmente evitada que pesava em minha alma. Cedo ou tarde, uma necessidade em específico se tornou demais, e em um dia de pouco movimento, implorei por um favor de Ahad. Surpreendentemente, ele me atendeu.

* * *

Deka ainda estava na Litaria. Isso eu não esperava. Depois da traição de Shahar, eu me preparei para encontrá-lo em algum lugar do Céu. Ela fez o que fez para tê-lo de volta, não foi? Mesmo assim, quando a magia de Ahad passou, encontrei-me no meio de uma sala de aula. A câmara era circular (um resquício do período em que a Litaria fora parte da Ordem de Itempas) e as paredes eram ladeadas por uma pequena ardósia coberta por giz: partes de selo com cada traço cuidadosamente numerado, selos inteiros faltando apenas um traço ou dois, e estranhos cálculos numéricos que aparentemente tinham algo a ver com como os escribas aprendiam a nossa língua.

Virei-me e pisquei enquanto percebia estar cercado por crianças vestidas de branco. A maioria era amnie, de dez ou onze anos; todas sentadas no chão, de pernas cruzadas, com os próprios quadros de ardósia ou pedaços de papiro no colo. Todas ficaram boquiabertas comigo.

Coloquei as mãos nos quadris e sorri de volta.

— Que foi? O professor de vocês não falou que uma deidade ia aparecer? Uma voz adulta me fez virar, então também fiquei boquiaberto.

— Não — disse Dekarta, do atril. — A atividade de apresentações é na semana *que vem*. Olá, Sieh.

* * *

Agora, Deka se vestia de preto.

Isso me surpreendera, mas esse não foi o único choque. Dei algumas olhadelas nele (ele estava bem mais alto que eu agora) enquanto caminhá-

O Reino dos Deuses

vamos pelo corredor acarpetado e muito iluminado, ladeado com bustos de escribas mortos. Os passos dele eram fáceis, tranquilos, confiantes. Ele não me olhava, embora deva ter percebido que eu o observava. Tentei ler a expressão dele e não consegui. Apesar de seu exílio do Céu, ele ainda conseguira dominar o clássico desinteresse Arameri. O sangue falava mais alto.

Ah, sim, falava. Ele se parecia com Ahad.

Ahad desgraçado, cria dos infernos, canalha adorador de Yeine.

Tantas coisas faziam sentido agora; tantas mais não faziam. A semelhança era tão grande que não dava para negar. Deka era dois ou três centímetros mais baixo que Ahad, mais magro e de algum modo incompleto à maneira dos jovens. Ele usava o cabelo curto e simples, enquanto o de Ahad era longo e elaborado. Deka parecia mais amnie também; as feições de Ahad pareciam mais de um alto-nortista. Mas de todos os outros jeitos, e especialmente nesta nova aura de força tranquila e perigosa, Deka podia muito bem ter sido feito da mesma forma que Ahad: vindo à vida totalmente crescido, saído de seu progenitor, sem uma mãe para atrapalhar as coisas.

Mas não podia ser isso. Porque se Ahad era algum ancestral recente de Dekarta, isso significava que Dekarta, Shahar e fosse lá quem dos pais deles carregasse o sangue de Ahad, eram demônios. O sangue de demônio devia ter me matado no dia que fizemos o juramento da amizade.

E não assim, lenta e cruelmente. Eu tinha visto o que sangue de demônio fazia com deuses. Devia ter apagado a chama da minha alma como água em uma vela. Por que eu ainda estava vivo, ainda mais nesta forma estropiada?

Grunhi suavemente e enfim Deka me olhou.

— Nada — falei, esfregando a testa, que sentia que *deveria* doer. — Só... nada.

Ele deu uma risadinha divertida. Meu doce e pequeno Deka era barítono agora e de nenhum modo pequeno. Ainda era doce? Isso só o tempo diria.

— Para onde estamos indo? — perguntei.

— Para o meu laboratório.

— Ah, então eles deixam você usar um sozinho?

Ele não tinha parado de sorrir; agora, tinha um ar convencido.

— Óbvio. Todos os professores têm um.

Diminuí o passo, franzindo a testa para ele.

— Você quer dizer que é escriba? Já?

— Eu não deveria ser? O estudo não é tão difícil. Terminei faz alguns anos.

Lembrei-me da criança pensativa e tímida que ele fora; tão incerto de si mesmo, tão pronto a deixar a irmã liderar. Será que ali, longe da sombra da desaprovação da família, ele teria libertado aquela esperteza selvagem dele?

Sorri.

— Ainda o mesmo Arameri arrogante, apesar de tudo.

Deka me olhou, o sorriso diminuindo um pouco.

— Não sou Arameri, Sieh. Eles me expulsaram, lembra?

Balancei a cabeça.

— A única maneira de realmente deixar de ser Arameri é morrer. Eles sempre voltam por você... e se não por você, pelos seus filhos.

— Hum. É verdade.

Enquanto isso, tínhamos virado uma esquina e estávamos andando por outro corredor acarpetado, e agora Deka me conduzia por uma ampla escadaria com corrimão. Três garotas carregando cálamos e pergaminhos assentiram em uma saudação educada enquanto desciam as escadas e passavam por nós. Todas as três coraram ou piscaram para Deka. Ele acenou de volta majestosamente. Assim que elas desapareceram na esquina, ouvi a explosão de risadinhas animadas e senti um lampejo de minha velha natureza responder. Paixonites: como asas de borboletas para a alma.

No topo da escada, Deka destrancou e abriu um par de belas portas de madeira. Por dentro não era o que eu esperava. Eu tinha visto o laboratório do Primeiro Escriba no Céu: um lugar austero e ameaçador, de superfícies brancas e brilhantes que continham apenas toques efêmeros de cor, como tinta preta ou sangue vermelho. O laboratório de Deka era

O Reino dos Deuses

em madeira darre, de um intenso marrom, e mármore chellin dourado. De formato octogonal, quatro de suas paredes eram apenas livros: prateleiras do chão ao teto, cada uma cheia com dois ou três calhamaços, pergaminhos e até mesmo algumas tábuas de pedra ou madeira. Mesas de trabalho largas e planas dominavam o centro da sala, e algo estranho, uma espécie de cabine envidraçada, ficava na borda da sala, na junção de duas paredes. No entanto, não havia ferramentas ou equipamentos à vista, além daqueles usados para escrever. Nada de gaiolas cheias de espécimes para experimentos ao longo da parede. Nenhum cheiro persistente de dor.

Olhei ao redor, maravilhado e confuso.

— Mas que tipo de escriba você é?

Atrás de mim, Deka fechou a porta.

— Minha especialidade é sabedoria sobre deidades — respondeu ele. — Escrevi a minha tese sobre você.

Virei-me para ele. Deka estava apoiado nas portas fechadas, me observando. Por um momento, em sua imobilidade, ele me lembrou tanto de Nahadoth quanto de Ahad. Todos eles tinham aquela intensidade impassível, que em Ahad era relacionada ao niilismo e em Nahadoth ao desvario. Em Deka, eu não fazia ideia do que significava. Ainda.

— Então você não acha que tentei te matar — concluí.

— Não. Ficou óbvio que algo deu errado com o juramento.

Dentro de mim, um nó de tensão afrouxou; o resto permaneceu tenso.

— Você não parece surpreso em me ver.

Ele deu de ombros, desviando o olhar, e por um momento vi um resquício do garoto que ele fora.

— Ainda tenho amigos no Céu. Eles me mantêm informado de tudo o que importa.

Ainda continuava sendo Arameri, por mais que ele discordasse.

— Então você sabia que eu viria.

— Suspeitava. Principalmente quando ouvi falar que havia ido embora, dois anos atrás. Na verdade, esperei você na época. — Ele ergueu o olhar, a expressão de repente impassível. — Você matou o Primeiro Escriba Shevir.

Passei o peso do corpo de um pé a outro, enfiando as mãos nos bolsos.

— Eu não queria ter feito. Mas ele estava no caminho.

— Sim, você faz muito isto, percebi ao ler sua história. Típico de uma criança, agir primeiro e lidar com as consequências depois. Você faz isso de propósito, age de maneira impulsiva, embora tenha experiência e seja sábio o bastante para saber que não deve. Isto é o que significa viver de acordo com sua verdadeira natureza.

Eu o encarei, impressionado.

— Meus contatos disseram que você estava com raiva da Shahar — disse ele. — Por quê?

Enrijeci a mandíbula.

— Não quero falar disso.

— Entendo que você não a matou.

Fiz uma carranca.

— O que te importa? Faz anos que você não fala com ela.

Deka balançou a cabeça.

— Eu ainda a amo. Mas já fui usado como arma contra ela antes. Não vou deixar isso acontecer de novo. — Ele se afastou da porta abruptamente e veio em minha direção, e fiquei tão agitado com isso que dei um passo para trás, antes que pudesse evitar.

— *Serei a arma dela, em vez disso* — completou Deka.

Considerando tudo, levei um tempo vergonhosamente longo para perceber que ele falava no Primeiro Idioma.

— Que demônios está fazendo? — bradei, cerrando os punhos para evitar tapar a sua boca. — Cale-se antes que mate a nós dois!

Para o meu choque, Deka sorriu e começou a desabotoar a camisa de cima.

— Tenho falado magia há anos, Sieh. Posso ouvir os mundos e as estrelas como os deuses fazem. Sei quando a realidade ouve mais perto, até quando a mais suave palavra vai acordar a fúria dela ou persuadi-la a se comportar. Não sei como sei dessas coisas, mas sei.

Porque você é um de nós, quase falei, mas como eu podia ter certeza? O sangue dele não havia me matado. Tentei entender mesmo enquanto Deka continuava a se despir na minha frente.

O Reino dos Deuses

Então ele abriu a camisa de cima. Eu soube antes que ele desfizesse o laço da camisa branca por baixo; era possível ver os símbolos escuros, apesar do tecido. Marcas pretas, dezenas delas, espalhadas pela parte superior do torso e pelo abdômen dele. Eu observei, confuso. Escribas se marcavam quando dominavam uma nova ativação; a arte deles era assim. Eles colocavam as nossas palavras poderosas na pele mortal frágil, usando apenas a vontade e a habilidade para evitar que a magia os devorasse. Mas usavam tinta normal para isso e lavavam as marcas para removê-las quando o ritual acabava. Percebi de imediato que as marcas de Deka eram como os selos de sangue dos Arameri. Permanentes. Letais.

E não eram marcas de escribas. O estilo estava todo errado. Aquelas linhas não tinham nada da irregularidade de teia de aranha que eu estava acostumado a ver no trabalho de um escriba: feio, mas efetivo. Aquelas marcas eram fluidas e quase geométricas em sua nitidez. Eu nunca tinha visto nada assim. No entanto, ainda tinham poder, fossem o que fossem; eu conseguia ler isto nos interstícios enrolados de suas formas. Havia significado, tão cheias de camadas quanto poesia e nítidas como uma metáfora. A magia é apenas um meio de comunicação, no fim das contas.

Comunicação e conduítes.

Isso é algo que nunca contamos aos mortais. Papel e tinta são estruturas fracas nas quais depositar a estrutura da magia. Fôlego e som não são muito melhores, mesmo assim nós, deidades, nos confinamos nesses métodos voluntariamente porque o reino mortal é um lugar muito frágil. E porque mortais aprendem perigosamente rápido.

Mas o corpo é um excelente conduíte. Isto fora algo que os Arameri aprenderam por tentativa e erro, embora nunca tenham entendido por completo. Por proteção, eles escreviam contratos conosco na testa, chamando-os de selos de sangue, como se fossem apenas isso, e *não podíamos matá-los*, não importando quão mal escritos fossem os selos. Agora Deka escrevera exigências de poder em sua própria pele e o corpo dele dera significado para as palavras. Ele escrevera um roteiro de sua própria invenção, mais flexível e bonito que os discursos duros de seus colegas escribas, e *o universo não o negaria*.

Ele se fizera não tão poderoso quanto um deus (a carne dele ainda era mortal e as marcas apenas tinham significado limitado), mas com certeza mais poderoso que qualquer escriba que já vivera. Suspeitei de que as marcas dele fossem mais efetivas que as máscaras dos nortistas; afinal de contas, aquelas não passavam de madeira e sangue divino. Deka era mais que aquilo.

Fiquei boquiaberto e Deka sorriu. Então fechou a camisa de baixo.

— C-Como...? — perguntei. Mas eu podia adivinhar. Demônio e escriba. Uma combinação que já tínhamos aprendido a temer, concentrada ali para um novo propósito. — *Por quê?*

— Você — respondeu ele com suavidade. — Eu estava planejando encontrar você.

Por sorte, havia um pequeno sofá por perto. Sentei-me, atordoado.

* * *

Trocamos histórias. Isto foi o que Deka me contou.

Shahar fora quem sugerira o exílio dele. Nos tensos dias depois de nosso juramento e do ferimento das crianças, os clamores pela execução de Deka foram intensos pelos salões do Céu. Havia ainda mais ou menos uma dúzia de sangue-cheios e vinte ou trinta sangue-altos no todo. Nos velhos tempos, eles não importavam, porque a líder da família reinara absoluta. No entanto, hoje em dia, os sangue-altos tinham o próprio poder. Alguns deles tinham escribas e assassinos de estimação. Alguns tinham seus próprios exércitos de estimação. Se um número suficiente deles se juntasse e agisse contra Remath, ela poderia ser derrotada. Isso nunca acontecera na história de dois milênios dos Arameri, mas poderia acontecer agora.

Mas quando exigiram a morte de Deka, Shahar falou por ele, assim que se recuperou o suficiente para falar. Ela ficara páreo a páreo com Remath (Deka chamou de debate épico, ainda mais impressionante porque uma das combatentes tinha oito anos de idade) e a fez reconhecer que o exílio era uma punição mais adequada que morte. Deka jamais conseguiria apoio suficiente para ser herdeiro, mesmo que pudessem superar sua aparência de algum modo. Ele estaria para sempre marcado pelo estigma do fracasso. E Shahar precisava dele vivo, dissera ela, de modo a ter um conselheiro cujas perspectivas fossem tão truncadas, tão sem esperanças que ele não teria escolha, a não ser servi-la fielmente para sobreviver. Remath concordara.

— Imagino que a minha querida irmã vai preencher isto quando eu voltar — disse Deka, então, tocando o semisselo com um suspiro.

Assenti devagar. Ele devia estar certo.

Então Deka saiu do Céu, rumo à Litaria. Os primeiros poucos meses do exílio tinham sido de tristeza, pois com os olhos de uma criança ele enxergou apenas a rejeição da mãe e a traição da irmã. Contudo, ele não contava com uma coisa crucial.

— Sou feliz aqui — afirmou ele simplesmente. — Não é perfeito; há panelinhas e valentões, política, injustiça, como em qualquer outro lugar. Mas comparado ao Céu, este é o mais gentil dos paraísos.

Assenti de novo. A felicidade tem poder de curar. Entre isso e a sabedoria trazida pela maturidade, Deka percebera o que Shahar fizera por ele e por quê. Mas àquela altura, no entanto, vários anos tinham se passado, durante os quais ele retornara todas as cartas dela, até que Shahar, por fim, parou de enviá-las. Teria sido perigoso demais retomar a comunicação naquele momento, porque qualquer um dos rivais de Shahar (que certamente estavam de olho nas cartas dela) saberia que Deka era de novo a fraqueza da herdeira. Havia força no fato de que ela podia fingir não o amar a ponto de mantê-lo em exílio como prova. E conquanto Deka fingisse não a amar de volta, os dois estavam seguros.

Mas balancei a cabeça devagar, preocupado com o plano dele. O amor não podia ser condicional. Eu havia visto o problema disso com muita frequência. As condições criavam lascas em armaduras que de outra maneira seriam inquebráveis, formavam um defeito fatal em armas perfeitas. Então a armadura quebrava, justo no momento errado. A arma se voltava contra o guerreiro. O jogo de Shahar e Deka podia se tornar real muito facilmente.

Mas não cabia a mim dizer aquilo, porque ainda eram crianças o suficiente para aprenderem melhor por meio da experiência. Eu só podia rezar para Nahadoth e Yeine para que eles não aprendessem esta lição da maneira mais dolorosa.

*　　*　　*

Depois da conversa, Deka se levantou. Mais ou menos uma hora havia se passado. Além das janelas do laboratório, o sol passara do meio-dia para a tarde. Eu estava com fome de novo, maldição, mas ninguém trouxera comida. Talvez não houvesse serventes naquele lugar onde o aprendizado criava a sua própria hierarquia.

Como se adivinhasse o meu pensamento (embora meu estômago também tenha roncado alto), Deka foi até um armário e abriu uma gaveta, tirando vários pães achatados e um pedaço de linguiça seca. Ele começou a cortá-la em uma tábua.

— Então por que veio? Não pode ter sido apenas para ver um velho amigo.

Ele ainda pensava em mim como amigo. Tentei não deixar que ele percebesse como isso me afetava.

— Eu queria apenas te ver, acredite ou não. Ponderava como você estava.

— Você não deve ter ponderado tanto, visto que levou dois anos para vir.

Recuei.

— Depois de Shahar, o que aconteceu com ela, quero dizer... eu não queria lhe ver, porque temi que você fosse... como ela. — Deka não disse nada, ainda trabalhando na comida. — Mas pensei que a essa altura você estaria de volta no Céu.

— Por quê?

— Shahar. Ela fez um trato com a sua mãe para levá-lo para casa.

— E você achou que eu teria ido assim que a minha irmã estalasse os dedos?

Fiquei em silêncio, confuso. Enquanto eu estava ali, Deka se voltou para mim e trouxe a linguiça e o pão, colocando-os diante de mim como

O Reino dos Deuses

se fosse um servente, não um Arameri. Enquanto pegava uma fatia, percebi que não havia restos ali. A linguiça era doce e tinha um toque de canela, de um amarelo intenso, de acordo com o estilo local. A Litaria podia fazer o filho de Remath Arameri servir a sua própria comida, mas pelo menos a comida era adequada à posição dele. Ele trouxera também uma garrafa de vinho, leve e forte, de igual qualidade.

— Minha mãe mandou uma carta pouco depois de você deixar o Céu, perguntando quando eu retornaria — comentou Deka, sentando-se diante de mim e pegando um pedaço da linguiça. Ele engoliu e deu uma risada baixa e amarga. — Respondi explicando que tinha intenção de ficar até completar a minha pesquisa.

Ri da audácia dele.

— Então você disse para ela que voltaria quando desse vontade? E ela não te forçou?

— Não. — A expressão de Deka ficou ainda mais sombria. — Mas ela fez Shahar me escrever, me fazendo a mesma pergunta.

— E o que você disse?

— Nada.

— Nada?

Deka se recostou na cadeira, cruzando as pernas e brincando com a taça de vinho em suas mãos. Não gostei daquela postura nele; lembrava-me demais de Ahad.

— Não houve necessidade. Foi um aviso. A carta da Shahar dizia: "Fiquei sabendo que a duração padrão do estudo na Litaria é de dez anos. Certamente, você consegue terminar a sua pesquisa nesse meio-tempo, não?"

— Um prazo.

Ele assentiu:

— Dois anos para terminar os meus assuntos aqui e voltar para o Céu, ou, sem dúvida, a disposição da minha mãe em me deixar voltar terminaria. — Ele abriu os braços. — Este é meu décimo ano.

Pensei no que ele me contara e mostrara. A estranha nova magia que desenvolvera, seu juramento de se tornar a arma de Shahar.

— Então você vai voltar.

— Em um mês. — Deka deu de ombros. — Devo chegar no meio do verão.

— Dois meses de viagem? — Franzi a testa. A Litaria era um território soberano dentro da terra agrária e pacata de Wiru, no sudeste senmata. (Assim, só alguns poucos fazendeiros morreriam se o local fosse explodido.) O Céu não era tão longe assim. — Você é um escriba. Desenhe um selo de portal.

— Na verdade, não preciso. A Litaria tem um portão permanente que pode ser configurado para o do Céu. Mas viajar assim me faria parecer estar com medo de um ataque. Há um orgulho familiar a ser considerado. E ainda mais importante, não vou entrar no Céu em silêncio, como um cachorro mau enfim tendo permissão de entrar em casa. — Deka bebericou a taça de vinho. Sobre a borda, os olhos dele estavam mais escuros e frios do que eu esperara ver. — Deixe que a minha mãe e os outros vejam o que escolheram criar me enviando para cá. Se eles não vão me amar, o medo é um substituto aceitável.

Por um instante, fiquei perplexo. Aquele não era o Deka de quem eu me lembrava, mas também não era mais uma criança, e nunca fora um tolo. Ele sabia tão bem quanto eu o que encontraria ao voltar para o Céu. Eu não podia culpá-lo por usar a frieza como prevenção. Mas sofri, um pouco, pelo garoto doce que eu conheci.

Pelo menos ele não se tornara o que eu temia: um monstro, apenas digno da morte.

Ainda.

Diante do meu silêncio, Deka ergueu o olhar, encarando-me por um momento longo demais. Ele sentira meu desconforto? *Queria* que eu me sentisse desconfortável?

— Então… o que fará? — perguntei. Lutei contra a vontade de gaguejar. Ele deu de ombros.

— Informei à minha mãe que eu estaria viajando por terra e descrevi a rota. Então enviei pelo correio padrão, com apenas os selos de privacidade comuns.

Assobiei com uma leveza que não sentia.

O Reino dos Deuses

— Então todo sangue-alto no Céu já viu. — Franzi a testa. — Esses assassinos que usam máscara... e, deuses, Deka, se algum dos *seus parentes* lhe quiser morto, você deu a eles um mapa para os melhores lugares para armarem uma emboscada.

— E se a minha mãe não me fornecer uma proteção apropriada, é exatamente o que vai acontecer. — Ele tornou a dar de ombros. — Como líder, deve parecer que ela pelo menos *tentou* proteger a Família Central, a linhagem da Matriarca. Fazer menos a tornaria uma líder inadequada. Então é provável que ela envie toda uma legião para me acompanhar, por isso os dois meses de viagem.

— Preso na sua própria armadilha. Pobre Deka. — Ele sorriu e retribuí. Mas me vi ficando sério. — Mas e se *houver* um ataque? Assassinos, independentemente de quem os envie? Uma legião de soldados inimigos?

— Ficarei bem.

Havia arrogância... e havia estupidez.

— Você devia temer, Deka, não importa como esteja poderoso agora. Vi a magia da máscara. A Litaria não te preparou para nada disso.

— Vi as anotações do Shevir e a Litaria tem estado envolvida na investigação dessa nova forma de magia. As máscaras são como escritas, como a linguagem dos deuses: apenas uma representação simbólica de um conceito. Quando for entendida, será possível desenvolver uma medida defensiva. — Ele manifestou desinteresse. — E quem está fazendo essas máscaras não sabe nada sobre a *minha* nova forma de magia. Ninguém sabe além de mim. E você agora.

— Hum. Ah. — Fiquei em silêncio de novo, desconfortável.

De repente, Deka sorriu.

— Gosto disso — disse ele, assentindo na minha direção. — Você está diferente agora, e não só fisicamente. Não é mais um pestinha. Agora você é mais... — Ele pensou por um momento.

— Um desgraçado sem coração? — Sorri. — Um babaca irritante?

— Cansado — respondeu ele, e fiquei sério. — Incerto de si mesmo. Seu velho eu ainda está aí, mas está quase enterrado sob outras coisas. Medo é o que mais dá para perceber.

Inexplicavelmente, as palavras doeram. Eu o encarei, perguntando-me o motivo.

A expressão dele se suavizou, um pedido de desculpas implícito.

— Deve ser difícil para você. Encarar a morte, quando é uma criatura cheia de vida.

Desviei o olhar.

— Se os mortais conseguem, eu consigo.

— Nem todos os mortais conseguem, Sieh. Você não se embebedou até a morte ainda, nem se lançou em situações perigosas, ou se matou de uma centena de outras maneiras. Considerando que a morte é uma realidade nova, você está lidando muito bem. — Ele se inclinou à frente, apoiando os cotovelos sobre os joelhos, os olhos fixos nos meus. — Mas a maior mudança é que você não está mais feliz. Você sempre foi solitário; vi isso mesmo quando criança. Mas na época, a solidão não estava te destruindo. Agora está.

Recuei para longe dele, meus pensamentos passando de chocados para afrontados, mas lhes faltava a força para irem até o fim, em vez disso, pairavam em algum lugar entre os dois sentimentos. Uma mentira veio aos meus lábios e morreu. Tudo o que restou foi o silêncio.

Uma pontada da antiga autodepreciação passou pelo rosto de Deka; ele sorriu com tristeza.

— Ainda quero lhe ajudar, mas não tenho certeza se posso. Você não tem mais certeza se gosta de mim, para começar.

— Eu... — comecei sem pensar.

Então me levantei e me afastei dele, indo até uma das janelas. Precisei fazer isso. Eu não sabia o que dizer, nem como agir, e não queria que ele dissesse algo mais. Se eu ainda tivesse poder, simplesmente teria deixado a Litaria. Talvez deixasse o reino mortal por completo. Como eu estava, o melhor que podia fazer era fugir para o outro lado da sala.

O suspiro dele me seguiu, mas Deka não disse nada por um longo tempo. Nesse silêncio, comecei a me acalmar. Por que eu estava tão agitado? Sentia-me outra vez como uma criança, uma com embotamentos nervosos dançando em sua pele, como naquele velho conto temano que

O Reino dos Deuses

ouvira. Quando Deka falou, eu estava me sentindo quase normal. Bem, não *normal*. Humano, pelo menos.

— Todos aqueles anos atrás, você veio até nós porque precisava de algo, Sieh.

— Não de dois pirralhos mortais — bradei.

— Talvez não. Mas demos algo de que você precisava e você voltou para recebê-lo mais duas vezes. E no fim, eu estava certo. Você *queria* a nossa amizade. Nunca me esqueci do que você disse naquele dia: *Amizades podem transcender a infância, se os amigos continuarem a confiar uns nos outros conforme envelhecem e mudam.* — Eu o ouvi se remexer na cadeira, encarando as minhas costas. — Foi um aviso.

Suspirei, esfregando os olhos. O pão e a linguiça não tinham caído bem no meu estômago.

— Foi um blá-blá-blá sentimental.

— Sieh. — Como ele podia saber de tanto, sendo tão jovem? — Você planejava nos matar. Se nos tornássemos o tipo de Arameri que um dia infernizaram sua vida, se traíssemos sua confiança, você sabia que *teria* que nos matar. O juramento, e sua natureza, teriam requerido isso. Você nos disse isso porque não queria fazê-lo. Você queria amigos de verdade. Amizades que durassem.

Tinha sido isso? Desesperançoso, eu ri.

— E agora sou eu quem não vai durar muito.

— Sieh...

— Se fosse como você diz, eu teria matado a Shahar, Deka. Ela me traiu. Ela sabia que eu a amava e me usou. Ela... — Fiz uma pausa, então olhei para o meu reflexo na janela. O meu próprio rosto em primeiro plano, esquelético e cansado, grande demais como sempre, de forma errada, velho. Eu nunca entendi por que tantos mortais me achavam atraente naquela forma. Nos fundos, observando-me do sofá onde estava sentado, Deka. Os olhos dele encontraram os meus no reflexo.

— Dormi com ela — falei, para magoá-lo. Para fazê-lo se calar. — Na verdade, fui o primeiro dela. Pequena Lady Shahar, tão perfeita, tão fofa.

Você devia tê-la ouvido gemer, Deka; foi como ouvir o próprio Turbilhão cantar.

Deka apenas sorriu, embora parecesse forçado.

— Ouvi sobre o plano da minha mãe. — Ele fez uma pausa. — É por isso que não matou a Shahar? Por que era o plano da minha mãe e não o dela?

Balancei a cabeça.

— Não sei por que não a matei. Não havia motivo. Faço o que me agrada.

Esfreguei as têmporas, onde uma dor de cabeça começara.

— E você não estava a fim de assassinar a garota que ama.

— Deuses, Deka! — Virei-me para ele, de punhos fechados. — Por que estamos falando sobre isso?

— Então foi apenas desejo? O deus da infância se atira sobre a primeira quase mulher que encontra disponível?

— Não, óbvio que não!

Ele suspirou e se levantou.

— Então a Shahar foi só mais uma Arameri, forçando você a se deitar com ela? — O olhar dele mostrava que não acreditava nisso nem um pouco. — Você a queria. Você a amou. Ela partiu seu coração. E você não a matou porque ainda a ama. Por que isso lhe incomoda tanto?

— Não incomoda — retruquei. Mas incomodava. Não deveria incomodar. Por que me incomodava o fato de que uma mortal fizera exatamente o que eu esperava que fizesse? Um deus não deveria se importar com coisas assim. Um deus...

... não deveria precisar de um mortal para ser feliz.

Deuses. Deuses. O que havia de errado comigo? Deuses.

Deka se aproximou, suspirando. Havia muitas coisas no olhar dele: compaixão. Tristeza. Raiva, embora não de mim. Frustração. E algo mais. Ele parou diante de mim e não fiquei tão surpreso quanto devia ter ficado quando ele ergueu a mão para afagar a minha bochecha. Também não me afastei. Como devia ter feito.

— *Eu* não vou te trair — murmurou Deka, baixinho demais.

O Reino dos Deuses

Não era assim que um amigo falava com outro. As pontas de seus dedos roçaram o contorno da minha mandíbula. Aquele não era o toque de um amigo. Mas... eu não achava... ah, deuses, ele iria...

— Também não vou a lugar nenhum. Esperei por você por tanto tempo, Sieh.

Levei um susto, confuso, lembrando-me.

— Espere, onde você ouviu...

Então ele me beijou e eu caí.

Para dentro dele. Ou ele me abraçou. Não há palavras para essas coisas, não em qualquer linguagem mortal, mas vou tentar, vou tentar encapsular, confinar, definir, porque a minha mente não funciona como antes e quero entender também. Quero me lembrar. Quero provar outra vez a sua boca, pungente, carnuda e um pouco doce. Deka sempre fora doce, principalmente naquele primeiro dia, quando olhara nos meus olhos e me implorara para ajudá-los. Eu ansiava pela sua doçura. A sua boca se abriu e mergulhei nela, retribuindo o ato. Eu o havia abençoado naquele dia, não havia? Talvez fosse por isso que, agora, a magia mais pura percorria o corpo dele e descia pela minha garganta, inundando a minha barriga, transbordando os meus nervos até que eu engasgasse e tentasse gritar, mas Deka não soltou a minha boca. Tentei recuar, mas a janela estava lá. Não podíamos viajar para outros reinos com segurança. A minha única escolha era liberar a magia ou ser destruído. Então abri os olhos.

Todas as arandelas da sala brilharam como uma fogueira, depois explodiram em uma nuvem de faíscas. As paredes tremeram, o chão se ergueu. Uma das prateleiras de uma estante próxima desabou, derramando grossos calhamaços no chão. Ouvi o batente da janela chacoalhar às minhas costas e alguém no andar de cima gritou, assustado. Então Deka terminou o beijo e o mundo ficou estático novamente.

Escuridão e maldição e *demônios* Arameri oitavos-de-sangue desconhecidos.

Deka piscou duas vezes, umedeceu os lábios, então me deu um sorrisinho exultante, de olha-o-que-eu-fiz, pelo qual um dia fui conhecido.

— Isso foi melhor do que eu esperava.

Movi a cabeça, gesticulando para o cômodo.

— Você estava esperando isto?

Deka se virou e seus olhos se arregalaram para a prateleira caída, para as arandelas em combustão. Uma estava caída no chão, o vidro estilhaçado. Enquanto ele encarava, um pergaminho que não caíra com os outros voou para a prateleira abaixo, abandonado.

Toquei o ombro dele.

— Você precisa me enviar de volta para Sombra. — Isso o fez se virar, um resmungo pronto nos lábios. Agarrei o ombro dele para fazê-lo ouvir. — Não. Não quero fazer isto de novo, Deka. Não posso. Você estava certo sobre Shahar. Mas é por isso que... eu, com você, eu... — Suspirei, exausto demais. Por que os problemas mortais nunca esperavam por momentos convenientes? — Deuses, não posso fazer isto agora.

Vi Deka lutar para conseguir dar uma resposta madura, o que me encorajou, porque significava que ele de algum modo não amadurecera mais que eu aos meros dezoito anos. Ele inspirou fundo e se afastou de mim, passando a mão pelo cabelo. Por fim, virou-se para uma das mesas da sala e pegou uma grande folha do papel alvejado e grosso que os escribas usavam para o trabalho. Ele pegou um pincel, uma pedra de tinta, um graveto, e um reservatório de uma mesa por perto, e me disse, de costas:

— Você usou magia divina para aparecer.

— Um dos meus irmãos.

Seu *tataravô*. Ahad amaria isto.

— Ah. — Deka preparou a tinta, os dedos trabalhando a pedra de tinta marcada por selo para lá e para cá devagar e com cuidado.

— Você acha que, da próxima vez, vou conseguir lhe invocar como a Shahar fez?

Deka estava tenso demais para sequer tentar ser sutil. Suspirei e dei a ele o que queria.

— Só tem um jeito de descobrir, acho.

— Posso tentar? Em um momento apropriado, óbvio.

Apoiei-me na janela de novo.

O Reino dos Deuses

— Sim.

— Que bom.

A tensão nos ombros largos dele cedeu, só um pouco. Ele começou a rascunhar o selo com movimentos rápidos e decididos, extremamente rápidos, comparados à maioria dos escribas que eu já vira. Cada linha era perfeita. Senti o poder no momento que ele desenhou a última linha.

— Posso conseguir lhe ajudar — afirmou ele bruscamente, com o desprendimento de um escriba direto ao assunto. — Não posso prometer nada, óbvio, mas a magia que estive desenvolvendo, as marcas no corpo, acessam o potencial escondido dentro do indivíduo. Seja lá o que estiver acontecendo com você, você ainda é um deus. Isto deve me dar algo com o que trabalhar.

— Está bem.

Deka colocou o selo no chão e se afastou. Quando fui ficar ao lado, a expressão dele estava cuidadosamente neutra, como se estivesse diante de Remath. Eu não poderia deixar as coisas entre nós daquela maneira.

Então peguei a mão dele, aquela que eu segurara dez anos antes, quando o sangue de demônio dele se misturara ao meu e falhara em me matar. A palma da mão dele não estava marcada, mas me lembrei de onde o corte estivera. Tracei uma linha sobre ele com a ponta do dedo e a mão de Deka estremeceu em resposta.

— Estou feliz por ter vindo lhe ver — falei.

Deka não sorriu. Mas apertou a minha mão por um tempo.

— Não sou a Shahar, Sieh — disse ele. — Não me puna pelo que ela fez.

Assenti, exausto. Então o soltei, pisei no selo e pensei na Raiz Sul. O mundo ficou desfocado ao meu redor, obedecendo ao comando de Deka e a minha vontade. Saboreei a ilusão momentânea de controle. Então, quando as paredes do meu quarto na casa de Hymn apareceram ao meu redor, deitei-me na cama, joguei o braço sobre os olhos e não pensei em nada além do beijo de Deka pelo resto da noite.

Foi bom correr pelas dunas. Abaixei a cabeça e tive o cuidado de agitar a areia atrás de mim e atrapalhar os padrões perfeitos de ondas que o vento havia gravado ao redor da grama esparsa. Quando cheguei ao topo, estava sem fôlego, e meu coração batia sem parar dentro de sua gaiola de ossos e músculos. Parei ali, colocando as mãos nos quadris, e sorri para a praia e a extensão do Mar do Arrependimento. Eu me sentia jovem, forte e invencível, mesmo não sendo nada disso. Não me importei. Era bom me sentir bem.

— Olá, Sieh! — gritou minha irmã, Spider.

Ela estava à beira da água, dançando na arrebentação. A voz dela era carregada até mim pela brisa salgada do oceano, tão nítida quanto se eu estivesse ao lado dela.

— Oi. — Sorri para ela também, abrindo os braços. — De todos os oceanos do mundo você tinha que escolher o *fervido*?

Uma das minhas irmãs, a Fireling, havia lutado uma batalha lendária ali durante a Guerra dos Deuses. Ela ganhara, mas não antes de o Mar do Arrependimento se tornar uma panela borbulhante cheia com os corpos de um bilhão de criaturas marinhas.

— Tem um ritmo legal. — Ela estava fazendo algo estranho em sua dança, agachando e pulando de um pé a outro sem nem um tipo reconhecível de ritmo. Mas aquela era a Spider; ela fazia a própria música

O Reino dos Deuses

se preciso fosse. Tantos dos filhos de Nahadoth eram como ela, só um pouco desequilibrados, mas lindos em seu desequilíbrio. Ela era um legado orgulhoso que o nosso pai nos dera.

— Todas as coisas mortas aqui gritam ao mesmo tempo — disse ela. — Você não consegue ouvir?

— Não, ai de mim. — Quase não doía mais reconhecer que a minha infância se fora para sempre. Os mortais são criaturas resilientes.

— Uma pena. Você ainda consegue dançar?

Em resposta, desci correndo a duna, deslizando de lado para não me desequilibrar. Quando cheguei ao nível do solo, alterei os passos em um tipo de salto de um lado para o outro que já havia sido popular na Rua Superior, séculos antes da Guerra dos Deuses. Spider riu e logo saiu da água para se juntar à minha dança, seus passos alternando para complementar os meus. Nós nos encontramos na linha da maré, onde a areia seca se transformava em molhada. Lá ela agarrou as minhas mãos e me puxou para uma nova dança, formal, giratória e lenta. Algo amnie ou possivelmente apenas algo que ela inventou na hora. Com ela, nunca importava.

Sorri, assumindo a liderança e nos movendo em uma repetição de círculos, em direção à água e para longe dela.

— Sempre consigo dançar para você.

— Não tão bem mais. Você não tem ritmo. — Estávamos ao norte de Tema, a terra de pessoas que nós dois cuidamos havia muito tempo. Ela tinha a forma de uma garota mortal, pequena e ágil, embora o cabelo estivesse preso em um coque baixo, como nenhuma temana respeitável teria feito. — Não consegue mesmo ouvir a música?

— Nem uma nota. — Trouxe a mão dela para mim, beijando as costas. — Mas consigo ouvir o meu coração batendo, as ondas quebrando e o vento soprando. Posso não estar exatamente no mesmo ritmo, mas, sabe, não preciso ser um *bom* dançarino para amar dançar.

Spider sorriu, encantada, então girou a nós dois, tomando controle da dança com tanta destreza que eu não podia me incomodar.

— Senti sua falta, Sieh. Nem um dos outros ama dançar como você.

Eu a girei mais uma vez, para que os meus braços pudessem se firmar em torno dela por trás. Spider cheirava a suor, sal e alegria. Pressionei o rosto em seu cabelo macio e senti um sussurro da velha magia. Ela não era uma criança, mas nunca tinha se esquecido de como brincar.

— Ah...

Ela parou, o corpo inteiro ficando tenso em precaução, e olhei para cima, para ver o que a interessava tanto. A alguns metros de distância na praia, espreitando perto de uma duna como se estivesse pronto para se esconder atrás dela: um jovem, magro, negro e bonito, fascinante em sua tímida ansiedade. Ele não usava camisa nem sapatos e sua calça estava dobrada nos joelhos. Em uma das mãos ele carregava um balde cheio de mariscos arenosos.

— Um de seus adoradores? — murmurei na orelha dela, então a beijei. Spider deu uma risadinha, embora a expressão fosse gananciosa.

— Talvez. Afaste-se de mim, irmão. Ele já é tímido demais sozinho e você não é mais um garotinho.

— Eles são tão lindos quando nos amam — sussurrei.

Pressionei-me contra ela, faminto, e pensei pela milésima vez em Deka.

— Sim — concordou ela, colocando a mão para trás, para tocar a minha bochecha. — Mas não compartilho, Sieh, e de qualquer jeito não sou eu quem você quer. Solte agora.

Relutante, soltei e dei um passo para trás, fazendo uma reverência extravagante para o jovem, para que ele soubesse que era bem-vindo. Ele ficou envergonhado e inclinou a cabeça, os longos dreadlocks do cabelo caindo para a frente. Porque era pobre, ele amarrava os dreads em algum tipo de alga semelhante a linha e os ornamentava com conchas e pedaços de coral brilhante, em vez de arcos de metal e pedras preciosas, como preferia a maioria dos temanos. Com o nosso convite implícito, ele começou a se aproximar, segurando o balde com ambas as mãos, em ar de oferenda. A renda dele do dia inteiro, era provável... a marca sincera de devoção.

Enquanto ele se aproximava, Spider olhou para mim, os olhos brilhando.

O Reino dos Deuses

— Você quer saber sobre Kahl, não é?

Pisquei, surpreso.

— Como é que você sabe?

Ela sorriu.

— *Eu* posso ouvir a palavra perfeitamente, irmão. O vento diz que você está bancando o garoto de recados para Ahad, o novo. Todo mundo sabe para *quem* ele trabalha.

— Eu não sabia. — Não consegui manter a amargura longe da voz.

— Isto é porque você é egoísta e distraído. Enfim, é óbvio que é por isso que você veio. Não há mais nada em Tema que possa lhe interessar.

— Talvez eu apenas tenha querido lhe ver.

Spider riu, alto e estridente, e sorri. Nós sempre nos entendemos, ela e eu.

— Pelo passado, então — disse ela. — Só por você, Sieh.

Então, fazendo uma pequena pirueta que marcou um estranho e poderoso padrão na areia, Spider parou sobre um pé só e mergulhou na minha direção, a outra perna se estendendo graciosamente sobre ela em um arabesco perfeito. Os olhos dela, que tinham sido castanhos e normais até então, de repente brilharam e ficaram diferentes. Seis íris de pequenas pupilas adicionais giraram do nada e se acomodaram ao redor das íris existentes, que se encolheram um pouco para recebê-las. O garoto dos mariscos parou onde estava, a alguns metros, os olhos se arregalando. Eu não o culpei; ela era magnífica.

— O tempo nunca foi tão direto quanto Itempas queria — disse Spider, acariciando a minha bochecha. — É uma teia e todos dançamos em seus fios. Você sabe disso.

Assenti, sentando-me de pernas cruzadas diante dela.

— Ninguém dança como você, irmã. Conte-me o que puder.

Ela assentiu e ficou em silêncio por um momento.

— Acenderam um fogo nas planícies.

Por um instante enquanto ela falava, vislumbrei palpos semelhantes a dedos se mexendo atrás de seus dentes humanos. Spider usava magia para falar quando estava neste estado ou então teria dificuldades para fazê-lo. Ela sempre fora vaidosa.

— Um incêndio? — incentivei quando ela ficou em silêncio.

Os olhos dela tremularam, procurando reinos que nunca fui capaz de visitar, mesmo enquanto deus. Era para isso que eu tinha vindo. Era difícil convencer Spider a prever o passado ou o futuro, porque ela não gostava de dançar naqueles caminhos. Eles a tornavam estranha e perigosa, quando tudo o que ela realmente queria era girar, acasalar e comer. Spider era como eu; um dia, nós dois tínhamos tido outras formas e explorado as nossas naturezas de outras maneiras. Gostamos mais das novas formas, mas nunca se pode deixar o passado de todo para trás.

— A nova ennu de Darr, acho, é a fagulha. Mas o fogo vai queimar longe, bem além deste reino.

Franzi a testa.

— Como as maquinações mortais podem afetar qualquer coisa além da vida mortal?

Mas era uma pergunta tola. Eu passara dois mil anos sofrendo por causa da maldade de uma mortal.

Ela estremeceu, os olhos vidrados, embora nunca tenha perdido o equilíbrio naquele único dedo do pé. Ajoelhado na areia, o garoto dos mariscos franziu a testa, o balde diante dele. Quando aquilo terminasse, eu sabia, Spider exigiria uma dança com ele. Se ele a agradasse e tivesse sorte, ela faria amor com ele por algumas horas e depois o mandaria embora. Se ele não tivesse sorte... bem. Os mariscos fariam dele um bom aperitivo. Os mortais que escolhem nos amar conhecem os riscos.

— Uma concha. — A voz de Spider baixou para um murmúrio, sem entonação. — Flutua sobre madeira verde e ossos brancos brilhantes. Dentro há traição, amor, anos e mais traição. Ah, Sieh. Todos os seus erros do passado estão voltando para te assombrar.

Suspirei, pensando em Shahar, Deka e Itempas, para nomear alguns.

— Eu sei.

— Não. Você não sabe. Melhor, você sabe, mas o conhecimento está bastante enterrado. Melhor, estava. — Ela inclinou a cabeça, as dezenas

O Reino dos Deuses

de pupilas se expandindo de uma vez. Os olhos dela, salpicados de buracos, me atraíam. Olhei para eles e espiei abismos profundos cobertos por teias. Rapidamente, afastei-me, desviando o olhar. Qualquer um atraído para dentro do mundo de Spider se tornava dela e nem sempre ela os deixava partir. Nem mesmo se os amasse.

— O vento sopra cada vez mais alto — sussurrou ela. — *Sieh, Sieh, Sieh*, sussurra ele, nos corredores do incognoscível. Algo se agita naqueles corredores, pela primeira vez desde o nascimento de Enefa. *Está vivo. Pensa. Pensa em você.*

Esta bobagem de maneira alguma era o que eu esperava, nem o que eu de fato queria ouvir. Franzi a testa e umedeci os lábios, ponderando como conduzi-la de volta ao conhecimento de que eu precisava.

— E Kahl, irmã? O inimigo dos Arameri?

Spider balançou a cabeça de repente, veementemente, fechando os olhos.

— Ele é o *seu* inimigo, Sieh. Não deles. Eles são irrelevantes. Espectadores inocentes, *rá!*

Ela estremeceu e, para a minha surpresa, de repente cambaleou, quase perdendo o equilíbrio. O garoto ergueu o olhar de súbito, o rosto tomado de fervor; eu o ouvi murmurar uma oração baixa e cheia de intenção. Nunca precisamos de orações, mas gostamos delas. Elas se parecem muito com... hum. Um empurrão ou certa mão de apoio nas costas. Até os deuses precisam de encorajamento às vezes. Por fim, Spider se equilibrou.

— Itempas — disse ela, soando de repente cansada. — Ele é a chave. Pare de ser teimoso, Sieh. Converse com ele.

— Mas... — Cerrei os dentes para não dizer o que estava prestes a dizer. Era isso o que eu pedira que ela me desse. Eu não tinha direito de reclamar só porque não era o que eu queria ouvir. — Está bem.

Com um suspiro, Spider abriu os olhos, que eram humanos outra vez. Quando ela se endireitou e saiu do padrão, com cuidado removendo o dedão do centro sem perturbá-lo, vi a magia restante dentro de suas linhas.

— Vá embora agora, irmão — disse ela. — Volte em um milhão de anos ou quando pensar em mim outra vez.

— Não vou poder — falei baixinho.

Em um milhão de anos eu seria menos que pó.

Spider olhou para mim e só por um momento os olhos dela ficaram estranhos de novo.

— Não. Suponho que você não vá, certo? Mas não se esqueça de mim, irmão, entre os novos mistérios que você terá que explorar. Vou sentir sua falta.

Com isso, ela se virou para o garoto e ofereceu a mão para ele. Ele se aproximou e a agarrou, levantando-se, o rosto iluminado mesmo quando Spider cresceu quatro braços extras e envolveu todos os seis ao redor dele, com força. Era provável que ela o deixasse viver, visto que ele a ajudara. Talvez.

Virei-me e fui em direção às dunas, deixando a minha irmã para a sua dança.

*   *   *

Tinha sido um mês cheio desde a minha viagem para ver Deka. Uma semana depois, veio o anúncio esperado: Remath Arameri estava enfim levando o seu amado filho para casa. Dekarta começara sua jornada em direção ao Céu em meio a grande pompa e três legiões inteiras de escoltas de soldados. Eles fariam um circuito pela procissão, visitando uma dúzia dos reinos senmatas no sul antes de chegar a Céu-em-Sombra no auspicioso solstício de verão. Eu tinha rido ao ouvir sobre o circuito. Três legiões? Isto ia além de qualquer necessidade de proteger Deka. Remath estava se exibindo. A mensagem era óbvia: se ela podia conceder três legiões apenas para proteger um filho menos favorecido, imagine quantas poderia usar para algo importante?

Então Ahad me manteve em movimento visitando um nobre aqui ou um comerciante acolá, passando a noite nas ruas de algumas cidades para ouvir o que o povo pensava, semeando rumores e depois ouvindo para ver quais verdades surgiam como resultado. Também houvera mais reuniões, embora Ahad só me convidasse quando necessário. Nemmer e Kitr reclamaram depois que afrouxei as pernas das cadeiras delas uma vez. Eu não conseguia entender por que ficaram tão chateadas; elas não tinham caído de verdade. *Aquilo* teria valido a clavícula quebrada que Kitr me causara em troca. (Ahad me mandou para um dobrador de ossos e me disse para não falar com ele por uma semana.)

Por conta própria, passei os últimos dias trabalhando em Tema. Além das dunas da praia havia uma cidade, brilhando através da névoa de calor: Antema, capital do Protetorado. Tinha sido a maior cidade do mundo antes da Guerra dos Deuses e foi uma das poucas que conseguira sobreviver praticamente ilesa ao horror. Já não era tão impressionante quanto o Céu (a Árvore do Mundo e o palácio eram impressionantes demais para qualquer outra cidade superar), mas o que faltava em grandeza compensava em caráter.

Admirei a vista outra vez, depois suspirei e, por fim, peguei no bolso a esfera de mensagens que Ahad me dera.

— O quê? — disse ele, quando o tremor suave da esfera enfim conseguiu sua atenção. Ele sabia exatamente por quanto tempo me manter esperando; um instante mais e eu teria parado a ativação.

Eu já tinha decidido não contar a ele a respeito de minha visita a Spider e ainda estava considerando se pediria por um encontro com Itempas. Então respondi:

— Faz uma semana. Estou ficando entediado. Mande-me para algum lugar.

— Está bem — respondeu ele. — Vá ao Céu e fale com os Arameri.

Fiquei rígido, furioso. Ele sabia muito bem que eu não queria ir até lá e o motivo.

— Falar com eles a respeito do quê, pelo amor dos demônios?

— Presentes de casamento — respondeu ele. — Shahar Arameri vai se casar.

* * *

Descobri que era o assunto da cidade quando cheguei a Antema e encontrei uma taberna para ficar muito, muito bêbado.

309

N. K. Jemisin

As tabernas temanas não são feitas para a embriaguez solitária. O povo temano é uma das etnias mortais mais antigas e eles lidaram com o isolamento peculiar da vida nas cidades por mais tempo do que os amnie tiveram casas permanentes. Assim, as paredes da taberna em que entrei estavam cobertas de murais de pessoas prestando atenção em mim, ou era o que parecia, visto que cada figura pintada estava diante de pontos estratégicos onde os espectadores podiam se sentar. Elas se inclinaram para a frente e ficaram observando como se estivessem atentas a qualquer coisa que eu pudesse dizer. Dava para se acostumar com isto.

Também dava para se acostumar com a maneira cuidadosamente rústica que as tabernas eram mobiliadas, para forçar os estranhos a se juntarem. Enquanto eu estava sentado em um sofá comprido, segurando um copo de cerveja de mel, dois homens se juntaram a mim porque havia apenas sofás nos quais se sentar e eu não era grosseiro o suficiente para exigir ficar sozinho. Naturalmente, eles começaram a falar comigo, porque o músico da taberna (um velho tocador de olho duplo) fazia longas pausas para tirar uma soneca. Falar preenchia o silêncio. Então duas mulheres se juntaram a nós, porque eu era jovem e bonito e os outros dois homens não eram feios. Em pouco tempo, eu estava sentado com um grupo risonho e barulhento de completos estranhos que me tratavam como seu melhor amigo.

— Ela não o ama — afirmou um dos homens, que já tinha tomado cerveja de mel demais e estava falando cada vez mais embolado. Os temanos a misturavam com algo, achei que fossem algas marinhas aromáticas, o que tornava a bebida muito forte. — Nem deve gostar dele. Uma amnie, uma Arameri para piorar, se casando com um garoto temano? Ela nos olha com superioridade de cima daquele nariz branco e pontudo.

— Ouvi dizer que são amigos de infância — comentou uma mulher, cujo nome era Reck ou Rook ou talvez Rock. Ruck? — Datennay Canru passou com honras em todos os exames; a Tríade não o confirmaria como *pymexe* se ele não fosse brilhante. É uma honra para o Protetorado os Arameri o quererem.

310

O Reino dos Deuses

Ela ergueu um copo no estilo amnie, que continha algo verde intenso, e por costume todos erguemos os copos em resposta ao brinde dela.

Mas assim que abaixamos os braços, a companheira dela fez cara de zombaria e se inclinou à frente, seus dreadlocks balançando para enfatizar.

— É um insulto, não uma honra. Se aqueles malditos Arameri respeitassem tanto a nossa Tríade, teriam se dignado a se casarem antes com um de nós. Tudo o que querem é que a nossa Marinha os proteja contra os alto-nortistas descompensados...

— É um insulto se você o encarar assim — respondeu um dos homens, que falava bem ardentemente porque havia três homens e duas mulheres e ele era o mais feio do grupo, e sabia que era provável que voltasse para casa sozinho. — Eles ainda são Arameri. Não precisam de nós. E ela gosta dele de verdade!

Isso incitou coros de concordância e discordância do grupo inteiro, durante os quais alternei a atenção entre eles e um conjunto de máscaras peculiares penduradas em uma das paredes. Lembravam-me um pouco das máscaras que eu vira em Darr, embora estas tivessem um estilo e decoração mais elaborados, à maneira temana. Todas tinham dreadlocks e rostos alegres, e mesmo assim, de algum jeito, captavam mais atenção que as pessoas do mural que nos encaravam. Ou talvez eu só estivesse bêbado.

Depois que a discussão estava acontecendo havia algum tempo, uma das mulheres percebeu o meu silêncio.

— O que você acha? — perguntou ela, sorrindo para mim. Era um pouco mais velha, relativamente falando, e parecia pensar que eu precisava de incentivo.

Terminei o meu último gole, assenti discretamente para que o garçom me servisse mais e me recostei, sorrindo para a mulher. Ela era bonita, pequena, de pele escura e esguia como as mulheres temanas tendem a ser, com os mais lindos olhos pretos. Perguntei-me se eu ainda era deus o bastante para fazê-la desmaiar.

— Eu? — perguntei e lambi o mel dos lábios. — Acho que Shahar Arameri é uma puta.

311

Houve um arfar coletivo... e não apenas do meu sofá, porque a minha voz tinha se propagado. Olhei ao redor e vi os olhares chocados de metade da taberna. Ri de todos eles e então foquei no meu próprio grupo.

— Você não deveria dizer isso — afirmou um dos homens, que também me olhava torto; embora agora eu suspeitasse de que ele estivesse pensando melhor. — A Ordem não se importa com o que é dito sobre os deuses, exceto por Itempas, mas os Arameri... — Ele olhou ao redor, como se temesse que os Guardiões da Ordem aparecessem do nada e me espancassem. Nos velhos tempos, eles teriam feito isso. Preguiçosos. — Você não deveria dizer isso.

Dei de ombros.

— É verdade. Mas não é culpa dela, evidentemente. A mãe dela é que é o problema, sabe? Uma vez, ela deu a garota para um deus, como uma égua de reprodução, esperando fazer uma criança-demônio. Provavelmente deixou seu *pymexe* trepar de graça também, para selar o acordo. Vocês dizem que ele é um homem inteligente. Tenho certeza de que ele não se importaria em seguir os passos de um deus.

O garçom, que estivera vindo em minha direção com outra dose, parou antes do sofá, de olhos arregalados e horrorizado. O homem que estivera bebendo perto de mim se levantou, rápido, quase, mas não antes de seu terceiro companheiro, que tinha me ignorado até aquele momento, se pôr de pé.

— O Canru é meu primo de segundo grau, seu zé ninguém miscigenado de olhos verdes...

— Quem é miscigenado? — Endireitei a postura, o que não me fez ficar tão alto quanto ele. — Não há nem uma gota de sangue mortal em mim, maldição, não importa como eu pareça velho!

O homem, já abrindo a boca para rugir para mim, ficou em silêncio, me encarando, confuso. Uma das outras mulheres se afastou, a outra se aproximou; as duas de olhos arregalados e curiosas.

— O que disse? — perguntou a que se aproximou. — Você é uma deidade?

O Reino dos Deuses

— Sou — falei sério e arrotei. — Desculpe.

— Você é tão divino quanto meu testículo esquerdo — bradou o homem furioso.

— É tão divino assim? — Ri de novo, sentindo-me cheio de malícia, raiva e alegria.

A raiva era mais forte, então, antes que o homem pudesse reagir, agarrei a virilha dele, adivinhando corretamente onde seu testículo esquerdo estaria. Era brincadeira de criança (ao menos de uma criança malvada) agarrar a coisa e dar-lhe uma torção precisa e experiente. Ele gritou e se curvou, o rosto roxo de choque e agonia enquanto agarrava o meu braço, mas me fazer soltar exigiria um puxão mais forte em suas partes sensíveis. Com seu rosto a centímetros do meu, mostrei os dentes e sibilei para ele, apertando os dedos apenas o suficiente para dar um aviso. Os olhos dele se arregalaram e ficaram aterrorizados por algum motivo, que eu sabia não ter nada a ver com a ameaça à sua masculinidade. Eu duvidava de que meus olhos tivessem mudado; não havia magia suficiente em mim para isso. Era outra coisa, talvez.

— Não parecem muito divinos para mim — falei, apertando mais as bolas dele. — O que você acha?

Ele abria e fechava a boca como um peixe. Tornei a rir, amando o sabor do terror dele, até mesmo a emoção deste tipo insignificante e inútil de poder...

— Solte-o.

A voz era familiar e feminina. Estiquei o pescoço para trás, piscando surpreso ao ver que Glee Shoth estava atrás do sofá. Ela estava com as mãos nos quadris, alta e imponente e tão maronesa naquela sala cheia de temanos. A expressão em seu rosto era de algum modo censuradora e serena ao mesmo tempo. Se eu não tivesse passado vários bilhões de anos tentando provocar aquela expressão exata no rosto de outra pessoa, teria a achado totalmente desconcertante.

De ponta-cabeça, sorri para ela e soltei o homem.

— Ah, você é *tão* filha dele.

313

Ela ergueu uma sobrancelha, comprovando o que eu dizia.

— Você se importaria em ir comigo lá para fora? — Sem esperar para ver se eu concordaria, Glee se virou e saiu.

Fazendo um biquinho, levantei-me e cambaleei um pouco. Os meus companheiros ainda estavam ali, para a minha surpresa, mas estavam em silêncio, todos me olhando com uma mistura de medo e desgosto. Ah, fazer o quê.

— Que ambos os meus pais sorriam para vocês — falei para eles, gesticulando amplamente e fazendo um esforço genuíno para abençoá-los, embora nada tenha acontecido. — Isto é, se conseguirem arrancar um sorriso deles, aqueles desgraçados mal-humorados. E que a minha mãe mate todos vocês gentilmente enquanto dormem, no fim de uma vida longa e saudável. Adeus!

A taberna inteira ficou em silêncio enquanto eu cambaleava atrás de Glee.

Ela se virou para caminhar comigo enquanto eu chegava à base dos degraus. Eu não tinha bebido tanto a ponto de não conseguir andar, mas a firmeza era outra história. Como eu esperava, Glee não tentou me aguardar enquanto eu cambaleava e tropeçava, e por um tempo fiquei a três passos atrás dela.

— Suas pernas são muito longas — resmunguei. Ela era quase trinta centímetros mais alta que eu.

— Faça as suas ficarem mais longas.

— Não posso. Minha magia acabou.

— Então as mova mais rápido.

Suspirei e fiz isso. Aos poucos, alcancei o passo dela.

— Você herdou alguma coisa da sua mãe? Ou você é só uma versão dele com peitos?

— Tenho o senso de humor da minha mãe. — Ela me olhou, o desgosto óbvio em seu rosto. — Mas eu esperava mais de *você*.

Suspirei:

— Tive um dia difícil.

O Reino dos Deuses

— Sim. Quando você desligou a esfera de mensagem, Ahad pediu que eu te encontrasse. Sugeriu que eu checasse nas sarjetas. Suponho que eu deveria estar feliz por ele estar errado.

Eu ri, embora um momento mais tarde minha risada cessou e eu a encarei, afrontado.

— Por que está fazendo o que ele mandou? Não é a chefe dele? E que importa se eu relaxar um pouco? Passei os últimos dois anos fazendo tarefas para aquele desgraçado, tentando ajudar aquele grupinho patético dele a evitar que este mundo desmoronasse. Não mereço uma noite de folga?

Glee parou. A essa altura, estávamos em uma esquina tranquila de um bairro residencial. Já era tarde o suficiente para que ninguém estivesse por perto. Talvez fosse por isso que, por apenas um instante, os olhos dela pareceram brilhar em ouro vermelho, como um fósforo riscado. Assustei-me, mas então eles estavam castanhos outra vez, e mais que só um pouco irritados.

— Passei quase o *século* passado tentando impedir que este mundo desmoronasse — retrucou ela. Pisquei, surpreso; Glee não parecia ter mais de trinta anos. Eu tinha me esquecido de que os demônios costumavam viver mais que os humanos, embora ambos fossem mortais. — Não sou uma deusa. Não tenho escolha a não ser viver neste reino, ao contrário de você. Farei o que for preciso para salvá-lo; incluindo trabalhar com deidades como você, que afirmam desprezar Itempas, embora na realidade você seja tão egoísta e arrogante quanto ele no seu pior!

Ela voltou a andar, deixando-me para trás porque eu estava atordoado demais para segui-la. Quando me recuperei, ela havia desaparecido em uma esquina. Furioso, corri atrás dela, apenas para quase tropeçar quando virei a esquina e a encontrei lá, esperando.

— Como você ousa! — sibilei. — Eu não sou nada parecido com ele!

Glee suspirou, balançando a cabeça, e, para a minha fúria ainda maior, decidiu não discutir comigo. Este tipo de coisa sempre me deixou transtornado.

— Já pensou em perguntar por que vim? Ou está embriagado demais para pensar este tanto?

— Eu não... — Pisquei. — Por que está aqui?

— Porque, como Ahad teria te dito se tivesse dado a ele a chance de terminar, temos trabalho a fazer. Dekarta Arameri está alterando e acelerando a rota dele para ir diretamente a Sombra, por causa do noivado. Quando ele e seu acompanhante chegarem a Sombra, *amanhã*, para frustrar potenciais encrenqueiros, haverá uma grande procissão pela cidade. Está agendado que Shahar Arameri faça uma aparição pública, nos degraus do Salão, pela primeira vez desde que atingiu a maioridade. O anúncio oficial do noivado será feito então, diante do Consórcio dos Nobres e de metade da cidade, e Dekarta receberá as boas-vindas oficialmente ao mesmo tempo. Provavelmente será um evento e tanto.

Apesar das alfinetadas de Glee, eu não estava, de fato, embriagado demais para pensar. Os Arameri não eram dados ao espetáculo público (ou pelo menos não tinham sido durante o meu tempo de servidão), em especial porque não era necessário. O que poderia superar a glória de seu poder não declarado, raramente visto e totalmente devastador? E o Céu era símbolo suficiente de quem eles eram. Mas os tempos haviam mudado e seu poder agora derivava, pelo menos em parte, de sua capacidade de impressionar as massas que antes não eram notadas.

E... estremeci ao me dar conta. Que melhor oportunidade poderia haver para os inimigos dos Arameri atacarem?

Glee assentiu quando viu que eu enfim compreendi.

— Precisaremos que todos na cidade fiquem de olho.

Umedeci os lábios, que de repente estavam secos.

— Não tenho mais magia — falei. — Nem uma gota dela. Posso fazer alguns truques, coisas que talvez os escribas possam fazer, mas não é nada extraordinário. Sou apenas um mortal agora.

— Mortais têm utilidade — disse ela com uma ironia tão delicada que fiz uma careta. — E você os ama, não é? Shahar e Dekarta.

Lembrei-me dos corpos decompostos e mascarados que eu vira dois anos antes, durante os meus poucos dias desastrosos no Céu. Tentei imaginar os corpos de Shahar e Dekarta caídos do mesmo jeito, seus rostos

O Reino dos Deuses

obscurecidos por máscaras queimadas e os corpos destruídos demais para sequer apodrecerem.

— Leve-me lá — pedi suavemente. — Seja lá para onde você for. Quero ajudar.

Glee inclinou a cabeça e estendeu a mão para mim. Eu a agarrei antes de ponderar o que ela poderia fazer. Glee não era uma deidade, apenas um demônio. Uma mortal.

Então o poder dela comprimiu o mundo ao nosso redor, removendo-nos e nos colocando de volta na realidade com o poder hábil de um deus. Não consegui evitar admirá-la: ela tinha o jeito do nosso pai.

*   *   *

Glee alugara um quarto de estalagem na parte norte de Somle, em Sombra, um próspero distrito comercial perto do centro da cidade. Percebi logo de cara que era uma das melhores estalagens: o tipo de lugar que eu não poderia pagar nem com o salário que Ahad me dava, especialmente não antes de um grande evento. Parecia haver uma multidão grande e barulhenta na área comum no andar de baixo. Todas as estalagens da cidade deviam estar lotando conforme as pessoas das terras vizinhas chegavam para ver o espetáculo. Até a estalagem de Hymn estaria recebendo clientes; se este fosse o caso, eu estava satisfeito. Embora, com sorte, eles não seriam grosseiros a ponto de alugar o *meu* quarto.

Glee foi até a janela e abriu as persianas, revelando o motivo pelo qual nos levara até ali. Aproximei-me e vi que a janela dava para a Avenida dos Nobres, na extremidade distante da qual se erguia a imponente massa branca do Salão. Tínhamos uma boa vista: dava para ver as minúsculas pessoas circulando pela avenida perto dos largos degraus do Salão e os Guardiões da Ordem em seus uniformes brancos montando barreiras para manter os espectadores afastados. Os Arameri não apareciam em público com frequência, embora seus rostos fossem conhecidos graças aos pergaminhos de notícias da Ordem e à moeda. Todos em um raio de 150 quilômetros provavelmente viajaram para a cidade, ou estavam a caminho, para ter a oportunidade única de vê-los.

Glee apontou na direção oposta da avenida, pois passava pelo prédio onde estávamos.

— A procissão do Dekarta entrará na cidade por ali. A rota não foi publicada, mas estará nas notícias amanhã cedo. Isto complica o planejamento dos assassinos. Mas a procissão terá que percorrer a avenida até aqui; não há outro jeito de um grupo grande chegar ao Salão.

— O que significa que eles podem atacar em qualquer lugar ao longo desta rua? — Balancei a cabeça, incrédulo. Mesmo que eu ainda tivesse magia, era um cenário impossível de tentar planejar. Pela manhã, as dezenas de mortais ao redor do Salão teriam se transformado em centenas; à tarde, quando o evento aconteceria, seriam milhares. Como encontrar apenas um em meio à bagunça? — Você sabe como os assassinos fazem as vítimas colocarem as máscaras?

— Não. — Glee suspirou e por um instante a expressão séria vacilou. Percebi que ela estava muito cansada e preocupada. Será que Itempas não estava fazendo nada, jogando para ela todo o trabalho de proteger o mundo? Desgraçado.

Afastando-se da janela, Glee foi até a bela cadeira de couro da sala e se sentou. Fui me sentar no parapeito da janela, porque sempre me senti mais confortável nestes poleiros do que em qualquer assento convencional.

— Então a gente fica aqui até amanhã de manhã... e depois? — perguntei.

— Nemmer tem um plano — respondeu ela. — O povo dela já fez essas coisas antes. Ela sabe como melhor utilizar os pontos fortes de deuses e mortais. Mas como você e eu não somos nem um dos dois, ela sugeriu que talvez pudéssemos contribuir de maneira mais útil ao circular pela multidão e prestar atenção a qualquer coisa estranha.

Movi-me para apoiar uma perna contra a moldura da janela, suspirando pela descaracterização que Glee fez de mim.

— Eu ainda *penso* como uma deidade, sabe. Tentei me ajustar, ser mortal, mas... — Abri os braços. — Sou o Trapaceiro há mais anos que os mortais conseguem contar. Não tenho certeza se viverei tempo bastante para me tornar outra coisa na minha cabeça.

O Reino dos Deuses

Glee recostou a cabeça na cadeira e fechou os olhos, obviamente planejando adormecer.

— Até os deuses têm limites; os seus só são diferentes. Faça o que puder dentro deles.

O silêncio tomou o local, exceto pelo suave movimento de uma brisa noturna através da janela aberta e os mortais na sala abaixo, que cantavam algum tipo de música em uma cadência vigorosa e fora do ritmo. Eu os escutei por um tempo, sorrindo ao reconhecer a música como a variação de uma que eu havia ensinado a seus ancestrais. Cantarolei junto até ficar entediado, e então olhei para Glee, para ver se ela estava dormindo... e vi seus olhos abertos, observando-me.

Suspirei e decidi abordar o assunto diretamente:

— Então, irmãzinha. — Ela ergueu uma sobrancelha e eu sorri. — Quantos anos você tem?

— Sou mais velha do que pareço, como você.

Quase um século, ela dissera.

— Você é filha de Oree Shoth.

Eu me lembrava vagamente dela. Uma garota mortal bonita, cega e corajosa. Ela amara um dos meus irmãos mais novos, que morrera. E amara Itempas também, ao que parecia. De outra maneira, eu não conseguia pensar nele se deitando com ela. A intimidade efêmera o ofendia.

— Sim.

— Ela ainda o chama de "Brilhante"?

— Oree Shoth está morta.

— Ah. — Franzi a testa. Algo sobre o modo como ela dissera aquilo era estranho, mas não consegui descobrir o quê. — Sinto muito.

Glee ficou em silêncio por um momento, o olhar dela desconcertantemente direto. Outra coisa que herdara dele.

— Sente mesmo?

— O quê?

Ela cruzou as pernas.

— Disseram-me que, nos velhos tempos, você foi um dos campeões dos mortais. Mas agora você não parece gostar muito deles. — Ela deu de

319

ombros enquanto eu fechava a cara. — Compreensível. Mas considerando isso, não consigo imaginar você ficando chateado por mais uma morte.

— Bem, isto significaria que você não me conhece muito bem, não é? Para a minha surpresa, Glee assentiu.

— É exatamente o que significa. O que é o motivo de eu ter perguntado: você sente muito pela morte da minha mãe? Seja sincero.

Surpreso, fechei a boca e pensei na resposta.

— Sinto — falei por fim. — Eu gostava dela. Ela tinha o tipo de personalidade com a qual eu podia ter me dado bem, se não tivesse sido tão devota a Itempas. — Fiz uma pausa, pensando. — Mesmo assim, eu nunca teria esperado que ele *respondesse* a tal devoção. Oree Shoth deve ter sido muito especial para fazê-lo dar uma chance a uma mulher mortal outra vez...

— Ele deixou a minha mãe antes do meu nascimento.

— Ele...

Agora eu a encarava, atordoado, porque isso não tinha nada a ver com ele. O coração dele não mudou. Mas então me lembrei de outra amante mortal que ele deixara para trás, séculos antes. Não era da natureza dele ir embora, mas ele podia ser persuadido a fazer isso, se fosse pelos interesses daqueles com quem se importava.

— Lorde Nahadoth e Lady Enefa exigiram — explicou Glee, interpretando a minha expressão. — Ele só foi embora para salvar a vida dela... a nossa vida. Então, mais tarde, quando eu tinha idade suficiente, fui procurar por ele. Por fim, o encontrei. Tenho viajado com ele desde então.

— Entendi. — Um conto digno dos deuses, embora ela não fosse uma de nós. E então, porque estava na minha mente e porque Glee sabia que estava lá e não havia motivo para eu tentar esconder o óbvio, fiz a pergunta que estivera pairando entre nós durante os dois anos desde que nos conhecemos: — Como ele está agora?

Ela demorou a responder, parecendo escolher as palavras com cuidado.

— Não sei como ele era antes da Guerra ou durante os anos da sua... prisão. Não sei se ele é o mesmo que era naquela época ou se está diferente.

— Ele não muda.

O Reino dos Deuses

Mais um daqueles silêncios desconfortáveis.

— Acho que talvez ele tenha mudado.

— Ele *não pode* mudar. É um anátema para ele.

Glee balançou a cabeça, com uma teimosia familiar.

— Ele pode. Ele mudou quando matou Enefa e acredito que tenha mudado desde então. Ele *sempre* pôde mudar, e sempre fez isso, ainda que devagar ou relutando, porque ele é um ser vivo e a mudança é parte da vida. Enefa não fez com que fosse assim; ela só pegou as qualidades comuns que os irmãos dela já tinham e as colocou nas deidades e mortais que criou.

Perguntei-me se ela teve esta mesma conversa com Itempas.

— Exceto que ela fez a etnia mortal completa, diferente de nós.

Glee tornou a balançar a cabeça, os cachos macios balançando gentilmente como se em virtude de uma brisa.

— Deuses são tão completos quanto mortais. O Nahadoth não é totalmente escuridão. O meu pai não é totalmente luz. — Ela fez uma pausa, semicerrando os olhos para mim. — *Você* não tem sido uma criança de verdade desde que o universo era jovem. E quanto a isso, a Guerra começou em parte porque a Enefa, que preservava o equilíbrio, *perdeu* seu equilíbrio. Ela amou um dos irmãos mais que o outro e acabou com todos eles.

Fiquei tenso.

— Como você *ousa* culpá-la! Você não sabe nada sobre...

— Sei o que ele me contou. Sei o que aprendi, de livros, lendas e conversas com deidades que estavam lá quando a bagunça começou, que observaram e tentaram pensar como parar isso, e choraram ao perceber que não podiam. Você estava próximo demais, Sieh. Você estava enfiado até a cintura na carnificina. Você decidiu que a culpa era do Itempas sem nem sequer se perguntar o *motivo*.

— Ele matou a minha mãe! Quem se importa com o motivo?

— Os irmãos o abandonaram. Apenas por um breve tempo, mas a solidão é a antítese dele; enfraqueceu-o. Então Shahar Arameri matou o filho dele e isso foi a gota-d'água. Nesse caso, o "motivo" importa muito, acho.

321

Eu ri, amargo, doente de culpa e tentando esconder o meu espanto. Solidão? *Solidão?* Eu nunca soubera que... não, nada disso importava. Não podia importar.

— Um mortal! Por que, em nome do Turbilhão, ele lamentaria tanto um único mortal?

— Porque ele ama seus filhos. — Recuei. Glee me encarava, os olhos totalmente visíveis no quarto pouco iluminado. Nem um de nós se dera ao trabalho de acender uma luz, porque a dos postes da rua era suficiente. — Porque ele é um bom pai e bons pais não deixam de amar seus filhos só por serem meros mortais. Ou se esses filhos os odiarem.

Encarei-a e percebi que eu tremia.

— Ele não nos amou quando lutou contra nós na Guerra.

Glee juntou as mãos na frente do corpo, entrelaçando os dedos. Ela estivera passando tempo demais com Ahad.

— Pelo que entendi, seu lado estava ganhando até que Shahar Arameri usou a Pedra da Terra. Não estava?

— Que demônios isto quer dizer?

— Diga-me você.

E é óbvio que pensei nos piores dias da minha vida. Shahar não fora a primeira a usar a Pedra. Eu sentira o controle de uma deidade primeiramente, enviando poder abrasador (o poder da vida e da morte em si) em uma onda terrível através do campo de batalha da terra. Dezenas dos meus irmãos foram dizimados naquele ataque. Quase me dizimara também. Foi meu primeiro aviso de que o vento estava mudando. Até então, o sabor do triunfo tinha estado forte na minha boca. Quem foi aquela deidade? Um dos legalistas de Itempas; ele tinha os dele, assim como Nahadoth. Quem quer que fosse, morreu tentando conduzir o poder de Enefa.

Então Shahar conseguiu a Pedra e ela não se deu ao trabalho de atacar meras deidades. Ela foi direto em cima de Nahadoth, a quem odiava mais por ter tirado Itempas dela. Lembrei-me de vê-lo ser derrotado. Eu gritei e chorei e soube que era culpa minha. Tudo aquilo era.

— Ele... não tinha que... — sussurrei. — Itempas. Se ele sentia tanto, podia ter só...

O Reino dos Deuses

— Esta não é a natureza dele. A ordem é causa e efeito, ação e reação. Quando atacado, ele ataca também.

Eu a ouvi se mexer para ficar confortável na cadeira. Ouvi porque não podia mais olhar para ela, com sua linda pele negra e olhos ávidos demais. Ela não era uma estranha tão óbvia quanto Shinda fora, todos aqueles séculos antes. Ela podia se esconder entre os mortais com mais facilidade porque sua linhagem peculiar não se anunciava imediatamente e porque a última coisa que alguém reparava em uma mulher negra de um metro e oitenta era a aura de magia. Havia algo nela que também me fazia pensar que ela era bem capaz de se defender... e senti o toque de Itempas nisto. Ação e reação. *Aquela* criança mortal não morreria com tanta facilidade; o pai dela garantira isso.

Nosso pai.

— Muitas coisas causaram a Guerra — continuou Glee, falando baixinho. — O desvario de Shahar Arameri, o luto do Itempas, os ciúmes da Enefa, a displicência do Nahadoth. Não é culpa de ninguém. — Ela ergueu o queixo de maneira hostil. — Não importa com quanto fervor você acredite no contrário.

Fiquei em silêncio.

Itempas nunca fora como Nahadoth. Naha colhia amantes da mortalidade em massa como flores em um prado e os descartava com a mesma facilidade quando eles murchavam ou uma flor mais interessante aparecia. Ah, ele os amava, de sua maneira errática, mas constância não era de sua natureza.

Não tanto quanto Itempas. Ele não amava com tanta facilidade, mas quando o fazia, amava para sempre. Ele se voltara para Shahar Arameri, sua suma sacerdotisa, quando Nahadoth e Enefa pararam de desejá-lo. Eles nunca deixaram de amá-lo, é óbvio; só que amavam mais um ao outro. Mas para Itempas deve ter sido o pior dos infernos. Shahar oferecera seu amor e ele aceitara, porque era uma criatura lógica, e *algo* era melhor que *nada*. E porque ele escolhera amá-la e agradá-la, ele flexibilizara as próprias regras para dar a ela um filho. Então ele tinha amado esse filho e ficado com a sua família mortal por dez anos. Ele podia ter se contentado facilmente com eles pelo restante de suas vidas mortais. Um piscar de olhos na eternidade de um deus. Não tinha tanta importância.

Só os deixara porque Naha e Nefa o convenceram de que os mortais ficariam melhores sem ele. E Naha e Nefa só fizeram isso porque alguém mentira para eles.

Só um truque inofensivo, eu pensara na época. Só feriria os mortais, e só um pouquinho. Shahar tinha status e riqueza, e os mortais se adaptavam. Eles não precisavam dele.

Só um truque inofensivo.

Não é culpa de ninguém, dissera a filha de Itempas.

Fechei a boca contra o gosto da culpa antiga e enraizada.

Com o meu silêncio, Glee falou outra vez:

— Quanto ao tipo de homem que ele é agora... — Imaginei que ela deu de ombros. — Ele é teimoso e orgulhoso, e irritante. O tipo de homem que move céus e terras para conseguir o que quer. Ou para proteger aqueles com quem se importa.

Sim. Eu me lembrava daquele homem. Quão rápida era uma mudança de são para desequilibrado e de volta a são? Não muito, pela expansão do tempo.

— Quero vê-lo — sussurrei.

Ela ficou em silêncio por um momento.

— Não vou permitir que você o machuque.

— Não quero machucá-lo, caramba... — Embora eu o tivesse feito, lembrei-me, em uma das últimas ocasiões em que o tinha visto. Ela devia ter ouvido falar sobre aquilo. Fiz uma careta. — Não vou fazer nada dessa vez, prometo.

— A promessa de um trapaceiro.

Forcei-me a inspirar fundo contra o meu próprio temperamento, liberando aquele fôlego preso em vez das palavras furiosas nos meus pensamentos. Não era certa a maneira como eu pensava sobre ela. Mortal. Inferior. Não era certa eu relutar tanto para respeitá-la. Ela era tão filha dos Três quanto eu.

O Reino dos Deuses

— Não posso fazer nenhuma promessa na qual você vá confiar — falei e fiquei aliviado pela minha voz ter permanecido gentil. — E na verdade você não deve. Eu só *tenho* que manter promessas para crianças. E sinceramente, nem sei se isto se aplica mais. Tudo o que eu sou mudou.

Recostei a cabeça para trás na janela e olhei para a cidade iluminada abaixo.

Nahadoth podia ouvir quaisquer palavras ditas à noite, se quisesse.

— Por favor, deixe-me vê-lo — repeti.

Ela me olhou com firmeza.

— Você deve saber que a magia dele só funciona em certas circunstâncias. Não é poderosa o suficiente para parar seja lá o que aconteceu com você... não na forma atual dele.

— Eu sei. E sei que quer mantê-lo seguro. Faça o que tem que fazer. Mas se for possível...

Eu podia vê-la, muito fracamente, além do meu reflexo. Glee assentiu devagar, como se eu tivesse passado em algum teste.

— É possível. Não posso prometer nada, é evidente; ele pode não querer lhe ver. Mas vou falar com ele. — Ela fez uma pausa. — Eu gostaria que você não contasse a Ahad.

Surpreso, olhei para ela. Meus sentidos não estavam tão fracos a ponto de eu não conseguir distinguir cheiros e o cheiro fraco de Ahad (charutos, amargura e emoções como sangue coagulado há muito tempo) se agarravam a ela como perfume velho. Fazia alguns dias, mas ela estivera na presença dele, perto dele, tocando-o.

— Pensei que você tinha uma coisa com ele.

Graciosamente, Glee pareceu envergonhada.

— Suponho que eu o ache atraente. Isto não é "uma coisa".

Balancei a cabeça, confuso.

— Ainda estou impressionado que ele tinha alma suficiente para ser feito como um ser completo e separado. Não sei o que você vê nele.

— Você não o conhece — retrucou Glee, com um vestígio de rigidez que me disse que "a coisa" era mais do que ela estava admitindo. — Ele não se revela para você. Ele te amou um dia; você pode machucá-lo como ninguém pode. O que acha dele, e o que ele é de verdade, são coisas diferentes.

Balancei-me para trás um pouco, surpreso pela veemência dela.

— Bem, é óbvio que você não confia nele...

Ela balançou a mão impacientemente, dispensando o assunto. Deuses, ela era tão parecida com Itempas que doía.

— Não sou tola. Pode demorar um longo tempo até que ele se livre dos hábitos de sua antiga vida. Até lá, tomarei cuidado com ele.

Fiquei tentado a avisá-la mais: ela precisava ser mais que cuidadosa com Ahad. Ele tinha sido criado da substância de Nahadoth em sua hora mais sombria, nutrido com sofrimento e refinado por ódio. Ele gostava de machucar as pessoas. Sequer acho que ele percebia quão monstruoso era.

Mas aquele gestinho impaciente fora um aviso *para mim*. Ela não estava interessada no que eu tinha a dizer sobre Ahad. Era óbvio que pretendia determinar quem ele era por conta própria. Não podia culpá-la; eu não era exatamente imparcial.

Eu não estava cansado, mas era óbvio que Glee sim. Depois disso, ela ficou em silêncio e me virei de novo para a janela, para deixá-la dormir. Por fim, a respiração dela ficou estável, fornecendo um som de fundo curiosamente tranquilizante para os meus pensamentos. As pessoas na área comum enfim se calaram. Não havia ninguém além de mim e a cidade.

E Nahadoth, aparecendo em silêncio no reflexo da janela atrás de mim.

Não me surpreendi ao vê-lo. Sorri para o brilho pálido do rosto dele, sem me virar da janela.

— Faz um tempo.

A mudança no rosto dele foi instantânea; um breve juntar daquelas sobrancelhas perfeitas. Dei uma risada, adivinhando os pensamentos dele. Um tempo; dois anos. Mal dava para um deus perceber. Eu tinha tirado cochilos mais longos.

— Cada momento que passa encurta a minha vida, Naha. É óbvio que sinto mais o tempo agora.

O Reino dos Deuses

— Sim.

Ele ficou em silêncio outra vez, pensando seus pensamentos incomensuráveis. Percebi que ele não parecia bem, embora isso nada tivesse a ver com a aparência atual dele, que era magnífica. Mas aquilo era apenas sua máscara de sempre. Sob ela, eu podia perceber com muito esforço, ele emanava uma sensação... estranha. Desconectado. Uma tempestade cujos ventos falhavam com o toque do ar mais frio e calmo. Ele estava infeliz — demais.

— Quando você se encontrar com Itempas — disse por fim —, peça a ele para lhe ajudar.

Virei-me, franzindo a testa.

— Você não está falando sério.

— Yeine não pode fazer nada para apagar sua mortalidade. Não posso te curar, nem te preservar. Falei sério, Sieh, quando disse que não te perderia.

— Não há nada que ele possa *fazer*, Naha. Ele tem menos magia que eu!

— Yeine e eu discutimos a questão. Daremos a ele um dia de condicional se ele concordar em lhe ajudar.

Fiquei boquiaberto. Precisei de várias tentativas para falar.

— Ele mal aguentou um século de mortalidade. Acha mesmo que podemos confiar nele?

— Se ele tentar escapar ou nos atacar, matarei o demônio dele.

Recuei.

— Glee? — Olhei para ela. Estava adormecida na cadeira, a cabeça tombada para o lado. Ela dormia pesado, fingia muito bem ou Naha a mantinha dormindo. Provavelmente a última coisa, dado o assunto da nossa conversa.

Ela tentara me ajudar.

— Somos Arameri agora? — perguntei. Minha voz estava mais dura que o normal na pouca luz, profunda e áspera. Eu vivia me esquecendo de que não era a voz de uma criança. — Estamos dispostos a corromper o amor em si para conseguirmos o que queremos?

— *Sim.* — Eu sabia que ele estava falando sério pelo jeito como a temperatura do quarto caiu dez graus. — Os Arameri são sábios em um aspecto, Sieh: não mostram compaixão aos inimigos. Não vou arriscar libertar o desvario do Itempas outra vez. Ele só vive porque o reino mortal não pode existir sem ele e porque Yeine implorou pela vida dele. Permiti que ele mantivesse a filha apenas por esse propósito. Demônio, amada... ela é uma arma e pretendo usá-la.

Descrente, balancei a cabeça.

— Você se arrependeu do que fez com os demônios, Naha. Esqueceu-se disso? Você disse que eles são nossos filhos também...

Ele deu um passo à frente, tocando o meu rosto.

— Você é o único filho que me importa agora.

Afastei-me, espantando a mão dele. Surpreso, Nahadoth arregalou os olhos.

— Que demônios de pai é você? Você sempre diz coisas assim, trata alguns de nós melhor que outros. Deuses, Naha! Quão ferrado é isso?

O silêncio se instaurou e nele a minha alma murchou. Não com medo. Eu apenas sabia, ou tinha sabido, exatamente o motivo de ele não amar todos os filhos igualmente. Diferenciação, variação, valorização do único: isso fazia parte de quem ele era. Seus filhos não eram todos iguais, então seus sentimentos em relação a cada um não eram os mesmos. Ele amava a todos nós, mas de maneiras diferentes. E deste modo, por ele não fingir que o amor era justo ou igual, os mortais podiam acasalar por uma tarde ou pelo resto de suas vidas. As mães podiam distinguir seus gêmeos ou trigêmeos. Jovens podiam ter paixões e superá-las; os mais velhos podiam permanecer devotos a seus cônjuges muito depois que a beleza se fora. O coração mortal era inconstante. Naha os fez assim. E por causa disso, eles eram livres para amar como quisessem, e não apenas pelos ditames do instinto, poder ou tradição.

Certa vez, eu entendera isso. Todos os deuses entenderam.

Deixei a minha mão cair sobre o colo. Estava trêmula.

— Sinto muito — sussurrei.

O Reino dos Deuses

Ele abaixou a mão também, não dizendo nada por um longo e doloroso momento.

— Você não pode permanecer mortal nesta carne por muito tempo — disse por fim. — Está te mudando.

Abaixei a cabeça e assenti. Ele era o meu pai e sabia o que era melhor. Eu estivera errado por não ouvir.

Com um suspiro de brisa noturna, Nahadoth se virou, a substância dele começando a se misturar com as sombras do quarto. De repente, um pânico irracional tomou conta de mim. Pulei para ficar de pé, minha garganta se fechando de medo e angústia.

— Naha... por favor. Você... — Mortal, mortal, eu era verdadeiramente mortal agora. Eu era o favorito dele, ele era o meu pai sombrio, o amor dele era volátil e eu tinha mudado tanto que mal era reconhecível agora. — Por favor, não vá embora ainda.

Ele se virou e se aproximou em um único movimento, e de repente eu estava à deriva e aninhado na escuridão suave do eu mais profundo dele, com mãos que eu não podia ver acariciando o meu cabelo.

— Você sempre será meu, Sieh. — A voz dele estava por toda parte. Ele nunca deixara ninguém além de mim e os próprios irmãos entrarem naquela parte dele. Era o centro dele, vulnerável, puro. — Mesmo se você o amar de novo. Mesmo se você envelhecer. Não sou totalmente escuridão, o Itempas não é totalmente luz e há algumas coisas sobre mim que nunca mudarão, nem se as paredes do Turbilhão desabarem.

Então ele partiu. Fiquei deitado no tapete estampado, tremendo enquanto o quarto começava a se aquecer com a partida de Nahadoth, observando as ondas de fumaça da minha própria respiração. Eu estava com frio demais para chorar, então tentei me lembrar de uma canção de ninar que Nahadoth cantou para mim uma vez, para que eu pudesse cantar para mim mesmo até adormecer. Mas as palavras não vinham. A lembrança desaparecera.

* * *

De manhã, acordei e vi Glee de pé ao meu lado, o seu olhar era uma mistura de incompreensão e desprezo. Mas ela me ofereceu a mão e me ajudou a me levantar do chão.

Uma nova irmãzinha. E Ahad era um novo irmão também. Jurei tentar ser um irmão melhor para os dois.

* * *

A procissão de Dekarta foi vista nos arredores da cidade por volta do meio da manhã. No ritmo em que iam pelas ruas (passando pela Raiz Sul, de todos os lugares; os pais de Hymn fariam um bom dinheiro), eles chegariam à Avenida dos Nobres ao anoitecer.

Momento auspicioso, concluí. Então segui Glee para fora da estalagem e deslizamos pela multidão para tentar manter Shahar e Dekarta vivos por mais alguns anos insignificantes.

Os soldados marcham
pomp pomp pomp
As catapultas disparam
whomp whomp whomp
Os cavalos trotam
clomp clomp clomp
E o inimigo é derrotado
stomp stomp stomp!

* * *

Os degraus do Salão eram impressionantes por si só: feitos de mármore branco, largos e colunados, formando uma curva suave ao redor da circunferência do edifício. No entanto, era óbvio que não eram impressionantes o suficiente para o gosto dos Arameri, e por isso os degraus foram embelezados. Duas escadas adicionais (imensas e sem apoio) curvavam-se para a esquerda e para a direita nos degraus do Salão, como asas prontas para voar. Eram feitas de pedra do dia, de modo que brilhavam; apenas um escriba poderia tê-las construído. Eram magníficas mesmo contra o pano de fundo da Árvore, que tendia a diminuir qualquer esforço mortal da grandeza à inutilidade. De fato, as escadas gêmeas pareciam vir da própria Árvore, sugerindo uma conexão divina para as pessoas que por elas desciam. Era provável que esse fosse o objetivo.

Não consegui ver as plataformas no topo das escadas de pedra do dia, mas não era difícil adivinhar que os escribas haviam gravado portões em cada uma. Shahar, Remath e talvez alguns outros da Família Central chegariam por ali, depois desceriam para os degraus reais do Salão Revoltantemente previsível, mas eles eram itempanes; não dava para esperar outra coisa.

Do meu ponto de observação, suspirei e tornei a esticar o pescoço: a tampa de uma lata de lixo na esquina de uma rua sem saída, a cerca de um quarteirão do prédio do Salão. A Avenida dos Nobres era um mar de cabeças mortais, milhares de pessoas de pé ou caminhando, rindo, conversando, a aura de animação emanando delas como uma brisa quente de verão. Descarados, os artistas de rua da cidade tinham aproveitado a oportunidade para fazer flâmulas festivas de fitas, marionetes dançantes com rostos de famosos e pequenas engenhocas que soltavam alguns flocos de confete brancos brilhantes quando sopradas com força. O ar já estava espesso com os ciscos brilhantes, que faziam um trabalho maravilhoso de capturar a luz tênue e manchada que se passava por dia em Sombra. Adultos e crianças pareciam amar as coisas. Eu estremecia vez ou outra enquanto o prazer deles nos brinquedos despertava o que restava do deus em mim.

Era difícil focar com tantas distrações. (As minhas mãos coçavam para brincar com uma das marionetes. Fazia muito tempo desde que eu tivera um brinquedo novo.) Mas eu tinha um trabalho a fazer, então continuei observando a multidão, segurando em um cano de sarjeta enquanto me inclinava para um lado e para o outro. Eu saberia quando encontrasse o que estava procurando. Era só questão de tempo.

Então, bem quando comecei a me preocupar, vi a minha presa. Passando por um grupo cheio de mulheres de meia-idade que pareciam ao mesmo tempo animadas e assustadas de estar ali: um garoto de nove ou dez anos. Amnie, usando roupas velhas que se pareciam com as vestes tiradas da pilha do dízimo do Salão Branco, com cabelo bagunçado que não parecia ver um pente havia dias. Ele passou por uma das mulheres e tropeçou, apoiando a mão nas costas dela para se endireitar e se desculpando rápido. Foi um truque bem-feito; ele tinha se curvado, afastando-se

O Reino dos Deuses

e entrando no tráfego de pedestres quase antes que a mulher percebesse que ele a havia tocado.

Sorri, encantado. Saí de trás da tampa da lixeira (outro homem imediatamente reivindicou o meu lugar em cima dela, lançando um olhar hostil para as minhas costas) e corri atrás dele.

Levei meio quarteirão para alcançá-lo; ele era pequeno e transitava pela multidão com a mesma habilidade de uma cobra do rio entre os juncos. Eu era um adulto e tinha que ser educado. Mas adivinhei para onde ele ia (um bando de crianças circulando em torno de uma barraca que vendia suco de tamarindo e limão) e isso facilitou alcançá-lo alguns metros antes de ele chegar ao destino. Agarrei o seu braço fino e rijo e me preparei, porque garotos da idade dele não são indefesos. Eles não têm escrúpulos quando se trata de morder e tendem a andar em bando.

O menino me xingou com palavrões poliglotas, imediatamente tentando se libertar:

— Solta!

— O que você pegou? — perguntei, curioso de verdade. A mulher não tinha uma bolsa visível consigo, provavelmente temendo o que acontecera, mas podia ter existido uma por baixo de suas roupas. — Joias? Um xale ou algo assim? Ou você conseguiu mesmo meter a mão no bolso dela?

Se fosse a última opção, ele era um mestre em sua arte e seria perfeito para as minhas necessidades.

Ele arregalou os olhos.

— Não peguei nada! Quem demônios...

De repente, o garoto deu um pulo e agarrou o meu pulso, que já estava saindo do bolso *dele*. Só consegui pegar uma moeda; as minhas mãos eram grandes demais para fazer o furto direito. Mas o rosto dele ficou roxo de fúria e consternação e sorri.

Ergui a mão com a moeda e fechei os dedos ao redor dela. Nem precisava de magia para o truque; quando tornei a abrir a mão, havia duas moedas lá, a dele e uma do meu próprio bolso.

O garoto ficou paralisado, observando. Ele não pegou nem uma das moedas, lançando-me um olhar cauteloso e astuto.

— O que você quer?

Eu o soltei, agora que conseguira a atenção dele.

— Contratar você e quaisquer amigos com habilidades similares que tenha.

— Não queremos confusão. — O senmata abreviado e cheio de gírias que ele estivera usando desapareceu tão rápido quanto ele anteriormente, depois de roubar a bolsa da mulher. — Os Guardiões não nos incomodam, desde que roubemos apenas bolsos e carteiras. Qualquer outra coisa e eles vão nos caçar.

Assenti, desejando poder abençoá-lo para que ficasse seguro.

— Só quero que você olhe — falei. — Transite pela multidão, veja o que geralmente você vê, faça o que geralmente faz. Mas se deixar, posso ver por meio dos seus olhos.

Ele arfou e por um momento não consegui interpretar a sua expressão. Ele estava surpreso, cético, esperançoso e assustado, tudo ao mesmo tempo. Mas analisou o meu rosto com uma intensidade tão repentina que percebi, bem mais tarde do que deveria, o que ele estava pensando. Quando o fiz, comecei a sorrir, e foi o suficiente: os olhos dele ficaram tão grandes quanto moedas de vinte meri.

— Trapaceiro, trapaceiro — sussurrou ele. — Roubou o sol por diversão.

En pulsou no meu peito, feliz por ter sido mencionado.

— Ora, nada de orações — falei, tocando a bochecha dele. Meu. — Não sou um deus hoje, só um homem que precisa da sua ajuda. Vai ajudar?

Ele inclinou a cabeça só um pouquinho mais formalmente que o necessário. Ah, ele era maravilhoso.

— Sua mão — pedi, e ele a ofereceu de imediato.

Eu ainda tinha alguns jeitos de usar magia, embora fossem grosseiros e fracos e usá-los fosse uma traição ao meu orgulho. O universo não me ouvia como antes, mas desde que eu mantivesse os pedidos simples, ele obedeceria de má vontade.

— Olhe — falei em nosso idioma e o ar estremeceu ao nosso redor enquanto eu traçava com a ponta do dedo o formato de um olho na palma da mão do garoto. — Ouça. Compartilhe.

O Reino dos Deuses

O contorno piscou por um segundo, um brilho prateado como confetes, então a carne do garoto voltou a ser carne. Ele espiou, fascinado.

— Encontre seus amigos — falei. — Toque quantos puder com esta mão e os envie para a multidão. A magia terminará quando a família Arameri voltar para o Céu. — Então fechei a mão livre e voltei a abri-la. Desta vez, uma única moeda estava na minha palma: uma peça de cem meri, mais do que o garoto poderia roubar em uma semana, a não ser que ficasse muito ousado ou tivesse muita sorte.

Os olhos do garoto se fixaram nela, mas ele não estendeu a mão, engolindo em seco.

— Não posso aceitar seu dinheiro.

— Não seja estúpido — respondi e enfiei a moeda no bolso dele antes de soltá-lo. — Nenhum seguidor meu deve fazer algo sem ganhar nada em troca. Se precisar trocá-la com segurança, vá ao Armas da Noite na Raiz Sul e diga a Ahad que te enviei. Ele vai encher a paciência, mas não vai te prejudicar. Agora vá.

E porque ele estava olhando para mim, a admiração atrapalhando a sua inteligência, dei uma piscadela para ele e então dei um passo para trás, desaparecendo no meio da multidão. Não era preciso magia para isso. Bastava entender como os mortais se moviam quando se reuniam em grandes grupos como aquele. O garoto fazia a mesma coisa como parte de seu trabalho como ladrãozinho, mas eu tinha vários milhares de anos de experiência a mais que ele. Da perspectiva do menino, eu pareci desaparecer. Vi um vislumbre final de sua boca se abrindo e então deixei o tráfego me levar para outro lugar.

— Muito bem feito — comentou Glee quando a encontrei de novo. Ela estivera esperando em frente a uma pequena cafeteria, tão parada e impressionante quanto um pilar em meio ao fluxo de maioria amnie.

— Estava observando?

A cafeteria tinha um banco, que estava cheio; nem tentei me sentar. Em vez disso, inclinei-me contra uma parede, meio que na sombra de Glee. Embora nem um de nós fosse amnie, eu estava apostando que ninguém me veria ali com ela. Depois de cinco minutos, tive certeza; metade das pessoas que passavam olhava para ela e a outra metade nos ignorava.

— Um pouco — respondeu Glee. — Não sou uma deusa. Não posso ver sem olhos como você. Mas posso ver magia, mesmo na multidão.

— Ah. — A magia dos demônios sempre fora estranha. Enfiei as mãos nos bolsos e bocejei alto, sem me dar ao trabalho de cobrir a boca, apesar dos olhares enojados de um casal que passava. — Então Itempas está por aqui também?

— Não.

Bufei.

— De *que* exatamente o está protegendo? Nada além de sangue de demônio pode matá-lo, e quem faria isso, dadas as consequências?

Ela não disse nada por um longo momento e pensei que estivesse me ignorando. Então retrucou:

— Quanto você sabe sobre sangue divino?

— Sei que os mortais o bebem, quando podem, por um gostinho da magia. — Comprimi os lábios. Durante as minhas primeiras décadas no Céu, alguns dos Arameri tiraram sangue de mim. Não fizera nada por eles, visto que a minha carne, na época, era mais ou menos mortal, mas isso não os impediu de tentarem. — Sei que alguns dos meus irmãos o vendem, sabem lá os deuses por quê.

Glee deu de ombros.

— A nossa organização, por meio do grupo de Kitr, fica de olho nessas vendas. Há alguns meses, Kitr recebeu um pedido por sangue divino bastante incomum. Mais incomum do que os pedidos padrões de sangue menstrual ou do coração.

Agora foi a minha vez de me surpreender, principalmente porque eu não tinha percebido que as minhas irmãs se davam ao trabalho de menstruar. Por que demônios... bem, não importava.

— Itempas é mortal agora. A carne dele é, pelo menos. O sangue dele apenas faria amargar o estômago de algum mortal.

— Ele ainda é um dos Três, Sieh. Mesmo sem magia, o sangue dele tem valor. E quem é que sabe se essas pessoas de máscara não podem encontrar

O Reino dos Deuses

um jeito de tirar magia do sangue do nosso pai, mesmo no estado atual dele? Lembre-se de que tem sangue divino nas máscaras dos nortistas... e lembre-se de que a máscara do Kahl ainda está incompleta.

Praguejei enquanto entendia. Fiz isso apenas em senmata; perigoso demais falar a nossa língua sob aquelas condições. Não dava para saber quem ouvia ou que magias estranhas estavam por perto.

— É *isso* o que dá deuses venderem partes de si para mortais.

Meus irmãos jovens e estúpidos! Eles não tinham visto, várias vezes, que mortais sempre encontravam um jeito de usar deuses, machucar, controlar a nós, caso pudessem? Soquei a pedra da parede atrás de mim e arfei quando, em vez de rachá-la, a minha mao me lembrou de sua fragilidade com um raio branco de dor que roubou o meu fôlego.

Glee suspirou:

— Pare com isso.

Aproximando-se, ela ergueu a minha mão, virando-a para ver se o osso estava quebrado. Sibilei e tentei puxá-la para longe, mas ela me lançou um olhar de tamanha reprimenda que parei de me agitar e fiquei parado. Ela seria uma mãe aterrorizadora um dia, se tivesse filhos.

— Se quer saber, concordo com você — adicionou Glee baixinho. — Embora eu não limite a minha condenação a mortais. Afinal de contas, lembre-se do que deuses fizeram com o sangue dos demônios.

Recuei, a minha raiva evaporando e se transformando em vergonha.

— Não está quebrada — determinou ela, soltando-me. Aninhei a mão contra o peito, visto que ainda doía, e ficar amuado me fez sentir melhor.

— Deuses não são de fato criaturas de carne — continuou Glee, gesticulando para a minha mão ferida. — Entendo isto. Mas os receptáculos que vocês usam neste reino contêm algo de seus eus verdadeiros, o suficiente para acessar o todo. — Ela deixou escapar um suspiro longo e pesado. — Os Arameri tiveram posse do Nahadoth por séculos. Você sabe, melhor do que eu, quanto do corpo dele podem ter tomado naquele tempo. E embora eu duvide que tenham alguma coisa da Yeine, eles *tinham* um pedaço da Enefa.

Inspirei. A Pedra da Terra. O último pedaço da carne da minha mãe, tirada da forma corpórea que morrera quando Itempas a envenenara com sangue de demônio. Não existia mais, porque Yeine a incorporara em si. Mas por dois mil anos fora um objeto físico, mantido em posse exclusiva dos mortais que já tinham desenvolvido um gosto pelo poder dos deuses.

— Um quilo da carne do Lorde da Noite — disse Glee — e talvez nada mais que um grão da carne da Lady Cinzenta. Adicione a isso uma porção do Pai do Dia e use magia mortal para mexer a mistura... — Ela deu de ombros. — Não consigo imaginar o resultado de tal receita. Você consegue?

Nada bom. Nada *são*. Misturar as essências dos Três era invocar um nível de poder que nenhum mortal, e poucas deidades, poderiam manusear com segurança. A cratera que seria deixada por tal tentativa seria imensa... e não seria uma cratera na superfície do mundo, mas da realidade em si.

— Nenhum deus faria isso — murmurei, abalado. — Esse Kahl... ele tem que saber como isto é perigoso. Ele não pode estar planejando o que acho que está.

A vingança era a natureza dele, mas aquilo ia além de vingança. Era desatino.

— Mesmo assim — disse Glee. — Temos que nos preparar para o pior cenário. E é por isso que não tenho a intenção de deixar alguém chegar perto do meu pai.

O olhar familiar estava lá de novo, na impecabilidade fria da voz e na postura teimosa de seus ombros. Por um momento, imaginei um círculo de luz ao redor dela, uma espada branca em suas mãos... mas não.

— Você é mortal — falei baixinho. — Mesmo que consiga de algum modo manter Itempas escondido de um deus, não conseguirá fazer isso para sempre. O Kahl pode esperar até que você não esteja mais aqui.

Glee me olhou e por um momento fiquei dolorosamente consciente de que apenas um escudo frágil de pele estava entre mim e o sangue demoníaco e letal dela.

O Reino dos Deuses

— Kahl morrerá antes de mim — afirmou ela. — Garantirei isso.

Com isso, ela se virou e entrou na multidão, deixando-me sozinho com dúvidas e medo.

Comprei um suco de tamarindo para me consolar.

Depois de um tempo, decidi ver se a semente que plantei dera frutos. Fechando os olhos e me sentando nos degraus de uma livraria fechada, procurei o menino que levava a minha marca. Demorou apenas um momento e, para a minha alegria, descobri que ele já a havia espalhado para outros oito, todos agora vagando pela multidão em ambos os lados da rua barricada. Por meio deles eu também podia ouvir; principalmente o murmúrio sempre presente da multidão, pontuado por uma ocasional variação: cascos de cavalo enquanto um Guardião da Ordem montado passava na rua, a música enquanto um saltimbanco cumpria seu ofício. Todas as visões eram do ponto de vista de uma criança. Suspirei com a nostalgia e me acomodei para esperar as festividades começarem.

Duas horas se passaram. Glee enfim voltou e relatou que Nemmer (que não se dera ao trabalho de falar comigo) enviara a mensagem de que não havia sinal de problemas até então. Melhor ainda, Glee me entregou uma xícara de um saboroso gelo aromatizado com alecrim e flores *serry* que comprara de algum vendedor; só por conta disso, eu a amaria para sempre.

Enquanto eu lambia os dedos, a multidão de repente ficou tensa e o barulho triplicou ao mesmo tempo. Tive que manter os olhos fechados para focalizar a visão das crianças, mas por meio dos olhos delas vi os primeiros estandartes brancos e ondulantes da procissão de Dekarta, que enfim chegara à Avenida dos Nobres. Primeiro veio uma fila de soldados marchando, com várias centenas de profundidade. No meio deles cavalgava uma enorme liteira, deslizando suave sobre os ombros de dezenas de homens. Soldados montados e Guardiões da Ordem a flanqueavam, alguns exalavam um ar que me fez suspeitar de que fossem escribas, e mais soldados atrás. A liteira era simples e graciosa, pouco mais que uma plataforma trilhada, mas também fora construída em pedra do dia e brilhava como o meio-dia naquela cidade perpetuamente crepuscular.

339

E em cima, deslumbrante e todo de preto, estava Dekarta. Ele acrescentara um manto pesado à roupa, que combinava perfeitamente com os seus ombros largos, e estava com as pernas afastadas e as mãos segurando o corrimão dianteiro como se fosse a junção do mundo. Nada de olhar distante; os olhos dele vasculhavam a multidão enquanto a procissão seguia, a expressão mais fria e desafiadora que eu já tinha visto. Quando a liteira parou e os homens a colocaram ao chão, ele não esperou que tocasse as pedras da rua antes de descer e avançar, decidido e rápido. Os soldados se separaram desajeitadamente e os guardas correram para segui-lo. Mas Deka parou ao chegar ao pé da escada. Lá, jogou o manto para trás e esperou, os olhos fixos na Árvore do Mundo... ou talvez ele estivesse olhando para o palácio aninhado na bifurcação mais baixa do tronco. Afinal, era a primeira vez em dez anos que via o seu lar. Isto é, se ainda considerasse o Céu como lar.

Enquanto isso, a multidão tinha entrado em euforia por ele. Pessoas de ambos os lados das barreiras da rua aplaudiram, gritaram e acenaram com suas flâmulas brancas. Por meio de um par de olhos espiões infantis, vi um bando de garotas do comércio bem-vestidas gritarem e apontarem para Deka e tornarem a gritar, agarrando-se umas às outras e pulando. Era mais que a beleza dele, percebi. Era tudo: sua altivez, o desafio implícito de suas roupas, a confiança que parecia escorrer de seus poros. Todos conheciam a história dele: nascido como um forasteiro, a sobra que nunca poderia ser herdeiro. Isso também fazia parte. Deka era mais parecida com eles do que com um verdadeiro Arameri e sua diferença o fazia mais forte, não mais fraco. Com certeza eles pareciam amá-lo por isso.

Mas então houve uma agitação do outro lado da avenida. De algum lugar dentro do Salão, duas pessoas surgiram. Ramina Arameri, magnífico em um uniforme branco com o selo de sangue completo na testa, e outro homem que não reconheci. Bem-vestido, temano, alto para alguém daquela etnia, com dreadlocks na altura da cintura envoltos em círculos de prata e cravejados com o que tinha que ser diamantes. Também usava branco, mas não por completo. A linha central de seu uniforme, que

O Reino dos Deuses

combinava com o de Ramina, tinha sido acentuada por uma linha dupla de tecido verde com bordas douradas. As cores do Protetorado Temano. Datennay Canru, futuro marido de Shahar.

Eles foram até o centro dos degraus e então ficaram esperando, a presença era um aviso de que ninguém perdesse o que viria a seguir.

Houve um lampejo no topo de ambos os degraus de pedra do dia e, no mesmo instante, duas mulheres apareceram. À direita estava Remath, usando um vestido de cetim branco que parecia simples, carregando um objeto que fez meu estômago revirar: um cetro de vidro com uma ponta afiada em formato de espada. À esquerda...

Apesar de tudo o que acontecera, apesar da minha determinação de ser um homem e não um moleque a respeito de tudo, tive que abrir meus próprios olhos para vê-la. Shahar.

Era óbvio que Remath pretendia que a filha fosse o centro das atenções. Isso não foi difícil, visto que, como Dekarta, Shahar só ficara mais bonita ao longo dos anos. O corpo dela estava mais cheio, o cabelo mais comprido e as linhas de seu rosto pareciam mais firmes e maduras: enfim o rosto de uma mulher, em vez de o de uma menina. O vestido que usava mal parecia preso à sua carne. A base era um tubo translúcido, fino o suficiente para que Sombra pudesse ver a pele pálida dela através do tecido, mas nos seios e quadris enormes pétalas de flores prateadas, soltas, curvadas e compridas como o braço de um homem, haviam sido coladas ao tecido. Flutuavam atrás dela como nuvens enquanto Shahar descia os degraus. Houve um arfar coletivo da multidão quando todos perceberam: as pétalas eram reais e tiradas das flores da Árvore do Mundo. Mas, dado o tamanho, só podiam ser flores retiradas do alto da Árvore, onde ela perfurava o invólucro do mundo. Nem um mortal colecionador de flores poderia escalar alturas tão rarefeitas e os Arameri não tinham mais deuses. Como as conseguiram? Independentemente disso, o efeito foi perfeito: Shahar se tornou uma mulher mortal envolta no divino.

A expressão dela, ao contrário da de Remath, era tudo o que uma herdeira Arameri deveria ser: orgulhosa, arrogante, superior. Mas quando ela se virou para encarar a mãe e elas caminharam uma na direção da outra, Shahar baixou o olhar com um toque perfeito de humildade. O mundo não era dela, ainda não, não exatamente. Mãe e filha se encontraram entre os degraus e Remath pegou a mão esquerda de Shahar com a direita. Então (com uma graciosidade tão casual que elas tinham que ter praticado dezenas de vezes), ambas as mulheres se voltaram para a Avenida dos Nobres e ergueram as mãos livres em direção a Dekarta, em um evidente gesto de boas-vindas.

Sem demonstrar a hesitação ou o ressentimento que eu suspeitava de que ele sentia, Dekarta subiu os degraus para se aproximar, depois ajoelhou-se aos pés das duas. As mulheres se curvaram, oferecendo-lhe as mãos, que ele aceitou. Então se levantou, movendo-se para a esquerda de Remath, e os três se viraram para encarar a multidão que esperava, erguendo as mãos unidas para o mundo ver.

A multidão era uma fera de muitas cabeças, gritando, batendo os pés, aplaudindo. O ar estava tão cheio de confetes brilhantes que a cidade parecia ter sido atingida por uma tempestade de neve prateada. Enquanto este pequeno espetáculo acontecia, redobrei a concentração e endireitei a postura, ali apoiado contra a parede. Tive um vislumbre de Glee, não muito longe dali: ela estava tensa, analisando a rua com quaisquer sentidos peculiares os quais um demônio era capaz de usar. Aquele era o momento, tive certeza. Se Usein Darr ou Kahl ou algum ambicioso rival dos Arameri pretendia atacar, aquela era a hora.

Como esperado, uma das minhas crianças espiãs viu algo.

Podia não ter sido nada. O saltimbanco que eu havia notado antes perto do poço público havia parado de tocar uma velha *lunla* de bronze para espiar alguma coisa. Eu teria descartado a imagem se não tivesse vindo do meu garoto esperto, o ladrãozinho que eu marcara. Se ele estava prestando uma atenção tão repentina e focada ao saltimbanco, então havia ali algo que valia a pena ver.

Reparei na maleta do instrumento aberta, que o saltimbanco havia colocado diante de si como um apelo silencioso aos transeuntes. Em cima

O Reino dos Deuses

da camada de moedas e notas espalhadas no veludo gasto alguém havia jogado um objeto maior. Vi o saltimbanco pegá-lo, franzindo a testa, confuso. Vi os buracos para os olhos e tive um rápido vislumbre de fios de amarração na parte de dentro da coisa antes que o saltimbanco a virasse, tentando descobrir o que era.

Uma máscara.

Antes mesmo de abrir os olhos, comecei a me mover. Glee estava ao meu lado, nós dois abrindo caminho de maneira grosseira pela multidão, conforme necessário. Ela havia pegado a pequena esfera de mensagens de novo e desta vez ela brilhava em vermelho, em vez de branco, emitindo algum sinal sem palavras. Por um instante os meus sentidos divinos realmente funcionaram e, neste período, senti o leve tremor dos movimentos de meus irmãos, dobrando e desdobrando o mundo à medida que convergiam para a área.

Por meio dos olhos do meu garoto, vi o rosto do saltimbanco ficar de repente frouxo, como se um ataque cerebral o tivesse tomado. Mas em vez de se contorcer ou cair, ele movimentou a máscara para a frente, como um homem se movendo em um sonho. Ele a colocou no rosto. Enquanto a amarrava atrás, tive um vislumbre de verniz branco e linhas fortemente desenhadas. A sugestão de um rosto totalmente diferente: implacável, sereno, assustador. Eu não fazia ideia de que arquétipo pretendia simbolizar. Através dos buracos dos olhos, o saltimbanco piscou uma vez, a consciência repentina e a incompreensão o invadindo como se não conseguisse entender por que vestira aquela coisa demoníaca. Ele tentou retirá-la.

Os padrões da máscara tremeluziram, como se tivessem captado a luz por um momento. Uma respiração depois, os olhos do homem ficaram mortos. Não fechados, não atordoados. Sou filho de Enefa; conheço a morte quando a vejo.

No entanto, o saltimbanco ficou de pé e olhou em volta, parando enquanto o rosto branco mascarado olhava para o topo dos degraus do Salão. Eu esperava que ele começasse a caminhar naquela direção. Em vez disso, correu em direção aos degraus, mais rápido que qualquer mortal deveria ser capaz, derrubando ou jogando para o lado (*para longe*) qualquer um que tivesse a infelicidade de entrar em seu caminho.

Eu também não esperava que os paralelepípedos que cercavam os degraus do Salão subitamente brilhassem em branco, revelando-se tijolos de pedra do dia que alguém havia pintado de cinza para combinar com o granito ao redor. Através desta camada translúcida de tinta eu podia ver as linhas mais escuras e mais nítidas de um selo gravado, os caracteres em cada pedra juntos comandando a imobilidade no mais áspero *pidgin* dos deuses e endereçados a qualquer ser vivo que tentasse atravessá-lo. Uma espécie de escudo que devia ter funcionado. Os Arameri nos degraus não tinham medo de adagas ou flechas; seus selos de sangue podiam desviar tais coisas com facilidade. Tudo o que eles precisavam temer eram os assassinos de máscara, cuja estranha magia poderia de alguma forma evadir seus selos. Bastava mantê-los longe e os Arameri estariam seguros... assim o corpo de escribas pensara.

O saltimbanco cambaleou, então parou quando alcançou o anel de pedras. A máscara balançava de um lado para o outro, não em negação e não em um movimento que pudesse ser interpretado como humano. Eu tinha visto lagartos fazerem o mesmo, balançando de um lado ao outro em cima de uma carcaça.

Tarde demais, lembrei-me da literalidade simplista da magia escriba. As pedras ordenavam qualquer coisa *viva*. Mas mesmo que o coração do saltimbanco ainda batesse e seus membros ainda se movessem, isso por si só não se qualificava como vida. A máscara tinha obscurecido sua alma ao nada.

O saltimbanco parou de balançar, os buracos arredondados dos olhos fixos em um alvo. Segui seu olhar e vi Shahar paralisada no topo da escada, os olhos arregalados e a expressão imóvel.

— Demônios — grunhi e corri para os degraus o mais rápido que pude.

O saltimbanco se aproximou das pedras cobertas por selos.

— Lá! — gritou Glee, apontando.

O Reino dos Deuses

Ela não podia estar falando comigo. Quando os aplausos da multidão se transformaram em gritos e o bater de pés se transformou em debandada, Kitr apareceu ao pé da escada, bem diante da guarda Arameri. Uma fila de doze adagas vermelhas brilhantes apareceu no ar diante dela, pairando, prontas. Eu a tinha visto arremessar aquelas adagas nos exércitos, deixando mortais caídos como trigo ceifado. Ela podia ter feito aquilo ali, arriscando a multidão para atingir o seu alvo, mas como a maioria das deidades da cidade, não faria isso. Todos tinham feito o juramento de respeitar a vida mortal. Então esperou que os mortais em fuga se espalhassem mais, dando a ela espaço para um ataque certeiro.

Vi o perigo antes que ela, pois Kitr ignorou os guardas Arameri atrás de si. Afrontados por uma deidade estranha e um mortal descompensado, eles reagiram a ambos. Metade deles disparou flechas no homem mascarado; a outra metade atacou Kitr. Isso não podia feri-la no longo prazo, mas a tirou do equilibro enquanto o corpo tremia com o impacto. Ela se recuperou em um instante, gritando para eles com fúria... e enquanto o fazia, o homem mascarado furou a barreira, como se o ar tivesse se tornado manteiga. Diminuiu, mas não parou.

Pensei que Kitr perderia a chance, distraída pelos mortais. Em vez disso, sibilou, sua forma tremeluzindo por um instante. No lugar dela, desenrolou-se uma enorme serpente vermelha-amarronzada, seu capuz brilhando. Então era uma mulher outra vez e as adagas atingiram o homem com a velocidade de veneno cuspido, todas as doze entrando no corpo dele com tanta força que ele devia ter sido arremessado a meio caminho dos limites da cidade.

Em vez disso, ele apenas parou por um momento, cambaleando. Essa foi a primeira prova de que a máscara tinha seu próprio poder de proteção. Eu a vi brilhar nas extremidades, por baixo, contra a pele dele. O que estava fazendo? Fortalecendo a carne dele, com certeza, ou as adagas de Kitr a teriam partido. Distorcendo a força dos golpes. Antes que eu pudesse entender, o saltimbanco avançou à frente outra vez, correndo mais devagar por conta das adagas em suas coxas. Mas correndo.

E naquele instante um segundo homem mascarado, este maior e mais pesado, saiu correndo da multidão e atingiu os guardas pela lateral.

Dois deles. *Dois* deles.

Glee praguejou. Estávamos longe demais da confusão, indo devagar demais enquanto abríamos espaço pela multidão em pânico. Ela agarrou o meu ombro.

— Leve-os para o Céu! — gritou ela, e me arremessou através do éter. Assustado, materializei-me sobre os degraus do Salão, diante de um grupo de olhos igualmente assustados de Arameri e os que se tornariam Arameri em breve.

— Sieh — disse Shahar. Ela me encarava, ignorando o caos vinte degraus abaixo, e soube naquele instante que ela ainda me amava.

— Dê o fora daqui! — gritei com ela, abafando a minha fúria com Glee. Por que ela havia me enviado ali? O que eu podia fazer, sem magia útil? — Por que estão parados aqui? Voltem para o Céu, caramba!

Houve um estalo e um raio disparou de algum lugar dentro da multidão, voltando para baixo, para atingir o segundo mascarado e um punhado de guardas, que foram arremessados, gritando. Escribas estúpidos. Como o primeiro mascarado, aquele cambaleou. Parou. Um momento depois, avançou à frente, as mãos lutando para se apoiarem nos degraus até que ele conseguisse ficar de pé novamente.

Mas os guardas tiveram tempo o bastante para se reagruparem. Wrath Arameri, com uma espada desembainhada nas mãos, passou por nós em direção às fileiras duplas de soldados. Uma fileira se dividiu e convergiu ao nosso redor para proteger Remath e o resto de nós. Wrath direcionou a outra fileira para ajudar os guardas aos pés da escada. Wrath ficou ao lado de Remath, ousando pôr a mão no ombro dela enquanto a incentivava a voltar em direção aos degraus de pedra do dia. Ambos os mascarados correram para dentro do aglomerado de espinhos e espadas. Mas, pela reação (ou falta dela) dos homens, ficou óbvio que os golpes apenas os atrasariam, não os pararia nem mataria. Eles já estavam mortos.

— Que demônios! — murmurou Datennay Canru.

O Reino dos Deuses

Segui o olhar dele e a minha boca ficou seca: um terceiro mascarado aparecera, este nos degraus de um Salão Branco itempane. Ele usava o uniforme de um Guardião da Ordem, mas diferentemente dos outros dois, a máscara dele era escarlate profundo e impressionante de sangue, com padrões brancos e dourados estilizados e uma boca aberta que sugeria um urro de fúria vingativa. Este homem também começou a correr em nossa direção; com a multidão rareando e os guardas ocupados, nada ficou no caminho dele.

Nada além de mim.

— Ah, deuses, não — sussurrei.

O que eu podia fazer? En pulsou quente contra a pele do meu peito. Eu o agarrei e então me lembrei. O poder de En era meu; quando eu estava forte, ele também estava. Mas eu era apenas mortal agora. Se usasse En, drenasse a última de suas forças...

Não, eu não mataria o meu mais antigo amigo, não por isso. E não deixaria os meus novos amigos morrerem, mesmo se um deles tivesse me traído. Eu ainda era um deus, maldição, mesmo sem magia. Eu ainda era o vento e o capricho, mesmo preso em carne mortal. Eu não temeria um mero mortal, não importando quão poderoso fosse.

Então expus os dentes e lancei a cauda que eu não mais tinha. Gritando uma provocação, desci os degraus correndo para encontrar o mascarado escarlate.

As minhas palavras tinham sido no Primeiro Idioma, um comando, embora eu não tivesse esperado que o homem ouvisse. Mas, para o meu choque, o mascarado escarlate parou e se virou na minha direção.

Esta máscara era linda e horrenda, os regatos e a pintura sugerindo rios sujos, os olhos de ângulo estranho, como as montanhas tortas. A boca (uma coisa estilizada de lábios e dentes com uma abertura como um abismo escuro além do qual eu não podia ver o rosto) era retorcida, um lamento do maior desespero. *Assassino*, as marcas sussurravam para mim, e de repente pensei em todos os males que causara durante a Guerra dos Deuses. Pensei nos males que eu causara desde então... às vezes por ordem dos Arameri, em outras por minha própria raiva e crueldade. Esquecendo-me do meu próprio desafio em meio à culpa aterradora, cambaleei até parar.

Senti um puxão. Súbita restrição e dor. Piscando, olhei para baixo e descobri que o homem tinha feito de sua mão uma lâmina e a enfiara profundamente na minha barriga, até alcançar o próprio punho.

Eu ainda estava encarando isso quando Dekarta me alcançou. Ele agarrou o meu braço e falou sem palavras, balançando a cabeça em um amplo e perverso arco. Som e força inundaram a partir da garganta dele, um rugido de negação alimentado pela energia viva de sua pele, sangue e ossos. Melhor que muitos deuses podiam ter feito. Quando o poder atingiu o homem de máscara escarlate, eu o vi cancelar a mensagem da máscara. A máscara rachou no meio com um estalo baixo e, um instante depois, ele voou uns quinze metros para trás, desaparecendo entre a multidão que fugia. Não pude ver exatamente onde ele caíra, porque então o poder de Deka atingiu os degraus do Salão, que explodiram, estilhaçando-se em destroços e jogando para cima um jato arqueado.

Não poderia haver precisão em tal golpe. Guardas e soldados saíram voando, gritando, junto ao inimigo. No meio de tudo isso, vi outro homem de máscara branca, um que eu não tinha percebido, correr para dentro da barreira de pedras quebradas que voavam e tombar para trás. Mas assim que a poeira e os destroços retornaram para a terra, ele se sentou.

Nemmer apareceu nas sombras, encarando-me. Eu vi os olhos dela se arregalarem ao ver a minha ferida. Atrás dela, vi o homem de máscara branca caído se levantar e vir correndo de novo, desta vez pulando com força divina por cima do canal de destroços que Deka criara. Usei a minha vontade para emitir um aviso, uma vez que não podia emitir um arfar, e para a minha surpresa Nemmer pareceu me ouvir. Ela se virou e se deparou com o homem enquanto ele atacava.

Então eu estava nos braços de Deka, sendo carregado como uma criança, *bump te bump te bump.* Foi bom ele ser tão maior que eu. Ele correu degraus acima até o resto do grupo Arameri, que tinha enfim (enfim!) começado a avançar pelos degraus curvados em direção ao portão mais

O Reino dos Deuses

próximo. Do abraço de Deka, tentei gritar para que fossem mais rápido, mas não conseguia erguer a cabeça. Tão estranho. Era como se fosse o meu primeiro dia como um mortal, quando Shahar havia me invocado para aquele reino como o gato, ou o dia, dois mil anos antes daquilo, quando Itempas havia me jogado em correntes de carne e dado a minha coleira para uma mulher, uma das filhas de Shahar, que parecia igualmente horrorizada e excitada pelo poder que detinha.

Então chegamos ao topo dos degraus e o mundo se contorceu em um borrão enquanto eu desmaiava em sua dobra ondulante.

Vejo algo que não deveria ver.
Vejo como os deuses veem, absorvendo todo o mundo ao nosso redor quer tenhamos olhos para ver e ouvidos para ouvir ou um corpo presente. Sei das coisas porque acontecem. Isto não é uma coisa mortal e não deveria acontecer enquanto estou no reino mortal, mas suponho que seja prova de que não sou completamente mortal ainda.

Chegamos ao Céu. O pátio está um caos. O capitão da guarda está gritando e gesticulando para os homens que cruzaram o portão conosco. Soldados e escribas estão correndo, os primeiros para contornar o Portão Vertical com lanças e espadas caso os mascarados nos sigam, os últimos trazendo pincéis e tinteiros para poderem selar o portão antes que aconteça. Enquanto isso ocorre, Wrath e Ramina tentam arrastar Remath para dentro do palácio, mas ela se livra deles.

— Não vou me esconder dentro da minha própria casa — diz ela, então os soldados e escribas se preparam para defendê-la com a própria vida.

Entre toda essa correria e gritos, fico mole nos braços de Deka, morrendo. Isto é, morrendo mais rápido do que as décadas longas de morte que o envelhecimento impusera a mim. O mascarado escarlate fez um buraco através de muitos dos meus órgãos e em boa parte da minha espinha. Se eu sobreviver de alguma forma, o que é bastante improvável, nunca mais andarei. Mesmo assim, o meu coração ainda bate, meu cérebro ainda solta faíscas entre sua

O Reino dos Deuses

carne enrugada, e conquanto essas coisas continuem a acontecer, há uma âncora à qual minha alma pode se prender.

Estou satisfeito por ser assim. Morri protegendo aqueles com quem me importo, encarando o inimigo, como um deus.

Deka me levou além do Portão Vertical, para a pedra do dia branca do pátio do Céu. Ele cai de joelhos, gritando que alguém me segure, ele pode me salvar se tiver ajuda, ajudem-no, caramba.

É Shahar que atende ao chamado do irmão. Ela se ajoelha ao meu outro lado e o encontro tão esperado deles é rápido e cheio de olhos em pânico se cruzando sobre o horror da minha barriga aberta.

— Abra as roupas dele — ordena Deka, embora ela seja a herdeira e ele não seja nada, só um servente chique. (Sou inútil, exceto pela parte de mim que observa. Meus olhos rolaram para trás da cabeça e a minha boca está aberta, feia e deselegante. Grande deus este.) Enquanto ela luta para erguer a minha camisa, primeiro tentou rasgá-la, pensando que isso causaria menor impacto na ferida, mas o material barato é surpreendentemente forte, Deka pega um pedaço de papel e um pincel tapado de seja lá onde os escribas mantêm tais coisas, e desenha certa marca que significa segure. Ele quer que a marca segure o meu sangue dentro, segure a sujeira que já está envenenando o meu sangue. Isso dará a ele tempo para escrever mais selos, que podem me curar pra valer. (Será que ele só pintou magia ofensiva em sua pele? Garoto tolo.)

Mas enquanto ele completa a marca e estende a mão para me tocar, entrelaçando a outra na de Shahar para se preparar para colocar o selo no lugar, algo acontece.

O universo é uma coisa viva que respira. O tempo também. Ele se move, embora não da forma que os mortais imaginam. É incansável, trêmulo. Os mortais não percebem porque também são incansáveis e trêmulos. Os deuses percebem, mas aprendemos a ignorar essas coisas logo cedo, da mesma forma que recém-nascidos mortais por fim ignoram a solidão e o silêncio de um mundo sem batimentos cardíacos. Mesmo assim, de repente percebo tudo. A inalação lenta e profunda como eras das estrelas. O estalar do poder do sol contra o véu de vida deste planeta. Os minúsculos arranhões de ácaros pequenos demais para serem vistos na pele branca e imaculada de Shahar. A sacudida preguiçosa e agitada de horas, dias e séculos.

E entre eles, entre as mãos deles, abro os olhos. A minha boca se abre. Estou gritando? Não posso ouvir as palavras. Ergo os braços, as minhas mãos cobrindo as de Shahar e Dekarta, então há um vislumbre de algo, como um raio, sobre a pele deles. Shahar arfa, os olhos se arregalando. Deka a encara, abrindo a boca para gritar.

Então tudo fica embaçado. Linhas brancas, como a cauda de cometas, correm pelas formas de nossas carnes. É como antes, o meu eu que observa percebe: como o momento de nosso juramento, quando nos tocamos e eles me fizeram mortal. Mas isto é diferente. Desta vez, quando o poder vem, não é uma concussão selvagem. Há vontade em ação: duas vontades com um propósito. Algo explode dentro de mim e é conduzido a um ponto fino.

Então

se

torna

* * *

Debati-me nos braços de Deka, irritado.

— Ponha-me no chão, Turbilhão, maldito seja! Sou um deus, não um saco de batatas.

Ele cambaleou até parar logo após o Portão Vertical. Alguns passos à frente, Shahar fizera o mesmo. Oito dos homens do capitão Wrath a cercavam, tentando apressá-la a entrar no palácio, como fizeram com Remath, mas ela os dispensou.

— Não vou me retirar...

Ela fez uma pausa. Deka também. Ele me pôs de pé. Bati a poeira das roupas e do cabelo e as endireitei, então paralisei.

Ah.

Ah.

Entendi e ao mesmo tempo não. Muitas combinações da existência tinham significado e o significado sempre estava imbuído de poder, quer de maneira puramente existencial, material ou mágica. Havia os Três,

O Reino dos Deuses

óbvio, onipotentes nas raras ocasiões em que trabalhavam juntos. Gêmeos. Masculino e feminino. Deus e mortal e os demônios no meio.

Mas não havia motivo para isso. Não havia precedente. Eles mudaram o universo. Um par de mortais.

Eles mudaram o universo para *me curar*.

Eles mudaram o universo.

Eu os encarei. Eles me encararam de volta. Ao nosso redor, o caos continuava. Todos os outros mortais pareciam inconscientes a respeito do que acontecera, o que não era surpreendente. Para eles, *não havia* acontecido. Não havia sangue no chão onde eu estivera. As minhas roupas não estavam em farrapos, porque nunca houvera uma ferida. Tentei me lembrar, a minha mente conjurou um lampejo do mascarado escarlate, a mão posicionada antes do golpe, voando para trás quando a explosão de magia bruta de Deka o atingiu. Mas eu também conseguia me lembrar do golpe acontecendo primeiro.

Um momento depois, Nemmer apareceu, deixando cair algo pesado no chão. Um corpo. Pisquei. Não, um mascarado; um dos brancos. Amarrado no que pareciam enormes serpentes, feitas de sombras translúcidas, que se contorciam. Aquela era a magia de Nemmer. No instante em que ela apareceu, metade dos soldados de Wrath se moveu para atacar, e a outra metade percebeu o erro e tentou pará-los. Houve gritos, ataques anulados e então bastante confusão. Suspeitei que se Wrath conseguisse passar por aquele dia com a sua posição intacta, ele logo colocaria seus soldados em um treinamento pesado sobre Deuses, o Rápido Reconhecimento e o Não Ataque.

— Eu os peguei — disse ela, com as mãos na cintura. Ela me olhou e sorriu. — Diga aos seus mortais para ficarem sossegados, Sieh. O perigo já passou.

Eu a encarei, calado pelo choque. O sorriso dela falhou. Ela me encarou e então estalou os dedos em frente ao meu rosto. Dei um pulo.

— Que demônios há de errado com você? — O sorriso dela ficou maligno. — Estava tão assustado pelo seu primeiro confronto com o perigo mortal, irmão mais velho?

Não senti nenhuma raiva real de sua provocação porque eu estivera em perigo mortal mil vezes mais do que ela jamais estivera. E eu tinha coisas muito mais estranhas para ocupar os meus pensamentos.

Mas eu não era o Trapaceiro por nada e a minha boca se mexeu automaticamente enquanto meu cérebro continuava a se agitar.

— Eu estava assustado pela incompetência que vi aqui embaixo — bradei. — Você *planejava* deixá-los chegar perto do objetivo ou seus profissionais muito elogiados foram pegos cochilando?

Nemmer não perdeu a paciência, mas foi quase. Pelo menos parou de sorrir.

— Havia dez deles — respondeu ela, o que interrompeu parte do meu choque e me trouxe de volta ao presente. — Contando com aquele que seu escriba de estimação matou. Todos vindos de diferentes direções, todos imparáveis... a não ser que os corpos deles estejam totalmente destruídos ou as máscaras quebradas. Você tem sorte de que apenas um passou. Não estávamos preparados para um ataque dessa magnitude.

Dez deles. Dez mortais, enganados para vestirem máscaras e se transformarem em armas vivas. Balancei a cabeça, enojado.

— Todos os mortais aqui em cima estão bem? — Nemmer falava em tom neutro. Então estávamos de volta à trégua.

Olhei ao redor, percebendo Shahar e Dekarta juntos ali perto, ouvindo a nossa conversa. Não muito longe deles estava Canru, parecendo desconfortável e sozinho. Do outro lado do pátio, Remath parara nos degraus e parecia discutir com Ramina. Wrath nos encarava, a mão no cabo da espada, o olhar na criatura mascarada aos pés de Nemmer.

— Os mortais que importam estão bem — falei, sentindo-me cansado e cheio de pesar. Dez que não importavam estavam mortos. E quantos mais soldados e inocentes na multidão? — Estamos todos bem.

Ela pareceu desconfortável com a minha escolha de palavras, mas assentiu, gesticulando para o homem preso na máscara branca. Ele não estava morto; eu o vi lutar contra as amarras, arfando pelo esforço.

— Este aqui é para você, então. Imaginei que o garoto escriba pudesse conseguir descobrir algo sobre esta magia. Mortais entendem como os mortais pensam melhor do que conseguirei um dia. — Nemmer fez uma pausa e então ergueu a mão. Algo apareceu nela. — Darei isto a você também. Tome cuidado com as máscaras intactas, mas quando quebram, a magia morre.

Ela as estendeu: as partes quebradas da máscara escarlate.

Senti dedos duros socarem a minha carne.

Peguei as partes.

— Tenho que ir — disse ela. Soava como uma mortal comum, até com o sotaque de Sombra Oeste. — Coisas para fazer, segredos para reunir. Vamos nos falar em breve.

Assim, ela desapareceu.

Remath voltou, sem pressa, como se passasse todos os dias pelo resultado de um ataque à família. Enquanto eu podia falar sem que ela ouvisse, fui até Shahar e Dekarta, entregando as partes da máscara para Deka. Ele não as pegou com as mãos nuas, rapidamente descendo as mangas para aceitá-las, com cuidado, segurando pelas bordas.

— Não digam nada sobre o que aconteceu — falei baixo e rápido.

— Mas… — começou Shahar, como era o esperado.

— *Ninguém além de nós se lembra* — falei, e ela se calou.

Nem Nemmer, cuja natureza é sentir a presença de segredos, percebera alguma coisa. Dekarta prendeu o fôlego; ele entendeu o que aquilo significava tanto quanto eu. Shahar lançou um olhar para ele e então para mim, e depois (como se não tivesse passado dez anos longe dele e como se ela não tivesse um dia partido meu coração) ela nos acobertou, imediatamente se virando para encarar a mãe que se aproximava.

— A situação foi controlada — informou enquanto Remath parava diante de nós.

Wrath se posicionou diretamente entre mim e Remath, seu olhar duro e castanho fixado em mim. (Dei uma piscadela para ele. Ele não reagiu.) Ramina permaneceu atrás dela, os braços cruzados, não demonstrando alívio algum pelos filhos estarem vivos e bem.

— Lady Nemmer informou que eram dez atacantes — prosseguiu Shahar. — A organização dela capturou o restante e conduzirá a própria investigação. Mas ela gostaria da opinião mortal.

Com uma expressão de desgosto, Shahar olhou para o mascarado imobilizado.

— Que atencioso da parte dela — disse Remath, com um leve sarcasmo. — Wrath. — Ele se encolheu e parou de me encarar. — Volte à cidade e fiscalize a investigação lá. Faça questão de descobrir por que tantas dessas criaturas conseguiram passar pelos nossos soldados.

— Lady... — começou Wrath. Ele me olhou.

Remath ergueu uma sobrancelha e me encarou também.

— Lorde Sieh. Está planejando tentar me matar outra vez? — Ela fez uma pausa e adicionou: — Hoje?

— Não — falei, deixando o rosto e a voz mostrarem que eu ainda a odiava, porque eu não era Arameri e não via motivo para esconder o óbvio. — Hoje não.

— Evidente. — Para a minha surpresa, ela sorriu. — Fique um pouco, Lorde Sieh, visto que está por aqui. Se me lembro bem, você tem predisposição ao tédio, e tenho meus próprios planos para colocar em ação, agora que essa situação desagradável ocorreu. — Ela tornou a olhar para o mascarado e havia um tipo estranho de tristeza no rosto dela por um breve momento. Se tivesse durado, eu poderia ter começado a sentir pena dela. Mas então desapareceu, ela sorriu para mim e voltei a odiá-la. — Acredito que você terá dias muito interessantes. Assim como meus filhos.

Enquanto Shahar e eu digeríamos isso em silêncio, Remath olhou para Deka, que parara logo atrás de Shahar, a expressão tão neutra que me lembrou, de imediato, de Ahad. Houve um longo momento de silêncio. Vi Shahar, usando sua própria máscara cuidadosa, olhar de um para o outro.

— Essas não foram as boas-vindas que estava esperando, imagino. — O tom de Remath me surpreendeu. Ela soava quase carinhosa.

Deka quase sorriu.

— Na verdade, mãe, eu *estava* esperando que alguém tentasse me assassinar assim que eu chegasse.

A expressão que cruzou o rosto de Remath naquele instante teria sido difícil para qualquer um interpretar, mortal ou imortal, se não estivesse

O Reino dos Deuses

familiarizado com o jeito Arameri. Era uma das maneiras com as quais eram treinados para esconder emoção. Sorriam quando estavam com raiva e mostravam tristeza quando felizes. Remath parecia ironicamente divertida, cética em relação à aparente indiferença de Deka, levemente impressionada. Para mim, o sentimento dela podia ter estado escrito no selo em sua testa. Estava feliz por ver Deka. Estava muito impressionada. Ela estava incomodada (ou amargamente empática, pelo menos) por vê-lo tão frio.

Shahar a amava. Eu não tinha certeza se Deka a amava também. Será que Remath amava os filhos? Disto eu não sabia.

— Verei vocês dois amanhã — disse ela para Shahar e Dekarta, então se virou e se afastou. Wrath fez uma reverência quando ela já estava de costas, então se retirou com um último olhar para nós antes de erguer a voz para os homens. Ramina, no entanto, permaneceu.

— Escolha estilística interessante — disse ele para Deka. Como se em resposta às palavras dele, uma brisa errante ergueu a capa preta de Dekarta, tal qual uma sombra viva.

— Pareceu adequado, tio — respondeu Deka. O sorriso dele esvaneceu. — Sou meio que a ovelha rebelde, não sou?

— Ou um lobo, que vem se banquetear na carne macia, a não ser que alguém te dome. — Os olhos de Ramina vagaram para a testa de Deka, então para Shahar, uma insinuação óbvia. Shahar começou a franzir as sobrancelhas e Ramina deu um sorriso amoroso para ambos. — Mas talvez você seja mais útil com dentes afiados e instintos assassinos, hum? Talvez os Arameri do futuro precisem da *matilha* inteira de lobos.

Com isso, ele me olhou. Franzi a testa.

Com tédio na voz, Shahar disse:

— Tio, você está sendo mais sinistro do que o normal.

— Sinto muito. — Ele não parecia sentir nem um pouco. — Eu apenas vim mencionar um detalhe sobre a reunião da qual minha irmã pediu que vocês participem amanhã. Ela ordenou privacidade total: nada de guardas, nada de cortesãos além daqueles já convidados. Nem serventes estarão presentes.

Com isso, Shahar e Dekarta se entreolharam, e me perguntei o que nos infernos infinitos estava acontecendo. Remath nunca devia ter declarado de antemão a sua intenção por uma reunião particular; muito fácil para outros Arameri ou grupos interessados colocarem lá dentro uma esfera espiã. Ou um assassino. Mas Ramina estava marcado com um selo completo; ele não poderia agir contra a irmã nem se quisesse. O que significava que estava falando em nome de Remath. Mas por quê?

Então percebi que Ramina ainda me olhava. Logo, era algo que Remath queria que *eu*, em específico, soubesse. Para garantir que eu estivesse lá.

— Maldito Arameri desmiolado — falei, fazendo uma carranca para ele. — Tive um dia horrível. Fale direito.

Ele piscou para mim com tamanha surpresa que não enganou ninguém.

— Eu pensei que seria óbvio, Trapaceiro. Os Arameri estão prestes a implementar um truque que impressionará até mesmo você. Naturalmente, gostaríamos da sua bênção.

Com isso, ele sorriu e se afastou.

Eu o encarei, confuso, como se isto fosse ajudar. Não ajudou. E agora eu via Morad se aproximando na liderança dos serventes, todos parando para se curvar enquanto Ramina passava pelo arco do palácio.

Shahar se virou para mim e Deka, falando baixo e rápido:

— Devo ir me juntar ao Canru e ao grupo temano no Salão; eles vão ficar muito chateados com isso. Vocês dois, peçam quartos que possam ser alcançados pelos espaços mortos. Sieh sabe do que estou falando.

Com isso, ela também nos deixou, indo se juntar ao noivo.

— Você está bem? — ouvi Canru perguntar a ela.

Retesei a mandíbula contra a aprovação inadvertida e me virei para Deka.

— Suponho que você queira se instalar também — falei. — Ordene que escribas fiquem por perto e comecem a dissecar seu novo prêmio, ou seja lá o que vocês fazem. — Olhei para o mascarado amarrado.

— Prefiro ir para outro lugar e ter uma longa conversa com você a respeito do que aconteceu — disse ele, e havia algo em sua voz, uma suavidade, que me fez ficar envergonhado. Ele sorriu, percebendo. — Mas suponho que

O Reino dos Deuses

terei que esperar. Ficarei com um dos quartos do pináculo; Pináculo Sete, provavelmente, se ainda estiver disponível. Onde você estará?

Pensei no assunto.

— No sobpalácio. — Não havia lugar mais privativo no Céu. — Deka, os espaços mortos...

— Sei o que são — respondeu ele, me surpreendendo — e posso adivinhar em qual quarto você estará. Chegaremos por volta da meia-noite.

Nervoso, observei Deka enquanto ele se voltava para cumprimentar Morad. Eu o ouvi dar ordens com tanta facilidade como se não tivesse voltado de um exílio de dez anos, e ouvi Morad responder com um "Agora mesmo, meu lorde", como se nunca tivesse sentido falta dele.

Pelo pátio, todo mundo conversava. Eu estava sozinho.

Perturbado, fui até o mascarado e o cutuquei com o pé, suspirando. Ele grunhiu e se agitou em resposta.

— Por que vocês mortais têm que ser tão complicados?

O homem morto, como esperado, não respondeu.

*　　*　　*

Meu antigo quarto.

Fiquei à porta aberta, sem me surpreender ao ver que não tinha sido tocado em um século, desde que o deixara. Por que qualquer servente, ou mordomo, teria se dado ao trabalho? Ninguém jamais quereria morar em um aposento que abrigara um deus. E se ele tivesse deixado armadilhas para trás ou escrito maldições nas paredes? Pior, e se ele voltasse?

A realidade é que nunca tive a intenção de voltar e nunca me ocorreu colocar maldições em nada. Se tivesse, nunca teria sobrecarregado as paredes com algo tão trivial quanto certa maldição. Eu teria criado uma obra-prima de dor, humilhação e desespero partindo do meu próprio coração e teria forçado qualquer mortal que invadisse o espaço a aguentar tais horrores. Seria só por um momento ou dois, em vez de pelos séculos que aguentei, mas não menos intenso.

Uma velha mesa de madeira estava de um lado do quarto. Em cima dela, os pequenos tesouros que sempre amara reunir, mesmo quando não tinham vida ou magia própria. Uma folha seca perfeita, agora provavelmente frágil demais para ser tocada. Uma chave; eu não me lembrava do que ela abria ou se sua fechadura ainda existia. Eu só gostava de chaves. Uma pedrinha perfeitamente redonda que eu sempre quisera transformar em um planeta e adicionar ao meu planetário. Havia esquecido dela depois que me libertei e agora não tinha poder para corrigir o erro.

Além da mesa estava o meu ninho... ou assim o fizera, embora não tivesse o conforto ou a beleza do meu verdadeiro ninho no reino dos deuses. Era apenas uma pilha de trapos, cinza, apodrecida e empoeirada agora, e provavelmente infestada de vermes. Alguns dos trapos eram coisas que eu havia roubado dos sangue-cheios: um cachecol favorito, um cobertor de bebê, uma tapeçaria preciosa. Sempre procurei pegar coisas com as quais eles se importavam, embora sempre me punissem por isso quando descobriam. Cada golpe valera a pena... não porque os roubos causavam a eles grandes tormentos, mas porque eu *não* era um mortal, *não* era só um escravizado. Eu ainda era Sieh, o vento travesso, o caçador brincalhão, e nenhuma punição poderia me parar. Para me lembrar disso, eu estivera disposto a aguentar qualquer coisa.

Poeira e alimento de ácaros agora. Enfiei as mãos nos bolsos, sentei-me contra a parede e suspirei.

Eu estava cochilando quando eles chegaram, pelo chão. Shahar, para a minha surpresa, foi a primeira a passar. Sorri ao ver que ela segurava uma pequena tabuinha de cerâmica, na qual havia sido desenhado um comando simples e único em nossa língua. *Atadie*. Abra. Eu mostrara a porta e ela pedira a alguém que fizesse uma chave.

— Você esteve vagando sozinha pelos espaços mortos nos últimos anos? — perguntei enquanto ela saía do buraco e batia a poeira das roupas. Ela ou Dekarta tinha feito degraus com pedra do dia remodelada. Ele veio atrás dela, olhando em volta, fascinado.

Shahar me olhou com cautela, sem dúvida se lembrando de que a última vez que eu a tinha visto, realmente falado com ela, tinha sido dois anos antes, na manhã depois de termos feito amor.

O Reino dos Deuses

— Um pouco — respondeu ela depois de um momento. — É útil ser capaz de ir aonde quero sem que ninguém saiba.

— É mesmo — concordei, sorrindo um pouco. — Mas você deveria tomar cuidado, sabe. Os espaços mortos foram meus um dia e qualquer lugar que foi meu por muito tempo provavelmente tomou parte da minha natureza. Entre no corredor errado, abra a porta errada, e você nunca saberá o que pode dar o bote e te morder.

Ela recuou, como era a minha intenção, e não apenas por causa das minhas palavras. *Traidora*, deixei os meus olhos dizerem, e depois de um momento ela desviou o olhar.

Deka olhou com cuidado para nós dois, talvez só então percebendo como as coisas estavam ruins entre nós. Sabiamente, ele escolheu não mencionar.

— Há pânico em Sombra — disse ele — e estamos recebendo relatórios de inquietação de todas as partes do mundo. Aconteceram revoltas e a Ordem instituiu tarefas extras em todos os Salões Brancos para acomodarem os itempanes que de repente se sentiram compelidos a rezar. Minha mãe convocou uma sessão de emergência no Consórcio daqui a três dias e autorizou a Litaria a viabilizar a viagem pelo portão para todos os representantes. O rumor é de que os Arameri estão mortos e uma nova Guerra dos Deuses está prestes a acontecer.

Ri, embora não devesse. O medo era como veneno para os mortais; matava a racionalidade deles. Em algum lugar, haveria mortes naquela noite.

— Isso é problema da Remath, não meu — falei, me inclinando à frente —, nem seu. Temos uma preocupação maior.

Eles se entreolharam, então olharam para mim e esperaram. Tarde demais, percebi que eles pensavam que eu estava prestes a explicar alguma coisa.

— Não faço ideia do que aconteceu — falei, erguendo as mãos rapidamente. — Nunca vi algo assim na vida! Mas não faço ideia de por qual razão as coisas acontecem deste jeito perto de vocês dois.

— Não veio de nós — falou Shahar suavemente, com apenas um pouquinho de hesitação. Fiz uma carranca e ela empalideceu, mas então retesou a mandíbula e ergueu o queixo. — Nós sentimos, Deka e eu, e desta vez você também. Sentimos esse poder antes, Sieh. Foi o mesmo daquele dia em que nós três fizemos o juramento.

Ficamos em silêncio e assenti devagar. Tentando não ficar assustado. Eu já tinha adivinhado que o poder era o mesmo. O que me assustou foi a minha crescente suspeita do *motivo*.

Deka umedeceu os lábios.

— Sieh. Se nós três nos tocarmos de algum jeito faz... essa *coisa* acontecer, e se esse poder pode ser direcionado... Sieh, Shahar e eu... — Ele inspirou fundo. — Queremos tentar de novo. Ver se podemos transformar você de volta em deidade.

Prendi a respiração, perguntando-me se eles faziam ideia do perigo que corríamos.

— Não — falei. Fiquei de pé e me afastei da parede, tenso demais para manter a pose de indiferença.

— Sieh... — disse Deka.

— *Não.*

Deuses. Eles não faziam ideia mesmo. Virei-me e comecei a andar de um lado a outro, mordiscando uma unha. Tudo aquilo aconteceu na escuridão. Os corredores iluminados do Céu tinham sido feitos exatamente para frustrar a natureza de Nahadoth, e Itempas estava diminuído à mortalidade. Mas Yeine... cada criatura que vivera um dia poderia ser os olhos e ouvidos dela, se ela assim quisesse. Estaria nos observando agora? Ela...?

— *Sieh.* — Shahar. Ela ficou à minha frente e parei, porque era isso ou trombar com ela. Sibilei, ela me encarou. — Você não está fazendo sentido. Se pudermos restaurar a sua magia...

— Eles vão matar vocês — falei, e ela recuou. — Naha, Yeine. Se nós três tivermos este tipo de poder, eles vão nos matar.

Os dois pareceram impassíveis. Grunhi e cocei a cabeça. Eu precisava fazê-los entenderem.

— Os demônios — falei. Mais incompreensão. Eles não sabiam que eram descendentes de Ahad. Praguejei em três línguas, embora eu tenha

O Reino dos Deuses

garantido que nem uma delas fosse a minha. — Os demônios, caramba! Por que os deuses os mataram?

— Porque eram uma ameaça — respondeu Deka.

— Não. Não. Deuses, vocês só ouviram os poemas educativos e os contos dos sacerdotes? Vocês são Arameri; sabem que tudo isso é mentira!

Eu os encarei.

— Mas esse *foi* o motivo. — Deka estava sendo teimoso outra vez, como fizera na infância, e como deve ter feito em cada aula da Litaria desde então. — O sangue deles era veneno para os deuses...

— E eles podiam se passar por mortais, melhor do que qualquer deus ou deidade. Eles podiam se misturar e fizeram isso. — Aproximei-me e olhei em seus olhos. Se eu não tomasse cuidado, se não trabalhasse duro para manter os anos escondidos, os mortais não seriam enganados pela minha aparência externa. Agora, porém, deixei que ele visse tudo o que eu tinha vivenciado. Todas as eras da vida mortal, todas as eras antes disso. Eu estivera lá quase desde o início. Eu entendia coisas que Deka jamais compreenderia, por mais brilhante que ele fosse e por mais diminuído que eu estivesse como um mortal. Eu *me lembrei*. Então quis que ele acreditasse em minhas palavras agora, sem dúvidas, do jeito que os mortais comuns acreditavam nas palavras de seus deuses. Mesmo que significasse fazê-lo me temer.

Deka franziu a testa e vi a cautela tomar conta dele. E embora me amasse e tivesse me querido desde que era muito jovem para saber o que significava desejo, ele recuou. Senti um momento de tristeza. Mas provavelmente foi melhor assim.

Shahar, doce e bela traidora que era, começou a falar antes do irmão:

— Eles fizeram dos *mortais* uma ameaça — afirmou ela bem baixinho.

— Eles se misturaram entre nós, sim. Procriaram conosco. Transmitiram sua magia, e às vezes seu veneno, a todos os seus descendentes mortais.

— Sim — confirmei. — E embora o veneno fosse a preocupação imediata (um dos meus irmãos morreu de veneno de demônio, o que desencadeou tudo), havia também o medo do que aconteceria com a nossa magia, filtrada e distorcida por lentes mortais. Vimos que alguns dos demônios eram tão poderosos quanto deidades puras. — Olhei para Deka enquanto dizia isso. Não consegui evitar. Ele me olhou, ainda abalado ao descobrir que sua paixão de infância era algo assustador e estranho, alheio ao que eu realmente queria dizer. — Não foi difícil adivinhar que algum dia, de alguma forma, um mortal poderia nascer com tanto poder quanto um dos Três. O poder de mudar a própria realidade em um nível elementar. — Balancei a cabeça e gesticulei ao nosso redor, para o quarto, para o Céu, o mundo, o universo. — Você não entende como tudo isto é frágil. Perder um dos Três destruiria tudo. Ganhar um Quarto, ou mesmo algo próximo a um Quarto, faria o mesmo.

Deka franziu o cenho, a preocupação superando o choque.

— E o que fizemos... você acha que os Três veriam isso como a materialização do medo deles?

— Mas não é como se tivéssemos feito algo prejudicial... — começou Shahar.

— Mudar a realidade *é* prejudicial! Se tentassem de novo, mesmo para me ajudar... Deka, você entende como a magia funciona. O que acontece se você desenhar errado um selo ou pronunciar errado uma palavra divina? Se vocês dois tentarem usar esse poder para me refazer... — Suspirei e encarei a verdade que não queria admitir. — Bem, pensem no que aconteceu da última vez. Vocês queriam que eu fosse seu amigo, um verdadeiro amigo, algo que eu nunca poderia ter sido como um deus. Vocês teriam crescido e entendido como eu era diferente. Vocês teriam se tornado os Arameri adequados e se perguntado como poderiam me usar. — Agora olhei para Shahar, cujos lábios se contraíram levemente. — Se eu tivesse permanecido deus, nossa amizade nunca teria sobrevivido por tanto tempo. Então vocês, uma parte de vocês, me transformaram em algo que *poderia* ser seu amigo.

Deka deu outro passo para trás, o horror preenchendo seu rosto.

— Você está dizendo que *nós* fizemos isso? O desabamento da Escada para Lugar Nenhum, sua mortalidade...?

O Reino dos Deuses

Suspirei e voltei para a parede, deslizando para me sentar contra ela.

— Não sei. Tudo isso são suposições e especulações. Sua vontade, se tivesse essa estranha magia por trás dela, pode ter focado a magia apenas o suficiente para causar uma mudança, mas então se voltou contra nós... ou algo assim. Nada disso responde à questão fundamental do *porquê* vocês têm este poder.

— Não somos apenas nós, Sieh. — Shahar novamente, baixinho.

— Deka e eu nos tocamos muitas vezes e nada aconteceu. É só quando tocamos em *você* que há alguma mudança.

Assenti, desolado. Eu também descobrira isso.

O silêncio tomou conta enquanto eles digeriam tudo o que falei. Foi quebrado pelo ronco alto do meu estômago vazio e o meu bocejo ainda mais alto. Com isso, Dekarta se mexeu desconfortavelmente.

— Por que você veio aqui, Sieh? Não há serventes aqui e este quarto é... imundo.

Ele olhou ao redor, retorcendo os lábios para a pilha de tecidos velhos. *Um lugar imundo para um deus imundo*, pensei.

— Gosto daqui — falei. — E estou cansado demais para ir a outro lugar. Vão embora agora, vocês dois. Preciso descansar.

Shahar se virou em direção ao buraco no chão, mas Deka permaneceu.

— Venha conosco — pediu ele. — Coma alguma coisa, tome um banho. Tem um sofá nos meus novos aposentos.

Olhei para ele e vi a bravura de seus esforços. Eu tinha danificado bastante as fantasias dele, mas ele tentaria, mesmo agora, ser o amigo que prometera ser.

Foi você quem fez isto comigo, lindo Deka.

Dei um sorriso sem humor e ele franziu a testa.

— Vou ficar bem — falei. — Vá em frente. Vamos nos preparar para encarar a sua mãe de manhã.

Então eles partiram.

Enquanto a pedra do dia do chão se fechava de novo, deitei-me e me encolhi para dormir, aceitando a rigidez que viria pela manhã. Mas assim que fechei os olhos, percebi que não estava mais sozinho.

— Você tem mesmo medo de mim? — perguntou Yeine.

Abri os olhos e me sentei. Ela estava de pernas cruzadas em meu antigo ninho, delicada como sempre, linda mesmo em meio a trapos. Mas os trapos não estavam mais apodrecidos. Eu podia ver a cor e a definição retornando ao que tinha sido uma massa cinzenta e ouvia o leve aperto das fibras do fio enquanto recuperavam a unificação e a força. Ao longo de uma das coxas de Yeine, uma linha de ácaros quase imperceptíveis começou a rastejar, desaparecendo na curva de sua carne. Colocados para correr, imaginei, ou talvez ela estivesse os matando. Quando se tratava de Yeine, nunca dava para ter certeza.

Não respondi à pergunta e ela suspirou.

— Não me importo se os mortais ficam poderosos, Sieh. Se o fizerem e nos ameaçarem, lidarei com isso. Por enquanto — ela deu de ombros — talvez seja bom alguns deles terem magia assim. Talvez seja disso que eles realmente precisam, poder próprio, para que possam parar de ter inveja dos nossos.

— Não conte a Naha — sussurrei. Ela ficou séria e em silêncio.

Depois de um momento, comentou:

— Você costumava vir até mim sempre que estávamos solitários.

Desviei o olhar. Eu queria. Mas sabia que não podia.

— Sieh — disse ela. Magoada.

E porque eu a amava demais para deixá-la pensar que o problema era ela, suspirei, levantei-me e fui até o ninho. Subir nele trouxe de volta lembranças e parei por um instante, arrebatado por elas. A de segurar Naha em uma noite sem lua (a única vez em que ele esteve a salvo tanto de Itempas quanto dos Arameri) enquanto ele chorava pelos Três que haviam existido. A de horas intermináveis que eu passei tecendo novas órbitas para o meu planetário e polindo os meus ossos Arameri. De ranger os dentes quando outro capitão da guarda, este um sangue-cheio cruel, ordenou que eu me entregasse a ele. (No fim das contas, eu também peguei os ossos dele. Mas não eram brinquedos tão bons quanto eu esperava e por fim eu os joguei fora no píer.)

O Reino dos Deuses

E agora Yeine, cuja presença queimava o mal e polia o bem. Eu queria tanto abraçá-la, mas sabia o que aconteceria. Surpreendeu-me ela não saber. Ela era tão jovem.

Perplexa, Yeine franziu a testa para mim, estendendo a mão para tocar a minha bochecha. O meu autocontrole se foi e me joguei contra ela como tinha feito tantas vezes, enterrando o meu rosto em seu peito, segurando o tecido na parte de trás de suas vestes. Foi muito bom, no começo. Senti-me quentinho, seguro e jovem. Os braços dela me envolveram e seu rosto se pressionou contra o meu cabelo. Eu era o bebê dela, seu filho em tudo, menos carne, e a carne não importava.

Mas há sempre um momento em que o familiar se torna estranho. Está sempre lá, só um pouco, entre quaisquer dois seres que se amam tanto quanto ela e eu. A linha é muito tênue. Em um momento eu era o filho, a minha cabeça apoiada no peito dela em toda a inocência. No seguinte eu era um homem, solitário e faminto, e os seios dela eram pequenos, mas cheios. Femininos. Convidativos.

Yeine ficou tensa. Foi quase imperceptível, mas eu esperava aquilo. Com um longo suspiro, sentei-me, soltando-a. Quando os olhos dela (incomodados, incertos) encontraram os meus, eu me virei. Não sou um completo desgraçado. Para Yeine, eu seria o garoto de quem ela precisava, e não o homem que me tornara.

Para a minha surpresa, no entanto, ela pegou o meu queixo e me fez olhá-la.

— Há mais nisso do que você ser mortal — afirmou ela. — Mais do que você querendo proteger essas duas crianças.

— Quero proteger *todos* os mortais — corrigi. — Se o Naha descobrir o que esses dois podem fazer...

Yeine balançou a cabeça e fez a minha balançar um pouco, recusando-se a se distrair. Então analisou o meu rosto com tanta atenção que comecei a ter medo outra vez. Ela não era Enefa, mas...

— Você esteve com o Nahadoth e muitos de seus irmãos — disse ela. A repulsa dela rastejou ao longo da minha pele como os ácaros evacuando.

Ela estava tentando resistir e falhando. — Eu sei... as coisas são diferentes para os deuses.

Ah, se ela fosse mais velha. Apenas alguns séculos podiam ter sido suficientes para reduzir a lembrança de sua vida mortal e suas inibições mortais. Lamentei não ter tempo para vê-la se tornar uma verdadeira deusa.

— Fui amante de Enefa também — falei suavemente. A princípio, não olhei para ela. — Não... não com frequência. Quando Itempas e Nahadoth saíam juntos, principalmente. Quando ela precisava de mim.

E porque não haveria outro momento, olhei para Yeine e deixei que visse a verdade. *Com o tempo, você poderia ter precisado de mim também. Você é mais forte que Naha e Tempa, mas não é imune à solidão. E sempre te amei.*

Para seu grande crédito, ela não recuou. Eu a amei mais que nunca por isso. Mas suspirou.

— Não senti vontade de ter filhos — disse ela, roçando os nós dos dedos ao longo da minha bochecha. Aconcheguei-me no toque, fechando os olhos. — Com tantos enteados zangados e magoados, parecia tolice complicar ainda mais as coisas. Mas também... — Senti o seu sorriso, como a luz das estrelas na minha pele. — Você é meu filho, Sieh. Isto não faz sentido. Eu deveria ser sua filha. Mas... é como me sinto.

Peguei a mão dela e a puxei contra o meu peito para que pudesse sentir o meu batimento cardíaco mortal. Eu estava morrendo; isso me deixou ousado.

— Se eu não puder ser mais nada para você, fico feliz em ser seu filho. De verdade.

O sorriso dela ficou triste.

— Mas você quer mais.

— Sempre quero mais. Do Naha, da Enefa... até mesmo do Itempas.
— Fiquei sério, movendo-me para me deitar ao lado dela. Ela permitiu, embora já tivesse dado errado antes. Um sinal de confiança. Não abusei.
— Quero coisas impossíveis. É a minha natureza.

O Reino dos Deuses

— Nunca ficar satisfeito? — Os dedos dela brincavam suavemente com o meu cabelo.

— Acho que sim. — Dei de ombros. — Aprendi a lidar com isso. O que mais posso fazer?

Yeine ficou em silêncio por tanto tempo que fiquei com sono, aquecido e confortável com ela na suavidade do ninho. Achei que talvez ela fosse dormir comigo (apenas dormir, nada mais), coisa que eu queria desesperadamente e não sabia mais como pedir. Mas ela, deusa que era, tinha outras coisas em mente.

— Aquelas crianças — disse por fim. — Os gêmeos mortais. Eles te fazem feliz.

Balancei a cabeça.

— Mal os conheço. Fiz amizade com eles por um capricho e me apaixonei por eles por acidente. Essas são coisas que as crianças fazem, mas pela primeira vez eu devia ter pensado como um deus, não como uma criança.

Ela beijou a minha testa e me alegrei por não haver hesitação no gesto.

— Sua vontade de correr riscos é uma das coisas mais maravilhosas em você, Sieh. Onde estaríamos, se não fosse por ela?

Apesar do meu humor, sorri, e acho que era o que ela queria. Yeine acariciou minha bochecha e me senti mais feliz. Tamanho era o poder dela sobre mim que eu sorri de bom grado.

— Eles não são pessoas tão terríveis de amar — comentou Yeine, pensativa.

— A Shahar é.

Ela se afastou um pouco para olhar para mim.

— Hum. Ela deve ter feito algo terrível para deixá-lo com tanta raiva.

— Não quero falar sobre isso.

Ela assentiu, permitindo que eu ficasse de mau humor por um momento.

— Mas o garoto não?

— Dekarta. — Ela grunhiu e dei uma risadinha. — Fiz a mesma coisa! Mas ele não é nada como o homônimo dele. — Então parei enquanto

369

pensava nas marcas corporais de Deka, sua determinação de ser a arma de Shahar e como me perseguia implacavelmente. — Mas ele é Arameri. Não posso confiar nele.

— *Eu* sou Arameri.

— Não é a mesma coisa. Não é uma coisa inata. Você não foi criada neste covil de cobras.

— Não, eu fui criada em outro covil de cobras. — Yeine deu de ombros, sacudindo um pouco a minha cabeça. — Os mortais são a soma de muitas coisas, Sieh. Eles são o que a circunstância os fez e o que desejam ser. Se você deve odiá-los, odeie-os pela última coisa, não pela primeira. Pelo menos eles têm algo a dizer sobre essa parte.

Suspirei. Óbvio que ela estava certa e não era nada além do que eu argumentara com os meus próprios irmãos ao longo das eras, enquanto debatíamos (às vezes mais do que filosoficamente) se os mortais mereciam existir.

— Eles são tão tolos, Yeine — sussurrei. — Eles desperdiçam todos os presentes que lhes damos. Eu... — Perdi-me, tremendo inexplicavelmente. O meu peito doía, como se eu fosse chorar. Eu era um homem e os homens não choravam, ou pelo menos os homens temanos não choravam, mas também era um deus e os deuses choravam sempre que tinham vontade. De coração partido, fiquei à beira das lágrimas.

— Você deu seu amor a essa Shahar. — Distraída, Yeine continuou acariciando o meu cabelo, o que não ajudou em nada. — Ela era digna disso?

Eu me lembrei de Shahar, jovem e feroz, chutando-me escada abaixo porque ousei sugerir que ela não pudesse determinar seu próprio destino. Lembrei-me dela mais tarde, fazendo amor comigo por ordem da mãe... mas como ela parecera faminta enquanto me segurava e extraía prazer do meu corpo! Fazia dois mil anos que eu não me entregava tão completamente a um mortal.

Enquanto me lembrava dessas coisas, senti a raiva dentro de mim enfim começar a ceder.

O Reino dos Deuses

Com uma risada suave e divertida, Yeine se desvencilhou de mim e se sentou. Melancólico, observei-a fazer isso.

— Seja um bom menino e descanse agora. E não fique acordado a noite toda, pensando. Amanhã será interessante. Não quero que você perca nada.

Franzi a testa, apoiando-me em um cotovelo. Ela passou os dedos pelo cabelo curto como se quisesse ajeitá-lo. Cem anos e ainda muito mortal: um deus adequado simplesmente teria desejado que seu cabelo ficasse perfeito. E ela não se incomodou em esconder a expressão presunçosa enquanto eu a olhava.

— Você está aprontando alguma coisa — falei, semicerrando os olhos.

— Estou mesmo. Você vai me abençoar? — Yeine se levantou e ficou sorrindo, com a mão no quadril. — Remath Arameri é tão interessante quanto os filhos, é só o que direi por enquanto.

— Remath Arameri é má e eu a mataria se a Shahar não a amasse tanto. — Mas assim que falei isso, Yeine levantou uma sobrancelha e fiz uma careta ao perceber o quanto eu havia revelado; não apenas para ela, mas também para mim. Pois se eu amava Shahar o suficiente para tolerar o horror que era a mãe dela, então eu amava Shahar o suficiente para perdoá-la.

— Garoto bobo — proferiu Yeine com um suspiro. — Você nunca faz as coisas da maneira mais fácil, não é?

Tentei fazer disso uma piada, embora fosse difícil sorrir.

— Não se o caminho mais difícil for mais divertido.

Ela balançou a cabeça.

— Você quase morreu hoje.

— Não pra valer. — Recuei quando ela me lançou um olhar duro. — Tudo acabou bem!

— Não acabou não. Ou melhor, não devia ter acabado. Mas você ainda tem a sorte de um deus, por mais que o resto tenha mudado. — Ela ficou séria de repente. — Uma boa mãe deseja não apenas a segurança de seus filhos, mas também a felicidade deles, Sieh.

— Bem... — Eu não pude deixar de ficar um pouco tenso, imaginando do que ela estava falando. Ela não era tão estranha quanto Naha, mas pensava em espirais, e às vezes, trancado na mente linear de um mortal como eu estava, eu não conseguia acompanhar. — Acho que isto é bom...

Yeine assentiu, o rosto imóvel enquanto pensamentos insondáveis se agitavam por trás dele. Então ela me deu outro olhar e pisquei surpreso, pois este tinha uma ferocidade que eu nunca tinha visto dela.

— Garantirei que você conheça a felicidade, Sieh — disse ela. — *Nós* faremos isso.

Não ela e Naha. Eu sabia o que ela queria dizer, da mesma forma que sabia que os Três mereciam ser grafados com letra maiúscula. E embora os Três nunca tivessem se juntado desde a ascensão de Yeine, ela ainda era uma deles. Parte de um todo maior... e quando os três queriam a mesma coisa, cada membro falava com a voz do todo.

Abaixei a cabeça, honrado. Mas então franzi a testa quando percebi o que mais ela estava dizendo.

— Antes de eu morrer, você quer dizer.

Ela balançou a cabeça, apenas ela mesma outra vez, então se inclinou para colocar a mão no meu peito. Senti uma pequena vibração de sua carne por apenas um instante, antes que os meus sentidos adormecidos perdessem a plena consciência dela, mas fiquei feliz por aquela amostra. Ela não tinha coração, minha linda Yeine, mas não precisava de um. O pulso, a respiração, a vida e a morte de todo o universo eram um substituto mais que suficiente.

— Todos nós morremos — disse ela baixinho. — Cedo ou tarde, todos nós. Até deuses. — E então, antes que suas palavras pudessem trazer de volta a melancolia que eu quase deixara transbordar, ela deu uma piscadela. — Mas ser meu filho deveria te fornecer *alguns* privilégios.

Com isso ela desapareceu, deixando para trás apenas o formigamento de calor onde seus dedos haviam descansado em meu peito e os trapos limpos e renovados do meu ninho. Quando me deitei, fiquei feliz em descobrir que ela também havia deixado seu cheiro, toda névoa, cores

O Reino dos Deuses

ocultas e o amor de uma mãe. E um sopro, não mais que isso, da paixão de uma mulher.

Foi o bastante. Dormi bem naquela noite, reconfortado.

Mas não antes de desobedientemente ficar acordado por uma hora ou mais, imaginando o que Yeine estaria aprontando. Não pude deixar de me sentir animado. Toda criança adora uma surpresa.

* * *

— Obrigada a todos por terem vindo — disse Remath. Seus olhos tocaram em cada um de nós: eu, Shahar, Dekarta e, estranhamente, Wrath e Morad, os únicos da corte de Remath ali. Os dois últimos se ajoelharam atrás de Shahar e Deka, concedendo direito de destaque aos sangue-cheios. Ramina também estava presente, atrás e à esquerda do trono de Remath. Apoiei-me na parede próxima, de braços cruzados enquanto fingia tédio.

Era fim de tarde. Tínhamos esperado a convocação de Remath no início do dia; de manhã, quando ela tinha sua audiência habitual, ou depois disso. Mas ninguém tinha ido nos buscar, então Shahar e Deka fizeram o que quer que os Arameri sangue-cheios faziam o dia todo, e enquanto isso dormi até o meio-dia, principalmente porque eu podia. Morad, que os deuses a abençoem, enviou bravos serventes para me barbearem e me levarem comida e roupas, antes de me trazerem para encontrar Remath.

Da cadeira de pedra maciça que tinha sido um altar itempane antes da Guerra dos Deuses, e que ainda cheirava levemente ao sangue de demônio de Shinda Arameri, Remath sorriu para nós.

— Diante dos eventos perturbadores de ontem — começou ela —, parece que chegou a hora de implementar um plano que eu esperava nunca precisar. Dekarta. — Surpreso, ele se remexeu e ergueu o olhar. — Seus professores da Litaria me garantem que você é, sem dúvida, o melhor jovem escriba que eles já formaram, e como meus espiões da Litaria confirmam suas realizações, parece que isso não é apenas bajulação. Estou mais satisfeita do que você imagina.

373

N. K. Jemisin

Por um segundo, Dekarta olhou para ela com óbvia surpresa, antes de responder:

— Obrigado, mãe.

— Não me agradeça ainda. Tenho uma tarefa para você e Shahar, uma tarefa que exigirá tempo e esforço substanciais, mas da qual o futuro da família dependerá. — Ela cruzou as pernas e olhou para Shahar. — Sabe qual é essa tarefa, Shahar?

Parecia uma velha pergunta. Talvez Remath questionasse Shahar dessa maneira o tempo todo. Shahar parecia tranquila quando levantou a cabeça para responder.

— Não tenho certeza, mas tenho suspeitas, pois minhas próprias fontes me informaram sobre algumas atividades muito curiosas de sua parte.

— Um exemplo?

Shahar semicerrou os olhos, talvez considerando o quanto queria divulgar na frente do público misto. Então, sem rodeios, disse:

— Você comandou que alguns grupos estudassem locais remotos ao redor do mundo e que vários dos escribas, em segredo, sob pena de morte, pesquisassem as técnicas de construção usadas para criar o Céu. — Ela me olhou por um segundo. — Aquelas que podem ser replicadas com magia mortal.

Surpreso, pisquei. Eu não estivera esperando por *aquilo*. Quando franzi a testa para Remath, fiquei ainda mais incomodado ao vê-la sorrindo para mim, como se o meu choque a agradasse.

— Que demônios está aprontando, mulher? — perguntei.

Com uma quase timidez, ela baixou os olhos, lembrando-me, de repente, de Yeine. Remath tinha aquele mesmo olhar presunçoso que Yeine demonstrara na noite anterior. Eu não gostava de ser lembrado de que elas eram parentes.

— Os Arameri precisam mudar, Lorde Sieh — respondeu ela. — Não foi isso que o Lorde da Noite nos disse, no dia em que você e os outros Enefadeh se libertaram do seu longo cativeiro? Mantivemos o mundo parado por muito tempo e agora ele dá voltas e mais voltas, deleitando-se com a liberdade repentina, e correndo o risco de se autodestruir ao mudar

O Reino dos Deuses

tanto, tão rápido. — Ela suspirou, a presunção desaparecendo. — Ano passado, meus espiões no norte forneceram um relatório que não entendi. Agora, tendo visto o poder dessas máscaras, percebo que corremos um perigo muito maior do que jamais imaginei...

Remath parou de repente, ficando em silêncio, e por um momento houve infernos em seus olhos: medos e um cansaço que ela não nos deixara ver até agora. Foi um lapso impressionante da parte dela. Foi também, percebi quando ela ergueu o olhar para Shahar, deliberado.

— Meus espiões viram centenas de máscaras — informou ela baixinho. — Talvez *milhares*. Em quase todas as nações do Alto Norte há artistas *dimyi*; os nortistas vêm espalhando o conhecimento da técnica e nutrindo jovens com talento há mais de uma geração. Eles as vendem para estrangeiros como lembrancinhas. Eles as dão aos comerciantes como presentes. A maioria das pessoas as pendura nas paredes como decoração. Não há como saber quantas máscaras existem; no norte, nas ilhas, em todo o Senm. Mesmo nesta cidade, do Céu ao Cinzento e à Sombra abaixo. Não dá para saber.

Inspirei, percebendo a verdade. Deuses, eu mesmo tinha *visto* as máscaras. Nas paredes de uma taberna em Antema. Certa vez no Salão, logo abaixo do Céu, quando fingira ser o pajem de algum nobre para escutar uma sessão do Consórcio. Rostos severos e imponentes dispostos na parede do banheiro; chamaram a minha atenção enquanto eu mijava. Na época, eu não sabia o que era.

Remath prosseguiu:

— É óbvio que solicitei a ajuda dos Guardiões da Ordem para localizar e neutralizar essa ameaça. Eles já começaram a vasculhar casas e remover máscaras, sem tocá-las — acrescentou ela quando Deka pareceu assustado e abriu a boca para falar. — Estamos cientes do perigo.

— Não — contestou Deka, e nós piscamos, surpresos. Não se interrompia a líder da família Arameri. — Ninguém está ciente do perigo, mãe, até que tenhamos a chance de analisar essas máscaras e entender como elas funcionam. Pode ser que funcionem além do contato.

375

— Temos que tentar mesmo assim — disse ela. — Se mesmo uma dessas máscaras pode transformar um mortal comum em uma criatura quase imparável como as que nos atacaram ontem, então *já estamos cercados* pelos nossos inimigos. Eles não precisam reunir soldados, treiná-los ou alimentá-los. Eles podem criar seu exército a qualquer momento, em qualquer lugar, por meio de qualquer mecanismo ou escrita que usem para controlar as máscaras. E as defesas que os nossos escribas criaram se provaram lamentavelmente inadequadas.

— Só agora o corpo de escribas obteve exemplos dessas máscaras em perfeito estado para analisar — disse Shahar. — Pareceria cedo demais...

— Não posso arriscar o destino desta família com incertezas. Já perdemos muito, confiando na tradição e na nossa reputação. Acreditávamos que éramos inatacáveis, mesmo quando os nossos inimigos começaram a minar a nossa hierarquia. — Ela parou por um momento, um músculo se retesando na mandíbula, os olhos ficando escuros e duros. — Você fará escolhas estranhas, Shahar, quando chegar a hora de você liderar. Não foi à toa que lhe dei o nome da nossa Matriarca. — Os olhos dela se voltaram para Deka. — Embora eu já saiba que você tem força para fazer o que é certo.

Shahar ficou tensa, semicerrando os olhos. Suspeita? Ou raiva? Amaldiçoei a minha mísera consciência mortal de mundo.

Remath respirou fundo.

— Shahar. Com a ajuda de Dekarta e dos membros mais capazes de nossa família, você deve supervisionar a preparação de um novo lar para os Arameri.

Seguiu-se um silêncio absoluto. Junto ao resto deles, fiquei olhando. Pelo Turbilhão incognoscível, ela de fato parecia falar sério.

— Um *novo palácio?* — Shahar não se deu ao trabalho de esconder a incredulidade. — Mãe... — Ela pausou, balançando a cabeça. — Não entendo.

Remath estendeu uma das mãos graciosas.

— É muito simples, filha. Um novo palácio será construído em breve para nós. Em um local escondido, muito mais fácil de defender e isolado do

O Reino dos Deuses

que o Céu. O capitão Wrath e a Guarda Branca, junto a Morad e quaisquer outros em quem você confie residirão neste novo palácio, sozinhos, até o momento em que você possa prepará-lo para toda a família. Diferente do Céu, a localização deste novo palácio deve ser secreta. Dekarta, você deve garantir que assim seja, utilizando quaisquer meios mágicos à sua disposição. Crie outros se precisar. Ramina, você deve aconselhar os meus filhos.

Pelas reações, pude ver quais pessoas na sala sabiam disso. Os olhos de Shahar estavam maiores que En; assim como os de Deka. A boca de Wrath estava aberta, mas Morad continuou a observar Remath, impassível. Então Remath contara à sua amante. E Ramina sorriu para mim; ele também sabia.

Mas não fazia sentido. Os Arameri haviam construído um novo palácio antes, mas apenas quando o antigo fora destruído, graças a Nahadoth e a uma chefe de família Arameri especialmente estúpida. O palácio de Céu atual era bom e mais seguro que qualquer outro lugar do mundo, como estava dentro de uma *árvore gigante*. Não havia necessidade daquilo.

Afastei-me da parede, colocando as mãos nos quadris.

— E que ordens você tem para mim, Remath? Vai me mandar cortar as pedras e assentar a argamassa para este novo palácio? Afinal, eu e os meus irmãos construímos *este aqui*.

O olhar de Remath se fixou em mim, inescrutável. Ela ficou em silêncio por tanto tempo que comecei a me perguntar se tentaria me matar. Seria grande estupidez da parte dela; nada menos que o Turbilhão seria capaz de parar a fúria de Nahadoth. Mas tinha que esperar qualquer coisa vinda dela.

Vá em frente, pensei para ela, e mostrei os dentes em um sorriso. En pulsava no meu peito, concordando veementemente. Mas Remath assentiu com suavidade, como se eu tivesse confirmado algo.

— Você, Lorde Sieh — começou ela —, deve cuidar dos meus filhos.

Paralisei. Então, antes que eu pudesse pensar, Shahar ficou de pé, abandonando o protocolo. As mãos estavam em punhos nas laterais do corpo, a expressão dela de repente feroz. Ela se virou para todos nós.

— Para fora — disse ela. — Agora.

Wrath olhou para Remath, que não disse nada. Ramina e Morad ficaram parados por um instante, talvez também esperando para ver se Remath contrariaria o comando de Shahar, mas, com cautela, não olharam para nem uma das mulheres. Nunca era sábio tomar partido em uma batalha entre a líder e a herdeira. Assim que ficou óbvio que Remath não interviria, eles saíram. As pesadas portas da câmara se fecharam com um silêncio ecoante.

Shahar olhou para Dekarta, que também se levantou, mas permaneceu onde estava, com o rosto rígido.

— Não — disse ele.

— Como você ousa...

— Marque-me — retrucou ele, e ela se encolheu, em silêncio. — Coloque um selo verdadeiro em mim, me castre como Ramina. Faça isso se quiser que eu obedeça. Caso contrário, *não*.

Os lábios de Shahar se contraíram tanto que eu os vi ficarem brancos sob o ruge. Ela estava com raiva o suficiente para dizer as palavras, na frente de Remath, que poderia não a deixar voltar atrás. Tolos, ela e Deka. Eram muito jovens para jogar aquele jogo.

Com um suspiro, aproximei-me, parando entre e ao lado deles.

— Vocês também fizeram juramento um ao outro — falei, e os dois olharam para mim. Se Remath não estivesse lá, eu os teria algemado como os pirralhos briguentos que eram, mas em nome de sua dignidade, apenas devolvi o olhar.

Com um *humph* desdenhoso, Shahar virou as costas para nós, caminhando até o pé da plataforma onde estava a cadeira da mãe. Parou quando os olhos delas se encontraram.

— Você não vai fazer isso — disse ela, a voz baixa e firme. — Você não fará planos para a sua própria morte.

Remath suspirou. Então, para a minha surpresa, ela se levantou e desceu os degraus até ficar diante de Shahar. Elas eram da mesma altura. Shahar poderia nunca ter tanto volume nos seios ou quadris, mas não

O Reino dos Deuses

se mexeu quando a mãe se aproximou, seu olhar intencionado e raivoso. Remath a olhou de cima a baixo e, lentamente, sorriu.

Então abraçou Shahar.

Fiquei boquiaberto. Deka também. E Shahar do mesmo jeito, ficou rígida nos braços da mãe, o rosto em choque. As palmas das mãos de Remath estavam pressionadas contra as costas de Shahar. Ela até apoiou a bochecha no ombro da filha, fechando os olhos por um momento. Por fim, com uma relutância que não poderia ser fingida, ela falou:

— Os Arameri precisam mudar — repetiu. — Isto é muito pouco e talvez seja tarde demais... mas você sempre teve o meu amor, Shahar. Estou disposta a admitir isto, aqui, na frente dos outros, porque isto também faz parte da mudança que devemos fazer. E porque é verdade.

Ela se afastou, as mãos se demorando nos braços de Shahar, até que a distância a forçou a soltar. Tive a sensação de que ela teria preferido não fazer isso. Então Remath olhou para Deka.

A mandíbula de Deka se tensionou, as mãos se fecharam em punhos, e embora eu duvide que alguém mais tenha visto, as marcas em seu corpo, sob as roupas, brilhavam em aviso escuro. Remath não seria bem-vinda. Ela suspirou, assentindo para si mesma como se não esperasse algo diferente. Sua tristeza era tão óbvia que eu não sabia o que pensar. Os Arameri não demonstravam sentimentos tão honestamente. Era algum tipo de truque? Mas não parecia um.

Então ela olhou para mim por um bom tempo. Inquieto, ponderei se ela tentaria me abraçar também. Se o fizesse, decidi que daria um chute na bunda dela.

— Mãe, você não vai me distrair — insistiu Shahar. — Perdeu a sanidade? Outro *palácio*? Por que está me mandando embora?

Remath se livrou do momento de sinceridade, retomando a sua máscara habitual de líder de família.

— O Céu é um alvo óbvio e valioso. Qualquer um que queira prejudicar a influência dos Arameri no mundo sabe que deve vir aqui. Apenas um assassino mascarado através do Portão seria suficiente; mesmo que

N. K. Jemisin

ninguém seja prejudicado, o fato de a nossa privacidade poder ser violada mostraria a todos os nossos inimigos em potencial que somos vulneráveis.

Ela se afastou de nós, indo até as janelas, e suspirou para a cidade e as montanhas além. Um galho da Árvore se arqueava para longe, com quilômetros de extensão. As flores começaram a se desfazer; o tempo de floração da Árvore havia terminado. Pétalas flutuaram para longe do galho, dançando ao longo de uma corrente de ar em uma trilha sinuosa.

— E os nossos inimigos incluem um deus — continuou a mulher.

— Portanto, devemos tomar medidas radicais para nos proteger, pois o mundo ainda precisa de nós. Mesmo que pense o contrário. — Remath olhou para nós por cima do ombro. — É uma contingência, Shahar. Não tenho intenção de morrer tão cedo.

Shahar (garota estúpida e crédula) pareceu mesmo aliviada.

— Muito bem — falei, revirando os olhos —, mas construir um palácio secreto é impossível. Você precisará de trabalhadores, artesãos, fornecedores e serventes, a menos que queira que Shahar e Deka esfreguem as próprias privadas. Você não tem exatamente o suficiente deles aqui no Céu, então isso significa contratar moradores de onde quer que seu novo palácio esteja situado. Não há como manter um segredo com tantas pessoas envolvidas, mesmo com magia. — Então me ocorreu como ela poderia manter o segredo. — E você não pode mandar matar *todos* eles.

Remath ergueu uma sobrancelha.

— Na verdade, eu poderia, mas como você adivinhou, isso deixaria seu próprio rastro de perguntas a serem respondidas. Esses crimes são mais difíceis de esconder hoje em dia. — Ela assentiu com sarcasmo para mim e sorri amargamente, porque uma vez tinha sido meu trabalho ajudar a apagar a prova das atrocidades dos Arameri.

— De qualquer modo, encontrei outro jeito — disse Remath.

Além das janelas, o sol começou a se pôr. Ainda não havia tocado o horizonte e faltavam uns vinte minutos antes que o crepúsculo começasse de verdade. Foi por isso, eu perceberia mais tarde, quando me recuperasse do choque, que Remath murmurou uma suave oração de desculpas antes de falar em voz alta:

O Reino dos Deuses

— Lady Yeine — ela disse —, por favor, me ouça.

Fiquei boquiaberto. Shahar ofegou.

— Eu ouço — respondeu Yeine, aparecendo diante de todos nós.

E Remath Arameri (líder da família que refizera o mundo em nome do Iluminado Itempas, bisneta de um homem que jogava os adoradores de Enefa do píer por diversão, muitas vezes bisneta da mulher que provocara a morte de Enefa) caiu de joelhos diante de Yeine, com a cabeça baixa.

Fui até Remath. Os meus olhos estavam com defeito; tinham que estar. Inclinei-me para olhar para ela, mas não detectei nenhuma ilusão. Eu não tinha confundido outra pessoa com ela.

Olhei para Yeine, que parecia alegre.

— Não — falei, atordoado.

— Sim — respondeu ela. — Um bom truque, não acha?

Então ela se virou para Shahar e Dekarta, que ficaram olhando dela para a mãe e de volta para Yeine. Eles não entendiam. Eu não queria entender.

— Vou construir o seu novo palácio — disse ela a todos nós. — Em troca, os Arameri agora vão adorar a mim.

Na verdade, era simples.

Os Arameri serviram Itempas por dois mil anos. Mas Itempas agora era inútil como patrono e Yeine era da família, de certa maneira. Suponho que teria sido assim que Remath teria pensado... se houvesse sido preciso pensar. Talvez não tivesse sido nada mais que pragmatismo para ela. Arameri devotos sempre foram raros. No fim, tudo em que a maioria deles realmente acreditava era em poder.

* * *

Remath nos disse que viajaríamos para o local do novo palácio ao amanhecer. Lá, Yeine o construiria de acordo com as especificações de Remath e os Arameri entrariam em uma nova era em sua longa e incrível história.

Saí da câmara de audiências com o resto deles, deixando Remath e Yeine sozinhas para discutirem o que as líderes de família discutiam com suas novas deusas patronas. Wrath, Morad e Ramina, que esperavam no corredor, foram chamados quando Shahar, Deka e eu partimos, provavelmente para prestarem reverência a Yeine. Sem dúvida eles teriam tarefas a cumprir pela manhã, pois viajariam conosco para o novo palácio. Também levaríamos um complemento mínimo de guardas, cortesãos e serventes, porque, de acordo com Remath, não precisaríamos de mais do que isso para nos estabelecer. Shahar e Deka, respectivamente, deveriam escolher

O Reino dos Deuses

os membros da família e os vários grupos que nos acompanhariam. No meio de tudo isso, não foi mencionado o fato de que qualquer pessoa que viajasse para o novo palácio, por questão de sigilo, poderia nunca ter permissão para retornar.

Informei a Shahar que tinha negócios em Sombra e saí. O Portão Vertical fora reconfigurado nos dias desde o ataque. Agora estava definido por padrão para transportar apenas em uma direção (para longe do palácio) e retornar exigia uma senha enviada por meio de uma esfera de mensagens especial, que recebi enquanto me preparava para sair. O escriba em serviço, que estava entre os soldados que guardavam o portão, me lembrou com seriedade de não perder a esfera, porque eu seria assassinado pela magia no instante em que pisasse no Portão sem ela, ou morto pelos soldados se eu sobrevivesse e de algum modo aguentasse a passagem. Eu me certifiquei de não perdê-la.

Feito isso, viajei para a Raiz Sul, onde notifiquei primeiro Hymn e depois Ahad que ficaria no Céu por ora.

Hymn recebeu a notícia mais desanimada do que eu esperava, embora seus pais estivessem obviamente muito felizes em me ver partir. Hymn falava pouco enquanto me ajudava a empacotar os meus escassos pertences; tudo o que eu tinha cabia em uma única bolsa de pano. Mas quando me virei para sair, ela pegou a minha mão e colocou dois itens nela. O primeiro era uma adaga de vidro, da mesma cor de folhas desbotadas dos meus olhos. Era óbvio que ela havia trabalhado nela por algum tempo; a lâmina fora polida para ser suave como um espelho e a menina até conseguira encaixar nela um cabo de latão de faca de cozinha. O outro item que recebi foi um punhado de contas minúsculas em tamanhos e cores diferentes, cada uma feita de vidro ou pedra polida, gravadas com linhas infinitesimais de nuvens ou continentes. Elas tinham buracos para se encaixar em meu colar ao lado de En.

— Como sabia? — perguntei quando ela as derramou na minha mão.

— Quer saber? — Ela me olhou como se eu tivesse perdido a sanidade. — Acabei de me lembrar daquela velha rima sobre você. Sobre como roubou o sol por diversão? Achei que sóis precisassem de planetas, não é?

Patético, comparado ao meu planetário perdido. Magnífico, dado o amor que foi dedicado a fazê-las. Ela se virou quando eu as apertei contra o meu peito, embora eu tenha conseguido (por pouco) não chorar na frente dela.

Ahad estava em um estado mais estranho quando o encontrei no Armas da Noite. Como já era tarde e a casa estava prestes a abrir para seus negócios de prazer, eu esperava encontrá-lo no escritório. Mas ele estava na varanda dos fundos e, em vez de seu charuto habitual, segurava uma flor, girando-a entre os dedos, pensativo. Pela expressão preocupada em seu rosto, os pensamentos não estavam indo bem.

— Que bom. — Foi tudo o que ele disse quando o informei de que estava voltando para o Céu e que os Arameri haviam se tornado yeineanos, em vez de itempanes, e que, a propósito, haveria um novo palácio em algum lugar.

— *Que bom?* Isso é tudo o que tem a dizer?

— Sim.

Pensei na meia dúzia de xingamentos e insultos que ele devia ter lançado em minha direção no lugar daquela afirmativa silenciosa e franzi a testa. Algo estava errado. Mas não podia perguntar exatamente se ele estava bem. Ahad riria da minha tentativa de preocupação.

Então tentei uma abordagem diferente:

— Eles são seus, você sabe. Shahar, Dekarta. Seus netos. Bisnetos, na verdade.

Isso, pelo menos, chamou a atenção dele. Ahad franziu a testa para mim.

— Quê?

Dei de ombros.

— Suponho que você tenha dormido com a esposa de T'vril Arameri antes de deixar o Céu.

— Dormi com *metade* do Céu antes de ir embora. O que isso tem a ver com alguma coisa?

Eu o encarei.

O Reino dos Deuses

— Você realmente não sabe. — E eu pensando que ele tinha feito isso como parte de algum esquema. Franzi a testa, colocando as mãos nos quadris. — E por que demônios você saiu do Céu? Da última vez que vi, você estava prestes a ser adotado pela Família Central, abrindo caminho para se tornar o próximo líder da família. Um século depois, você é um cafetão, vivendo entre o povo comum na parte mais decadente da cidade?

Ele estreitou os olhos.

— Eu me cansei.

— Cansou de quê?

— De tudo. — Ahad se virou, olhando na direção do centro da cidade; e do grande e onipresente volume da Árvore do Mundo, uma sombra marrom e verde delineada pelo sol oblíquo da tarde. Quase escondido na primeira forquilha do tronco havia um vislumbre de branco perolado: Céu.

— Me cansei dos Arameri. — Ahad tornou a virar a flor. Parecia algo comum; um dente-de-leão, uma das poucas flores que ainda desabrochavam na penumbra de Sombra. Ele devia ter a arrancado de entre as pedras da passarela que levava até a porta dos fundos. Perguntei-me por que estava tão fascinado por ela. — T'vril se casou com uma sangue-cheio para consolidar seu governo. Ela era prima dele de terceiro grau por parte de pai ou algo assim. Não dava a mínima para ele e o sentimento era mútuo. Eu a seduzi em nome de uma família de fora do Céu; eles queriam a própria filha casada com T'vril. Eu precisava de capital para aumentar os meus investimentos. Então peguei o dinheiro que eles ofereceram e garanti que ele descobrisse sobre o caso. T'vril nem ficou chateado.

Ele retorceu os lábios.

Assenti, devagar. Fiquei surpreso por ele ter demorado tanto para entender.

— Não é muito diferente do que você fazia quando éramos escravizados.

O olhar de Ahad estava afiado e perigoso.

— Foi escolha minha. Isto faz toda a diferença do mundo.

— Faz? — Recostei-me em uma das colunas da varanda, cruzando os braços. — De qualquer jeito, é ser usado... parece mesmo tão diferente?

Ele ficou em silêncio. Isso, e o fato de ter deixado o Céu logo depois, foi resposta suficiente. Suspirei.

— A esposa do T'vril devia estar grávida quando você foi embora. — Eu iria conferir as datas quando voltasse para o Céu, embora não fosse necessário. Deka era toda a prova que importava.

— Não posso ter filhos — contou ele em um tom cansado, com ar de algo repetido muitas vezes. Será que tantas mulheres queriam a semente amarga e sem coração dele? Incrível.

— Você *não podia* — falei —, não enquanto não havia uma deusa da vida e da morte. Não enquanto você fazia parte do Naha, apenas um meio reflexo dele. Mas Yeine lhe tornou completo. Ela lhe deu o presente que os deuses perderam quando Enefa morreu. Todos nós o recuperamos quando Yeine assumiu o lugar de Enefa. — Exceto eu, não acrescentei, mas ele já sabia disso.

Ahad franziu a testa para a flor que pendia em seus dedos, pensando.

— Uma criança...? — Ele soltou uma risada suave. — Ora, ora.

— Um filho, disseram-me.

— Um filho. — Havia arrependimento em sua voz? Ou apenas um tipo diferente de apatia? — Desconhecido e já perdido.

— Um *demônio*, seu tolo — corrigi. — E é provável que Remath, Shahar e Dekarta também sejam.

Quão distantes de um antepassado divino os mortais tinham que estar antes que seu sangue perdesse a potência letal? Shahar e Dekarta eram um oitavo deuses e o sangue deles não me matara. Será que apenas algumas gerações faziam tanta diferença? Se esse fosse o caso, todos tínhamos superestimado o perigo dos demônios, mas nenhum deus jamais seria estúpido o bastante para provar o sangue de um possível demônio e descobrir.

Ahad tornou a rir. Desta vez, foi baixo e malicioso.

— São, é? De escravizadores de deuses a assassinos de deuses. Os Arameri são tão infinitamente interessantes.

Eu o encarei.

— Nunca vou entender você.

O Reino dos Deuses

— Não, não vai. — Ele suspirou. — Mantenha-me informado sobre tudo. *Use* a porcaria da esfera de mensagens que lhe dei; não só brinque com ela ou seja lá o que você faz.

Como isso era amigável para os padrões dele e eu estava cansado da tolice das flores, enfim cedi à curiosidade.

— Você está bem?

— Não. Mas não estou interessado em falar a respeito.

Normalmente eu o teria deixado em paz com a sua melancolia. Mas havia algo nele naquele momento (um tipo peculiar de peso em sua presença, um gosto no ar) que me intrigou. Uma vez que ele não estava prestando atenção em mim, eu o toquei. E porque estava tão absorto no que quer que estivesse pensando, ele permitiu.

Uma lambida de algo, como fogo sem dor. O mundo respirou por meio de nós dois, acelerando...

Então ele percebeu e espantou a minha mão, encarando-me.

Sorri.

— Você encontrou a sua natureza?

O olhar dele ficou tão fechado que eu não poderia dizer se Ahad estava confuso ou apenas irritado outra vez. Adivinhei certo ou ele não tinha percebido o que estava sentindo? Ou os dois?

Então outra coisa me ocorreu. Abri a boca para inspirar o cheiro dele, saboreando os familiares éteres perturbados o melhor que pude com os meus sentidos atrofiados. Principalmente daquela flor. Sim, eu tinha certeza.

— Glee esteve aqui — falei, pensativo. Ela havia usado a flor no cabelo, a julgar pelo cheiro. Na verdade, eu conseguia perceber mais que isso, como o fato de que ela e Ahad tinham feito amor havia pouco tempo. Era isso que o deixava daquele jeito? Mas evitei a provocação, porque ele já parecia pronto para atacar.

— Você não estava indo a algum lugar? — perguntou Ahad, incisiva e friamente. Os olhos dele ficaram mais escuros e o ar ao nosso redor ondulou em um aviso gritante.

— De volta ao Céu, por favor — respondi e, antes de terminar a frase, Ahad me jogou através da existência.

Ri enquanto me separava do mundo, embora ele pudesse ouvir e a minha risada fosse apenas irritá-lo. Mas Ahad teve sua vingança. Me teletransportei três metros acima do piso de pedra do dia, em uma das áreas mais remotas do sobpalácio. A queda quebrou o meu pulso, o que me obrigou a andar meia hora para conseguir cura com os escribas do palácio.

Não houve progresso em determinar quem enviara os assassinos, os escribas me informaram em respostas concisas e monossilábicas quando perguntei. (Eles não tinham se esquecido de que eu matara o chefe anterior deles, mas não havia sentido em me desculpar.) No entanto, eles estavam trabalhando duro para descobrir como as máscaras funcionavam. No vasto e aberto laboratório que abrigava cerca de cinquenta escribas do palácio, vi que várias das mesas de trabalho haviam sido alocadas para comportarem as peças da máscara escarlate e uma estrutura elaborada fora montada para abrigar a máscara branca. Não vi o mortal a quem a máscara branca estava presa, mas não foi difícil adivinhar o destino dele. Era provável que os escribas tivessem o cadáver em algum lugar mais reservado, dissecando-o em busca de quaisquer segredos que pudesse conter.

Quando o meu pulso estava curado, voltei para os meus aposentos e enfiei as roupas e os artigos de toalete que Morad me dera na bolsa de Hymn, e assim estava pronto.

O sol se pusera enquanto eu tratava dos meus negócios em Sombra. A noite trouxe o brilho do Céu em uma quietude descaracterizada. Saí do quarto sentindo-me inexplicavelmente inquieto e perambulei pelos corredores. Eu podia ter aberto uma parede, ido para os espaços mortos, mas eles não eram mais totalmente meus; eu não os queria mais. Os serventes e sangue-altos com os quais cruzei nos corredores me notaram e alguns me reconheceram, mas ignorei seus olhares. Eu era apenas um deus assassino, e ainda por cima um insignificante. Certa vez, quatro tinham andado pelos corredores. Aqueles mortais não sabiam como eram sortudos.

O Reino dos Deuses

Por fim, vi-me no solário, o jardim privado Arameri. Era natural seguir o caminho de seixos brancos por entre as árvores bem cuidadas. Depois de algum tempo, cheguei ao pé da estreita torre branca que se projetava do coração do palácio. A porta de acesso à escadaria não estava trancada, como costumava ficar nos velhos tempos, então subi a curva apertada e íngreme até chegar ao Altar: o topo achatado e fechado da torre onde, por séculos, os Arameri realizaram seu Ritual de Sucessão.

Sentei-me no chão. Inúmeros mortais morreram naquela câmara, sacrificando suas vidas para empunhar a Pedra da Terra e transferir o poder dos deuses de uma geração Arameri para a seguinte. A torre estava vazia agora, tão empoeirada e em desuso quanto o sobpalácio. Supus que os Arameri fizessem suas sucessões em outro lugar. Não existia mais o pedestal oco que antes ficava no centro do cômodo, quebrado no dia em que Yeine e a Pedra se tornaram um. As paredes de cristal foram reconstruídas, os pisos rachados consertados, mas ainda havia uma falta de vida na câmara que eu não me lembrava de sentir durante os dias da minha prisão.

Tirei En da corrente e o coloquei no chão, diante de mim, rolando-o para lá e para cá e me lembrando de como era cavalgar um sol. Fora isso, não pensei em nada. Assim, eu estava o mais preparado possível quando o piso de pedra do dia mudou de repente, ficando um pouco mais claro. A câmara também parecia mais viva.

Ele sempre tivera esse efeito, nos velhos tempos.

Olhei para cima. O brilho da pedra do dia fez um belo reflexo no vidro, então foi fácil ver as duas figuras atrás de mim: Glee e alguém da mesma altura. Mais largo. Masculino. No reflexo, Glee assentiu para mim, então desapareceu, deixando nós dois sozinhos.

— Oi — falei.

— Oi, Sieh — disse Itempas.

Esperei e então sorri.

— Nada de "quanto tempo" ou de "você parece bem"?

— Você não parece bem. — Ele fez uma pausa. — Parece um longo tempo para você?

389

— Sim. — Antes de eu me tornar mortal, não teria parecido. Ele mesmo era mortal havia um século; ele entendia.

Passos, pesados e certeiros, aproximaram-se atrás de mim. Algo se moveu na minha visão periférica. Por um instante, pensei que ele fosse se sentar ao meu lado, mas teria sido estranho para nós dois. Ele passou por mim e parou na beirada do Altar, olhando através do vidro para o horizonte ao longe, tingido pela noite e tomado por galhos.

Olhei para as costas dele. Ele usava um longo casaco de couro que havia sido alvejado até quase ficar branco. O cabelo branco dele também estava longo, enrolado em uma cabeleira pesada de cordas grossas, como os dreadlocks dos temanos, mas sem outro ornamento além de um fecho que os mantinha organizados e no lugar. Calças e camisas brancas. Botas *marrons*. Fiquei perversamente satisfeito por ele não ter conseguido encontrar botas brancas.

— Óbvio que aceitarei a oferta do Nahadoth — disse ele. — Se estiver dentro do meu poder lhe curar, ou pelo menos impedir que você envelheça, farei o que puder.

Assenti:

— Obrigado.

Ele assentiu também. Embora observasse o horizonte, os olhos dele estavam em mim no reflexo.

— Você pretende ficar com esses mortais?

— Acho que sim. Ahad quer que eu o mantenha informado sobre o que os Arameri estão fazendo. — Então me lembrei. — Óbvio, *você é* o chefe do Ahad, então...

— Você pode ficar. — O olhar dele estava cheio de intenção, demonstrando todo o seu antigo poder, apesar da condição humana. — E você *deveria* ficar, para estar perto dos mortais que ama.

Franzi a testa. Os olhos dele desviaram dos meus.

— A vida deles é breve demais — continuou ele. — Não se pode subestimar o tempo.

Ele estava falando da mãe de Glee. E talvez de Shahar Arameri também. Ele a amara, apesar do desvario destrutivo e obsessivo dela.

O Reino dos Deuses

— Como você se sente sobre os Arameri lhe descartando? — perguntei, um pouco travesso. Eu não tinha energia para ser travesso de verdade. Só estava tentando mudar de assunto.

Ouvi o estalar do couro e o farfalhar do cabelo enquanto Itempas dava de ombros.

— Eles são mortais.

— Nem uma lágrima, hum? — Suspirei, deitando-me na pedra e esticando os braços acima da cabeça. — O mundo inteiro vai segui-los, sabe, e dar as costas a você. Já está acontecendo. Talvez eles continuem chamando de Iluminado, mas na verdade será Crepúsculo.

— Ou Alvorecer.

Pisquei. Algo em que eu não tinha pensado. Isso me fez me apoiar em um cotovelo e semicerrar os olhos para ele. Itempas estava como sempre: pernas separadas, braços cruzados, imóvel. O mesmo Pai do Dia de sempre, mesmo em carne mortal. Ele não mudara.

Exceto por...

— Por que permitiu que Glee Shoth vivesse?

— Pela mesma razão que permiti que a mãe dela vivesse.

Confuso, balancei a cabeça.

— Oree Shoth? Por que você a teria matado? — Fiz cara feia. — Ela não aturava suas tolices, é isso?

Se eu não o estivesse observando no reflexo, nunca teria acreditado no que vi. Ele *sorriu*.

— Não, ela não aturava. Mas não é disso que estou falando. Ela também era um demônio.

Isso me deixou sem palavras. No silêncio que se seguiu, Itempas enfim se virou para mim. Recuei pelo choque, embora ele estivesse com a mesma aparência de sempre, exceto pelo cabelo e pelas roupas. E mesmo assim havia algo diferente, algo que eu não conseguia definir.

— Você planeja matar Remath Arameri e os filhos dela? — perguntou ele.

Fiquei tenso. Ele sabia. Não falei nada e Itempas assentiu, tendo provado seu ponto.

De repente, eu estava cheio de tensão, nervoso. Levantei-me, enfiando En no bolso. O Altar era pequeno demais para andar de um lado a outro, mas tentei mesmo assim, aproximando-me de Itempas... então parei, vendo o meu próprio reflexo ao lado dele no vidro. Ele se virou também, seguindo o meu olhar, e nos olhamos. Eu, baixinho e esguio, confuso e na defensiva. Eu havia desenvolvido um desleixo em minha maturidade manifestada, principalmente porque não gostava de ser tão alto. Itempas: grande, poderoso e elegante, como sempre fora. No entanto, seus olhos estavam tão cheios de conhecimento e desejo que eu quase, quase quis que ele fosse o meu pai outra vez.

Quase, quase o perdoei.

Mas isso também não poderia acontecer. Encolhi-me e desviei o olhar. Itempas baixou os olhos e um silêncio longo e sólido se formou no espaço fechado.

— Diga a Glee para vir buscar você — falei por fim, irritado. — Falei tudo o que tinha a dizer.

— Glee é mortal e eu não tenho magia. Não podemos conversar como fazem os deuses; precisamos usar palavras. E ações.

Franzi a testa.

— O quê, então? Você vai ficar aqui?

— E viajar com vocês para o novo palácio, sim.

— Yeine estará aqui também. — Fechei as mãos em punhos e voltei a andar de um lado a outro, em arcos apertados e irritados. — Ah, mas você deve saber disso. Você veio por ela.

Os dois, enlaçados, os lábios dele na sua nuca. Forcei a imagem a deixar a minha mente.

— Não. Vim por você.

Palavras. Ações.

Ambos sem significado. Não deviam fazer a minha garganta fechar do jeito que estava. Relutei com raiva, encarando as costas dele.

— Eu podia chamar o Naha. Podia pedir a ele que te mate de novo e de novo, até que você implore para morrer de verdade. — E porque eu era mimado, adicionei: — E ele faria isso, por mim.

O Reino dos Deuses

— É o que quer de verdade?

— Sim! Eu mesmo faria se pudesse!

Para a minha surpresa, Itempas girou e veio na minha direção, abrindo o casaco. Quando ele enfiou a mão em um dos bolsos internos na altura do peito, fiquei tenso, pronto para lutar. Ele puxou uma adaga embainhada e agarrei En. Mas então Itempas me entregou a adaga pelo cabo. Era uma coisa pequena e leve, descobri quando a peguei; uma arma de criança, naquelas partes do mundo onde os mortais davam brinquedos afiados a seus filhos. Não muito diferente da adaga que usei para corromper a inocência de Shahar, dez anos antes, exceto que esta adaga estava presa com segurança na bainha de couro, mantida no lugar por um laço. Ninguém seria capaz de sacar a lâmina por acidente.

Enquanto eu virava a coisa entre os dedos, ponderando por que em seu próprio nome Itempas a tinha me dado, o meu nariz sentiu um leve cheiro de sangue velho e seco.

— Um presente da Glee — disse ele. — Para mim. Se a morte um dia se tornar mais preferível que viver.

Então eu soube o que era. *O presente da mortalidade*, Enefa chamara. O sangue de Glee estava na lâmina: o sangue aterrorizador e venenoso de demônio. Ela dera a Itempas uma maneira de sair da prisão, se ele arranjasse a coragem para fazê-lo.

A minha mão agarrou convulsivamente o cabo.

— Se um dia você usar isto, o reino mortal morrerá.

— Sim.

— *Glee* vai morrer.

— Se ela não tiver morrido até lá, sim.

— *Por que ela te daria isto?*

— Não sei.

Eu o encarei. Itempas estava sendo deliberadamente misterioso. Ele devia ter perguntado a ela. Quer não tivesse acreditado na resposta dela ou (mais provável, dado a quanto ela herdara dele) ela não tivesse se dado ao trabalho de responder. E ele aceitara o silêncio da filha.

Então Itempas se ajoelhou diante de mim, jogando o casaco para trás no processo, para que se espalhasse com graciosidade pelo piso branco de pedra. Ele ergueu a cabeça também, em parte porque era um filho de demônio arrogante e em parte me dando fácil acesso ao seu peito e garganta. Uma oferenda tão linda e orgulhosa.

— Desgraçado — falei, apertando o punho ao redor do cabo da adaga. Morte. Eu segurava a morte do universo. — *Desgraçado* arrogante, egoísta e maligno.

Itempas apenas esperou. A adaga era pequena, mas eu poderia incliná--la de modo a fazê-la entrar com facilidade entre as costelas e perfurar o coração dele. Demônios, Oree Shoth também fora um demônio, logo a filha dela era mais do que metade deusa. Apenas um arranhão manchado com o sangue dela poderia ser suficiente.

Soltei o laço, mas os meus dedos tremiam. Quando peguei o cabo para sacá-la, não consegui. As minhas mãos simplesmente não se moviam. Por fim, eu as abaixei... e a adaga também.

— Se você quiser que eu morra... — começou Itempas.

— Cale-se — sussurrei. — Cale-se, demônios. Odeio você.

— Se você me odeia...

— *Cale-se!* — Ele ficou em silêncio, e praguejei e joguei a adaga no chão entre nós. O som do couro na pedra do dia fez um *crack* ecoar pelas paredes da câmara. Eu tinha começado a chorar. Passei as mãos pelo cabelo. — Só se cale, está bem? Deuses, você é tão insuportável! Você não pode me *fazer* escolher algo assim! Vou odiar você se eu quiser!

— Tudo bem. — A voz dele estava suave, tranquilizadora. Contra a minha vontade, lembrei-me de tempos (raros, mas preciosos) quando nos sentamos juntos naquele reino plácido, assistindo à dança do tempo. Eu sempre estivera consciente do fato de que ele e eu nunca seríamos amigos. Ser amantes estava fora de questão. Mas pai e filho? Isso podíamos fazer funcionar.

— Tudo bem, Sieh — proferiu Itempas agora, muito gentilmente. Ele não havia mudado. — Odeie-me se quiser.

O desejo de amá-lo era tão poderoso que estremeci com ele.

O Reino dos Deuses

Virei-me e corri para a entrada da escadaria, trotando escada abaixo. Quando olhei para cima, pouco antes de minha cabeça ultrapassar a soleira do andar, vi Itempas me observando. Ele não tinha pegado a adaga. Ele havia, porém, mudado: o rosto estava molhado de lágrimas.

Corri. Corri. Corri.

*   *   *

A porta do quarto de Deka não estava trancada. Nenhum servente invadiria sua privacidade sem aviso prévio e nenhum sangue-alto chegaria perto dele ainda. Ele era mercadoria desconhecida. A família dele o temia, como ele desejava. Eu deveria temer também, porque ele era mais poderoso que eu, mas sempre amei pessoas fortes.

Deka se levantou da mesa de trabalho na qual estava sentado. Não era um item de mobília padrão no Céu. Ele já havia feito mudanças.

— Quem é... Sieh?

Ele parecia exausto. Estivera acordado a maior parte da noite anterior, trabalhando com os escribas para analisar as máscaras dos assassinos. No entanto, ali estava ele, descalço e sem túnica, cabelo despenteado, ainda acordado. Vi esboços em vários pergaminhos e uma pilha de folhas marcadas com o selo oficial da Litaria. Específico para o novo palácio, talvez.

— Sieh, o que...

— Não precisa me temer — falei, dando a volta na mesa de trabalho. Mantive os olhos nos dele como faria com qualquer presa. Deka me encarou de volta. Era tão fácil pegá-los quando eles queriam ser pegos. — Posso ser mais velho que o mundo, mas também sou só um homem; nenhum deus é apenas uma coisa. Se a minha totalidade lhe assusta, ame a parte que você quiser.

Ele se encolheu; incompreensão, desejo e culpa, tudo aparecendo e sumindo de seu rosto. Enfim ele suspirou quando o alcancei. Os ombros se curvaram um pouco.

— Sieh.

Tanto significado nessa palavra. O vento, mas também o relâmpago, e a necessidade tão bruta quanto uma ferida aberta. Eu o abracei. O poder

395

escrito em sua pele pulsou uma vez, sussurrando para mim em advertência de dor e matança. Pressionei o rosto no ombro dele e cerrei os punhos na parte de trás de sua camisa, desejando que ela tivesse sumido para que eu pudesse tocar aquelas marcas letais.

— Sieh... — começou Deka. Ele ficou rígido no meu abraço, esticando os braços como se tivesse medo de me tocar. — Sieh, deuses...

— Só me deixe fazer isso — sussurrei em seu ombro. — Por favor, Deka.

As mãos dele tocaram os meus ombros, muito leves, hesitantes. Não era suficiente. Eu o puxei com mais força para mim e Deka emitiu um som baixo e contido. Então os seus braços deslizaram ao meu redor, apertando. Senti o raspar das unhas através da minha camisa. O rosto dele pressionado no meu cabelo. Uma das mãos segurou a minha nuca.

Houve um momento de imobilidade. Não foi longo, porque nada no reino mortal dura muito. Mas parecia longo e era tudo o que realmente importava.

Quando enfim tive o suficiente, afastei-me e esperei pelas perguntas. Os mortais sempre faziam perguntas. *Por que você veio aqui?* seria a primeira, eu tinha certeza, porque ele me queria e provavelmente esperava que eu o quisesse. Não era nada disso, mas eu diria o que ele queria ouvir.

Um silêncio longo e constrangedor se seguiu. Deka se mexeu e disse:

— Preciso de pelo menos algumas horas de sono.

Balancei a cabeça, ainda esperando.

Ele desviou o olhar.

— Você não precisa ir embora.

Então não fui.

Deitamos na cama dele, lado a lado, castos. Esperei, aguardando suas mãos, sua boca, o peso de seu corpo. Eu daria a Deka o que ele queria. Talvez até gostasse. Qualquer coisa para não ficar sozinho.

Deka se aproximou e colocou a mão sobre a minha. Esperei por mais, mas um bom tempo se passou. Por fim, ouvi respirações longas e constantes do lado dele da cama. Surpreso, virei a cabeça. Deka estava apagado.

Olhei para ele, até adormecer também.

O Reino dos Deuses

* * *

Ciclos.

Deka acordou um pouco antes do amanhecer e me sacudiu. Sem planejar, fizemos o que os amantes mortais têm feito desde os tempos imemoriais, tropeçando um ao redor do outro enquanto nos preparávamos para o dia. Enquanto ele falava com os serventes, pedindo chá e convocando alguém para distribuir mensagens aos escribas, assassinos e cortesãos que escolhera para nos acompanhar, entrei no banheiro e me fiz apresentável. Então, enquanto Deka fazia o mesmo, bebi o chá e espiei sua mesa, onde ele fizera anotações sobre magia defensiva e começara a escrever algum tipo de pedido para a Litaria. Ele me pegou fazendo isso quando saiu do quarto, mas não pareceu se importar, passando por mim e verificando quanto do chá eu havia deixado para ele. (Não muito. Isso me rendeu uma carranca. Dei de ombros.)

Seguimos para o pátio. Um grupo de cerca de trinta escribas, soldados e vários sangue-altos já estavam lá, incluindo Shahar, que usava um manto de viagem peludo contra o ar fresco da manhã. Ela acenou para nós quando chegamos e acenei de volta, o que a fez piscar. Os serventes também estavam chegando, carregando baús e sacolas que provavelmente continham mais pertences dos sangue-altos do que seus. Quando o horizonte leste ficou mais pálido com a iminência do amanhecer, Remath chegou e, para a minha grande surpresa, com ela vieram Itempas e Yeine. Vi muitas das outras pessoas reunidas olharem para eles sem entender, visto que obviamente não eram da família. Yeine parou um pouco atrás, voltando-se para o horizonte distante como se ouvisse seu chamado; aquela era a hora dela. Itempas se separou de Remath quando chegaram ao grupo, vindo ficar perto do resto de nós, embora não perto o suficiente para conversar. Ele observou Yeine.

Deka se virou, olhando para Itempas, então de repente arregalou os olhos.

— Sieh, aquele é...

— É — bradei. Então cruzei os braços e cuidadosamente ignorei os dois.

Ramina estava lá também, esperando Remath, assim como Morad, que estava vestida para a viagem. Fiquei surpreso. Remath estava disposta a se separar de sua amante por causa daquele disparate? Talvez elas não fossem tão próximas, afinal. O rosto de Morad estava impassível, mas eu suspeitava de que ela não estivesse nada feliz com isso.

— Bom dia, meus amigos — disse Remath, embora além de Morad ninguém lá fosse amigo dela. — A essa altura, os assuntos foram explicados. Naturalmente vocês ficarão insatisfeitos com as notificações de última hora, mas isso foi necessário por uma questão de sigilo e segurança. Acredito que não haja objeções.

Em qualquer outra circunstância, teria havido, mas aqueles eram Arameri, e em especial aqueles que foram escolhidos por sua inteligência e valor. Em resposta, o silêncio a saudou.

— Muito bem. Aguardemos um convidado final, então prosseguiremos.

De repente, o mundo sacudiu em um estremecimento leve e deliciosamente familiar. Era uma coisa delicada, mas poderosa; até os mortais podiam sentir. A pedra do dia sob os nossos pés rangeu, enquanto as árvores de cetim no Jardim dos Cem Mil estremeceram, soltando algumas de suas perfeitas flores penduradas. Fechei os olhos, inalando para não dar um grito de alegria.

— Sieh? — A voz de Shahar, assustada e confusa. Os ancestrais dela conheceram essa sensação, mas nenhum Arameri em cem anos a havia sentido. Abri os olhos e sorri para ela, com tanto carinho que ela piscou e quase sorriu de volta.

— Meu pai retorna — sussurrei.

Além de nós, Yeine se virou; ela também sorria. Itempas... ele tinha dado as costas para nós, olhando para o palácio como se de repente fosse a mais interessante das vistas. Mas vi a rigidez em seus ombros, o esforço que fez para se manter relaxado.

Nahadoth apareceu perto de Yeine, uma tempestade tecendo-se do nada em uma aparência de carne mortal. A forma que ele tomou era uma homenagem ao seu tempo de sofrimento: masculino, pálido, os ten-

O Reino dos Deuses

táculos de sua substância sangrando como fumaça viva e à deriva. (Um dia existira um corpo mortal dentro daquela fumaça: Ahad. Será que ele estava estremecendo agora, em algum lugar da cidade abaixo, sentindo a presença próxima de seu antigo prisioneiro?) A forma de Nahadoth era a única coisa que não mudara desde os dias de sua escravidão, pois senti o poder dele naquele instante, gloriosamente inteiro e horrível, um peso sobre o próprio ar. Caos e escuridão, puros e soltos.

Houve murmúrios assustados e gritos dentro do grupo de Arameri enquanto Nahadoth se manifestava, embora Remath os reprimisse com o olhar. Transformando-se em exemplo, ela deu um passo à frente. Não pensei menos dela quando a mulher fez uma pausa para se estabilizar.

Mas pensei mais de Shahar, que respirou fundo e se afastou de nós, apressando-se para o lado da mãe. Remath a olhou, esquecendo-se de esconder a surpresa. Shahar inclinou a cabeça em resposta, tenso. Afinal, ela havia se encontrado com Nahadoth antes. Juntas, as duas mulheres foram se juntar aos dois deuses.

Deka não tentou se juntar a eles. Cruzara os braços e começara a passar o peso de um pé para o outro, franzindo a testa para Itempas e depois para mim, no geral irradiando infelicidade. Não era difícil adivinhar a origem da angústia: os Três caminhavam entre nós, mesmo que não estivessem totalmente completos, e Deka não era estúpido a ponto de acreditar que todos vieram apenas para construir a casa de férias dos Arameri. Sem dúvida, ele adivinhava agora a razão de eu ter estado tão chateado na noite anterior.

Vim por você, dissera Itempas.

Também cruzei os braços, mas não em posição defensiva. Só foi preciso esforço para me fortalecer contra a esperança.

Então a conversa terminou e Yeine olhou para todos nós, assentindo uma vez, em uma resposta distraída a algo que Remath disse. Seus olhos encontraram os meus do outro lado do pátio quando, além dela, o horizonte brilhou dourado com os primeiros raios delicados do sol. Por apenas um instante, tão fugaz quanto o próprio amanhecer, a forma dela mudou, tornando-se algo indescritível. A minha mente tentou defini-lo mesmo assim, usando imagens e sensações que as minhas percepções mortais podiam abranger. Um fantasma de si mesma se desenhando em uma névoa prateada e de tom pastel. Uma paisagem vasta e impossível, dominada por uma floresta de árvores tão grandes quanto a que nos rodeava agora. O aroma e o sabor de frutas maduras, tenro e suculentamente doce. Por um momento, sofri com anseios não relacionados: desejo por ela, ciúme de Naha e pena de Tempa, porque ele só a provara uma vez.

Então o momento passou, Yeine voltou a ser ela mesma e o sorriso dela foi só para mim, seu primeiro e favorito filho. Eu não trocaria essa honra por nada no mundo.

— Hora de ir — disse ela.

E de repente não estávamos mais no Céu.

"Nós" sendo todos nós, deuses e Arameri, até os serventes e bagagens. Em um momento, estávamos no pátio do Céu, e no seguinte, mais ou menos quarenta de nós estávamos em outro lugar do mundo, transportados por um movimento da vontade de Yeine. Era mais tarde ali; a aurora havia avançado e se tornado plena manhã, mas prestei pouca atenção a isso. Estava muito ocupado rindo dos Arameri, cuja maioria estava tropeçando ou ofegando ou tentando não entrar em pânico, porque *estávamos sobre um oceano*. Ondas nos cercavam, uma planície sem fim de vazio suavemente ondulante. Quando olhei para baixo, vi que os nossos pés amassavam a água, como se alguém tivesse colocado uma camada fina e flexível entre o líquido e os nossos sapatos. Quando as ondas balançavam embaixo de nós, balançávamos com elas, mas não afundávamos. Alguns dos Arameri caíram, incapazes de se ajustarem. Eu ri e separei os pés, equilibrando--me com facilidade. O truque era se inclinar para a frente e confiar no centro do corpo, não nas pernas. Muito tempo antes, eu havia patinado por oceanos de gás liquefeito. Aquilo não era tão diferente.

— Iluminado pai, ajude-nos! — gritou alguém.

— Vocês não precisam de ajuda — retrucou Itempas, e o homem caiu, olhando para ele. Tempa, é evidente, estava firme como uma rocha sobre as ondas.

— Será suficiente? — perguntou Yeine a Remath. Achei divertido ver que Remath tinha resolvido o problema de manter o equilíbrio e a dignidade caindo de joelhos novamente.

— Sim, Lady — respondeu Remath.

Um volume passou por baixo de nós, fazendo com que todos subissem e depois caíssem vários metros. Yeine, percebi, não se moveu quando isso aconteceu; o amassado sob os seus pés apenas se aprofundou quando a água subiu e fluiu ao seu redor. E o volume cessou no instante em que se aproximou de Nahadoth, a força da onda se dissipando em um movimento disperso e inútil.

— Onde estamos? — perguntou Shahar. Ela também se ajoelhara, copiando o movimento de Remath, mas mesmo isso parecia difícil para ela. Não ergueu o olhar enquanto falava, concentrando-se em permanecer pelo menos um pouco ereta.

Foi Nahadoth quem respondeu. Ele se voltara para o sol, estreitando os olhos com uma leve expressão de desgosto. Mas não o machucou, porque era apenas uma pequena estrela, e sempre era noite em algum lugar do universo.

— O Mar de Ovikwu — informou ele. — Ou assim se chamava, há muito tempo.

Comecei a rir. Todos me olharam confusos.

— O Ovikwu — falei, deixando a voz fluir para que todos pudessem compartilhar a piada; era um mar terrestre no meio da Terra dos Maroneses; o continente que uma vez existiu onde estamos agora. — O continente que fora destruído pelos Arameri quando eles foram tolos o suficiente para tentar usar Nahadoth como arma. Ele fizera o que eles queriam e mais um pouco.

Deka inspirou fundo.

— O *primeiro* Céu. Aquele que foi destruído.

Nahadoth virou-se... e parou, olhando para ele por um longo tempo. Fiquei tenso, o meu estômago se revirando. Será que ele tinha percebido a familiaridade das feições de Deka, tão obviamente gravadas com a marca de Ahad? Se ele percebesse o que Deka era, o que Remath e Shahar eram... ele ouviria se eu implorasse por suas vidas?

— O primeiro Céu está logo abaixo — disse ele. Então olhou para mim. *Ele sabia.* Engoli em seco contra o medo repentino.

— Não por muito tempo — disse Yeine.

Ela levantou a mão em um gesto gracioso de aceno em direção ao mar sob nós. Os Três podem trazer novos mundos à existência só usando a própria vontade; eles podem fazer as galáxias girarem com uma respiração descuidada. Yeine não precisou fazer nenhum esforço para fazer o que fez em seguida. Não precisava fazer nenhum gesto. Era só um teatro.

Mas acho que ela superestimou o tempo de atenção mortal. Ninguém prestou atenção *nela* uma vez que as primeiras pedras explodiram do mar.

Foi Deka quem murmurou para que uma bolha de ar se formasse ao redor de todos nós, afastando as ondas e os borrifos agora agitados. Assim, estávamos a salvo, capazes de assistir com espanto ininterrupto enquanto pedaços irregulares, enrolados em algas marinhas e incrustados de coral (o menor do tamanho do Armas da Noite), erguiam-se abaixo e ao nosso redor. Escombros imperturbáveis por séculos: eles se erguiam agora, disparando para cima, pedras se empilhando sobre pedras e se fundindo, paredes se formando e derramando escombros, pátios se erguendo sob os nossos pés para tomar o lugar das ondas agitadas, estruturas se moldando do nada.

Então foi feito, a agitação cessou e nós olhamos ao redor para nos encontrarmos no topo da glória.

Pegue uma concha de náutilo; corte-a na transversal. Eleve suavemente suas camadas curvas e com câmaras à medida que se aproximam do centro bem delimitado, culminando enfim em um pináculo no qual todos nós estávamos. Perceba sua ordem assimétrica, sua repetição caótica, a graciosidade de suas ligações. Contemple a efemeridade de sua existência. Tal é a beleza da vida mortal.

Aquilo não era o Céu, velho ou novo. Era menor que os dois palácios anteriores e enganosamente mais simples. Onde as estruturas anteriores

O Reino dos Deuses

foram construídas compactas e altas, este palácio abraçava a superfície do oceano. Em vez de espirais afiadas perfurando o céu, ali havia edifícios baixos e um pouco inclinados, unidos por dezenas de pontes rendilhadas. A base (pois o palácio fora construído sobre uma espécie de plataforma convexa) era estranha e continha muitos lóbulos, com vergas e reentrâncias se projetando em todas as direções. A superfície brilhava à luz da manhã, branca e nacarada como pérola, a única semelhança com o Céu.

Eu podia sentir o poder tecido em cada vasta balaustrada, mantendo o enorme edifício flutuando, mas havia mais que magia. Algo sobre a própria estrutura funcionava para manter a sua flutuabilidade. Se eu ainda fosse um deus, poderia ter entendido, pois existem regras que mesmo nós respeitamos e era da natureza de Yeine buscar o equilíbrio. Talvez a magia tenha aproveitado as ondas do oceano de certa maneira ou absorvido o poder do sol. Talvez a base fosse oca. Independentemente disso, estava óbvio que aquele novo palácio flutuaria e, com certa magia auxiliar, viajaria com facilidade pelo oceano. Defenderia a preciosa carga dentro de suas paredes, mesmo que nenhum exército mortal pudesse atacá-la.

Enquanto os mortais se viravam, a maioria deles calados em admiração, o resto fazendo sons de choque, deleite e incompreensão, atravessei a pedra do dia que compunha a plataforma central e ainda se secava. Yeine e Nahadoth se viraram para mim.

— Nada mal — comentei. — Mas um pouquinho *branco*, não é?

Yeine deu de ombros, achando graça.

— Você estava pensando em paredes cinza? Você *quer* que eles se matem?

Olhei em volta, considerando a vasta, mas monótona paisagem oceânica ao redor. Bem baixinho, eu podia ouvir a arrebentação e o vento; além disso, silêncio. Fiz uma careta.

— Tem razão. Mas isto não significa que eles devam ter que suportar a mesmice chata e austera dos dois palácios anteriores, não é? Eles são seus agora. Encontre um jeito de lembrá-los disso.

Yeine pensou por um momento. Mas Nahadoth sorriu. De repente, a pedra do dia sob os nossos pés amoleceu, transformando-se em barro escuro espesso. Para onde quer que eu olhasse (os corrimãos nas bordas das pontes), a pedra do dia havia se remodelado em cochos de terra.

Yeine riu e foi até ele, com um olhar provocante.

— Uma dica?

Ela estendeu a mão, e ele a aceitou. Não pude deixar de notar a camaradagem fácil entre eles e a suavidade repentina no olhar de Nahadoth quando a mirou. Seu rosto em constante mudança também ficou imóvel, tornando-se um tipo diferente de familiar: negro, anguloso e darre. Lutei contra a vontade de olhar para Deka, para ver se ele havia percebido.

— Sempre construímos melhor juntos que sozinhos — respondeu Naha. Yeine se inclinou contra ele e os suaves tentáculos escuros de sua aura avançaram para cercá-la. Eles não a tocaram, mas não precisavam.

Um movimento na minha visão periférica chamou a minha atenção. Itempas havia desviado o olhar da intimidade de seus irmãos, olhando para mim. Eu o observei em sua solidão, surpreso por sentir compaixão, em vez da raiva usual. Nós dois, párias.

Então avistei Shahar, perto de Dekarta. Ele estava aceso como eu nunca o vira, virando-se para tentar ver todo o palácio. Parecia que nunca pararia de sorrir. Pensei nos romances de aventura que ele tanto amara quando criança e desejei que ainda fosse deus o suficiente para desfrutar deste prazer com ele.

Shahar, mais contida, sorria também, olhando de vez em quando para as espirais, mas no geral estava apenas o observando. Seu irmão, que ela havia perdido por tanto tempo, enfim voltara para ela.

E puramente por acaso, enquanto eu os observava, eles me notaram. O sorriso de Deka se alargou; o pequeno sorriso de Shahar permaneceu. Eles não deram as mãos enquanto caminhavam até mim, pisando com cuidado no solo macio, mas o vínculo entre eles era óbvio para qualquer um que soubesse como era o amor. Que esse vínculo me incluía era igualmente óbvio. Virei-me para eles e, por um longo e maravilhoso momento, eu não estava sozinho.

Então Yeine disse:

O Reino dos Deuses

— Venha, Sieh.

E o momento terminou.

Shahar e Deka pararam, os sorrisos desaparecendo. Vi a compreensão chegar. Eles me fizeram mortal para que eu pudesse ser seu amigo. O que aconteceria conosco quando eu fosse um deus novamente?

Um toque no meu ombro e olhei para cima. Itempas estava lá. Ah, sim; ele também amara mortais ao longo dos anos. Ele sabia como era deixá-los para trás.

— Venha — convidou ele, gentil.

Sem outra palavra, dei as costas para Dekarta e Shahar, e fui com ele.

Yeine e Nahadoth nos encontraram, o poder deles se dobrou ao nosso redor e desaparecemos assim que os primeiros brotos verdes começaram a germinar do solo.

Em nome de Itempas
Rezamos pela luz.
Imploramos ao sol por calor.
Dispersamos as sombras.
Em nome de Itempas
Falamos para dar sentido ao som.
Pensamos antes de agir.
Matamos, mas apenas por paz.

* * *

A CÂMARA NA QUAL APARECEMOS NÃO ficava longe das outras. Na verdade, ainda era no novo palácio: uma das menores e delicadas câmaras de náutilos que se formaram nas bordas externas, cobertas por prismas de vidro. Assim que aparecemos nela, eu soube o que realmente era: um bolsão de espaço diferente do mundo em volta, ideal para escrever ou canalizar magia sem espalhar os efeitos dela para a estrutura ao redor. Deka adoraria isso quando os encontrasse.

Nahadoth e Yeine encararam Itempas, que olhava para eles. Nenhuma expressão em qualquer rosto, embora isso pouco significasse, eu sabia, pois eles nunca precisaram de palavras para falar. De qualquer forma, muito do que eles precisavam trocar era emoção. Talvez fosse por isso que, ao falar, Nahadoth manteve suas palavras breves e sua conduta despreocupada.

— Até o pôr do sol — anunciou ele. — Você terá liberdade condicional.

Itempas assentiu lentamente:

— Vou atender Sieh de imediato, é evidente.

O Reino dos Deuses

— Quando o pôr do sol chegar e você retornar à carne mortal, estará fraco — acrescentou Yeine. — Certifique-se de se preparar.

Itempas apenas suspirou, assentindo outra vez.

Era crueldade intencional. Eles lhe deram liberdade condicional por minha causa, mas precisávamos de seu poder apenas por um momento. Para eles, permitir um dia inteiro de liberdade além disso só o pegando no final do dia, era apenas o jeito deles de feri-lo outra vez. Ele merecia, lembrei-me, merecia muito.

Mas não vou fingir que não me incomodou.

Então houve um brilho, tudo o que a minha mente mortal podia perceber, e o mundo inteiro cantou limpo quando tiraram a cobertura mortal de Itempas e a jogaram fora. Ele não gritou, embora devesse. Eu teria gritado. Em vez disso, apenas estremeceu, fechando os olhos enquanto o seu cabelo se transformava em um nimbo incandescente e suas roupas brilhavam como se tecidas de estrelas e (eu teria rido se o momento não fosse sagrado) suas botas ficaram brancas. Mesmo com os meus sentidos mortais entorpecidos, senti o esforço que ele fez para controlar a chama repentina de seu verdadeiro eu, a onda de calor que ela enviou pela superfície da realidade, tsunamis seguindo um ataque de meteoro. Ele acalmou tudo, deixando apenas um silêncio profundo.

Eu lidaria bem assim, quando fosse um deus novamente? Provavelmente não. Muito provavelmente eu gritaria e pularia para cima e para baixo, e talvez começasse a dançar pelos planetas próximos.

Logo, logo.

Quando o fogo da restauração de Itempas passou, ele parou por mais um momento, talvez se recompondo. Preparei-me quando o Pai do Dia se concentrou em mim, como ele havia prometido. Mas então, quase imperceptivelmente (eu não teria notado se não o conhecesse tão bem), ele franziu a testa.

— O que foi? — perguntou Yeine.

— Não há nada de errado com ele — respondeu Itempas.

— Não há nada de errado comigo? — Gesticulei para mim mesmo, com a minha mão de homem. Eu tivera que me barbear outra vez naquela manhã e cortara a mandíbula no processo. Ainda *doía*, caramba. — O que em mim *não está* errado?

Itempas balançou a cabeça devagar.

— É a minha natureza perceber caminhos — continuou ele. Uma aproximação do que ele quis dizer, visto que estávamos falando em senmata por respeito à minha delicada carne mortal. — Estabelecê-los onde não existem e seguir aqueles já existentes. Posso lhe restaurar para o que está destinado a ser. Posso interromper o que deu errado. Mas nada sobre você, Sieh, está errado. O que você se tornou... — Ele olhou para Yeine e Nahadoth. Nunca teria feito algo tão indigno quanto jogar as mãos para o alto, mas sua frustração era palpável. — Ele está como deveria estar.

— Não pode ser — proferiu Nahadoth, perturbado. Ele deu um passo na minha direção. — Esta não é a natureza dele. O crescimento o machuca. Como isto pode ser o *destino*?

— E quem ordenou que fosse assim? — perguntou Yeine, falando devagar porque não era tão experiente quanto os outros dois em traduzir nossos conceitos em linguagem mortal.

Eles se entreolharam e, tardiamente, percebi a essência de suas palavras. Eu não recuperaria a minha divindade naquele dia. Suspirando, afastei-me deles e fui até a parede curva de madrepérola. Sentei-me contra ela e apoiei os braços sobre os joelhos.

E, como era previsível, as coisas ficaram muito ruins, muito rápido.

— Não pode ser — repetiu Nahadoth, e reconheci sua raiva pela forma como a pequena câmara de repente escureceu, apesar da luz do sol da manhã se filtrando através do teto de vidro. No entanto, apenas a câmara escureceu, em vez de todo o céu. Yeine era esperta, tendo planejado o humor de seus irmãos. Se ao menos eu não tivesse ficado preso na câmara com eles...

Nahadoth deu um passo em direção a Itempas, sua aura ficando mais escura e mais fina, tornando-se um brilho que nenhum olho mortal deveria ser capaz de ver por qualquer lei da natureza... mas é óbvio que ele desafiava essas leis, então a escuridão era nítida para todos.

— Você sempre foi um covarde, Tempa — acusou ele. As palavras deslizaram pelas paredes da câmara, disparando, lançando ecos. — Você fez

O Reino dos Deuses

pressão pelo genocídio dos demônios. Fugiu deste reino depois da Guerra e manteve os nossos filhos longe, nos deixando com a bagunça. Devo acreditar em você agora, quando diz que não pode ajudar o meu filho?

Esperei a explosão da fúria de Itempas e tudo o que costumava acompanhá-la. Eles lutariam, Yeine faria como Enefa sempre fizera e manteria a batalha contida, e somente quando os dois estivessem exaustos, tentaria argumentar com eles.

Eu estava tão cansado daquilo. Tão cansado de tudo.

Mas a surpresa foi minha. Itempas balançou a cabeça devagar.

— Eu faria nada menos do que o meu melhor pelo nosso filho, Naha.

Apenas uma leve ênfase em *nosso*, percebi, onde antes ele teria feito uma demonstração de posse. Ele não olhou para mim, mas não precisava. Cada palavra que Itempas falava tinha significado, muitas vezes em várias camadas. Ele sabia, assim como eu, que a sua reivindicação sobre mim era, na melhor das hipóteses, precária.

Franzi a testa, pensando nessa humildade recém-descoberta; não parecia o Tempa que eu conhecia. Nem a sua calma diante da acusação de Nahadoth. Nahadoth também franziu a testa, mais com suspeita do que surpresa.

Então outra coisa inesperada aconteceu: Yeine deu um passo à frente, olhando para Nahadoth, aborrecida.

— Isso não adianta nada! — bradou ela. — Não viemos aqui para reavivar velhas mágoas. — Em seguida, antes que Nahadoth pudesse explodir, ela tocou o braço dele. — Olhe para o nosso filho, Naha.

Arrancado da raiva pelo susto, Nahadoth se virou para mim. Todos os três olharam para mim, na verdade, irradiando uma combinação de pena e desgosto. Sorri para eles, sombrio em meu desespero.

— Muito bem — falei. — Vocês só se esqueceram por meio minuto de que eu estava aqui.

Nahadoth retesou a mandíbula. Senti um orgulho sombrio nisso.

Yeine suspirou, colocando-se entre os irmãos mais altos com um olhar duro para cada um, e veio na minha direção. Ela se agachou ao meu lado, equilibrando-se nas pontas dos pés; como de costume, não estava usando sapatos. Quando não me mexi, ela se moveu para se sentar encostada em mim, a cabeça apoiada no meu ombro. Fechei os olhos e pressionei a bochecha contra o cabelo dela.

— Há outra opção — informou Nahadoth por fim, quebrando o silêncio. Falou devagar, com relutância. A mudança não devia ter sido difícil para ele, mas eu podia ver que era. — Quando estamos de acordo, todas as coisas se tornam possíveis.

De novo, esperei por uma reação que Itempas não forneceu.

— A restauração de Sieh é algo que todos desejamos — continuou o Pai do Dia com rigidez porque a mudança *era* difícil para ele. No entanto, fez o esforço mesmo assim, embora fosse uma sugestão extrema: reunir os Três como não faziam desde o início do universo. Refazer a realidade, se isso fosse o necessário para *me* refazer.

Para isso eu não tinha nenhuma observação sarcástica. Olhei para eles, Naha e Tempa, lado a lado e tentando, para o meu bem, entrar em acordo.

Yeine levantou a cabeça, o que me forçou a fazer o mesmo.

— Estou disposta, é óbvio — respondeu ela, embora soasse preocupada. — Mas nunca fiz isso antes. Existe perigo para o Sieh?

— Um pouco — confessou Itempas.

— Talvez — completou Nahadoth.

Toquei a mão de Yeine quando ela franziu a testa, explicando, como tinha feito para Shahar e Deka:

— Se o acordo dos Três não for total — gesticulei com a cabeça para Itempas e Nahadoth, sem precisar ser sutil —, se houver qualquer indício de discórdia entre vocês, as coisas podem dar muito errado.

— Quão errado?

Dei de ombros. Eu mesmo não tinha visto acontecer, mas entendia o princípio. Era simples: a vontade deles se tornava realidade. Quaisquer conflitos em seus respectivos desejos se manifestavam como lei natural: inércia e gravidade, tempo e percepção, amor e tristeza. Nada do que os Três faziam era sutil.

Yeine pensou nisso por um bom tempo. Então estendeu a mão para acariciar o meu cabelo. Quando menino, eu adorava que ela fizesse isso. Como homem, achei estranho. Condescendente. Mas tolerei.

O Reino dos Deuses

— Então há perigo — concluiu ela, preocupada. — Eu quero o que *você* quer. E me parece que o que você quer não está totalmente nítido.

Dei um sorriso triste. Itempas semicerrou os olhos. Ele e Nahadoth trocaram um olhar perceptivo. Isso foi legal, na verdade. Como nos velhos tempos. Então eles se lembraram de que se odiavam e focaram em mim outra vez.

Na verdade, era irônico e bonito à sua maneira. O problema não era eles, mas eu. Os Três andaram pelo mundo novamente e se juntaram na esperança de me salvar. E não pude ser salvo, porque estava apaixonado por dois mortais.

Yeine suspirou:

— Você precisa de tempo para pensar. — Ela se levantou, batendo a poeira da calça sem necessidade, e encarou Nahadoth e Itempas. — E temos assuntos próprios para discutir, Sieh. Para onde o enviaremos?

Balancei a cabeça, esfregando-a, cansado.

— Não sei. Para outro lugar. — Apontei vagamente para o palácio. — Encontrarei o meu próprio caminho.

Sempre fiz isso.

Yeine olhou para mim como se tivesse ouvido esse último pensamento, mas como uma boa mãe, deixou passar despercebido.

— Muito bem.

Então o mundo ficou turvo e me encontrei sentado em uma grande câmara aberta do novo palácio. Como um templo, seu teto arqueado alto, a onze ou doze metros de altura. Videiras pendiam de suas cornijas e desciam pelos pilares curvos. Nos poucos minutos desde que tínhamos partido, o poder de Yeine havia permeado completamente o palácio e o coberto de verde. A pedra do dia também não era mais exatamente branca: uma parede da câmara estava virada para o sol, translúcida, e contra o fundo brilhante vi uma pedra branca marmoreada com algo mais escuro, com sombras de cinza a preto. O preto estava cravejado de minúsculos pontos brancos, como estrelas. Talvez também brilhassem à noite.

Deka estava de joelhos, sozinho. O que ele estivera fazendo? Orando? Mantendo vigília enquanto a minha mortalidade desaparecia? Que pe-

411

culiar. E que falta de sutileza da parte de Yeine, mandar-me até ele. Eu nunca a imaginaria como uma casamenteira.

— Deka — chamei.

Ele se assustou, se virou e franziu a testa para mim, surpreso.

— Sieh? Eu pensei...

Balancei a cabeça, sem me preocupar em me levantar.

— Parece que tenho negócios pendentes.

— O quê...

Não. Deka era inteligente demais para fazer aquela pergunta. Vi compreensão, euforia, culpa e esperança fluindo em seu rosto em um intervalo de segundos antes que ele se recompusesse e recolocasse sua máscara Arameri. Ele se levantou e se aproximou, oferecendo a mão, que aceitei, para me ajudar a me levantar. Quando o fiz, porém, houve um momento de constrangimento. Nós dois éramos homens agora e a maioria dos homens teria se afastado depois de tal gesto, colocando distância entre si para manter os limites necessários de independência e camaradagem. Não me afastei, Deka também não. A estranheza se transformou em algo totalmente diferente.

— Estamos pensando no nome deste lugar — disse ele baixinho. — Shahar e eu.

Dei de ombros.

— Concha? Água? — Nunca fui muito criativo para nomes. Deka, que tinha bom gosto, fez uma careta para as minhas sugestões.

— Shahar gosta de "Eco". A minha mãe vai ter que aprovar, óbvio. — Que conversa fascinante. Nossas bocas se mexiam, falando de coisas sobre as quais nem um de nós se importava, uma máscara verbal para palavras completamente diferentes que não precisavam ser ditas. — Ela acha que aqui será uma ótima câmara de audiências.

Outra careta, agora mais delicada.

Sorri.

— Você discorda?

— Não parece uma câmara de audiências. Parece... — Ele balançou a cabeça, virando-se para observar um ponto abaixo da parede espiralada translúcida. Entendi o que queria dizer. Havia uma atmosfera votiva na câmara, algo difícil de definir. Deveria haver um altar ali.

— Diga isso a ela — falei.

Ele deu de ombros.

— Você sabe como é. Shahar ainda é... Shahar.

Ele sorriu, mas aos poucos desapareceu.

Assenti. Eu não queria falar dela.

A mão de Deka roçou na minha, hesitante. Isso era algo que ele poderia fazer passar como acidente, se eu deixasse.

— Talvez você deva abençoar este lugar. É de certa forma um truque, ou será. O verdadeiro lar dos Arameri, deixando o Céu como engodo...

— Não posso abençoar nada mais, exceto de maneira poética. — Peguei a mão dele, cansando-me do joguinho. Não havia mais qualquer sinal de sermos apenas amigos. — Devo me tornar um deus outra vez, Deka? É isso o que você quer?

Ele se encolheu, desconcertado por eu ser tão direto, sua máscara rachando. Através dela, vi uma necessidade tão bruta que me fez sentir dor em compaixão. Mas ele abandonou o jogo também, porque era o que o momento merecia.

— Não.

Sorri. Se eu ainda fosse um deus, os meus dentes teriam ficado afiados.

— Por que não? Eu ainda poderia amar você, como um deus. — Aproximei-me, acariciando o queixo dele. Ele não mordeu a isca, nem a seguinte que ofereci. — Sua família amaria mais você se eu fosse um deus. *Seu* deus.

As mãos de Deka agarraram os meus braços, apertando. Esperei que ele me afastasse, mas não fez isso.

— Não me importo com o que eles querem — disse ele, a voz de repente baixa, dura. — Eu *quero* um igual. Quero ser *seu* igual. Quando você era um deus, eu não podia ser isso, então... e então, que os deuses me ajudem, sim, uma parte de mim desejava que você fosse mortal. Não foi deliberado, eu não sabia que aconteceria, mas não me arrependo. Então Shahar não foi a única que lhe traiu. — Recuei e as mãos dele ficaram mais firmes, quase me machucando. Ele se inclinou para mais perto, cheio de intenção. — Como criança, eu não era nada para você. Um jogo para passar o tempo. — Quando pisquei, surpreso, ele riu amargamente. — Eu falei, Sieh. Sei tudo sobre você.

— Deka... — comecei, mas ele me interrompeu:

— Sei que você nunca teve um amante mortal por muito tempo. Mesmo antes de os mortais serem criados, você já tinha vivido tanto, visto tanto que nenhum mortal poderia ser algo além de um piscar de olhos na eternidade da sua vida. Isso se você estivesse disposto a tentar, e não estava. *Mas eu não serei nada para você*, Sieh. E se eu tiver que mudar o universo para lhe ter, que seja.

Ele sorriu de novo, um pouco, cruel, lindo. Assustador.

Arameri.

— Eu deveria te matar — sussurrei.

— Você acha que poderia?

Inacreditável a arrogância dele. Magnífica. Lembrava-me de Itempas.

— Você dorme, Deka. Você come. Nem todos os meus truques precisam de magia.

O sorriso dele ficou um pouco triste.

— Você *quer* mesmo me matar? — Quando não respondi, porque não sabia, ele ficou sério. — O que você *quer*, Sieh?

E porque eu estava com medo, e porque Yeine me fizera a mesma pergunta, e porque Deka realmente me conhecia bem demais, respondi com a verdade:

— N-não quero mais ficar sozinho. — Umedeci os lábios e desviei o olhar, para o andar sem altar, para o pilar ali perto, para o sol diluído por espirais brancas, pretas e cinza. Para qualquer lugar, menos para ele. Eu estava tão, tão cansado. Eu estivera cansado pela idade do mundo. — Ter... eu quero... algo que seja *meu*.

Deka deixou escapar um suspiro longo e trêmulo, pressionando a testa na minha como se tivesse vencido.

— É só isso?

— Sim. Eu quero...

O Reino dos Deuses

Então não havia como repetir o que eu queria, porque a sua boca estava na minha e a alma dele estava em mim e era assustador ser invadido... e emocionante e agonizante. Como correr com cometas, perseguir pensamentos gigantes como baleias e patinar no ar líquido gelado. Foi melhor que da primeira vez. Ele ainda beijava como um deus.

Então a sua boca estava no meu pescoço, suas mãos abrindo a minha camisa, suas pernas nos empurrando para trás, para trás, para trás, até que parei contra um dos pilares cobertos de videiras. Mal percebi, apesar do ar sendo arrancado de mim. Eu estava ofegante agora porque ele tinha me mordido logo acima das costelas, e essa foi a sensação mais erótica que já sentira. Estendi a mão para tocá-lo e encontrei pele mortal quente e magia tatuada zumbindo, livre do pano pesado enquanto ele se despia. Há tantas maneiras de fazer magia. Tamborilei uma cadência em seus ombros e o poder quente e bruto queimou os meus braços em resposta. Eu o absorvi e gemi. Ele se fez forte e sábio, um deus em carne mortal, para mim, para mim, para mim. Ele estava certo? Eu sempre evitara os mortais. Não fazia sentido um ser mais velho que o sol querer uma criatura que sempre seria menos que uma criança, em termos relativos. Mas eu o queria; ah, deuses, como o queria. Era essa a solução? Não era a minha natureza fazer o que era inteligente; eu fazia o que me fazia sentir bem. Por que isso não deveria se aplicar tanto ao amor quanto ao jogo?

Eu estivera realmente lutando comigo mesmo todo aquele tempo?

Um movimento na minha visão periférica me tirou da névoa dos dentes e das mãos de Deka. Concentrei-me na realidade e vi Shahar, na entrada da câmara de mármore. Ela havia parado ali, emoldurada pelo corredor além, iluminada pelo sol rodopiante. Tinha os olhos arregalados, o rosto mais pálido que nunca, os lábios contraídos em uma linha branca plana. Lembrei-me daqueles lábios macios e abertos, acolhedores, e, apesar de tudo, ansiei por ela outra vez. Acariciei o cabelo liso de Deka e pensei no dela se enrolando em meus dedos e... deuses, não, eu perderia a sanidade se continuasse assim.

Algo que era meu. Olhei para Deka, que estava agachado aos meus pés, lambendo a mordida nas minhas costelas enquanto eu estremecia.

415

As mãos dele seguravam a minha cintura, tão gentis como se eu fosse feito de casca de ovo. (Eu era. Chamava-se carne mortal.) Garoto lindo e perfeito. Meu.

— Prove — sussurrei. — Mostre o quanto você me ama, Deka.

Ele olhou para mim. Percebi que ele sabia que Shahar estava lá. Óbvio; o vínculo entre nós. Talvez fosse por isso que ela havia ido até ali, naquele exato momento, em vez de qualquer outro lugar no vasto palácio vazio. Eu estava solitário. Eu precisava. Essa necessidade os atraía para mim agora, assim como a minha necessidade os atraíra havia muito tempo no sobpalácio do Céu. Tínhamos compartilhado algo poderoso quando fizemos nosso juramento, mas a conexão já existira antes. Não poderia ser quebrada por algo tão insignificante quanto a traição.

Tudo isso estava nos olhos de Deka enquanto me olhava. Não sei o que ele viu nos meus. Fosse o que fosse, porém, ele assentiu uma vez. Então se levantou, sem tirar as mãos de mim, e me virou gentilmente para ficar de frente para o pilar. Quando falou no meu ouvido, as palavras eram na língua dos deuses. Isso me fez acreditar nelas, e confiar nele, porque não podiam ser nada além de verdade.

— Nunca vou machucar você — disse ele, e provou.

Shahar foi embora em algum momento durante o que se seguiu. Não imediatamente. Ela ficou um bom tempo, na verdade, ouvindo os meus grunhidos e observando enquanto eu parava de me importar com ela ou mesmo de estar ciente de sua presença. Talvez ela até tenha ficado quando puxei o irmãozinho dela para o chão e fiz do lugar um altar adequado, arrancando suor, lágrimas e canções de louvor dele, e abençoando-o com prazer em troca. Eu não sabia. Não me importei. Deka era o meu único mundo, o meu único deus. Sim, eu o usei, mas ele queria que eu o usasse. Eu o adoraria para sempre.

* * *

Fiquei exausto depois. Deka não estava nem um pouco cansado, o desgraçado. Ele se sentou por um tempo, usando o chão para traçar os contornos dos selos que pretendia desenhar na substância do novo palácio como

O Reino dos Deuses

parte da primeira camada de proteção arcana. Ao que parecia, equipes de soldados e escribas já haviam começado a explorar o palácio e mapear suas maravilhas. Ele me contou isso enquanto eu estava em um estupor. Era como se ele tivesse se empanturrado da minha vitalidade, deixando-me como pouco mais que uma casca. Então me ocorreu que, durante o nosso ato de amor, fora ele quem nos tirara e nos trouxera de volta para o mundo; seus beijos, não os meus, haviam entrelaçado as nossas almas. Ele ainda era um oitavo deus. Eu era totalmente mortal.

Se era assim que os mortais se sentiam depois de se deitarem com um deus, senti uma nova culpa por todos os meus casos passados.

Por fim, me recuperei e avisei a Deka que precisava ir embora. Todos os sangue-altos estavam selecionando aposentos nas espirais centrais mais altas do palácio; o antigo padrão do Céu. Seria fácil para mim encontrá-lo mais tarde. Houve um momento desconfortável, quando Deka me analisou silenciosa e demoradamente antes de responder, mas o que quer que ele tenha visto em meu rosto o satisfez. Ele assentiu e se levantou para se vestir.

— Tome cuidado. — Foi tudo o que ele disse. — A minha irmã pode ser perigosa agora.

Pensei que aquilo provavelmente fosse verdade.

Encontrei Itempas menos de meia hora antes do pôr do sol. Como eu suspeitara, ele havia se instalado na ampla plataforma central onde havíamos chegado, que se tornara um prado de ondulantes algas marinhas. Aquele palácio não fora configurado para exaltá-lo; no entanto, o ponto central mais alto de qualquer coisa era um lugar natural para ele se estabelecer.

Itempas estava de frente para o sol, com as pernas separadas e os braços cruzados, imóvel, embora devesse ter sentido a minha aproximação. A grama sussurrava contra as minhas pernas cobertas pela calça enquanto eu andava e vi que o gramado mais próximo de Itempas tinha ficado branco. Típico.

Não vi Nahadoth ou Yeine, nem senti a presença deles por perto. Eles o abandonaram de novo.

417

— Quer ficar sozinho? — perguntei, parando atrás dele. O sol quase tocava o mar ao longe. Ele podia contar os momentos restantes de sua divindade em uma das mãos. Talvez duas.

— Não — respondeu, então me sentei na grama, olhando para ele.

— Decidi que quero permanecer mortal — informei. — Pelo menos até... você sabe. Perto do. Ah. Do fim. Então vocês três podem tentar me transformar de novo. — Ficou implícito o fato de que eu poderia mudar de ideia e escolher morrer com Deka. Era uma escolha que nem todo deus podia fazer. Eu tinha muita sorte.

Ele assentiu:

— Nós sentimos sua decisão.

Fiz uma careta.

— Que pouco romântico. E eu que pensei que aquilo era um orgasmo.

Por hábito, Itempas ignorou a minha irreverência.

— Seu amor por aqueles dois ficou óbvio para todos nós desde sua transformação em mortal, Sieh. Só você resistiu a esse conhecimento.

Eu odiava quando ele agia com hipocrisia, então mudei de assunto:

— A propósito, obrigado por tentar. Me ajudar.

Ele suspirou:

— Eu me pergunto, às vezes, por que você pensa tão pouco de mim. Então me lembro.

— Bem. É. — Dei de ombros, desconfortável. — Glee vem buscar você?

Implícito: *quando você for mortal de novo?*

— Sim.

— Ela realmente te ama, sabe.

Itempas se virou, apenas o suficiente para que eu pudesse ver seu rosto.

— Sim.

Eu estava tagarelando e ele percebeu. Irritado, parei de falar. O silêncio se acumulou ao nosso redor, confortável. Antigamente, eu só gostava de ficar quieto perto dele. Com qualquer outra pessoa, a vontade de preencher o silêncio com conversas ou movimentos era esmagadora. Ele nunca precisara me mandar ficar quieto. Perto dele, era o que eu queria fazer.

O Reino dos Deuses

Vimos o sol se aproximar do horizonte.

— Obrigado — disse Itempas de repente, me surpreendendo.

— Hum?

— Por vir aqui.

Com isso, suspirei, me remexi e passei a mão no cabelo. Por fim, me levantei, ficando ao lado dele. Eu podia sentir o calor radiante da sua presença, sentindo a pele dele ficando tensa mesmo a trinta centímetros de distância. Ele podia arder com o fogo e a luz de cada sol existente, mas na maioria das vezes mantinha a fornalha baixa para que outros pudessem estar perto dele. Era a sua versão de um convite amigável, porque, naturalmente, ele nunca *diria* que se sentia solitário, o tolo.

E, de alguma forma, eu nunca havia percebido que ele fazia isso. Isso me tornava o quê? Seu filho duplamente tolo, supus.

Então fiquei ali ao lado dele enquanto observávamos a última curva do sol se achatar de forma oblonga, em seguida se amontoar contra a borda do mundo e finalmente derreter. No instante em que isso aconteceu, Itempas arfou, e senti uma onda repentina de calor, como se algo estivesse se afastando. O que permaneceu era humano, comum, apenas um homem de meia-idade em roupas simples e botas gastas (marrons de novo, *ha ha!*), com mais cabelo do que era prático. E quando ele tombou para trás, como uma velha árvore quebrada, inconsciente no fim da divindade, fui eu quem o pegou, colocou no chão e apoiou sua cabeça no colo.

— Velho estúpido — sussurrei. Mas acariciei o seu cabelo enquanto ele dormia.

Gostaria que as coisas pudessem ter terminado ali.

Um momento depois, senti uma presença atrás de mim e não me virei. Que Glee pensasse o que quisesse de mim com o seu pai. Eu estava cansado de odiá-lo.

— Faça-o decorar o cabelo — falei, mais para puxar assunto que qualquer outra coisa. — Se ele vai usar o cabelo no estilo temano, deve fazer isso direito.

— Então — disse Kahl, e fiquei rígido com o choque. A voz era suave, arrependida: — Você o perdoou.

O que...

Antes que o pensamento pudesse se formar, ele estava na minha frente, do outro lado de Itempas, com uma das mãos posicionada de uma forma que não fazia sentido para mim... até que ele a mergulhou e tarde demais lembrei que era daquilo que Glee o protegia.

A essa altura, a mão de Kahl estava enfiada até o pulso no peito de Itempas.

Itempas acordou com um pulo, rígido, seu rosto um rompante de agonia. Não perdi tempo gritando em negação. Negação era para os mortais. Em vez disso, agarrei o braço de Kahl com toda a minha força, tentando impedi-lo de fazer o que eu *sabia* que ele estava prestes a fazer. Mas eu era apenas um mortal, ele era uma deidade, e não apenas arrancou o coração de Itempas em um borrão de respingos vermelhos, mas também me jogou para o outro lado da plataforma no processo. Rolei até parar em meio ao cheiro adocicado de algas marinhas amassadas, a menos de um metro da borda. Havia degraus contornando a plataforma, mas se eu tivesse passado por eles, seria um longo caminho (várias centenas de metros) até a base do palácio.

Atordoado, levantei-me com dificuldade e descobri que o meu braço estava deslocado. Quando parei de gritar, olhei para cima e encontrei Kahl de pé entre mim e o cadáver de Itempas. O coração estava na mão dele, pingando sangue; sua expressão era implacável.

— Obrigado — disse ele. — Eu tenho o caçado há anos. A filha demônio é boa em se esconder. Mas eu sabia que, se observasse *você*, acabaria tendo a minha chance.

— O que... — Difícil pensar, atordoado pela dor. Se mortais conseguiam, eu conseguia, caramba. Retesei a mandíbula e falei entredentes: — Que demônios há de *errado* com você? Você sabe que isso não vai matá-lo. E agora o Naha e a Yeine estarão atrás de você.

Eu não era mais um deus. Não podia chamá-los com os meus pensamentos. O que eu poderia fazer, como um mortal, diante do deus da vingança no momento de seu triunfo? Nada. Nada.

O Reino dos Deuses

— Deixe que venham. — Tão familiar aquela arrogância. Onde eu a tinha visto antes? — Eles ainda não me encontraram. Posso completar a máscara agora e pegá-la de Usein.

Kahl ergueu o coração de Itempas, olhando atentamente para ele, e pela primeira vez eu o vi sorrir com prazer total. Seus lábios recuaram, mostrando um pedaço do canino...

... dentes afiados, muito parecidos com...

— Só restou uma faísca. Mas é o suficiente.

Eu entendi então, ou pensei que sim. O que Kahl buscava não era o mero sangue ou carne de Itempas, mas o puro poder brilhante do deus da luz. Como um mortal, Itempas não tinha nenhum, e em sua verdadeira forma ele era muito poderoso. Só agora, no espaço entre a mortalidade e a imortalidade, Itempas era tanto vulnerável como valioso... e eu, impotente, não era um guardião bom o bastante. Glee estivera certa em não confiar em mim com ele, embora não pelas razões que ela temia.

— Você vai pegar a máscara de Usein? — Lutei para me sentar, segurando o braço. — Mas pensei...

Não. Ah, não. Eu estivera tão errado.

Uma máscara que conferia o poder dos deuses. Mas Kahl nunca quisera que um mortal a usasse.

— Você não pode. — Eu sequer conseguia imaginar. Um dia, houvera três deuses que criaram todos os reinos. Menos que três e tudo terminaria. *Mais* que três e... — Você não pode! Se o poder não te destruir...

— Está preocupado? — Kahl abaixou o coração, o sorriso desaparecendo. Havia raiva nele agora; toda sua hesitação e tristeza anteriores desapareceram. Enfim ele aceitara sua natureza, tornando-se poderoso no momento de triunfo. Mesmo se eu fosse meu antigo eu, teria temido. Não era sábio provocar um elontid em tais tempos. — Você se importa comigo, Sieh?

— Eu me importo com *viver*, seu tolo de merda! O que você está planejando...

Era um pesadelo que nenhuma deidade ousaria sonhar. O Turbilhão dera à luz três deuses durante a eternidade. Quem sabia se (ou quando) Ele

421

poderia de repente arrotar um quarto? O que pensávamos ser o universo, a coleção de realidades e encarnações que nasceram do ofício guerreiro, amoroso e infinitamente cuidadoso dos Três, era delicado demais para sobreviver ao ataque de um quarto. Os próprios Três resistiriam, se adaptariam e construiriam um novo universo que incorporaria o poder do novo. Mas tudo da antiga existência (incluindo deidades e todo o reino mortal) desapareceria.

Houve um borrão e de repente Kahl estava diante de mim. Para ser mais preciso, o pé dele estava no meu peito e eu estava no chão, sendo esmagado. Com a mão boa, busquei a bota dele, mas não consegui segurar o couro sofisticado e divinamente conjurado. A única razão pela qual eu ainda conseguia respirar era o solo sob as minhas costas: meu torso havia afundado nele, em vez de simplesmente ceder.

Kahl se inclinou sobre mim, aumentando a pressão em meus pulmões. Com olhos lacrimejantes, vi os dele: traços semicerrados e profundos no plano do rosto, como os olhos temanos. Como os meus, embora muito mais frios. E eram verdes também, como os meus.

... como os de Enefa...

— Está com medo? — Ele inclinou a cabeça como se estivesse mesmo curioso, então se inclinou para mais perto. Eu quase podia ouvir as minhas costelas gemerem, à beira do colapso. Mas quando forcei o rosto para cima, músculos tensos, garganta saliente, me esqueci das minhas costelas. Porque agora Kahl estava perto o suficiente para que eu pudesse ver seus olhos com nitidez e quando suas pupilas piscaram em fendas estreitas e letais...

... olhos como os de Enefa, não, não, OLHOS COMO OS MEUS...

Tentei gritar.

— É tarde demais para você se importar comigo, Pai — disse ele.

A palavra caiu na minha mente como veneno e o véu da minha memória se fragmentou em farrapos.

Kahl desapareceu então e não me lembro do que aconteceu depois disso. Houve muita dor.

Mas quando enfim acordei, eu estava trinta anos mais velho.

Livro quatro

Nenhuma perna à meia-noite

EIS O QUE ACONTECEU.

No princípio, havia três deuses. Nahadoth e Itempas vieram primeiro, inimigos e depois amantes, e ficaram felizes por todas as eras intermináveis de suas existências.

A vinda de Enefa destruiu o universo que eles construíram. Eles se recuperaram, a acolheram e o construíram novamente: mais novo, melhor. Juntos, eles se fortaleceram. Mas durante a maior parte do tempo Nahadoth e Itempas permaneceram mais próximos um do outro que de sua irmã mais nova. E ela, à maneira dos deuses, começou a se sentir solitária.

Então tentou me amar. Mas porque ela era uma deusa e eu apenas uma deidade, nosso primeiro ato de amor quase me destruiu. Tentei de novo (sempre fui cabeça-dura, como dizem os maro) e teria continuado a tentar se Enefa, em sua sabedoria, não tivesse enfim percebido a verdade: uma deidade não pode ser um deus. Eu não era o suficiente para ela. Se ela quisesse ter algo próprio, teria que arrancar um de seus irmãos do outro.

Ela conseguiu, muitos séculos depois, com Nahadoth. Este foi um dos eventos que levaram à Guerra dos Deuses.

Mas, enquanto isso, ela não me rejeitou por completo. Ela não era uma amante sentimental, mas prática, e eu era o melhor dos filhos-deuses que ela havia produzido. Eu teria ficado honrado quando ela decidiu fazer um filho da minha semente...

... se a existência daquela criança não tivesse quase me matado.

Então ela tomou providências para salvar a nós dois. Primeiro cuidou de mim, enquanto eu estava me desintegrando na conflagração de minha própria maturidade indesejada. Um toque, um retesar de lembrança, um sussurro: esqueça. À medida que o conhecimento de que eu era pai desaparecia, o perigo também desapareceu, e fui curado.

Então ela levou a criança embora. Não sei para onde; algum outro reino. Ela selou a criança neste lugar para que ele (Kahl) pudesse crescer em segurança e com saúde. Mas ele não podia escapar e estava sozinho lá, porque esconder o segredo de mim significava manter Kahl desconhecido para os outros deuses.

Talvez Enefa o tenha visitado para evitar a perda de sanidade que vem do isolamento. Ou talvez o tenha ignorado e observado enquanto ele chorava por ela, um de seus intermináveis experimentos. Ou talvez ela tenha o tomado como um novo amante. Não há como saber, agora que ela está morta. Sou pai apenas o suficiente para ponderar.

Ainda assim, como o fato da existência de Kahl não mudara, isso levou ao nosso problema atual. As delicadas correntes dela em minha mente, as pesadas barras da prisão de Kahl: ambas foram afrouxadas quando Enefa morreu nas mãos trêmulas de Tempa. No entanto, essas proteções permaneceram, até que Yeine reivindicou o resto do corpo e alma de Enefa para ela. Foi o que enfim "matou" Enefa. As correntes foram quebradas, as barras partidas. Então Kahl, filho da morte e da malícia, Senhor da Retribuição, foi solto nos reinos para fazer o que quisesse. E era apenas uma questão de tempo até que a minha memória voltasse.

Ainda bem que já estou morrendo.

19

Não me senti nem um pouco bem ao acordar.

Estava deitado em uma cama, em algum lugar do novo palácio. Era noite e as paredes brilhavam, de maneira ainda mais estranha do que no Céu. Ali, os redemoinhos escuros na pedra reduziam a luz, embora as manchas brancas dentro de cada uma brilhassem como estrelinhas. Bonitas, mas opacas. Alguém havia pendurado arandelas em saliências nas paredes, que pareciam ter sido criadas para esse propósito. Quase ri, porque significava que depois de dois mil anos os Arameri agora teriam que usar velas para enxergar, como todo mundo.

Não ri porque algo havia sido enfiado na minha garganta. Com algum esforço, tateei o rosto e encontrei algum tipo de tubo na boca, preso com esparadrapo. Tentei soltá-lo e me engasguei de maneira bastante desagradável.

— Pare com isso. — A mão de Deka entrou na minha visão, empurrando a minha. — Fique quieto que vou tirá-lo.

Não vou descrever como foi a remoção. Basta dizer que, se eu ainda fosse um deus, teria amaldiçoado Deka a três infernos por colocar aquela coisa em mim. Embora apenas aos infernos mais agradáveis, visto que ele tivera boas intenções.

Depois, sentado ofegante e tentando me esquecer do medo de morrer engasgado com o meu próprio vômito, Deka foi para a beirada da cama ao meu lado. Esfregou as minhas costas suave e lentamente. Um aviso.

— Melhor?

— Sim. — A minha voz estava áspera e a minha garganta seca e dolorida, mas passaria. Preocupava-me mais a terrível fraqueza em cada membro e articulação. Olhei para uma das minhas mãos e fiquei chocado: a pele estava seca e flácida, mais enrugada que lisa. — O que...

— Você precisava de alimento. — Ele soava muito cansado. — Seu corpo começou a se devorar. Um dos meus escribas inventou isto. Acho que salvou sua vida.

— Salvou...

Então me lembrei. Kahl. Meu...

esqueça

A minha mente se esquivou tanto do pensamento quanto do aviso de minha mãe, embora fosse tarde demais para ambos. O conhecimento estava solto; o dano, feito.

— Espelho — sussurrei, rouco.

Um apareceu ali perto: grande, em um suporte giratório de madeira com rodas. Eu não fazia ideia de como tinha sido conjurado. Mas quando Deka se levantou e o inclinou para mim, esqueci do mistério do espelho. Encarei-me por um longo, longo tempo.

— Podia ter sido muito pior — disse Deka. — Nós, os escribas, não sabíamos o que havia de errado com você. Nossas escritas de aviso nos guiaram. Então o Lorde Itempas reviveu e nos disse o que precisava ser feito. Consegui projetar uma escrita de negação para trabalhar em conjunto com uma interrupção de... — Ele não completou.

De qualquer forma, eu não estava ouvindo. Tinha funcionado; era tudo o que importava.

— Interrompemos a aceleração da idade. Depois consertamos o que foi possível. Três de suas costelas estavam quebradas, seu esterno estava rachado, um pulmão perfurado. Houve alguns danos ao seu coração, um ombro deslocado...

Ele pausou outra vez quando estendi a mão para tocar o espelho.

Pelo menos o meu rosto ainda era bonito, embora não mais de maneira juvenil. Aquilo não era coisa minha. Meu corpo estava crescendo como queria agora, e eu podia ter acabado estranho e careca. Meu cabelo havia ficado grisalho principalmente nas têmporas, embora houvesse muitos fios brancos no resto, que estava comprido outra vez, emaranhado em nós nos lençóis atrás de mim. O formato do meu rosto não era tão diferente, apenas mais suave. Temanos tendiam a envelhecer bem nesse aspecto. No entanto, a textura da minha pele estava mais grossa, mais seca, desbotada, embora eu tivesse ficado pouco exposto ao ar livre. Havia linhas profundas ao redor da minha boca, mais finas nos cantos dos meus olhos, e a minha barba com certeza estava grisalha, embora felizmente alguém tivesse me barbeado. Se eu mantivesse a boca fechada e me vestisse direito, eu poderia passar por "distinto".

Quando abaixei a mão, precisei me esforçar mais para me mexer. Reflexos mais lentos, músculos mais fracos. Eu estava magro de novo, embora não tanto quanto depois da última mortalidade. O tubo de nutrição havia me mantido saudável, mas era definitivamente uma carne mais fraca, menos resistente.

— Estou velho demais para você agora — falei, bem baixinho.

Em silêncio, Deka afastou o espelho. Esse silêncio doeu, porque entendi que significava que ele concordava comigo. Não que eu o culpasse. Mas então Deka se deitou ao meu lado e me puxou para me deitar com ele, passando um braço sobre o meu peito.

— Você precisa descansar.

Fechei os olhos e tentei me afastar dele, mas Deka não deixou e eu estava cansado demais para relutar. Tudo o que eu podia fazer era virar o rosto.

— Você também não é velho demais para ficar emburrado?

Eu o ignorei e fiquei emburrado mesmo assim. Não era justo. Eu quisera tanto que ele fosse meu.

Deka suspirou, acariciando a minha nuca.

— Estou muito cansado para discutir com você, Sieh. Pare de bobagem e vá dormir. Há muita coisa acontecendo agora e a sua ajuda seria bem-vinda.

Ele era forte, jovem e brilhante, com um futuro magnífico. Eu não era nada. Apenas um deus caído e um pai terrível. (Até pensar nisso doeu, uma agonia esmagadora por todo o meu corpo como uma dor de cabeça com dentes serrados. Mordi o lábio e me concentrei na solidão e na autopiedade, o que era melhor.)

Mas eu ainda estava cansado. O braço de Deka, dobrado em meu peito, fez com que eu me sentisse seguro. E embora fosse uma ilusão, condenada a deixar de existir como todas as coisas mortais, resolvi aproveitá-la enquanto podia e tornei a adormecer.

* * *

Quando acordei de novo, era de manhã. A luz do sol brilhava através das paredes; o quarto estava iluminado em tons de branco e verde. Deka partira. No lugar dele, Glee, sentada em uma grande cadeira ao lado da cama.

— Eu sabia que confiar em você era um erro.

Eu estava me sentindo mais forte, e meu temperamento, pelo menos, não se abrandara com a idade. Sentei-me, estalando, rígido, e olhei para ela.

— Bom dia para você também.

Ela parecia tão cansada quanto Deka, suas roupas mais desgrenhadas do que eu já tinha visto, embora ainda arrumadas para os padrões dos mortais comuns. Mas quando a filha de Itempas usa roupas que não combinam e uma blusa meio desabotoada na parte superior, ela pode muito bem ser uma pedinte da Vila dos Ancestrais. Ela tinha, talvez como uma concessão final à exaustão, juntado o cabelo volumoso, em vez de estilizá-lo com sua habitual confiança descuidada: um fio o prendia em um coque fofo na nuca. Não combinava com ela.

— Tudo o que você tinha que fazer — disse ela com firmeza — era gritar o nome de Yeine. Era crepúsculo; ela teria lhe ouvido. Ela e Naha teriam vindo e lidado com o Kahl, e pronto.

Recuei, porque ela estava certa. Era o tipo de coisa que um mortal teria pensado em fazer.

— Bem, onde demônios você estava? — Foi uma resposta fraca. A falha dela não anulava a minha.

O Reino dos Deuses

— *Não* sou uma deusa. Eu não sabia que ele havia sido atacado. — Glee suspirou, levantando a mão para esfregar os olhos. A frustração dela era tão palpável que o próprio ar tinha um gosto amargo. — O meu pai não usou sua esfera para me convocar até muito depois de o Kahl partir. O primeiro pensamento dele, ao retornar à vida, foi sobre *você*.

Se eu ainda fosse uma criança, teria sentido um pequeno e mesquinho prazer com essa pitada de ciúme. Mas o meu corpo estava mais velho agora; eu não podia mais ser infantil. Apenas me senti triste.

— Sinto muito — falei.

Glee apenas assentiu, sombria.

Como me sentia mais forte, absorvi mais do meu entorno desta vez. Estávamos em um quarto. Dava para ver outra sala além da porta, mais iluminada; devia haver janelas. As paredes e o chão não tinham toques pessoais, embora eu visse roupas penduradas em um grande armário do outro lado da sala. Algumas eram as que Morad me deu antes de deixarmos o Céu. Aparentemente, Deka dissera aos serventes que eu estava morando com ele.

Afastando as cobertas, fiquei de pé, lenta e cuidadosamente, porque os meus joelhos doíam. Eu também estava nu, o que era lamentável, pois parecia ter surgido pelos de uma variedade surpreendente de partes do meu corpo. Concluí que Glee teria que aguentar isso e fui até o armário para me vestir.

— Dekarta explicou o que aconteceu? — Glee havia se recomposto. Ela soou viva e profissional outra vez.

— Além de eu ter dado um grande salto em direção à morte? Não.

Todas as minhas roupas foram feitas para um homem mais jovem. Ficariam ridículas em mim agora. Suspirei e coloquei a mais sem graça que encontrei e desejei sapatos que pudessem de alguma forma aliviar a dor nos meus joelhos.

Algo cintilou na minha visão periférica. Virei-me, assustado, e vi um par de botas no chão. Tinham um couro bom e duro nos tornozelos e, quando peguei uma, vi que tinha um enchimento grosso na sola.

Voltei-me para Glee e ergui a bota em uma pergunta silenciosa.

— Eco — explicou ela. — As paredes do palácio escutam.

— Eu... entendo.

Eu não entendia nada.

Ela parecia levemente divertida.

— Peça alguma coisa, ou até pense nela com bastante vontade, e ela aparece. O palácio parece se limpar também e até reorganiza os móveis e a decoração. Ninguém sabe o motivo. Algum resquício do poder da Lady, talvez, ou alguma propriedade que tenha sido construída permanentemente. — Ela fez uma pausa. — Se for permanente, haverá pouca necessidade de serventes aqui.

E pouca necessidade das antigas divisões entre sangue-altos e sangue-baixos, entre os membros da família Arameri. Eu sorri para a bota. Tão Yeine.

— Onde está o Deka? — perguntei.

— Ele saiu esta manhã. Shahar o tem mantido ocupado desde o ataque de Kahl. Ele e os escribas têm instituído todo tipo de magia de defesa, portões internos e até escritas que se movem pelo palácio, embora não muito rápido. Quando não está aqui, cuidando de você, ele está trabalhando.

Parei, vestindo a calça.

— Faz quanto tempo que estive, hã, incapacitado?

— Quase duas semanas.

Mais da minha vida desperdiçada dormindo. Suspirei e voltei a me vestir.

— Morad tem estado ocupada organizando as operações do palácio e preparando quartos suficientes para os sangue-altos — prosseguiu Glee. — Ramina colocou até os cortesãos para trabalhar. Remath começou a transferir poder para Shahar, o que requer um monte de papelada e reuniões com os militares, com os nobres, com a Ordem... — Ela balançou a cabeça e suspirou: — E visto que nem um desses tem permissão de vir aqui, os portões do palácio e as esferas de mensagem têm sido muito usados. Apenas as ordens de Remath mantêm Shahar aqui e, sem dúvida, se

O Reino dos Deuses

o Deka não fosse o Primeiro Escriba e essencial para preparar o palácio, ela o faria visitar cinquenta mil reinos como representante dela.

Franzi a testa, indo até o espelho para ver se algo poderia ser feito com o meu cabelo. Estava muito longo, quase até os joelhos. Alguém já o havia cortado, suspeitei, porque, dado o meu padrão habitual, deveria estar longo o suficiente para encher a sala a essa altura. Desejei que uma tesoura aparecesse em uma cômoda próxima e apareceu. Era quase como ser um deus novamente.

— Por que a urgência? — perguntei. — Aconteceu alguma coisa?

Cortei o cabelo de qualquer jeito, o que obviamente ofendeu Glee. Ela fez um som de irritação, vindo até mim e pegando a tesoura da minha mão.

— A urgência é tudo coisa de Remath. — Ao menos ela trabalhou rápido. Vi mechas de cabelo caindo no chão, ao redor dos meus pés. Ela o estava deixando longo demais, na altura do meu colarinho, mas pelo menos eu não tropeçaria nele agora. — Ela parece convencida de que a transição deve ser concluída o quanto antes. Talvez ela tenha contado a Shahar o motivo da pressa; se foi isso, Shahar não compartilhou esse conhecimento com o restante de nós. — Glee deu de ombros.

Eu me virei para ela, ouvindo o que não foi dito.

— Como está Shahar, como rainha do seu próprio reinozinho?

— Arameri o bastante.

O que era ao mesmo tempo reconfortante e preocupante.

Terminando, Glee limpou as minhas costas e baixou a tesoura. Olhei-me no espelho e assenti para agradecer, então imediatamente passei os dedos pelo cabelo para deixá-lo mais bagunçado. Isso aborreceu Glee ainda mais; ela se virou, pressionando os lábios em censura.

— Shahar queria ser informada de quando você estivesse de pé, então avisei um servente quando você começou a se mexer. Espere uma convocação em breve.

— Está bem. Estarei pronto.

Segui Glee para fora do quarto, para uma sala ampla cheia de sofás bem distribuídos e barras laterais que cheiravam a Deka, embora não tivessem a *sensação* dele. Nada de livros. Uma parede inteira da sala era uma janela, com vista para os níveis ligados por pontes do palácio e para o plácido oceano além. O céu estava azul e sem nuvens, brilhante no meio-dia.

— E agora? — perguntei, indo para a janela. — O que acontece com você e o Itempas? Presumo que Naha e Yeine estejam procurando pelo Kahl.

— Assim como Ahad e seus companheiros deidades. Mas o fato de que eles ainda não o encontraram (e não o fizeram, antes do ataque) sugere que ele sempre teve meios de se esconder de nós. Talvez ele apenas se retire para onde Enefa o manteve escondido até agora. Isso tem funcionado bem por milênios.

— Darr — falei. — A máscara estava lá.

— Não mais. Logo depois de sair daqui, o Kahl foi a Darr e pegou a máscara. Para ser exata, ele forçou um jovem darren a pegar a máscara e *o* levou. Os darre estão furiosos; quando Yeine chegou, procurando pelo Kahl, eles contaram tudo a ela. — Glee cruzou os braços, a expressão em seu rosto muito familiar. — Parece que Kahl se aproximou da avó de Usein Darr, há mais de cinquenta anos. Ele ensinou a eles como combinar a arte de fazer máscaras com técnicas de escribas e sangue divino e eles foram ainda mais longe. Em troca, reivindicou os melhores fabricantes de máscaras e os fez trabalhar em um projeto especial para ele. Ele os *matou*, Sieh, quando terminaram o trabalho. Os darre dizem que a máscara ficou mais poderosa, e o Kahl ficou menos capaz de se aproximar dela, a cada vida que ele deu a ela.

Eu sabia o que Kahl estava fazendo agora. Aquela agitação doentia de poder selvagem e bruto que senti perto da máscara, como uma tempestade... foi de algo assim que os Três nasceram. Um novo deus poderia ser feito de algo semelhante.

Mas ele matara mortais para dar poder a ela? Isso não entendi. Os mortais eram filhos do Turbilhão, é verdade; todos éramos, mesmo que distantes. Mas o poder dos Três era como um vulcão para as chamas das velas dos mortais. A força mortal era muito menor do que a nossa, a

O Reino dos Deuses

ponto de ser, bem, nada. Se Kahl quisesse se recriar como um deus, ele precisaria de muito mais poder do que isso.

Suspirei, esfregando os olhos. Eu já não tinha o suficiente com que me preocupar? Por que eu tinha que lidar com todas estas questões mortais também?

Porque eu sou mortal.

Ah, sim. Eu ainda me esquecia.

Glee não disse mais nada, então experimentei desejar comida, e a refeição exata que eu queria (uma tigela de sopa e biscoitos em forma de animais fofos que eram presas) apareceu em uma mesa próxima. Certamente nenhuma necessidade de serventes, pensei enquanto comia. Isso serviria bem aos interesses de segurança da família, pois eles não precisariam contratar serventes não Arameri. No entanto, sempre haveria a necessidade de realizar certas tarefas e os Arameri eram os Arameri. Aqueles com poder sempre encontrariam certa maneira de exercê-lo sobre aqueles que não o tinham. Yeine foi ingênua ao esperar que uma mudança tão simples pudesse libertar a família de sua obsessão histórica por status.

Mesmo assim... fiquei feliz pela ingenuidade dela. Isso sempre foi a coisa mais legal de se ter um deus recém-nascido por perto. Eles estavam dispostos a tentar coisas que o resto de nós estava cansado demais para considerar.

Uma batida na porta veio assim que terminei de comer.

— Entre.

Um servente entrou, fazendo uma reverência a nós dois.

— Lorde Sieh. Lady Shahar solicita sua presença, se estiver se sentindo melhor.

Olhei para Glee, que inclinou a cabeça para mim. Poderia significar qualquer coisa, desde *anda logo* até *torça para que ela não te mate*. Com um suspiro, levantei-me e segui o servente.

Shahar não havia escolhido o Templo como sua sede de poder. (No meu coração, o nome já levava letra maiúscula, porque o que eu fizera com Deka lá fora sagrado.) Em vez disso, o servente nos levou a uma câmara bem no coração do palácio, logo abaixo da plataforma central alta que era agora chamada de Espiral. Enquanto caminhávamos, vi que Deka e sua equipe estiveram ocupados. Selos de transporte haviam sido pintados em intervalos ao longo dos corredores do palácio e cobertos com resina para evitar arranhões ou desgaste. Não funcionavam como os ascensores do Céu: ao entrar em um deles, a pessoa iria para qualquer lugar que desejasse dentro do palácio, não apenas para cima e para baixo. Era um tanto estranho se alguém nunca tivesse estado em um determinado local. Quando perguntei ao servente sobre isso, ele sorriu e disse:

— A primeira vez que vamos a algum lugar, vamos a pé. Ordens de Morad.

Exatamente o tipo de coisa sensata que eu esperava dela, em especial considerando que havia poucos serventes, ela não poderia se dar ao luxo de perder nem um para o esquecimento.

Como o servente já tinha ido à sala de audiências antes, permiti que ele controlasse a magia, e nós aparecemos em um espaço de luz fria e bruxuleante. Eco era mais translúcido que o Céu, refletindo mais de fosse lá quais cores que o cercava. Assim, adivinhei logo que estávamos em algum lugar abaixo da linha da água do palácio; o que confirmei ao passarmos por uma fileira de janelas. Vi uma grande extensão de azul brilhante com sombras cintilantes e um peixe singular passando. Sorri de prazer com a esperteza de Shahar. Não apenas sua câmara de audiências seria mais segura dentro da água do que o resto do palácio, mas também os visitantes (os poucos que tivessem permissão para vê-la) ficariam impressionados com a beleza incógnita da visão. Também havia certo simbolismo na escolha, visto que os Arameri agora serviam a Senhora do Equilíbrio. A segurança de Shahar dependeria da resistência das paredes, das janelas e do equilíbrio que pudessem manter contra o peso da água. Era perfeito.

E embora eu seja um deus, fui eu quem parei quando entramos na sala de audiências, olhando ao redor, admirado.

A câmara era pequena, como convinha a um espaço que nunca seria usado por muitas pessoas. Eco pouco precisaria dos truques que o Céu

O Reino dos Deuses

empregara para intimidar e impressionar os visitantes, como tetos abobadados e proporções destinadas a fazerem os suplicantes se sentirem de pouco valor diante do grande trono de pedra. Aquela sala tinha a forma do próprio Eco: uma espiral que descia, embora com pequenas alcovas cercando o espaço central comprimido. Nas alcovas, vislumbrei alguns dos soldados que vieram conosco, a postos. Então percebi mais figuras sombrias intercalando-os, estas agachadas e estranhamente imóveis. Os sempre esquivos assassinos Arameri.

Uma má escolha, concluí. Eles deixavam muito óbvio que Shahar sentia a necessidade de se proteger da própria família.

Quando enfim parei de ficar boquiaberto, percebi que Deka havia me precedido. Ele estava ajoelhado diante da concavidade da câmara, sem olhar para cima, embora fosse provável que tivesse me ouvido. Parei ao lado dele, enfaticamente *sem* me ajoelhar. O assento à nossa frente era quase humilde: apenas um banquinho largo e curvo, com uma almofada, de costas baixas. No entanto, a sala era estruturada de forma que todos os olhos fossem atraídos para ele e toda a luz bruxuleante do oceano que entrava pelas janelas da câmara se encontrasse em ondas sobrepostas ali. Se Shahar estivesse sentada no banquinho, ela teria parecido sobrenatural, principalmente se ficasse imóvel. Como uma deusa.

Em vez disso, ela estava de pé perto de uma das janelas da sala, com as mãos às costas. Na luz fria, ela era quase imperceptível, as dobras do vestido pálido perdidas em meio ao azul cintilante. A imobilidade dela me incomodou, mas também o que daquela pequena cena não me incomodava? Eu passara séculos em câmaras como aquela, enfrentando os líderes Arameri. Eu reconhecia o perigo quando o sentia.

Quando o servente se ajoelhou para murmurar para Shahar, ela assentiu e então levantou a voz:

— Guardas. Saiam.

Eles saíram sem hesitar. Os assassinos fizeram isso escapando por pequenas portas em cada alcova, que o servente também utilizou diante do comando de Shahar. Então ela, eu e Dekarta estávamos sozinhos. Deka levantou-se, olhando uma vez para mim; o rosto dele estava impassível. Assenti para ele, então enfiei as mãos nos bolsos e esperei. Não tínhamos visto Shahar desde aquele momento no Templo, quando ela testemunhara a nossa reivindicação um do outro.

— A minha mãe acelerou o cronograma outra vez — anunciou Shahar, sem se voltar para nós. — Pedi a ela para reconsiderar ou pelo menos enviar mais ajuda. Ela concordou com a última coisa; você receberá dez escribas do complemento do Céu até amanhã à tarde.

— Isso vai fazer mais mal do que bem — afirmou Deka, fazendo uma carranca. — Pessoas novas precisam ser treinadas, precisam conhecer os arredores, ser supervisionadas. Até que estejam prontas, isso vai desacelerar as minhas equipes, não acelerar o trabalho.

Shahar suspirou. Eu podia sentir o cansaço na voz dela, embora também percebesse sua luta para contê-lo.

— Foi a única concessão que pude ganhar, Deka. Ela é como uma herege hoje em dia, cheia de um fervor que nenhuma pessoa racional pode compreender.

Também senti uma pitada de amargura que eu tinha certeza de ela só ter revelado porque nós a teríamos percebido de qualquer jeito. Ela estava chateada com a decisão de Remath de se afastar da fé itempane? Uma preocupação inútil, diante de todos os nossos outros problemas.

— Por quê?

— Quem é que sabe? Se eu tivesse tempo para conspirar contra ela, poderia acusá-la de perder a sanidade e buscar apoio na família para um golpe. Embora talvez seja esse o motivo de ela ter me enviado para cá, onde represento menos perigo.

Shahar riu uma vez, então se virou... e parou, olhando para mim. Suspirei enquanto ela observava a minha nova forma, na meia-idade.

Fiquei surpreso por ela sorrir. Não havia nada de malicioso, apenas compaixão e um pouco de pena.

— Você *deveria* parecer com meu pai — disse ela —, mas com essa expressão de nojo está óbvio que ainda é o mesmo menino malcriado que conhecemos há tantos anos.

O Reino dos Deuses

Apesar de tudo, sorri.

— Não me importo muito — falei. — Pelo menos a minha adolescência acabou. Nunca gostei; quando eu não queria matar as pessoas, queria fazer sexo com elas.

O sorriso dela desapareceu e me lembrei: eu havia dormido com ela quando éramos adolescentes. Talvez ela tivesse boas lembranças do assunto da minha piada. Erro meu.

Ela suspirou, começando a andar de um lado a outro.

— Terei que confiar em vocês, vocês dois, mais do que nunca. O que está acontecendo agora é inédito. Verifiquei os arquivos da família. Realmente não sei o que a minha mãe está pensando. — Ela finalmente parou, pressionando os dedos contra a testa como se estivesse com uma terrível dor de cabeça. — Ela vai me tornar a líder da família.

Houve um momento de silêncio enquanto digeríamos as palavras dela. Deka reagiu antes de mim, alterado:

— Como você pode ser a líder se ela ainda está viva?

— Exatamente. Isso nunca foi feito. — Shahar se virou para nós de repente e nos encolhemos diante do sofrimento no rosto dela. — Deka... acho que ela está se preparando para morrer.

Deka foi até ela imediatamente, sempre o irmão amoroso, pegando o cotovelo dela. Shahar se apoiou nele com tanta confiança que senti uma culpa inesperada. Fora até nós buscando conforto naquela noite, apenas para nos encontrar confortando um ao outro, sem qualquer interesse por ela? O que ela sentiu, observando-nos fazer amor enquanto ficava sozinha, sem amigos, sem esperança?

Por apenas um instante, eu a vi novamente na janela, imóvel, com as mãos nas costas. Vi Itempas olhando para o horizonte, inerte, muito orgulhoso para deixar sua solidão transparecer.

Aproximei-me e estendi a mão para tocá-la, hesitando apenas no último instante. Mas também não havia deixado de amá-la. Então coloquei a mão em seu ombro. Ela se assustou e levantou a cabeça para olhar para mim, os olhos brilhando com lágrimas não derramadas. Eles buscaram os meus, procurando... o quê? Perdão? Eu não tinha certeza de que tinha isso em mim para dar. Mas arrependimento... sim, isso eu tinha.

Naturalmente, eu não poderia deixar um momento tão poderoso passar sem uma piada:

— E eu pensando que *eu* é quem tinha pais problemáticos.

Não foi uma piada muito boa.

Shahar riu, piscando rapidamente para espantar as lágrimas e tentando se recompor.

— Às vezes eu gostaria de ainda querer matá-la.

Era uma piada melhor ou teria sido se houvesse o mínimo de verdade nela. Mesmo desconfortável, sorri. Deka não sorriu para nem uma das piadas... mas Remath não tinha interesse algum nele e ele provavelmente *queria* matá-la.

Parecia que Deka estava pensando na mesma coisa.

— Se ela renunciar a seu favor — disse ele, sério —, você terá que exilá-la.

Shahar recuou, olhando para ele.

— *Como é?*

Deka suspirou:

— Nenhuma fera pode funcionar com duas cabeças. Ter dois palácios Arameri, duas governantes Arameri... — Ele balançou a cabeça. — Se você não consegue ver o perigo potencial nisso, Shahar, você não é a irmã de que eu lembro.

Ela era e ela conseguia ver. Vi a expressão da futura líder Arameri endurecer com o entendimento. Shahar se afastou de nós, voltando para a janela e cruzando os braços sobre os seios.

— Estou surpresa de que você tenha sugerido apenas o exílio. Eu teria esperado uma solução mais permanente de você, irmão.

Ele deu de ombros.

— A minha mãe, sem dúvida, espera algo nesse sentido. Ela não é tola e treinou você bem. — Ele fez uma pausa. — Se você não a amasse, eu sugeriria isso. Mas nestas circunstâncias...

O Reino dos Deuses

Ela riu uma vez, duramente.

— Sim. Amor. Tão inconveniente.

Ela se virou, olhando para nós dois, e de repente fiquei tenso outra vez, porque eu *conhecia* aquele olhar. Eu o tinha usado muitas vezes, em muitas formas, para não conseguir reconhecê-lo em outro ser. Ela estava planejando algo ruim.

Mas, quando Shahar se concentrou em mim, o olhar se suavizou.

— Sieh — disse ela. — Somos amigos de novo?

Mentira. O pensamento me veio com tanta força que por um instante pensei que não era meu. Talvez fosse Deka, enviando suas palavras para a minha mente como os deuses podiam fazer. Mas eu conhecia o sabor dos meus próprios pensamentos, aquele tinha a suspeita amarga e específica que vinha de anos passados com aquela família descompensada e eras de vida em meio à minha própria família mais descompensada ainda. Ela queria a verdade e a verdade a machucaria. E ela era muito poderosa agora, muito perigosa, para que eu a magoasse e saísse livre.

Mas em nome do que tivemos um dia, ela merecia a verdade, dolorosa ou não.

— Não — respondi. Falei baixinho, como se pudesse amenizar o golpe. Shahar ficou tensa e suspirei. — Não posso confiar em você, Shahar. Preciso confiar nas pessoas que chamo de amigas. — Fiz uma pausa. — Mas entendo o motivo da sua traição. Talvez eu tivesse feito a mesma escolha, se tivesse estado no seu lugar, não sei. Não estou mais com raiva. Não posso estar, dado o resultado.

Então fiz algo estúpido. Olhei para Deka e deixei o meu amor por ele transparecer. Ele pestanejou, surpreso, e piorei as coisas ao sorrir. Doeria muito deixá-lo, mas ele não precisava de um velho como amante. Essas coisas importavam para os mortais. Eu faria o que era maduro, preservaria a minha dignidade e me afastaria antes que o nosso relacionamento ficasse muito estranho.

Sempre fui um tolo egoísta. Pensei apenas em mim naquele momento, quando devia ter pensado em protegê-lo.

441

O rosto de Shahar ficou totalmente sem expressão. Era como se alguém tivesse enfiado uma adaga nela e arrancado sua alma, deixando apenas uma estátua fria e implacável em seu lugar. Mas não estava vazia aquela estátua. A raiva havia preenchido suas cavidades.

— Entendo — disse ela. — Muito bem. Se você não pode confiar em mim, então dificilmente posso me permitir confiar em você, não é? — Os olhos dela se voltaram para Deka, ainda frios. — Isso me coloca em uma posição difícil, irmão.

Deka franziu o cenho, confuso com a mudança de Shahar. Porém eu não estava. Era muito fácil ver o que ela pretendia fazer com o irmão, graças à raiva que sentia por mim.

— Não faça isso — sussurrei.

— Dekarta — disse ela, me ignorando —, me dói dizer isso, mas devo pedir que você aceite um selo verdadeiro.

Quando Deka ficou tenso, ela sorriu. Eu a odiei por isso.

— Eu, é óbvio, nunca ousaria ditar quem você escolhe como amante — disse ela —, mas considerando a história de Sieh, os muitos Arameri que ele matou por meio de seus truques e enganos...

— Não acredito nisso. — Deka estava tremendo, a fúria atravessando o choque em seu rosto. Mas por baixo daquela fúria havia algo muito pior e outra vez eu sabia disso por experiência. Traição. Ele havia confiado nela também e ela partira o coração dele como partira o meu.

— Shahar. — Cerrei os punhos. — Não faça isso. O que quer que você sinta por mim, Deka é o seu irmão...

— E estou sendo generosa em deixá-lo viver — retrucou ela.

Shahar se afastou de nós, indo se sentar no banquinho. Lá, sua postura ficou ereta e implacável, sua forma esbelta banhada pela luz da água gelada.

— Ele acabou de insinuar que eu deveria matar a líder desta família. É óbvio que ele precisa das restrições de um selo verdadeiro, para que não planeje mais traições.

E isso não tem nada a ver comigo fodendo seu irmãozinho, em vez de você....

O Reino dos Deuses

Cerrei os punhos. Dei um passo à frente, pretendendo... deuses, eu não sabia. Agarrar o seu braço e fazê-la raciocinar. Gritar na cara dela. Mas ela ficou tensa quando me aproximei e o selo em sua testa se transformou em luz branca. Eu sabia o que significava, tinha sentido o golpe do chicote com muita frequência no passado, mas tinha sido há muito tempo. Eu não estava preparado quando um golpe de pura magia me jogou do outro lado da sala.

Não me matou. Nem doeu muito, comparado à agonia que a revelação de Kahl havia causado. A explosão me jogou de ponta-cabeça contra a janela; uma lula que passava parecia fascinada com meus cadarços no vidro. O que me divertiu, mesmo ali deitado, atordoado, e lutando para me endireitar, foi que o selo de Shahar só me tratou como uma ameaça *naquele* momento, em minha inútil forma mortal. Ela nunca me temera quando eu era um deus.

Deka me pôs de pé.

— Diga que está bem.

— Estou bem — falei, confuso. Os meus joelhos doíam mais e as minhas costas estavam me matando, mas me recusei a admitir isso. Pisquei e consegui focar em Shahar. Ela pairava, meio de pé, sobre o assento. Os olhos estavam arregalados e aflitos. Ao menos isso me fez sentir melhor. Não fora a intenção dela.

Mas Deka tinha a intenção, quando me soltou e se levantou. Senti o pulso soturno de sua magia, tão pesada quanto a dos deuses, e por um momento pensei ter ouvido o eco sibilante do ar enquanto ele se virava para encarar a irmã.

— Deka — começou ela.

Ele falou uma palavra que quebrou o ar e trovões se agitaram em seu rastro. Ela gritou, arqueando-se para trás e batendo as duas mãos sobre a testa, caindo sobre o assento. Quando lutou para se endireitar um momento depois, havia sangue em seus dedos e escorrendo em seu rosto. Ela abaixou a mão trêmula e vi a ferida aberta e chamuscada onde seu semisselo estivera.

— A nossa mãe é uma tola — disse Deka, a voz ecoando e fria. — Eu amo você e ela acha que isso lhe mantém a salvo de mim. Mas prefiro matar você a vê-la se tornar o tipo de monstro que esta família é famosa por fabricar.

O braço direito dele se afastava do corpo, reto como um bastão, embora a mão estivesse pendurada, as costas dos dedos acariciando o ar como um amante. Lembrei-me do significado das marcas naquele braço e percebi que ele iria mesmo matá-la.

— Deka... — Shahar balançou a cabeça, tentando limpar o sangue dos olhos. Ela parecia vítima de algum desastre, embora o desastre ainda não tivesse acontecido. — Eu não... Sieh, ele está... não consigo ver.

Toquei o outro braço de Deka e encontrei os músculos tensos como uma corda trançada. O poder formigava contra os meus dedos através da camisa dele.

— Deka. Não.

— Você faria o mesmo, se ainda pudesse — retrucou ele.

Pensei nisso. Ele me conhecia tão bem.

— Verdade. Mas para você seria errado.

Isso fez com que ele virasse a cabeça para mim.

— O quê?

Suspirei e dei um passo para a frente dele, embora o poder que se enrolava ao seu redor pressionasse a minha pele, em um aviso. Escribas não eram deuses. Mas Deka não era apenas um escriba, e foi como um deus irmão que toquei o braço dele e com gentileza, com firmeza, o guiei. Gestos eram uma forma de comunicação. O meu disse: *escute-me*, e o poder dele recuou para considerar a minha sugestão. Ele arregalou os olhos ao perceber o que eu tinha feito.

— Ela é sua irmã — lembrei-o. — Você é forte, Deka, tão forte, e eles são tolos em esquecer que você é um Arameri também. O assassinato está em seu sangue. Mas eu conheço você, e se a matar, isso o destruirá. Não posso deixar você fazer isto.

Ele me olhou, tremendo com desejos conflitantes. Nunca vira tanta raiva letal misturada com tristeza afetuosa, mas acho que deve ter sido o que Itempas sentiu quando matou Enefa. Um tipo de desvario que só o tempo e a reflexão podem curar... embora, geralmente, fosse tarde demais.

Mas ele me ouviu e deixou a magia se dissipar.

Voltei-me para Shahar, que enfim limpara o sangue dos olhos. Pela expressão em seu rosto, estava apenas começando a perceber como estivera perto da morte.

— Estamos indo embora — falei. — Ao menos eu estou, e vou pedir a Deka para vir comigo. Se decidiu que somos seus inimigos, não podemos ficar aqui. Se for sábia, vai nos deixar em paz. — Suspirei. — Você não foi muito sábia hoje, mas desconfio que isso não vá se repetir. Sei que cedo ou tarde sua ficha vai cair. Só não estou a fim de esperar até que isso aconteça.

Então peguei a mão de Deka, olhando-o. A expressão dele ficou sombria; sabia que eu estava certo. Mas eu não iria pressioná-lo. Deka passara dez anos tentando voltar para a irmã e ela desfizera isso em dez minutos. Coisas difíceis para qualquer mortal suportar. Ou qualquer deus, na verdade.

Deka apertou a minha mão e assentiu. Viramos para sair da sala de audiências. Shahar estava atrás de nós.

— Esperem — pediu ela, mas a ignoramos.

Porém, quando abri a porta, tudo mudou.

Paramos surpresos com o barulho de muitas vozes, altas e zangadas. Além do corredor principal, vi soldados correndo e ouvi gritos. Diante de nós estava Morad, com o rosto vermelho de fúria. Ela gritava com os guardas, que cruzaram lanças na frente da entrada da câmara. Quando a porta se abriu, os guardas se sobressaltaram e Morad agarrou uma das lanças, meio que a puxando para longe, antes que o guarda xingasse e a apertasse mais.

— Onde está a Shahar? — questionou ela. — Eu *vou* vê-la.

Shahar se aproximou de nós. Graças à agitação, Morad não piscou ao ver o rosto ensanguentado da herdeira.

— O que aconteceu, Morad? — Senti a fragilidade do tom calmo da voz de Shahar. Ela se recompôs, apenas o suficiente.

— Os mascarados atacaram Sombra — anunciou Morad.

Ficamos ali, atordoados, em silêncio. Atrás dela, uma tropa de soldados veio correndo pela esquina, em nossa direção. Wrath estava atrás deles, caminhando com a sinistra deliberação de um general se preparando para a guerra. Ao nosso redor, senti um murmúrio seco quando as magias de proteção que os escribas de Deka haviam colocado em prática ganharam vida. Selos para os portões, paredes invisíveis para impedir a entrada de magia, quem sabe o que mais.

— Quantos? — perguntou Shahar. Ela falou mais rápido, pronta para agir.

Depois que o pior tivesse passado, eu me lembraria daquele momento. Veria a falsa calma no rosto de Morad, sentiria a verdadeira angústia em sua voz e ainda mais pena dela. Uma servente e uma rainha estavam tão condenadas quanto um mortal e um deus. Algumas coisas não podiam ser evitadas.

— *Todos eles* — respondeu Morad.

Cinzas, cinzas, todos nós CAÍMOS!

* * *

ERA A IMOBILIDADE QUE OS tornava tão assustadores.

Foi difícil visualizar as ruas da cidade e as multidões por meio de uma esfera de visão. As esferas foram feitas para exibir rostos próximos, não vastos cenários. E o que o tenente Wrath em Sombra tinha para nos mostrar, ao girar devagar sua esfera em um círculo, era vasto.

Havia dezenas de mascarados.

Centenas.

Eles enchiam as ruas. No Calçadão, onde os peregrinos costumavam disputar espaço com artistas de rua, havia apenas mascarados. Ao longo da Avenida dos Nobres, até os degraus do Salão: mascarados. Visíveis em meio às árvores e flores do Parque Gateway: mascarados. Aproximando-se da Raiz Sul, com sapatos manchados pela lama da rua: mascarados.

Podíamos ver muitas formas que não estavam mascaradas, a maioria delas correndo na direção oposta, algumas delas levando o que podiam em cavalos, carrinhos de mão ou nas próprias costas encurvadas. O povo de Sombra conhecia a magia, tendo vivido entre deidades por décadas e na sombra do Céu por séculos. Eles reconheciam o perigo quando sentiam o seu cheiro e sabiam a resposta apropriada: corra.

Os mascarados não mexeram com os sem máscaras. Eles se moviam em silêncio e ao mesmo tempo, quando se moviam. A maioria deles parou de se mover quando chegou ao centro de Sombra, então ficou ali, imóvel.

N. K. Jemisin

Homens e mulheres, algumas crianças (não muitas, agradeçam a mim), alguns idosos. As máscaras eram diferentes: elas vinham em branco e preto; algumas eram marmorizadas como a substância do Eco; algumas eram vermelhas, azul-cobalto e cinza-pedra. Algumas eram de porcelana pintada, outras de barro e palha. Muitas eram do estilo do Alto Norte, mas algumas tinham a estética e os arquétipos de outras terras. A variação era surpreendente.

E todos estavam olhando para o Céu.

Nós (Shahar, Dekarta e eu, e um bom número de sangue-altos e serventes) estávamos no que sem dúvida viria a ser chamado de Salão de Mármore, dadas as habituais convenções de nomenclatura amnie. Por algum motivo que apenas Yeine sabia, as paredes da câmara eram manchadas por uma profunda cor de ferrugem, intercalando branco e cinza, o que fazia todo o cômodo parecer lavado em sangue. Suspeitei de que houvesse algum simbolismo irônico naquilo; algum elemento do senso de humor mórbido de Yeine. Ao que parecia, eu era mortal demais para entender a piada.

Wrath não estava presente, mas seus soldados sim, guardando as portas e a sacada. A sugestão de reunir todos os sangue-altos fora dele; mais fácil protegê-los. Enquanto esperávamos que ele dissesse quando poderíamos sair (não muito em breve, deduzi), um servente trouxe a grande esfera de visão do depósito dos escribas, colocando-a na única mesa longa da sala. Através dela, conseguimos ver a imobilidade sinistra nas ruas de Sombra.

— Eles estão esperando por algo? — perguntou uma mulher que tinha a marca de meio-sangue. Ela estava perto de Ramina. Ele tocou as costas dela de modo reconfortante enquanto ela olhava para a imagem pairando.

— Talvez por algum sinal — respondeu ele.

Ao menos uma vez, não sorria. Mas longos minutos se passaram e os mascarados não se movimentaram. A pessoa que mexia a esfera estava no topo dos degraus do Salão. Conseguimos ver soldados Arameri em cada extremidade do arco, vestidos com as armaduras brancas das Cem Mil Legiões, montando barricadas às pressas e se preparando para uma batalha defensiva. No entanto, mesmo nesses breves vislumbres, vimos o suficiente para nos desesperar. A maior parte do exército Arameri estava fora da cidade, em um vasto complexo de quartéis e bases permanentes localizados a meio dia de distância. Todos haviam presumido que o ataque, quando ocorresse, seria de fora da cidade. Sem dúvida o exército se aproximava da cidade o mais rápido que podia agora, mas aqueles de nós que tinham visto os mascarados em ação sabiam que seria preciso mais do que soldados para os deter.

Virei-me para Shahar, que estava em um dos níveis elevados nas extremidades da câmara. Ela colocara os braços ao redor de si mesma como se estivesse com frio; a expressão estava vazia demais para ser intencional. No cômodo, onde seus parentes se agrupavam em duplas e trios e confortavam uns aos outros, ela ficou sozinha.

Pensei por um momento, então me afastei de Deka e fui até Shahar. Ela virou a cabeça bruscamente para mim quando me aproximei. Não estava nem um pouco em choque. Uma mudança sutil transformou a postura da garota perdida de um momento antes para a fria rainha que tentara escravizar o irmão. Mas vi a prudência nela. Ela havia perdido aquela batalha.

Deka me observou ir até ela, mas não se juntou a nós.

— Você não deveria informar a Remath? — perguntei, mantendo o meu tom neutro.

Ela relaxou um pouco, reconhecendo a minha oferta implícita de trégua.

— Eu tentei. Ela não respondeu. — Shahar desviou o olhar, olhando para o sol poente através das paredes translúcidas. Para oeste, em direção ao Céu. — Mas não adianta. O exército está lá sob o comando de minha mãe, como deveria estar, junto com a maior parte do corpo de escribas, assassinos e as forças privativas dos nobres. Do jeito que está, o Eco é pouco funcional e tem poucas pessoas. Não temos ajuda para oferecer.

— Nem todo apoio deve ser material, Shahar.

Ainda parecia estranho lembrar que Remath e Shahar se amavam. Eu nunca me acostumaria com os Arameri se comportando como pessoas normais.

Ela olhou para mim outra vez, sem tanta frieza agora. Pensando. Então Ramina disse:

— Algo está acontecendo.

E todos nós ficamos tensos.

Alguns metros acima e ao lado da imagem que assistíamos, houve um borrão. Os soldados empunharam as armas. Os sangue-altos ofegaram e um gritou. Deka e os outros escribas ficaram tensos, alguns puxando selos pré-fabricados e parcialmente desenhados.

Então a imagem ficou nítida e vimos Remath. A imagem estava em um ângulo estranho: por cima do ombro e um pouco atrás dela. A esfera devia estar posicionada no assento de pedra.

Diante de Remath, na câmara de audiências do Céu, estava Usein Darr.

Shahar prendeu a respiração e desceu os degraus, como se planejasse entrar na imagem e ajudar a mãe. Os soldados na câmara tinham empunhado as armas, espadas, lanças e bestas. No entanto, não atacaram. Remath deve ter dado ordens, embora duas das guardas, mulheres darre, tenham se movido para ficar entre Remath e Usein, agachadas e com a mão nas adagas. Usein estava ereta, orgulhosa e destemida no centro da câmara, ignorando as guardas. Ela viera desarmada, embora usasse o traje de batalha tradicional darre: a cintura enrolada em couro, um casaco de pele pesado, que a marcava como a comandante do campo de batalha, e uma armadura feita de flocos de barita, um material leve e forte que os darre inventaram algumas décadas antes. Ela parecia mais alta quando não estava grávida.

— Suponho que você seja a responsável pelo espetáculo abaixo — disse Remath. Ela arrastou as palavras, soando divertida.

Usein inclinou a cabeça. Pensei que falaria em darre, dado ao nacionalismo, mas ela usou um nítido e sonoro senmata em vez disso.

— Não é a nossa maneira preferida de batalhar, nós do Norte. Usar magia, mesmo a nossa, parece um ato covarde. — Ela deu de ombros. — Mas vocês Arameri não jogam limpo.

— Verdade — concordou Remath. — Muito bem. Posso saber quais são suas exigências?

O Reino dos Deuses

— São simples, Arameri. — Mencionar apenas o sobrenome era a maneira como os darre se dirigiam a oponentes formidáveis, uma marca de respeito pelos padrões dela. Para os amnie, é evidente, foi um desrespeito gritante. — Eu e meus aliados, que estariam aqui se não tivesse sido preciso o esforço de todos os nossos diminuidores e magos para fazer uma pessoa passar por suas barreiras, exigimos que sua família desista de seu poder e de todas as armadilhas. Seu tesouro: cinquenta por cento dele devem ser dados ao Consórcio dos Nobres, para serem distribuídos igualmente entre as nações do mundo. Trinta por cento irão para a Ordem de Itempas e todas as religiões estabelecidas que oferecem serviços públicos. Vocês podem reter vinte por cento. Vocês não podem mais se dirigir ao Consórcio dos Nobres. Cabe a eles dizer se Céu-em-Sombra pode manter sua representante. Desmembre seu exército e distribua os generais entre os reinos; abandone seus escribas, espiões, assassinos e todos os outros brinquedinhos. — Cheios de desprezo, os olhos dela se voltaram para as audaciosas guardas darre. Não vi se as mulheres reagiram ou não. — Mande o seu filho de volta para a Litaria; você não o quer mesmo. — (Perto de mim, a Deka enrijeceu a mandíbula.) — Mande a sua filha para algum outro reino por dez anos, para que ela possa aprender os modos de outras pessoas além dos amnies assassinos e arrogantes. Vou deixar a escolha do reino para você. — Ela deu um sorrisinho. — Mas Darr iria recebê-la e tratá-la com o respeito que ela é capaz de merecer.

— *De jeito nenhum* vou viver entre bárbaros que se penduram em árvores — retrucou Shahar: e os outros sangue-altos murmuraram em acordo raivoso.

Usein prosseguiu:

— Em suma, exigimos que os Arameri se tornem apenas mais uma família e deixem o mundo se governar sozinho. — Ela fez uma pausa, olhando ao redor. — Ah. E deixem este palácio. A presença do Céu profana a Árvore da Lady, e, francamente, nós estamos cansados de ver vocês aí em cima. De agora em diante vocês vão morar no chão, onde os mortais devem ficar.

451

Remath esperou um momento depois que Usein ficou em silêncio.

— Isso é tudo?

— Por enquanto.

— Posso fazer uma pergunta?

Usein ergueu uma sobrancelha.

— Pode.

— Vocês são responsáveis pelo assassinato dos membros da minha família? — Remath falou com suavidade, mas apenas um tolo não teria sentido a ameaça por baixo. — *Vocês*, no plural, obviamente.

Pela primeira vez, Usein parecia infeliz.

— Não fomos nós. Não guerrilhamos usando assassinatos.

O que não foi dito foi que as técnicas de assassinato eram um grande costume amnie.

— E quem os utiliza, então?

— Kahl. — Usein sorriu, sombria. — Kahl Vingador, nós o chamamos; uma deidade. Ele tem sido de grande ajuda para nós, para mim, meus antepassados e nossos aliados, mas desde então ficou óbvio que serve apenas aos seus próprios propósitos. Ele simplesmente nos usou. Nós rompemos com ele, mas temo que o estrago esteja feito. — Usein pausou, a mandíbula se tensionando brevemente. — Ele matou o meu marido e vários membros do nosso Conselho de Guerreiros. Talvez isso sirva de consolo para você.

Remath balançou a cabeça.

— Um assassinato nunca deve ser celebrado.

— De fato. — Usein observou Remath por um bom tempo, então curvou-se para ela. Não era uma reverência profunda, mas o respeito no gesto era evidente. Um pedido de desculpas silencioso. — O Kahl foi declarado inimigo pelos povos do Norte. Mas isto não anula nossa disputa com vocês.

— Naturalmente. — Remath fez uma pausa, então inclinou a cabeça, uma demonstração de grande respeito para os amnies, visto que a governante de Amn não precisava se curvar diante de ninguém. Pelos padrões darre, provavelmente foi um insulto. — Obrigada por sua honestidade

— acrescentou Remath. — Agora, quanto ao resto, suas exigências em relação à minha família, a resposta é: não.

Usein ergueu as sobrancelhas.

— Só isso? "Não"?

— Você esperava outra coisa? — Eu não conseguia ver bem o rosto de Remath, mas imaginei que ela sorrisse.

Usein também.

— Na verdade, não. Mas devo avisar, Arameri: falo em nome do povo deste mundo. Nem todos concordaram comigo, admito, visto que passaram muitos séculos sob o controle de sua família. Vocês não fizeram nada além de esmagar o espírito da humanidade. É pelo bem deles que eu e meus aliados agora lutaremos para reanimá-lo; e não seremos misericordiosos.

— Tem certeza de que é isso o que quer? — Remath se recostou, cruzando as pernas. — O espírito da humanidade é conflituoso, Usein-ennu. Violento, egoísta. Sem mão forte para guiá-lo, este mundo não conhecerá a paz outra vez por muitos, muitos séculos. Talvez nunca mais.

Usein assentiu, devagar.

— A paz não tem sentido sem a liberdade.

— Duvido que as crianças que morreram de fome, antes do Iluminado, concordem.

Usein tornou a sorrir.

— E duvido que as etnias e hereges que sua família destruiu considerariam o Iluminado *paz*. — Ela fez um breve gesto de negação com a mão. — Basta. Tenho sua resposta e você logo terá a minha.

Ela ergueu uma pequena pedra que continha certa marca familiar. Um selo de passagem. Fechou os olhos e, um segundo depois, tinha partido.

A imagem mais baixa (de Sombra e dos mascarados silenciosos) pulou de repente, atraindo nossos olhares. Houve um breve borrão de movimento, que ficou parado enquanto o soldado que segurava a esfera a pousava. Nós o vimos então, um jovem em armadura pesada marcada com sete selos: um em cada membro, um no capacete, um no torso e um nas costas. Magia simples de proteção. Ele estava com uma lança empunhada, assim como os outros homens (todos com a mesma armadura) que podíamos ver. A armadura era branca. Suponho que Remath não tivera tempo de reequipar o exército para simbolizar a nova aliança divina da família.

Além deles, os mascarados já tinham começado a se mover. Devagar, em silêncio, eles caminharam em direção aos soldados que podíamos ver. Eu só podia presumir que, além da imagem, a cena estava sendo repetida por toda Sombra. Todas as máscaras que podíamos ver, em cada cor, estavam inclinadas para cima, sem dar atenção aos soldados diante delas. Fixadas no Céu.

— Como ela os comanda? — murmurou Deka, franzindo a testa enquanto espiava a imagem. — Nunca conseguimos determinar...

O ruído de ambas as imagens abafou a voz dele. Fora de vista, alguém gritou para os soldados e a batalha começou quando rajadas de flechas dispararam em direção às fileiras mascaradas. Já dava para perceber que os disparos de flechas não faziam muita coisa. Os mascarados continuaram em frente, com flechas saindo de peitos, pernas, abdomens. Alguns deles caíram quando suas máscaras foram partidas ao meio ou rachadas, mas não o suficiente. Nem perto de ser o suficiente.

Na imagem superior, Remath gritou ordens para os soldados na câmara de audiências. Vimos o movimento apressado, caos. No entanto, em meio a isso, Remath se levantou do trono e se virou para ficar diante dele. Ela se inclinou para a frente e tocou em algo que não podíamos ver.

— Shahar.

Shahar se sobressaltou, avançando.

— Mãe? Você deve vir para cá. Estamos prontos para acomodar...

— Não. — A negativa baixa fez Shahar se calar, mas Remath sorriu. Estava mais calma do que eu já a tinha visto. — Eu tive sonhos — prosseguiu, baixinho. — Eu sempre os tive, não sei o porquê, e eles sempre, sempre se tornaram realidade. Sonhei com este dia.

Franzi o cenho, confuso. Sonhos que se tornaram realidade? Isso era possível para os mortais? Remath *era* neta de uma deidade...

Na imagem abaixo de seu rosto, os mascarados avançaram, correndo agora. O alcance da esfera era muito pequeno para capturar mais que um

O Reino dos Deuses

segmento do caos. Por breves trechos não havia nada a ser visto, intercalados com vislumbres borrados de homens gritando e rostos imóveis e desumanos. Mal notamos. Shahar olhou para a mãe, o rosto tomado de angústia, como se não houvesse mais ninguém na sala, como se nada mais lhe importasse. Coloquei a mão em seu ombro porque por um momento pareceu que ela fosse subir na mesa para alcançar Remath. O ombro dela, sob a minha mão, estava tenso e trêmulo com a tensão reprimida.

— Você deve *vir para cá*, mãe — insistiu Shahar com firmeza. — Não importa o que você viu em algum sonho...

— Vi a queda do Céu — disse Remath, e Shahar deu um pulo sob a minha mão. — E me vi morrer com ele.

Havia gritos na outra imagem, a da esfera grande. Um abalo repentino e alto que pensei poder ter sido uma explosão. E de repente a esfera foi empurrada de seu lugar, caindo em direção aos degraus do Salão. Ouvimos o barulho quando ela quebrou e assim a imagem desapareceu. A outra imagem, a imagem de Remath, estremeceu um momento depois e ela olhou ao redor enquanto as pessoas exclamavam assustadas atrás dela. Elas também sentiram a explosão.

— Por que você fez a Lady construir o Eco, se não para vir para cá? — Shahar balançava a cabeça enquanto falava, em uma silenciosa negação, apesar de seu esforço para falar com sensatez. — *Por que você faria isso, mãe?*

— Eu sonhei com mais do que o Céu. — De repente, Remath desviou o olhar de Shahar, focando-o em mim e em Deka. — Vi *toda a existência* ser dizimada, Lorde Sieh. O Céu é apenas o prenúncio. Só você pode parar isso. Você e Shahar e você, meu filho. Vocês três são a chave. Eu construí o Eco para mantê-los seguros.

— Mãe — disse Deka, com a voz tensa. — Esta...

Ela balançou a cabeça.

— Não há tempo. — Ela parou de repente, desviando o olhar quando um soldado se aproximou e falou com ela. Ela assentiu e ele se apressou, e Remath tornou a nos observar, sorrindo. — Eles estão subindo na Árvore.

Alguém no Salão de Mármore gritou. Ramina, com a expressão tensa, deu um passo à frente.

— Remath, maldita seja, não há motivo para você ficar se....

Remath suspirou, demonstrando parte de seu temperamento habitual.

— Eu lhes disse, vi como deve ser. Se eu morrer com o Céu, haverá esperança. A minha morte se torna um catalisador para a transformação. Há um futuro além dela. Se eu fugir, tudo termina! A queda dos Arameri. A queda do *mundo*. A decisão é bem simples, Ramina. — A voz dela se suavizou outra vez: — Mas... você vai dizer a ela...?

Ponderei sobre isso enquanto Ramina apertava a mandíbula. Então me lembrei: Morad. Ela não estava presente, com certeza tentava ajudar Wrath a se preparar para a possibilidade de um ataque. Eu não tinha percebido que Ramina sabia sobre elas, mas suponho que ele era a única pessoa em quem Remath poderia confiar o segredo. Sem dúvida, Morad também sabia que Ramina era pai dos filhos de Remath. Os três estavam unidos por amor e segredos.

— Direi a ela — afirmou Ramina, e Remath relaxou.

— Eu também — falei, e ela se assustou. Então, aos poucos, sorriu para mim.

— Lorde Sieh, está começando a gostar de mim?

— Não. — Cruzei os braços. Era de Morad que eu gostava. — Mas não sou um babaca *completo*.

Ela assentiu:

— Você ama meu filho.

Foi a minha vez de me retrair. Com muito cuidado, evitei olhar para Deka. Que demônios ela estava fazendo? Se algum de nós sobrevivesse, toda a família encontraria uma maneira de usar o meu relacionamento com Deka contra ele. Talvez ela apenas achasse que ele pudesse lidar com isso.

— Sim — confirmei.

— Que bom. — Remath olhou para Deka e depois para longe, como se não pudesse suportar olhá-lo. De esguelha, vi os punhos cerrados dele.

O Reino dos Deuses

— Eu podia proteger apenas um deles, Lorde Sieh. Tive que fazer uma escolha. Entende? Mas eu... fiz o que pude. Talvez algum dia você... — Ela ficou em silêncio, lançando outro daqueles olhares rápidos para o filho. Desviei o olhar para não ver o que se passava entre eles e vi outros fazendo o mesmo ao redor da sala. Aquilo era muito íntimo. Os Arameri haviam mesmo mudado desde os velhos tempos; já não gostavam de ver a dor.

Então Remath suspirou e me encarou outra vez, sem dizer nada. Mas ela sabia, eu tinha certeza. Assenti. Sim, *eu também amo Shahar*. Fosse lá o que isso trouxesse de bom.

Pareceu satisfazer Remath. Ela assentiu de volta. Quando fez isso, houve outro estremecimento no Céu e a imagem começou a piscar. Deka murmurou algo na linguagem dos deuses e a imagem se acalmou, mas pude ver a instabilidade da mensagem. Como fumaça, a cor e a nitidez desapareceram das bordas.

— Chega. — Remath esfregou os olhos e senti uma repentina compaixão por ela. Quando ela ergueu a cabeça outra vez, sua expressão tinha a vivacidade habitual. — A família e o mundo são seus agora, Shahar. Não tenho dúvidas de que você se sairá bem em ambos.

A imagem desapareceu e o silêncio se instaurou.

— Não — sussurrou Shahar. Os nós de seus dedos, onde as mãos agarravam a cadeira, estavam de um branco doentio. — *Não.*

Deka enfim cedeu e se aproximou.

— Shahar...

Ela se virou para ele, com olhos selvagens. Meu primeiro pensamento foi: *ela perdeu a sanidade.*

O meu segundo pensamento, quando ela agarrou a mão de Deka e depois a minha, e percebi sua intenção no mesmo instante em que a magia passou por mim como o arco de luz que anuncia o nascimento de uma estrela...

... foi *merda, de novo não.*

* * *

N. K. Jemisin

Nós nos tornamos Nós.

Como um, estendemos a Nossa mão, invisível e ainda assim vasta, e pegamos a partícula instável e solitária que era o Eco. E foi como um que Nós enviamos aquela partícula para o oeste, apressando-a pelo mundo tão rápido que devia ter matado tudo dentro dele. Mas parte de Nós (Deka) era inteligente o suficiente para saber que tal velocidade era fatal para os mortais e moldamos as forças do movimento ao redor da partícula. E outra parte de Nós (eu) era sábia na magia, e essa parte murmurava com calma para que as forças fossem apaziguadas, ou do contrário teriam revidado violentamente contra tal abuso. Mas foi a vontade (Shahar, Shahar, ó minha magnífica Shahar) que nos levou adiante, sua alma fixada em uma única intenção.

Mãe.

Todos pensamos isso, até eu, que odiava Remath, e até mesmo Deka, cujos sentimentos em relação a ela eram uma bagunça que nenhuma linguagem mortal poderia abranger. (A Primeira Língua poderia: *turbilhão*.) E para todos Nós, *mãe* significava coisas diferentes. Para mim, era um seio macio, dedos frios, a voz de um deus com duas faces (Naha, Yeine) sussurrando palavras de amor. Para Shahar era medo, esperança e olhos frios se aquecendo, um pouco, com aprovação, e um único abraço que reverberaria dentro de sua alma pelo resto da vida. Para Deka... ah, meu Deka. Para Deka, *mãe* significava Shahar, uma garotinha feroz entre ele e o mundo. Significava uma criança-deidade com olhos velhos e cansados, que, no entanto, se dera ao trabalho de sorrir gentilmente para ele, acariciar seu cabelo e ajudá-lo a ser forte.

Para isso, Nós mantivemos o controle.

O palácio desacelerou quando nos aproximamos de Céu-em-Sombra. Vimos tudo, em todos os lugares no âmbito do Nosso interesse. No chão, nos arredores da cidade: um pequeno grupo de guerreiros, nortistas de muitas nações. Usein Darr estava entre eles, sentada no lombo de um pequeno cavalo veloz, observando a cidade através de uma longa geringonça de lentes que fazia o distante parecer mais próximo. Como uma

O Reino dos Deuses

espiral de náutilos, Nós entramos, vendo todas as pessoas sãs da cidade fugindo, congestionamentos em todas as ruas principais. Mais adiante: um mascarado morto. Ao lado de seu corpo, uma mulher agachada, sozinha, chorando. (*Mãe*.) Dentro. Deidades nas ruas, ajudando seus escolhidos, ajudando qualquer um que pedisse, fazendo o que podiam, não fazendo o suficiente. Sempre fomos muito melhores em destruir do que em proteger. Mais adiante. Mascarados, aqueles cujos corpos eram velhos ou enfermos; eles se arrastaram atrás de seus camaradas mais capazes, com dificuldade se dirigindo à Árvore. Adiante, adiante. Soldados mortos aqui, no branco marcado com selo das Cem Mil Legiões. Tomavam os degraus do Salão, caídos e desmembrados nas pedras do Calçadão, pendurados nas janelas dos prédios próximos; um deles com uma besta ainda na mão, embora sua cabeça não mais existisse. Adiante.

A Árvore do Mundo.

Seu tronco estava infestado de pequeninos ácaros rastejantes que antes eram mortais pensantes. Os mascarados escalaram com uma força que a carne mortal não deveria possuir... e, de fato, alguns deles não possuíam. Nós os vimos caindo, a magia queimando seus corpos. Mas mais deles se agarravam com firmeza à casca grossa e áspera e muitos mais conseguiram escalar. Subindo, estavam apenas a 1,5 quilômetro do Céu. Alguns dos mascarados estavam a mais da metade do caminho.

Shahar viu isso e gritou MORRAM, e Nós gritamos com ela. Passamos Nossa mão infinita sobre a Árvore, derrubando os insetos: dezenas, centenas. Como já estavam mortos, alguns se levantaram e recomeçaram a subir. Nós os esmagamos. Então Nós nos viramos para o externo outra vez, correndo, furiosos, na direção de Usein e seus guerreiros. Estávamos ávidos pelo sabor do medo deles.

Quando os alcançamos, vimos que estavam com medo, mas não de Nós.

Viramos e vimos o que eles viam: Kahl. Ele pairava no ar sobre a cidade, olhando para o que suas maquinações haviam feito. Parecia insatisfeito.

Nós éramos muito mais fortes. Exultantes, levantamos a Nossa mão para destruir...

... *meu filho*

... e paramos, congelados. Indecisos, pela primeira vez, por minha causa.

Não éramos corpóreos, então Kahl não Nos viu. Seus lábios se contraíram, censurando a cena abaixo. Em uma das mãos, Vimos, estava a estranha máscara. Estava completa agora... e ao mesmo tempo não. Kahl conseguia segurá-la sem desconforto aparente, mas a coisa não tinha poder. Certamente nada que pudesse forjar um novo deus.

Ele ergueu a mão e a culpa é minha, não Nossa, *minha*, pois sou um deus e devia *ter sabido* o que ele estava prestes a fazer. Mas não pensei nisso e as vidas perdidas assombrarão a minha alma eterna.

Kahl enviou poder como cem serpentes. Cada uma se esgueirou através de prédios, pedras e procurou seu covil: um entalhe minúsculo, quase invisível em todas as máscaras, tão pequeno que era subliminar. (Soubemos por causa do tempo. Vimos Kahl fazendo o trabalho de um deus, sussurrando nos sonhos dos artistas *dimyi* adormecidos, inspirando-os, influenciando-os. Vimos Nsana, o Guia, se virar, sentindo a intrusão em seu reino, mas Kahl era muito sutil. Ele não foi descoberto.)

Vimos todas as máscaras brilharem azul-esbranquiçadas...

... e então *explodirem*.

Muitas. Muito perto da base da Árvore, para onde Nós tínhamos varrido os corpos. Nós gritamos quando entendemos e nos apressamos para voltar, mas nem os deuses são onipotentes.

O fogo turbulento floresceu nas raízes da Árvore do Mundo. A onda de choque veio depois, como um trovão, ecoando. (Eco, Eco.) O grande e estremecedor gemido da Árvore se elevou aos poucos, tão gradualmente que Nós pudemos negá-lo. Poderíamos fingir que não era tarde demais até o tronco da Árvore do Mundo se partir, lançando lascas como mísseis em todas as direções. Prédios desabaram, ruas entraram em erupção. Os gritos de mortais morrendo se misturaram ao choro triste da Árvore, e então foram abafados quando a Árvore se inclinou lenta, graciosa e monstruosamente. Ela caiu de Sombra, o que pensamos ser uma bênção... até que a copa da Árvore, maciça como as montanhas, atingiu a terra.

O Reino dos Deuses

A concussão se espalhou para fora em uma onda que destruiu a terra em todas as direções, até onde os olhos mortais podiam ver.

Vimos Céu se estilhaçar em cem mil pedaços.

E bem acima de Nós, seu rosto uma máscara de triunfo selvagem para contrastar com a máscara em suas mãos: Kahl. Ele ergueu a máscara sobre a cabeça, fechando os olhos. Brilhava agora, cintilando, tremendo e mudando: repleta, enfim, com o milhão ou mais de vidas mortais com as quais ele acabara de alimentá-la. A ornamentação e forma dela se expandiram para formar um novo arquétipo: sugerindo implacabilidade, conhecimento insondável, magnificência e poder por excelência. Assim como Nahadoth, Itempas e Yeine, se alguém pudesse de alguma forma retirar suas personalidades e superficialidades para deixar apenas o significado destilado deles. Esse significado era *Deus*: a forma e o nome definitivos da máscara.

Sentimos a máscara chamar e sentimos algo responder antes que Kahl desaparecesse.

Então Nos dissolvemos. A dor de Shahar, a angústia de Deka, meu horror, tudo a mesma emoção, mas as respectivas reverberações eram muito poderosas individualmente para se fundir em todos Nós. Com o que restava de Nós, Nós (eu) nos lembramos tardiamente que estávamos em um palácio voador que havia sido construído como um palácio flutuante que de qualquer maneira não daria certo como um palácio em queda. Então Nós (eu) olhamos em volta e espiamos o Lago da Luneta, um enfadonho pequeno corpo de água no meio de terras agrícolas ainda mais enfadonhas. Seria suficiente. Nele, com cuidado, depositamos a delicada concha que era Eco. Pelo menos Usein ficaria satisfeita: o Luneta era pequeno e despretensioso, nada comparado à imensa vastidão do oceano. Agora, apenas 1,5 quilômetro de distância separava o palácio da costa; as pessoas podiam nadar até lá se quisessem. O plano de Remath de isolar os Arameri saiu pela culatra. Os Arameri, como os que restaram, seriam, portanto, mais acessíveis que nunca, e muito, muito mais próximos da terra.

Então Nós fomos embora, deixando apenas Deka, Shahar e eu, que nos encaramos enquanto a energia se esvaía. Nós caímos como um, juntos, e buscamos consolo no vazio.

As coisas mudaram.

Um dia depois, Deka e Shahar despertaram. Eu, por motivos que só posso imaginar, dormi por uma semana. Fui reinstalado nos aposentos de Deka e reintroduzido ao meu velho amigo, o tubo de alimentação. Tinha envelhecido outra vez. Não muito; apenas dez anos, mais ou menos. Isso me colocou no início dos meus sessenta anos, imaginei. Não que alguns anos a mais realmente importassem, naquela idade.

Na semana em que dormi, a guerra acabou. Usein enviou uma mensagem para o Eco no dia seguinte à Queda do Céu. Não houve rendição, mas diante da tragédia ela e seus aliados estavam dispostos a oferecer uma trégua. Não foi difícil ler nas entrelinhas. O grupo dela tivera intenção de que os Arameri e seus soldados morressem, e talvez mais algumas mortes abstratas no futuro, à medida que a humanidade se voltasse para a sua guerra sem fim. Ninguém, nem mesmo uma dura guerreira darre, estivera preparada para a Árvore caída, a cidade destruída ou o terreno baldio que agora era o centro de Senm. Ouvi dizer que os nortistas se juntaram às operações de resgate e foram bem-vindos... mesmo que, sem intenção, tenham causado o desastre. Todos que pudessem ajudar foram bem-vindos naqueles primeiros dias.

As deidades da cidade fizeram o que foi possível. Elas salvaram muitos transportando-os para fora da área quando as primeiras explosões

O Reino dos Deuses

começaram. Salvaram outros mais ao mitigar os danos. Com a queda, as raízes da Árvore quase se soltaram do solo. Se o cepo tivesse sido arrancado, não haveria escombros dos quais resgatar os sobreviventes, apenas uma sepultura recém-escavada do tamanho de uma cidade. Depois disso, as deidades trabalharam incansavelmente, entrando nas partes mais danificadas da cidade e farejando os fracos aromas da vida, reerguendo construções tombadas, ensinando aos escribas e dobradores de ossos a magia que salvaria muitas vidas nos dias subsequentes. Deidades de outras terras vieram para ajudar, e até mesmo algumas do reino dos deuses.

Mesmo com tudo isso, de todos os mortais que uma vez povoaram Céu-em-Sombra, apenas alguns milhares sobreviveram.

Shahar, em seu primeiro ato como líder da família, fez algo ao mesmo tempo estúpido e brilhante: ordenou que o Eco fosse aberto aos sobreviventes. Wrath se opôs com veemência e por fim se contentou em conseguir que Shahar e o resto dos sangue-altos se mudassem para o centro do palácio: a Espiral e seus edifícios circundantes, que poderiam ser resguardados pelos homens de Wrath e o punhado de soldados restantes que veio com os sobreviventes. O restante do palácio foi cedido a mortais feridos e desamparados, muitos deles ainda cobertos de poeira e sangue, que, agradecidos, dormiam em camas que se arrumavam sozinhas e comiam comida que aparecia sempre que desejavam. Eram pequenos confortos, e nenhum consolo, dado o que haviam sofrido.

Nos dias que se seguiram, Shahar convocou uma sessão de emergência do Consórcio dos Nobres e sem rodeios pediu ajuda. O povo de Sombra poderia reconstruir, disse ela, com tempo para se curar e assistência suficiente. No entanto, mais que bens e comida, eles precisariam de algo que os Arameri não poderiam fornecer: *paz*. Então pediu aos nobres reunidos que deixassem de lado as diferenças entre si e os Arameri e se lembrassem dos melhores princípios do Iluminado. Foi um discurso surpreendente e emocionante, fiquei sabendo. Prova disso é que eles a ouviram. Caravanas de suprimentos e tropas de voluntários começaram a chegar durante a semana. Não se falava mais em rebelião... apenas por ora, mas mesmo isso era uma concessão significativa.

No entanto, eles podem ter sido motivados por mais do que as palavras de Shahar. Havia um novo objeto no céu e estava se aproximando.

* * *

Uma semana depois que acordei, quando estava me sentindo forte o suficiente, deixei o Eco. Alguma deidade (não sei qual) esticara uma língua de pedra do dia da entrada do palácio até a margem do lago, larga o suficiente para carruagens e animais de carga. Nem de longe tão elegante quanto o Portão Vertical do Céu, mas funcionou. Deka, que precisava de um descanso do trabalho frenético das últimas semanas, decidiu ir comigo. Pensei em tentar convencê-lo do contrário, mas quando abrira a boca, ele me lançara um olhar tão desafiador que eu a fechara outra vez.

Levamos uma hora para atravessar a ponte e conversamos pouco no caminho. Ao longe, a forma corcunda e distorcida da Árvore caída era visível através da neblina da manhã. Nenhum de nós olhou naquela direção com frequência. Mais perto, uma cidade nova já havia começado a se desenvolver em torno do Eco e seu lago. Nem todos os sobreviventes queriam viver no palácio, então ergueram barracas e cabanas improvisadas na costa para ficar perto da família ou novos amigos alojados no Eco. Como resultado, uma espécie de mercado se desenvolveu em meio a esse acampamento, não muito longe do final da ponte. Deka e eu alugamos dois cavalos de um caravaneiro que montara uma baia (duas belas montarias para o jovem e seu avô, dissera ele, tentando ser amigável) e começamos a nossa jornada, que supostamente levaria apenas um dia. Não tínhamos escoltas ou guardas. Não éramos tão importantes. Ainda bem; eu queria privacidade para pensar.

A estrada que escolhemos, que já fora a principal via entre a cidade e as províncias vizinhas, estava bastante danificada. Atravessamos o asfalto irregular e trechos com escombros que nos obrigavam a desmontar com frequência e verificar se havia pedras nos cascos dos cavalos. Em

O Reino dos Deuses

um ponto, a estrada simplesmente se dividiu, se abrindo em um abismo profundo. Por mim estava tudo bem dar a volta; não havia nada além de terras agrícolas em ruínas nas proximidades, então não era como se o desvio fosse demorar muito. Mas Deka, em uma rara demonstração de temperamento, falou com as rochas e fez com que formassem uma ponte estreita e sólida sobre a abertura. Cruzamos antes que eu murmurasse algo para Deka, algo que enfatizasse que ele não deveria se prontificar tanto a usar magia para resolver problemas. Ele apenas olhou para mim e me encolhi. Só parecera o tipo de coisa que um homem mais velho deveria dizer a um mais jovem.

Seguimos. À tarde, chegamos à periferia da cidade. Foi mais difícil ir até ali e o dano nos atrasou. Todas as ruas que um dia foram pavimentadas eram escombros; as calçadas eram armadilhas letais, onde até podíamos encontrar ruas. Tive um vislumbre da ruína total que era Raiz Sul e me desesperei. Havia uma chance, pequena, de que Hymn e sua família tivessem saído antes da Queda do Céu. Eu rezaria para Yeine cuidar deles, vivos ou mortos.

Não queríamos ver a cidade em si, então era mais fácil contornar as piores partes, usando os bairros periféricos para seguir viagem. Aquelas tinham sido as casas e propriedades da classe média; pobres demais para construir no tronco da Árvore do Mundo, mas ricos o suficiente para comprar a melhor luz do sol que poderia ser obtida mais longe das raízes. Isso facilitou as coisas, porque eles tinham gramados largos e caminhos de terra que os cavalos podiam percorrer. Havia muita luz do sol agora.

Por fim chegamos ao próprio tronco, uma longa e baixa montanha estendida ao longo da terra, até onde a vista alcançava. Surpreendemos os nossos primeiros sobreviventes ali, uma vez que o resto da área estava em abandono total: catadores, vasculhando as ruínas das mansões que uma vez estiveram anexadas à Árvore. Eles olharam para nós e apontaram os cabos de machados e facões. Nós educadamente lhes demos um amplo espaço. Todos ficaram satisfeitos.

N. K. Jemisin

Então chegamos ao Céu. Lá, para a minha surpresa, não estávamos sozinhos.

Sentimos o fedor do charuto de Ahad antes de vê-lo, embora fosse um cheiro diferente desta vez. O meu olfato não era mais o que fora um dia, então foi só quando cheguei perto que entendi que ele havia colocado cravos na coisa para tornar o cheiro menos agressivo. Percebi o motivo quando notei que a fumaça estava misturada com o perfume de flor de hiras de Glee Shoth.

Eles provavelmente ouviram os cavalos antes de aparecermos, mas não se preocuparam em se mexer, então encontramos Ahad empoleirado em uma das pilhas de escombros mais próximas e menores, como se fosse um trono. Glee estava atrás dele. Ele se recostava nela, a cabeça apoiada nos seios. Ela havia escorado um cotovelo em um pedaço liso de pedra do dia, a mão livre penteando preguiçosamente o cabelo solto de Ahad. A expressão dele estava fria como sempre, mas não acreditei nela desta vez. Havia muita vulnerabilidade em sua postura, muita confiança na maneira como ele deixava Glee amparar seu peso. Vi muita cautela em seus olhos. Ele não conseguia esconder algumas coisas de mim, o que provavelmente foi o motivo de não se dar ao trabalho de tentar. Mas suspeito de que me mataria se eu ousasse comentar sobre isso. Então não falei nada.

— Se você veio dançar neste túmulo, é tarde demais — anunciou Ahad enquanto desmontávamos. — Já fiz isso.

— Que bom — respondi, cumprimentando Glee com a cabeça, que acenou silenciosamente de volta. (Ela, ao contrário de Ahad, não se preocupou em esconder o orgulho que sentia por ele. E havia uma decidida e presunçosa possessividade na maneira como ela acariciava o cabelo dele que me lembrou de Itempas, quando ele tinha o afeto de Nahadoth.) Espreguicei-me e fiz uma careta quando os meus joelhos doeram após a longa viagem. — Realmente não tenho mais vontade de dançar.

— Sim, você está um lixo, não é? — Ahad exalou uma longa e espiralada corrente de fumaça e o vi considerar se deveria me machucar ainda mais. Havia tantas maneiras de fazer isso com um comentário casual.

O Reino dos Deuses

Então acontece que você é um pai ainda pior do que eu pensava, ou talvez *Fico feliz em saber que não fui seu primeiro erro.* Preparei-me o melhor que pude, embora não houvesse nada que eu pudesse fazer. De acordo com Deka, eu ainda estava envelhecendo mais rápido do que deveria, talvez dez dias para cada um. Apenas saber que eu era pai era um veneno implacável que me mataria em um ano, dois no máximo. Não que algum de nós tivesse que esperar tanto.

Para o meu alívio, Ahad não disse nada. Ou ele estava se sentindo magnânimo ou Glee tinha começado a abrandá-lo. Ou talvez ele apenas não visse nenhum sentido em comentar naquelas circunstâncias.

— Olá — cumprimentou Deka. Ele encarava Ahad e, tardiamente, recordei-me de que nunca conseguira contar a ele sobre suas origens. A tentativa do meu filho muito perdido de destruir o universo me distraíra um pouco.

Ahad se sentou, olhando para o garoto. Depois de um momento, um sorriso vagaroso se espalhou pelo seu rosto.

— Ora, ora, ora. Você deve ser Dekarta Arameri.

— Sou eu. — Deka afirmou isso rigidamente, tentando esconder seu fascínio e falhando. Eles não eram idênticos, mas a semelhança era próxima o suficiente para desafiar a coincidência. — E você é?

Ahad abriu os braços.

— Me chame de "vovô".

Deka ficou tenso. Glee lançou um olhar irritado para a nuca de Ahad. Suspirei e esfreguei os olhos.

— Deka... explico para você mais tarde.

— Sim, você vai — disse ele. Mas cruzou os braços e desviou o olhar de Ahad, que suspirou, decepcionado. Não tive certeza se ele de fato se importava com o desinteresse de Deka ou se só estava usando outra oportunidade para incomodar o garoto.

Ficamos em silêncio então, como era apropriado para um cemitério.

Olhei para as grandes pilhas de pedras do dia caídas e enfiei as mãos nos bolsos, pensando nos meus sentimentos. Eu odiara o Céu por todos os anos da minha prisão. Dentro de suas paredes brancas eu havia passado fome, sido estuprado, esfolado e coisas piores. Tinha sido um deus reduzido a uma posse e a humilhação daqueles dias não me abandonara, apesar de cem anos de liberdade.

Mesmo assim... lembrei-me do meu planetário e En pulsou em gentil compaixão no meu peito. Lembrei-me de correr pelos selvagens e curvos espaços mortos do Céu, tornando-os meus. Eu havia encontrado Yeine ali; sem pensar, comecei a murmurar a canção de ninar que uma vez cantara para ela. Não tinha sido tudo sofrimento e horror. A vida nunca é uma coisa só.

Acima de mim, Ahad suspirou. O Céu tinha sido a casa dele um dia. Deka tocou a minha mão; aquilo era verdade para ele também. Nem um de nós lidava com o luto sozinho, por mais longo que acabasse sendo.

Acima de nós, a meio caminho entre o sol e a lua tênue e recém--nascida, todos podíamos ver a mancha peculiar que tinha crescido cada vez mais desde o dia da vitória de Kahl. Não era uma coisa que pudesse ser descrita com facilidade, fosse em senmata ou na língua dos deuses. Uma transparência manchada. Um espaço de nada oscilante, que deixava nada em seu rastro. Também podíamos senti-lo, como uma coceira na pele. Ouvi-lo, como palavras cantadas ao longe, mas não demoraria muito para que todos o ouvíssemos, com mais nitidez que qualquer ser sadio gostaria. Seu rugido eclipsaria o mundo.

O Turbilhão. Kahl O havia convocado e estava chegando.

Depois de um tempo, durante o qual o sol se pôs e as primeiras estrelas começaram a aparecer, Ahad suspirou e ficou de pé, se virando para ajudar Glee a fazer o mesmo. Eles desceram ao chão, o que fez com que Deka se sobressaltasse e inspirasse quando suas suspeitas foram confirmadas. Ahad piscou para ele, então ficou sério quando se virou para mim.

— Os outros pensam que podem enfrentar o que quer que aconteça no reino dos deuses — falou baixinho. — Tenho minhas dúvidas, mas não posso culpá-los por tentar. — Ele hesitou, então olhou para Glee. — Vou ficar aqui.

O Reino dos Deuses

Foi uma confissão que eu nunca esperaria dele. Glee era mortal; ela não poderia sobreviver em nosso reino. Quando olhei para ela, para ver se entendia o quão profunda foi a mudança nele, Glee assentiu de maneira mínima, erguendo o queixo em um desafio descaradamente protetor. Ahad não era o único de nós que podia causar dor com um comentário.

No entanto, eu não tinha interesse algum em ferir Ahad. Eu já tinha feito o suficiente para ele.

— Talvez um assunto mais produtivo seja *salvar* este reino, em vez de fugir dele — sugeriu Deka e, pelo tom de sua voz, eu sabia que levaria uma bronca quando estivéssemos sozinhos.

Mas Ahad balançou a cabeça, ficando estranhamente sério.

— Não há como salvá-lo — garantiu ele. — Nem mesmo os Três podem comandar o Turbilhão. Na melhor das hipóteses, eles podem ficar de lado enquanto Ele acaba com os reinos e então reconstruir a partir do que restar. Não que isso nos ajude muito. — Ele deu de ombros e suspirou, olhando para o céu. A mancha era igualmente visível à noite, uma ondulação contra o tapete de estrelas. Mas, além dela, não havia estrelas. Não havia nada além do vazio escuro.

— Meu pai acredita que vale a pena tentar salvar este reino — contribuiu Glee. Deka a olhou, provavelmente adivinhando mais segredos. Eu devia mesmo ter contado tudo a ele antes. Mais estupidez da minha parte.

— Yeine e Nahadoth também, se eu bem os conheço. — Suspirei. — Mas se eles pudessem ter feito parar, já teriam feito.

Não acrescentei que havia rezado para ambos, mais de uma vez, nas noites anteriores. Eles responderam com silêncio. Tentei não me preocupar com o que isso significava.

— Bem, é melhor irmos. Só vim dar adeus ao velho inferno.

O charuto de Ahad enfim terminara de queimar. Ele largou a bituca no chão e a apagou com o dedo do pé, lançando um último olhar para a estrutura desmoronada do Céu atrás de nós. A pedra do dia ainda brilhava à noite, uma resplandecência fantasmagórica suave para contrastar com o vazio rasgado no céu acima. Um marcador adequado para o túmulo da humanidade, concluí. Com sorte, Yeine e Naha encontrariam uma maneira de preservá-lo quando o mundo acabasse.

E Itempas, a minha mente acrescentou aos nomes de Yeine e Naha, embora, é óbvio, isso não fosse tão garantido. Talvez eles o deixassem morrer com o resto de nós. Se fossem fazer isso, aquele seria o momento.

— Vamos nos ver outra vez — afirmou Glee. Assenti, enfim percebendo que eles estavam de mãos dadas.

Em seguida, desapareceram, deixando Deka e eu sozinhos.

— Explique — ordenou ele.

Suspirei e olhei em volta. Era mesmo noite. Eu não tinha imaginado que a viagem demoraria tanto. Não tínhamos suprimentos para acampar. Em vez disso, teríamos que usar os cobertores dos cavalos no chão. Meus velhos ossos adorariam isso.

— Vamos nos ajeitar aqui primeiro — falei.

Deka contraiu a mandíbula como se preferisse discutir, mas em vez disso se virou para os cavalos, trazendo-os para mais perto da pilha de pedras do dia para que pudessem se abrigar do vento.

Ajeitamo-nos no que havia sido a base de uma casa, destruída pela força da queda da Árvore. Alguns pequenos pedaços de pedra do dia haviam caído ali, então os reunimos em uma pilha para conseguir luz e Deka murmurou um comando que as fez gerar calor também. Estendi os nossos cobertores separadamente, mas Deka logo colocou o dele ao lado do meu e me puxou para seus braços.

— Deka...

Nós tínhamos dividido a cama dele desde a última vez que eu acordara, mas estivéramos cansados demais para fazer qualquer coisa além de dormir. Foi conveniente para adiar as conversas necessárias, mas elas não poderiam ser adiadas para sempre. Então respirei fundo e rezei brevemente a um de meus irmãos, pedindo força.

— Você não precisa fingir. Eu sei como é para os jovens e...

— Eu acho — interrompeu ele — que você tem sido estúpido o suficiente ultimamente, Sieh. Não piore as coisas.

O Reino dos Deuses

Com isso, tentei me sentar. Eu não pude, porque ele não me deixava e porque as minhas costas reclamaram ferozmente quando tentei. Muito tempo em cima do cavalo.

— O quê?

— Você ainda é a criança — comentou ele baixinho, e parei de lutar.

— E o gato, e o homem, e o monstro que sufoca as crianças no escuro. Você também é um homem velho; tudo bem. Eu lhe disse, Sieh, não vou a lugar nenhum. Agora deite-se. Quero tentar uma coisa.

Mais por choque do que por qualquer obediência real, fiz o que ele pediu.

Deka deslizou a mão sob a minha camisa, o que me fez ficar envergonhado e balbuciar:

— Deka, deuses...

— Fique quieto. — A mão parou, descansando no meu peito.

Não era uma carícia, embora o meu velho corpo estúpido tenha concluído que fosse e ainda tenha concluído que talvez não fosse tão velho assim. Fiquei grato; na minha idade não havia garantias de que certos processos corporais ainda funcionavam.

A expressão de Deka estava estática, atenta. Eu tinha visto a mesma concentração quando ele falava magia ou desenhava selos. Desta vez, porém, ele começou a sussurrar e a mão se moveu no ritmo das palavras. Curioso, escutei o que ele dizia, mas não eram palavras. Não era o nosso idioma ou qualquer idioma. Eu não tinha ideia do que ele estava fazendo.

Mas senti quando as palavras começaram a fazer cócegas ao longo da minha pele. Quando pulei e tentei me sentar, Deka me pressionou para baixo, fechando os olhos para que meu contorcer não o distraísse. E eu me *contorci*, porque era a sensação mais peculiar. Como formigas rastejando sobre a minha carne, isto se as formigas fossem planas e feitas de sibilância. Foi quando notei o suave brilho preto das marcas de Deka... que eram mais que tatuagens, percebi por fim. Sempre foram mais que isso.

Mas algo não estava certo. As marcas que ele sussurrou na minha carne não permaneceram. Eu as senti passarem pelos meus membros e descerem pela minha barriga, mas assim que se estabeleciam no lugar, começavam a desaparecer. Vi a testa franzida de Deka e depois de alguns momentos ele parou, a mão no meu peito se fechando em um punho.

— Acho que não foi como o esperado — falei baixinho.

— Não.

— O *que* você esperava?

Devagar, ele balançou a cabeça.

— As marcas deviam ter acessado a sua magia inata. Você ainda é um deus; se não fosse, sua antítese não lhe afetaria. Eu deveria conseguir lembrar à sua carne que seu estado natural é jovem, maleável, encarnado apenas pela sua vontade... — De mandíbula contraída, ele desviou o olhar. — *Não* entendo por que falhou.

Suspirei. Não havia nenhuma esperança real em mim, provavelmente porque ele não me dissera o que estava fazendo antes de fazer. Fiquei feliz por isso.

— Pensei que você me queria como um mortal.

Deka balançou a cabeça de novo, os lábios formando uma linha fina.

— Não se isso significa que você está morrendo, Sieh. Nunca quis isso.

— Ah. — Coloquei a mão sobre o punho dele. — Obrigado por tentar, então. Mas não adianta, Deka, mesmo se pudesse me consertar. Deidades são frágeis em comparação aos Três. Quando o Turbilhão dizimar este universo, provavelmente nós...

— Cale-se — sussurrou ele, e me calei, pestanejando. — Apenas cale-se, Sieh.

Deka tremia e havia lágrimas em seus olhos. Pela primeira vez desde a infância, ele parecia perdido, solitário e mais que um pouco amedrontado.

Eu ainda era um deus, como ele dissera. Era a minha natureza confortar crianças perdidas. Então o puxei para mim, com a intenção de abraçá-lo enquanto ele chorava. Deka empurrou as minhas mãos para o lado e me beijou. Então, como se o beijo não tivesse sido suficiente para me lembrar de que ele não era uma criança, ele se sentou e começou a remover as minhas roupas.

O Reino dos Deuses

Eu poderia ter rido, ou dito não, ou fingido desinteresse. Mas era o fim do mundo e ele era meu. Eu fiz o que me fazia sentir bem.

Todos nós morreríamos em três dias, mas havia muito que poderia ser feito naquele tempo. Eu não era mortal de verdade; sabia que não deveria subestimar o presente de Enefa. Eu saborearia cada momento da minha vida que restasse, chuparia sua medula, trituraria seus ossos. E quando o fim chegasse... bem, eu não estaria sozinho. Isso era uma coisa preciosa e sagrada.

* * *

De manhã, voltamos ao Eco. Deka foi ver seus escribas e perguntar novamente se eles haviam encontrado algum milagre que pudesse salvar a todos nós. Fui em busca de Shahar.

Encontrei-a no Templo, que enfim fora transformado em tal. Alguém colocara um altar bem no local onde Deka e eu fizemos amor pela primeira vez. Tentei não ter pensamentos lascivos sobre sacrifício humano quando parei diante dele, porque me recusava a ser um velho safado.

Shahar estava parada depois do altar, sob a espiral colorida que agora lançava uma luz levemente azul sobre nós, como a do céu sem nuvens lá fora. Ela estava de costas para mim, embora eu tivesse certeza de que tinha me ouvido chegar. Tivera que falar com quatro guardas só para entrar na sala. No entanto, ela não se moveu até que falei, e então ela se assustou, saindo de fosse lá qual devaneio estivesse.

— Amigos mentem — proferi. Falei baixinho, mas a minha voz ecoou na câmara de teto alto. Era mais profunda agora, com um tom rouco que só pioraria à medida que eu envelhecesse. — Amantes também. Mas a confiança pode ser reconstruída. Você é minha amiga, Shahar. Eu não devia ter me esquecido disso. — Ela não disse nada. Suspirei e dei de ombros. — Sou um desgraçado, o que você espera?

Mais silêncio. Vi quando ela tensionou os ombros. Então cruzou os braços sobre o peito. Eu tinha visto tantas mulheres chorarem que reconheci os sinais de alerta e decidi ir embora. Mas assim que cheguei à porta, ouvi: "amigos."

Parei e olhei para trás. Ela ergueu a mão direita, a que segurara a minha, anos atrás, quando fizemos nosso juramento. Esfreguei o polegar em minha própria palma formigando e sorri.

— Amigos — confirmei, erguendo a mão.

Então saí, porque havia algo em meus olhos. Poeira, provavelmente. Eu teria que ser mais cuidadoso no futuro. Os velhos tinham que cuidar bem dos olhos.

... e todos viveram felizes para sempre.
Fim.

❋ ❋ ❋

O MUNDO PERMANECEU SURPREENDENTEMENTE CALMO à medida que o Turbilhão crescia para diminuir o sol no céu. Não era o que eu esperara. Humanos mortais estão a apenas algumas línguas e esquisitices distantes das feras mortais e é da natureza das feras entrarem em pânico com a chegada do perigo.

Houve alguns atos animalescos. Nada de saqueamentos (os Guardiões da Ordem sempre foram rápidos em executar ladrões), mas muitos casos de incêndio criminoso e vandalismo enquanto mortais destruíam propriedades para dar vazão ao desespero. E houve violência, é óbvio. Em uma das terras patriarcais, tantos homens mataram suas esposas e filhos antes de se matarem que uma das minhas irmãs se envolveu. Ela apareceu na capital envolta em folhas que caíam e anunciou que levaria pessoalmente as almas de tais assassinos para o pior dos infernos infinitos. Mesmo assim, os assassinatos não pararam, mas diminuíram.

Tudo isso não era nada perto do que podia ter sido. Eu esperara... não sei. Suicídio em massa, canibalismo, o colapso total do Iluminado.

Em vez disso, Shahar se casou com Datennay Canru, de Tema. Foi uma cerimônia pequena e particular, pois não houvera tempo para preparar nada melhor. A meu pedido, ela solicitou que Deka administrasse os ritos como Primeiro Escriba, e a meu pedido, Deka concordou. Eles não se desculparam um com o outro. Ambos eram Arameri. Mas vi que ela estava arrependida e vi que Deka a perdoou. Então Shahar fez com que a Ordem de Itempas espalhasse a notícia do evento por pregoeiros, garotos de recados e pergaminhos. Ela esperava que suas ações enviassem uma mensagem: *eu acredito que haverá um futuro.*

Canru concordou prontamente com o casamento, acho, porque ele estava mais que um pouco apaixonado por ela. Shahar… bem, ela nunca deixou de me amar, mas gostava dele de modo genuíno. Todos nós procurávamos as nossas próprias formas de conforto naqueles dias.

Passei as noites nos braços de Deka e fui humildemente grato por minha sorte.

Assim o mundo continuou.

Até acabar.

* * *

Nós nos reunimos ao amanhecer do último dia: Arameri, pessoas importantes de Tema e outras terras, pessoas comuns de Sombra, Ahad e Glee, Nemmer e algumas outras deidades que não haviam fugido do reino. A Espiral não era tão alta quanto o Céu, mas tinha uma vista tão boa quanto qualquer outra. De lá, os céus eram uma visão terrível e fascinante. Mais da metade do céu fora devorada pela transparência rodopiante e oscilante. À medida que o sol nascia e passava para o espaço de mudança, sua forma se tornava doentia e distorcida, seus raios tremeluzindo sobre as nossas peles como uma fogueira. Não foi uma ilusão. O que vimos foi literal, apesar da impossibilidade dos ângulos e da distância. Até mesmo as regras de Tempa para a física e o tempo foram distorcidas pela presença do Turbilhão. Assim, vimos o fim lento e torturado do nosso sol quando foi dilacerado e puxado para dentro da grande boca. Haveria luz por mais algum tempo, e então escuridão como nenhum mortal jamais vira. Se durássemos tanto.

Segurei a mão de Deka enquanto estávamos olhando para ela, sem medo.

O Reino dos Deuses

Suspiros assustados vindos do centro da campina da Espiral chamaram a minha atenção: Nahadoth e Yeine tinham aparecido ali em meio às algas marinhas. O povo reunido abriu espaço para eles, embora alguns rapidamente tenham se ajoelhado ou começado a chorar ou gritar por eles. Ninguém os calou, pois a esperança nunca fora um pecado.

Arrastei Deka comigo enquanto abria caminho pela multidão. Entre Nahadoth e Yeine estava Itempas; eles o haviam trazido. Todos os três pareciam sombrios, mas não teriam vindo sem motivo. Nahadoth poderia agir sem propósito, mas Yeine tendia a não o fazer e Itempas nunca o fizera.

Eles se viraram para mim quando os alcancei e de repente tive certeza.

— Vocês têm um plano — afirmei, apertando a mão de Deka com força.

Eles se entreolharam. Atrás dos Três, Shahar também saiu da multidão, Canru logo atrás. Ele parou, olhando para eles com admiração. Shahar avançou sozinha, as mãos fechadas em punhos nas laterais do corpo.

Itempas inclinou a cabeça para mim.

— Temos.

— O quê?

— A morte.

Se eu não tivesse passado incontáveis eternidades suportando o comportamento dele, eu teria gritado.

— Pode explicar melhor?

Houve uma leve contração dos lábios de Itempas.

— O Kahl chamou o Turbilhão para se juntar a ele. Ele terá que aparecer para tomá-Lo em si mesmo e, ele espera, usar Seu poder para se tornar um deus. Vamos matá-lo e oferecer a Ele uma nova posição de poder. — Ele abriu os braços, indicando a si mesmo.

Prendi a respiração, horrorizado ao entender.

— Não. Tempa, você nasceu do Turbilhão. Para retornar a Ele...

— Eu escolhi isso, Sieh. — A voz dele atravessou a minha, reconfortante, definitiva. — É o destino que a minha natureza exige. Senti a possibilidade desde a invocação do Kahl. Yeine e Nahadoth confirmaram.

Atrás dele, o rosto de Yeine estava ilegível, sereno. Nahadoth... ele era quase o mesmo. Mas não era da natureza dele se conter. Ele não conseguia esconder sua inquietação por completo, não de mim.

Fiz uma carranca para Itempas.

— O que é isto? Alguma tentativa equivocada de redenção? Eu lhe disse há um século, seu tolo teimoso, nada pode compensar seus crimes! E de que adianta você se sacrificar se sua morte fará com que tudo acabe de qualquer jeito?

— O Turbilhão pode parar de Se aproximar se cumprir o propósito do Kahl — respondeu Itempas. — Neste caso, criando um novo deus. Acreditamos que a forma que este novo deus assume dependerá da natureza e da vontade do recipiente. — Ele deu de ombros. — Garantirei que o que for criado seja um substituto adequado para mim.

Tropecei para trás e Deka colocou a mão no meu ombro, preocupado. Era a mesma conjunção de poder e vontade que moldara Yeine em uma nova Enefa, e enquanto aquilo fora selvagem, uma série de coincidências não muito acidentais, agora Itempas esperava controlar um evento semelhante. Mas, qualquer que fosse o deus criado em seu lugar, por mais babaca que aquele novo pudesse se tornar, *Itempas* morreria.

— Não — falei. Eu tremia. — Você não pode.

— É a única solução, Sieh — garantiu Yeine.

Olhei para os dois, tão determinados, e não sabia o que sentir naquele instante. Não muito tempo antes, eu teria me alegrado com a ideia de um novo Itempas. Mesmo agora era uma tentação, porque eu poderia tê-lo perdoado e ainda poderia amá-lo, mas jamais me esqueceria do que ele fizera à nossa família. Nada jamais seria o mesmo para qualquer um de nós. Não seria mais fácil, de algum modo *mais limpo*, recomeçar com alguém novo? Conhecendo a Itempas, a ideia também o atraía. Ele gostava das coisas organizadas.

Voltei-me para Nahadoth, esperando por... algo. Eu não sabia o quê. Mas Nahadoth, maldito seja, não estava prestando atenção a nenhum de nós. Ele tinha se virado para olhar para o céu rodopiante. Ao redor

O Reino dos Deuses

dele, os tentáculos escuros de sua presença giravam em uma dança lenta e harmoniosa. Esticando-se mais alto, em incrementos aleatórios, enquanto eu observava. Em direção ao Turbilhão.

Espere...

De repente, Itempas falou o nome dele, antes que os meus pensamentos pudessem se cristalizar em medo. Yeine, surpresa, franziu a testa para os dois irmãos. Por um momento, vi a incompreensão em seu rosto, então seus olhos se arregalaram. Mas Naha apenas sorriu, como se fosse divertido nos assustar. E ele continuou olhando para o Turbilhão, como se fosse a visão mais bonita do reino mortal.

— Talvez não devêssemos fazer nada — disse Nahadoth. — Mundos morrem. Deuses morrem. Talvez devêssemos deixar *tudo* pra lá e recomeçar.

Recomeçar. Meus olhos encontraram os de Yeine através da escuridão de Naha. Deka apertou o meu ombro; ele também entendeu. O tremor instável de tristeza no fundo da voz de Nahadoth. A maneira como sua forma se confundia com as afetações do Turbilhão, ressoando com sua música terrível e agitada.

Mas não havia medo no rosto de Itempas quando ele deu um passo em direção a Nahadoth. Na verdade, ele sorria... e fiquei maravilhado, porque mesmo que ele estivesse preso em carne mortal, seu sorriso de alguma forma tinha todo o antigo poder. Nahadoth também reagiu a isso.

Ele baixou o olhar para focar em Itempas, seu próprio sorriso desaparecendo.

— Talvez devêssemos — disse Itempas. — *Seria* mais fácil do que consertar o que está quebrado.

As espirais flutuantes da substância de Nahadoth ficaram imóveis. Elas se moveram para o lado quando Itempas se aproximou de Nahadoth, permitindo que ele chegasse perto, mas também se curvando para dentro e se afiando em foices irregulares. Presas prontas para abocanhar a carne tão impotente de Itempas. Itempas ignorou essa ameaça gritante, continuando em frente e, enfim, parando diante dele.

Atrás dele, Glee estava paralisada e de olhos arregalados. Prendi a respiração.

— Você morrerá comigo, Nahadoth? — perguntou ele. A voz estava baixa, mas se propagou. Todos ouvimos, mesmo sobre o grito crescente e distorcido do Turbilhão. — É isso o que você quer?

Atrás deles, talvez apenas eu tenha visto a expressão de Yeine endurecer, embora ela não tenha dito nada. Qualquer um podia ver a delicadeza da escrita que Tempa teceu, ainda mais frágil porque não passava de palavras. Ele não tinha magia. Nenhuma arma para aquela batalha, exceto a história entre eles, a boa e a ruim.

Nahadoth não respondeu, mas também não precisava. Havia rostos que ele usava apenas quando pretendia matar. Lindos rostos (a destruição não é a natureza dele, apenas uma arte da qual desfruta), mas em minha forma mortal eu não podia olhar para eles sem querer morrer, então fixei os olhos nas costas de Itempas. De alguma forma, apesar de *sua* forma mortal, Tempa ainda podia suportar o pior de Naha.

— O novo — disse Tempa, bem baixinho. — Garantirei que ele seja digno de vocês dois.

Então ele ergueu as mãos (mordi a língua para não deixar escapar um aviso) e segurou o rosto de Nahadoth. Eu esperava que seus dedos caíssem, pois as profundezas pretas ao redor de Naha haviam se tornado letais, congelando neve no ar e deixando rachaduras no chão sob os seus pés. Provavelmente machucou Itempas; eles sempre se machucavam. Isso não o impediu de se aproximar e beijar os lábios de Nahadoth.

Nahadoth não retribuiu o beijo. Era como se Itempas tivesse pressionado a boca contra uma pedra. No entanto, o fato de isso ter sequer ocorrido (de Nahadoth ter permitido, de ser a despedida de Itempas) tornou aquilo sagrado.

(Cerrei os punhos e lutei contra as lágrimas. Eu estava velho demais para sentimentalismos, droga.)

Itempas se afastou, sua tristeza nítida. Mas enquanto ele estava ali, as mãos escondendo o rosto de Nahadoth de qualquer visão, exceto a sua,

O Reino dos Deuses

Naha mostrou-lhe algo. Eu não podia ver o que era, mas podia adivinhar, porque havia rostos que Naha usava para o amor também. Eu nunca tinha visto aquele que ele fizera para Itempas, porque, com ciúmes, Itempas guardara aquele rosto para si, como sempre fazia com o amor de Naha. Mas Itempas inspirou ao ver o que quer que Naha lhe mostrava agora, fechando os olhos como se Naha o tivesse atingido com um último e terrível golpe.

Então ele deu um passo para trás e, quando suas mãos caíram, o rosto de Nahadoth retomou sua natureza comum e mutável. Com isso, Naha deu as costas para todos nós, sua capa se retraindo bruscamente para formar uma cobertura apertada e escura ao seu redor. Era como se Itempas nem estivesse mais lá.

Mas ele não olhou para o céu outra vez.

Quando Itempas se controlou, ele olhou para Yeine e assentiu. Ela o observou por um longo e ponderado momento, então, por fim, assentiu em resposta. Deixei escapar um suspiro e Deka também. Pensei que talvez até o Turbilhão tinha ficado mais quieto por um momento, mas isso deve ter sido coisa da minha imaginação.

Mas antes que eu pudesse digerir meu próprio alívio e tristeza, a cabeça de Nahadoth se virou bruscamente para cima, mas, desta vez, não em direção ao Turbilhão. A escuridão de sua aura brilhou mais escura.

— *Kahl* — arfou ele.

Bem acima (no mesmo lugar de onde ele derrubara a Árvore do Mundo), uma pequena figura apareceu, envolta em magia que tremia e oscilava como o Turbilhão.

Mas, antes que eu pudesse raciocinar, quase fui jogado ao chão com a explosão da fúria de Yeine. Ela não perdeu tempo em decidir agir; o ar simplesmente ondulou com a *negação da vida*. Eu me encolhi, contra a minha vontade, quando a morte atingiu Kahl, meu filho...

... meu filho desconhecido, indesejado e não lamentado, a quem eu teria orientado e protegido se tivesse podido, cujo amor eu teria recebido se houvesse tido a chance de escolher...

... não morreu. Nada aconteceu.

Nahadoth sibilou, seu rosto se tornando reptiliano.

— A máscara o protege. Ele está fora desta realidade.

— A morte é realidade em todos os lugares — respondeu Yeine. Eu nunca tinha ouvido tanto desejo de matar em sua voz.

Houve um tremor abaixo de nós, ao nosso redor. O povo da cidade gritou assustado, temendo outro cataclismo. Achei que sabia o que estava acontecendo, embora não pudesse mais sentir: a terra abaixo de nós havia se deslocado em resposta ao ódio de Yeine, o planeta inteiro girando como um guarda-costas enorme e furioso para enfrentar seu inimigo. Ela abriu os braços, agachando-se, os cachos soltos de seu cabelo chicoteando em uma ventania que ninguém mais sentia, e seus olhos estavam tão frios quanto coisas mortas havia muito tempo quando se fixaram em Kahl.

No meu filho. Mas...

Nahadoth, com o rosto incendiado, riu quando o poder dela aumentou, mesmo quando a natureza hostil do poder o forçou a recuar. Até Itempas olhou para ela, o orgulho guerreando com o desejo em seu olhar.

Era assim que deveria ser. Era o que eu quisera o tempo todo, na verdade, que os Três se reconciliassem. Mas...

... para matarem meu filho!

Não. Isso eu não queria.

Deka olhou para mim e pegou a minha mão de repente, assustado.

— Sieh!

Franzi a testa e ele levantou uma mecha do meu cabelo para eu ver. Era castanho, com grossas listras brancas; agora o branco predominava. Os poucos fios castanhos restantes desbotaram até a branquitude enquanto eu observava. Estava mais longo também.

Olhei para Deka e vi o medo em seus olhos.

— Sinto muito — falei. E eu realmente sentia, mas... — Nunca quis ser um pai ruim, Deka. Eu...

— *Pare.* — Ele agarrou o meu braço. — Pare de falar, pare de pensar nele. Você está se matando, Sieh.

O Reino dos Deuses

Estava mesmo. Mas teria acontecido de qualquer jeito. Maldita Enefa. Eu pensaria o que quisesse, lamentaria como desejasse pelo filho que eu nunca conhecera. Lembrei-me dos dedos dele na minha nuca. Acho que ele teria me perdoado se tivesse podido, se o perdão não fosse contrário à sua natureza. Se a minha fraqueza não o tivesse deixado sofrer tanto. Tudo o que ele se tornara foi por minha culpa.

Houve um estalo de ar deslocado quando Yeine desapareceu. Não consegui ver o que se seguiu; meus olhos não eram mais os de antes e eu parecia estar desenvolvendo catarata. Mas houve outro estalo do alto, um trovão de ecos, então Nahadoth ficou tenso, o sorriso desaparecendo. Itempas se aproximou dele rapidamente, com os punhos cerrados.

— Não — arfou ele.

— Não — repetiu Nahadoth, então ele também se foi, um lampejo de sombra.

— O que está acontecendo? — perguntei.

Deka semicerrou os olhos, olhando para cima, balançando a cabeça.

— Kahl. Não é possível. Deuses, como ele está... — Ele prendeu a respiração. — Yeine foi derrotada. Agora Nahadoth...

— O quê?

Mas não havia tempo para pensar, porque de repente o espaço onde Nahadoth e Yeine estavam foi preenchido outra vez, e todos caímos de joelhos.

Kahl usava a Máscara de Deus e o poder que ela irradiava era a pior coisa que eu já havia sentido na vida. Ainda pior do que o dia em que Itempas me forçara a vestir a carne mortal e aquilo fora como ter todos os meus membros quebrados para que eu pudesse ser enfiado em um cano. Pior do que ver o corpo de minha mãe ou o de Yeine quando ela teve sua morte mortal. Minha pele pinicava; meus ossos doíam. Ao meu redor, ouvi outros caindo, gritando. A máscara estava *errada*: a emulação de um deus, estranho e ofensivo à própria existência. Em sua forma incompleta, apenas deidades foram capazes de identificar a sensação de erro, mas

483

agora a Máscara de Deus irradiava a sua hediondez para todos os filhos do Turbilhão, mortais e imortais.

Ao meu lado, Deka gemeu, tentando falar magia, mas apenas gaguejava. Lutei para ficar de joelhos. Teria sido mais fácil simplesmente me deitar e morrer. Mas forcei a cabeça para cima, tremendo com o esforço, enquanto Kahl dava um passo em direção a Itempas.

— Você não é quem eu teria escolhido — disse ele, a voz trêmula. — Enefa era o alvo original da minha vingança. Eu agradeceria por você tê-la matado, mas aqui e agora você é o mais fácil dos Três de matar. — Kahl se aproximou, erguendo a mão em direção ao rosto de Itempas. — Sinto muito.

Itempas não recuou, nem caiu no chão, embora eu tenha visto como a onda de poder ao redor de Kahl o pressionava. Deve ter sido necessária toda a força dele para permanecer de pé, mas aquele era meu iluminado pai. Se apenas o orgulho tivesse sido a sua natureza, nenhuma força no universo poderia tê-lo detido.

— Pare — sussurrei, mas ninguém me ouviu.

— *Pare* — disse outra voz, alta, afiada e furiosa.

Glee.

Mesmo com a visão debilitada, eu podia vê-la. Ela também estava de pé e não era um truque da luz: uma auréola pálida e tênue a cercava. Era mais fácil ver isto porque o céu estava nublado, nuvens de tempestade fervilhando do sul enquanto um vento forte começava a soprar. Não conseguíamos mais ver o Turbilhão, exceto em fragmentos, quando as nuvens se abriam, mas podíamos ouvi-Lo: um rugido oco e fraco que só ficava mais alto. Também podíamos senti-Lo, uma vibração mais profunda do que a terra que Yeine sacudira. Algumas horas, alguns minutos; não dava para saber quando Ele chegaria. Saberíamos quando Ele nos matasse.

Itempas, que não havia se afastado de Kahl, tropeçou agora enquanto se virava para encarar a filha. Havia muitas coisas nos olhos de Glee naquele momento, mas eu não as percebi por olhar para os olhos dela, que tinham se tornado a brasa funda e sinistra de um sol poente.

O Reino dos Deuses

Kahl fez uma pausa, a Máscara de Deus se virando levemente enquanto ele a olhava.

— O que é que você quer, mortal?

— *Matar você* — respondeu ela. Então explodiu em chamas incandescentes.

Todos os mortais próximos gritaram, alguns deles fugindo para as escadas. Itempas ergueu um braço quando foi jogado mais para trás. Ahad, ao lado dela, gritou e desapareceu, reaparecendo perto de mim. Até Kahl cambaleou, o borrão ao redor dele se deformando pela pura força ardente dela. De onde eu estava, a três metros de distância, podia sentir o calor do fogo contraindo a minha pele. Qualquer um mais próximo provavelmente estava correndo o risco de queimaduras. E a própria Glee...

Quando as chamas cessaram, fiquei maravilhado, pois ela estava toda vestida de branco. Sua saia, sua jaqueta... pelos deuses, até mesmo seu *cabelo*. A luz que a cercava era quase brilhante demais para olhar. Tive que semicerrar os olhos lacrimejantes e protegê-los com a mão. Por um instante, pensei ter visto anéis, palavras marchando no ar e em suas mãos... não. Não podia ser.

Nas mãos dela estava a espada de lâmina branca que Itempas usara para partir o caos de Nahadoth e trazer forma e estrutura para a primeira iteração do universo. Tinha um nome, mas só ele sabia. Ninguém além dele podia empunhá-la; infernos, ninguém mais tinha sido capaz de *chegar perto* da maldita coisa, não em todas as eras desde que ele criara o tempo. Mas a filha de Itempas a segurou diante de si nas duas mãos e não havia dúvida em minha mente de que ela sabia como usá-la.

Kahl também viu, seus olhos se arregalando dentro das fendas da máscara. Mas é óbvio que ele a temia; ele havia perturbado a ordem de todas as coisas, trazendo o Turbilhão para onde não pertencia e reivindicando um poder que ele não tinha o direito de possuir. Em uma disputa de força, ele poderia resistir, até mesmo contra Nahadoth e Yeine... mas há mais em ser um deus do que força.

— Controle — disse Itempas. Ele havia chegado o mais perto que podia, ansioso para aconselhar a filha. — Lembre-se, Glee, ou o poder a destruirá.

— Vou me lembrar — respondeu ela.

Então ela se foi, e Kahl também, ambos deixando uma cavidade derretida e brilhante na planície gramada da Espiral.

Em seguida, mais dois raios cruzaram o horizonte naquela direção, movendo-se para se juntarem à batalha: Nahadoth e Yeine.

Sem o poder de Kahl para me esmagar, esforcei-me para ficar de pé. Os meus malditos joelhos doíam como se alguém tivesse forrado as juntas com cacos de vidro. Ignorei a dor e agarrei Deka, depois o arrastei até Ahad.

— Vamos — falei para os dois.

Ahad desviou os olhos da partícula cada vez menor e brilhante que a sua amante se tornara. Ao longe, placas de escuridão girando apareciam do nada, convergindo para um ponto. Um dedo maciço e irregular de pedra disparou da terra, subindo a centenas de metros no céu em segundos. A segunda Guerra dos Deuses havia começado e era uma visão incrível... mesmo que, desta vez, fosse deixar muito mais que apenas o reino mortal em ruínas.

— O quê? — Ahad parecia atordoado quando agarrei seu braço.

— Me ajude a chegar no Itempas — expliquei. Quando ele simplesmente olhou para mim, bati nas costelas dele com o meu punho nodoso. Ele me encarou. Cheguei mais perto para gritar na cara dele: — Preste atenção! Temos que ir. Com esse tipo de poder em jogo, Glee não vai durar muito. Nahadoth e Yeine podem ser capazes de detê-lo, espero, podemos rezar, mas se não, ele vai voltar aqui. — Apontei para Itempas, que também estava olhando para Glee, as mãos em punhos.

Enfim entendendo, Ahad segurou o meu braço. Eu estava segurando Deka. Houve um lampejo enquanto nos movimentávamos pelo espaço, então Ahad pegou Itempas pelo braço também. Itempas pareceu se sobressaltar, mas reagiu mais rápido do que Ahad; ele não relutou. Mas então Ahad franziu a testa.

O Reino dos Deuses

— Aonde podemos ir para que ele não nos encontre?

Quase lamentei as palavras.

— Para qualquer lugar, para qualquer lugar, seu tolo! — O planeta morreria. Toda a realidade estava começando a fraquejar, sangrando através da ferida mortal que o Turbilhão perfurara em sua substância. Tudo o que podíamos fazer era começar a correr, para qualquer lugar que pudéssemos, e torcer para que Kahl não nos alcançasse. Contudo, se alcançasse... — Pelos deuses, espero que a essa altura você tenha encontrado sua natureza.

O rosto de Ahad ficou impassível.

— Não.

— *Brak'skafra* de merda... — Houve um zunir oco atrás de mim, mais alto que o rugido crescente do Turbilhão, e Deka se virou rápido, gritando um comando para conter fosse lá que estupidez eu havia invocado. O som se silenciou; Deka me olhou feio. — Desculpe — murmurei.

— Qualquer lugar — repetiu Ahad, mas seu olhar não estava em nós.

Algo floresceu contra o horizonte como um sol redondo e branco. Eu queria torcer por incríveis garotas-demônio, mas a luz morreu rápido demais para que eu ficasse confortável, então Ahad nos tirou do palácio.

Com a atenção dele tão dividida, eu devia ter percebido onde iríamos parar. Quando o mundo se firmou ao nosso redor, estávamos em cima de pedras brancas caídas, cheias de detritos da vida cotidiana: lençóis rasgados, frascos de perfume quebrados, um vaso sanitário virado. Assomando no alto: galhos quebrados e murchos, grossos como prédios.

— *Céu?* — Avancei sobre Ahad, desejando pela primeira vez ter uma bengala. Precisei gritar para ser ouvido sobre a cacofonia crescente, mas tudo bem, porque eu estava furioso: — Você nos trouxe para o *Céu,* seu estúpido filho de um demônio? O que estava *pensando?*

— Eu...

Mas o que quer que Ahad pudesse ter respondido se perdeu quando seus olhos se arregalaram. Ele girou, olhando para o norte, e todos nós vimos. Uma grande mancha amorfa de escuridão estava desaparecendo de vista, mas contra o seu contraste podíamos ver uma pequena estrela branca em chamas.

Caindo e desaparecendo de vista ao cair.

Ahad inspirou fundo, estremecendo, e o ar ao seu redor ficou da cor de um hematoma. O som que ele fez foi menos uma palavra e mais um grito animal, desvairado. Por um momento, ele se tornou *outra coisa*, disforme e impossível, e então fomos todos arremessados, esparramados como pedra do dia, madeira de Árvore e o próprio ar misturado em um tornado instantâneo ao redor dele. Ahad era um deus e sua vontade moldava a realidade. Toda a matéria ali perto apressou-se a cumprir sua ordem.

Então ele se foi e todos os destroços que foram explodidos em seu rastro atingiram as partes do corpo que tínhamos sido tolos o bastante para virar para cima.

Levantei-me devagar, tentando tirar um galho de árvore quebrado das minhas costas e poeira de pedra da minha boca. Minhas mãos doíam. Por que as minhas mãos doíam? Nunca tivera artrite em nem uma das ocasiões anteriores em que ficara velho. Mas aquela tinha sido a velhice que eu imaginara; talvez a realidade fosse simplesmente mais desagradável que eu pensava.

Mãos me agarraram, me ajudando a levantar: Deka. Ele empurrou o galho para longe, então afastou o cabelo do meu rosto; agora estava na altura da cintura, embora fino e branco. Não importava quão velho eu ficasse, a coisa continuava crescendo. Por que eu não podia ficar careca, droga?

— Devia ter previsto aquilo — murmurei enquanto ele me ajudava a ficar de pé.

— Previsto o quê?

Então Itempas estava lá, ajudando-me também. Entre os dois, consegui escalar as pedras irregulares e instáveis do Céu desmoronado.

— Aquilo. — Itempas indicou com a cabeça a direção que Ahad tinha ido. Em outra vida eu teria rido de sua recusa em usar o nome emprestado de Ahad. — Aparentemente, a natureza dele tem algo a ver com amor.

O Reino dos Deuses

Não era de admirar que Ahad tivesse demorado tanto para se encontrar. Ele vivera o século anterior na prisão antitética de sua própria apatia... e seus séculos de sofrimento no Céu provavelmente não o ajudaram a tentar amar, mesmo quando a oportunidade aparecia. Mas Glee... mordi o lábio. Apesar de tudo, rezei para que ela ficasse bem. Não queria perder a minha mais nova irmã e não queria que aquele meu outro filho emprestado se descobrisse por meio da dor.

Não é fácil escalar uma pilha de escombros do tamanho de uma cidadezinha. É mais difícil quando se é um velho de cerca de oitenta anos com a visão muito prejudicada. Tinha que ficar parando e recuperando o fôlego, e minha coordenação era tão ruim que, depois de alguns tropeços e tornozelos quase quebrados, Itempas entrou na minha frente e me disse para subir em suas costas. Eu teria recusado, por orgulho, mas então Deka, maldito seja, pegou-me no colo e me forçou. Então apertei os braços e pernas em torno de Itempas, humilhado, e eles ignoraram as minhas reclamações e voltaram a subir.

Não falamos enquanto o rugido do Turbilhão ficava mais alto. Não apenas por causa do barulho, mas também porque estávamos esperando, e tendo esperança, mas à medida que continuávamos subindo e os minutos se passavam, essa esperança se desvaneceu. Se Yeine e os outros tivessem conseguido derrotar Kahl, já o teriam feito a essa altura. O universo ainda existia; isso significava que pelo menos os dois deuses estavam vivos. Fora isso, notícia ruim não chegava rápido.

— Para onde podemos ir? — Deka teve que gritar para ser ouvido.

Por toda a parte havia uma monstruosidade de som intensa e agitada. Distingui assobios de pássaros e homens gritando como se estivessem em agonia, ondas do mar e rochas raspando contra metal. Não machucava os nossos ouvidos (ainda), mas também não era agradável.

— Posso nos levar embora uma vez, talvez duas — disse o rapaz, então pareceu envergonhado. — Não tenho a força de um deus, ou mesmo... — Ele olhou para onde Glee caíra. Eu esperava que Ahad tivesse conseguido pegá-la. — Mas em qualquer lugar do reino mortal Kahl nos encontrará. Mesmo que ele não...

Paramos para olhar para cima. Lá, as nuvens começaram a ferver e se contorcer de uma forma que não tinha nada a ver com os padrões climáticos. Será que a grande tempestade pararia lá no céu, uma vez que Ele chegasse ao lugar onde fora convocado? Ou Ele simplesmente cairia e deixaria um vazio onde a terra estivera?

De volta ao Eco, então. Deka e eu poderíamos nos juntar a Shahar outra vez, tentar controlar o que tínhamos feito apenas por instinto antes... mas mesmo enquanto pensava isso, mudei de ideia. Havia discórdia demais entre Shahar e Deka agora; talvez apenas piorássemos as coisas. Apoiei a cabeça no ombro largo de Itempas, suspirando. Eu estava cansado. Seria mais fácil, muito mais fácil, se eu pudesse me deitar e descansar.

Mas enquanto pensava isso, de repente eu soube o que poderia ser feito. Ergui a cabeça.

— Tempa. — Ele já havia parado, provavelmente para recuperar o fôlego, embora jamais fosse admitir. Virou a cabeça para mim para indicar que ouvia. — Quanto tempo você leva para voltar à vida quando morre?

— O tempo varia entre dez e cinquenta minutos. — Itempas não perguntou por que eu queria saber. — Mais tempo, se as circunstâncias que me levaram à morte permanecerem presentes; revivo e morro outra vez imediatamente.

— Para onde você vai? — perguntei. Ele franziu a testa. Era difícil fazer a minha voz funcionar naquele volume. — Enquanto está morto. Para onde você vai?

Ele balançou a cabeça.

— Para o esquecimento.

— Não os céus? Não os infernos?

— Não. Não estou morto, mas também não estou vivo. Pairo no meio.

Contorci-me para descer e Itempas me colocou de pé. Quase caí; a circulação nas minhas pernas tinha sido cortada pelos braços dele e eu nem havia sentido. Deka me ajudou a me sentar em um pedaço áspero

O Reino dos Deuses

do que (acho) tinha sido uma parte do Jardim dos Cem Mil. Grunhindo, massageei uma das minhas pernas, gesticulando, irritado, para que Deka pegasse a outra, o que ele fez.

— Preciso que você morra — anunciei para Tempa, que ergueu uma sobrancelha. — Só por um tempo.

Então, usando o mínimo de palavras que pude para economizar a voz, contei a eles o meu plano. As mãos de Deka apertaram a minha panturrilha. Mas ele não reclamou e fiquei dolorosamente grato. Ele confiava em mim. E se me ajudasse, eu seria capaz de fazer o meu maior truque de todos os tempos.

Meu último truque.

— Por favor — pedi a Tempa.

Ele não disse nada por um longo tempo. Então suspirou, inclinando a cabeça, e tirou o casaco, entregando-o para mim.

Em seguida, agindo friamente como se fosse rotina, ele olhou ao redor, identificando uma extrusão fina se projetando da pilha. Um pedaço da Harpa do Vento: era uma lança perversamente afiada com um pouco mais de um metro de comprimento, angulada para cima. Tempa a analisou, afastou um pedaço de pano desbotado que estava enrolado na ponta e a puxou para o lado, soltando um bom pedaço de entulho enquanto a posicionava como queria. Quando chegou a um ângulo de cerca de quarenta e cinco graus, ele assentiu com satisfação... e se jogou para a frente, deslizando para baixo até que atrito ou osso ou deuses sabiam o que o parou. Deka gritou, levantando-se depressa, embora fosse tarde demais e ele soubesse o que aconteceria de qualquer maneira. Ele fez objeção porque esse era exatamente o tipo de homem que era.

Estendi a mão para pegar a de Deka e ele se voltou para mim, o rosto ainda tomado de linhas de horror. Como um Arameri nascera com uma alma tão perfeita quanto a dele? Eu estava tão feliz por ter vivido para testemunhar isso e conhecê-lo.

Ele provou o seu valor outra vez quando uma austera determinação substituiu o horror em seus olhos. Deka me ajudou a ficar de pé, entregando-me o casaco de Tempa, que vesti. O vento tinha se tornado um vendaval, e eu era um velho magro e frágil.

Nós dois olhamos para cima, assustados, quando um som como o de trombetas preencheu o céu e as nuvens se despedaçaram. Acima de nós, enchendo o céu, um novo e terrível deus apareceu: o Turbilhão. Óbvio que o que vimos não foi Seu verdadeiro eu, que era mais vasto que toda a existência, quem dirá um único mundo. Como tudo que entrava no reino mortal, Ele moldara uma aproximação de Si mesmo: nuvens agitadas, o sol esticado em um doce brilhante, uma sequência de pedaços flutuantes de mundos e luas partidas seguindo em seu rastro. Em Sua superfície fervente, víamos os reflexos, distorcidos e ampliados, de nós mesmos e do mundo ao nosso redor. Nossos rostos gritavam; nossos corpos se quebravam e sangravam. O futuro iminente.

Deka me deu as costas e se agachou. A fala não era mais possível agora. Logo os nossos ouvidos se romperiam, o que seria uma bênção, porque do contrário o rugido destruiria a nossa sanidade. Subi nas costas de Deka, pressionando o rosto em seu pescoço para inspirar seu cheiro uma última vez. Ignorando o meu sentimentalismo, ele fechou os olhos e murmurou algo. Senti as marcas em suas costas ficarem quentes e depois frias contra o meu peito.

Deuses não voam. Voar requer asas e, de qualquer forma, é sempre ineficiente. Saltamos e depois grudamos no ar. Qualquer um pode fazer isso; a maioria dos mortais simplesmente não aprendeu como. Há um truque para fazê-lo, entende?

O primeiro salto de Deka quase nos levou para dentro do Turbilhão. Grunhi e me agarrei a ele quando o trovão da tempestade acima de nós ficou tão forte que perdi a sensação nas mãos, quase não consegui mais me segurar. Mas então, de alguma forma, Deka corrigiu o seu erro, descendo agora em direção à batalha dos deuses.

Que não tinha acabado. Houve um lampejo de escuridão e passamos por um espaço de frieza: Nahadoth. Em seguida, o ar quente, cheirando a sementes e folhas podres: Yeine. Ambos ainda vivos, ainda lutando... e

O Reino dos Deuses

vencendo, fiquei feliz em ver. Eles haviam dissipado suas formas, encurralando Kahl em uma esfera espessa de poder combinado tão selvagem que pedi a Deka para parar bem longe, o que ele atendeu. No centro desta esfera estava Kahl, furioso, turvo, mas contido. A Máscara de Deus fez de Kahl um deles, temporariamente, mas nenhum deus falso poderia desafiar dois dos Três por muito tempo. Para vencer, Kahl teria que tornar a sua transformação permanente. Para isso, precisaria de uma força que não tinha.

E foi por essa razão que eu, pai dele, oferecia a ele isto agora. Fechei os olhos e, com tudo o que eu era, enviei a minha presença pelos éteres deste mundo e de todos os outros.

As formas rodopiantes e abrasadoras de Yeine e Nahadoth pararam, assustadas. Kahl girou dentro da concha que o circundava e imaginei que, por dentro da máscara, seus olhos me marcaram.

Venha, eu disse, embora não soubesse se ele podia ouvir a minha voz. Rezei, moldando os pensamentos em torno da fúria, para garantir. Minha pobre Hymn, a quem nunca pude abençoar. Todos os mortos de Céu--em-Sombra. Glee e Ahad. E ele queria Itempas, meu pai? Não. Não foi difícil invocar um desejo de vingança em meu próprio coração. Então, com cuidado, mascarei isso com tristeza. Isso também não foi difícil de trazer à tona.

Venha, repeti. *Você precisa de poder, não é? Eu te disse para aceitar a sua natureza. Enefa lhe jogou em um buraco em algum lugar, deixou você esquecido e abandonado, por mim. Você não pode me perdoar por isso. Venha, então, e me mate. Isso deve lhe dar a força de que precisa.*

Dentro de sua prisão reluzente, Kahl olhou para mim, mas eu sabia que tinha orquestrado uma boa armadilha. Ele era a Vingança e eu era a fonte de sua dor mais antiga e profunda. Ele não poderia resistir a mim mais do que eu poderia resistir a um novelo.

Ele sibilou e flexionou o que restava de seu poder, uma miniatura do Turbilhão lutando para se libertar. Então senti a onda instável de sua natureza elontid, amplificando a Máscara de Deus e ficando tão poderosa que a concha que Naha e Yeine haviam tecido ao redor dele se partiu em fragmentos fumegantes. Então ele avançou na minha direção.

Aquele foi o meu presente para ele, de pai para filho. O mínimo que eu poderia oferecer e muito menos do que devia ter feito.

Meu Deka. Ele nunca vacilou, nem mesmo quando as bordas mais externas da raiva indistinta de Kahl o atingiram e começaram a rasgar sua pele. Nós dois gritamos quando os nossos ossos se partiram, mas Deka não me deixou cair. Nem mesmo quando Kahl envolveu a nós dois, destroçando-nos apenas por estar próximo, em um abraço que ele provavelmente pretendia que fosse uma paródia de amor. Talvez houvesse até mesmo um pouco de amor verdadeiro ali. A vingança não era nada se não previsível.

Foi por isso que, com as minhas últimas forças, enfiei a mão no casaco de Itempas, tirei a adaga coberta com o sangue de Glee Shoth e a enfiei no coração de Kahl.

Ele paralisou, seus olhos verdes e afiados se arregalando dentro da Máscara de Deus. O poder ao redor dele ficou imóvel, como a calmaria dentro de uma tempestade.

Minhas mãos sangravam, as garras estropiadas que eram, mas felizmente ainda eram as mãos de um trapaceiro. Tirei a Máscara de Deus do rosto de Kahl. Isso foi fácil, pois ele já estava morto. Quando saiu, o rosto dele, tão parecido com o meu, encarou-me com olhos vazios. Então nós três começamos a cair, separando-nos. O corpo de Kahl se desvencilhou da adaga enquanto girávamos no ar. Eu me agarrei a ela por pura força de vontade.

Mas houve um puxão e vi Yeine inclinada sobre a superfície cada vez menor da minha visão.

— Sieh! — Tal era sua voz que eu podia ouvi-la mesmo sobre a grande tempestade. Senti o seu poder se reunir para me curar.

Balancei a cabeça, sem forças para falar. Eu tinha o suficiente, apenas, para erguer a Máscara de Deus até o meu rosto. Vi os olhos dela se arregalarem e ela tentou agarrar os meus braços. Ex-mortal tola. Se tivesse usado magia, poderia ter me parado.

O Reino dos Deuses

Então a máscara estava em mim.

Estava em mim.

ESTAVA EM MIM E EU...

EU...

... sorri. Yeine me soltara, gritando. Eu a machucara. Eu não tivera a intenção. Nós, deuses, apenas temos naturezas antagônicas.

Ela caiu e Deka caiu. Yeine ficaria bem. Deka não, mas tudo bem também. Tinha sido a escolha dele. Ele tinha morrido como um deus.

Nahadoth se aglutinou diante de mim, um pouco além do alcance de minha aura dolorosa e vibrante. O rosto dele era o retrato da traição.

— Sieh — murmurou ele.

Eu o havia machucado também. Ele olhou para mim do jeito que olhava para Itempas ultimamente. Foi pior do que o que fiz com Yeine. Senti uma pena repentina por meu pai brilhante e rezei (para ninguém em particular) que Nahadoth o perdoasse logo.

— O que é que você fez? — bradou ele.

Nada, ainda, meu pai sombrio.

Não vou dizer que não fiquei tentado. Eu tinha aquilo pelo que ansiava. Seria fácil, tão fácil, ir matar Tempa com a adaga, como ele havia matado Enefa havia muito tempo. Fácil também absorver o Turbilhão, tornar a transformação permanente, tomar o lugar de Itempas. Então eu poderia de fato ser o amante de Naha, compartilhá-lo com Yeine e fazer de todos nós um novo Três. Ouvi uma música prometendo isso no grito crescente do Turbilhão.

Mas eu era Sieh, o capricho e o vento, o Filho Mais Velho e o Trapaceiro, fonte e culminação de todas as travessuras. Eu não toleraria ser uma imitação barata de outro deus.

Então me virei, o poder vindo com facilidade enquanto a minha carne se lembrava de si mesma. Um sentimento lindo, maior que qualquer coisa que eu já conhecera, e aquilo não era sequer divindade verdadeira. Fechando os olhos, abri os braços e me virei para encarar o Turbilhão.

— Venha — sussurrei com a voz do universo.

E Ele veio, Sua substância selvagem me atravessando através do filtro da Máscara de Deus. Me refazendo. Me encaixando na existência como uma peça de quebra-cabeça... o que funcionou apenas porque a ausência temporária de Itempas deixara um vazio. Sem isso, a minha presença, uma *Quarta* presença, teria destruído tudo. Na verdade, quando Itempas acordasse, a fragmentação começaria.

Assim levantei a adaga coberta com o sangue do meu filho. Torci para que ainda houvesse muito do de Glee também, embora, na verdade, houvesse apenas uma maneira de descobrir isto.

Enfiei a adaga no meu peito e me matei.

No céu acima, bem quando parecia que o Turbilhão acabaria com tudo, Ele de repente sumiu da existência, deixando para trás um silêncio doloroso.

Enquanto me levantava de onde estive encolhida no chão, as mãos tapando os ouvidos, Lorde Nahadoth apareceu carregando o meu irmão. Em seguida, Lorde Ahad, trazendo um recém-revivido Lorde Itempas e uma Glee Shoth profundamente ferida. Um momento depois, Lady Yeine chegou, carregando Sieh.

Sou Shahar Arameri e estou sozinha.

* * *

Emiti um comunicado para o Consórcio, convocando-os ao Eco, e a isso acrescentei um convite pessoal para Usein Darr e quaisquer aliados que ela escolhesse trazer. Para não deixar dúvidas sobre a minha posição, redigi a nota assim: *Para discutir os termos da rendição Arameri.*

A minha mãe sempre dissera que se alguém deve fazer algo desagradável deve fazê-lo de todo o coração e não desperdiçar esforço se arrependendo.

Também convidei representantes da Litaria, da Guilda dos Mercadores, do Coletivo de Fazendeiros e da Ordem de Itempas. Até convoquei alguns pedintes da Aldeia dos Ancestrais e artistas do Calçadão de Sombra.

Como Lorde Ahad estava indisposto (ele não saía do lado da cama de Glee Shoth, que fora curada, mas dormia em profunda exaustão), incluí um convite para vários dos deuses de Sombra, se pudessem ser localizados. A maioria deles, não para a minha total surpresa, permanecera no reino mortal enquanto o desastre se aproximava. Não era a Guerra dos Deuses outra vez; agora, eles se preocupavam conosco. A saber, as Ladies Nemmer e Kitr responderam em afirmativo, dizendo que compareceriam.

O envolvimento da Litaria significava que todas as partes poderiam se reunir rápido, pois enviaram escribas para ajudar os mortais que não podiam contratar os seus. Em menos de um dia, o Eco recebeu centenas de autoridades e influenciadores do mundo, tomadores de decisão e exploradores. Nem todos que importavam, óbvio, e não o suficiente daqueles que não importavam. Mas seria o bastante. Fiz com que eles se reunissem no Templo, o único espaço grande o bastante para comportar todos. Para me dirigir a eles, fiquei onde meu irmão e meu melhor amigo me mostraram como amar. (Eu não conseguia pensar nisso e funcionar, então pensei em outras coisas.)

E então falei.

Comuniquei a todos que nós, os Arameri, abriríamos mão de nosso poder. Não para ser distribuído entre os nobres, no entanto, o que apenas levaria ao caos e à guerra. Em vez disso, daríamos a maior parte de nosso tesouro e da administração de nossos exércitos a um único novo governo que consistiria em todos na sala ou de seus representantes designados. Os sacerdotes, os escribas, as deidades, os mercadores, os nobres, as pessoas comuns. Todos eles. Este grupo, por voto, decreto ou qualquer método que escolhessem, governaria os Cem Mil Reinos em nosso lugar.

Dizer que isso causou consternação seria subestimar a situação.

Saí assim que a gritaria começou. Era inconcebível para uma governante Arameri, mas eu não governava mais. E como a maioria dos mortais que estiveram perto do Turbilhão naquele dia, os meus ouvidos estavam sensíveis, ainda zumbindo, apesar da cura dos escribas. O barulho me fazia mal.

O Reino dos Deuses

Então procurei um dos píeres do Eco. Alguns não foram danificados pelo deslocamento precipitado do palácio do oceano para o lago. A vista dali era da margem do lago, com o seu acampamento de sobreviventes feio e enorme... não o oceano pelo qual eu ansiava ou as nuvens à deriva das quais eu nunca deixaria de sentir falta. Mas talvez essas fossem coisas com as quais eu nunca devia ter me acostumado, para começo de conversa.

Um passo atrás de mim.

— Você fez mesmo.

Virei-me para ver Usein Darr ali. Um curativo grosso cobria o olho esquerdo e aquele lado do rosto dela; uma das mãos estava presa numa tala. Provavelmente havia outros ferimentos escondidos sob as roupas e a armadura. Pela primeira vez, não vi nem um dos guardas de Wrath por ali, mas Usein não tinha uma adaga em sua mão boa, o que tomei como um sinal positivo.

— Sim — falei. — Fiz.

— Por quê?

Pestanejei, surpresa.

— Por que você pergunta?

Ela balançou a cabeça.

— Curiosidade. Um desejo de conhecer o inimigo. Tédio.

Pelo meu treinamento, eu jamais devia ter sorrido. Mas sorri, porque não me importava mais com o meu treinamento. E porque, eu tinha certeza, seria o que Deka teria feito. Suspeitei de que Sieh teria ido além, porque sempre ia. Talvez se oferecesse para ficar de babá para os filhos dela. Talvez ela até deixasse.

— Estou cansada — falei. — O mundo inteiro não é algo que uma mulher deveria levar nos ombros; nem mesmo se for o desejo dela. Nem mesmo se ela tiver ajuda. — E eu não tinha mais.

— Só isso?

— Só isso.

Ela ficou em silêncio e me voltei para o corrimão enquanto uma brisa leve, com cheiro de algas, plantações podres e tristeza humana soprava pelo lago, vinda da terra no horizonte. O céu estava pesado de nuvens como se uma tempestade se aproximasse, mas estivera assim havia dias, sem chuva. Os lordes do céu estavam de luto pela perda do filho; não veríamos o sol ou as estrelas por um tempo.

Que Usein enfiasse a adaga nas minhas costas, se quisesse. Eu realmente não me importava.

— Sinto muito — disse ela por fim. — Por seu irmão, e sua mãe, e...
— Ela não completou. Nós duas conseguíamos ver o cadáver da Árvore ao longe; bloqueava as montanhas que um dia marcaram o horizonte. Dali, o Céu não era nada mais que joias brancas tombadas ao redor de sua coroa quebrada.

— Nasci para mudar este mundo — sussurrei.

— Como é?

— Algo que a Matriarca, a primeira Shahar, dizia, me contaram. — Sorri para mim mesma. — Não é uma fala conhecida fora da família, porque é uma blasfêmia. O Iluminado Itempas odeia mudanças, sabe.

— Hum.

Suspeitei de que ela pensasse que eu tinha perdido a sanidade. Tudo bem também.

Depois de um tempo, Usein partiu, provavelmente retornando ao Templo para lutar pela parte merecida que garantiria o futuro de Darr. Eu devia ter ido também. Os Arameri eram, se nada mais, a família real dos numerosos e rebeldes povos da etnia amnie. Se eu não lutasse pelo meu povo, poderíamos ser enganados no futuro.

Que assim seja, concluí, e ergui o vestido para me sentar contra a parede.

Foi Lady Yeine quem me encontrou em seguida.

Ela apareceu em silêncio, sentada no corrimão em que eu acabara de me encostar. Embora ela parecesse a mesma de sempre (implacavelmente darren), suas vestes haviam mudado. Em vez do cinza-claro, a túnica e a calça na altura da panturrilha que ela costumava usar estavam em um tom mais escuro. Ainda cinza, mas uma cor que combinava com as nuvens de tempestade acima.

O Reino dos Deuses

Ela não sorriu, seus olhos verde-oliva de tristeza.

— O que está fazendo aqui? — perguntou ela.

Se mais uma pessoa, mortal ou deus, me fizesse essa pergunta, eu gritaria.

— O que *você* está fazendo aqui? — devolvi. Uma pergunta impertinente, eu sabia, para o deus a quem a minha família agora devia sua lealdade. Jamais teria ousado aquilo com Lorde Itempas. Mas Yeine era menos intimidadora, então teria que lidar com as consequências.

— Um experimento — respondeu ela. (Fiquei aliviada por minha grosseria não parecer incomodá-la.) — Vou deixar Nahadoth e Itempas sozinhos por um tempo. Se o universo se desintegrar outra vez, saberei que cometi um erro.

Se o meu irmão não estivesse morto, eu teria rido. Se o filho dela não estivesse morto, acho que ela também riria.

— Vão soltá-lo? — perguntei. — Itempas?

— Já foi solto. — Ela suspirou, dobrando um joelho e apoiando o queixo nele. — Os Três estão inteiros outra vez, só não totalmente unidos, e não exatamente se regozijando com a nossa reconciliação. Talvez porque *não* haja reconciliação; isso levará uma era do mundo, imagino. Mas quem sabe? Já foi mais rápido do que eu esperava. — Ela deu de ombros. — Talvez eu esteja errada sobre o resto também.

Pensei nas histórias que lera.

— Ele devia ser punido pelo mesmo tempo que os Enefadeh. Dois mil anos e mais alguns.

— Ou até que ele aprendesse a amar de verdade.

Ela não disse mais nada. Eu tinha visto Itempas chorar ao lado do corpo de seu filho, rastros de lágrimas silenciosas limpando o sangue e a sujeira do rosto de Sieh. Aquilo não era nada aos olhos de um mortal, mas ele me permitira ver e eu estava profundamente consciente da honra. Na hora, eu não tivera as minhas próprias lágrimas para derramar.

E eu tinha visto Lorde Itempas colocar a mão no ombro de Lorde Nahadoth, que se ajoelhara ao lado do cadáver de Sieh sem se mexer.

Nahadoth não havia se sacudido para se livrar do toque. Com esses pequenos gestos, guerras terminavam.

— Vamos nos retirar — disse Lady Yeine, após um tempo de silêncio. — Naha Tempa e eu, totalmente desta vez. Há muito trabalho a ser feito, para reparar os danos que o Turbilhão causou. É preciso toda a nossa força para manter os reinos juntos, mesmo agora. A cicatriz de Sua passagem nunca desaparecerá completamente. — Ela suspirou. — E enfim ficou óbvio para mim que a nossa presença no reino mortal faz muito mal, mesmo quando tentamos não interferir. Então vamos deixar este mundo para os nossos filhos, as deidades, se quiserem ficar, e vocês mortais também. E os demônios, se sobrou algum ou se nascer algum. — Ela deu de ombros. — Se as deidades ficarem fora de controle, peça aos demônios para controlá-las. Ou façam vocês mesmos. Nem um de vocês é impotente mais.

Assenti devagar. Yeine deve ter adivinhado meus pensamentos ou interpretado a minha expressão. Eu estava perdendo o jeito.

— Ele amou você — murmurou ela. — Eu podia ver. Você quase o fez perder a cabeça.

Então sorri.

— O sentimento era recíproco.

Nós nos sentamos, olhando para as nuvens, o lago e a terra destruída, as duas tendo pensamentos inimagináveis. Fiquei feliz com a presença dela. Datennay tentava e eu estava começando a gostar dele, mas em certos dias era difícil manter a dor sob controle. A Senhora da Vida e da Morte, tenho certeza, entendia isso.

Quando ela se levantou, também o fiz, e nos encaramos. O tamanho minúsculo dela sempre me surpreendera. Achava que ela deveria ser como seus irmãos, alta e terrível, mostrando algum indício de sua magnificência em sua forma. Mas era isso o que eu merecia por pensar como uma amnie.

— Por que começou? — perguntei. E porque estava acostumada com a forma como os deuses pensavam e essa pergunta poderia ter desencadeado uma conversa sobre qualquer coisa, desde o universo até a Guerra dos

O Reino dos Deuses

Deuses e todo o resto, acrescentei: — Sieh. Como o tornamos mortal? Por que tínhamos tanto poder sobre ele, com ele? Foi porque... — Era difícil para mim admitir, mas fiz os escribas me testarem e eles confirmaram minhas suspeitas. Eu era demônio, embora a potência de matar deuses do meu sangue fosse insignificante, e eu não tivesse magia, nenhuma especialidade. A minha mãe teria ficado tão desapontada.

— Não teve nada a ver com vocês — respondeu Yeine baixinho.

Pestanejei.

Ela desviou o olhar, enfiando as mãos nos bolsos; um gesto que partiu o meu coração, porque Sieh fazia isso com muita frequência. Ele até se parecia com ela, um pouco. Por projeção? Conhecendo-o, sim.

— Mas o que...

— Eu menti — interrompeu ela — a respeito de nós ficarmos totalmente fora do reino mortal. Haverá momentos no futuro em que não teremos escolha a não ser voltar. Será a nossa tarefa ajudar as deidades, sabe, quando a hora da metamorfose chegar. Quando elas se tornarem deuses por direito.

Dei um pulo, surpresa.

— Elas se tornarem... o quê? Como o Kahl?

— Não. O Kahl procurou forçar a natureza. Ele não estava pronto. Sieh estava. — Yeine deixou escapar um longo suspiro. — Não comecei a entender até que o Tempa disse que o que quer que o Sieh tivesse se tornado era o *destino* dele se tornar. O vínculo dele com vocês, perder a magia... talvez esses sejam os sinais que saberemos observar na próxima vez. Ou talvez esses fossem exclusivos do Sieh. Afinal, ele era o mais velho dos nossos filhos e o primeiro a chegar a este estágio. — Ela olhou para mim e deu de ombros. — Eu gostaria de ter visto o deus que ele teria se tornado. Embora eu ainda fosse tê-lo perdido, mesmo que ele estivesse vivo.

Maravilhada, digeri o que ela dizia e senti um pouco de medo das implicações. Deidades poderiam se transformar em deuses? Isso significava que deuses, então, poderiam se transformar em coisas como o Turbilhão?

Se de alguma forma pudessem viver o bastante, os mortais se tornariam deidades?

Muitas coisas nas quais pensar.

— Como assim você o teria perdido se ele estivesse vivo?

— Este reino pode suportar apenas três deuses. Se Sieh tivesse sobrevivido e se tornado o que ele deveria ser, os pais dele e eu teríamos que mandá-lo embora.

Morte ou exílio. Qual eu teria preferido? *Nenhum. Eu o quero de volta, e quero Deka também.*

— Mas para onde ele poderia ter ido?

— Para outro lugar. — Ela sorriu para a minha expressão, com uma pitada de travessura de Sieh. — Você achou que este universo fosse tudo o que existia? Há espaço para muito mais. — Então seu sorriso cedeu, só um pouco. — Ele teria gostado da chance de explorá-lo também, desde que não tivesse que fazer isso sozinho.

A Deusa da Terra olhou para mim então e de repente entendi. Sieh, Deka e eu; Nahadoth, Yeine e Itempas. A natureza é ciclos, padrões, repetição. Seja por acaso ou por algum projeto desconhecido, Deka e eu começamos a transição de Sieh para a idade adulta... e talvez, quando a crisálida de sua vida mortal enfim se abriu para revelar o novo ser, ele não teria se transformado sozinho.

Eu teria querido ir com ele e Deka, governar algum outro cosmos?

Apenas sonhos agora, como pedra quebrada.

Yeine bateu o pó da calça, esticou os braços acima da cabeça e suspirou:

— Hora de ir.

Assenti.

— Continuaremos a servi-la, Lady, esteja você aqui ou não. Que orações devemos fazer por você na hora do amanhecer e do crepúsculo?

Yeine me lançou um olhar estranho, como se verificasse se eu estava brincando. Eu não estava. Isso pareceu surpreendê-la e enervá-la; ela riu, embora soasse um pouco forçado.

O Reino dos Deuses

— Diga o que quiser — respondeu por fim. — Alguém pode estar ouvindo, mas não serei eu. Tenho coisas melhores para fazer.

Ela desapareceu.

Por fim, voltei para o palácio e para o Templo, onde a reunião estava enfim se desfazendo. Comerciantes, nobres e escribas vagavam pelo corredor em nós, ainda discutindo uns com os outros. Eles me ignoraram quando cheguei à entrada do Templo.

— Obrigada por ir embora — disse Lady Nemmer ao sair, parecendo descontente. — Fizemos exatamente uma coisa, além de marcar uma data para uma futura reunião inútil.

Sorri com o aborrecimento dela. Ela fez uma carranca de volta, o cômodo ficando estranhamente sombreado. Mas ela não estava brava de verdade, então perguntei:

— E o que fizeram?

— Escolhemos um nome. — Ela acenou com a mão, irritada. — Um nome pretensioso e desnecessariamente poético, mas os mortais eram mais numerosos que Kitr e eu, então não pudemos votar contra. *Aeternat*. É uma das nossas palavras. Significa...

Eu a interrompi:

— Não preciso saber, Lady Nemmer. Por favor, transmita a quem está falando por este *Aeternat* que devem me informar quando estiverem prontos para a transferência de comando militar e recursos.

Ela me lançou um olhar realmente surpreso, então enfim assentiu. Nós nos viramos ao som de alguém chamando o meu nome no corredor: Datennay. Ele participou da sessão do *Aeternat*. Eu teria que aconselhá--lo a não mais fazer isso, agora que era o meu marido. Atrás dele estava Ramina, que me observava com uma tristeza solene que entendi completamente. O olhar dele encontrou o meu por cima das cabeças de um bando de sacerdotes gritando e sorriu, entretanto, inclinando a cabeça em aprovação. Aquilo me aqueceu. Em breve, o selo verdadeiro dele seria removido.

505

E eu precisaria enviar um recado para Morad, lembrei-me. Ela deixara sua posição e fora para casa, no sul de Senm, para a surpresa de ninguém. Eu ainda esperava seduzi-la de volta cedo ou tarde; funcionários competentes eram difíceis de encontrar. No entanto, eu não pressionaria Morad. Ela merecia tempo e espaço para viver o luto à sua maneira.

Enquanto Datennay se aproximava, inclinei a cabeça para Nemmer em despedida.

— Bem-vinda à governança do mundo, Lady Nemmer. Espero que você aproveite.

Ela falou uma palavra divina tão suja que uma das arandelas próximas se transformou em lodo de metal e óleo derretido e caiu no chão. Enquanto eu me afastava, eu a ouvi xingando outra vez... em algum idioma mortal agora, mais baixinho, enquanto se inclinava para limpar a bagunça.

Datennay me encontrou no meio do corredor. Ele hesitou antes de me oferecer a mão. Certa vez, eu o havia desencorajado a demonstrar afeto em público. Agora, no entanto, peguei a sua mão com firmeza, e ele piscou, surpreso, abrindo um sorriso.

— Essas pessoas são todas desvairadas — falei. — Tire-me daqui.

Enquanto nos afastávamos, algo pulsou quente entre os meus seios, e me lembrei de que tinha me esquecido de contar a Lady Yeine sobre o colar que encontramos no corpo de Sieh. O cordão estivera quebrado, metade das contas menores perdidas para o que quer que o tivesse quebrado, mas a conta central (peculiar e amarela) estava inteira. Era surpreendentemente pesada e, às vezes, se eu não estava imaginando coisas, ficava quente ao toque. Eu tinha colocado a coisa em uma corrente em volta do meu próprio pescoço, porque me sentia melhor usando-a. Menos sozinha.

Lady Yeine não se importaria se eu a guardasse, concluí. Então acariciei a pequena esfera como se para confortá-la e continuei andando.

Conclusão

Shahar Arameri morreu na própria cama, aos setenta anos, deixando duas filhas e um filho (sangue-cheios metade temanos sem marca de selo) para continuar a família. Os Arameri ainda tinham muitos negócios e propriedades e continuaram a ser um dos clãs mais poderosos do continente senmata. Eles só tinham menos. Os filhos de Shahar imediatamente começaram a tramar para conseguir mais depois da morte dela, mas isso é coisa para outra história.

A deidade Ahad, chamado de Amado por seus companheiros deidades, cuidou de Glee Shoth durante todo o ano em que ela dormiu após sua lendária batalha com Kahl. Quando ela enfim acordou, ele a levou para longe do Eco e da nova cidade que se desenvolvia ao redor do lago. Eles se estabeleceram em uma pequena cidade do noroeste de Senm, onde passaram alguns anos cuidando de uma mulher maronesa idosa e cega até a morte dela. Lá permaneceram por mais uns cem anos, sem se casar, sem criar filhos, mas sempre juntos. Ela viveu muito tempo para uma mortal e deu a ele um nome próprio antes de morrer. Dizem que ele não conta esse nome a ninguém, guardando-o como algo precioso e raro.

Aqueles mortais que adoravam a Deusa da Terra reivindicaram a posse do cadáver da Árvore do Mundo. Na época da morte de Shahar, eles haviam escavado e preservado o suficiente de seu tronco para abrigar uma pequena cidade, que começou a se chamar Mundo. Eles moravam na

Árvore e em cima dela, rezavam suas preces no esqueleto de suas raízes, dedicavam seus filhos e filhas aos seus galhos quebrados. Fogos e deidades do fogo não eram permitidos nesta cidade. Eles iluminavam seus aposentos à noite com pedaços do Céu.

O *Aeternat*... bem. Não era eterno. Mas isso também é assunto para outras histórias.

Tantas histórias, na verdade. Com certeza serão emocionantes. Uma pena que não vou ouvir nenhuma delas.

Eu? Ah, sim.

Quando Shahar deu seu último suspiro, acordei, parido à existência pela mortalidade dela. Meu primeiro ato foi revirar o espaço e o tempo e beijar Deka até que ele acordasse, ao meu lado. Então chamei o meu En e ele atravessou as realidades e brilhou em uma vida alegre e acolhedora em algum lugar muito, muito além dos reinos dos Três. Seria a estrela--semente de um novo reino. *Nosso* reino. Ele lançou grandes nuvens de fogo em arco, aquela bolinha boba de gás, e eu o acariciei em silêncio e prometi que iria dar a ele mundos para aquecer assim que eu cuidasse de outros assuntos.

Então encontramos Shahar, a recolhemos e a levamos conosco. Ela estava, para dizer o mínimo, surpresa. Mas não desagradada. Estamos juntos agora, nós três, pelo resto da eternidade. Nunca mais estarei sozinho.

Meu nome não é Sieh e não sou mais um trapaceiro. Vou pensar em um novo nome e chamado, cedo ou tarde... ou algum de vocês, meus filhos, vai me nomear. Façam de mim, de nós, o que quiserem. Somos seus até o fim dos tempos e talvez um pouco além.

E nós criaremos coisas novas tão maravilhosas, vocês e nós, aqui além dos muitos céus.

Glossário de termos
PARA ESTÚPIDOS

Três livros e vocês ainda não sabem essas coisas?

~~Bada~~: uma deidade niwwah que vive em Sombra; dono do bordel Armas da Noite.

Alto Norte: continente mais setentrional. Um remanso.

Amnie: etnia mais populosa e ~~poderosa~~ *vergonhosa* das etnias senmatas.

Antema: capital da maior província do Protetorado Temano.

Arameri: ~~família governante dos amnies, conselheiros do Consórcio dos Nobres e da Ordem de Itempas~~ BABACAS BABACAS BABACAS BABACAS BABACAS BABACAS BABACAS BABACAS BABACAS

*arminha arminha tem cheiro de m*rda*

Armas da Noite: um bordel na Raiz Sul em Sombra, conhecido por reunir uma clientela exclusiva.

Árvore do Mundo, a: uma frondosa árvore sempre verde estimada em 38 quilômetros de altura, criada pela Lady Cinzenta. Sagrada para os adoradores da Lady.

Calçadão, o: extremidade setentrional do parque Gateway, em Sombra Leste.

Cem Mil Reinos, os: termo coletivo para o mundo desde a sua unificação sob o governo Arameri.

Céu: o palácio da família Arameri.

Céu-em-Sombra: nome oficial do palácio Arameri e a cidade abaixo dele.

Cinzento, o: a "cidade do meio" do Céu-em-Sombra, situada sobre as raízes da Árvore do Mundo. Inclui serventes, fornecedores e artesãos, e as mansões as quais servem (que dão a volta no tronco da Árvore) por meio de uma rede de ascensores movidos a vapor.

Consórcio dos Nobres: órgão político governante dos Cem Mil Reinos.

Datennay Canru: (herdeiro) Pymexe de Lady Hynno da Tríade Temana; um amigo de Shahar e de Dekarta Arameri.

Deidades: filhos imortais dos Três. Às vezes também referidas como *deuses*.

Dekarta Arameri: irmão gêmeo da herdeira Shahar Arameri. Nomeado por um líder anterior da família.

Demônios: filhos nascidos da união proibida entre deuses/deidades e mortais. São mortais, embora possam ter magia inata, que é equivalente, ou maior, em força, àquela das deidades.

Deus: filhos imortais do Turbilhão. Os Três.

Diminuidor: um artista habilidoso em *dimyi*.

Dimyi: a arte de fazer máscaras; uma especialidade do Alto Norte.

Eco: um palácio.

Elontid: a segunda categoria de deidades. Os Desequilibradores, nascidos da desigualdade entre deuses e deidades ou da instabilidade entre Nahadoth e Itempas. Às vezes, poderosos como deuses; em outras, mais fracos que deidades.

En: o melhor amigo que uma deidade já teve.

Enefa: uma dos Três. Deusa da Terra, criadora das deidades e dos mortais, Senhora do Crepúsculo e do Amanhecer (falecida).

Escriba: um estudioso da linguagem escrita dos deuses.

Escrita: uma série de selos, usada por escribas para produzir efeitos mágicos complexos ou sequenciais.

Eyem-sutah: uma deidade niwwah vivendo em Sombra. Deus das Ruas (do comércio).

Glee Shoth: uma mulher maronesa; parceira de negócios de Ahad.

Guardiões da Ordem: acólitos (sacerdotes em treinamento) da Ordem de Itempas, responsáveis pela manutenção da ordem pública.

Guerra dos Deuses: um conflito apocalíptico no qual o Iluminado Itempas reivindicou o controle dos céus depois de derrotar seus dois irmãos.

O Reino dos Deuses

Hymnesamina: uma garota que vive na Raiz Sul em Sombra. *Com um chapéu muito estúpido.*

Ilhas, as: vasto arquipélago a leste do Alto Norte e de Senm.

Iluminado, o: o tempo do reinado solitário de Itempas, depois da Guerra dos Deuses. Termo geral para bondade, ordem, lei, justiça. *HA HA HA*

Interdição, a: período depois da Guerra dos Deuses durante o qual nenhuma deidade apareceu no reino mortal, por ordem do Iluminado *CHATO* Itempas.

Itempane: termo geral para um ~~adorador~~ *PUXA-SACO* do ~~Itempas~~ *BABACA*. Também usado para se referir a membros da Ordem de ~~Itempas~~ *BABACA*.

Itempas: um dos Três. *te odeio* O *te odeio* Lorde Iluminado; *te odeio* mestre ~~dos céus e da terra~~ *DO RABO DELE*; o Pai do Céu. *TE ODEIO PARA SEMPRE DESGRAÇADO*

~~Kahl:~~ ~~uma deidade nascida~~

Kitr: uma deidade que vive em Sombra. A Lâmina.

Lil: uma deidade que vive em Sombra. A Fome.

Magia: a habilidade inata de deuses e deidades de alterar o mundo material e imaterial. Mortais podem se aproximar desta habilidade por meio do uso da linguagem dos deuses.

Mnasat: a terceira categoria de deidades; deidades nascidas de deidades. Geralmente mais fracas que deidades nascidas dos Três.

Nahadoth: um dos Três. O Senhor da Noite.

Nemmer: uma deidade niwwah que vive em Sombra. A Lady dos Segredos.

Niwwah: a primeira categoria de deidades, nascidas dos Três; os Equilibradores. Mais estáveis, mas também às vezes menos poderosos que os elontid.

Nsana: uma deidade niwwah; o Mestre dos Sonhos.

Ordem de Itempas: o sacerdócio dedicado ao Iluminado Itempas. Além da orientação espiritual, também responsável pela lei e ordem, educação, saúde pública e bem-estar. Também conhecida como Ordem Itempane.

Paraísos, Infernos: moradas para almas além do reino mortal.

Parque Gateway: um parque construído em torno do Céu e da base da Árvore do Mundo.

Peregrino: adoradores da Lady Cinzenta que peregrinam até Sombra para orar na Árvore do Mundo.

Previto: um dos cargos mais altos para sacerdotes na Ordem de Itempas.

Protetorado Temano, o: um reino senmata.

Pymexe: (masculino; feminino *pymoxe*) Herdeiro de uma das três posições de governo da Tríade Temana. Não é hereditário; os herdeiros da Tríade são escolhidos quando muito jovens, depois de um rigoroso processo de seleção envolvendo exames e entrevistas oficiais.

Ramina Arameri: um sangue-cheio; meio-irmão de Remath Arameri.

Reino dos Deuses: todos os lugares além do universo.

~~Você está aqui~~

Reino mortal: o universo, criado pelos Três.

Remath Arameri: atual líder da família Arameri; mãe de Shahar e Dekarta.

Reserva Nimaro: um protetorado Arameri, estabelecido após a destruição da Terra dos Maroneses.

Salão: quartel-general do Consórcio dos Nobres.

Salão Branco: casas de adoração, educação e justiça da Ordem de Itempas.

Sangue divino: um narcótico popular e caro. Confere maior consciência e habilidades mágicas temporárias aos consumidores.

COMA DA MINHA CARNE E TUA ALMA ESTARÁ PERDIDA

Selo: um ideograma da linguagem dos deuses, usado pelos escribas para imitar a magia deles.

Selo de sangue: marca de um membro reconhecido da família Arameri.

Selo verdadeiro: um selo de sangue Arameri de estilo tradicional.

Semisselo: uma versão moderna do selo de sangue Arameri, modificado para remover escritas anacronistas.

Senm: maior e mais meridional continente do mundo.

Senmata: a linguagem amnie, usada como idioma comum por todos os Cem Mil Reinos.

Shahar Arameri: atual herdeira da Família Arameri. Também alta sacerdotisa de Itempas na época da Guerra dos Deuses. Matriarca da família Arameri.

O Reino dos Deuses

Sieh: uma deidade, também chamado de Trapaceiro. Mais velho de todas as deidades.

Sombra: a cidade abaixo do Céu.

Somle: Sombra Leste.

Somoe: Sombra Oeste.

Tempo dos Três: período antes da Guerra dos Deuses.

Terra dos Maroneses, a: o menor continente, que existiu a leste das ilhas; local do primeiro palácio Arameri. Destruído por Nahadoth.

T'vril Arameri: ex-líder da família Arameri.

Usein Darr: uma guerreira darren; herdeira do barão de Darr.

Vagantes Sombrios: adoradores do Senhor da Noite.

Wrath Arameri: capitão da Guarda Branca do Céu.

Yeine: uma dos Três. Atual Deusa da Terra, Senhora do Crepúsculo e do Amanhecer.

Agradecimentos

Vai ser curto desta vez. Afinal de contas, este é o romance mais longo que já escrevi e estou cansada pra caramba.

Preciso agradecer a vocês.

Sério. Isso não é apenas uma besteira pretensiosa de "eu gostaria de agradecer a todas as pessoinhas". Uma escritora é uma escritora, seja ela lida ou não, mas nenhuma escritora pode ter uma carreira neste ramo a menos que satisfaça seus leitores. E na verdade nem mesmo isso é suficiente, não nestes dias de cauda longa e um quarto de milhão de novos títulos publicados por ano apenas nos Estados Unidos. Uma escritora precisa de leitores que encontrem outros leitores, os agarrem pelo braço e digam a eles: *leiam este livro agora*. Precisa de leitores que postem resenhas em sites e debatam com outros leitores sobre as suas avaliações; leitores que selecionarão seu trabalho para as reuniões mensais do clube do livro e o discutirão tomando chá e comendo bolo; leitores que vão tweetar sobre as surpresas do livro; leitores que colocarão o livro em um curso de literatura. Precisa também de pessoas que vão dizer que odeiam o livro... porque esse tipo de reação intensa deixa as pessoas curiosas.

O oposto de gostar não é desgostar, afinal. O oposto de gostar é a apatia.

Todos os novos escritores têm Algo a Provar, eu mais do que a maioria, talvez. Mas como muitos de vocês foram tudo, menos apáticos, sei que fiz um bom trabalho. Então, obrigada. Obrigada. Obrigada.

Extra

Conto

Não é o fim

por N. K. Jemisin

O FOGO TINHA SE EXTINGUIDO OUTRA vez, percebi quando subi as escadas do meu estúdio de arte no porão. Todo o primeiro andar já estava frio. Era o maldito abafador da chaminé, eu tinha certeza. A coisa estivera ruim desde aquela vez que Cingo tentara consertá-la sozinho. Devia tê-lo escangalhado por completo; tivemos sorte de que a casa inteira não estava cheia de fumaça.

Parei no topo da escada, recuperando o fôlego e me sentindo irritada. Não pelo fogo apagado. Minha filha, e o homem que se passava pelo meu genro, não sentiam frio; o quarto deles ficava no primeiro andar, mas eu duvidava de que eles sequer percebessem. Nem fiquei chateada com Cingo, porque ele estava morto havia cinquenta anos e era uma prova que até seus reparos ineptos duraram bastante. Também não fiquei chateada comigo, pois o sentimentalismo me impedira de consertar a tolice de Cingo durante todo esse tempo. A minha irritação não tinha foco, a não ser talvez o frio, que fazia as minhas mãos doerem mais que o normal, ou a subida da escada do porão, que me deixava sem fôlego. Quando eu morava em Sombra, poderia ter escalado uma dúzia de lances de escada em um dia e nem perceber. Mas isso acontecera fazia muito, muito, muito tempo. Vidas inteiras.

Extra

Talvez fosse este o problema: eu estava velha demais.

Não senti vontade de ir para a cama. Do quarto no final do corredor, silêncio. Eu era a única acordada na casa. Impossível não me sentir sozinha em uma hora daquela, mesmo com o ar quieto e parado. Dormir era o certo e o apropriado a se fazer; a minha inquietação profanava os ciclos que Lady Yeine havia tecido por todo o reino mortal. Mas eu não me importava muito se eu profanasse alguma coisa *dela*, considerando tudo o que acontecera.

Por fim, caminhei em direção ao alpendre dos fundos e saí, embora estivesse ainda mais frio lá e eu não vestisse nada além de uma camisola velha e esfarrapada e um roupão. Alguns minutos não me matariam e Glee não estava por perto para me lançar um olhar de censura. Cruzei os braços, aconcheguei as mãos e inclinei o rosto para o luar que eu podia sentir como a mais delicada das pressões contra a minha pele. Mesmo depois de todos esses anos, eu ainda não estava acostumada a ver nada quando olhava para cima.

E mesmo depois de todos esses anos, eu ainda sempre virava a cabeça em direção às latas de lixo. Hábito. Mas desta vez paralisei ao sentir algo contrastar com a quietude ambiente antes do amanhecer. Algo *mais* parado, pesado e sólido como uma rocha que de repente apareceu do nada no meio do meu quintal. Não, não uma rocha; uma montanha. Maior. Incompreensivelmente imensa e ainda assim contida, com perfeição, dentro do espaço comparativamente pequeno entre o alpendre e o lixo.

Assustador. Impossível. Familiar. Inspirei longa e cuidadosamente, e fiquei orgulhosa por não estremecer.

— Posso presumir — falei baixinho, por respeito à quietude — que sua presença significa que houve um afrouxamento nas regras?

Por um momento, houve apenas silêncio em resposta. Eu me perguntei, é óbvio, se eu estava errada. Temos ideias engraçadas depois de uma certa idade. Pelo menos, se eu estivesse alucinando, não havia ninguém por perto para ver.

Então ele falou. A mesma voz, uniforme e suave, de tenor:

Extra

— Não tanto um afrouxamento quanto... — Imaginei, mais do que ouvi, a infinita busca de seus pensamentos, escolhendo entre um milhão de idiomas e mil frases adequadas, das quais uma dúzia eram todas igualmente apropriadas para o momento. — ... uma reordenação de prioridades.

Assenti. Coloquei as mãos no corrimão do alpendre, levemente, para que ele não percebesse que eu precisava dele para ficar de pé. Apenas descansando as mãos.

— Todo aquele negócio com o Turbilhão, então? Eles me dizem que você se saiu bem.

— O suficiente.

Não pude deixar de sorrir para o perfeccionismo dele. Ele estava mais perto agora. Ainda não estava no alpendre, e sim no chão abaixo, provavelmente no caminho de pedrinhas que levava aos terraços do meu jardim. Eu não tinha ouvido os seus pés se moverem. O que significava...

— Estou livre agora — disse ele, no mesmo instante em que adivinhei. — Permanentemente.

Assenti:

— Depois de apenas um século e mudança. Parabéns.

— Não foi coisa minha. Mas estou grato mesmo assim. — Ele se aproximou outra vez, bem na frente de onde eu estava no corrimão. Eu podia senti-lo olhando para mim. Analisando-me, talvez se lembrando da beleza que eu tivera. — Temi não ver você de novo.

Com isso, não pude evitar uma única risada, que soou mais áspera do que deveria no ar estático.

— E eu temendo que você *visse*. Não poderia simplesmente aparecer no meu leito de morte, poderia? Isso teria sido bom e romântico... para cumprir um último desejo, dizer adeus a uma antiga paixão. Não, agora eu ainda tenho que viver por sei lá quanto tempo, com ossos fracos e meio desdentada... — Balancei a cabeça. — Demônios.

— A efemeridade não tem sentido, Oree. — Deuses, deuses, a voz dele. Eu tinha me esquecido de como meu nome soava bem quando ele o pronunciava. — Você permanece a mesma em todos os aspectos essenciais.

521

Extra

— Mas eu *não* sou a mesma. *Você* não é o mesmo. Meu nome é Desola agora, lembra-se? Oree Shoth morreu há muito tempo. — Minhas mãos tinham apertado o corrimão. Eu as forcei a relaxar. — A efemeridade não tem sentido, exceto para nós, mortais. Ser mortal por cem anos devia ter lhe ensinado isso.

Ele sorriu. Eu tinha me esquecido disso também. O jeito como sempre fui capaz de senti-lo.

— Ensinou. Mas eu não mudo.

Suspirei e levantei as mãos para soprá-las. Pelo menos eu tinha uma desculpa para tremer do jeito que tremia, com todo aquele maldito frio.

Ele se moveu de novo. Eu o ouvi desta vez, seus passos pesados e seguros nas pedras. Em seguida, nos degraus do alpendre. Depois, no próprio alpendre, oco, passos medidos ao longo da madeira velha. Então ele estava ao meu lado, bem ali, e todo o meu lado esquerdo formigava com o calor de sua presença. Na verdade, eu me sentia mais quente por completo, como se estivesse ao lado de uma chaminé. Uma chaminé alta que respirava e que me olhava como se eu fosse a única pessoa no mundo que importava.

Soltei um suspiro profundo e foi trêmulo desta vez.

— Eu me casei, sabe. Um homem local. Ficamos juntos por quase quarenta anos. — Desnecessariamente, acrescentei: — Isso é muito tempo, para os mortais.

Na verdade, Cingo ficou comigo tempo suficiente para perceber que eu não estava envelhecendo... não no ritmo que deveria, de qualquer forma. No final, ele estava fazendo piadas sobre esposas-troféu, e enfim me lembrei de que meu pai era o mesmo, de aparência jovem, mesmo quando estava velho. E comecei a sofrer cedo, porque já sabia que teria que me mudar para uma nova cidade, desistir de tudo e recomeçar, assim que Cingo morresse. Não podia deixar que as pessoas começassem a fazer perguntas ou fofocar. Eu ainda tinha pesadelos com T'vril Arameri vindo me buscar, embora fosse tolice, porque ele também estava morto havia décadas e seus descendentes fizeram um trabalho completo pisoteando o seu túmulo. Provavelmente os meus segredos morreram com ele. Provavelmente.

Extra

Cingo viera comigo para a nova cidade, ajudara-me a escolher uma nova casa. Consertara a maldita chaminé, ainda que mal. E então morrera, ordenando que eu encontrasse outra pessoa, para que não ficasse sozinha. Eu não obedeci.

Meu companheiro assentiu:

— Você estava feliz com ele. Que bom.

— Tão feliz quanto qualquer um pode ser depois de quarenta anos de casamento. — Mas eu fui muito feliz. Cingo era exatamente do que eu precisara, firme e confiável. Só queria que ele tivesse vivido mais. Tornei a suspirar, relaxando no calor, sem me dar conta, o que me fez sentir molenga e sonolenta. Talvez tenha sido por isso que eu disse o que queria dizer, em vez do que era diplomático. — Eu sabia que não deveria esperar por você.

Eu queria que machucasse, mas ele não deu nenhum sinal de que o tenha feito.

— Essa foi uma decisão sábia. — Uma pausa. Tudo o que ele fazia tinha significado. — Você não teve marido desde então, Glee mencionou.

Tão ruim quanto o pai dela, aquela garota, os dois sempre se intrometendo na vida das pessoas e esperando que elas não se importassem. Então fiz uma carranca, ouvindo a implicação por trás das palavras dele. Tudo o que ele dizia tinha *mais de um* significado.

— Não. E isso não teve nada a ver com *você*. Eu só não queria viver mais que outro homem, fingir ser algo diferente do que eu era... escuridão e luz do dia, você ainda é um desgraçado, não é?

Ele não respondeu, porque seu silêncio era resposta suficiente. Assim como sua presença, embora eu tivesse certeza de que não poderia significar o que eu temia que significasse. (Esperava que significasse? Não, não, não.) Mas eu o conhecia, eu o *conhecia*, e não era da natureza dele agir sem propósito. Ele tinha feito isso vez ou outra naquela época, mas apenas porque estivera destruído. Sintomas de um mal-estar maior. Agora estava inteiro, ele estava aqui, e eu precisava descobrir o motivo.

Eu podia simplesmente ter perguntado. Ele teria me contado. Mas eu não era a garota ousada que fora um dia. Com a idade, vem a precaução e talvez a covardia. Mudei de assunto:

523

Extra

— Glee sabia que você planejava isto?

— Nunca falamos do assunto.

Assenti. Nenhuma resposta ainda era a resposta dele.

— Ela se recuperou bem, se você está se perguntando. A magia dela ainda está fraca, mas fisicamente ela está quase tão bem quanto estava antes do coma. — Estiquei os ombros, incapaz de evitar me regozijar no calor. — Aquele homem dela é complicado, mas enfrentará todos os infernos por ela.

Ouvi o leve movimento do dar de ombros dele.

— Ele é filho do Nahadoth. Isso faz dele... difícil.

Não imaginei o tom amargo que invadiu a voz dele. Saber que ele também não gostava da escolha da nossa filha me fez sorrir.

— Você saberia. — O que fez a próxima pergunta ser difícil de evitar: — Falando de Nahadoth... e Yeine, suponho que...

A voz dele ficou suave e fosca como o ar da madrugada:

— Ficamos de luto pelo nosso filho. Consertamos o dano feito pelo Turbilhão. Contemplamos a complexidade completa da existência, agora que a forma dela foi revelada para nós. — Ele fez uma pausa. — Nahadoth não me perdoa e Yeine não confia em mim. É possível que este ciclo não se repita na permutação esperada.

— Sinto muito por isso — falei e era verdade. Por mais incompreensíveis que fossem as palavras dele, senti a dor nelas. Ele era um homem de família por dentro. — Mas se o Senhor da Noite e a Lady Cinzenta ainda não gostam de você, então por que... — Ah, mas ele dissera. Prioridades. O Turbilhão tomado de ira. Perda e horror. Para algumas coisas, coisas terríveis, até um amante afastado era melhor que nenhum. Mas ser tolerado, até necessitado, não era a mesma coisa que ser bem-vindo ao lar. — Bem. Sinto muito.

Ele deu de ombros. Ponderei o que ele estava vestindo. Soava rangente, como couro, embora fosse o mesmo cheiro de sempre: (eu não me esquecera *daquilo*) pungência e metal quente.

— Eles não lhe farão mal — acrescentou ele. — Não importa quanto tempo eu fique.

Extra

E lá estava.

Desgraçado. Estúpido, obtuso, irritante filho de um demônio.

— Não. Seja. *Ridículo* — bradei. — Isto aqui não é um conto de fadas para mulheres nobres. Criei sua filha, construí uma nova vida para mim, superei até isso; tudo *sem você*. Não preciso de você agora.

— Glee orgulhou a nós dois. E você nunca *precisou* de mim.

— Isso mesmo. — A concordância dele me deixou mais irritada. Virei-me para ficar de frente para ele, orientando-me por todo aquele calor irradiante. Ele sempre fora tão grande assim? Talvez eu tivesse encolhido. Odiei que ele fosse imortal, que eu não fosse, que a minha vida inteira não passasse de um momento para ele; a terminar, como se não fosse nenhuma interrupção, assim que o momento passasse. — Também não te *quero*. A minha vida tem sido gloriosamente livre de deuses por décadas e gosto que seja assim. Até comecei a desejar ter uma morte calma e tediosa.

— Livre de deuses?

Eu o ouvi se mexer um pouco. Se virando, imaginei, para olhar para a janela oeste da casa. O quarto de Glee.

— Ele está na vida de Glee, não na minha. Sou só uma velha que dá charutos a ele sorrateiramente e que finge não ouvir ele transar com a minha filha. Ele não importa, Brilhan...

Titubeei até ficar em silêncio, chocada por quase tê-lo chamado, embora... eu estivesse conversando com ele como se... mas se ele estava ali, então não poderia estar...

Droga. Cinco minutos na presença dele e eu não conseguia nem *pensar* mais.

O sorriso dele era como a luz do sol refletida pela lua na minha pele.

— A maioria dos deuses tem muitos nomes. Eu, no entanto, só aceitei um. Antes de você.

Por um momento, fiquei tocada. Então suspirei e esfreguei os olhos com a mão. A memória da dor e do cansaço estavam me fazendo ser tola.

— Estou velha demais para isso — murmurei. — Não preciso mais deste tipo de disparate na minha vida.

Extra

Ele não disse nada, virando-se um pouco para o pátio e as árvores atrás. Esperei, ficando com raiva à medida que o silêncio continuava, porque ele não estava se incomodando em discutir comigo e eu queria que ele o fizesse. Quando, por fim, ficou óbvio que ele não iria, abri a boca para dizer a ele para ir embora e nunca mais voltar.

Mas, antes que pudesse falar, as palavras fugiram de mim. Porque, fraco contra a escuridão, de repente pude ver algo. Ele, uma sombra pálida, pulsando em um ritmo gradual que em nada se assemelhava a um batimento cardíaco; muito devagar. Muito uniforme e preciso. Mas crescendo (se iluminando) a cada momento que passava.

Alvorecer. Eu tinha me esquecido, mas... ah, deuses. Eu não tinha me permitido pensar nisso por tanto tempo. Eu nem observava Glee quando acontecia com ela, porque ela era muito filha dele em seu estado normal e ao amanhecer era impossível de se esquecer. Como eu sentira falta da visão da magia matinal...

Ele se virou para mim, agora que eu podia vê-lo, deixando que eu absorvesse as mudanças. Seu cabelo estava comprido; isso era a coisa mais estranha. Havia sido trançado como o de um temano, seu grande volume se enveredando por trás dos ombros em um manto pesado, os dreads frontais amarrados cuidadosamente para longe do rosto. Ele usava um longo casaco de couro e botas, ambos combinando com a cor do cabelo. Seu rosto... eu o encarei por mais tempo, tentando entender por que não era bem do que eu me lembrava. Então eu soube. Havia um pouco menos de firmeza na mandíbula, um ou dois pés de galinha ao redor dos olhos, e a linha do cabelo estava um pouco mais para trás do que antes. Ele não tinha exagerado. Havia detalhes suficientes para sugerir a passagem do tempo, a conquista da sabedoria. Força distinta.

Óbvio. Não seria bom para uma velha ficar com um homem que parecia ter metade de sua idade; isso seria ultrajante. O Iluminado Senhor da Ordem naturalmente se preocuparia com o decoro.

Grunhi.

— Pensei que você não mudasse...?

Extra

— A efemeridade é...

— Sim, sim, eu *sei*. Você também se deu reumatismo e dores nas costas? Uma vez que a efemeridade é tão sem sentido.

Ele pareceu achar graça da minha reação, mas seu olhar era sério.

— Não trarei nenhum disparate para a sua vida, Oree — disse ele, muito gentilmente. — Silêncio, serenidade, o conforto da rotina... afinal, essas coisas são da minha natureza. — Ele fez uma pausa, sua expressão endurecendo em advertência. — Assim como a teimosia.

Fechei os olhos e me afastei dele, embora ele ainda não tivesse atingido o brilho suficiente para me fazer precisar.

— Invadindo a minha vida e insistindo que eu aceite você...

— São os meios mais convenientes para alcançar o que *nós dois* desejamos — finalizou ele, com a rispidez tão familiar. — Você disse uma morte tranquila e chata. Não incluiu *solitária*.

Com isso fiquei tensa, desejando estar com a minha bengala. Não teria adiantado nada e eu não precisava dela; conhecia o alpendre como a palma da minha mão. Mas teria me dado algo para apertar, enquanto eu me esforçava para incendiá-lo apenas com a minha vontade. Eu estava sem prática com magia. Não funcionou.

— Não posso lhe parar — rebati. — Você explicou bem seus desejos. Mas não vou tolerar que minta para mim. Faça o que quiser pela casa, Glee ficará feliz em vê-lo, pelo menos, mas me deixe em paz.

Caminhei até a porta e tentei abri-la. Como era de esperar, não cedeu.

— Eu não minto — respondeu ele. Não havia, para a minha surpresa, nenhuma raiva em seu tom. Ele quase parecia magoado, mas isso provavelmente era a minha imaginação.

Eu me virei, suspirando.

— O que nós dois desejamos? Você acha que sou tola? Você está livre, Bri... — Balancei a cabeça e ri. — *Itempas*. Os Três estão completos mais uma vez. Certo, você sabe que será malvisto pela próxima era ou duas; mas também sabe que isso não vai durar para sempre. E você. — Gesticulei para ele enquanto estava ali, brilhando, tão intensamente que eu mal

Extra

conseguia olhá-lo, tão lindo que fez o meu coração doer. Eu queria chorar. Não fazia isso havia anos. Maldito. — Você vem aqui, nos confins do além no reino mortal, e diz que quer fazer companhia a alguma velha em seus últimos dias? Você espera que eu acredite que isso é tudo, menos pena?

Ele me encarou por um momento, então suspirou com uma irritação quase humana.

— Oree Shoth, você já foi uma itempane devota. Diga-me, desde quando *piedade* é da minha natureza?

Fiz uma pausa, porque era verdade.

— Nem é da minha natureza — acrescentou ele, soando irritado agora — perder tempo. Se eu não tivesse desejo de estar com você, ou se eu quisesse apenas assistir a sua morte, eu simplesmente a mataria e acabaria com isso, e voltaria para o reino dos deuses.

Havia isso. Ele não era nada senão prático.

— Além disso — continuou, juntando as mãos nas costas com o ar de um homem apresentando um relatório —, você se tornou uma criatura completamente desagradável, desrespeitosa e irracional; como previ que aconteceria quando nos conhecemos. Portanto, por que me daria ao trabalho de passar um pouco de tempo com você? Como você sugere, eu poderia prontamente ir para outro lugar.

Contraí os lábios, furiosa agora.

— Abra esta maldita porta.

A fechadura da porta se destrancou com um estalo alto. Coloquei a mão sobre ela e fiz uma pausa quando a mão dele cobriu a minha. Estava visível, mas não mais radiante, embora devesse estar. Eu podia sentir o orvalho evaporando. O sol começara a aquecer o ar com o pico do alvorecer. Nos velhos tempos, a essa altura, ele estaria brilhando demais para ser visto. Agora, ele tinha controle de si mesmo. Brilhava apenas o suficiente para o meu conforto.

— Talvez você devesse até estar grata — murmurou ele, a irritação sumindo agora. — Se não fosse pelos meus irmãos, eu teria estado aqui com você todo esse tempo. Imagino que a essa altura teríamos achado um ao outro insuportável.

Extra

O polegar dele acariciou as costas da minha mão de repente e dei um pulo, meu coração vergonhosamente palpitando. Eu era muito velha, muito velha, para pensamentos como aquele. Ele me mataria.

Então digeri as suas palavras e não pude deixar de rir. Ele estava certo. Cem anos com ele teriam me feito perder a sanidade.

— Devo refutar mais as suas reclamações, Oree? — Ele se aproximara para pegar a minha mão; a respiração dele agitou o meu cabelo. — Devemos continuar essa discussão desnecessária?

Uma leve brisa atravessou o alpendre, agitando o meu roupão e me lembrando de como a manhã estava fria. Eu tinha me esquecido, com ele tao perto e quente.

Virei-me para ele e, embora pudesse vê-lo, ergui a mão para tocar o seu rosto. Os meus dedos exploraram as linhas de sua carne, ainda familiares depois de décadas e outros rostos e o meu próprio esquecimento. Os olhos dele se fecharam, os cílios roçando nos meus dedos. Lembrei-me de como uma vez, havia muito tempo, antes das fraldas, do casamento, dos terraços com jardins, do conselho da cidade e todas as coisas mundanas com as quais eu me cercara, um deus encostara o rosto na palma da minha mão. Aquele momento era tão vívido na minha mente como se tivesse sido ontem.

Foi ontem, para ele. E isso era mesmo uma coisa tão terrível? Aos olhos dele, eu nem era velha.

— Eu tenho o direito de chamar você de Brilhante de novo — falei baixinho. — Ou de qualquer outra coisa que eu queira. E você não pode ficar bravo com isso. Na verdade, faça disso uma lei do universo. Você pode fazer isso agora, não pode?

Algo passou pela minha visão, sutil, mas poderoso, uma onda externa de transformação. Ele soava presunçoso.

— Um pequeno preço a se pagar.

Ele não tinha ouvido os apelidos que eu já estava pensando. Cem anos podiam não significar nada para ele, mas, afinal de contas, eu era mortal: inconstante, mutável, facilmente entediada. Com sorte, ele era forte o suficiente para lidar com isso agora.

Extra

Suspirei e virei a maçaneta da porta, entrando na cozinha. Ele me seguiu, fechando a porta atrás de nós. Parei por um momento para ouvir, mordendo o lábio inferior.

Ele tirou o casaco comprido e o pendurou no gancho atrás da porta. Limpou os pés no tapete.

Algo que eu não sabia que estava tenso dentro de mim ficou suave e calmo. Soltei uma respiração lenta e pesada, e ele ergueu uma sobrancelha, talvez sentindo o significado do momento. Talvez até tenha entendido. Eu realmente não me importava se entendeu ou não.

— Sente-se — falei, apontando para a mesa. — Parece que você precisa de uma boa refeição.

Ele era um cozinheiro melhor do que eu, lembrei-me. Mas tudo bem. Eu o trataria como um convidado por um dia. Ele poderia recomeçar a cozinhar amanhã.

Ele se sentou enquanto eu me dirigia para a despensa. Recomeçamos.

Este livro foi composto na tipografia Goudy Oldstyle Std,
em corpo 11,5/16,1, e impresso em papel off-white,
no Sistema Cameron da Divisão Gráfica
da Distribuidora Record.